Sina Beerwald

Die Muse des Teufelsgeigers

AF217128

atb aufbau taschenbuch

Sina Beerwald, 1977 in Stuttgart geboren, hat sich bislang mit über zwanzig erfolgreichen Büchern, darunter historische Romane und Sylt-Erlebnisführer, einen Namen gemacht. Sie ist Preisträgerin des NordMordAward und des Samiel Award, zudem standen einige ihrer Titel auf der Shortlist des LovelyBooks Community Award, des größten deutschsprachigen Leserpreises. 2008 wanderte sie mit zwei Koffern und vielen Ideen im Gepäck auf die Insel Sylt aus.

Sophie von Sawicki beherrscht das Geigenbauhandwerk wie keine zweite. Seit ihr Mann in die Alkoholsucht gerutscht ist, übernimmt sie alle Reparaturaufträge selbst – natürlich im Geheimen, denn im Wien des frühen 19. Jahrhunderts ist es ihr als Frau nicht erlaubt, eine Geigenwerkstatt zu führen. Zudem kümmert sie sich um ihre zwei Kinder. Doch dann bricht das Unglück über die Familie herein: Paul von Sawicki hat hohe Schulden angehäuft. Das Einzige, was sie jetzt noch retten kann, ist ein lukrativer Auftrag. Und plötzlich steht der berüchtigte Geigenvirtuose Niccolò Paganini vor ihrer Geigenwerkstatt. Seine geliebte Guarneri del Gesù muss repariert werden, er braucht sie dringend für ein Konzert am nächsten Tag, das die ganze Stadt in Aufruhr versetzt. Denn dem Italiener eilt das Gerücht voraus, er sei einen Bund mit dem Teufel eingegangen, so unfassbar sind seine Spielkünste. Sophie jedoch erkennt in ihm viel mehr als einen Virtuosen – und fühlt sich von dem vermeintlichen Teufelsgeiger so angezogen, dass sie nicht dagegen ankommt …

Sina Beerwald

Die Muse des Teufelsgeigers

Historischer Roman

 aufbau taschenbuch

MIX
Papier | Fördert
gute Waldnutzung
FSC® C083411

ISBN 978-3-7466-3928-4

Aufbau Taschenbuch ist eine Marke
der Aufbau Verlage GmbH & Co. KG

1. Auflage 2024
© Aufbau Verlage GmbH & Co. KG, Berlin 2024
www.aufbau-verlage.de
10969 Berlin, Prinzenstraße 85
Der Verlag behält sich das Text- und Data-Mining nach § 44b UrhG vor,
was hiermit Dritten ohne Zustimmung des Verlages untersagt ist.
Umschlaggestaltung www.buerosued.de, München
unter Verwendung von Motiven von © Arcangles/Elisabeth Ansley
und © PVDE/Bridgeman Images
Satz Greiner & Reichel, Köln
Druck und Binden CPI books GmbH, Leck, Germany

Printed in Germany

Für Lauris

»Wo unser Denken aufhört, da fängt Paganini an.« (1829)

Giacomo Meyerbeer, Komponist (1791–1864)

✂ Prolog ✂

Italien, 1876

Sechsunddreißig Jahre nach Paganinis Tod

Die Vollmondnacht war wie geschaffen für ihren Plan. Nur der Nachtwächter war in den engen Gassen von Genua unterwegs und sorgte für Ruhe – von ihm durfte sie sich nicht erwischen lassen.

Auf altersmüden Beinen ging Sophie über das im Mondschein glänzende Kopfsteinpflaster des Hafenviertels, in dem sie die Neigung jedes Steins auswendig kannte. Nie hätte sie geglaubt, dass sie ihre geliebte Heimatstadt Wien verlassen und in diese heruntergekommene Hafenstadt ziehen würde, und doch hatte sie ihre zweite Lebenshälfte hier verbracht – weil sie ihrem Herzen gefolgt war.

Der Glanz der alten Zeiten mit seinem florierenden Hafen, den reichen Adelsfamilien und den schmucken Stadtpalästen war längst verblasst, verwahrloste Häuser standen dicht an dicht, manche mit winzigen Vorgärten hinter rostigen Eisentoren. Nur zwei Straßen in der gesamten Stadt waren überhaupt breit genug, dass eine Kutsche hindurchfahren konnte, diese Straßen lagen jedoch erst kurz vor ihrem Ziel, dem Palazzo Doria Tursi.

Manch einer, der sie womöglich aus einem Fenster heraus beobachtete, mochte den Kopf über sie schütteln. Eine alte Frau, nachts, auf unebenem Pflaster – doch ihr war kein Weg zu weit. Sechsundachtzig Jahre alt hatte sie werden müssen, bis sich ihr endlich diese Möglichkeit bot, inneren Frieden zu finden.

Im Zwielicht könnte ein Beobachter auf den ersten Blick annehmen, sie hätte einen Gehstock bei sich, aber dafür war dieser zu dünn, zu kurz und viel zu wertvoll, denn es war Paganinis Geigenbogen.

Vor sechsunddreißig Jahren war sie von Wien zunächst nach Nizza gereist, um sich an seinem Sterbebett von ihrem Geliebten zu verabschieden. Paganini hatte ihr diesen Geigenbogen zum Geschenk gemacht und einen letzten Wunsch an sie gerichtet: Er wollte in seiner Heimatstadt Genua beigesetzt werden, und sie sollte zu diesem Anlass ein letztes Mal auf seiner Geige spielen, die bislang außer ihm niemand in die Hand nehmen durfte. Danach sollte sein geliebtes Instrument, mit dem er seine Seele verbunden fühlte, nie wieder erklingen und stattdessen im Museum seiner Heimatstadt ausgestellt werden.

Es war alles anders gekommen. Ganz anders.

Erst gestern war ihr Geliebter in Parma, zwei Tagesreisen von Genua entfernt, in geweihter Erde bestattet worden – sechsunddreißig Jahre nachdem er gestorben war. Ja, fast vier Jahrzehnte hatte Paganini keine Ruhe gefunden – und das alles nur wegen dieses unseligen Priesters Caffarelli, der Paganini die letzte Beichte abgenommen hatte. Angeblich habe sich der Todgeweihte zum Teufel bekannt – eine Unwahrheit, denn Sophie wusste, dass Paganini damals aufgrund seiner Kehlkopftuberkulose kein Wort mehr hervorgebracht hatte und zu schwach gewesen war, um einen Stift zu halten.

Der Priester hatte jedoch darauf beharrt, dass es so gewesen sei, führte als Beweis an, dass man Paganini während seines fünfmonatigen Aufenthalts in Nizza nicht ein einziges Mal in der Kirche gesehen habe, und ließ auch den Einwand nicht gelten, dass der Kranke das Bett doch gar nicht mehr habe verlassen können.

Sophie seufzte tief. Mit all ihren sachlichen Widerlegungen hatte sie nichts gegen den Priester ausrichten können, dem es nach eigener Aussage in einem Akt göttlicher Gnade gelungen war, im letzten Moment den Satan zum Sprechen zu bringen, der sich vor allen Zeugen geschickt verborgen gehalten habe, und somit durfte mit Paganinis Leiche kein geweihter Boden beschmutzt werden. Auch auf privatem Grund wurde ein Begräbnis verweigert. Der Fall war sogar bis zum Papst vorgedrungen, der die Sache mit der Bitte um Prüfung an den Erzbischof von Turin weitergeleitet hatte, der daraufhin mit den kirchlichen Würdenträgern aus Nizza und Genua zusammengekommen war und sämtliche Zeugen anhörte. Es blieb bei dem kirchlichen Urteil: Kein christliches Begräbnis für einen Satansspross.

Und so kam es, dass Paganinis Sohn Achille von seinem vierzehnten Lebensjahr an mit einem Zinksarg an seiner Seite leben musste, in dem sich die einbalsamierte Leiche seines Vaters befand – und damit nicht genug. Achille hatte eine wahre Odyssee hinter sich gebracht, denn Schaulustige waren über Jahrzehnte hinweg auf den Nervenkitzel aus gewesen, einen Toten zu sehen, der mit dem Satan im Bunde gestanden hatte, und ließen nicht locker, ehe sie den Sarg in seinem Versteck aufgestöbert hatten.

Deshalb hatte Achille den Sarg an immer neue geheime Orte bringen müssen, bis die Kirche endlich ihr gnädiges Einverständnis gegeben hatte, dass Paganini beerdigt werden durfte. Ihr gottverdammtes Einverständnis. Anders konnte man das nicht bezeichnen, dachte Sophie bitter.

Nie hätte sie geglaubt, dass sie eines Tages so über die Kirche denken würde, aber was sollte man davon halten, dass Achille nach zahlreichen vergeblichen Eingaben anlässlich seines fünfzigsten Geburtstags erneut einen letzten verzweifelten Versuch unternommen und bei der Kirche anfragt hatte, ob es nach sechsunddreißig Jahren der Irrfahrt nicht genug sei, ob sein Vater nun endlich seine letzte Ruhe finden dürfe, und die Antwort so schnell wie überraschend gekommen war: Rom könne das Urteil aufheben, allerdings nur, wenn ein eindeutiges Zeichen der Reue des Verstorbenen vorgelegt werden könne. Da man sich der damit verbundenen Schwierigkeiten durchaus bewusst sei, so hieß es in dem Schreiben, würde man es als ein entsprechendes Zeichen werten, wenn eine Summe in Höhe der gesamten Honorare, die sich der Teufelsgeiger nachweislich mithilfe des Satans erspielt hatte, an die Kirche gespendet würde.

Über die Jahrzehnte mürbe geworden, hatte Achille ein Vermögen an die Kirchenkasse überwiesen. Trotzdem dauerte es ein weiteres Jahr, bis er den Bescheid erhielt, dass sein Vater nun beerdigt werden dürfe, sogar mit kirchlichem Segen nach katholischem Ritus, aber doch bitte aus Rücksicht auf die Gläubigen im kleinsten Kreis und in aller Stille, was selbstredend am besten nachts zu geschehen habe. Und so war es geschehen – ohne dass es Sophie möglich gewesen war, die Geige zu spielen, denn sie war lediglich im Besitz des Bogens.

Im Fackelschein war sie gestern dem Leichenzug gefolgt. Am Grab durfte jeder durch die Glasscheibe im Sarg einen letzten Blick auf Paganini werfen, dessen Leichnam gleich nach dem Tod konserviert worden war.

Sein Gesicht sah aus, als ob es aus Gips wäre, doch es war immer noch von schwarzen lockigen Haaren umrahmt, und es schien, als schliefe er einfach nur. Darauf war sie nicht vorbereitet gewesen, dass ihr Geliebter so lebendig wirken würde. Sie hatte sich vorgestellt, dass alles nur ein böser Traum gewesen war, dass er aufwachen und sie anlächeln würde, und eine Welle des Schmerzes hatte sie übermannt.

Wie gern hätte sie ein letztes Mal seine Hand gehalten und ihn um Verzeihung dafür gebeten, dass sie ihm seinen letzten Wunsch nicht hatte erfüllen können, denn seine geliebte Geige ruhte seit Jahrzehnten ganz nach Paganinis testamentarischem Wunsch im Palazzo Doria Tursi und wurde dort wie ein Schatz gehütet.

Achille hatte die Geige erst nach der Beerdigung ins Museum geben wollen, da er ahnte, dass er das Instrument andernfalls nicht mehr in die Hände bekommen würde. Wie recht er mit dieser Einschätzung gehabt hatte. Doch elf Jahre nach dem Tod seines Vaters, nachdem immer noch keine Bestattungserlaubnis erteilt worden war, hatte er dem berechtigten Drängen des Museums auf Erfüllung des Testaments nachgegeben, und so hatte Paganinis Geige, die Guarneri del Gesù, ihren Platz im Museum erhalten.

Es war der neuen Museumsleiterin nicht zu verdenken, dass sie den riskanten Transport des kostbaren Stücks über zwei Tagesreisen mit der Kutsche bis nach Parma zum Grab Paganinis verweigert hatte. Zudem hatte sie argumentiert, dass Paganini nicht schriftlich festgelegt habe, dass die Geige auf seiner Beerdigung ein letztes Mal gespielt werden solle – da könne ja jeder kommen und so etwas behaupten.

Wohl wahr, dachte Sophie resigniert, und natürlich hätte Paganini eine sechsunddreißig Jahre andauernde Odyssee in seinem Testament berücksichtigen müssen.

Auf Sophies Drängen hin war die resolute Frau plötzlich handzahm geworden und hatte ihr zugesichert, die Geige auf sicherem Weg nach Parma bringen zu lassen. Doch das war bloß eine Farce gewesen!

Unter Tränen hatte Sophie ihrem Geliebten am Grab versprochen, dass seine Geige ein letztes Mal erklingen sollte. Gezwungenermaßen nun eben nicht zu seiner Beerdigung, sondern auf eine verbotene Art und Weise.

Sie ging eine altvertraute Strecke. Es war ein Fußweg von einer Viertelstunde, den sie jahrelang gegangen war – von ihrer Wohnung im Hafenviertel, an Paganinis Elternhaus vorbei, zu ihrem Arbeitsplatz, an dem sie zuletzt als Museumsleiterin tätig gewesen war, während sie auf die Beerdigung ihres Liebsten gewartet hatte.

Solange sie noch die Leiterin des Museums gewesen war, wäre es kein Problem gewesen, dass die Geige ihren geschützten Raum hätte verlassen dürfen.

Als sie aus Altersgründen ihren Stuhl räumen musste, hatte sie den Schlüssel zum Museum in weiser Voraussicht nachmachen lassen und hütete ihn seitdem ebenso wie den Geigenbogen.

Heute sollte das Instrument ein letztes Mal zum Leben erwachen.

Was hatte sie schon zu verlieren? Selbst eine drohende Gefängnisstrafe würde sie nicht von ihrem Plan abhalten, denn sie hatte nicht mehr lange zu leben. Laut den Ärzten würde sie spätestens in drei Monaten sterben müssen, weil ihr Bauchraum mit Geschwüren überwuchert war. Man hatte sie mit Äther betäubt, um den vermeintlich einzelnen Störenfried, der ihr solche Schmerzen bereitete, zu entfernen, aber die Ärzte hatten nur entsetzt in ihren Bauch geblickt und ihn unverrichteter Dinge wieder zugenäht.

Seither war es ein stetiges Auf und Ab mit den Schmerzen, aber Sophie war kein Weg zu beschwerlich, um ihrem Geliebten seinen letzten Wunsch zu erfüllen.

Irgendwo inmitten des Armenviertels balgten sich zwei Katzen und stießen furchterregende Schreie aus. Der Vollmond wies ihr den Weg durch die dreckigen Gassen zu Paganinis Elternhaus. Es befand sich im Passo di Gatta Mora – im Gang der schwarzen Katze, und Sophie hatte sich des Öfteren gefragt, ob das ein Omen für sein Unglück gewesen war.

Sie blieb vor dem schmalen, windschiefen Haus mit der Nummer achtunddreißig stehen, das bloß deshalb nicht in sich zusammenfiel, weil es sich die Außenwände mit den anderen Gebäuden teilte, die hier in einer Reihe standen. An der bröckeligen Fassade prangte ein steinerner Bildstock zur frommen Anbetung – was für ein Hohn nach dem fast vierzig Jahre währenden Kampf gegen die Geistlichkeit, den sie nur gewonnen hatten, weil Paganinis Vermögen nun der Kirche gehörte.

Von einer plötzlichen Welle der Wut überrollt, hob Sophie einen Stein auf und warf ihn mit voller Wucht gegen das Bildnis.

Ohne mit der Wimper zu zucken, ging sie weiter. Das hatte gutgetan.

Je näher sie dem Palazzo kam, desto größer wurden die Häuser, doch die meisten Stadtpalais waren verlassen, die einst prächtigen Fassadenbemalungen verblasst, die Gärten mit Unkraut überwuchert, und die Statuen trugen Kleider aus Moos. Ställe und Remisen dienten den verbliebenen Einwohnern als Holzlager, ein Umstand, der von der Stadt geduldet wurde. Bei einem Haus an der Straßenbiegung lösten sich die Fenstergitter im Erdgeschoss aus dem porösen Mauerwerk, zudem war das wuchtige Holzportal aus den Angeln gefallen und wurde nur noch durch das mächtige Türschloss zusammengehalten.

Endlich erreichte Sophie die breite Strada Nuova, und es war, als tauchte sie in eine andere Welt ein. Hier, rund um den Palazzo Doria Tursi, gab man sich Mühe, die prunkvollen Paläste zu erhalten, schließlich wollte man aus den Rathausfenstern nicht auf das Elend der Stadt blicken.

Die breite Straße lag wie ausgestorben da, und Sophie hoffte, nicht auf den letzten Metern dem Nachtwächter in die Arme zu laufen. Genauso wenig wie dem alten Frederico, der seit Jahrzehnten wie ein Schlossgespenst durch die Museumsflure streifte und darauf achtete, dass dort kein Dieb sein Unwesen trieb. Obwohl Letzteres noch nie vorgekommen war, trug Frederico zu seinem eigenen Schutz stets eine Pistole bei sich.

Vor dem großen Eingangsportal, das zwischen den vielen vorgebauten Säulen erst auf den zweiten Blick auffiel, blieb Sophie stehen, schloss ihre Hand fester um den Geigenbogen, und griff mit der anderen in der Rocktasche nach dem Schlüssel.

Es war so still um sie herum, dass sie glaubte, man müsse in ganz Genua hören, wie sie den Schlüssel ins Schloss steckte und langsam drehte. Da sie den Punkt, ab dem die Angeln quietschten, genau kannte, öffnete sie das Portal nicht ganz, sondern zwängte sich hinein.

Die Säulen und Wände des Innenhofs waren aus Marmor, ebenso wie die zahlreichen Statuen, von denen sich Sophie beobachtet fühlte.

Nahezu geräuschlos ging sie in ihren Lederschuhen die breite Treppe in den ersten Stock hinauf. Das war doch anstrengender als gedacht.

Schwer atmend erreichte sie das obere Stockwerk und blieb dort für einen Moment stehen. Bloß kein unnötiges Geräusch machen, durch das sie sich verraten könnte. Sie warf einen prüfenden Blick entlang dem überdachten Rundgang, von dem einige Türen abzweigten. Soweit sie das im Mondlicht beurteilen konnte, war die Luft rein, also steuerte sie auf die Tür zu, durch die sie früher mehrmals täglich gegangen war, schloss auf und drehte den schwergängigen goldenen Knauf.

Ehrfürchtig betrat sie den zwölf Meter hohen Saal, an dessen Ende die Guarneri del Gesù ausgestellt war. Als einziges Ausstellungsstück.

Mondlicht schien durch die großen Fenster auf die Geige, die keineswegs in Samt gehüllt in ihrem Geigenkoffer ruhte, nein, sie hing auf Augenhöhe der Besucher in einer Vitrine.

Ihr Herz schlug schneller, als sie sich näherte. Es pochte so heftig, dass es schmerzte, und sie bekam es mit der Angst zu tun. Hatte sie sich körperlich doch zu viel zugemutet? Von der Aufregung mal abgesehen.

Da war sie. Paganinis Geige. Die Geige ihres Geliebten. Unverkennbar, denn anstelle eines Kinnhalters befand sich ein heller Fleck auf der Geigendecke – Paganini hatte stets ohne Kinnhalter zu spielen gepflegt. Außerdem war der Geigenhals länger als bei anderen Instrumenten, und wenn man das Griffbrett abnähme, würde sich dort der Name »Sawicki« finden. Ihren Vornamen hatte sie damals nicht einzugravieren gewagt. Sie sah sich wieder als junge Frau in der Geigenbauwerkstatt in Wien sitzen, immer mit der Angst im Nacken, dass ihr jähzorniger, betrunkener Eheherr hereinpoltern würde. Mittlerweile führten ihre beiden Kinder die Geigenwerkstatt weiter. Zu Hause in Wien wurde sie von niemandem dringend erwartet, ihre Kinder waren schon erwachsen gewesen, als sie zu Paganini ans Sterbebett gereist war. Wenn sie heute daran zurückdachte, wie sie als junge Frau an der Werkbank gesessen hatte, um das Einkommen der Familie auszugleichen, das ihr Eheherr versoff und verspielte, dann kam es ihr so vor, als ob das in einem anderen Leben gewesen sein musste.

Nach ihrer Ankunft in Genua hatte sie Monat für Monat entschieden, dass sich die weite Heimreise nach Wien nicht lohnte, weil die Kirche sicher bald ihren Segen für ein christliches Begräbnis gab, denn Paganini hatte viele Fürsprecher gehabt. Wer hätte geglaubt, dass es sechsunddreißig Jahre werden würden?

Nun war es so weit.

Atemlos schloss sie die Vitrine auf und nahm die Geige aus der Halterung. Sechsunddreißig Jahre des Wartens hatten ein Ende. Sie holte tief Luft, hob die Geige ans Kinn und setzte den Bogen an. Bis zu diesem Moment hatte sie nicht gewusst, was sie spielen sollte, doch nun begann sie wie von selbst eine Melodie, die nur zwei Menschen auf der Welt kannten. Paganini und sie.

Nicht nur Bogen und Geige waren wieder vereint. Erst jetzt wurde ihr schmerzlich bewusst, weshalb ihr Geliebter ihr gegenüber diesen letzten Wunsch geäußert hatte.

Heiße Tränen rannen ihr über die Wangen, sie tropften auf das wertvolle Holz, und doch war sie nicht in der Lage, ihr Spiel zu unterbrechen. Nicht, bevor das Stück, das Paganini für sie allein komponiert hatte, zu Ende war.

Sophie vernahm Schritte. Das musste der Nachtwächter sein. Sie hielt den Atem an, spielte jedoch weiter.

»Hände hoch! Umdrehen!«

Das war Fredericos Stimme.

Sie hatte nichts zu verlieren.

Mit geschlossenen Augen und voller Hingabe spielte sie die Molltöne der traurigen Melodie, die schon damals einen Abschied markiert hatten, dann ging sie zu den tanzenden Stakkato-Noten am Ende des Stücks über – die Vertonung einer fröhlichen Wiedervereinigung zweier Liebender.

Das Schicksal hatte andere Pläne gehabt.

Ihr Geliebter hatte recht behalten, dachte Sophie unvermittelt, während sie unter Tränen die letzten Töne spielte. Eines Tages würden sie wieder vereint sein. Damals hatte er, bereits von Krankheit gezeichnet, dieses Stück für sie komponiert und dann durch seinen letzten Wunsch sichergestellt, dass es diesen Augenblick geben würde. Diesen Augenblick, in dem sie sich wieder ganz nah sein würden, auch wenn die Brücke zwischen Leben und Tod sie noch trennte. Aber nicht mehr lange. Bald würde sie ihm folgen. Während sie den letzten, lang gezogenen Ton spielte, breitete sich eine tiefe innere Ruhe in ihr aus, und doch spürte sie nicht den erhofften Frieden in sich. Es lag ihr noch so viel auf dem Herzen.

»Frau von Sawicki?«, fragte Frederico. Seine Schritte kamen näher.

Sie drehte sich zu ihm um. »Ja, ich bin es.«

»Große Güte!«, rief Frederico. »Ich dachte schon, ich bekäme es kurz vor meinem Ruhestand noch mit einem Einbrecher zu tun! Was um alles in der Welt machen Sie hier?«

»Der Bogen und die Geige sollten ein letztes Mal vereint sein«, entgegnete sie leise. »Das war Paganinis Wunsch, den er am Sterbebett an mich gerichtet hat.«

»Dann ist das Paganinis Geigenbogen? Ich dachte, der sei verschollen?«

»Das soll die Nachwelt glauben, denn Paganini wollte sichergehen, dass nach mir niemand mehr sein geliebtes Instrument spielt. Deshalb hat er dem Museum die Geige vermacht und mir den Bogen.«

»Was für eine Ehre!«, rief Frederico. »Wie ist es denn dazu gekommen? Haben Sie Paganini gut gekannt? Darüber haben Sie nie ein Wort verloren.«

»Ach, das ist eine lange Geschichte«, sagte sie und seufzte. »Wenn ich Ihnen die erzähle, sitzen wir morgen früh noch hier.«

Frederico lächelte und blickte auf die Besucherstühle, die an der Wand in der Nähe der Vitrine aufgereiht waren. »Kein Problem. So lange geht mein Dienst ohnehin. Wir sollten nur rechtzeitig vor Sonnenaufgang verschwinden«, fügte er hinzu und schmunzelte. »Und wenn Sie mir die Geschichte bis dahin noch nicht zu Ende erzählt haben – ich habe alle Zeit der Welt.«

»Mir ist nicht mehr allzu viel Zeit vergönnt … Aber ich spüre, ich kann nur meinen Frieden finden, wenn ich meine Geschichte erzähle, das wird mir gerade bewusst. Für meine Kinder und Enkel sollte ich sie wohl sogar aufschreiben, aber wer weiß, ob ich das noch schaffe.«

Gedankenverloren ließ sie sich auf einen Stuhl fallen, legte die Geige in ihren Schoß und die Hände darauf, und dann erschienen ihr Bilder vor Augen. Davon, wie alles in Wien begonnen hatte, als sie noch eine junge Frau gewesen war.

∽ Kapitel 1 ∽

Wien, am 27. März 1828

*A*ls sie an diesem winterlichen, sonnigen Märzvormittag auf dem Rückweg vom Einkauf durch den späten Schnee am Dom vorbeikam, sah Sophie sich besonders aufmerksam unter den Passanten um, und warf nicht wie gewohnt einen ängstlichen Blick nach oben zu dem aus der Senkrechten geratenen Turm des majestätischen Stephansdoms.

Da war keine Sorge mehr um herunterfallende Mauersteine, stattdessen hoffte sie auf eine zufällige, wenn auch unwahrscheinliche, Begegnung mit dem besten Geigenspieler der Welt. Jenem auffällig dünnen, langhaarigen Mann in abgetragenem Frack und Zylinder, der unter anderem in der Mailänder Scala siebentausend Zuhörer verzaubert hatte – mit seinem wahrhaft unbegreiflichen Spiel schwierigster Sätze auf einer einzigen Saite, mit Sprüngen und Doppelgriffen in nie gekannter Geschwindigkeit und seiner täuschend echten Imitation von Tierstimmen.

Man munkelte, Niccolò Paganini habe seine Seele dem Teufel verschrieben, und damit nicht genug: Ihm eilte das Gerücht voraus, er habe seine frühere Geliebte eigenhändig erwürgt, um aus ihrem Darm eine Geigensaite zu fertigen. Jene vierte Saite, mit der er seinem Instrument Klänge entlockte, die kein menschliches Ohr je zuvor gehört hatte.

Dieser italienische Satansspross und Mörder sollte nun unbehelligt von allen Staatsorganen auf Einladung von Fürst Metternich auf einer kaiserlichen Bühne auftreten.

Es war, als hielte die ganze Stadt den Atem an.

Sophie wusste nicht so recht, was sie von den Gerüchten halten sollte.

Vor elf Tagen war der berühmte Virtuose mit der Kutsche in der verschneiten Stadt angekommen und hatte sich mit seiner Frau und seinem kleinen Sohn in sein Quartier im Trattnerhof zurückgezogen. Seitdem gab es kein anderes Gesprächsthema mehr.

Sophie wechselte den schweren Marktkorb, in dem sich unter anderem ein Suppenhuhn befand, von der rechten in die linke Armbeuge. Ihre Anstrengung ballte sich in den Atemwölkchen, die sie in die kalte Luft stieß.

Auf dem Stephansplatz stellte sie den Korb ab, um neue Kraft zu schöpfen. Vernünftig wäre es, weiter um den Dom herum zu gehen, dann wäre sie gleich zu Hause, aber wenn sie schon mal hier war, könnte sie auch die andere Richtung einschlagen und gleich rechts um die Ecke in die Hauptflaniermeile Am Graben einbiegen. Bis zum Trattnerhof, der in der gleichnamigen Seitenstraße lag, wären es nur fünf Minuten. Vielleicht hatte sie Glück und erhaschte einen Blick auf den Virtuosen?

Es hatte sich schnell herumgesprochen, dass Paganini im größten Gebäude der Stadt, das einen ganzen Straßenzug für sich vereinnahmte, eine Wohnung angemietet hatte, und sie war versucht, sich eine Weile zu den Schaulustigen zu gesellen, die dort den ganzen Tag über darauf warteten, ihm zu begegnen. Vielleicht verließ er in genau diesem Moment das Haus, man konnte nie wissen, überlegte Sophie, wobei die Wahrscheinlichkeit bei nüchterner Betrachtung wohl recht gering war.

Proben hielt der Meister grundsätzlich für überflüssig, auch das Wiener Begleitorchester musste sich damit abfinden, mit Notenblättern vorliebzunehmen, auf denen nur die

Orchesterstimme zu lesen war – Paganinis Soloparts waren lediglich als Striche markiert.

Sophie entschied sich mit aller gebotenen Vernunft für den Weg nach Hause. Ihr Eheherr würde fragen, wo sie sich so lang herumgetrieben hatte, auch die Zwillinge warteten auf sie – von der vielen Arbeit ganz abgesehen.

Also ging Sophie mit vorsichtigen Schritten weiter über die schneebedeckten, rutschigen Pflastersteine in Richtung ihres Zuhauses, wobei sie den Stephansdom zur Hälfte umrunden musste.

Auf Höhe der Verkaufshütte einer Wurstbraterin im Schatten des Steffls, wie die Wiener ihren Dom liebevoll nannten, blieb sie erneut stehen, stellte ihren Marktkorb ab und lockerte die schmerzende Armbeuge.

Vor dem gut besuchten Stand sprang ein Jagdhund bellend an den Beinen seines Herrchens hoch und forderte seinen Anteil an der Bratwurst. Der Geruch war verführerisch. Kurz dachte Sophie darüber nach, ihrem Hungergefühl nachzugeben und sich in die Schlange zu stellen, doch sie entschied sich dagegen. Sie musste wirklich zurück in die Geigenwerkstatt – die Einkäufe hatten schon genug Zeit in Anspruch genommen.

An der Hausecke gegenüber wurde sie auf eine Gruppe von fünf Männern vor der k. k. Lotto Collectur aufmerksam, wo man bereits seit 1752 Lose für die Lotterie erwerben konnte, wie die schmucke Beschilderung über der vertäfelten Flügeltür verriet. Die Herren in ihren pelzverbrämten Mänteln und schneebedeckten Zylindern waren in eine hitzige Diskussion verstrickt, in der immer wieder der Name *Paganini* fiel.

Da riss jemand über dem Ladengeschäft ein Fenster des stuckverzierten, dreistöckigen Hauses auf.

»Ruhe da unten, ihr Teufelsbeschwörer!«, schrie eine Frau

mit rundem rotbackigem Gesicht. »Aus der Stadt jagen sollte man diesen Mörder und nicht mit Applaus bejubeln!« Wütend knallte sie das Fenster zu.

Die Männer schauten verdutzt drein und verfielen in brüllendes Gelächter.

Der Kleinste von ihnen, mit heller Hose bekleidet, öffnete den obersten Knopf seines Mantels und mühte sich, nach Luft ringend, um Fassung. »Das Tratschweib war wohl zu oft auf dem Markt. Hat Angst vor diesem harmlosen Hanswurst!«

»Trotzdem, ich werde das Konzert auf gar keinen Fall besuchen«, sagte der augenscheinlich Älteste in der Runde. »Ich bezahle doch keine sündhaft teure Eintrittskarte, um einem Mörder zuzuhören.«

»Ich will den Teufel leibhaftig sehen!«, rief der Größte unter ihnen, und stieß seinen eleganten Spazierstock in den Himmel.

Kopfschüttelnd wandte Sophie sich ab. Die Leute redeten viel, wenn der Tag lang war. Dennoch, ein Körnchen Wahrheit war immer dabei – oder waren es gar keine Gerüchte? Ein Teufel war er bestimmt nicht, das konnten nur jene glauben, die noch in mittelalterlichem Denken verhaftet waren – aber war er ein Mörder?

Mörder. Sophie schauderte.

In diesem Moment trat eine Kundin aus dem Lotterieladen, wobei man von ihr zuerst nur den roten breitkrempigen Hut mit Schleifenbändern sah, der ihr Gesicht verdeckte, als trüge sie Scheuklappen. Sie hängte sich ihren rot geblümten Beutel ans Handgelenk und schaute auf. Sophie konnte sich nicht schnell genug abwenden, da winkte ihr die blonde Frau auch schon erfreut zu. Jetzt musste sie die Begegnung mit ihrer Schwägerin in Kauf nehmen.

»Wie schön, dich wieder einmal zu treffen!«, rief Florentine und raffte im Näherkommen ihren Mantel samt knöchellangem rotem Kleid.

Sophie trat auf der Stelle und zog ihren schlichten dunkelblauen Umgang enger, durch den der Märzwind seine eisigen Dornen stach.

Auf gute Kleidung hatte ihre Schwägerin schon immer viel Wert gelegt, ganz gleich, ob ihr Mann Peter sich das leisten konnte oder nicht. Er war ebenfalls Geigenbauer, so wie sein Zwillingsbruder Paul, allerdings war er mit seiner Werkstatt längst nicht so erfolgreich. Dennoch hatte er ein gutes Einkommen und sicherlich hätte er mittlerweile viel Geld auf der hohen Kante, wenn Florentine es nicht mit vollen Händen zum Fenster rauswerfen würde.

»Ich habe ein paar Lose gekauft«, sagte Florentine und deutete kichernd auf ihren prall gefüllten, mit Rosen bestickten Handbeutel. Aus ihren grünen Augen blitzte der Übermut. »Man darf das Glück ja auch mal herausfordern.«

»Natürlich«, gab Sophie tonlos zurück, wohl wissend, wie sehr ihre Schwägerin das Leben auskostete.

Sie wirkte wie eines der Kleidermodelle auf den handkolorierten Modeblättern in der *Wiener Zeitschrift für Kunst, Literatur, Theater und Mode.* In ihrem figurbetonten Mantel mit rot-beigefarbenem kariertem Muster zog sie verwunderte und spöttische Blicke auf sich. Sophie musste sich eingestehen, dass ihr dieses neuartige Karomuster recht gut gefiel. Nicht jedoch der üppige Hut aus rotem Atlasstoff, dessen ausfallende Krempe zusätzlich mit Tüllblumen und mit breiten Bändern verziert war, die unter dem Kinn zu einer großen Schleife gebunden waren – eine Kreation, die Sophie nie im Leben gegen ihre zurückhaltend ausgeformte, schlichte Haube tauschen wollte.

»Du bist blass, meine Liebe!«, rief Florentine unvermittelt aus, um das Gespräch fortzuführen. »Bist du krank?«

Sophie schüttelte den Kopf. »Es ist alles in Ordnung. Nur die übliche Anstrengung. Der schwere Korb. Und natürlich zehrt es auch an meinen Kräften, mich um die Zwillinge und den Haushalt zu kümmern.«

»Wie geht es meinen Patenkindern? Komm, ich begleite dich ein Stück, ich wollte ohnehin in deine Richtung.«

Sophie seufzte, als sie ihren Marktkorb anhob, was ihre Schwägerin sicherlich allein auf das Gewicht der Einkäufe zurückführte.

Florentine tat immer so, als ob sich die Zeiten nicht geändert hätten. Ja, früher, da hatten sie sich einmal gut verstanden, sie hatten sogar am gleichen Tag Hochzeit gefeiert, sich oft zu viert verabredet, oder die Zwillingsbrüder hatten zum Fachsimpeln in der Werkstatt gesessen, während sie sich mit Florentine im Kaffeehaus getroffen hatte. Dann kamen die Kinder. Bei ihr, nicht bei Florentine.

Bis heute hatte ihre Schwägerin keine Kinder, und obwohl sie ihre Eifersucht darüber nie offen zeigte, musste Florentine ihr doch bei jeder Gelegenheit unter die Nase reiben, dass sie das bessere Leben führte, die bessere Ehefrau und überhaupt der bessere Mensch war. Florentine kreiste stets um sich und ihr Leben – und wenn sie, so wie jetzt, nach ihren Patenkindern fragte, dann zeugte das nicht etwa von echtem Interesse, sondern davon, dass sie auf Informationen aus war, die ihr bei nächster Gelegenheit dazu dienten, nicht zuletzt ihre Schwägerin schlechtzureden.

»Nun sag, was machen meine lieben Kleinen?«, hakte Florentine nach, während sie dem ausladenden Straßenbogen nach rechts folgten und sich dabei dicht an den Geschäftshäusern hielten, um keinem der Fiaker in die Quere zu kommen, die mit hallendem Hufgeklapper an ihnen vorbeizogen.

»Die sind gar nicht mehr so klein. Die Zwillinge sind selbstständiger geworden, mit zwölf müssen sie das auch. Katerina freut sich sehr darauf, dass das Lernen bald ein Ende hat und sie in der Hauswirtschaft arbeiten darf, und Kristian sitzt mit Feuereifer über den Büchern und will später unbedingt die Werkstatt übernehmen.«

»Schön. Wer hätte das von den beiden gedacht. Und wie laufen die Dinge in der Werkstatt? Hat dein Mann viel zu tun?«

Wer hätte das von den beiden gedacht. Was für ein Ausspruch über ihre Kinder, die immer gut in der Schule gewesen waren, und für ihr Alter zudem sehr gut Geige spielten, dachte Sophie verärgert, aber aus Florentines Sicht war das alles natürlich nicht gut genug.

Und nun sollte sie auch noch über ihren Eheherrn Auskunft geben und darüber, wie die Geschäfte liefen. Wie sie diese Ausfragerei hasste. Was wollte Florentine denn hören? Es gab vier Geigenbauer in Wien, darunter zwei schlichte Reparaturwerkstätten und zwei mit dem Namen Sawicki, aber nur einer hatte sich mit dem exzellenten Nachbau von Stradivari-Geigen einen sehr guten Ruf weit über die Landesgrenzen hinaus erarbeitet – und das war ihr Eheherr: Paul von Sawicki.

Am liebsten hätte Sophie ihre Schwägerin stehen lassen, aber das würde nur dazu führen, dass Florentine sich, kaum zu Hause, bei ihrem Mann Peter beschwerte, und der würde kurz darauf bei ihnen auf der Türschwelle stehen und seinen Zwillingsbruder sprechen wollen, weil dieser ein freches Eheweib habe, dem man Manieren beibringen müsse. Das wollte sie auf jeden Fall vermeiden.

»Nun, wie soll ich dein Schweigen deuten?« Florentine hob ihre Hutkrempe mit spitzen Fingern an, damit sie sich nicht die Mühe machen musste, den Kopf zu drehen, um Sophie mit einem kritischen Blick zu treffen. »Laufen die Geschäfte etwa schlecht?« Florentines Stimme schoss am Ende des Satzes in die Höhe, und in gleichem Maße steigerte sich Sophies Wut.

»Ach, Florentine, wo denkst du hin? Mein Eheherr hat Aufträge en masse, fast, als wäre er der einzige Geigenbauer in Wien.« Diese Spitze musste sein, dachte Sophie und lachte künstlich auf. »Du kennst ihn ja. Er hat sich seinen Ruf hart erarbeitet und zur Strafe kann er sich jetzt vor hochrangiger Kundschaft kaum retten.«

»Wie schön«, entgegnete Florentine kühl. Sie wusste nur zu gut, dass ihr Ehemann Peter seinem Zwillingsbruder nicht das Wasser reichen konnte. Das war bislang auch kein Problem zwischen den Brüdern gewesen, denn Peter hatte nicht den Ehrgeiz und war zufrieden damit, wie seine Werkstatt lief. Florentine hingegen hatte sich noch nie mit etwas zufriedengegeben, das Beste war ihr nicht gut genug, und sie wollte vor allem immer noch mehr Geld, um sich mit noch mehr unnützem Tand zu umgeben.

Florentine wandte den Kopf zu den Schaufenstern und schien nach einem neuen Thema zu suchen.

»Sophie, sieh doch nur! Hier gibt es kleine Geigen aus Zuckerteig und Paganini-Brote in Geigenform.«

»Schön«, entgegnete sie einsilbig und überlegte fieberhaft, wie sie ihrer Schwägerin entkommen könnte, ohne unhöflich zu sein.

Das schien Florentine zu spüren, denn sie stellte eilig die nächste Frage: »Geht dein Mann mit dir zum Paganini-Konzert?«

»Nein, er hat keine gute Meinung über den Teufelsgeiger und will dem Konzert deshalb fernbleiben.« Das war zumindest ein Teil der Wahrheit, dachte Sophie, und alles andere ging Florentine nichts an.

»Mein Mann will aus demselben Grund nicht dorthin, das finde ich sehr schade, denn ich habe bereits Karten für übermorgen gekauft, und allein kann ich das Konzert nicht besuchen, das ziemt sich nicht. Aber du könntest mich begleiten, das wäre doch was!«

Seit wann scherte sich Florentine darum, was sich ziemte?, dachte Sophie, und gleich darauf ahnte sie es: Florentine wollte nichts unversucht lassen, den Kontakt zu ihrer Schwägerin wieder aufleben zu lassen. Was tat sie nicht alles, um Informationen zu sammeln … »Das ist eine nette Idee, Florentine, aber leider bin ich verhindert.«

»Ich lade dich ein.«

Da war sie wieder, die überhebliche Florentine, die so tat, als rühre Sophies Absage ausschließlich daher, dass es ihr am Geld mangelte.

»Nein, ich kann wirklich nicht.« Sophies Magen zwickte, wie immer, wenn sie in eine unangenehme Situation geriet.

»Die Karten haben fünf Gulden gekostet, nicht eben wenig, aber das kann ich mir leisten, mach dir keine Gedanken. Ich lade dich gerne ein!«

Von fünf Gulden könnte sie ihre Familie eine ganze Woche ernähren – wenn sie sparsam war, sogar zwei Wochen. Aber das war keine echte Großzügigkeit, Florentines Geste war reine Überheblichkeit, und deshalb würde sie einen Teufel tun und dieses Angebot annehmen.

»Ich habe zu viel zu tun, Florentine, wirklich!«

»Das ist doch kein Grund. Du wirst doch den Haushalt an dem Samstag für drei oder vier Stunden ruhen lassen können?«

»Und wer passt auf die Kinder auf? Soll ich vielleicht meinen Mann fragen?« Sie lachte über ihren eigenen Scherz, während Florentine ernst blieb.

»Die Kinder sind doch alt genug, um auf sich selbst aufzupassen. Ansonsten, wie wäre es mit deiner Nachbarin? Früher hat sie die Kinder doch auch gehütet? Und überhaupt, als die Kinder noch kleiner waren, habe ich dich viel öfter gesehen. Wann hast du zuletzt einen Kaffee mit mir getrunken?«

Sophie blieb ihr eine Antwort schuldig, obwohl sie es wusste. Das war ziemlich genau ein Jahr her.

An der nächsten Kreuzung wechselte Sophie den Korb umständlich von der einen in die andere Armbeuge und hoffte, dass Florentine sich nun endlich verabschiedete.

Doch ihre Schwägerin schien nichts dergleichen im Sinn zu haben, im Gegenteil, Florentine kam einen Schritt näher, wodurch sich Sophie regelrecht bedrängt fühlte. »Was ist los, Sophie? Früher hattest du trotz der kleinen Kinder und des Haushalts oft stundenlang Zeit.«

»Früher! Ja, früher!«, brach es aus ihr heraus, dann fuhr sie gefasster fort: »Die Zeiten haben sich geändert, Florentine. Es gibt viel zu tun, das habe ich dir eben erklärt. Und aus diesem Grund muss ich jetzt auch nach Hause.«

»Ich komme mit, ich habe Zeit, gemeinsam haben wir die Hausarbeit schnell erledigt.«

Es war unfassbar, dachte Sophie, wie Florentine sich aufdrängte. Ihre Schwägerin führte doch etwas im Schilde. Wahrscheinlich interessierte sie sich für den Zustand des Haushalts, weil sie später darüber lästern und sich selbst besser fühlen wollte. Womöglich war Florentine aber auch an einem Blick in die Geigenwerkstatt interessiert, oder besser gesagt an einem Blick ins Werkstattbuch und auf die Namen der Auftraggeber.

»Du weißt, dass Paul nicht gern Leute im Haus hat. Mein Eheherr braucht seine Ruhe zum Arbeiten. Das ist nicht gegen dich gerichtet.«

»Sophie, irgendetwas stimmt doch nicht. Ich kenne dich nun schon fast fünfzehn Jahre, aber nicht nur du ziehst dich zurück, auch dein Mann meidet seit Längerem jeglichen Kontakt zu seinem Bruder.«

»Wie gesagt, die Arbeit«, entgegnete Sophie knapp. »Nehmt es nicht persönlich. Ich muss jetzt auch wirklich nach Hause. Es war schön, ein Stück mit dir zu gehen. Wir sehen uns bestimmt mal wieder beim Einkaufen.«

»Ich hoffe nur, dass du glücklich bist!«, rief die Schwägerin ihr hinterher.

»Natürlich bin ich glücklich!«, antwortete Sophie laut über die Schulter, das letzte Wort presste sie durch ihre eng gewordene Kehle, was man ihrer Stimme prompt anhörte. Sie hustete, um ihre Schwägerin glauben zu machen, sie habe sich verschluckt.

Eilig verschwand Sophie in der nächstbesten Gasse. Dort warf sie einen Blick zurück, ob Florentine ihr auch wirklich nicht folgte, dann blieb sie stehen und atmete tief durch.

Der Duft von frischen Backwaren umfing sie. Auch hier war eine Bäckerei, die kleine Geigen aus Zuckerteig und Paganini-Brot anbot. Ihren Kindern würde sie mit diesem Naschwerk eine große Freude machen, dachte Sophie, ihr Ehemann jedoch hielt wirklich überhaupt nichts von dem Kult um diesen Musiker, der ihm zutiefst suspekt war. Wenn sie mit solchen Devotionalien nach Hause käme, würde sie von ihrem Mann eine Tracht Prügel kassieren.

Allein beim Gedanken an den Schmerz schossen ihr die Tränen in die Augen. Sie blinzelte sie weg und beschloss, den Umweg über die Blutgasse zu nehmen, an deren Ende sie auf die Gasse stieß, in der ihr Zuhause lag. Der Abzweig in die Domgasse, in der das aschgrau gestrichene Haus lag, in dem Mozart vor rund vierzig Jahren für kurze Zeit gelebt hatte, verschwand hinter einem wässrigen Schleier. In der schmalen Gasse kam ihr niemand entgegen, niemand sah die Tränen, die auf ihren Wangen mit den Schneeflocken verschmolzen.

Auch Anna Röhberg schien nichts zu merken. Die fünfundfünfzigjährige, kinderlose Nachbarin kam ausgerechnet in diesem Moment aus der Haustür und grüßte freudig.

»Sophie, wie schön, dich zu sehen! Da wohnt man sich gegenüber und begegnet sich kaum. Wie geht es dir? Ich muss noch zum Metzger. Du warst ja schon einkaufen, wie ich sehe«, sagte sie. Frau Röhberg war klein und wirkte immer gut gelaunt. Sie war mit einem Schuster verheiratet, der genau so klein und ebenso nett war. Er hatte schon oft die Schuhe der Kinder ausgebessert und kein Geld dafür annehmen wollen. Stattdessen hatte er stets um einen Apfelstrudel mit Vanillesoße gebeten, den seiner Meinung nach keiner so köstlich zubereiten konnte wie Sophie. Das gab auch Anna Röhberg neidlos zu, die von sich selbst behauptete, zwei linke Hände für Mehlspeisen zu haben, obwohl sie in Wien geboren war – und mit diesem neuartigen Strudelteig stand sie erst recht auf Kriegsfuß.

Entdeckt hatte Sophie das Rezept in dem Universalkochbuch von Anna Dorn, das im vergangenen Jahr Furore gemacht und schnell in sämtlichen Wiener Haushalten Einzug gehalten hatte, da Anna Dorn das erklärte Ziel verfolgte, möglichst günstig zu kochen – sei es schmackhafte Hausmannskost oder für die feine Tafel.

»Ja, ich habe ein paar Besorgungen gemacht«, gab Sophie mit freundlicher Zurückhaltung Auskunft. Ihr war gerade einfach nicht danach, mit irgendjemandem zu reden.

»Unangenehmes Wetter für März, nicht wahr? Wie geht es der Familie?«

»Sehr gut, vielen Dank! Ich erzähle dir ein andermal mehr, ich muss jetzt dringend rein.«

»Die Hausarbeit erledigt sich nicht von selbst, das kenne ich.« Anna Röhberg lächelte und zeigte dabei ihre beneidenswert weißen Zähne. »Hast du nicht Lust, heute Abend mit deinem Mann und den Kindern zu uns zum Abendessen zu kommen? Es gibt Rouladen! Und angesichts dieser trostlosen, nicht enden wollenden Wintertage würde uns allen doch ein bisschen Unterhaltung ganz guttun. Die Männer könnten über das Weltgeschehen debattieren, wir würden es uns mit unseren Stickereien am Feuer bequem machen, und für deine Zwillinge finden wir sicher ein schönes Spiel!«

»Heute Abend? Wirklich sehr gerne, aber meine Kinder müssen wegen einer Magenverstimmung das Bett hüten, und da möchte ich sie nicht allein lassen.«

Anna machte ein betroffenes Gesicht. »Hoffentlich nichts Ernstes?«

»Nein, nein. Es geht ihnen schon wieder besser, aber für einen Besuch sind wir noch nicht aufgestellt.«

»Ja, dann gib doch Bescheid, wenn es den Kindern wieder gut geht, meine Einladung steht. Wir haben schon so lange keinen geselligen Abend mehr miteinander verbracht – das war immer sehr nett.«

»Ja, das stimmt«, entgegnete Sophie. Sie rang sich ein Lächeln ab und kämpfte mit einem schweren Schlucken gegen den Kloß in ihrem Hals an, damit ihre Stimme keinen traurigen Unterton bekam. »Vielen Dank für deine Einladung. Ich werde mich melden.«

»Und wenn ich sonst irgendwas tun kann …«

»Nicht notwendig«, entgegnete Sophie viel harscher, als sie gewollt hatte.

Anna stutzte und blickte enttäuscht drein.

»Ich werde gern auf dein Angebot zurückkommen, falls ich Hilfe benötige«, schob Sophie nach, weil ihr nichts ferner lag, als die liebe Nachbarin zu brüskieren.

»Dann bin ich ja beruhigt. Ich wünsche dir noch einen schönen Tag.«

»Danke, den wünsche ich dir auch.«

Schnell kehrte Sophie ihr den Rücken, damit Anna die

wieder aufsteigenden Tränen nicht sah und schloss mit fahrigen Bewegungen die Haustür auf, dann zögerte sie.

Nein, sie zögerte nicht, sie zauderte.

Es ist dein Zuhause, redete sie sich gut zu, und dann setzte sie den Fuß über die Schwelle.

Kapitel 2

Sophie hängte den Umhang neben die Tür, tauschte die nassen Stiefeletten gegen ihre gefilzten Hausschuhe, durchquerte den Flur und vermied es dabei, auf jene Dielenbretter zu treten, die knarrten.

Sie hielt kurz inne und warf einen prüfenden Blick die Treppe hinauf. Im oberen Stockwerk war es ruhig.

So leise wie möglich stellte sie den Marktkorb in der Küche ab, fast geräuschlos räumte sie die Waren auf und begab sich anschließend in die Werkstatt, die auf der anderen Seite des Flurs gegenüber der Küche lag. Dort würde sie ihren Eheherrn mit Sicherheit nicht antreffen.

Sie lenkte ihre Schritte zur Werkbank, die an einem der beiden Fenster zum Innenhof stand, weil dort das meiste Licht einfiel. Dennoch dachte Sophie täglich darüber nach, die Werkbank umzustellen, denn nichts war so schlimm wie das Gefühl der Angst, die ihr jedes Mal den Rücken hinaufkroch, wenn ihr Eheherr unvermittelt hinter ihr stand, weil sie sein Kommen in ihrer Konzentration nicht gehört hatte.

Die Feilen, Sägen, Schnitzmesser und Stechbeitel an der Wand schrien förmlich danach, benutzt zu werden, doch sie fühlte sich wie gelähmt. Zu viele Gedanken gingen ihr durch den Kopf.

Aufträge gab es wahrlich genug, das war gegenüber ihrer Schwägerin nicht gelogen gewesen: An dem Seil, das über die gesamte Länge des Raumes vor den beiden Fenstern zum

Innenhof gespannt war, hingen fünf Geigen zur Reparatur. Das Wintersonnenlicht spielte mit den Farben der Lackierungen und entlockte ihnen einen Hauch von Orange und schimmernden Rottönen.

Zudem wartete da noch der halbfertige Bau eines neuen Instruments für den Musiker Johann Strauss. Noch war es ohne Lackierung, eine sogenannte weiße Geige.

Die Schutzlosigkeit, die ein solches Instrument ausstrahlte, löste in Sophie stets den Wunsch aus, diesen Zustand so schnell wie möglich zu ändern, nur leider war sie mit den anderen Aufträgen bereits drei Wochen im Verzug.

Zu ihrem Glück hatte Strauss es nicht unbedingt eilig, er war der Meinung, dass gut Ding Weile brauchte, und hatte lediglich um Lieferung des fertigen Instruments in die Rofranogasse gebeten, da er als aufstrebender Musiker zu beschäftigt sei, um es selbst abzuholen. Zu viele Auftritte rund um Wien mit seinem eigenen Orchester, für das er im vergangenen Jahr die Verantwortung übernommen hatte. Noch dazu zwei kleine Kinder im Haus, so dass seine Frau ebenfalls keine Zeit habe. Dafür habe Sophie ja sicher Verständnis, und eine Lieferung sollte schließlich kein Problem sein.

Sophie seufzte. Sie hoffte, dass der Nachmittag ausnahmsweise ohne Zwischenfälle verlaufen würde. Immerhin hatte es vergangene Woche ein paar glückliche Stunden gegeben, und es überkam sie das dringende Bedürfnis, diese Geige, an der sie seit drei Monaten arbeitete, zu vollenden: die Schnecke ausstechen, die Wirbel einpassen, das Griffbrett herstellen, den Saitenhalter und den Steg schnitzen und anpassen, die Stimme setzen – doch das war einfacher gesagt als getan. All diese Schritte würden noch einige Zeit in Anspruch nehmen.

Wenn es nach ihrem Eheherrn ginge, bis vor einem Jahr selbst ein hochgeschätzter Meister seines Fachs, sollte sie für den Neubau einer Geige nicht länger als drei Monate benötigen. Es seien ja schließlich *nur* rund fünfhundert Arbeitsschritte bis zum fertigen Instrument.

Ihre zaghaften Rechtfertigungsversuche, er selbst sei der Grund für die Verzögerungen, schmetterte er stets mit einer Handbewegung ab. Mit einer Handbewegung, die auf ihre Wange zielte.

»Wo warst du?«

Sophie zuckte zusammen. Sie war so in Gedanken versunken gewesen, dass sie seine Schritte nicht gehört hatte. Mal wieder.

Aus dem Augenwinkel beobachtete sie ihren Mann, wie er sich rechts und links am Türrahmen festhielt. Sie verfluchte sich dafür, so unaufmerksam gewesen zu sein.

Paul trug seinen weiten, gürtellosen Morgenmantel. Schwankend suchten seine schmutzigen, nackten Füße das Gleichgewicht, sein helles Hemd spannte ihm über dem dicken Bauch, und die Hauskappe saß schief auf seinen strähnigen, dunklen Haaren. Sie musste ihm nicht ins Gesicht sehen, um zu wissen, dass es rot angelaufen war.

So stand er vor ihr, jener vierzigjährige Mann, der einst schlank und gepflegt gewesen war und sich zu den besten Geigenbauern Wiens hatte zählen können.

»Ich hab dich was gefragt, Sophie.« Undeutlich holperten die Worte über seine Lippen.

»Entschuldige.« Sie wandte sich von ihm ab, studierte die Beschriftungen der dicht nebeneinanderstehenden Flaschen und Tiegel im Eckregal. »Leinöl« und »Weingeist« waren kaum mehr zu entziffern, und plötzlich erschien ihr nichts dringlicher, als die Aufkleber zu erneuern.

»Du wars lang weg«, nuschelte er.

»Es tut mir leid, die Straßen sind glatt, ich musste langsam gehen.«

Ihr Eheherr bemühte sich, deutlicher zu sprechen. »Deine Arbeit erledigt sich nicht … nicht von selbst, während du … während du spassieren gehst. Die Aufträge hier dulden keinen Aufschub.«

»Du …«, setzte sie zu einer Widerrede an, dann kniff sie die Lippen zusammen und knetete ihre Finger im Schoß.

»Was wolltest du sagen, meine Liebste?«

Hinter ihrem Rücken hörte sie seine Schritte näher kommen. »Nichts, gar nichts«, beeilte sie sich zu versichern.

»Du wills nich mit mir reden?« Er blieb nahe hinter ihr stehen, und kurz darauf spürte sie seine raue Hand an ihrer Wange. »Hab ich dir jemals was getan? Du bis doch mein Ein und Alles.«

Vorsichtig, jede ruckartige Bewegung vermeidend, drehte Sophie den Kopf zur Seite, um seiner Berührung auszuweichen. Ihre Wange brannte in Erinnerung an das letzte Mal, als er zugeschlagen hatte, alles in ihrem Inneren schrie nach Flucht.

»Was is? Haste es nich nötich, mit deinem Eheherrn zu reden? Binnich für dich eine Last? Nichts mehr wert? Nur noch Dreck?«

Sie wollte antworten, doch es war, als drücke ihr jemand die Kehle zu.

Paul packte sie an der Schulter, drehte sie grob zu sich herum und drückte ihr Kinn nach oben, so dass sie ihren Kopf in den Nacken legen musste. Fast war es eine zärtliche Geste, so als wolle er ihr einen Kuss geben, doch der Druck seiner Finger verstärkte sich, als er weitersprach: »Isses das, ja? Denkst du das? Bin ich ein Säufer, der in der Gosse verrecken soll, lieber heute als morgen? Denkst du das?«

»Nein«, presste sie hervor und machte sich auf dem Hocker klein. Sein fester Griff zwang ihren Kopf in eine schmerzhafte Position, es fühlte sich an, als hinge sie am Galgen.

»Nein?«, fragte er.

Mit geschlossenen Augen versuchte sie, den Kopf zu schütteln.

Abrupt ließ er sie los. »Gut, dann will ich dich nicht länger stören.«

Kurz darauf hörte sie seine schweren Schritte auf der Treppe, und noch während sie sich, mit einer Hand den Nacken reibend, zur Werkbank umdrehte, fiel die Kammertür im oberen Stockwerk mit einem Knall zu.

Sophie ließ ihren Atem hörbar entweichen, sie versuchte den Schmerz in ihrer Seele zu verdrängen. Sie musste dankbar dafür sein, dieses Mal so glimpflich davongekommen zu sein.

Der Hass auf ihren Mann war größer als ihre Angst und half ihr, ihren inneren Schutzwall zu verstärken. So leicht würde sie sich nicht unterkriegen lassen.

Ihre Mundwinkel zuckten, wie zu einem Lächeln, als sie sich erhob, um aus dem Eckregal die Zutaten für die Herstellung des Geigenlacks zusammenzusuchen.

Sie ging hin und her und brachte die Behältnisse zur Werkbank: Körnerlack, Kolophonium, Mastix in Tränenform, Gummi Elemi, Campher und Alkohol waren das Geheimnis – ihre eigene Mischung.

Über all die Jahre, in denen sie von ihrem Mann in die Kunst des Geigenbaus eingewiesen worden war – weil sie ihn als Arbeitskraft nichts kostete –, hatte sie diese Mixtur heimlich kreiert, immer wieder am Mengenverhältnis geschraubt, mit dem Ziel, ihren Geigen den perfekten Klang zu entlocken.

Niemand wusste von ihrer Erfindung, auch Paul glaubte, sie halte sich streng an seine Vorgaben. Doch es war ihre Rezeptur, dieses Wissen gehörte ihr allein, es war ihr kleiner, kostbarer Besitz, den sie wie ihre Kinder gegen alles auf der Welt verteidigen würde.

Sie beugte sich über die Werkbank, auf der die Waage stand, legte einen Riegel Körnerlack in die Schale, beobachtete das Pendel und gab noch ein paar Bruchstücke der Masse dazu, die man aus den Zweigen jener im Orient heimischen Bäume gewann, deren Rinde die weibliche Lackschildlaus angestochen und damit zum Ausfließen gebracht hatte.

Das Gewicht pendelte sich bei einhundert Gramm ein. Solange sie ihren Händen etwas zu tun gab, rückten ihre Probleme in die Ferne. So war es auch jetzt, als sie den Körnerlack in die Mörserschale gab und sie beim Zerkleinern gegen den zähen Widerstand des Harzes arbeiten musste.

Schweiß trat ihr auf die Stirn, zwischendurch vergaß sie sogar das Atmen, aber sie gönnte sich erst dann eine Pause, als genügend pulverisierte Substanz entstanden war.

Die anderen beiden Harze, jeweils einhundert Gramm Kolophonium und Mastix-Tränen, ein tropfenförmiges Harz aus der Rinde des begehrten Mastix-Pistazienbaums, ließen sich leichter zerkleinern.

Als sie das Behältnis mit der Aufschrift »Campher« öffnete, schlug ihr ein durchdringender, eukalyptusartiger Geruch entgegen. Die grauweiße Masse fühlte sich fettig an, und das Messer teilte das zähe Stück mit etwas Druck.

Sie gab den zerkleinerten Campher mit den anderen Zutaten in eine leere Literflasche. Auch die sechsundzwanzig Gramm Gummi Elemi, ein fenchelähnlich riechendes, gelbliches Ölbaumharz, schnitt sie in Würfelchen, und zum Abschluss zerstieß sie Marienglas in so kleine Stücke, dass auch diese durch den Flaschenhals passten.

Dann schüttelte sie alles gut durch und füllte die Literflasche zu Dreiviertel mit Weingeist auf.

Erleichtert über den gelungenen, weil ohne Störungen verlaufenen Arbeitsgang, verkorkte sie das Vorratsgefäß und stellte es in das Regal neben dem Ofen, damit die Wärme den Auflösungsprozess beschleunigte und sie in ein oder zwei Tagen mit dem Filtrieren der Flüssigkeit beginnen konnte.

Da vernahm Sophie Schritte. Wie angewurzelt blieb sie stehen.

Nicht schon wieder, dachte sie. Paul geht sicher nur in die Küche, auf der Suche nach Alkohol, er kommt nicht noch einmal in die Werkstatt, redete sie sich ein.

Zu keiner Bewegung fähig wartete sie ab.

Nach einer Weile hörte sie wieder Schritte auf der Treppe, danach wurde es still. Ihre Anspannung ließ nur langsam nach, dennoch lenkte sie ihre Konzentration auf das, was sie als Nächstes zu tun hatte: Sie musste die Farbe für den Lack anrühren.

Mit dem Mörser zerkleinerte sie das in Stangen gelieferte Drachenblut, ein ziemlich phantasievoller Name für den aus molukkischen Palmen gewonnenen Farbstoff, und goss das dunkelrote Pulver in einer zweiten Flasche mit Weingeist auf.

Als sie erneut Schritte hörte, blieb ihr keine Gelegenheit zu reagieren.

»Störe ich?« Paul lächelte, seine blauen Knopfaugen betrachteten sie ruhig und zugewandt. Er mühte sich um Versöhnung.

In dieses Lächeln hatte sie sich vor fünfzehn Jahren verliebt, doch seither war viel passiert. Zu viel.

»Was woll… wolltest du vorhin sagen, Sophie?«

Diese Art Gespräch war gefährlich, wenn er getrunken hatte, das wusste sie. Aber da er sie schon fragte – wenn er sich *ein Mal* für ihre Belange interessierte, war jetzt vielleicht doch der richtige Moment.

»Paul, ich schaffe das alles nicht mehr allein«, sagte sie schnell, ehe der Mut sie wieder verließ.

»Das mag sein. Aber ein Gesell… ein Geselle kommt nich infrage. Dann mach meine… meinet… meinetwegen eine Pause.«

»Dann bleibt die Arbeit liegen. Das Auftragsbuch quillt über …«

»Aber dir … geht esnich gut, das sehe ich doch.«

»Das siehst du?«, fragte sie bass erstaunt.

»Ja, natürlich. Du biss blass. Hast dunkle Ringe unter deinen wunner… hübschen braunen Augen. Und du biss dünn geworden.«

Sophie wollte etwas sagen, er ließ sie jedoch nicht zu Wort kommen.

»Wenn du so weitermachst, sind deine wun… deine wunderbaren Kurven bald verschwunden, für die ich dich immer so geliebt hab. Du pflegst dich nicht mehr, deine Haare sind uno… unordentlich hochgesteckt. Wann hast du sie suletzt gewaschen? Du weißt, wie sehr mir der gollne Schimmer in deinen dunkelblonnen Haaren immer gefallen hat.«

Die Tränen blieben ihr als Kloß im Hals stecken. Was fiel ihm ein, ihr Aussehen zu bemängeln? Bei dem Anblick, den er abgab?

»Paul … ich …«

»Was ist los? Traust du dich nich, mit mir zu reden? Sprich! Stotter nich so rum!«

»Ich … es ist nur … ich möchte dich bitten, mir zu helfen … in der Werkstatt. So wie früher …« Sophie zog unwillkürlich den Kopf ein. »Ich kann nicht mehr.«

»Du wills aufgeben?«

Sophie presste die Lippen aufeinander. Tränen traten ihr in die Augen. Keinesfalls durfte sie ihm Vorwürfe wegen seiner Trunkenheit machen.

»Sophie? Du willsdoch nich etwa aufgeben? Unsere Familie? Alles aufgeben?«

Er ahnte also, was in ihr vorging. Und tatsächlich würde sie am liebsten aufgeben – aber das war keine Lösung.

»Nein, ich will nicht aufgeben. Aber ich bitte dich inständig darum, weniger zu trinken und mich zu unterstützen.«

»Unnerstützen? Bekommst du nicht jede Woche dein Marktgeld von mir? Mehr als genug? Was verlannst du denn noch? Mit meinen zitternden Händen kannich nich mehr arbeiten, das weißt du genau. Und du weißt, wassdu vor Gott versprochen hast. In guten wie in schlechten Zeiten. Das hast du versprochen! *Versprochen!* Bisass der Tod uns scheidet, jawohl! Aber wenn du nich mehr willst, bitte: Die Tür ist offen. Du kannst jederseit gehen.«

Wohin denn?, wollte Sophie schreien. Wohin?

»Ich halte dich nich auf.« Mitten im Satz machte er kehrt. »Die Ennscheidung liegt bei dir.«

Sophie blieb fassungslos zurück. Sie ließ sich auf den Hocker fallen und starrte die Tür an, durch die ihr Eheherr verschwunden war.

Steh auf, befahl sie sich selbst. Steh auf und geh, jetzt ist deine Gelegenheit. Er lässt dich gehen.

Nein. Es war nur ein Spiel. Er hatte wieder gewonnen. In diesem Spiel würde er immer der Sieger sein, denn es war ihr unmöglich, sich von ihm zu trennen.

Hier, in diesem Haus, hatten die Kinder einen Vater und ein Dach über dem Kopf, hier lebte der Mann, dem sie Treue bis in den Tod gelobt hatte, und an dieses Versprechen würde ihr Eheherr sie erinnern – selbst wenn er sie dafür bis ans Ende der Welt verfolgen lassen müsste.

Schließlich existierte er nur noch durch sie. Er arbeitete mit ihren Händen, dachte mit ihrem Kopf und ging mit ihren Beinen. Mit jedem Schritt, den sie tat, saugte er die Kraft aus ihr heraus, was sie erschreckend gleichgültig hinnahm.

Ihr war ohnehin kein langes Leben auf Erden vergönnt, in

diesem festen Glauben lebte sie seit ihrer Kindheit – warum auch immer. Vielleicht, weil sie als Kind so oft krank gewesen war, oder weil ihre Eltern so früh gestorben waren und sie bei ihrer Tante in der Josefstadt aufgewachsen war, die ihr ständig gesagt hatte, dass sie es im Leben zu nichts bringen werde.

Vor fünfzehn Jahren hatte sie beim Schlittschuhlaufen auf der Donau Paul kennengelernt. Er hatte ihr nach einem Sturz aufgeholfen, sie hatte sich Hals über Kopf in ihn verliebt, und an diesem Tag war das Glück in ihr Leben eingezogen. Ein Glück, von dem sie immer geglaubt hatte, dass es ihr nicht zustünde – und tatsächlich war das ja auch so, denn seit rund einem Jahr lebte sie in der Hölle.

Tagaus, tagein hoffte sie auf Gottes milden Ratschluss, dass er ihren Eheherrn zu sich rufen und der Tod sie endlich scheiden würde. An Flucht, mitten in der Nacht, während ihr Ehemann seinen Rausch ausschlief, hatte sie dennoch schon oft gedacht.

Es war bei dem Gedanken daran geblieben.

Unterdessen hörte sie, wie die Kinder von der Schule heimkehrten und im Flur auf ihren Vater trafen. Vor ihrem geistigen Auge sah sie ihre Zwillinge erschrocken innehalten.

Besser, sie ging nicht dazwischen. Es würde sich alles von selbst regeln. Den Kindern hatte er noch nie Gewalt angetan.

Tatsächlich kamen ihre Zwillinge kurz darauf in die Werkstatt, und sie hörte ihren Eheherrn über die Treppe zurück ins obere Stockwerk poltern.

Katerina gab sich betont fröhlich, wohingegen Kristian mit den Tränen kämpfte.

Es schnürte ihr die Kehle zu, als sie in die grünbraunen Augen ihres Sohnes sah, denn es war wie ein Blick in den Spiegel. Beide Kinder sahen ihr sehr ähnlich, nicht nur ihre schmalen Gesichter, auch die runde Augenform, die dichten Wimpern, die schlanken Nasen und die weichen, leicht aufgeworfenen

Lippen waren wie bei ihr ausgeprägt. Nur ihre dunklen, fast schwarzen Haare hatten die Kinder vom Vater geerbt.

Sophie nahm die beiden wortlos in die Arme. Ihre Tochter machte sich steif, während ihr Sohn sich der Umarmung hingab und gar nicht mehr loslassen wollte.

»Nun, Kinder, erzählt, wie war es in der Schule? Habt ihr allein gearbeitet oder wieder voneinander abgeschrieben?« Natürlich war es ein liebevoller Tadel. Die Zwillinge konnten ohnehin nicht mehr lange im Klassenzimmer nebeneinandersitzen, da Katerina in eineinhalb Jahren in einem Haushalt in Stellung gehen würde. Kristian hingegen sollte eine Lehre im Geigenbau beginnen, durch verschiedene Meisterwerkstätten ziehen, um später die Werkstatt seines Vaters zu übernehmen.

Nur zu gut wusste Sophie, wie unwohl sich Katerina mit der ihr zugedachten Rolle fühlte, denn auch ihre Tochter wollte die Welt bereisen und alles über die Kunst des Geigenbaus lernen. Vor allem aber wollte sie niemals heiraten und lieber allein leben. Aber so war das eben leider als Frau. Es war gesellschaftlich nicht vorgesehen, dass man seinen Träumen folgte, da bedeuteten Haus, Hof und gesunde Kinder das große Glück. Und das war ja auch richtig so. Doch es gab noch mehr auf der Welt, was glücklich machte.

»Jeder hat für sich gearbeitet, Frau Mutter, und wir haben nur Hausaufgaben in Geographie«, sagte Kristian leise.

Im oberen Stockwerk polterte es erneut, und ein Fluchen erklang.

»Habt ihr Hunger?«, fragte Sophie, um Ablenkung bemüht.

Erwartungsgemäß kam ein einstimmiges »Ja, Frau Mutter« von den Kindern, und Katerina fügte mit ebenso leiser Stimme wie ihr Bruder hinzu: »Dürfen wir vielleicht eine süße Mehlspeise haben?«

»Morgen gibt es Apfelstrudel, den Teig muss ich erst

noch vorbereiten, aber was haltet ihr jetzt von Eierkuchen mit Vanillesoße?«

Die Kinder machten Luftsprünge, vermieden es jedoch laute, freudige Ausrufe von sich zu geben. Sie waren es so gewohnt.

Es war schön, ihre Kinder lachen zu sehen.

»Was haltet ihr davon, wenn wir morgen Nachmittag zum Prater gehen?«, fügte sie hinzu.

»In den Vergnügungspark?« Kristian machte große Augen.

»Dürfen wir dort Karussell fahren?«, fragte Katerina.

Sophie lächelte. »Wenn ihr euch dafür noch nicht zu alt fühlt, gebe ich gern ein paar Groschen aus. Aber die Optica Nova und die mechanischen Vögel sind ja auch spannend. Und wenn es weiter so schneit, nehmen wir den Schlitten mit.«

»Danke, Frau Mutter«, rief Katerina, die sich nun doch zu einer Umarmung hinreißen ließ.

»Sie sind die Beste!«, fügte Kristian hinzu und umarmte sie noch einmal.

»Ihr erdrückt mich ja«, rief Sophie und lachte verhalten. Wann hatte sie überhaupt zuletzt laut gelacht, fragte sie sich. Es war höchste Zeit, das nachzuholen, und morgen war die Gelegenheit dazu.

Arbeit hin oder her – sie durfte nicht zulassen, dass ihr Leben nur noch aus Angst und Wehmut bestand. Dagegen musste sie etwas unternehmen. Und morgen wollte sie den ersten Schritt tun. Einen großen, einen sehr großen Schritt, aber sie war wild entschlossen, ihn zu gehen.

Jetzt jedoch rief die Pflicht. »Während ich die Eierkuchen mache, sorgt ihr bitte in der Werkstatt ein bisschen für Ordnung, ja?«

»Was soll ich tun, Frau Mutter?«, wollte Katerina sofort wissen.

»Du kannst die mit Holz zugesetzten Feilen aussortieren, sie in kochendes Wasser legen, und dann bürstest du das aufgequollene Holz ab. Und du Kristian, nimm bitte warmes Wasser, und reinige die Holzschraubzwingen von Leim. Im Anschluss kannst du die Gewinde mit trockener Seife einreiben.«

»Wird gemacht!«, freute sich Katerina und zog ihren weniger begeisterten Bruder zur Werkbank.

Sophie beobachtete die beiden. Wie sehr hatte sie sich gewünscht, dass ihre Kinder in einer glücklichen Familie aufwuchsen. Aber sosehr sie sich um eine heile Welt bemühte, so sehr bemerkten die Kinder die Lügen und Ausreden, mit denen ihre Mutter das wahre Ausmaß der zerrütteten Ehe zu vertuschen versuchte.

Gerade als Sophie sich abwandte, um in die Küche zu gehen, klopfte es an der Haustür.

Wollte etwa jemand zu Besuch kommen? Mittlerweile kannte man das ungeschriebene Gesetz im Hause Sawicki, demgemäß unangemeldete Gäste unerwünscht waren. War es vielleicht ein neuer Kunde, der den gesonderten Eingang zur Werkstatt übersehen hatte?

Sophie ging zur Haustür und öffnete.

Ein untersetzter Mann, jenseits der fünfzig und mit gepflegtem Äußeren, deutete eine Verbeugung an, hielt es aber nicht für notwendig, seinen Zylinder abzunehmen.

»Mein Name ist Wilhelm Mayenhöfer. Ich wünsche, Ihren Mann zu sprechen.«

Ihr Blick blieb an einem großen Muttermal auf seiner Wange hängen, aus dem ein Haar spross, das bei jeder seiner Mundbewegungen erzitterte. Wie unter Zwang musste sie hinsehen, erst dann erinnerte sie sich daran, dass sie ihm ja eine Antwort schuldig war.

»Er ist nicht da.« Der Satz war ihr in Fleisch und Blut

übergegangen, und sie konnte ihn mit solch unerschütterlicher Bestimmtheit vortragen, dass auch diesem Besucher nicht der Hauch eines Zweifels kam. »Darf ich meinem Eheherrn etwas ausrichten, werter Herr Mayenhöfer?«

»Allerdings. Wenn er bis Ende der Woche seine Spielschulden nicht bezahlt, dann ist er dran. Ich dulde keinen Aufschub mehr.«

Spielschulden. Um dieses Wort herum rasten ihre Gedanken, und sie bekam zunächst keinen einzigen davon zu fassen, bis sich die wichtigste Frage herauskristallisierte. »Wie hoch ist die Summe?«

»Dreißig Gulden.«

Ihre Knie wurden weich. Dreißig Gulden. Das war ihr Marktgeld für fast zwei Monate. Deshalb hatte ihr Ehemann sich so plötzlich nach dem Stand der Aufträge erkundigt. So viele Ersparnisse hatten sie also nicht. Nicht mehr. Und jetzt verstand sie auch, warum er das Haus in letzter Zeit stets in Hochstimmung verlassen und bei seiner Rückkehr aggressiv und verschlossen gewesen war. Der Alkohol war nicht das einzige Problem, er war nur der Komplize des wahren Teufels.

»Was ist nun?«, drängte der Mann.

»Ich werde es meinem Eheherrn selbstverständlich ausrichten«, antwortete Sophie mit fester Stimme, um sich wenigstens einen Hauch ihrer Würde zu bewahren.

»Ich bestehe auf der Rückzahlung.« Er kreuzte die Arme über seinem Bierbauch. »Ich komme übermorgen um die Mittagszeit wieder.«

»Aber …«

Ihr Widerspruch verhallte ungehört.

Kapitel 3

Weder am Abend noch am darauffolgenden Morgen fand Sophie den Mut, ihren Eheherrn zur Rede zu stellen und das Gespräch mit Wilhelm Mayenhöfer zu erwähnen. Dafür hätte sie sich selbst ohrfeigen können, doch sie wusste, es anzusprechen würde zu nichts führen außer einem Gewaltausbruch seinerseits.

Stattdessen hatte sie in der Werkstatt Zuflucht gesucht und sich in der Arbeit vergraben. Ihr bleiches Gesicht und die tiefschwarzen Augenringe zeugten von einer durchwachten Nacht, sie verspürte Hunger, aber schon bei dem Gedanken daran, etwas zu essen, wurde ihr übel. An die Vorbereitung des Apfelstrudels war nicht zu denken, dafür würde sie sich jedoch an ihr Versprechen halten und den Ausflug zum Prater machen, sobald die Kinder mit den Hausaufgaben fertig waren, komme, was wolle. Und bis dahin musste sie zusehen, dass sie mit der Arbeit vorankam, um etwas zu verdienen. Wie sollte sie das viele Geld bis übermorgen erwirtschaften? Mit den kleinen Reparaturen kam sie niemals auf diese Summe. Deutlich mehr Geld brächte der Neubau für Strauss ein. Mit zwei oder drei von solchen Aufträgen im Jahr konnte die Familie gut leben. Unter normalen Umständen.

Doch die Fertigstellung würde zu lange dauern. Vielleicht gab sich Wilhelm Mayenhöfer mit einer Anzahlung zufrieden.

Wie viele Geigen hatte sie in den vergangenen fünfzehn Jahren schon hergestellt?

Zu Beginn ihrer Ehe nicht ein einziges Instrument, höchstens zu Handlangerarbeiten hatte ihr Mann sie herangezogen, wenn alle Gesellen krank gewesen waren und sie mit den Aufträgen nicht hinterherkamen.

Wie ein Geigenbauschüler hatte sie als Erstes gelernt, die Ober-, Unter- und Eckklötzchen herzustellen, die den Zargenkranz zusammenhielten, bei der fertigen Geige jedoch im Verborgenen lagen. Viele Musiker wussten nicht einmal von deren Existenz, obwohl die Klötzchen eine wichtige Aufgabe erfüllten und präzise hergestellt sein mussten. Sie mussten rechtwinklig sein. Was sich so schlicht anhörte, hatte sich für sie beim ersten Versuch als nervenaufreibender Alptraum entpuppt. Ihr Eheherr hatte sie jedoch damit getröstet, dass selbst so mancher Geselle noch seine Schwierigkeiten damit hatte, eine Fläche exakt im rechten Winkel zu hobeln.

Heute gab es keine Gesellen mehr, und die Werkstatt existierte nur noch, weil sie eine Lügnerin war.

Ja, das war sie, eine perfekte Lügnerin. Sie log vor der Kundschaft, die glaubte, der Meister höchstselbst fertige die Geigen, vor ihren Kindern, die ihren Vater normalerweise nur morgens zu Gesicht bekamen, wenn er halbwegs nüchtern war, und sie log vor den Nachbarn und ihrer Schwägerin, denen sie Geschichten aus einer heilen Welt erzählte.

Nicht zuletzt belog sie sich selbst; jeden Tag redete sie sich ein, ihr Boot könne in dem Meer aus Lügen nicht untergehen, obwohl es längst ein Leck hatte.

Wenn es mal wieder besonders schlimm war, suchte sie Zuflucht in der Schatzkammer der Werkstatt und verriegelte die Tür von innen, bis sich ihr Eheherr wieder beruhigt hatte. Dort lagerten teilweise über Jahre hinweg verschiedene Hölzer, hauptsächlich Fichte für die Geigendecken sowie

Ahorn für Geigenböden, Zargen und Schnecken. Der Vorrat stammte von Händlern aus Mittenwald und Cremona. Bis das passende Stück Holz für den gewünschten Klang der neuen Strauss-Geige gefunden war, hatte sie Stunden in der Schatzkammer zugebracht, mal dieses und mal jenes Holzscheit hervorgezogen, das wie ein Kuchenstück aus dem Stamm herausgesägt worden war, den Verlauf der Jahresringe geprüft, es voll gespannter Neugierde beklopft und in Gedanken versunken dem Klang nachgehorcht.

Die andauernde Ruhe verhieß nichts Gutes, sondern ließ ihre Angst wachsen.

Nein, weg mit der Angst, dachte Sophie.

Es klopfte an der Haustür. Sophie erstarrte. Wilhelm Mayenhöfer? Schon wieder? Was nun? Ihr Magen zog sich zusammen. Dem Geldverleiher gestehen, dass sie ihrem Ehemann noch nichts von der Frist gesagt hatte? Dass sie diejenige war, die das Geld erst noch verdienen musste?

Das Klopfen wurde zu einem ungeduldigen Pochen. Nicht rühren, am besten so tun, als wärst du nicht da, dachte sie voller Panik.

Das Pochen wurde lauter, in immer kürzer werdenden Abständen traktierte es ihre Seele. Sophie legte ihre Hände auf die Ohren und kauerte sich auf dem Hocker zusammen.

»Frau Mutter?«, hörte sie kurz darauf die zaghafte Stimme ihres Sohnes vom Treppenabsatz her, obwohl die Kinder eigentlich im oberen Stockwerk in ihrem Zimmer sitzen und ihre Hausaufgaben machen sollten.

»Der Herr Vater will wissen, wo Sie sind. Er ist böse, weil Sie der Kundschaft nicht öffnen. Warum gehen Sie nicht zur Tür?«

»Ich war beschäftigt und habe das Klopfen erst nicht gehört. Das ist an der Haustür, das ist nicht für die Werkstatt. Geh wieder in dein Zimmer, ich kümmere mich um die

Kundschaft. Danach komme ich gleich zu euch und schaue mir eure Aufgaben an. Wir wollen schließlich zum Prater.« Sie ließ das Stichwort nicht fallen, um ihn anzuspornen, sondern um ihr Versprechen vor sich selbst zu bekräftigen, indem sie es laut aussprach. Denn obwohl sie viel zu erschöpft für diesen Ausflug war, wollte sie ihre Kinder nicht enttäuschen.

Sie wartete noch einen Moment, bis sie ihren Sohn ins Zimmer gehen hörte, dann machte sie zwei eilige Schritte zur Tür und riss sie auf, ehe der Mut sie wieder verlassen konnte.

Nein, da stand nicht Wilhelm Mayenhöfer.

Sie schielte auf den Geigenkoffer, der mit abgewetztem rotem Leder bezogen war, und den der hochgewachsene Besucher vor dem Bauch hielt. Der Wind zupfte am Saum des schwarzen Umhangs, mit dem der Mann seinen schlanken Körper vor dem Schneetreiben schützte.

Unter dem Zylinder fielen ihm seine schwarzen, von der Winterfeuchtigkeit glänzenden Locken bis auf die Schultern. In seinem gepflegten, dunklen, gekräuselten Backenbart, mit dem er wohl die leichten Hohlwangen zu kaschieren versuchte, hatten sich ebenfalls Schneeflocken verfangen.

Niccolò Paganini.

Unverkennbar.

War er etwa am helllichten Tag durch die Stadt gegangen? Er höchstpersönlich? Und stand vor ihrer Tür?

»Der gnädige Herr möchte zu uns?«, hörte sich Sophie anstelle einer ordentlichen Begrüßung fragen, und biss sich auf die Unterlippe.

Der Virtuose blieb stumm, doch seine Augen musterten sie aufmerksam.

Sie deutete einen längst überfälligen Knicks an und beeilte sich, die Begrüßung nachzuholen. »Guten Tag, sehr verehrter Herr Paganini, bitte, kommen Sie doch herein.«

Erst jetzt bemerkte sie, dass sich der Musiker in Begleitung seiner Frau und seines kleinen Sohnes befand. Die beiden hatten sich zunächst im Hintergrund gehalten.

Mit einer einladenden Armbewegung trat Sophie zurück und wies der Familie den Weg in die Werkstatt. Dabei zwickte es in ihrem Bauch vor Aufregung.

Das etwa dreijährige Kind ergriff die Hand seines Vaters und hielt sich dicht an dessen Seite. Auf den ersten Blick sah der kleine Junge aus wie ein Mädchen, denn er trug ein dunkelrotes Kleid, in der Taille gebunden, mit üppigem Spitzenkragen und weiten Ärmeln. Es reichte ihm bis über die Knie, darunter schauten weiße Hosenbeine hervor, die in braunen, steifen Lederstiefelchen endeten, in denen der Junge kaum gehen konnte.

»Meine Sohn Achille«, sagte der Musiker mit einem solch stolzen Lächeln, wie sie es noch bei keinem Vater gesehen hatte.

Die Ehefrau des Virtuosen folgte ihm mit zwei Schritten Abstand.

»Antonia Bianchi«, stellte sie sich selbst vor und blieb nahe der Tür stehen. Ihre Gesichtszüge waren verhärtet, eine Zornesfalte thronte wie in Stein gemeißelt zwischen ihren stark ausgeprägten Augenbrauen. Ihre Lippen waren schmal, von einem Damenbart umkränzt, und die eingekerbten Falten um ihren Mund verloren sich an ihrem spitzen, leicht vorgeschobenen Kinn, das auch ihr Sohn geerbt hatte. Davon abgesehen war der Junge das Ebenbild seines Vaters.

Paganini knöpfte seinen Umhang auf. Darunter kam ein abgetragener Frack zum Vorschein, vermutlich derselbe Jahrgang wie sein Besitzer, dazu trug er ein weißes Hemd, dessen enger Kragen bis zum Kinn hinaufreichte und von einer voluminösen Halsbinde zusammengehalten wurde.

Diese schränkte die Bewegungsfreiheit seines Halses

stark ein, als sei sein Kopf wie bei einer Büste fest mit dem Oberkörper verbunden.

Seinen Geigenkoffer legte er nicht aus der Hand, er behielt auch seinen Zylinder auf und trat näher an den Werktisch, um die lackierte Geige, die dort lag, ausgiebig zu inspizieren. Lange ruhte sein Blick darauf.

Danach begann er wortlos einen Rundgang durch die Werkstatt, besondere Beachtung schenkte er dabei den unzähligen Kupfer- und Holzschablonen, die in fünf Regalen und einem offenen Schränkchen lagerten und den Raum neben der Eingangstür ausfüllten.

Nervös, aber ruhigen Gewissens, hielt Sophie dieser Prüfung stand. Sie wusste, keines der Umrissmodelle, keine der f-Loch-Schablonen und keines der Schneckenmodelle war auch nur annähernd von Feuchtigkeit verzogen, keine der Kanten war durch unvorsichtigen Zuschnitt beschädigt, keine Zargenform mit Papier- oder Leinwandstreifen beklebt, so wie es manch ein Meister tat, um sich Zeit und Geld für die Herstellung eines neuen Modells zu sparen, und dadurch in Kauf nahm, dass seine Geigen mit der Zeit immer schmaler wurden.

»Wo ist il Maestro?«, fragte Paganini in die Stille hinein. »In Italia empfahl man mir Ihren Ehemann als den besten Geigenbauer in Vienna.«

Das war einmal. Der Gedanke schmeckte bitter auf Sophies Zunge, wie Gift. Sie spannte ein Lächeln auf den Lippen auf. »Ich bedanke mich im Namen meines Mannes für die Empfehlung. Er ist derzeit außer Haus bei einem Kunden.«

»Die Gesellen auch?«

Dieses Mal entschied sich Sophie für die Wahrheit. »Der Meister arbeitet allein, ohne Gesellen.« Oder zumindest für die halbe Wahrheit.

»Che curioso! Bene, wann ist zurück?«

Gott, wie sie diese Frage hasste. »Das kann ich nicht genau sagen. Aber ich bin es gewohnt, die Aufträge für ihn entgegenzunehmen. Falls Sie … ich meine …«

»Sí, sí. Ich habe Arbeit für Ihren Mann.«

Er warf seinen Umhang über den Arbeitshocker, noch ehe Sophie herbeieilen und ihm diesen abnehmen konnte. Dann legte er seinen Geigenkoffer auf die Werkbank und verdeckte mit dem Körper, was er als Nächstes tat.

Es war nur ein sanftes Klicken zu hören.

Ein kurzes Zögern, dann drehte er sich um und präsentierte ihr sein Instrument.

»Eine Guarneri del Gesù!«, entfuhr es Sophie. Wie sehr wünschte sie sich in diesem Moment, er möge den Bogen ansetzen und etwas darauf spielen, wenigstens einen Ton, und zugleich fröstelte es sie bei dem Gedanken, eine der Saiten könne tatsächlich aus dem Darm eines Menschen gefertigt worden sein – von einer Frau stammen, die er eigenhändig ermordet hatte.

»Ah, Sie sind eine Kennerin!«, bestätigte Niccolò Paganini und nickte beeindruckt.

»Ach, so schwer ist das ja nicht …«, wiegelte Sophie ab, denn dieses Wissen stand ihr als Hausfrau und Mutter natürlich nicht zu. »Von meinem Mann weiß ich, dass eine Guarneri diese charakteristischen, lang gezogenen, ja, fast schon exzentrischen f-Löcher hat. Auch an der Schnecke kann man eine Guarneri erkennen. Wie man an diesem Instrument sieht, ist sie von schneller Hand geschnitzt, weil dieses Bauteil schließlich keine Auswirkung auf den Klang hat.«

»Eine echte Kennerin!«, rief Paganini erfreut aus, der sich zum Glück mit ihrer Erklärung darüber zufriedengab, weshalb sie so viel Wissen hatte.

»Meine Geige ist vor ungefähr ein'undert Anni in die

55

Werkstatt von die italienische Maestro Giuseppe Guarneri gefertigt worden. Ich habe die Instrument vor balde dreißig Jahre, als junge Mann, von eine, wie sagt man, Mäzen geschenkt bekommen, eine Mann, der wollte fördern meine Talent. Nun ist eine kleine, wie sagt man, Malheur passiert. Es fällte mir sehr schwer, meine geliebte Violino, Il Cannone, so ist ihre Name, aus die Hände zu geben. Das ist, wie wenn meine Sohn im Krankenhaus, aber meine Geige muss repariert werde. Die … wie heißt diese …« Er zog einen Zettel aus seinem Frack. »Ah sí! Ich brauche eine neue Steg, und meine Griffbrett ist eine problema. Die Töne sinde nicht mehr sauber, wenn ich spiele, da sinde Geräusche, die da nicht hingehören, wie eine Zischen. Wohle kann man das Griffbrett nicht mehr abschleifen, es muss vielleicht neu – und weil die Steg dann nicht mehr passt, muss er auch neu. Das wirde doch möglich sein, oder?«

Der Wechsel des Stegs war grundsätzlich keine große Sache, dachte Sophie, allerdings mussten für den Austausch des Griffbretts die Saiten entfernt werden. Durch die fehlende Spannung würde der Korpus leicht instabil werden, und im schlimmsten Fall war es möglich, dass der Stimmstock im Inneren umfiel. Die Seele der Geige. Das käme einer Katastrophe gleich. Ebenso hatte das Griffbrett einen großen Einfluss auf das Spielverhalten des Instruments – und das hier war nicht irgendeine Geige.

Andererseits … was für eine Ehre, die Guarneri del Gesù des großen Virtuosen reparieren zu dürfen, seine geliebte Cannone, die er nicht jedem anvertraute. Mit einem solchen Namen im Auftragsbuch würde das Renommee der Werkstatt noch einmal um ein Vielfaches steigen – hinzu käme der zu erwartende Verdienst. Im Geiste überschlug Sophie die Einnahmen. Im besten Falle neun Gulden für die Herstellung und das Anbringen des neuen Griffbretts, einen

Gulden für den Ebenholzrohling, der neue Steg samt Herstellung brachte sechs Gulden ein. Sechzehn Gulden. Damit könnte sie über die Hälfte der Schulden auf einen Schlag zurückzahlen.

»Ich nehme den Auftrag gerne an«, hörte sie sich sagen.

»Ich brauche aber meine Geige morgen zu meine Concerto um zwölf Uhr wieder, sí? Es werden wohl zu die Mittagskonzert über zweitausend Zuhörer in die Redoutensaal kommen.«

»Morgen? Aber Sie haben doch bestimmt ein Ersatzinstrument?«

»Nein. Ich spiele nur auf diese Geige. Il mio Cannone violino. Sie ist meine Anima … wie sagt man auf Deutsch? Ah ja, sie ist meine Seele.«

Morgen. Nur diese Geige, seine Seele. Ihr verbindliches Lächeln verschwand. Paganini bemerkte es sofort.

»Die Zeit iste knapp, ich weiß. Vielleicht iste besser, wenn ich eine andere Geigenbauer suche. Eine, die mit mehrere Geselle arbeitet.«

»Das ist nicht notwendig! Das Instrument wird Ihnen spätestens morgen Vormittag zu Ihrer Unterkunft geliefert. Seien Sie unbesorgt.«

Antonia Bianchi zog die Augenbrauen hoch und sagte etwas auf Italienisch zu ihrem Mann, während sie den Kopf schüttelte. Es folgte ein abfälliger Blick in Sophies Richtung, und damit war alles gesagt. Mit dieser Frau war nicht gut Kirschen essen, dachte Sophie beklommen.

Der unduldsame Einwurf schien auf den Virtuosen allerdings keinen Eindruck zu machen, ganz im Gegenteil, er reagierte nicht mal darauf und sagte stattdessen zu Sophie: »Vielleicht reicht es auch, die Griffbrett abzurichten. Ich verlasse mich auf Sie, voll und ganz. Ich erteile Ihnen hiermit die Auftrag.«

Aufstieg oder Niedergang der Werkstatt. Etwas dazwischen gab es nicht.

Der Virtuose bettete seine Geige wieder in den mit rotem Samt ausgekleideten Koffer und klappte ihn zu. »Va bene allora. Was meinen Sie, sinde dreißig Gulden für diese eilige Reparatur angemessen?«

»Mehr als angemessen!«, rief sie aus. »Vor allem, wenn es kein neues Griffbrett sein muss.« Kaum ausgesprochen, hätte sie sich ohrfeigen können.

Paganini schüttelte entschieden den Kopf. »Weniger kommt gar nicht in die Frage. Schließlich muss für meine Auftrag alles andere liegen bleiben. Alora, dreißig Gulden, abgemacht?«

Sophie brachte keinen Ton heraus. Sie nickte.

»Sehr schön, dann ist das geklärt. Ach, haben Sie schon Biglietti für meine Auftritt?«

Vor Scham wäre Sophie am liebsten im Erdboden versunken. Was nun? Gestehen, noch keine Karte zu besitzen? Weil ihr Ehemann alles Geld versoff und verspielte, sein schlechtes Gewissen jedoch damit beruhigte, dass seine Familie schließlich keinen Hunger leiden musste? Das stimmte. Hunger litt niemand.

Sie starrte auf den Geigenkoffer, auf das abgewetzte rote Leder, in das mit goldenen Lettern »PAGANINI« eingeprägt war. Die Großbuchstaben wirkten wie eine nachdrückliche Aufforderung, hinter der sie das Ausrufezeichen fühlte. Es fiel ihr schwer, ihm abzusagen, doch ihr blieb nichts anderes übrig.

»Es tut mir sehr leid, aber mein Mann ist an dem Abend verhindert.«

»Das iste traurig. Aber Sie haben doch bestimmt Famiglia?«

»Wie bitte?«

»Ich meine, jemand, der begleiten möchte Sie?«

»Das ... vielleicht schon, aber ... Es tut mir leid. Eine Familienfeier, verstehen Sie?«

»Natürlich. Aber ist sehr, sehr schade. Mir wäre eine Freude gewesen.« Er griff sich seinen Umhang und schaute sich nach seinem Sohn um. »Achille? Andiamo!« Es wäre nicht notwendig gewesen, das Kind darauf aufmerksam zu machen, dass sie fertig waren. Der Junge hatte jedes der ihm wohl fremdklingenden Worte begierig verfolgt und sich seither nicht von der Stelle bewegt, an der sein Vater seine Hand losgelassen hatte.

Antonia Bianchi, von der sie weiterhin mit Argwohn betrachtet wurden, deutete ein knappes Kopfnicken an und verschwand ohne ein Wort des Abschieds noch vor ihrem Mann hinaus in die Kälte. Die Tür ließ sie offen stehen.

»Bitte entschuldige Sie die Unhöflichkeit von meine Frau. Sie meint nicht persönlich.« Paganini holte tief Luft. »Ist nur, weil sie ist sehr, sehr nervös vor ihre Auftritte. Sie iste eine Sängerin. Sie begleitet im Concerto ein paar von meine Stücke.«

Etwas an der Art, wie er seine Erklärung vortrug, ließ Sophie aufhorchen. Er hielt ihrem Blick mit demselben Erstaunen stand.

Etwas Wildes, Unbezähmbares lag in seinem Gesichtsausdruck, doch zugleich spiegelte der feuchte Glanz in seinen dunklen, fast schwarzen Augen manch erlittene Verletzung und die verzweifelte Suche nach Verständnis wider.

Eine Brücke des Verstehens baute sich zwischen ihnen auf, Sophie war, als finde sie sich auf einem Weg wieder, an dessen Ende sie ohne Widerstand eine Tür ins Innerste des Virtuosen öffnen konnte.

Sie war überwältigt. Noch nie hatte sie einem Menschen so tief in die Seele geblickt. Und plötzlich wurde ihr klar, warum sie sich ihm so verbunden fühlte.

Es waren seine Worte gewesen. Die Sätze, die er einstudiert hatte, um eine Lüge zu kaschieren. Das kannte sie nur allzu gut.

Paganini löste seinen Blick von ihr, kniete sich zu seinem Sohn, kontrollierte, ob der Mantel des Kleinen saß und nahm ihn an die Hand.

»Auf Wiedersehen«, sagte er sehr deutlich, damit sein Junge es nachsprechen konnte, und winkte im Aufstehen in ihre Richtung. Eifrig wiederholte Achille die Worte und lachte dabei. Das Lachen brach so unerwartet aus dem Jungen heraus, wie Sonnenstrahlen, die zwischen Gewitterwolken aufblitzen.

In der Tür drehte sich Paganini noch einmal um und setzte zu einer tiefen Verbeugung an.

»Ich hoffe, wir sehen uns noch eine Male wieder. Und bestellen Sie meine beste Grüße an Ihre Mann.«

Als er gegangen war, fühlte sich Sophie wie in einem Traum, in den Tropfen für Tropfen, Gedanke für Gedanke die Realität einsickerte. *Aufstieg oder Niedergang der Werkstatt.*

Mit jeder Minute, die verging, verfestigte sich ihre Befürchtung, die kommenden vierundzwanzig Stunden könnten sich in einen gnadenlosen Alptraum verwandeln, sollte sie es nicht schaffen, die Geige rechtzeitig in vollendeter Handwerkskunst zu reparieren.

❧ Kapitel 4 ❧

rau Mutter?«, hörte sie Kristians Stimme.
»Wollten Sie nicht kommen und unsere Aufgaben ansehen?«

Sophie drehte sich auf ihrem Platz an der Werkbank um,
wo sie noch einmal den Geigenkoffer geöffnet und voller
Ehrfurcht das Instrument des Virtuosen betrachtet hatte. So
viele Geigen hatte sie schon in der Hand gehalten, aber dieses
Instrument flößte ihr höchsten Respekt ein. Ob sie sich zu
viel vorgenommen hatte mit der Reparatur des Griffbretts?

»Ihr habt bestimmt alles richtig gemacht«, sagte sie gedankenverloren. Sie hatte den Blick zwar in Richtung ihrer
Kinder gewandt, die im Türrahmen stehen geblieben waren,
war jedoch im Geiste mit einem anderen Bild beschäftigt –
Paganini auf der Bühne, der die Arme hob wie zum Spiel und
dann einen hilflosen Blick zu ihr ins Publikum warf – denn
er hatte keine Geige.

»Gehen wir jetzt zum Prater?«, hörte sie Kristian fragen.

»Frau Mutter?«, hakte Katerina vorsichtig nach.

Das holte sie ins Hier und Jetzt zurück. Meine Güte, was
hing sie denn für Alpträumen nach?

Ja, der Prater, dachte sie betrübt und suchte nach Worten,
um ihnen beizubringen, dass sie nicht gehen konnten. Da fiel
ihr Blick auf die Beine der Kinder, und sie stellte fest, dass
Kristians dunkle Wollhose Hochwasser hatte und auch der
Saum von Katerinas dunkelrotem Lieblingskleid deutlich zu

hoch saß. Sowohl Hosen- als auch Kleidsaum hatte sie im Verlauf des Winters schon so weit wie möglich ausgelassen, weil ihre Kinder so schnell gewachsen waren. Jetzt half nur noch neue Kleidung nähen – für die Stoff gekauft werden musste.

»Warum antworten Sie nicht, Frau Mutter?«, fragte Kristian, und an seinem leicht niedergeschlagenen Ton war herauszuhören, dass er bereits eine Ahnung hatte.

So gern sie selbst diesen Ausflug unternommen hätte, dachte sie, innerlich seufzend, dieser Auftrag hatte Vorrang, und ihre Kinder waren alt genug, um das zu verstehen.

»Es tut mir sehr leid, ihr beiden, aber wir können heute nicht zum Prater, weil ich einen sehr wichtigen Auftrag erhalten habe, der bis morgen erledigt sein muss. Die Zeit drängt.«

Angesichts der tief enttäuschten Gesichter ihrer Kinder durchzuckte sie ein Schmerz. Doch es war nun mal nicht zu ändern.

»Stellt euch vor, der großartige Virtuose Niccolò Paganini war gerade eben hier und hat mir seine wertvolle Guarneri-Geige zur Reparatur überlassen. Was für eine Ehre für unsere Werkstatt!«

»Der Teufelsgeiger höchstpersönlich?« Kristian machte große Augen. »*Den* haben Sie in die Werkstatt gelassen, Frau Mutter? Er soll doch einen Pakt mit dem Teufel geschlossen haben?«

»Und er soll eine Frau ermordet und aus ihrem Darm eine Geigensaite gefertigt haben«, hauchte Katerina und warf einen ängstlichen Blick hinüber zur Werkbank, wo der Geigenkoffer lag.

Sophie seufzte. Bei den Kindern war dieses Gerede also auch schon angekommen. Aber da es in der Stadt kein anderes Thema mehr gab, hatte sich das wohl auch in der Schule herumgesprochen. »Das ist bloß ein Gerücht, Kinder. Denkt an das achte Gebot. Wie lautet es?«

»Du sollst kein falsch Zeugnis reden wider deinen Nächsten«, antworteten die beiden wie aus einem Mund.

»Aber …«, fuhr Kristian fort, »bitte verzeihen Sie meine Widerworte, Frau Mutter, unser Herr Lehrer hat uns die Wiener Zeitung lesen lassen und darin steht, dass der Virtuose tatsächlich fünf Jahre im Gefängnis gesessen hat.«

»Die Zeitung war sich dessen aber nicht sicher …«, setzte Sophie mit ruhiger Stimme an, »wobei sie das nicht so deutlich gesagt haben, sonst wäre es ja keine Schlagzeile mehr wert gewesen. Mit Gerüchten lässt sich viel Geld verdienen und noch mehr Schaden anrichten. Nachforschungen von italienischer Seite verliefen bislang jedenfalls im Sande, da gibt es keinen Hinweis auf eine Haftstrafe. Zudem ist das Ganze schon über zehn Jahre her. Ich kann nur sagen, er ist ein sehr netter, höflicher Mann und trotz seines Ruhms äußerst zurückhaltend.«

»Das muss ja nichts heißen …«, wandte ihr Sohn ein.

»Nein, natürlich nicht«, sagte sie kopfschüttelnd. »Aber es hätte die Werkstatt auch nicht weitergebracht, wenn ich den Auftrag wegen irgendwelcher Gerüchte abgelehnt hätte. Also, Schluss jetzt damit. Ihr könnt mal einen Blick auf die Geige werfen. Schaut, ich muss den Steg ersetzen und das Griffbrett reparieren.«

Zögernd traten die Kinder näher, so als lauere dort ein unberechenbares Raubtier, aber neugierig waren sie doch.

Katerina beugte sich als Erste über die Geige, um das Griffbrett näher zu betrachten. »Das hat ja so tiefe Rillen wie ein Waschbrett!«

»So etwas hab ich noch nie gesehen!«, rief Kristian. »Mein Griffbrett ist auch schon ein bisschen abgenutzt und hat ein paar kleine Untiefen, dort, wo meine Finger immer greifen, aber das? Mich wundert nicht, dass selbst Herr Paganini damit nicht mehr ordentlich spielen kann.«

»Ja, nicht wahr?« Sophie war erleichtert, dass es ihr offenbar gelang, die Kinder von ihrer Enttäuschung darüber abzulenken, dass der Ausflug nicht stattfand.

»Ein Griffbrett nutzt sich beim Spielen ab, das ist ganz normal, deshalb ist es ja aus Ebenholz gefertigt, einem extrem harten Holz, das man mit dem Hobel abrichten kann, wenn sich irgendwann doch Unebenheiten zeigen, die das Spiel stören. Das hier sind allerdings schon wahre Krater, wobei das kein Wunder ist, denn der werte Herr Paganini gibt seine Geige nur sehr ungern aus der Hand, müsst ihr wissen. Umso schwieriger ist jetzt meine Arbeit. Nicht nur, dass es vielleicht ein neues Griffbrett sein muss, das Ebenholz verhält sich beim Bearbeiten, als ob man eine Zwiebel schneidet. Zudem muss ich eine sehr scharfe Schneide verwenden, weil es so hart ist. Eine falsche Bewegung mit dem Hobel und – nicht auszudenken, was wäre, wenn ich von vorn anfangen müsste. Das Griffbrett hat großen Einfluss auf den Klang. Da darf nichts schiefgehen …«

»Unter diesen Umständen können wir natürlich nicht den Prater besuchen«, sagte Kristian und klang dabei schrecklich vernünftig.

Ja, sie hatte auf die Vernunft ihrer Kinder gezählt, aber diese Worte aus seinem Mund zu hören war befremdlich und schmerzte sie, denn er war doch erst zwölf und kam, ebenso wie seine Schwester, schon selten genug zu seinem Vergnügen.

»Ihr seid traurig, nicht wahr?«, fragte sie und nahm ihre Kinder rechts und links in den Arm. Die Zwillinge blieben ihr eine Antwort schuldig, aber ihre zu Boden gerichteten Blicke sagten alles.

Kurzerhand fällte sie einen Entschluss. »Wisst ihr was?

Wie wäre es, wenn ich euch ein paar Kreuzer mitgebe und ihr allein zum Prater geht?«

»Dürfen wir das denn?«, fragte Katerina und löste sich aus der Umarmung, um ihre Mutter bass erstaunt anzusehen.

»Ja, warum denn nicht? Ihr seid zu zweit, und ihr kennt den Weg. Es ist ja auch nicht weit.«

»Stimmt!«, rief Kristian aus. »Erst die Wollzeile entlang bis zum Donaukanal, dann immer am Ufer weiter und am Schluss nur noch die Franzensallee hoch, über die Franzensbrücke rüber, und dann sind wir auch schon da.«

»Genau!«, pflichtete ihm seine Schwester bei. »Das ist keine halbe Stunde zu Fuß. Aber eigentlich …« Katerina unterbrach sich selbst und sah ihren Bruder an.

»Aber eigentlich …«, wiederholte er, so als wisse er genau, was Katerina bewegte, »… würden wir viel lieber mit Ihnen zum Prater gehen, Frau Mutter. Sie waren doch auch schon so lange nicht mehr dort. Wir können auch noch bis morgen warten.«

»Geht ihr nur …«, sagte Sophie aufmunternd. »Wer weiß denn, ob ich es schaffe, dem Virtuosen die Geige rechtzeitig vor dem großen Konzert zu liefern. Wenn nicht, kann ich mich morgen nämlich vergraben.« Es sollte ein Scherz sein, und die Kinder lachten, doch unwillkürlich fragte sie sich, was sie im Falle des Falles tatsächlich tun würde.

»Wo findet das Konzert denn überhaupt statt?«, wollte Katerina wissen.

»Im Redoutensaal in der Hofburg. Da passen wohl 2000 Zuhörer rein, und eure Tante Florentine sagte mir schon gestern, dass es ausverkauft sei.«

»Oh«, machten die Zwillinge gleichzeitig.

»Ja, und deshalb muss ich mich jetzt auch dringend an die Arbeit machen, und ihr vergnügt euch auf dem Prater.« Sie griff in ihre Rocktasche und holte zwei Münzen zu zwanzig

Kreuzern heraus. »Für euch beide«, sagte sie und gab jedem eine Münze.

Ihr Sohn war sprachlos, und sie musste ihm das Geld regelrecht in die Hand drücken, weil er vor Überraschung wie gelähmt war.

»So viel Geld?«, fragte auch seine Schwester und betrachtete die Münze in ihrer Hand, als sei sie das Sterntalermädchen aus den Hausmärchen der Gebrüder Grimm.

»So viel ist das nun auch wieder nicht, und ihr habt es euch verdient«, sagte Sophie liebevoll, »ihr seid so artig und fleißig.«

»Vielen Dank, Frau Mutter«, sagten die Zwillinge. Dennoch blieben sie unentschlossen stehen.

»Nun geht schon!« Sanft schob sie ihre Kinder an den Schultern in Richtung Tür und gab ihnen einen Stups. »Und denkt dran, es ist kalt draußen.«

»Wir ziehen uns um, Frau Mutter«, sagte Katerina.

»Und noch mal vielen Dank, Frau Mutter«, fügte Kristian hinzu.

Sie sah ihren Kindern versonnen nach. Wenn sie die beiden nicht hätte, dachte sie voller Rührung. Sie waren ihr ganzes Glück. Seit sie auf der Welt waren, wusste sie, wie es sich anfühlte, wenn das eigene Herz außerhalb des Körpers herumlief.

Andererseits, wenn es die Kinder nicht gäbe, dann hätte sie es vielleicht längst gewagt, sich von ihrem Mann zu trennen, und sich als ehrlose Frau allein durchs Leben gekämpft, weil sie nur für sich selbst verantwortlich wäre.

Nein, auch dann würde ihr der Mut fehlen. Sie blieb, weil sie unsagbare Angst vor der Zukunft hatte. Es war gut möglich, dass sie nach einer Trennung in der Gosse landete. Solange sie jedoch bei ihrem Eheherrn blieb, war sie versorgt und wusste, woran sie war. Selbst seine Gewalttätigkeiten waren eine Form von Sicherheit, sie kehrten wieder wie das Amen in der Kirche, und das war ihr lieber als eine ungewisse Zukunft, so unlogisch und unverständlich das auch klingen mochte.

Genug davon, sie musste sich konzentrieren. Sophie atmete tief durch und zwang sich zur Ruhe, ehe sie die Guarneri del Gesù, Paganinis geliebte Geige, sein Leben und seine Seele, berührte. Was für ein Gefühl! Unbeschreiblich.

Was er wohl empfunden hatte, als er sie in der Werkstatt zurückgelassen hatte? Auch er musste dieses Gefühl kennen, dass das Herz außerhalb des eigenen Körpers schlug, und das nicht nur wegen seines Sohnes, sondern auch wegen seiner Geige.

Besonnen legte sie einen kleinen Eisenhobel, das Trennmesser, Spiritus, Leinöl, Bimsstein, einen Schleiflappen, eine Feile und die Ziehklinge auf der Werkbank bereit.

Was war das für ein Geräusch gewesen? Sophie horchte auf. Es hatte geklungen, als ob ihr Eheherr im oberen Stockwerk etwas fallen gelassen oder sogar absichtlich zu Boden geworfen hatte, und jetzt ließ er seine Wut lautstark hören. Sophie verstand nicht, was er rief.

Eine Flasche war es nicht gewesen, überlegte sie, das hätte geklirrt. Dem dumpfen Ton nach zu urteilen, könnte es eher ein Buch gewesen sein, wobei die Bibel das einzige war, was auf dem Nachtkasten ihres Mannes lag.

Sie rechnete damit, dass ihr Eheherr im nächsten Moment die Treppe herunterpoltern würde, doch zu ihrem Erstaunen blieb er in der Kammer, wo er rastlos umherging. Das dumpfe Geräusch seiner Schritte übertrug sich über die Deckenbalken in die Werkstatt.

Nun gut, das konnte sie ausblenden – Hauptsache, er wollte nichts von ihr.

✧ Kapitel 5 ✧

Nachdem sie überprüft hatte, ob sie wirklich alle benötigten Utensilien bereitgelegt hatte, nahm sie das wertvolle Instrument behutsam aus dem Geigenkoffer, der innen mit rotem Samt ausgeschlagen war.

Versonnen betrachtete sie den unermesslichen Schatz, den sie da in der Hand halten durfte. Wenn diese Geige erzählen könnte, was sie in den vergangenen drei Jahrzehnten an Paganinis Seite schon alles erlebt hatte, wo sie überall gewesen war. Mit dem Hexenmeister …

Nachdenklich strich sie über den schimmernden Korpus. Worin lag das Geheimnis von Paganinis Virtuosität? War die vierte Saite vielleicht wirklich nicht, wie gewöhnlich, aus Tierdarm gefertigt, sondern womöglich doch …?

Mit einem mulmigen Gefühl zupfte sie an der G-Saite. Ein Schauer lief ihr über den Rücken, unweigerlich, obwohl sie sich nicht anders anfühlte als die anderen. Wobei, überlegte Sophie beklommen, sie wusste ja gar nicht, wie eine Saite aus einem menschlichen Darm überhaupt aussah, wie sie sich anfühlte und ob sie sich optisch von einer Tierdarmsaite unterschied.

Nein, das war bloß ein Gerücht, rief sie sich selbst zur Ordnung, und der Virtuose hatte, wenn überhaupt, dann wegen einer anderen, viel harmloseren Tat im Gefängnis gesessen.

Besonnen bleiben, mahnte sie sich selbst. Sie durfte jetzt

keine solch gruseligen Vorstellungen zulassen, musste alles ausblenden, was sie ablenkte.

Sie griff nach dem Fettstift und markierte zur Sicherheit die Stimmstelle, ehe sie behutsam die Saiten entfernte, die sie noch einmal aufmerksam inspizierte. Auch im direkten Vergleich sah die vierte Saite aus wie alle anderen.

Nicht nachdenken, schalt sie sich.

Sie tränkte ein Läppchen in Alkohol, um das Griffbrett zu reinigen. Dann nahm sie all ihre Konzentration zusammen, und griff zum Hobeleisen. Sie prüfte es auf seine Schärfe und daraufhin, ob das Eisen irgendwo hervorstand. Lieber einmal mehr hobeln, als mit dem ersten Hobelstoß einen Fehler begehen, den man nicht mehr ausgleichen konnte.

Mit der linken Hand umfasste sie den Hals der Geige, den gerundeten Boden stütze sie auf die Knie. Sie atmete tief durch, dann setzte sie den Hobel an und führte ihn vorsichtig in gerader Linie vom breiten Griffbrettende bis zum Obersattel.

Kurz überlegte sie, ob sie den Geigenhals auf der Kante der Hobelbank abstützen sollte, um einen besseren Halt zu haben, so wie sie es von ihrem Mann gelernt hatte. Da der Geigenkorpus nach dem Entfernen der Saiten leicht nachgab, konnte schon eine geringe Aufdehnung zwischen Boden und Decke dazu führen, dass der Stimmstock aus der Position fiel. Wenn sie die Geige auf ihrem Bein hielt, durfte sie also keinen starken Druck auf das Instrument ausüben. Möglich war auch, dass der Stimmstock durch die Erschütterung beim Hobeln umfiel. Das durfte auf keinen Fall passieren.

Pauls Methode hingegen barg die Gefahr, dass man zu viel Druck mit dem Hobel ausübte, dieser an einer Stelle zu scharf einschnitt und eine zu starke Höhlung verursachte. Damit wäre das Griffbrett ruiniert.

So oder so, eine heikle Angelegenheit.

Nicht daran denken, mahnte sie sich. Angst war ein schlechter Begleiter. Sie schniefte. Die Bearbeitung des Ebenholzes forderte ihren ersten Tribut. Eigentlich hätte sie zum Schutz ein Tuch vor Nase und Mund binden müssen, sie wollte jedoch die Geige nicht aus der Hand legen.

Der Stimmstock. Es käme einer Katastrophe gleich, wenn er umfiele. Sie könnte das Wiederaufstellen dieses kleinen Holzstabs zwar mit einem speziellen Werkzeug durch eines der f-Löcher erledigen, aber seine Position war absolut entscheidend, und schon die hauchfeinste Verschiebung wirkte sich auf den Klang der Geige aus …

Ruhig bleiben, ganz ruhig, predigte sie sich.

Immerhin schien ihr Mann sich wieder gefangen zu haben, denn von oben war nichts mehr zu hören, er hatte sich offenkundig wieder hingelegt.

Dachte sie.

Doch da waren Schritte auf der Treppe.

Bitte nicht jetzt, flehte sie stumm, und ihr Stoßgebet wurde erhört.

»Bis später, Frau Mutter!«, riefen ihre Kinder, kaum unten angekommen. Sie streckten nur kurz die Köpfe zur Tür herein, nahmen das obligatorische »Passt auf euch auf, und seid anständig« entgegen, dann fiel auch schon die Haustür ins Schloss.

Mit einem Lächeln auf den Lippen blickte sie ihren Kindern nach, stellte sich vor, wie sie fröhlich der Straße folgten, und war froh, dass sie die beiden trotz der Umstände glücklich gemacht hatte.

Dann besann sie sich wieder auf die Arbeit, hobelte weiter in Längsrichtung am Geigenhals entlang und achtete penibel darauf, die Unebenheiten zu beseitigen, die ursprüngliche Rundung des Griffbretts dabei jedoch nicht zu verändern.

Vor lauter Anspannung sog sie die Unterlippe zwischen die Zähne und kaute darauf herum, bis es schmerzte.

Die Rillen waren schon flacher geworden, nur noch einen Hobelstrich.

Geschafft!

Erleichtert legte sie das Werkzeug beiseite und nahm die Feile, um die üblichen Spuren auszugleichen, die ihre Arbeit hinterlassen hatte, dann griff sie zu der scharf geschliffenen Ziehklinge, um auch die Feilspuren zu beseitigen. Zufrieden betrachtete sie das Zwischenergebnis.

Das lief besser als gedacht.

Mit der Ziehklinge entfernte sie die letzten Unebenheiten. Der feine Holzstaub reizte ihre Augen, Tränen quollen hervor, bis sie nichts mehr sah und sich mit dem Handballen über die Augen wischen musste. Sie brannten wie Feuer, und ihre Nase war zugeschwollen.

Dennoch wandte sie alle Sorgfalt darauf, das Griffbrett zu Ende zu schleifen. Die Haut an ihren Fingerkuppen wurde schwarz, der Staub setzte sich auch unter ihre Fingernägel, die sie nur mühsam wieder sauber bekommen würde. Doch das war ihr gleichgültig, das Ergebnis der Arbeit zählte.

Mit einem Tuch und einer Mischung aus Leinöl und gemahlenem Bimsstein polierte sie das Griffbrett und rieb mit einem trockenen Lappen so lange nach, bis es in feinem Glanz erstrahlte wie neu.

Aus brennenden und tränenden Augen betrachtete sie voller Stolz ihr Werk.

Nur nicht zu früh freuen, mahnte sie sich. Erst wenn die Geige wieder spielfertig war, alle Töne rein und brillant klangen, dann durfte sie jubeln.

Es rumpelte wieder in der Schlafkammer, und Sophie hoffte inständig, dass gleich wieder Ruhe einkehrte, aber dieses Mal hielt das Poltern an, wurde lauter, und Sophie ahnte, dass ihr Eheherr aufgestanden war. Im nächsten Moment hörte sie ihn auch schon auf der Treppe.

In seinem Zustand war es gut möglich, dass er stolperte und fiel. Erst wollte sie ihm entgegeneilen, doch sie fühlte sich wie gelähmt, und dann entschied sie sich dafür, dem Schicksal seinen Lauf zu lassen.

Fast tonlos, mit kaum sichtbaren Lippenbewegungen betete sie das Vaterunser. Ein anderes Gebet, mit dem sie Gottes Beistand herbeirufen könnte, fiel ihr nicht ein.

Sie presste ihre gefalteten Hände um den Geigenhals, und obwohl ihre Fingerknöchel schmerzten, ließ sie nicht locker. Sie stellte sich vor, dass jemand an ihrer Seite wäre, der ihre Hand festhalten und ihr Kraft geben würde.

Sie wagte es nicht direkt, um Erlösung von ihrem Eheherrn zu bitten, dennoch bat sie um Gottes milden Ratschluss. Doch der oberste Richter hatte kein Einsehen, Paul hatte das Ende der Treppe erreicht. Sekunden später hörte sie, wie er geräuschvoll die Vorratskammer durchsuchte.

Wonach er suchte, war ihr sofort klar. Hoffentlich fand er schnell Nachschub und ging dann wieder zurück in die Schlafkammer, ohne sie zu behelligen.

Leider klang Pauls Fluchen nicht danach, und kurz darauf wankte er im brauen Hausanzug und mit nackten Füßen in die Werkstatt.

»Weib? Haben wir …« Er unterbrach sich selbst. »Ich glaub, ich seh nicht recht. Was sitzdu da wie inner Kirche zum Gebet? Hassu nichts zu tun?«

Sie senkte den Kopf und wünschte sich weit, weit weg. Konnte er nicht einfach verschwinden?

Er stellte sich breitbeinig mitten in die Werkstatt und ballte die Hände zu Fäusten.

Im Grunde war er eine Witzfigur, dachte Sophie, doch sie wusste aus Erfahrung, dass er selbst in diesem Zustand noch genug Kraft hatte, um sie mit einem Schlag umzuhauen – dafür musste er nicht mal die Faust erheben, es genügte die flache Hand.

»Ich arbeite«, entgegnete sie mit zitternder, tränenerstickter Stimme, da die Reizung durch das Ebenholz anders als beim Schneiden einer Zwiebel viel länger anhielt.

»Lüg nicht! Du sitzt hier rum und guckst Löcher in die Luft.«

»Das stimmt nicht!«, fuhr sie ihn an, doch dann bemühte sie sich sofort um eine andere Tonlage. Freundlichkeit war jetzt ihre einzige Rettung. »Sieh doch, was ich gemacht habe. Ist das Griffbrett nicht schön geworden?«

Paul entspannte seine Hände und kam näher. Erstaunen breitete sich auf seinem Gesicht aus.

»Woher kommt die Geige? Das is doch eine Guarneri!«

»In der Tat … Und du ahnst nicht, wem sie gehört.«

»Doch nicht etwa diesem Paganini … diesem … diesem Mörder? Den hast du in meine Werkstatt eingelassen?«

Sie ignorierte seinen Vorwurf und reagierte betont vernünftig und ruhig. »Paganini war mit seiner Familie hier, er ist ein sehr netter und zurückhaltender Mann. Er ist auf Empfehlung in deine Werkstatt gekommen. Stell dir vor, es hat sich bis nach Italien herumgesprochen, dass du der beste Geigenbauer Wiens bist.« Sie musste schlucken, als sie ihm Paganinis Kompliment weitergab, doch es sollte dazu dienen, Paul zu besänftigen.

»So, so«, entgegnete er wenig überzeugt. »Und was wollte er?«

»Erst hat er sich ganz genau umgesehen, er wollte sich ein eigenes Bild von der Werkstatt machen, dann hat er mir einen Auftrag erteilt und seine Geige anvertraut. Steg ersetzen und Griffbrett abrichten oder sogar erneuern. Ist das nicht phantastisch?«

»Man macht keine Geschäfte mit dem Teufel!«

Ihr blieb der Mund offen stehen. »Bitte beruhige dich …
Das sind doch bloß Gerüchte. Und dieser Auftrag ist eine unglaubliche Ehre, die Werkstatt wird noch bekannter werden.«

Da passierte es. In diesem kurzen Moment der Unauf-
merksamkeit, der Überraschung, hatte sie zu viel Druck auf
die Geige ausgeübt. Mit einem feinen Klackgeräusch fiel der
Stimmstock im Inneren des Geigenkorpus um. Das leise Geräusch hallte in ihr nach, so als ob es ein gellender Schrei gewesen wäre.

Ihr Eheherr hatte die Katastrophe nicht wahrgenommen.

»Gerüchte?«, polterte er. »Weissu nich, dass dieser Teufelsgeiger wegen Mord im Gefängnis gesessen hat? Er hatte
nichts in seiner Zelle, nichts, außer seiner Geige. Die hat man
ihm zur Beschäftigung gelassen. Und dann …« Paul hob die
Arme, so als wolle er die Haltung des Geigers nachahmen,
wodurch er aus dem Gleichgewicht geriet und ein paar Aus-
fallschritte nach hinten machen musste, ehe er schwankend
seinen Stand wiederfand. »Und dann hatter einen Pakt mit
dem Satan geschlossen! Er hat dem Teufel seine Seele verkauft, verkauft hatter sie, damit er spielen kann, wie kein annerer auf der Welt. Kein annerer!« Paul keuchte. »Gib mir
den Hocker!«

Sie legte Paganinis Geige sanft auf einem weißen Tuch
auf der Werkbank ab, dann schob sie ihrem Eheherrn widerwillig die Sitzgelegenheit hin.

Schwer atmend ließ er sich auf den Hocker fallen. Seine
Hände zitterten wie Espenlaub. »Teufel! Mörder! Satan!
Hexer!«

»Paul, beruhige dich, wir sind doch nicht mehr im Mittelalter.«

»Im Mittel… im Mittelaller hätte man diesen … diesen
Besessenen, diesen …« Ihm fiel offenkundig keine weitere

Bezeichnung mehr ein. »Verbrannt! Verbrannt hätte man ihn.«

»Paul, es ist gut, bitte.« Der umgefallene Stimmstock war in den Hintergrund geraten, dabei war das doch das eigentliche Drama. »Ich muss weiterarbeiten. Ich habe von Paganini einen Auftrag erhalten, der uns dreißig Gulden einbringt.«

Sie betonte die Summe in der Hoffnung, dass Paul innehalten und zur Besinnung kommen würde – und tatsächlich. Erst entgegnete er nichts mehr, dann starrte er sie mit offenem Mund an, und schließlich wiederholte er tonlos: »Dreißig Gulden?«

»Ja, so viel – eine fürstliche Entlohnung. Wenn ich die Geige bis morgen zum großen Konzert repariert habe. Das Griffbrett habe ich schon abgerichtet. Sieh doch nur, wie gut es mir gelungen ist. Aber gerade ist mir der Stimmstock umgefallen …«

»Der Stimmstock? Und dann sitzdu hier rum?«

Es war nicht auszuhalten, dachte Sophie. Sie vermied es, ihm ins Gesicht zu sagen, dass er sie aufhielt, und antwortete stattdessen vorsichtig: »Ich würde jetzt gern weiterarbeiten.«

»Nein, du gehs jetzt einkaufen.«

Er wirkte so jämmerlich, und dennoch hatte sie Angst vor ihm. Seine Augen funkelten böse.

Sie ahnte, was er von ihr wollte. Jetzt wurde es brenzlig, denn neben dem dringend zu erledigenden Auftrag hatte bislang das stumme Abkommen zwischen ihnen bestanden, dass er sich wenigstens seinen Alkohol selbst besorgte.

Noch vor ein paar Monaten hatte sie peinlich genau kontrolliert, was und wie viel er trank, und nachdem sie eines seiner Flaschenverstecke gefunden hatte, hatte sie in ihrer Not und wütender Verzweiflung den Alkohol weggeschüttet. Es folgte ein Tobsuchtsanfall seinerseits, und sie hatte es nie wieder gewagt.

Ihre Halsschlagader pochte schmerzhaft, weil sie zu einer Widerrede ansetzen wollte, doch dann entschied sie, sich arglos zu zeigen. »Ich war doch erst einkaufen?«

»Du gehs jetzt und kaufst ein!« Was genau, sprach er nicht aus, aber das war auch nicht notwendig.

»Paul, ich bitte dich, ich muss arbeiten, dringend, ich habe keine Zeit zu verlieren – und du weißt, warum.« Sie betonte ihre letzten Worte, ließ sie in aller Doppeldeutigkeit stehen, suchte seinen Blick. Er starrte mit glasigen Augen zurück. Sie versuchte, einen Zugang zu ihm zu finden, stumme Zwiesprache mit ihm zu halten, ihm zu sagen, dass er die ganze Familie ins Verderben stürzte, wenn er nicht vom Alkohol abließ.

Wo war der Mann hin, in den sie sich damals verliebt hatte? Wann hatte Paul sich selbst verloren? Was war der Auslöser für seinen Wandel gewesen?

Paul stand auf und wankte auf sie zu. Was war bloß für ein Mann aus ihm geworden, dachte Sophie. Bei seinem Anblick empfand sie nichts als Abscheu – und jede Menge Angst, vor allem, als er im Näherkommen die Fäuste ballte. Er war jetzt nur noch eine Armlänge von ihr entfernt.

»Du tus, was ich sage. Ich bin dein Eheherr!«

Wenn Blicke töten könnten, dachte sie unwillkürlich.

Innerlich wich sie zurück, aber nach außen hin versuchte sie, sich stark zu zeigen, damit er nicht wieder Oberwasser bekam.

Nicht Paganini hatte einen Pakt mit dem Teufel geschlossen, sondern ihr eigener Mann. Nein, noch mehr, Paul war selbst zum Teufel geworden, der einen Erfüllungsgehilfen suchte. Ein Hohn, dass er sich über Paganini aufregte.

Es widerstrebte ihr zutiefst, den Handlanger für ihn zu spielen, auch wenn es wahrscheinlich klüger wäre, nachzugeben.

Vielleicht sollte sie das alles pragmatischer und weniger dramatisch sehen. Und zudem, wenn man es zynisch betrachtete, kam es auf eine Flasche mehr oder weniger auch nicht mehr an.

Wenn sie jetzt einlenkte, dann wäre er zufrieden, und sie liefe nicht länger Gefahr, von ihm geschlagen zu werden. Sie würde einkaufen gehen, er hätte seinen Schnaps, und sie könnte bis spät in die Nacht ungestört arbeiten. Diesen Weg würde sie wählen.

Auf einer Sache musste sie jedoch bestehen: »In Ordnung, Paul, aber dann musst du mir Geld aus deiner Schatulle geben«, entgegnete sie so ruhig wie möglich. »Mein Marktgeld ist nicht dafür gedacht.«

»Das is mir egal! Das is sowieso alles mein Geld. Alles meins! Alles gehört mir. Du auch. Du gehörst auch mir. Du bist mein Weib!« Er griff nach ihren Oberarmen und zog sich an ihr hoch. Sophie versuchte zurückweichen, doch sein Griff war fest. Erbarmungslos fest, so als hätte er sie in eine Schraubzwinge geklemmt.

»Du tust mir weh!«, rief sie.

»Das muss ich, weil du mir nich gehorchst!« Er zerrte sie an sich, und sein widerlicher Atem nahm ihr die Luft.

»Ich gehe doch«, keuchte sie. »Aber ich kann nicht das Marktgeld für deinen Schnaps ausgeben!«

»Doch, das kannst du …« Seine Stimme rutschte in eine bedrohliche Tiefe, die ihr eine Gänsehaut bescherte. Aus Erfahrung wusste sie, dass es nicht mehr lang dauerte, bis er zuschlug.

Warum zwang er sie, ihr Marktgeld anzugreifen? Seine Schatulle lag im abgeschlossenen Nachtkasten neben seinem Bett, und wahrscheinlich war es ihm einfach nur zu umständlich, die Treppen zu steigen.

»Ich kann deine Schatulle holen«, bot sie ihm an.

»Nein! Lass das!« Er spie ihr die Worte regelrecht ins Gesicht, und Spucketröpfchen scharf wie Nadelstiche trafen ihre Wange. Sie zuckte zurück. Sie verstand nicht, warum sie die Schatulle nicht holen durfte. Sie hatte ein eigenes Schloss, zu dem er den Schlüssel immer bei sich trug, er musste also nicht befürchten, dass sie sich heimlich bediente. Oder hatte er vorhin etwa die Schatulle zu Boden geworfen – aus Wut, weil da nichts mehr war? Ihr wurde siedend heiß.

Ahnungslos zeigen, mahnte sie sich. »Warum denn nicht?«, fragte sie und gab sich der Hoffnung hin, dass er ihren bösen Verdacht nicht bestätigte.

»Weil da nichts mehr drin ist!« Er schleuderte ihr die Wahrheit nur so entgegen. »Nichts mehr! Nichts! Nichts! Nichts!«

Das saß. Die Erkenntnis war beinahe so schmerzhaft wie seine Schläge.

Dieses *Nichts*, diese hämmernde Betonung, löste Panik in ihr aus.

»Nichts mehr?«, fragte sie atemlos, weil sie die Tatsache nicht wahrhaben wollte. Das brachte ihn noch mehr in Rage.

»Ja, nichts mehr. Gar nichts mehr! Und ich habe nichts mehr zu trinken! Also geh' endlich.«

Sie blieb stocksteif stehen.

»Wird's bald?« Er schleuderte sie so schwungvoll von sich wie den Inhalt eines Jaucheeimers, so dass sie in Richtung Tür stolperte.

Sophie fing sich, bevor sie mit dem Kopf voran an den Türrahmen prallte. Blitzschnell drehte sie sich zu Paul um, weil sie fürchtete, dass er ihr mit erhobenen Fäusten nachsetzte. Doch er war stehen geblieben, und sie starrten einander an. Ihr Atem ging schnell, ihr Herz schlug schmerzhaft gegen die Brust.

Paul machte zwei langsame Schritte auf sie zu. »Wenn du

jetzt nicht sofort gehst, bringe ich dich um. Hast du gehört? Ich bringe dich um«, sagte er bedrohlich leise.

Da ergriff sie die Flucht.

Ohne ihr Marktgeld, jedoch geistesgegenwärtig genug, um ihren Mantel vom Haken zu reißen, ehe sie aus der Tür rannte. Für ihre Stiefel war keine Zeit.

In Filzschuhen lief sie von der schneebedeckten Domgasse ums Eck bis in die Schulerstraße, doch selbst an der nächsten Ecke schien ihr der Abstand zum Haus noch nicht groß genug zu sein. Sie hatte das Gefühl, ihr Eheherr würde ihr folgen, obwohl ihr Verstand ihr sagte, dass er dazu gar nicht in der Lage war.

Erst in der Wollzeile hielt sie keuchend inne und blickte sich um. Sie war vor dem Haus stehen geblieben, in dem vor einigen Jahren als besondere kulturhistorische Merkwürdigkeit das erste Schwitzbad der Stadt eröffnet worden war, über das sich die Wiener seither das Maul zerrissen. Nicht weit davon entfernt befand sich die Apotheke zum römischen Kaiser mit den drei großen Rundbogenfenstern. Obwohl sie in einer vertrauten Umgebung war, fühlte sie sich verloren und fremd. Was sollte sie jetzt tun?

Selbst wenn sie gewollt hätte, ohne Geld konnte sie ihrem Eheherrn keinen Schnaps kaufen – und ohne Schnaps nicht nach Hause zurück.

Dorthin musste sie jedoch schnellstmöglich. In die Werkstatt. Nicht auszudenken, wenn Paganinis Geige morgen Mittag nicht spielbereit war. In höchster Klangvollendung.

Zudem gab es da noch eine zweite, quälende Sorge: Unter keinen Umständen durften ihre Kinder allein auf ihren Vater treffen, solange er nicht mit Schnaps besänftigt war. Sie musste zum Prater und die Kinder warnen.

Kapitel 6

*M*atschakerhof.« Mit Mühe sprach Niccolò Paganini das Wort aus, das er von dem Schild auf der gelben Fassade des dreistöckigen Hauses abgelesen hatte. Es war oberhalb des Torbogens angebracht, darüber ein hübscher Balkon.

Schon gestern hatte er sich dieses Haus näher ansehen wollen, aber seine Frau Antonia hatte in Anbetracht der Schaulustigen, die ihnen wie ein Tross durch die Stadt gefolgt waren, darauf gedrängt, sofort zurück in ihr Quartier im Trattnerhof zu gehen, der nur eine Gasse entfernt lag.

»Was bedeutet Matschakerhof?«, fragte er auf Italienisch. Im Gegensatz zu seiner Frau hatte er sich als Vorbereitung auf den Aufenthalt in Wien mit einem Lehrbuch bemüht, der deutschen Sprache mächtig zu werden, denn im Anschluss war noch eine Konzertreise durch Deutschland geplant. Antonia hingegen hatte das Lernen schnell aufgegeben, weil ihr die Grammatik zu kompliziert war, und überhaupt gefiel ihr die Sprache nicht – wie so vieles.

»Was weiß ich?«, entgegnete Antonia genervt. »Das ist eben der Name für dieses Gasthaus, weil die Familie so heißt, der es gehört.«

»Auf der Tafel neben dem Torbogen steht aber ›Wilhelm Mayenhöfer‹.«

»Meine Güte, dann hieß die Familie, die den Gasthof gegründet hat, eben so. Und nun komm. Andiamo, subito!«

»Aspetta, aspetta«, entgegnete er beschwichtigend. »Warte noch kurz, Antonia.«

Er wollte sich dieses Haus näher ansehen, weil es ihn auf magische Weise anzog. Es war anders als all die anderen Gebäude rundum, aber keineswegs weniger hübsch. Es war zwischen zwei höheren grauen Gebäuden eingeklemmt, weshalb es wirkte, als fehle das Dach, dabei war es nur flach gebaut. Aber das tat seiner Schönheit keinen Abbruch, im Gegenteil, auch durch die aufwendigen Verzierungen an der Fassade wirkte es sehr interessant. Eine außergewöhnliche Schönheit, an der sich sein Auge erfreute, während seine Frau keinen Blick für die Besonderheiten dieser Stadt hatte. Sie wollte möglichst schnell noch einmal zur Werkstatt des Geigenbauers Sawicki. Antonia wollte sich unbedingt vergewissern, dass die Reparaturen an der Geige ordnungsgemäß vorangingen.

Er hingegen hatte das tiefe Vertrauen, dass seine geliebte Cannone bis zum Konzert spielbereit sein würde, und deshalb war er die Ruhe selbst.

Er war gestern schon auf dieses Haus aufmerksam geworden, nicht nur wegen des besonderen Aussehens, sondern auch wegen des Stimmengewirrs fröhlicher Menschen, durchmischt mit Geschirrklappern, das auch jetzt wieder gedämpft auf die Straße drang.

Er horchte auf die Geräusche, ließ den Klang auf sich wirken und beschloss, seiner Geige beim morgigen Konzert ein ähnliches Raunen und Summen zu entlocken. Möglich sollte das sein, aber ausprobieren konnte er es nur spontan während des Auftritts, wenn ihm der Sinn danach stand. Denn ganz abgesehen davon, dass sein geliebtes Instrument in der Werkstatt lag, wäre es das erste Mal seit gut einem Jahrzehnt, dass er seine Geige zum Üben in die Hand nehmen würde.

»Niccolò, andiamo!«

Wozu diese Eile? Sie mussten doch nur noch einmal ums Eck, dann waren sie schon auf dem Stephansplatz vor der Domkirche, und von dort aus waren es höchstens noch zehn Minuten zur Geigenbauwerkstatt.

»Nun komm schon!« Antonia zupfte wie ein kleines Kind an seinem Mantelärmel.

Unmöglich, dachte er kopfschüttelnd. Sie sollte sich ein Beispiel an ihrem eigenen Sohn nehmen. Sein Dreijähriger wartete ruhig darauf, dass sein Vater weiterging, und betrachtete einstweilen seine Umgebung. Das tat Achille ohnehin am liebsten – unbeweglich dastehen, dem Treiben zusehen und alles in sich aufsaugen.

»Ich bitte dich, Antonia, wir sind doch nicht auf der Flucht. Was macht es denn aus, wenn wir etwas später bei der Geigenwerkstatt sind? Wir kommen ohnehin unangemeldet, da müssen wir doch keine Uhrzeit einhalten.«

»Du tust gerade so, als hätten wir Zeit für einen Stadtspaziergang!«, echauffierte sich Antonia. »Ich will wissen, ob der Meister mit der Reparatur deiner Geige angefangen hat.«

Ermattet deutete er ein Kopfschütteln an. »Es wird alles seinen Gang gehen. Du bist viel zu nervös, und ich möchte nicht, dass du mit deinem Gezeter noch mehr Aufmerksamkeit auf uns lenkst.« Ohnehin standen sie unter ständiger Beobachtung. Zwar wagte es keiner, sie anzusprechen, doch mit gebührendem Abstand wurde getuschelt und mit dem Finger auf sie gezeigt.

»Gezeter?«, rief Antonia und ihre Stimme schnellte dabei so in die Höhe, als wollte sie das dreigestrichene C erreichen. Immerhin kam sie jedoch zu einer gewissen Einsicht und damit einen Schritt näher, ehe sie zischte: »Ja, ich bin nervös! Und ich kann nicht verstehen, wie du so ruhig bleiben kannst!«

»Das ist eben so«, entgegnete er schlicht. Tatsächlich konnte er es sich selbst nicht erklären. Seitdem er die Werkstatt inspiziert hatte, sagte ihm sein Bauchgefühl, dass alles gut gehen werde, obwohl er den Meister nicht persönlich angetroffen hatte. Normalerweise kostete es ihn große Überwindung, seine geliebte Cannone aus den Händen zu geben, aber genau deshalb war die Reparatur vor dem großen Konzert unabdingbar geworden – weil er sie schon viel zu lange hinausgezögert hatte.

Erneut ging ihm die Begegnung mit der Frau des Geigenbauers durch den Kopf, denn sie hatte so tief in ihn hineingeblickt, wie noch kein anderer Mensch zuvor.

Sie hatte *ihn* erblickt – nicht den Teufelsgeiger, den Hexenmeister oder den Satansspross, sondern den wahren Niccolò Paganini. Bis in die Tiefen seiner Seele war sie vorgedrungen, was selbst seiner Frau bislang nicht gelungen war.

»Du hast doch wirklich die Ruhe weg!« Es fehlte nicht viel, dass Antonia mit dem Fuß aufstampfte. Sie presste ihre Lippen zusammen und verzog den Mund, wie schon so oft an diesem Tag.

Niccolò seufzte. Es war nicht nur der unangekündigte Besuch in der Geigenwerkstatt, zu dem sie ihn überredet hatte. An allem und jedem hatte Antonia etwas auszusetzen. Nie war sie zufrieden. Wenn er mal kein Wort der Beschwerde von ihr hörte, dann schlief sie.

»Wollen wir nicht ins Gasthaus gehen und etwas zu uns nehmen?«, fragte er, um die Wogen zu glätten und sie vielleicht bei einem leckeren Essen davon zu überzeugen, dass ein Kontrollbesuch in der Werkstatt nicht notwendig war.

»In dieses Gasthaus? Bist du von allen guten Geistern verlassen? Ich will mich nicht mitten am Tag betrinken.«

»Von einem Glas wird man doch nicht betrunken. Außerdem führt man dort bestimmt auch Säfte, und mit Sicherheit gibt es sehr schmackhafte Gerichte. Ich habe Hunger, du nicht?«

»Als ob du dir etwas aus der Wiener Küche machen würdest, du isst doch ohnehin wie ein Spatz, und am Ende verdirbst du dir so kurz vor dem Konzert mit dieser ungewohnten Kost den Magen.«

Niccolò schwieg, weil er dagegen nichts vorzubringen hatte. Es war ein schwacher Versuch gewesen, den Besuch in der Geigenwerkstatt abzuwenden, denn er mochte sich nicht ausmalen, wie er reagieren würde, wenn er seine Geige saitenlos und ohne Griffbrett erblickte. Bei der Operation des eigenen Kindes sah man doch auch nicht zu. Also startete er noch einen Ablenkungsversuch.

»Sieh mal, hier gegenüber hat bis vor drei Jahren unser Landsmann Antonio Salieri gelebt. Wie schade, dass wir es nicht mehr geschafft haben, uns in Wien zu treffen. Ich wollte ihn immer mal besuchen.«

»Dafür ist es jetzt zu spät, wie du selbst bemerkst«, entgegnete Antonia enerviert.

»Das stimmt. Er hat ja fast sein ganzes Leben hier verbracht, in seinen Adern floss italienisches Blut, aber er war ein Wiener durch und durch – nur wollte das keiner anerkennen. Für die Wiener war er immer der böse Italiener, der ihren geliebten Mozart vom Sockel stoßen wollte.«

»Ihr hättet euch sicherlich gut verstanden«, bemerkte Antonia spitz.

»Was willst du denn damit sagen?« Brüskiert verschränkte er die Arme vor der Brust.

»Andiamo!«, rief Antonia entschieden und ging ein paar Schritte voraus. Doch selbst Achille würde seiner Mutter nicht folgen, solange sein Vater sich nicht in Bewegung setzte, lieber blieb er an dessen Hand.

»Warte!«, rief er seiner Frau nach, denn er hatte etwas gehört: Von der breiten Straße her ertönten zwischen dem Kutschenlärm Geigenklänge, die seine Aufmerksamkeit erregten.

»Was machst du denn *jetzt?*«, rief seine Frau, als er mit Achille an der Hand die Seilergasse zurück zur Hauptflaniermeile ging.

»Ich will mir das anhören, da hat jemand Talent.«

An der Ecke hielt er Ausschau und entdeckte zu seiner Überraschung zwei Kinder in grauen Mänteln, einen Jungen und ein Mädchen, etwa zwölf oder dreizehn Jahre alt, Geige spielend vor einem Brunnen. Der Junge trug eine schwarze Mütze und einen blauen Wollschal, das Mädchen eine weiße Haube und einen Schal, der die Farbe ihrer kälteroten Wangen hatte. Die beiden sahen sich sehr ähnlich, vielleicht waren es sogar Zwillinge.

Sie spielten ohne Noten, einander leicht zugewandt, und waren ganz auf ihre Musik konzentriert. Es war ein schweres Stück, das die Kinder spielten, aber die Töne waren von beeindruckender Reinheit und vollendetem Klang.

Noch hatten die beiden ihn nicht bemerkt. Er stellte sich seitlich zu ihnen und hörte beeindruckt zu. Bewundernswert, wie flink sie ihre Finger trotz der augenscheinlich steif gefrorenen Glieder bewegten. Selbst wenn sie Schmerzen hatten, so zeigten sie es nicht.

Niemand sonst schenkte den Kindern Beachtung, die sich denkbar ungünstig postiert hatten – selbst er, der er dort neben dem Brunnen stand, fiel den geschäftigen Passanten nicht auf.

Nachdem die beiden geendet hatten, klatschte er Beifall und ging mit Achille auf die beiden zu. »Ihr spielt sehr schön.«

Der Junge ließ augenblicklich seine Geige sinken. Er wirkte ängstlich, und seinem ehrfürchtigen Blick nach zu urteilen, hatte er erkannt, wer vor ihm stand.

»Herr Paganini«, hauchte er und machte eine tiefe Verbeugung. Auch das Mädchen versank in einen Knicks.

»Wirklich sehr schön! Weiter so!«, lobte er die Kinder, die kein Wort mehr hervorbrachten. Er warf einen Blick in den Geigenkasten, der aufgeklappt vor den beiden lag, und stellte fest, dass sich nur wenige Münzen hineinverirrt hatten – viel zu wenige.

Er zückte seine Mappe aus der Innentasche seines Mantels, und drückte den beiden je einen gefalteten Fünfguldenschein in die Hand.

Die Kinder machten große Augen, bekamen hochrote Köpfe zu den ohnehin schon roten Wangen, verbeugten sich und knicksten erneut.

So einen Schein hatten sie ganz offenkundig noch nie in den Händen gehabt. »Mit diesem Zettel könnt ihr bei eine Händler bezahlen oder bei die Nationalbank gegen Silbermünzen eintauschen.«

»Das ist sehr viel Geld«, hauchte das Mädchen. »Das dürfen wir nicht annehmen.«

»Selbstverständlich! Das ist eure Lohn, und über die Höhe entscheide ich. Spielt ihr denn gerne Violino?«, hakte er nach.

Die Kinder nickten eifrig. Es rührte ihn, dass sie ihren Instrumenten nicht nur trotz der Kälte saubere Töne entlockten, sondern sogar unter diesen Wetterbedingungen noch Freude an ihrem Spiel hatten und versuchten, damit Geld zu verdienen. So hatte er auch angefangen.

Kurzentschlossen griff er in die andere Innentasche seines Mantels und holte sein rotes Notizbuch hervor, das er immer bei sich trug. Darin bewahrte er die letzten drei Freikarten auf.

»Für euch. Iste die erste Reihe. Ihr dürfte sein mit Vater oder Mutter morgen bei meine Concerto.«

»Danke«, brachten die beiden hervor, und das Strahlen in ihren grünbraunen Augen sagte ihm, dass er alles richtig gemacht hatte.

Antonia rief ungeduldig von der gegenüberliegenden Straßenseite nach ihm, doch er reagierte nicht darauf und wandte sich erneut an die Kinder.

»Ihr habt Talent, ich wünsche euch, dass eure Seele verbindet sich mit eure Geige. Comprende? Dann die Welt liegt euch zu Füße.« Er verabschiedete sich und ging zurück zu seiner Frau, die ihn mit einem Gesichtsausdruck erwartete, als habe sie in eine Zitrone gebissen.

»Niccolò! Du hast wirklich Nerven! Können wir jetzt endlich weitergehen?«

»Je länger ich darüber nachdenke, umso mehr bin ich der Meinung, dass wir den Meister in der Werkstatt nicht bei der Arbeit stören sollten – wir halten ihn ja doch nur auf.«

»Ich *muss* aber sehen, ob er angefangen hat. Du etwa nicht?«

»Du wirst ihn bloß nervös machen, und das führt zu nichts – außer zu Fehlern. Ich denke, wir sollten Zuversicht haben. Ihm ist die Bedeutung des Auftrags klar, und wenn es Schwierigkeiten gibt, wird er schon durch einen Boten nach mir schicken lassen oder erscheint persönlich im Trattnerhof. Wer weiß, vielleicht bringt er mir die Geige ja sogar noch heute Abend.«

»Das wäre ein Traum. Dann könnte ich wenigstens heute Nacht ruhig schlafen. Diese Ungewissheit ist nicht auszuhalten. Wenn wir nicht zur Werkstatt gehen und die Geige heute Abend nicht zurück ist, dann mache ich kein Auge zu, das weiß ich jetzt schon – und wie soll ich in so einer Verfassung bei einer Premiere auf die Bühne gehen?«

»Ich zwinge dich nicht, mich morgen mit deinem Gesang zu begleiten.«

»Ach ja, ich soll also nicht auftreten?« Antonias Stimme schnellte erneut so weit in die Höhe, dass sie fast kreischte. »Das könnte dir so passen! Schon klar, du willst den Ruhm und vor allem das ganze Geld für dich allein einheimsen – aber da hast du dich geschnitten!«

Achille an seiner Hand wurde unruhig, aber nicht, weil er sich bewegen wollte, er vertrug einfach keinen Streit.

Er ließ seinen Sohn von der Hand, damit Achille nicht so dicht neben ihnen gehen und jedes Wort mit anhören musste. Prompt lief Achille ein paar Schritte voraus.

»Mir geht es nicht ums Geld – aber dir«, hob er an. »Deine ganze Welt dreht sich nur um Reichtum und …«

Weiter kam er nicht, denn Achille war gestolpert und hingefallen. Schluchzend verharrte der Kleine auf den Knien im Schnee.

Niccolò eilte zu ihm. »Mio piccolino, was ist passiert? Wo tut es weh?«

»Mach kein Drama draus, dann weint er nur noch mehr. Er ist doch bloß hingefallen«, sagte Antonia. Als Achille keine Anstalten machte, aufzustehen, stieß sie einen entnervten Seufzer aus. »Andiamo, Achille, deine Hose wird nass!«

Besorgt beugte sich Niccolò zu seinem Sohn, dessen Weinen lauter wurde.

»Er macht doch nur Theater!«, rief Antonia. »Nimm ihn und trag ihn, bis er sich beruhigt hat. Wir müssen weiter. Die Leute schauen schon.«

Er schüttelte den Kopf und widmete sich seinem Sohn. »Zeig mir, mio piccolino, wo tut es weh?«

Er erwartete, dass sein Sohn auf die Knie deutete, doch zu seiner Überraschung fasste er sich an den linken Fuß, der in einem schwarzen Stiefelchen steckte.

»Lass mich mal nachsehen …«, sagte er sanft und kniete sich selbst in den Schnee, um seinen Sohn auf den Schoß zu nehmen. Doch schon, als er Achilles Fuß mit dem Schuh in die Hand nahm, um die Verschnürung zu öffnen, schrie

Achille auf. Niccolò durchfuhr ein Schmerz, als sei er selbst verletzt.

»Ich trage dich«, sagte er, und im Aufstehen nahm er seinen Sohn vorsichtig auf die Hüfte. Achille schlang die Ärmchen um den Hals seines Vaters und vergrub sein tränennasses Gesicht in seinem Pelzkragen.

»Na endlich, dann kann es jetzt ja weitergehen«, sagte Antonia und warf mit erhobenen Augenbrauen einen kritischen Blick auf ihren Sohn. »Wie soll aus diesem Jungen jemals ein richtiger Mann werden? Du verweichlichst das Kind.«

»Ich tue das, was ich für richtig halte«, entgegnete er schlicht und kehrte seiner Frau den Rücken zu.

»Hier lang!«, rief sie ihm nach. »Zu Sawicki geht es in die andere Richtung.«

»Achille hat starke Schmerzen«, sagte er über die Schulter hinweg. »Vielleicht ist der Fuß sogar gebrochen. Du kannst allein zur Werkstatt gehen, wenn dir das so wichtig ist. Ich gehe zurück in unser Quartier und lasse einen Arzt kommen.«

»Das reicht auch noch in einer Stunde. Ich gehe jetzt zum Geigenbauer. Im Gegensatz zu dir kümmert es mich nämlich, ob deine Geige zu deinem ersten Konzert in Wien spielbereit sein wird. Stell dir nur vor, wenn das morgen nicht der Fall ist! Zweitausend Leute werden nicht verstehen, dass du auf keiner anderen Geige spielen willst, und aufgebracht sein, weil das Konzert abgesagt werden muss.«

»Du wirst sehen, es wird alles gut gehen«, sagte er voller Zuversicht. Insgeheim hoffte er, dass ihn sein Bauchgefühl nicht trog. Dennoch, jetzt hatte er wirklich andere Sorgen. Sein Sohn war wichtiger als jedes Konzert.

❧ Kapitel 7 ❧

Sophie spürte ihre Füße nicht mehr. Der Schnee hatte aus ihren Filzschuhen klobige, durchnässte Blöcke gemacht, mit denen sie sich über den Prater geschleppt hatte, um ihre Kinder an einer der von ihnen so geliebten Schaubuden anzutreffen.

Zunehmend beunruhigt musste sie feststellen, dass sie dort offenbar nie angekommen waren, weder bei der Hütte mit der Optica Nova noch bei den mechanischen Vögeln. Keiner der Betreiber konnte sich daran erinnern, die Zwillinge überhaupt gesehen zu haben – und da sich bei diesen Wetterbedingungen nur wenige Menschen im Park aufhielten, hätten die Kinder jemandem auffallen müssen.

Möglicherweise hatten sie sich anders entschieden und waren umgekehrt, weil ihnen mit dem einsetzenden Schneefall zu kalt geworden war, oder vielleicht wollten sie den Schlitten holen. In diesem Fall hätte sie den beiden jedoch irgendwo entlang des Weges begegnen müssen, dachte Sophie. Dann fiel ihr ein, dass sie aufgrund ihres fehlenden Schuhwerks einen besser begehbaren Umweg genommen hatte.

In größter Sorge um ihre Kinder ging sie so schnell wie möglich zurück zur Werkstatt. Sie hatte kaum noch Gefühl für den unebenen Untergrund und wartete regelrecht darauf, zu stürzen und sich alle Knochen zu brechen. Und wie Paul sie empfangen würde, wenn sie ohne Schnaps erschien, wollte sie sich erst gar nicht ausmalen.

Als sie um die nächste Straßenecke bog, stand sie plötzlich an einer Unfallstelle. Um Gottes willen! Eine Kutsche war umgestürzt und hatte einen oder mehrere Menschen unter sich begraben. Zahlreiche Passanten waren herbeigelaufen, die einen hielten die scheuenden Pferde fest, damit nicht noch mehr passierte, andere mühten sich damit ab, die Tiere von der Deichsel zu befreien, einer kümmerte sich um den Kutscher, der jedoch rechtzeitig abgesprungen war und offenkundig nur einen Schock davongetragen hatte, und weitere Männer hoben mit vereinten Kräften den Fiaker an. Darunter lag ein Mann, der jedoch ansprechbar war und sich bewegen konnte.

Nicht meine Kinder, Gott sei Dank, dachte Sophie, und auch der Verunfallte schien glücklicherweise einen eifrigen Schutzengel gehabt zu haben.

Mehr Helfer brauchte es nicht, also ging sie weiter, und ausgerechnet da passierte es. Sie trat ungeschickt auf den Rand des Rinnsteins, knickte um, versuchte sich noch zu fangen – vergeblich.

Es ging alles so schnell. Sie schaffte es gerade noch, den Sturz mit der linken Hand abzufangen.

Niemand nahm von ihr Notiz, weil alle ihre Aufmerksamkeit auf den Kutschenunfall gerichtet hatten.

Nach dem ersten Schreck konzentrierte sie sich auf das Gefühl in ihrem Fuß. War er gebrochen? Eher nicht, dachte sie, bewegen konnte sie ihn noch. Also rappelte sie sich auf, belastete ihn vorsichtig und stellte fest, dass sie stehen und gehen konnte. Da hatte sie aber wirklich Glück gehabt!

Erst an der nächsten Straßenecke spürte sie ein Pochen im linken Handgelenk. Sie blieb erneut stehen. Prüfend zog sie die Hand unter ihrem Umhang hervor, schob die Rüschen ihres beigefarbenen Blusenärmels zurück, und da sah sie die Schwellung.

Kein gutes Zeichen. Ganz und gar nicht, dachte sie. Bitte, bitte nicht. Sie brauchte doch die Hand. Aber vielleicht war sie ja bloß verstaucht?

Endlich, nach einer gefühlten Ewigkeit, erreichte sie ihr Zuhause – nein, das Haus, in dem sie lebte. Das Haus, das sie nur noch mit Angst betrat.

Von drinnen hörte sie nichts.

Sie griff nach dem Schlüssel in ihrer Rocktasche. Ihre Hand zitterte, ihre Zähne schlugen aufeinander, vor Anspannung, Schmerz und nicht zuletzt, weil sie so durchgefroren war.

Als sie den Schlüssel ins Schloss stecken wollte, stutzte sie. Die Tür war nur angelehnt. Was war denn hier los? So etwas durfte doch nicht passieren! Paul und die Kinder wussten doch, dass die Guarneri in der Werkstatt lag!

Was für ein Glück, dass die Tür nur einen Spalt und nicht sperrangelweit offen gestanden hatte.

»Kristian? Katerina? Seid ihr da?«

Keine Antwort.

»Paul?«

Kein Laut, niemand rührte sich.

Mit einem mulmigen Gefühl ging sie durch den Flur, zog den Umhang aus, schüttelte die Schneeflocken ab und hängte ihn an den Wandhaken.

Die Mäntel der Kinder und auch der von Paul fehlten, ebenso die Stiefel.

Wie unter Zwang klopfte sie den restlichen Schnee aus ihrem Umhang, jedoch ausschließlich mit der rechten Hand, das linke Handgelenk war mittlerweile so angeschwollen, dass sie es nicht mehr bewegen konnte.

Fieberhaft versuchte sie sich einen Reim darauf zu machen, wo ihre Kinder und Paul steckten. Währenddessen zog sie die Filzschuhe und Wollstrümpfe von den schmerzenden

Füßen und schlüpfte ersatzweise in die Hauspantinen ihres Sohnes.

Die Kinder mussten irgendwo aufgehalten worden sein, und Paul war losgezogen, um sich bei irgendwem Geld zu leihen und eine Schnapsflasche zu besorgen, und hatte dabei vergessen, die Tür zu schließen, weil er zu überlegtem Handeln nicht mehr fähig gewesen war.

Gut möglich, dass die offen stehende Tür diesen vergleichsweise harmlosen Hintergrund hatte, aber was, wenn es einen Überfall gegeben hatte? Oder waren die Kinder heimgekehrt, im Flur auf ihren Vater getroffen, und noch ehe sie die Schuhe ausziehen konnten, hatte er die Beherrschung verloren? Der fehlende Alkohol und ihr langes Ausbleiben hatten ihn rasend gemacht. Was, wenn er den Kindern etwas angetan hatte, etwas sehr Schlimmes, so dass er fluchtartig das Haus verlassen hatte?

Nein, so weit durfte sie nicht denken. Sie beschloss, erst einmal einen Kontrollblick in die Werkstatt zu werfen.

In der Tür blieb sie erschrocken stehen. Sie starrte auf die Werkbank und glaubte, ihren Augen nicht zu trauen.

Die Guarneri. Weg. Verschwunden! Mitsamt dem Geigenkoffer gestohlen. Das durfte doch nicht wahr sein! Ihr wurde schwindelig. Ausgerechnet in der kurzen Zeit sollte sich eine zwielichtige Gestalt in die Gasse verirrt, dann den Türspalt bemerkt, sich in die Werkstatt geschlichen und die Geige gestohlen haben? Das war doch unfassbar, eigentlich kaum zu glauben! Seit fünfzehn Jahren gab es diese Werkstatt, und es hatte noch nicht mal einen versuchten Einbruch gegeben. Selbst dem einfältigsten Dieb musste doch klar sein, dass solche Instrumente im Grunde unverkäuflich waren, weil potenzielle Käufer sie sofort als Raubgut erkennen würden.

Sie ließ sich auf den Hocker fallen, weil ihre Beine sie nicht mehr tragen wollten.

Und was, wenn es kein Fremder gewesen war? Was, wenn Paul die Geige genommen hatte? Wenn sein Verlangen nach Alkohol so unerträglich geworden war, dass er nicht mehr wusste, was er tat? Wenn er sie als Pfand versetzt hatte, um an Geld zu gelangen? An viel zu viel Geld, das er im Spielrausch verprassen würde?

War er wirklich dabei, die Existenz der Werkstatt aufs Spiel zu setzen – die Existenz seiner Familie? War er bereit, für seine vermeintlichen Freunde, Alkohol und Spielsucht, alles zu tun? Ja, dachte sie, leider war das wahrscheinlicher, als dass ein Dieb hier gewesen war.

Aber ganz gleich, was geschehen war, es war ein Alptraum, und sie kam nicht umhin, Paganini umgehend von dem Verlust zu berichten. Das Konzert musste abgesagt werden …

Ihr Magen krampfte sich zusammen, Übelkeit stieg in ihr auf, doch sie verbot sich jeglichen weiteren Gedanken und zwang sich zum Handeln.

Vielleicht könnte sie Paul noch rechtzeitig finden, bevor er die Geige als Pfand versetzte oder gar für einen Spottpreis verscherbelte. Nur wo sollte sie ihn suchen? Und wo waren ihre Kinder?

Ein Gedanke durchfuhr sie. Was, wenn die Kinder auf ihren Vater getroffen waren, als er mit der Geige aus dem Haus wollte? Wenn sie versucht hatten, ihn daran zu hindern, und ihn das blindwütig gemacht hatte?

Das Herz schlug ihr bis zum Hals, und sie atmete schwer. Was, wenn die Kinder vor ihm in die Kammer geflüchtet waren? Wenn er ihnen etwas angetan hatte?

Einer grausamen Vorahnung folgend lief sie die Treppe hinauf. Oben angekommen riss sie die Tür zur großen Kammer auf, die ihre Kinder sich teilten. Keuchend hielt sie inne. Die Betten an den gegenüberliegenden Wänden waren ordentlich gemacht, die blauen Überdecken faltenfrei.

Hier war keiner gewesen.

Hell schien die Sonne durch die beiden kleinen Sprossenfenster und warf das Muster der Holzstreben als verzerrten Schattenwurf auf den Dielenboden. Der starke Schneefall war vorüber, vor den Fenstern tanzten in schwungvollen Kreisen ein paar glitzernde, zarte Flocken, die der Wind vom Dach pustete.

Das Sonnenlicht fiel auf die beiden Schreibtische, die ihre Zwillinge in den Weihnachtsferien selbst gebaut und weiß lackiert hatten. Auf Kristians Tisch lag neben einem Bücherstapel ein Blatt Papier, das nahezu vollgeschrieben war.

Hatte er ihr eine Nachricht hinterlassen? Einen Brief geschrieben? Eilig trat Sophie näher.

Nein, es war bloß seine Hausaufgabe, die sie sich noch nicht angesehen hatte, in der er darlegen musste, wie Europa nach dem Wiener Kongress vor ein paar Jahren neu geordnet worden war, wohin die Grenzen sich verschoben hatten und welche neuen Staaten geschaffen worden waren.

Nachdenklich verließ sie das Zimmer und öffnete vorsichtig die Tür zur ehelichen Schlafkammer, nicht, dass Paul in Schuhen und Mantel im Bett lag, seinen Rausch ausschlief und ihr am Ende doch noch in die Quere kam.

Es blieb dabei, keiner zu Hause.

Sollte sie ihren Mann und die Kinder auf eigene Faust suchen? Würde sie das kräftemäßig überhaupt schaffen? Schließlich müsste sie die ganze Stadt auf den Kopf stellen – es war aussichtslos!

Außerdem musste Paganini schnellstmöglich erfahren, was geschehen war und die Zivilwache verständigt werden.

Zurück im Flur zog sie ihre Stiefel an, wobei sie beim Schnüren die Zähne zusammenbeißen musste, da sie die linke Hand nur unter großen Schmerzen bewegen konnte.

Kapitel 8

Im Laufschritt bog sie hinter dem Stephansplatz in die Hauptflaniermeile Am Graben ein und erreichte kurz darauf den Trattnerhof, in dem Paganini logierte. Das Portal wurde von zwei männlichen griechischen Statuen auf hohen Steinsockeln bewacht, von denen aus sie mit gestrenger Würde auf die Besucher herabblicken.

Der Trattnerhof bestand aus zwei palastartigen Gebäuden, die sich angrenzend an die Hauptflaniermeile zu beiden Seiten einer Gasse erstreckten, deren gesamte Länge sie einnahmen. Der Trattnerhof war Namensgeber für diese Gasse geworden, er galt schon seit der Eröffnung vor fünfzig Jahren als Wiener Wunderbauwerk, weil diese beeindruckend großen Gebäude Unterkunft für rund sechshundert Menschen boten – und das nicht nur in einzelnen Zimmern, sondern auch in geräumigen Wohnungen, die über längere Zeit angemietet werden konnten.

Hinter dem Portal erwartete sie ein erstaunlich knapp bemessener Innenraum mit einem Treppenaufgang, auf dem ein roter Teppich ausgelegt war. Seitlich davon befand sich ein Empfangstresen, dessen Front so kunstvolle Einlegearbeiten zierten, dass hier mit Sicherheit der beste Intarsienmeister Wiens am Werk gewesen war.

Der Portier in königsblauer Uniform mit doppelter Knopfreihe wurde auf sie aufmerksam und straffte die Schultern. Er deutete eine Verbeugung an und verzog seine Lippen zu einem einstudierten, überfreundlichen Lächeln. An seinem abschätzigen Blick jedoch erkannte Sophie, dass er sie nicht für einen passenden Gast hielt. Aus dem Augenwinkel warf sie einen Blick auf den jungen Pagen, der in roter Uniform, mit gleichfarbiger Dienstmütze, hinter dem Rücken gefalteten Händen und undurchsichtiger Miene stocksteif neben der Rezeption stand, dort, wo die breite Marmortreppe nach oben führte.

»Habe die Ehre, gnädige Frau. Sie wünschen?«, sprach sie der Portier an.

»Mein Name ist Sophie von Sawicki …« Sie räusperte sich, weil ihre Stimme zitterte. »Und ich möchte bitte Herrn Paganini sprechen.«

Das aufgesetzte Lächeln des Portiers verschwand, und seine Miene wurde zu Stein. »Herrn Paganini? Bedaure, das ist nicht möglich.«

Sophie seufzte innerlich. Diese Reaktion war zu erwarten gewesen, die Frage war nur, wie viel sie von sich preisgeben musste, um von diesem überkandidelten Wachhund durchgelassen zu werden. »Ich bin die Frau des berühmten Geigenbauers von Sawicki. Es ist dringend!«

»Das spielt keine Rolle.« Der Portier wandte sich ab, zückte einen goldenen Brieföffner aus einer Lederhülle und widmete sich dem Stapel Nachmittagspost, die offenbar kürzlich eingetroffen war.

»Es ist wirklich sehr dringend!«

»Das behaupten alle«, sagte er. »Ich habe von Herrn Paganini die ausdrückliche Order, dass er nicht gestört werden möchte.«

Sie musste also deutlicher werden. »Es ist ein Notfall. Ich muss sofort Herrn Paganini sprechen!« Mit jedem Wort war sie lauter geworden.

Der Portier legte den Brieföffner beiseite, und im ersten

Moment glaubte Sophie, endlich seine Mauer durchbrochen zu haben, doch da zog der Wachhund die wulstigen Augenbrauen hoch und entgegnete pikiert: »Gnädige Frau! Ich bitte Sie um Contenance, andernfalls muss ich Sie umgehend des Trattnerhofs verweisen. Sagen Sie mir, was es zu sagen gibt, und ich lasse dem Herrn eine Nachricht zukommen.« Dieser Nachsatz klang, als ob sie den Zettel gleich selbst ins Feuer werfen könnte.

Sie betrachtete das vergoldete Namensschild am Revers des Portiers und fasste einen Entschluss.

»Werter Herr Haberleitner, Sie schicken jetzt sofort einen Pagen aufs Zimmer von Herrn Paganini und lassen dem Virtuosen ausrichten, dass Frau Sophie von Sawicki mit einer dringenden persönlichen Nachricht auf ihn wartet. Sollten Sie das *nicht* tun, wird Sie das Ihre Stelle kosten, dessen können Sie sich gewiss sein.«

Es war, als ob der Portier aufwachte. Sichtlich irritiert blinzelte er. Ihm schien zu dämmern, dass er unterschätzt haben könnte, wen er vor sich hatte. Er gab dem Pagen einen Wink, der sich sofort in Bewegung setzte.

Sophie wandte sich von der Rezeption ab, um dem Portier zu signalisieren, dass das Gespräch von ihrer Seite beendet war, und suchte irgendetwas, womit sie sich ablenken könnte.

Obwohl der Page noch keine Minute weg war, kam es ihr bereits vor wie eine Ewigkeit, und sie war auf einmal so nervös, dass es ihr schwerfiel, sich die Worte zurechtzulegen, mit denen sie Paganini gleich die schreckliche Tatsache mitteilen würde.

Verzweifelt blickte sie die Treppe hinauf. Wenn er jetzt erschien, würde sie kein Wort herausbringen. Wie war es überhaupt möglich, dem Virtuosen die katastrophale Nachricht beizubringen? Plötzlich wünschte sie sich, dass er noch lange auf sich warten lassen möge, auch wenn das ihre Bauchschmerzen kein bisschen linderte. Die Krämpfe wurden mit jeder Sekunde schlimmer, so dass sie schließlich nur noch flach atmete. Die Schmerzen in ihrem Handgelenk traten in den Hintergrund.

Sie versuchte, sich nichts anmerken zu lassen, denn sie stand immer noch unter genauester Beobachtung des Portiers, war aber kurz davor, ihre straffe Haltung aufzugeben, und sich vor Schmerzen zu krümmen. Überhaupt hätte sie sich am liebsten hingesetzt, gegenüber der Rezeption stand ein verlockendes rotsamtenes Sofa. Doch was würde das für einen Eindruck auf Paganini machen, wenn er sie so antraf? Sie waren schließlich nicht zum Kaffeekränzchen verabredet.

Neben dem Treppenaufgang, über dem offenen Kamin, hingen gerahmte Urkunden, Zeichnungen und Zeitungsausschnitte, die aus der ruhmvollen Geschichte des Trattnerhofs erzählten.

Ja, damit konnte sie sich etwas ablenken, zumindest half das langsame Hin-und-Her-Gehen vor der Historienwand gegen die Krämpfe.

Wie zu erwarten, war dort nichts von dem großen Skandal im vergangenen Jahr zu lesen, als der Trattnerhof mit unrühmlichen Schlagzeilen Aufsehen erregt hatte: Ein Gast hatte während seines Aufenthalts einen Raubmord begangen. Ihr kam der ungewöhnliche Name des Täters wieder in den Sinn: Severin von Jaroszynski. Ein Sohn reicher Eltern, der das Erbe seiner Eltern durchgebracht und Gelder veruntreut hatte und gegen den bereits Verfahren liefen. Unter einem Vorwand war er von Polen nach Wien geflüchtet und hatte sich im Trattnerhof einquartiert. Durch einen schicksalhaften Zufall traf er dort auf seinen ehemaligen Lehrer, einen sehr wohlhabenden Mann, was den Hochverschuldeten dazu verführte, den Raubmord zu begehen. Doch bereits drei Tage später wurde er in seiner Wohnung im Trattnerhof während eines feudalen Gelages, bei dem er das erbeutete Geld verprasste, aufgefunden und verhaftet. Als im August seine Hinrichtung erfolgte, war ganz Wien auf den Beinen und der Trattnerhof noch einmal in den Schlagzeilen gewesen.

Sophie war diesem zweifelhaften Ereignis ferngeblieben, und ihre Kinder hatten an jenem Sommertag in ihrer Kammer bleiben müssen, sonst wären sie am Ende noch mit ihren neugierigen Schulkameraden mitgegangen.

Allein bei der Vorstellung, was sich hinter diesen Mauern zugetragen hatte, lief Sophie ein Schauer über den Rücken. Keine gute Werbung für den Trattnerhof, denn wer wollte schon Gefahr laufen, in einem Bett zu schlafen, in dem ein Mörder gelegen hatte, und sich in einer Wohnung aufhalten, in der er seine blutigen Hände gewaschen hatte?

Ein Wunder, dass der Trattnerhof angesichts der Gerüchte, die Paganini nachhingen, seinem Aufenthalt hier zugestimmt hatte. Letztendlich überwog wohl doch das Renommee, das der Künstler mit sich brachte. Doch was, wenn das Haus im Zusammenhang mit der verschwundenen Geige erneut in die Schlagzeilen geraten und die Presse die Gelegenheit nutzen und sich fragen würde, weshalb der Trattnerhof nach dem vergangenen Skandal einen Gast beherbergte, der unter Verdacht stand, einen Mord begangen zu haben?

Sophie blickte wieder zur breiten Treppe. Wo blieb der Page denn so lange? Musste er durch das ganze Gebäude laufen? Würde er gleich mit einem vollkommen aufgelösten Virtuosen an seiner Seite erscheinen, der sich bereits die schlimmsten Dinge ausmalte, die bei der Reparatur schiefgegangen sein könnten? Wenn es doch nur das wäre …

Endlich vernahm sie dumpfe Stimmen, dann erblickte sie zuerst den Pagen auf der Treppe, Paganini folgte ihm im abgetragenen Frack. Gemessenen Schrittes nahm er mit seinen langen, fast schlaksigen Beinen die Stufen – seinen unverwechselbaren, abgewetzten rotledernen Geigenkoffer hielt er im Arm wie einen Säugling.

Ungläubig starrte Sophie ihn an. Er hatte seine Geige bei sich. Wie war das möglich? Trotz ihrer Verwirrung verspürte sie unendliche Erleichterung darüber, dass sein geliebtes Instrument, sein Ein und Alles, nicht in falsche Hände gelangt war, sondern in seinen Armen lag – wie auch immer das zugegangen sein mochte.

Tausend Gedanken wirbelten ihr durch den Kopf, wie ein Meer von Noten, ein tosendes Orchester, das sich in einem Crescendo gegenseitig zu übertrumpfen versuchte.

Schuldbewusst versank sie in einen tiefen Knicks. »Werter Herr Paganini …« Ihr stockte der Atem.

»Gehen wir ein Stück beiseite«, sagte Paganini.

Das Herz klopfte ihr schmerzhaft gegen die Brust, und kurz glaubte sie, keine Luft mehr zu bekommen.

Paganini blieb in der Ecke neben dem Portal stehen.

»Hören Sie zu …«, hob er in gedämpftem Ton an, und sie zwang sich, seinem Blick zu begegnen, obwohl sie sich davor fürchtete. Er wirkte ernst, allerdings stand er nicht kurz vor einem Wutausbruch – sofern sie ihn richtig einschätzte.

»Meine Frau war in die Werkstatt …«, fuhr er fort. »Sie wollte die Meister aufsuchen, weil sie Sorge hatte, ob meine Geige rechtzeitig vor die Concerto fertig wird. Die Tür war offen, niemand war da, meine Frau iste sehr, sehr wütend.«

»Es ist unverzeihlich, dass nicht abgeschlossen war«, entgegnete sie leise, fast flüsternd. »Ich …« Wenn sie ihm nur wenigstens eine Erklärung liefern könnte. Händeringend suchte sie nach Worten.

Verzweifelt blickte sie auf. Paganini sah ihr direkt in die Augen, hielt ihren Blick fest, und sie fühlte sich unendlich hilflos.

Sollte sie ihm etwa von dem nervenaufreibenden Nachmittag erzählen, von ihrem gewalttätigen, unberechenbaren Eheherrn, der sich trotz Geldnot und Schulden offenbar auf die Suche nach Alkohol gemacht hatte, was vermeintlich der Grund dafür war, dass die Haustür offen gestanden hatte? Von der Suche nach ihren Kindern und der immer noch anhaltenden Sorge um die beiden?

Nein, es wäre ein hilfloser Erklärungsversuch, eine Rechtfertigung, die fehl am Platze war. Nichts würde ihr Versagen ungeschehen machen. Sie hätte nicht vor ihrem Eheherrn fliehen dürfen, sondern sich in der Werkstatt einschließen müssen.

»Es tut mir furchtbar leid. Ich bedauere zutiefst, Sie so sehr enttäuscht zu haben.« Mehr gab es nicht zu sagen, denn die Bitte um Wiedergutmachung stand außer Frage, das wusste sie selbst. Das hätte alles auch ganz anders ausgehen können.

Als er nichts entgegnete, hob sie den Kopf, und er fing sofort wieder ihren Blick ein, hielt ihn fest. Da war es wieder, das zwischen ihnen, und plötzlich wusste sie, sie musste überhaupt nichts sagen oder erklären. Ihre Seele stand ihm offen, und sie konnte nichts dagegen tun.

Davon war sie so überwältigt, dass sie nicht mehr wusste, wohin mit sich. Er war doch ein wildfremder Mann, mit dem sie bislang nur ein paar Sätze gewechselt hatte, ein Mann, dem sogar Mordgerüchte nachhingen, und er konnte sie lesen wie ein offenes Buch.

Plötzlich bekam sie es mit der Angst zu tun. Eine Welle der Übelkeit überrollte sie, ihr wurde so plötzlich schwindelig, dass es sie von den Beinen zu reißen drohte. Alles drohte über ihr zusammenzubrechen, alles war zu viel. Sie musste raus hier.

»Mir ist nicht gut …«, murmelte sie. »Bitte verzeihen Sie.« Abrupt wandte sie sich ab.

»Momento, momento!«, rief Paganini, als sie die Hand bereits am Metallknauf hatte. »Sie können doch nicht ohne meine Geige gehen.«

Sie hielt inne. Was hatte er da gesagt? Beinahe hätte sie gelacht, weil er so hilflos geklungen hatte und das alles überhaupt so unglaublich war. Sie drehte sich um.

»Wie bitte?«, fragte sie, so als hätte sie ihn nicht richtig verstanden.

»Sie *müssen* meine Geige mitnehmen! Wie solle sie sonste fertig werden? Ich habe inspiziert die Arbeit …« Er kniff die Augen zusammen, machte eine Miene, als wolle er das Instrument erneut einer genauesten Prüfung unterziehen, doch dann erkannte sie, dass diese Betrachtung ihr galt.

Innerlich wich sie zurück. An ihrem gut gehüteten Geheimnis durfte er nicht rühren.

Der Virtuose hob die Augenbrauen, so als habe er etwas in ihr gesehen. Ein Zucken umspielte seine Mundwinkel. Ahnte er etwas? Wartete er darauf, dass sie ihm die Wahrheit beichtete? Sollte sie es wagen? Musste sie das vielleicht sogar tun?

»Ich …«, hob sie an, doch sein Lächeln machte ihr unmissverständlich deutlich, dass er etwas vermutete. Oder sogar wusste? Konnte er sie so gut lesen?

»Die Griffbrett ist perfekt geworden … eine sehr gute Arbeit, wie ich habe noch bei keine andere Geigenbauer gesehen.«

Sein Lob ehrte sie, dennoch war es ihr äußerst unangenehm. Er musste doch bemerkt haben, welch großes Missgeschick ihr passiert war.

»Ich weiß, der Stimmstock ist umgefallen …«, sagte er, und nun war sie überzeugt, dass er sie lesen konnte wie ein offenes Buch.

»Das hätte unter keinen Umständen passieren dürfen …«,

sagte sie schnell. Obwohl sie die Schuld natürlich auf sich nahm, vermied sie es, von sich zu sprechen, solange sie nicht ganz sicher war, dass er ihr Geheimnis kannte. Außerdem gab es zu viele Ohren, die ihr Gespräch mitanhören könnten, auch wenn sich der Portier mit der Briefpost beschäftigt zeigte, und der Page sich von ihnen abgewandt hatte und so tat, als seien sie nicht mehr da.

»Es ist aber passiert«, hob Paganini an, »und die Zeit kann man nicht drehen zurück. Aber ich gehe davon aus, dass meine Geige morgen Vormittag wird spielbereit sein. In die höchste Klangvollendung.«

Er hatte eine neutrale Formulierung gewählt, doch er sah sie so eindringlich an, dass ihr klar wurde, dass sie ihm nichts mehr verheimlichen musste. Er wusste alles – und trotzdem zog er seinen Auftrag nicht zurück. Ganz im Gegenteil. Er setzte all sein Vertrauen in sie.

Sie würde die ganze Nacht durcharbeiten, dachte Sophie. Komme, was wolle. Ganz gleich, wie sie das mit ihrem Handgelenk bewerkstelligen würde. Aber was, wenn die Stunden nicht ausreichten?

»Ist viel Zeit verloren gegangen …«, sagte Paganini, so als hätte er wieder ihre Gedanken gelesen. Konnte er das wirklich? War er doch ein Hexer? Nein, was für ein Unsinn, sie hing doch nicht solch mittelalterlichen Vorstellungen nach. Außerdem kannte sie den Grund für dieses Gefühl ganz genau, sie wollte es nur immer noch nicht wahrhaben. Diese unerklärlich tiefe Verbindung, die sie von der ersten Minute an zueinander gehabt hatten, machte ihm das möglich – das war jedoch für Sophie noch beängstigender als die Vorstellung, es mit schwarzer Magie zu tun zu haben.

»Wenn meine Frau nicht mitgenommen hätte die Geige …«, hob Paganini erneut an. »Ich habe große Zorn auf Antonia!«

»Aber jemand hätte sie stehlen können«, entfuhr es Sophie. Auch, wenn es kein gutes Licht auf sie selbst warf, hatte sie plötzlich das seltsame Gefühl, das Handeln seiner Ehefrau verteidigen zu müssen.

Er hob seine geschwungenen Augenbrauen. »Che cosa! Das wäre eine sehr große Zufall gewesen, wenn ausgerechnet in diese Momento kommt eine Dieb in die Gasse … Nein, meine Frau war die Dieb …« Er überreichte ihr fast feierlich den Geigenkoffer, »… und nun lege ich il mio Cannonino zurück in Ihre Hände …«

Sophie wurde heiß und kalt, als sie den Geigenkoffer entgegennahm. Sie konnte es kaum glauben. Was für ein Vertrauen, das Paganini erneut in die Werkstatt und noch viel mehr in sie setzte. Wo nahm er das bloß her? Um nichts in der Welt hätte sie darauf gewettet, dass er so reagieren würde. Und dieser zugewandte, empathische Mensch, der ihr so großzügig sein Pardon gewährte, sollte ein Mörder sein? Nie im Leben!

»Ich bin Ihnen unendlich dankbar.« Sie umschlang den Geigenkoffer. Prompt schoss ihr der Schmerz ins Handgelenk und trieb ihr die Tränen in die Augen. Sie biss die Zähne zusammen. Sie würde das Instrument keine Sekunde mehr aus den Augen lassen, bis es wieder in Paganinis Händen lag.

Allerdings – sobald sie den Trattnerhof mit dem Geigenkoffer verließ, würde sie garantiert von Schaulustigen belagert werden, die vor dem Gebäude herumlungerten – und wenn diese Neugierigen schon keinen Blick auf Paganini erhaschen konnten, dann doch wenigstens auf seine Geige. Nicht, dass das in einen Tumult ausartete, bei der die Geige erneut abhandenkäme …

»Signor 'Aberleitner!«, sagte Paganini zu dem Portier, der sofort von seiner Post aufsah. »Lassen Sie für die Dame eine

Kutsche vorfahren und schreiben Sie das auf meine Rechnung.«

»Aber …«, brachte Sophie hervor.

»Nichts aber …« Paganini lächelte. Er hatte tatsächlich ein weiteres warmes Lächeln für sie übrig.

Ihre Blicke verfingen sich. Da geschah es wieder. Ein Augenblick, für den es keine Worte gab. Ein Moment tiefsten Verstehens.

Unvermittelt wandte sich Paganini ab. »Ich muss jetzt schnell wieder zurück zu meine Sohn. Meine Frau ist bei ihm, aber er wird nach mir verlangen. Er bekommt gerade eine Gips von die Medico.« Kaum ausgesprochen, wandte er sich ab und eilte die Treppe hinauf.

Kapitel 9

Sophie fühlte sich wie unter einer Glocke, als sie den Trattnerhof verließ und die Kutsche bestieg. Dort bettete sie den Geigenkoffer auf ihren Schoß und versuchte zu realisieren, dass sie diese Kostbarkeit wieder bei sich hatte. Aber die Welt war noch lange nicht in Ordnung.

Wo waren ihre Kinder und ihr Mann abgeblieben?

Mit ganzer Wucht kehrte ihre Angst zurück, und sie schaute voller Verzweiflung aus dem Fenster, als die Kutsche um die Ecke in den Graben einbog. Vielleicht waren ihre Kinder ja mittlerweile zu Hause, und alles hatte sich zum Guten gewendet – zynisch betrachtet hieße das, Paul hatte sich Schnaps besorgt und schlief besänftigt seinen Rausch aus, während die Zwillinge in ihrer Kammer auf sie warteten.

Moment mal, da bei dem Brunnen, das waren doch ihre Kinder gewesen?

»Anhalten!«, schrie sie. »Sofort anhalten!«

Der Kutscher reagierte augenblicklich. Kaum war die Kutsche zum Stillstand gekommen, klemmte sie sich den Geigenkoffer unter den Arm und riss mit der anderen Hand die Tür auf. Ein scharfer Schmerz durchfuhr ihr Handgelenk, doch der war sofort wieder vergessen, denn da, vor dem Brunnen, waren tatsächlich die Zwillinge und spielten Geige.

»Kristian, Katerina! Hier bin ich!«, rief sie.

Die Kinder ließen ihre Instrumente sinken und blickten sich suchend um.

»Hier bei der Kutsche! Kommt her!«

Sie winkten, verstauten eilig ihre Geigen und rannten zu ihr.

»Frau Mutter, was machen Sie denn in der Kutsche …?«, fragte Kristian.

»Mit dem Geigenkoffer von Herrn Paganini?«, fügte Katerina mit großen Augen hinzu.

»Fragt nicht, das ist eine längere Geschichte. Mein Gott, ich habe mir solche Sorgen um euch gemacht! Was macht ihr denn mit euren Geigen in der Stadt, und warum seid ihr nicht auf dem Prater gewesen?«

»Wir …«, hob Katerina an und warf einen hilfesuchenden Blick zu ihrem Bruder.

»Wir haben gehört …«, sagte Kristian mit gesenktem Blick, »wie unser Herr Vater seine Schatulle auf den Boden geschmettert und geflucht hat, weil da nichts mehr drin ist.«

»Und da haben wir es nicht übers Herz gebracht, das Geld auszugeben, das Sie uns für den Prater gegeben haben, Frau Mutter«, ergänzte Katerina.

»Im Gegenteil, die vierzig Kreuzer für den Prater haben wir noch und wollten uns etwas dazuverdienen …«

»Spielt ihr etwa schon den ganzen Nachmittag hier in der Kälte?«

»Mit Pausen zwischendurch, ja, um die Finger aufzuwärmen. Wir haben unsere Geigen von zu Hause mitgenommen und waren gar nicht beim Prater.«

»Ich habe euch dort gesucht! Mir solche Sorgen gemacht! Als ich vorhin zu Fuß hier vorbeigekommen bin, seid ihr ausgerechnet gerade nicht dagewesen.«

»Der werte Herr Paganini hat uns gehört …«, sagte Kristian.

»Und er hat uns drei Freikarten für das Konzert morgen geschenkt!«, ergänzte Katerina aufgeregt.

»Erste Reihe!«

»Er hat uns außerdem noch zehn Gulden gegeben!«

»Moment mal, langsam …«, bremste Sophie ihre Kinder, aus denen es nur so herausprudelte. »Freikarten? Und noch zehn Gulden? Das ist ja unglaublich.«

»Ihm hat es sehr gefallen, wie wir Geige spielen«, erklärte Katerina.

»Er hat gesagt, wir hätten Talent«, fügte Kristian voller Stolz hinzu.

»Das hat er gesagt? Was für eine Ehre«, hauchte sie. »Kinder, ich bin wahnsinnig stolz auf euch. Weiß er denn, wer ihr seid? Habt ihr ihm eure Namen genannt?«

»Nein, danach hat er nicht gefragt. Er hat sich auch nicht lange mit uns unterhalten. Seine Frau hat nach ihm gerufen, dann sind sie weitergegangen.«

»Dürfen wir denn mit Ihnen zum Konzert, Frau Mutter?«, fragte Katerina hoffnungsvoll.

Sie lächelte und musste nicht lang überlegen. »Aber natürlich. Es würde Herrn Paganini bestimmt auffallen, wenn drei Plätze in der ersten Reihe unbesetzt bleiben würden. Dann müsst ihr morgen direkt nach der Schule … ach herrje, das schafft ihr zeitlich gar nicht. Das Konzert beginnt schon um zwölf Uhr.«

»Der Unterricht endet morgen um halb elf«, entgegnete Katerina.

»Warum das denn?«, fragte sie verwundert. Dann fügte sie schnell hinzu: »Jetzt steigt erst mal ein. Ihr seht ganz durchgefroren aus.«

Noch gab sie dem Kutscher kein Zeichen zur Weiterfahrt, da sie überlegte, den Kindern eine Belohnung zukommen zu lassen, ehe sie nach Hause fuhren.

»Das hat der Herr Direktor verkündet«, sagte Kristian, nachdem sich ihre Kinder ihr gegenüber gesetzt hatten. »Der

Herr Direktor hat die gesamte Lehrerschaft zum Konzert eingeladen, schließlich müsse man sich als Pädagoge ein eigenes Bild von diesem vermeintlichen Teufel machen.«

»Eine sehr gute Einstellung, die der Herr Direktor da an den Tag legt. Dennoch, die Zeit wird knapp für euch«. Die Schule lag in der Nähe der Hofburg, die zwei mussten nach Hause, sich umziehen und dann wieder aufbrechen. »Ihr müsst – «

»Das werden wir dem Herrn Direktor sagen!«, rief Katerina. »Und dass wir Karten für die erste Reihe haben, weil Herrn Paganini unser Geigenspiel so gut gefallen hat – da muss er uns früher gehen lassen.«

Obwohl Katerina ihr vor lauter Aufregung ins Wort gefallen war, verkniff sich Sophie einen Tadel und entgegnete stattdessen: »Ob der Herr Direktor das machen wird?«

»Das muss er!«, rief Katerina.

»Wenn du ihm so vorlaut gegenübertrittst, bestimmt nicht.«

»Wir könnten ihn auch fragen, ob wir uns in der Schule umziehen dürfen«, sagte Kristian nachdenklich. »Und dann gehen wir mit dem Herrn Direktor gemeinsam zur Hofburg.«

»Das sagst du doch nur, weil seine Tochter auch eine Karte hat«, feixte Katerina.

»Das hat mit Clara nichts zu tun!«, rief Kristian und lief puterrot an.

»Verliiiebt, verliiiebt, verliiiebt!«, sang Katerina triumphierend. »Ich wusste es!«

Kristian starrte aus dem Fenster, doch seinem Blick nach zu urteilen war er nicht beleidigt, sondern hatte etwas beobachtet, was ihn entsetzte.

»Was macht unser Herr Vater da?«, stieß er hervor.

Ruckartig wandte Sophie den Kopf und konnte gerade noch einen Blick darauf erhaschen, wie Paul in der angrenzenden Seilergasse die Tür vom Matschakerhof aufzog. Er hatte Mühe mit der schweren Tür, musste zudem zwei Schritte rückwärtsgehen und schwankte dabei bedenklich.

»Ist er wieder betrunken?«, fragte Katerina.

»Möglicherweise«, entgegnete Sophie ausweichend. Ja, sie wich dem Thema aus, obwohl ihr klar war, dass die Kinder alt genug waren, um zu erkennen, dass ihr Vater zu viel trank.

»Dann ist es gut, dass er jetzt da reingeht«, fügte Katerina in überraschend nüchternem Ton hinzu. »Dann können wir erst mal beruhigt nach Hause.«

»Das stimmt«, pflichtete Kristian seiner Schwester bei.

Es schmerzte sie, dass ihre Kinder gezwungen waren, so über ihren Vater zu sprechen – aber wo sie recht hatten, hatten sie recht.

»Zum Demel«, rief sie dem Kutscher kurzentschlossen zu, und nach einem Peitschenknallen zogen die Pferde an.

»Zum Demel?«, fragten Katerina und Kristian gleichzeitig, wobei sie genau wussten, dass die Fahrt nun zum stadtbekannten k.u.k. Hofzuckerbäcker bei der Hofburg gehen sollte, wo sich die Wiener seit über vierzig Jahren die Nasen am Schaufenster platt drückten. Das Glänzen in den Augen ihrer Kinder verriet Sophie, dass die beiden bereits die riesige Auswahl an Kuchen, Törtchen und Pralinen vor sich sahen.

»Was machen wir denn dort?«, fragte Kristian.

»Ihr dürft euch für euren Fleiß und zur Feier des Tages dort etwas aussuchen – so viel Zeit muss sein, und dann fahren wir nach Hause.«

»Ich kann es noch gar nicht glauben.« Ihr Sohn lachte. »Bestimmt treffen wir unseren Klassenkameraden, den Franz Sacher. Der steht dort bald jeden Nachmittag und bestaunt die Auslage. Was wird er Augen machen, wenn wir an ihm vorbei da reinspazieren. Er möchte mal Konditor werden. Also, ich esse Kuchen ja lieber, als ihn zu backen.« Er machte eine nachdenkliche Pause. »Eigentlich«, fügte er bedrückt hinzu.

Er warf seiner Schwester einen Blick zu, und Katerina sprach aus, was wohl offenbar beide dachten: »Wir möchten aber gar kein Geld ausgeben, Frau Mutter, wirklich nicht. Wir möchten es lieber sparen.«

»Ihr seid so liebe Kinder ...« Sophie stiegen die Tränen in die Augen. »Aber wegen eurem Vater sollt ihr auf nichts verzichten.«

Die Kinder blickten betreten zu Boden.

»Wir tun das auch nicht für unseren Herrn Vater«, sagte Kristian, und er verzog das Gesicht, als hätte er auf eine Bittermandel gebissen. »Aber wir sind alt genug, um zu verstehen, was los ist.«

Jetzt war es an Sophie, den Blick zu senken. Erneut schossen ihr Tränen in die Augen. »Ihr seid so erwachsen geworden im letzten Jahr ... und es tut mir leid, wie alles gekommen ist.« Sie zog die Nase hoch und rief in Richtung des Kutschers: »Direkt zur Geigenwerkstatt, bitte!« An ihre Kinder gewandt fügte sie hinzu: »Zu Hause mache ich euch einen Schokoladenpudding, im großen Topf, das habt ihr euch redlich verdient.«

»Aber Sie müssen doch arbeiten, Frau Mutter?«

»So viel Zeit muss sein«, betonte sie erneut. Sie war unendlich erleichtert und dankbar, dass ihre Kinder wieder bei ihr waren, gesund und wohlbehalten. Sie streckte ihre Arme nach den beiden aus.

»Aua!«, entfuhr es ihr, als ihre linke Hand das Knie ihres Sohnes traf.

»Was ist?«, fragte Kristian erschrocken.

Sophie zog die Hand zurück. »Ach, nichts weiter. Ich bin unterwegs ausgerutscht und habe mir ein bisschen das Handgelenk verstaucht.«

»Wir machen uns den Schokoladenpudding selbst«, sagte Katerina entschieden.

»Und danach gehen wir dir bei der Reparatur der Geige zur Hand, so gut wir nur können.«

Sophie lächelte und schüttelte zugleich den Kopf. »Das ist wirklich ganz lieb von euch, aber ich fürchte, da werdet ihr mir nicht viel helfen können. Ihr könntet mir allerdings eine Kartoffelsuppe kochen, ich habe heute nämlich noch nichts gegessen.«

»Das machen wir!«, riefen die beiden wieder mal wie aus einem Mund. »Und Sie bekommen zum Nachtisch eine große Portion von unserem Pudding!«, fügte Katerina hinzu.

»Den dürft ihr ganz allein essen, ihr wisst doch, dass ich mir nicht viel aus Schokolade mache.« Hinter diese Notlüge waren ihre Kinder noch nicht gekommen, denn es gab sie schon, seitdem die beiden klein gewesen waren und den teuren Genuss für sich entdeckt hatten. Einen Genuss, den Sophie sich seitdem gern vom Mund absparte. »Ihr könntet mir etwas von der getrockneten Gemüsebrühe aus der Vorratskammer in Wasser aufgelöst auf den Herd stellen …«

»Sind Sie krank?«, fragte Kristian alarmiert, da sie im Normalfall einen Bogen um pure Gemüsebrühe machte, aber sie fühlte sich tatsächlich etwas unwohl, so als ob eine Erkältung aufziehen würde.

»Nein, nein, nur zum Aufwärmen und zur Stärkung – ich bin lange durch die Kälte gelaufen und habe eine Nacht in der Werkstatt vor mir.«

$$***$$

Die Kinder lagen satt und zufrieden in ihren Betten, und Paul war immer noch nicht nach Hause gekommen. Es war nicht die erste Nacht, die er nach der Sperrstunde aushäusig verbrachte. War es verwerflich, dass sie sich mittlerweile keine Gedanken mehr über seinen Verbleib oder gar Sorgen um ihn machte? Im Gegenteil, sie war froh um jede Stunde, die er ihr fernblieb, besonders in dieser Nacht.

Und sie war noch glücklicher über den kleinen Rest Morphiumtropfen, den sie in Pauls Nachtkasten gefunden hatte.

So spürte sie wenigstens fast keine Schmerzen mehr im Handgelenk, das sie mit einem festen Verband gestützt hatte. Die Arbeit kostete sie zwar mehr Mühe als sonst, und es ging langsamer und umständlicher voran, auch das flackernde Kerzenlicht erschwerte ihr die Sicht, aber sie hatte bereits einen Steg geschnitzt und zurechtgefeilt, der sich perfekt an die Deckenwölbung der Geige anschmiegte. Allein das hatte sie drei Stunden Zeit gekostet – hier war absolute Feinarbeit gefragt, denn der Steg durfte nicht geklebt werden, sondern hielt lediglich durch die Spannung der Saiten. Und das war gleichzeitig das Problem eines Musikers, denn schon beim Stimmen der Geige wurden die Seiten gedehnt, und es konnte passieren, dass das zarte Stück Holz durch die Reibung der Seiten immer weiter in Richtung Griffbrett gezogen wurde, bis es schräg stand, irgendwann keinen Halt mehr hatte und umfiel – und dabei manchmal sogar zerbrach, so wie es dem Virtuosen passiert war.

Damit das so schnell nicht wieder geschah, war Sophie mit einem Bleistift durch die Kerben des Stegs gefahren, denn durch das Grafit wurde die Reibung der Saiten verringert.

Den Stimmstock aus Fichtenholz hatte sie mithilfe des speziell gebogenen Stimmsetzers durch eines der f-Löcher eingeführt und unterhalb der höchsten Saite zwischen Decke und Boden in eine möglichst gute Ausgangsposition gebracht. Wie ein Chirurg, der eine Operation durchführte, doch es ging um weit mehr, denn der Stimmstock war das Herzstück der Geige, ihre Seele. Die Italiener bezeichneten dieses kleine zylindrische Holzstück, das zwischen Decke und Boden eingeklemmt wurde, nicht umsonst als Anima.

Hochkonzentriert, mit kleinsten Verschiebungen, Stück für Stück hatte sie sich an den perfekten Klang herangetastet. Die einzelnen Töne durften nicht zu hart und nicht zu weich klingen, die tiefen Saiten nicht zu viel und nicht zu wenig Bass haben, und die Obertöne der hohen Saiten mussten absolut rein sein.

Auf der Suche nach Perfektion musste sie immer wieder Pausen einlegen, nicht, weil sie müde war, vielmehr war ihr Hörsinn spätestens alle halbe Stunde erschöpft, was ganz natürlich war. Dann konnte sie die feinen Nuancen nicht mehr unterscheiden, und durch die vielen, kleinsten Verschiebungen des Stimmstocks, die in alle Richtungen notwendig waren, vermischten sich die Klangfarben zu einem Brei.

Sophie ließ den Kopf hängen. Wenn sie ehrlich zu sich selbst war, war sie wahnsinnig erschöpft. Nicht zuletzt das Morphium war schuld an der bleiernen Müdigkeit, die sich in ihr breit machte. Sie hatte sich außerdem eine Wolldecke über die Beine und die Bettflasche unter die Füße gelegt, weil sie trotz des Feuers im Werkstattofen fröstelte.

In der Morgendämmerung warf Sophie einen Blick auf die Tischuhr. Halb sieben schon. Nur noch fünfeinhalb Stunden bis zum großen Konzert, und gleich musste sie nach den Kindern sehen, musste sicherstellen, dass sie ihren Wecker gehört hatten. Schon oft hatte sie sich gefragt, wie die Zwillinge dieses schrille Glöckchen verschlafen konnten. Kopfschüttelnd lächelte sie vor sich hin. Aber so schrecklich Katerina und Kristian das Aufstehen fanden, so sehr liebten sie ihren besonderen Wecker, den sie zum zehnten Geburtstag geschenkt bekommen hatten. Kaum einer ihrer Schulkameraden konnte von sich behaupten, einen eigenen Wecker zu besitzen, wobei es sich bei dem ihrer Kinder um eine ausgediente, bereits in die Jahre gekommene Kutschenuhr handelte, die Sophie im Tausch für die Reparatur einer Geige bekommen hatte. Das für den Kutscher wichtige Schnürchen funktionierte nicht mehr. Normalerweise konnte man sich die letztvergangene Viertelstunde anschlagen lassen, wenn man daran zog, um auch im Dunkeln die Uhrzeit im Blick behalten zu können und pünktlich an Ort und Stelle zu sein oder um zu wissen, wie lange man schon unterwegs war. Ansonsten lief die Uhr aber einwandfrei, auch das Weckwerk war noch intakt, das war die Hauptsache. Vorausgesetzt ihre Kinder hörten das Klingeln. Bis dahin konnten die beiden jedoch noch eine halbe Stunde selig schlafen.

Schlafen, dachte Sophie sehnsüchtig. Trotz, oder gerade wegen ihrer Anspannung musste sie herzhaft gähnen. Am liebsten hätte sie den Kopf auf die Werkbank gelegt und die Augen zugemacht. Sich nur ein wenig ausgeruht.

Doch das konnte sie sich nicht erlauben. Am Ende rächte sich vielleicht genau diese Pause, und sie würde nicht rechtzeitig den perfekten Klang finden. Den Klang, den nur diese Geige hervorbringen konnte, denn jedes Instrument tönte anders. Einzigartig und unverwechselbar.

Sie rieb sich mit der gesunden Hand übers Gesicht, um die Müdigkeit zu vertreiben.

Als sie wieder klarer denken konnte, atmete sie noch einmal tief durch, griff nach dem metallenen Stimmsetzer und führte ihn mit der flachen Seite voran durch das f-Loch, um den Stimmstock noch ein kleines bisschen in Richtung der Saiten zu verschieben. Ganz vorsichtig, nicht dass ihr dieser noch einmal umfiel. Ein Fiasko, wenn sie wieder von vorn beginnen müsste.

Prompt zitterte ihre Hand. Verdammt! Hatte sie ihn zu weit verschoben? Bitte, bitte nicht, dachte sie. Sie war so nah dran.

Sie schickte ein Stoßgebet zum Himmel, während sie die Decke von ihren Beinen nahm und vom Hocker aufstand.

Erneut hob sie die kostbare Geige ans Kinn. Ihr verletztes Handgelenk musste das Gewicht des Geigenhalses tragen, was trotz des Verbands und des Morphiums schmerzte, und als sie eine leichte Drehbewegung machte, damit ihre Finger die richtigen Positionen auf den Saiten fanden, sog sie scharf die Luft ein.

Bei Paganinis Guarneri del Gesù lagen die Saiten sehr hoch über dem Griffbrett, und Sophie musste stark auf das Griffbrett drücken, um in höhere Tonlagen zu gelangen. Viel stärker als bei einer Stradivari. Auch mit dem Bogen musste sie mehr Druck ausüben, als sie es gewohnt war.

Sie schloss die Augen, um sich besser auf ihr Spiel konzentrieren zu können. Ein tragfähiger Klang, mit samtiger Tiefe und Brillanz in der Höhe, erfüllte die Werkstatt. Nicht so leichtfüßig wie der einer Stradivari – es lag etwas Dunkleres, Unebeneres, teils sogar etwas Sperriges und trotzdem Perfektes darin. Das hatte Sophie nie so recht glauben können, bis sie den Unterschied nun selbst hörte. Und mit einem Mal wusste sie, warum keine andere als diese Geige zu Paganini passte.

Aufstieg oder Niedergang der Werkstatt. Sie hatte es geschafft. Was für eine Erleichterung! Freudentränen liefen ihr aus den geschlossenen Augen haltlos über die Wangen, und sie ließ die Geige sinken, damit das Holz nicht mit ihren Tränen in Berührung kam.

Die Geige war spielbereit, es war ihr wirklich gelungen! Nach einer durchgearbeiteten Nacht. Morgens um halb sieben. Gut fünfeinhalb Stunden vor dem Konzert.

Sophie lachte innerlich auf. Da war ja sogar noch jede Menge Zeit übrig. Um diese Uhrzeit war es auch noch nicht angebracht, zum Trattnerhof zu fahren, um dem Virtuosen die Geige zu überreichen. Das genügte auch noch um sieben oder acht Uhr, denn vor dem großen Konzert brauchte Paganini schließlich seinen Schlaf. Irgendwoher nahm sie die Gewissheit, dass er tief und fest schlafen konnte, weil er das vollste Vertrauen in sie hatte – warum auch immer. Auch wenn sie bereit gewesen war, mehr als ihr Bestes zu geben, hätte sie sicher nicht auf sich selbst gesetzt.

Versonnen betrachtete sie die »Il Cannone«. Was machte den Klang dieser Geige eigentlich so unverwechselbar, nachdem der Stimmstock erst richtig aufgestellt war? Sie vermutete, dass es die Lackrezeptur war, die jeder Geigenbauer wie seinen Augapfel hütete. Von Stradivari erzählte man sich, dass er seinem geheimnisvollen Lack, dessen Rezeptur er nie jemandem verraten und mit ins Grab genommen hatte, Jungfrauenurin beigemischt habe, wobei das in Sophies Ohren ein bisschen zu abenteuerlich klang. Vermutet wurde jedenfalls, dass er eine dünne Schicht Pottasche zwischen Holz und Lack aufgetragen hatte, wohl zunächst, um die Poren zu schließen und in der Absicht, den Geigenkorpus vor Holzwürmern oder Pilzbefall zu schützen. Dadurch hatte er jedoch maßgeblich die Schwingfähigkeit des Holzes beeinflusst, das hatte ihr Mann bei einer Stradivari festgestellt, bei der der Lack buchstäblich ab gewesen war.

Überhaupt war das mit dem Nachbau von Geigen so eine Sache, dachte Sophie, denn noch vor rund zweihundert Jahren, als Amati, Stradivari und Guarneri allesamt mit ihren Geigenwerkstätten in Cremona ansässig gewesen waren, wurden die gefällten Baumstämme auf einer langwierigen Reise über den Po geflößt und dümpelten dann monatelang in der Lagune von Venedig herum, bis sie gebraucht wurden. Bis dahin saugten sie sich mit Meerwasser voll, dessen Salz nach dem Trocknen im Holz verblieb.

Paul wiederum schwor auf die Theorie, dass Stradivari

höchstselbst darauf achtete, dass die Bäume für seine Geigen nur bei Neumond gefällt werden durften. Auch das hörte sich ziemlich haarsträubend an, allerdings musste Sophie zugeben, dass da etwas dran sein könnte, denn tatsächlich war Neumondholz stabiler, dichter und fester als Vollmondholz. Besonders begehrt waren bis heute Hölzer, die vor gut einhundert bis einhundertfünfzig Jahren gewachsen waren, denn um 1700 herum war es jahrzehntelang sehr kalt gewesen, was den Bauern Missernten beschert und sie in die Not getrieben hatte, jedoch ein Glück für die Geigenbauer gewesen war, denn die Bäume wuchsen in dieser Zeit nur sehr langsam, und das machte ihr Holz einerseits sehr leicht, andererseits aber auch besonders biegesteif. Aus einem solchen Holz war auch Paganinis Guarneri gefertigt worden, wobei deren Boden im Vergleich zur sehr dünn ausgearbeiteten Decke auffallend stark war – sicher auch ein Grund für das einzigartige Klangvolumen.

Sophie wusste so gut wie alle anderen Geigenbauer, die sich mit Repliken beschäftigten: Ein Nachbau würde immer eine Kopie bleiben, sei es nun eine Stradivari oder Guarneri, weil das Rätsel darum, wie die alten Meister der Geige ihren perfekten Klang verliehen hatten, wohl nie gelöst werden würde. Eine Geige nachzubauen war dennoch eine große Ehre und Verantwortung, und nicht jeder Geigenbauer konnte jede Geige duplizieren. Man benötigte neben den Originalmaßen und der Kenntnis baulicher Eigenheiten eine Unmenge theoretisches Wissen über die Entstehung des Klangs, den man duplizieren wollte, und vor allen Dingen eines: jede Menge Herzblut und ein Gefühl für das Instrument.

Dieses Herzblut war ihrem Eheherrn leider abhandengekommen, er kannte nur noch diese eine Leidenschaft, die Leiden schaffte.

Sophie schloss den Geigenkoffer.

Aufstieg oder Niedergang der Werkstatt.

Wenn Paul wüsste, was ihr gelungen war. Das würde er heute noch erfahren, denn bis sie vom Konzert zurück war, hatte auch er wohl endlich den Weg nach Hause gefunden.

Ganz abgesehen davon, dass sie jedoch keine große Lust verspürte, den Kontakt zu ihm zu suchen, würde er wahrscheinlich überhaupt nicht aufnahmefähig sein, vielleicht war er nicht mal ansprechbar, weil sein Rausch noch nachwirkte. Würde er später ein Lob für sie übrig haben? Weshalb war ihr das überhaupt wichtig?

Viel wichtiger war doch der Moment, in dem sie Paganini die Geige überreichte, und dass sie seinem Konzert in der ersten Reihe beiwohnen durfte. Er hatte ja noch keine Ahnung, welchen Kindern er da Karten geschenkt hatte.

Es gab nur einen Haken: Wenn sie nach der durchwachten Nacht das Konzert durchhalten wollte, dann wäre es gut, wenn sie wenigstens eine halbe Stunde schliefe – nur, bis die Kinder aufstehen mussten. So ein kurzer Schlaf wirkte manchmal Wunder.

Kaum hatte sie diesen Gedanken zu Ende gedacht, gähnte sie erneut. Wenn sie jetzt die Augen zu machte, würde sie wohl auf der Stelle einschlafen. Wobei gegen ein kurzes Nickerchen wirklich nichts einzuwenden war. Sie bettete die Cannone in den Geigenkoffer, legte ihre Arme darüber, und ihren Kopf in die Armbeuge.

Bequem war das nicht, dachte sie noch, aber ihre Sehnsucht nach Schlaf war übermächtig, und für eine halbe Stunde ging das schon.

Hauptsache schlafen. Einfach nur schlafen.

⌒ Kapitel 10 ⌒

Ein Poltern an der Tür.

Sophie schreckte auf. Es war taghell in der Werkstatt. Sie starrte auf die Tischuhr. Halb zwölf. Große Güte! Schlagartig war sie hellwach und auf den Beinen. In einer halben Stunde begann das Konzert – wenn es nicht schon längst abgesagt worden war.

Hatten ihre Kinder auch verschlafen? Nicht möglich, es war doch schon Mittag! Bestimmt hatten sie ihre auf dem Geigenkoffer schlafende Mutter gesehen und waren leise und offenkundig mitsamt ihrer Festkleidung aus dem Haus gegangen. Sie mussten vermutet haben, dass die Reparatur der Geige vollendet war und ihre Mutter nur kurz Kraft schöpfen wollte, so wie es eigentlich auch geplant gewesen war. Wer hätte ahnen können, dass sie in dieser unbequemen Haltung fünf Stunden schlafen würde? Es war wohl das Morphium verbunden mit der Erschöpfung gewesen.

»Ich eile!«, rief sie in Richtung Tür.

War das Paganini höchstpersönlich? Wohl kaum. Entweder, er ging gerade voller Nervosität hinter der Bühne des Redoutensaals auf und ab, oder es war ein Bote, der ihr mitteilen wollte, dass das Konzert abgesagt worden war. Warum war nicht früher jemand vorbeigekommen? Die Geige war doch spielbereit! Was für eine Schmach – und das alles nur, weil sie verschlafen hatte. Paganini musste furchtbar enttäuscht sein – und es würde nicht lang dauern, bis sich der

Grund für die Konzertabsage in ganz Wien herumgesprochen hatte.

Sie riss die Tür auf.

Wilhelm Mayenhöfer. Mittagszeit. Dieser Mann hatte ihr gerade noch gefehlt. Dieses Mal war er mit der hauseigenen Kutsche gekommen, auf deren schwarz glänzender Verkleidung mit goldenen Lettern *Matschakerhof* stand. Die beiden edlen weißen Pferde waren verschwitzt und stießen helle Atemwolken durch ihre Nüstern aus.

Er musterte sie von oben bis unten. Kein Wunder angesichts ihres Erscheinungsbilds. Sie musste vollkommen derangiert aussehen. Bestimmt waren nicht nur ihre Haare zerzaust, sondern auch ihr Gesicht so zerknittert wie das dunkelblaue Kleid.

»Habe die Ehre, gnädige Frau, ich bin in Eile«, hob er an, »aber Ihr Eheherr war gestern erneut in meiner Lokalität. Ohne Geld.«

»Ich habe jetzt auch keine Zeit für Sie und vor allem kein Geld!«, warf sie ihm entgegen, unwirscher als beabsichtigt. Ihr war gerade in den Sinn gekommen, dass vielleicht doch nicht alles verloren war und sie es noch rechtzeitig zu Paganinis Konzert schaffen könnte.

Der Gasthausbesitzer verzog das Gesicht, als hätte er sauren Wein gekostet. »Wie reden Sie denn mit mir?«

»Werter Herr Mayenhöfer«, entgegnete sie mit aufgesetzter Freundlichkeit. »Sie bekommen Ihr Geld, aber im Moment habe ich es noch nicht. Morgen! Dazu muss ich allerdings eiligst zur Hofburg. Wenn ich Ihre Kutsche nutzen dürfte?«

»Halten Sie mich für einen Lohnkutscher?«, fragte er entrüstet, und dabei erzitterte das Haar, das auf seiner Wange aus dem Muttermal spross.

»Dann eben nicht.«

Wenn sie sich beeilte, am Dom vorbei und dann durch die Dorotheergasse rannte, ganz gleich, ob das eine der vornehmsten Gassen Wiens war, könnte sie in fünfzehn Minuten im Redoutensaal sein, vielleicht sogar noch eher. »Wenn sie mich dann bitte entschuldigen würden?«

Sie wollte Mayenhöfer die Tür vor der Nase zuschlagen, doch er stellte einen Fuß dazwischen.

»Nicht so hastig, Frau Sawicki.«

»Morgen Mittag bekommen Sie Ihr Geld!«, versprach sie ihm auf die Schnelle, damit er besänftigt war.

»Morgen Mittag, das ist erfreulich«, sagte er und zog die Tür auf, so dass er mit einem Bein im Flur stand, »aber Sie sollten schon die genaue Summe kennen, denn diese hat sich seit gestern Abend noch einmal erhöht.«

»Wie bitte? Haben Sie meinem Mann etwa Alkohol ausgeschenkt?«

»Selbstverständlich! Der Gast ist König in meinem Hause. Er hat nach einer Flasche Schnaps verlangt, und die hat er bekommen.«

»Aber wenn er doch schon Schulden bei Ihnen hatte?« Ihre Stimme schnellte in die Höhe.

Mayenhöfer zuckte mit den Schultern und hob seine Hände, die in weißen Handschuhen steckten, zu einer ratlosen Geste. »Nun, Ihr Eheherr ist der beste Geigenbauer Wiens, und er hat mir erzählt, dass der Teufelsgeiger ihm den Auftrag erteilt hat, seine Guarneri zu reparieren, da muss ich mir um eine Rückzahlung ja wohl keine Sorgen machen.«

Sophie biss sich auf die Zunge und kaute an einer Antwort herum, dabei hatte sie mit diesem Mayenhöfer schon viel zu viel Zeit verschwendet. Sie holte tief Luft und bemühte sich um einen möglichst gelassenen Ton. »Nun gut, was ist Ihnen mein Mann zusätzlich schuldig?«

»Die Schulden belaufen sich nunmehr auf eine Summe von dreihundert Gulden.«

Sie glaubte, sich verhört zu haben. »Wie bitte? Sie meinen wohl dreißig Gulden.«

»Nein, dreihundert.«

»So viel kostet doch keine Flasche Schnaps!«

»Hinzuzurechnen zu den dreißig Gulden sind noch mehrere Lokalrunden, die er ausgegeben hat, rund 20 Gulden, dazu fünfzig Gulden, die ich ihm fürs Glücksspiel geliehen habe, sowie zweihundert Gulden für die demolierte Inneneinrichtung – grob geschätzt. Das könnte auch noch mehr werden.«

Sophie starrte den Gastwirt an. »Was reden Sie denn da?«, fragte sie. Ihr Atem ging schneller, so als sei sie bereits bis zur Hofburg gerannt.

»Nun, Ihr werter Eheherr hat schon recht aggressiv drauf bestanden, dass ich ihm erneut Geld leihe, und als er drohte handgreiflich zu werden, habe ich ihm die fünfzig Gulden gegeben, und er ist damit abgezogen. Ich dachte, damit hätte sich die Sache erst mal erledigt und ich meine Ruhe, aber weit gefehlt. Unmittelbar vor der Sperrstunde stand er plötzlich wieder im Gasthaus, er konnte sich kaum mehr auf den Beinen halten und hat trotzdem wieder nach Schnaps verlangt. Ich habe ihn freundlich, aber bestimmt darauf hingewiesen, dass wir schließen und nichts mehr ausschenken dürfen – da hat er vollkommen die Fassung verloren. Er hat mit Stühlen um sich geworfen und alles kurz und klein geschlagen, was nicht niet- und nagelfest war.«

»Um Gottes willen! Ist jemand verletzt worden?«

»Es waren ja zum Glück kaum mehr Gäste im Saal. Eine Bedienung konnte sich nicht rechtzeitig in Sicherheit bringen und hat eine Platzwunde davongetragen, aber mehr Personen sind zum Glück nicht zu Schaden gekommen. Drei Männer haben mir geholfen, den Wahnsinnigen zu überwältigen. Nachdem wir ihn niedergerungen hatten, hat er weitergebrüllt, so Sachen wie, dass er der heilige Antonius sei, der Teufel ihn verfolge und umbringen wolle.«

Wie furchtbar, dachte Sophie. Doch wie kam ihr Eheherr ausgerechnet darauf, sich für den Schutzpatron der Frauen und Kinder, der Liebenden und der Ehe zu halten?

»Und wo ist mein Eheherr jetzt?«, fragte sie tonlos.

»Nun, ich habe es ja bereits angedeutet. Ihr Mann hat den Verstand verloren.«

»Aber doch nur, weil er betrunken war!«

»Da waren die Zivilwache und der herbeigerufene Arzt anderer Meinung, deshalb hat man ihn nicht bloß in die Ausnüchterungszelle gebracht, sondern gleich in den Narrenturm.«

»In den Narrenturm?« Sophie blieb der Mund offen stehen. Sie sah den fünfgeschossigen Rundbau in der Alserstraße vor sich, ein bemerkenswertes Gebäude, das an das *Kaiserlich-Königliche Allgemeine Krankenhaus* angrenzte und aufgrund seiner Form von den Wienern liebevoll *Kaiser Josephs Gugelhupf* genannt wurde. Der Volksmund sprach auch vom Narrenturm, wenn die Rede von dem Gebäude war, das die rund einhundertfünfzig Geisteskranken beherbergte, die dort in Einzelzellen in Ketten lagen.

Sie stieß die Luft aus, die sie angehalten hatte, während sie Mayenhöfer angestarrt und schreckliche Bilder vor Augen gehabt hatte.

»Das ist ja grauenvoll!« Plötzlich hatte sie großes Mitleid mit ihrem Eheherrn – und außerdem, wie sollte sie das den Kindern beibringen und überhaupt … »Wenn sich das herumspricht …«, murmelte sie. Dann könnte sie die Geigenwerkstatt gleich schließen. Nie und nimmer konnte sie allen weiterhin weismachen, dass der Meister höchstselbst die Aufträge erledigte.

»Ja, das wäre das Aus für die Geigenwerkstatt«, sagte Mayenhöfer, so als ob er ihren Gedanken gefolgt wäre. Allerdings lagen die Konsequenzen ja auf der Hand. »So schnell kommt man da als Irrer nicht mehr raus – höchstens auf der Bahre, wenn die Behandlung mal wieder zu brachial war. Man weiß schließlich, wie es da drinnen zugeht, die Schreie sind oft ganze Straßenzüge weiter zu hören. Ich kenne jedoch den Anstaltsleiter ganz gut, einer meiner besten Gäste, und für … sagen wir, zwanzig Gulden könnte ich mit ihm reden. Wenn sie noch dreißig Gulden drauflegen, dann sorge ich dafür, dass niemand von dem Vorfall im Gasthaus erfährt. Andernfalls wird sich sehr schnell herumsprechen, dass sich der berühmteste Geigenbauer Wiens im Narrenturm befindet, und er wird viel Besuch bekommen.«

»Sie sind ein mieses Schwein!«, entfuhr es Sophie. »Mit dem Leid anderer Menschen auch noch Geschäfte machen!«

Mayenhöfer lächelte breit. »Richtig. Ich bin Geschäftsmann. Übrigens sehen Sie sehr niedlich aus, wenn Sie sich so aufregen.«

»Verschwinden Sie«, zischte sie.

»Habe die Ehre.« Mayenhöfer lüftete seinen Zylinder und vollführte zusammen mit einer schwungvollen Geste seines Arms eine tiefe Verbeugung, so als sei er ein Zirkusdirektor in der Manage.

Sie schlug die Tür mit voller Wucht zu und lehnte sich keuchend mit dem Rücken dagegen. Und jetzt?

Jetzt, dachte sie entschlossen, durfte sie nicht länger nachdenken, sondern musste ihre letzte Chance ergreifen und retten, was hoffentlich noch zu retten war. Um Mayenhöfer und ihren Eheherrn würde sie sich später kümmern.

Eilends schlüpfte sie in die Stiefel, warf sich den Mantel

über, lief in die Werkstatt, nahm den Geigenkoffer, presste ihn vor den Körper und holte noch etwas von ihrem Markt-geld für den Fiaker aus dem Versteck in der Küche – da klopfte es abermals.

Was wollte Mayenhöfer denn noch von ihr? Hatte er sie noch nicht genug drangsaliert? Doch es half nichts, wenn sie das Haus verlassen wollte, musste sie ihm entgegentreten.

Sie holte tief Luft und riss erneut die Tür auf.

Das war nicht Mayenhöfer.

Kapitel 11

Diesen Mann kannte sie nicht. Auch er war mit einem Fiaker gekommen und trug wie Mayenhöfer Frack und Zylinder. Er verbeugte sich und fragte: »Frau von Sawicki?«

»Ja?«, entgegnete sie verunsichert, und traute sich nicht, ihn darauf hinzuweisen, dass er sich nicht vorgestellt hatte.

»Herr Paganini schickt mich …«

Ihr wurde heiß und kalt zugleich. Entweder ließ Paganini sie abholen, oder, was wesentlich wahrscheinlicher war, Paganini wollte sie nicht mehr sehen, ließ ihr durch den Kutscher die Absage des Konzerts mitteilen und seine Geige abholen, ganz gleich, in welchem Zustand. Sie wollte sich nicht ausmalen, welche Wut Paganini auf sie hatte, weil ihm der Verdienst eines Konzerts mit zweitausend verkauften Karten entgangen war, nur weil sie die Geige nicht rechtzeitig geliefert hatte. Sobald Paganini erfuhr, dass sie verschlafen hatte und die Geige spielbereit gewesen wäre, würde sein Zorn keine Grenzen mehr kennen. Da konnte die Reparatur noch so gelungen sein, er würde ihr keinen Heller dafür bezahlen – und das zu Recht. Sie konnte von Glück reden, wenn er keine Entschädigung von ihr verlangte.

»Frau von Sawicki?«, fragte der Kutscher erneut.

»Ja, die bin ich«, entgegnete sie und wartete mit gesenktem Kopf auf die Nachricht, die ihr gleich um die Ohren fliegen würde.

»Ich soll Sie abholen – und die Geige natürlich.« Er musterte sie, wie sie reisefertig mit dem Geigenkoffer vor ihm stand. »Wie gut, dass Sie uns bereits erwartet haben. Dann kann es ja gleich losgehen. Wir haben nur noch rund eine Viertelstunde bis zum Konzertbeginn.«

»Aber …?«, brachte sie hervor.

»Gibt es ein Problem?«, fragte der Kutscher.

»Ich … nein, natürlich nicht!«

»Dann folgen Sie mir.«

Mit fahrigen Bewegungen schloss sie die Tür ab und eilte zum Kutscher, der ihr bereits den Schlag aufhielt. Er reichte ihr seine Hand, damit sie leichter einsteigen konnte. Als sie den Blick von der Trittstufe ins Wageninnere lenkte, erstarrte sie mitten in der Bewegung.

Da saß Paganini höchstselbst und lächelte sie entspannt an. »Setzen Sie sich.«

»Aber …«, stammelte sie wieder. Mit allem hatte sie gerechnet, nur nicht damit, so kurz vor Konzertbeginn auf einen anscheinend völlig entspannten Virtuosen in einer Kutsche zu treffen. Er hatte sich bequem zurückgelehnt, saß leicht seitlich, ein Bein übergeschlagen und die Knie von ihr abgewandt, damit er trotz seiner Körperlänge nicht so viel Platz beanspruchte und sie problemlos einsteigen konnte.

Vor Überraschung wusste sie nicht, was sie sagen oder tun sollte. Recht ungelenk setzte sie sich ihm gegenüber entgegen der Fahrtrichtung auf die Sitzbank.

Paganini bedeutete dem Kutscher, dass es weitergehen konnte.

Sie starrte den Virtuosen an. Sein Aussehen deutete nicht auf einen bevorstehenden Auftritt hin. Die lockigen Haare wirkten ungekämmt, und sein Backenbart hatte definitiv schon länger keine Schere mehr gesehen. Er kräuselte sich unter den hohen Wangenknochen genauso wild wie die

Locken, die ihm auf die Schultern fielen. Sein Frack war an den Knien fadenscheinig und wies mehr Falten auf, als ihr Kleid – und das mochte etwas heißen.

So trat man doch nicht vor zweitausend Leuten auf die Bühne? Kaum hatte Sophie das gedacht, wurde ihr siedend heiß. Hatte er das Konzert längst absagen lassen? Spielte er ihr eitel Sonnenschein vor, bis die Zeit für ein Donnerwetter gekommen war? Wo fuhr er mit ihr hin?

»Il mio Cannonino«, sagte er mit einem liebevollen, versonnenen Blick, und da erst wurde ihr bewusst, dass sie ihm den Geigenkoffer noch nicht überreicht hatte, was sie nun eilends nachholte.

Er legte sich den Koffer auf den Schoß, klappte ihn auf, blickte kurz hinein, schloss ihn wieder und schenkte ihr ein zufriedenes Lächeln. »Sehr schön! Eine äußerst gelungene Arbeit.«

»Aber …?«, zu mehr war sie einfach nicht fähig. Das konnte er mit einem Blick doch gar nicht beurteilen. Und hinter der Bühne würde ihm keine Zeit bleiben, sein Instrument auszuprobieren. Also fand das Konzert wohl doch nicht statt.

»Was, aber?«, fragte er belustigt und hob eine Augenbraue, deren unbezähmbare Form wie ein wilder Notenverlauf zwischen zwei Taktstrichen wirkte.

»Das Konzert findet nicht statt, richtig?«, fragte sie vorsichtig und so leise, dass sie glaubte, es sei im Hufgetrappel untergegangen, doch Paganini hatte natürlich ein sehr gutes Gehör.

»Si, claro!«, entgegnete er entrüstet, so als sei es ihm unbegreiflich, dass sie auf die Idee kam, diese Frage überhaupt zu stellen. »Es findet statt!«

»Aber Sie müssen die Geige doch noch probespielen?«

»Niemals!«, rief er entrüstet, nein, er war regelrecht empört, so wie sich seine Augenbrauen zusammenzogen. »Ich spiele meine Violino nur auf die Bühne! Immer nur auf die Bühne bei die Auftritt. Ich spiele auch nie bei die Proben von die Orchester mit, höre nur zu. In die Partitur sind die Stellen, wo ich spiele, mit eine Strich gekennzeichnet, keine Noten.«

Davon wusste sie, und nun war die Gelegenheit, ihn nach dem Grund zu fragen. »Warum?«

»Ganz einfach, weil es gibt keine Noten von meine Spiel. Wenn ich auf die Bühne stehe, dann kommt die Musik aus mir heraus und fließt in meine Geige.«

Sophie runzelte die Stirn. »Bei einem Solopart kann ich mir das ja vorstellen, aber wie passt das zum Orchester?«

Paganinis Mundwinkel zuckten, und sein Blick wirkte amüsiert. »Das fragen viele. Es passt immer. Ich weiß doch, was die Orchester spielt, das genügt. Das Orchester muss nicht wissen, was ich spiele, das hören sie erst bei die Concerto, was mir in diese Moment einfällt.«

Sophie schüttelte vor Erstaunen den Kopf. So konnte wohl wirklich nur ein Genie reden. Oder ein Wahnsinniger. Vielleicht war er auch beides.

»Aber nach einer solchen Reparatur müssen Sie Ihre Geige bitte trotzdem probespielen«, wand Sophie ein, »Sie wissen doch, welches Missgeschick mir mit dem Stimmstock passiert ist …«

»Das weiß ich! Aber ich weiß auch, dass meine Geige perfekte repariert wurde.« Er lächelte.

»Woher wollen Sie das denn wissen?«, rief sie fast schon verzweifelt. Das laute und schnelle Hufgeklapper zerrte an ihren Nerven. »Woher nehmen Sie überhaupt diese Ruhe – das macht mich ganz nervös!«

Jetzt lachte er. »Sie reden schon wie meine Frau. Sie hat die ganze Nacht kein Auge zugetan und mir heute Morgen gedroht, dass sie mit ihre Gesang nicht auftreten wird, wenn ich nicht sofort eine Bote zu die Geigenwerkstatt schicke, der ihr sagt, wann meine Cannonino spielbereit ist oder ob die Concerto sogar abgesagt werden muss. Ich habe ihr ganz ruhig erklärt, dass ich wie immer zehn Minuten vor die Concerto bei die Saal eintreffen werde, die Kutsche bestellt ist, und ich auf die Weg meine Cannone in die Werkstatt abholen werde. Sie hat eine Drama gemacht und ich kann keine Streit ertragen, erst recht nicht so kurz vor die Concerto, und als sie nicht aufgehört hat, habe ich gesagt, dass ich auf ihre Auftritt verzichte und sie bei unsere Sohn bleiben soll und die Kindermädchen abgesagt.«

»Aber es wäre doch nicht schlimm gewesen, wenn ein Bote gekommen wäre …« Wieder ergriff Sophie unweigerlich Partei für seine Frau, und dann entschloss sie sich für die Wahrheit. »Ganz im Gegenteil.« Sie schlug die Augen nieder. »Ich habe die ganze Nacht gearbeitet und dann verschlafen. Wenn nicht jemand an der Tür geklopft hätte, kurz bevor sie gekommen sind …«

»Dann hätte *ich* Sie eben geweckt.«

»Aber woher wussten Sie, dass die Geige spielbereit sein würde?«

»Weil ich Ihnen vertraut habe.« Er sah ihr direkt in die Augen, wie er es schon öfter getan hatte, aber dieses Mal löste er damit ein Kribbeln in ihr aus, das in alle Richtungen durch ihren Körper lief, ohne dass sie es beeinflussen konnte. Das machte ihr Angst, sie versuchte es zu beherrschen, doch sie wusste, es war vergeblich.

Sie kannte dieses wunderbar warme Gefühl, und sie hatte es lange nicht mehr gespürt. Plötzlich überfielen sie Sehnsucht und Verlangen, sie genoss diese Empfindungen, kostete sie aus, viel zu lange, dachte sie unvermittelt, auch wenn es nur ein paar Lidschläge gewesen sein mochten. Sie erschrak über sich selbst, über diesen schwachen Moment, und schluckte. Dieses prickelnde Gefühl gehörte sich als Ehefrau einem anderen Mann gegenüber nicht. Punkt.

»Das hätte auch schiefgehen können«, sagte sie. »Ich kann wirklich nicht verstehen, woher Sie dieses blinde Vertrauen genommen haben.«

Er verzog die Lippen, die einen ähnlich kantigen Schwung aufwiesen, wie seine Augenbrauen. »Nein, ich war nicht blind, ich habe doch gesehen. Ich habe auf die Weg nach Wien viele Werkstätten besichtigt und bin wieder gegangen, obwohl meine Cannone dringend repariert werden musste, und auch diese Meister haben eine exzellente Ruf. Aber wie Sie wissen, ich gebe meine Geige, meine Seele, nur ungern aus die Hand. Ich muss schon die absolute Vertrauen haben, anders geht es nicht.«

»Was hat Ihnen denn dieses absolute Vertrauen gegeben?«

»Sie.«

Die Antwort war so schlicht und ergreifend, dass ihr die Luft wegblieb.

»Wer aus die …«, er überlegte kurz, ehe er das nächste Wort aussprach, »… die Matschakerhof spielt eigentlich die Geige? Ich kann mir das von die Mann nicht vorstellen, der bei Ihnen war. Ich habe ihn noch zu seiner Kutsche gehen sehen. Oder ist er eine Mäzen?«

Sophie schüttelte den Kopf. Zwar war sie dankbar für den unvermittelten Themenwechsel, aber was sollte sie ihm antworten?

»Nein, Herr Mayenhöfer ist weder ein Kunde noch ein Mäzen«, entgegnete sie kurz angebunden. Mehr wollte sie dazu definitiv nicht sagen.

Schmerz machte sich in ihr breit. Sie hatte nicht mehr an Mayenhöfers Besuch gedacht, kurzzeitig auch nicht mehr an ihren Eheherrn, wie er angekettet in einer Zelle auf dem blanken Boden in der Ecke kauerte, zitternd und nur mit einer Unterhose bekleidet, weil Kältereiz als Therapie galt. Man erzählte sich so viel über den Narrenturm und kaum etwas davon entsprang der Phantasie, denn die Kranken konnten gegen ein Trinkgeld besichtigt werden, was viele den Attraktionen auf dem Prater vorzogen. Wollte man bis in den fünften Stock des Narrenturms, so war noch eine Münze draufzulegen, denn je höher das Stockwerk, desto gravierender die Erkrankung.

»Er hat Ihnen eine schlechte Nachricht gebracht«, bemerkte Paganini.

»Woher wissen Sie das?«

Paganini warf die Stirn in Falten, zum Zeichen, dass diese Frage überflüssig war. »Ich sehe es in Ihren Augen.«

Sophie sah wieder zu Boden. Er sollte nicht alles von ihr wissen, er durfte ihr nicht zu nahe kommen, und sie wollte unter keinen Umständen, dass er erneut in ihre Seele blickte.

Sie holte tief Luft. »Herr Mayenhöfer hat mir mitgeteilt, dass mein Eheherr … er … es geht ihm nicht gut. Er ist gestern ins Krankenhaus gekommen. Das Herz. Aber das wird schon wieder.« Sie rang sich ein Lächeln ab, damit er sie nicht bei ihrer Notlüge ertappte.

»Oh, das tut mir sehr leid! Richten Sie ihm bitte meine besten Genesungswünsche aus.«

»Das werde ich«, murmelte sie.

»Aber wenn das so ist, dann findet die Familienfeier wohl nicht statt? Bisher hatte ich nur auf nette Begleitung während der Fahrt gehofft, aber nun darf ich Sie doch zu meine Concerto einladen? Ich werde dafür sorgen, dass der Saaldiener die beste Platz für Sie findet!«

Jetzt fand Sophie ihr echtes Lächeln wieder. »Ich habe bereits einen Platz in der ersten Reihe, und meine Kinder warten dort hoffentlich schon auf mich.«

»Che cosa?«, rief Paganini aus. »Das waren also tatsächlich Ihre Kinder – ich hatte schon so eine Verdacht, weil sie sehen Ihnen sehr ähnlich. Die schmale Gesicht, die Wimpern, so dicht, die Augenform, nur diese dunkle, fast schwarze Haare haben sie wohl von die Vater. Ihre Kinder haben wirklich Talent! Bei welche Maestro lernen sie?«

Sophie schüttelte den Kopf. So gern sie ihnen einen Lehrer ermöglicht hätte, sie konnte es sich nicht leisten. Die Preise waren nur für illustre Kreise tragbar, vor allem, weil sie ja gleich doppelt bezahlen musste. »Ich gebe meinen Kindern Unterricht, schon seitdem sie sich für die Geige interessieren, seit ihrem dritten Lebensjahr.«

»Fantastico! Und von wem haben Sie gelernt?«

»Von meinem Vater, Gott hab ihn selig. Er war Musiker im königlichen Hoforchester.«

»Ich habe auch bei meine Vater gelernt! Schon als ganz kleine Junge, und als ich in die Schule gekommen bin, habe ich besser gespielt als er.« Paganini lachte. »Dann hat er mich zu die beste Geigenlehrer in Genua geschickt, aber ich bin nicht gegangen, weil das war langweilig. Vom Üben habe ich bis heute genug. Immer diese Zwang, schrecklich! Ich habe mich lieber zum Meer auf eine Fels gesetzt und meine Geige gespielt, und mein Vater musste die ausgefallenen Stunden trotzdem bezahlen. Das er hat zum Glück nicht lange mitgemacht.«

Bei dieser Vorstellung musste Sophie herzlich lachen. Es tat so gut, wenigstens für einen kurzen Moment unbeschwert zu sein.

Paganini sah aus dem Fenster. »Ich glaube, wir sind gleich da«, sagte er, und Sophie blickte ebenfalls beiläufig aus dem Fenster. Fast traf sie der Schlag.

Sie fuhren gerade am Josefsplatz vorbei, wo sich der Eingang zum Redoutensaal befand, und der schwarz vor Menschen war.

»Was ist denn da los?«, rief sie entsetzt. »Warum sind die Leute denn noch nicht eingelassen worden?« Hoffentlich standen ihre Kinder nicht mitten in der Menge, sondern hatten einen Warteplatz am Rand gefunden oder waren von den Erwachsenen freundlicherweise vorgelassen worden.

Paganini machte ein zerknirschtes Gesicht. »Ich fürchte, das sind die Leute, die keine Karte mehr bekommen haben, aber trotzdem noch auf Einlass hoffen. Man hat mir heute Morgen gesagt, dass noch Stehplätze vergeben werden. Wachtruppen sollen für Ordnung sorgen.«

»Große Güte!«, rief Sophie aus. »Und da lassen Sie den Kutscher so spät vor der Werkstatt vorfahren? Sie haben wirklich ein unglaubliches Nervenkostüm.«

»Das ist jedenfalls in eine bessere Zustand als meine Frack.« Mit einem verschmitzten Grinsen warf er erneut einen Blick nach draußen. »Wir fahren jetzt um die Stallburg herum, und sind gleich bei die Hintereingang, wo ich Sie zu Ihre Platz geleiten lasse. Aber bevor wir unterbrochen werden, möchte ich Sie noch zu eine Empfang nach meine Concerto in die kleine Redoutensaal bitten. Ihre Kinder sind selbstverständlich auch eingeladen.«

Abwehrend hob sie die Hand. »Das ist wirklich sehr freundlich von Ihnen, aber viel zu viel der Ehre.« Sie hatte für die schnelle Geste die linke Hand genommen und war damit gegen die Wand der Kutsche gestoßen. Mit einem Schmerzenslaut zog sie den Arm zurück.

»Oh, was ist mit Ihre Hand? Sie haben ja eine Verband?«

»Ach, nichts weiter, nur ein bisschen verstaucht«, entgegnete sie leichthin. Innerlich kämpfte sie weiter gegen den Schmerz, der nur langsam nachließ und in einem kräftigen Pochen in ihrem Handgelenk mündete.

»Bei die Empfang ist alles ganz zwanglos. Sie werden interessante Menschen kennenlernen. Neben die kaiserliche

Familie natürlich meine gute Freund Fürst Metternich. Haben Sie schon die Bekanntschaft von die Wiener Komponist Anton Diabelli gemacht?«

»Nein, leider nicht.«

»Dann ist das die Gelegenheit! Und noch viel wichtiger: Joseph Böhm ist auch eingeladen. Die Bekanntschaft ist sehr gut für die Zukunft von Ihre Kinder.«

»Mit Herrn Böhm habe ich schon gesprochen. Leider ist an seinem Konservatorium kein Platz mehr frei, und es gibt eine lange Warteliste. Kein Wunder, jeder will an seine erste öffentliche Geigenschule und in den Genuss des kostenlosen Unterrichts kommen.«

»Ihre Kinder sind aber nicht ›jeder‹! Sie haben sehr viel Talent. Und wenn ich das sage, wird Böhm die beiden zum Vorspielen einladen – und dann hole mich der Teufel, wenn er Ihre Kinder nicht aufnimmt! Ich werde auf die Empfang mit Böhm reden und meine höchste Empfehlung aussprechen.«

Wie sollte sie auf so viel Freundlichkeit noch mit Widerspruch reagieren? In ihrem Aufzug konnte sie allerdings wirklich nicht bei einem offiziellen Empfang erscheinen, das war schon für ein Konzert grenzwertig, aber im Saal war es immerhin dunkel. Auf der Toilette könnte sie zwar ihre Frisur richten, aber um ihr Kleid zu bügeln war es zu spät.

»Ich bin überhaupt nicht auf einen Empfang vorbereitet, sehen Sie sich doch nur mein Kleid an.«

Paganini lachte so sehr, dass es ihn schüttelte. »Was für eine Unsinn! Sie sehen sehr hübsch aus. Ganz bezaubernd! Und wenn jemand achtet auf die Falten in Ihre Kleid und nicht auf meine Person, dann bin ich allerdings *höchst* beleidigt.«

Jetzt lachte sie ebenfalls, doch sie konnte sich nicht mehr bedanken, denn sie waren angekommen. Sie stiegen aus und betraten die Wiener Hofburg durch den Seiteneingang.

Drinnen hatten die Ordnungshüter große Mühe, die Menge zu lenken und im Zaum zu halten. Es herrschte ein tumultartiger Lärm, der so gar nicht zu der fein gekleideten Gesellschaft passte. Wer eine Sitzplatzkarte besaß, hob diese wedelnd in die Luft und machte mit Rufen zusätzlich auf sich aufmerksam, um durchgelassen zu werden. Die Gänge waren überfüllt, auch auf den Treppenstufen hockten Zuhörer, die eine der Zusatzkarten ergattert hatten. So konnten sie den Virtuosen zwar nicht sehen, aber immerhin hören.

Paganini winkte einen Saaldiener herbei und verabschiedete sich von ihr.

Kapitel 12

*D*er Große Redoutensaal lag fast gänzlich im Dunkeln, nur durch die Kerzenleuchter auf der Bühne konnte sich Sophie orientieren. An den schemenhaften Umrissen erkannte sie, dass fast alle Reihen belegt waren, aber niemals hätte sie in diesem herrschaftlichen Saal mit der hohen, goldverzierten Stuckdecke solch schweißtreibende Temperaturen erwartet. Es war so heiß und stickig wie in einer Waschküche. Einen Moment lang glaubte Sophie, keine Luft mehr zu bekommen, und hätte den Saal am liebsten wieder rückwärts verlassen.

Die Wand hinter der Bühne war von langen schwarzen Stoffbahnen bedeckt, in der Mitte hing ein gewaltiger goldgerahmter Spiegel. Vier vollkommen schwarz gekleidete Konzertdiener schritten feierlich über die Bühne und entzündeten nach und nach die bestimmt zweihundert Kerzen in den großen Kandelabern, die in einem Kreis angeordnet waren – wie ein Feuerring.

Da winkten ihre Kinder – aus der Mitte der ersten Reihe! Die beiden hatten nach ihr Ausschau gehalten, und Kristian deutete aufgeregt auf den freien Stuhl neben sich.

Sie dankte dem Saaldiener, ohne den sie es niemals bis hierher geschafft hätte. Im Näherkommen bemerkte sie, wie hübsch Katerina in ihrem dunkelblauen Kleid und mit den hochgesteckten Haaren aussah, fast schon wie eine junge Dame. Ihr Bruder stand seiner Schwester in seiner feinen

Garderobe in nichts nach. Im Zwielicht erschien es Sophie, als ob auch er in den vergangenen Stunden erwachsen geworden sei.

Da erst bemerkte sie ihren Schwager Peter in Begleitung seiner Frau Florentine, die mit einem Platz Abstand neben den Kindern saßen.

Sophie seufzte auf. Ausgerechnet ihre Schwägerin war ihre Sitznachbarin, das konnte ja heiter werden. Auf den ersten Blick hatte sie Florentine gar nicht erkannt, denn ganz entgegen ihrer Gewohnheit und der allgemeinen Mode trug sie keinen üppigen Hut, sondern ein Zylinderhütchen schräg auf dem Kopf festgesteckt, und darunter fielen ihr die offenen, sonst so glatten Haare zu feinen Löckchen onduliert auf die Schultern.

»Hübsch, nicht wahr?«, fragte Florentine anstelle einer Begrüßung, öffnete einen cremefarbenen Fächer mit Miniaturgeigen darauf und drehte ihren Kopf mit leicht erhobenem Kinn von rechts nach links. »Für die Frisur à la Paganini habe ich eine Haarkräuslerin kommen lassen und den ganzen Vormittag vor dem Spiegel gesessen. Was man von dir nicht behaupten kann. Du siehst aus, als ob du direkt aus dem Bett kommen würdest. So geht man doch nicht in ein Konzert!«

»Einen schönen guten Tag, Florentine«, sagte Sophie steif, weil ihr ansonsten nur Entgegnungen einfielen, mit denen sie Aufsehen erregt hätte. »Guten Tag, Peter.« Eilig nahm sie ihren Platz ein und wandte sich ihren Kindern zu. »Was bin ich froh, dass ihr es wohlbehalten durch die Menge geschafft habt.«

»Ja, Tante Florentine und Onkel Peter haben uns geholfen, sonst wäre das nicht gut ausgegangen«, antwortete Katerina.

Da blieb ihr wohl nichts anderes übrig, als sich bei Florentine und Peter zu bedanken.

»Keine Ursache«, entgegnete ihre Schwägerin spitz. »Wir haben deine Kinder mutterseelenallein in der Menge entdeckt, und da muss man sich als Paten ja wohl kümmern. Herr Paganini war wohl hinsichtlich der Karten sehr spendabel, wie wir gehört haben. Anscheinend haben sie ihn mit ihrem Geigenspiel beeindruckt.«

»Ja, das haben sie«, entgegnete Sophie mit unverhohlenem Stolz. »Das hättest du wohl nicht von ihnen gedacht.«

»Ich hätte vor allem von *dir* nicht gedacht, dass du deine Kinder allein zum Konzert vorschickst. Wo bist du denn abgeblieben? Und für Paul hatte der Virtuose keine Karte mehr übrig?«

»Nein, das waren seine letzten drei Freikarten.« Gott sei Dank, fügte Sophie im Stillen hinzu.

»Und eine zusätzliche Karte wollte sich mein werter Zwillingsbruder nicht kaufen?«, mischte sich Peter ein. »Ich meine, man kann ja von Paganini halten, was man will, aber meine Florentine hat schon recht, als Geigenbauer sollte man dem Konzert beiwohnen, vor allem, weil die gesamte erste Reihe nachher zum Empfang eingeladen ist, und da gilt es, Kontakte zu knüpfen. Das sollte doch auch meinem Bruderherz klar sein. Ich verstehe gar nicht, warum er dich mit den Kindern schickt, anstatt selbst zu kommen. Überhaupt sieht und hört man nichts mehr von ihm. So langsam erscheint mir das wirklich sehr merkwürdig.«

Sophie schluckte. Sie wollte Peter die Wahrheit sagen, es ging schließlich um seinen Bruder – aber nicht hier und nicht jetzt. Nicht in Hörweite der Kinder und vor Menschen, die das nichts anging. Es würde sich noch früh genug herumsprechen, dass Paul von Sawicki, der berühmte Geigenbauer, im Narrenturm gelandet war. Darauf wollte sie ihre Kinder zunächst vorbereiten – sie wusste nur noch nicht wie.

Die gewohnte Lüge ging ihr glatt über die Lippen: »Paul

hat zu tun – mehr als genug. Er kann sich vor Aufträgen nicht retten, das habe ich Florentine auch schon gesagt.«

»Ach, das freut mich ja für ihn«, entgegnete Peter und verzog den Mund zu einem künstlichen Lächeln. Sie nickte und sah zur Seite, weil sie das Gespräch nicht fortsetzen wollte. Es ging ihr nicht gut damit, und überhaupt fühlte sie sich körperlich unwohl. Ihr war heiß, dann wieder kalt. Ein Schauer lief ihr durch den Körper, als ob sie Schüttelfrost bekäme. Aber das mochte an der Aufregung und der Hitze im Saal liegen.

Im Publikum entdeckte Sophie zahlreiche bekannte Wiener Geigenspieler, die auch zu ihrer Kundschaft zählten: In der dritten Reihe Ignaz Schuppanzigh, einen brillanten, aber eigenwilligen Geiger, neben ihm Joseph Mayseder, der bei ihm studiert hatte, in der Reihe dahinter sah sie tatsächlich Joseph Böhm und auf dem Platz daneben Georg Hellmesberger, der ebenfalls Professor am Konservatorium war.

»Er kommt auf die Bühne!«, raunte Katerina in das aufgeregte Gemurmel tausender Leute hinein.

Sophie starrte auf die schwarze Gestalt im Frack, die mit einer ungelenken Verbeugung die Bühne betrat. Unglaublich, dass sie dem Virtuosen vorhin noch so nah gegenübergesessen hatte.

Im Publikum wurde es noch unruhiger. Einige Damen auf der Empore beugten sich über die Balustrade, Stuhlbeine schabten über den Boden, und als Sophie sich umdrehte, erblickte sie eine Gruppe feiner Herren, die auf die Stühle gestiegen waren, um einen besseren Blick auf den wohl brillantesten Geigenspieler der Welt zu erhaschen – oder auf den Teufel. Kein Wunder, denn die Presse hatte Paganini so phantasievoll angekündigt, dass wohl einige glaubten, den Satan höchstselbst vor sich zu haben.

Peter beugte sich erneut zu seiner Frau, so dass auch Sophie seine geraunten Worte nicht entgingen. »Der ist doch der Unterwelt entstiegen. Dieser Paganini sieht aus wie eine teuflische Marionette, wie ein Dämon, den man an Fäden aufgehängt hat – das Spielkreuz hält der Teufel höchstpersönlich in der Hand.«

Kerzenschein flackerte über Paganinis blasses Gesicht und ließ es noch gespenstischer wirken. Unergründliche, schwarze Augen, wie dunkle Edelsteine, sahen zu ihr hinunter.

Galt sein Blick wirklich ihr? Paganini wirkte plötzlich so anders, nicht mehr so nahbar, fast ein wenig entrückt, so als ob er nicht mehr zu dieser Welt gehörte. Seine schwarzen, wirren Locken bildeten einen dunklen Rahmen um sein Gesicht, der wie der Rest seines Körpers fast gänzlich mit dem Bühnenhintergrund verschmolz. Sein Frack, dessen Schöße ihm bis in die Kniekehlen reichten, unterstrich die Länge seines Rückens. Langsam schritt er über die Bühne.

»Er geht, als ob er eine Querstange zwischen den Beinen hätte«, kicherte Florentine hinter vorgehaltener Hand.

»Schscht!«, zischte Sophie. Diese kindischen Lästereien ihrer Schwägerin waren nicht auszuhalten, besonders nicht in einem solch ehrfürchtigen Moment. Da hatten ihre Kinder ja bessere Manieren.

Wie gebannt starrten die Zwillinge auf die Bühne, und es kam ihnen gar nicht in den Sinn, auch nur ein Wort zu sagen, so gespannt waren sie auf den Konzertbeginn.

Paganini nahm eine leicht nach vorn geneigte Körperhaltung an, schob den rechten Fuß vor und setzte die Geige an. Seine linke Schulter war höher als die rechte, wodurch sein Bogenarm viel länger erschien, als er war. Was auf den ersten Blick seltsam ungelenk wirkte, schien für ihn die vollendete Haltung zu sein.

Florentine blätterte im Kerzenschein durch das Programmheft. »Hexenvariationen will er spielen. Das passt ja.«

Peter schüttelte den Kopf. »Ist das ein Lebender, der im

Dahinscheiden begriffen ist, oder ein Toter, der aus dem Grabe gestiegen ist? Ein Vampir mit einer Violine, der es zwar nicht auf unser Blut, aber auf unser Geld abgesehen hat?«

Florentine kicherte. »Gute Frage! Er kann sich jedenfalls nicht mal ordentliche Kleidung leisten. Ganz abgetragen und noch dazu ein entsetzlicher Schnitt. Die Weste ist viel zu kurz und die Hosen schlottern. Schauerlich, diese hölzernen, ungelenken Bewegungen.«

»Schauerlich? Lächerlich!«, entgegnete Peter. »Das hat so etwas Anbiederndes, so etwas blödsinnig Demütiges, wie ein Schwachsinniger, den man zur Volksbelustigung ausgestellt hat!«

»Nun ist es aber genug!«, zischte Sophie.

»*Du* willst mir den Mund verbieten?« Ruckartig beugte sich Peter zu ihr und damit unschicklich über seine Frau, die ein Quieken von sich gab. Peter ließ sich davon nicht stören. Mit zusammengekniffenen Augen funkelte er sie an: »Ausgerechnet du, Sophie? Du hast mir überhaupt nichts zu sagen. Ein aufsässiges Weib ist aus dir geworden. Mein armer Bruder! Du wirst ihn noch ins Unglück stürzen!«

»Ich …«, hob sie fassungslos an, aber da tippte ihre Tochter sie am Arm an und zeigte auf die Bühne.

Auf eine nie gesehene Weise hielt Paganini sein Instrument – den Geigenhals so tief, dass er mit dem Ellenbogen fast seinen Bauch berührte, den Oberarm der Bogenhand presste er eng an den Körper. Dann setzte er zum Spiel an.

Unwillkürlich hielt Sophie die Luft an. Alles oder nichts. Aufstieg oder Niedergang der Werkstatt.

Schon der erste Bogenstrich wirkte wie ein Sprühregen aus Feuerfunken, der sich über das Publikum ergoss. Über das Raunen erhob sich der Triumphgesang der Geige, was selbst seine Gegner in tiefstes Erstaunen versetzen und seine Bewunderer noch mehr verzaubern musste.

»So etwas habe ich noch nie gehört!«, rief Peter aus.

Paganini begann sein rasantes Spiel, ein Solostück, das eigentlich für ein Orchester gedacht war, doch dieses ersetzte er mit seiner Geige.

»Und das alles ohne Noten …«, raunte ihr Schwager.

Florentine seufzte entzückt über das folgende Adagio und nestelte an ihrem berüschten Handgelenk herum, bis sie das eingesteckte Taschentuch fand. »Das ist ja so rührend. Unfassbar.«

Alles an ihm war unfassbar, dachte Sophie, auf eine gewisse Art geradezu beunruhigend und mysteriös. Es erschien ihr fast so, als stünde auf der Bühne nicht mehr der Paganini, den sie in der Werkstatt kennengelernt und mit dem sie sich in der Kutsche angeregt und vertraut unterhalten hatte.

Plötzlich war er ihr unheimlich. Seine knochigen Hände, die deutlich hervortretenden Sehnen, die überlangen Finger, die Leichenblässe im Gesicht, so als ob er sich zum Grabe hin sehnte oder gerade von den Toten auferstanden und auf die Bühne getreten war. Ja, er hatte etwas Morbides an sich – und vielleicht sogar etwas Teuflisches?

Die rechte Hand führte den Bogen in nie gesehenen Bewegungen, sein Handgelenk war von einer solchen Geschmeidigkeit, dass es wirkte, als hätte man ein Taschentuch ans Bogenende gebunden, das im Wind wehte.

Es war völlig still im Saal. Jeder schien den Atem anzuhalten, vor Spannung, aber auch damit dem Virtuosen in dem überfüllten Raum bloß nicht die Luft ausginge. Seine Bogenstriche wirkten wie Atemzüge, entlockten der Geige ein Seufzen, das sich ins Publikum übertrug und von dort als Echo zurückkehrte.

Er schien mit der Geige zu verschmelzen, erweckte sie zum Leben – die Geige lebte nur durch ihn und er durch sie. Jede noch so kleine Bewegung seiner Muskeln, jede Regung seiner Seele übertrug sich auf sein Spiel. Nach und nach erhoben sich die Zuhörer von ihren Plätzen, um eine bessere Sicht zu haben, auf ein Phänomen, das sie mit Staunen betrachteten. Was sie sahen, war wunderschön und wild zugleich: sein ganzer Körper wie ein Meer, durch das ein Windstoß ging, ein abrupter Bogenstrich, der es in einen wildbewegten, tosenden Ozean verwandelte.

»Göttlich«, seufzte eine Frauenstimme hinter Sophie. »Allein dieses Stück ist den Eintritt dreimal wert.«

»Was ist mir erschienen!«, rief ihre Sitznachbarin. »Was für ein Mann, was für eine Geige, was für ein Künstler! O Gott, was für Qualen und Marter in diesen vier Saiten! Und sein Ausdruck, seine Art zu phrasieren ... und endlich seine Seele!«

Ja, seine Seele, dachte Sophie, mit der sie sich so verbunden gefühlt hatte, bevor er die Bühne betreten hatte.

Jetzt erinnerte sie sich an sämtliche Teufels- und Spukgeschichten, die sie jemals gelesen hatte. Fast zwanghaft versuchte sie, diese übernatürliche Weise zu begreifen, auf die er spielte. Hatte er sich wirklich dem Bösen verschrieben? Konnte er seiner Geige nur deshalb diese unerhörten Klänge entlocken, weil die vierte Saite von einer Frau stammte, die er eigenhändig erwürgt hatte?

Sophie hatte das Gefühl, ein ganzes Orchester spielen zu hören, doch es war nur seine Geige, er allein auf der großen Bühne, seine Hand, die den Bogen führte. In nie gekannter Geschwindigkeit waren da Griffwechsel, plötzlich Tierstimmen, danach Trillerketten, gefolgt von einer lieblichen Melodie, die er wie beiläufig mit einem Pizzicato-Motiv begleitete, das er mit der linken Hand erzeugte – es klang wie eine Harfe, die sein Spiel untermalte. Schnell wechselte er zu kratzenden, schabenden Tönen, so als ob er sich schämte, sich dieser weichen Empfindung hingegeben zu haben. Seine Töne waren wie Worte, wie eine Zwiesprache voller Emotionen, ein Wechselbad der Gefühle. Erst voller Weichheit und Zartheit, zurückhaltend und scheu, dann kräftig und fordernd, wieder umschmeichelnd, dann wild und ungestüm, und am Ende stand ein kräftiger, zielgerichteter Dreiklang, mit dem er wohl jedem Zuhörer unvermittelt ins Herz traf.

Sein ganzes Ich schien von dem Ziel beseelt zu sein, in die Herzen seiner Zuhörer vorzudringen und sie mitzureißen – wobei er ihres längst berührt hatte, dachte Sophie und erschrak über den Gedanken. Sie erwischte sich dabei, wie ihr Blick hinunter zu seinen Füßen glitt, wie um zu überprüfen, ob dort nicht vielleicht doch ein Pferdefuß hervorblitzte.

Gleichzeitig musste sie innerlich über sich selbst lachen. Von diesem Konzert hatte sie einiges erwartet, aber nicht das, was er hier mit unbegreiflicher Mühelosigkeit auf die Bühne zauberte.

Verwegene Doppelgriffe und halsbrecherische Läufe in seiner eigentümlichen, scheinbar regellosen Spielart, mit der er alle bislang dagewesenen Virtuosen in den Schatten stellte. Alles an ihm war so anders, so vollkommen neu und in seiner Kunst unerklärlich. Ihn umgab eine geheimnisvolle Aura, der man sich nicht entziehen konnte.

Im folgenden Stück in Es-Dur steigerte er sich von einem empfindsamen Adagio im Mittelsatz des Rondos zu wasserfallartigen, ausfernden Kadenzen mit einem ekstatischen Finale. Fast wie in Trance spielte er weiter, er wandte den Blick zur Decke, und seine Lippen bewegten sich, so als würde er ein Gebet sprechen. Ein Raunen ging durchs Publikum.

»Nur der Teufel selbst kann ein Instrument so spielen«, flüsterte Florentine und bekreuzigte sich.

»Der murmelt doch Zaubersprüche, irgendwelche Be-schwörungsformeln«, sagte Peter angespannt. Er griff nach den Armlehnen, bereit aufzuspringen und zu flüchten.

Die knisternde Spannung im Publikum war beinahe greifbar, irgendwo in der rechten Saalecke ertönte ein Auf-schrei, eine Dame war in Ohnmacht gefallen und wurde von zwei Männern aus dem Saal getragen.

Schnell hatte Paganini die abgelenkten Zuhörer mit einem raffinierten Pizzicato wieder eingefangen. Er zupfte die Basssaite und spielte dazu in den hohen Lagen eine ge-genläufige, gebundene Melodie. Was für ein Können! Und wieder hatte man sich getäuscht, wenn man glaubte, das Ge-nie habe damit alles gezeigt.

Er kletterte mit vierstimmigen Akkorden so blitzschnell in die Höhe, dass wohl allen versierten Geigenspielern im Saal der Verstand verloren ging. Er hielt einen Ton über drei Takte, während er zugleich Läufe und zupfende Pizzicati auf den anderen Saiten vortrug. Er spielte die lieblichsten, sin-genden Klänge so nah am Steg, dass seine Finger zwischen diesem und dem Bogen fast keinen Platz mehr fanden, da-nach ein Vibrato, das einer menschlichen Stimme verblüf-fend ähnlich klang.

Das war jedoch nur eine Art Vorspiel, die Überleitung zu dem Stück, das nun folgte. Ein Zwiegespräch zweier Lieben-den, so stand es in der Beschreibung.

»Ach herrje, jetzt ist ihm eine Saite gerissen!«, rief Kris-tian aus.

Sophie erstarrte. Das durfte doch nicht wahr sein.

Aber was tat Paganini denn da? Nein, die Saite war nicht gerissen, er löste sie mit Absicht. Seelenruhig drehte er am Wirbel, und Sophie hielt den Atem an, während er noch eine weitere Saite löste. Was hatte er bloß vor? Jetzt waren noch die tiefe G-Saite und die hohe E-Saite übrig.

Als er zu spielen begann, glaubte Sophie aus den Bass-
tönen die Stimme eines Mannes herauszuhören, in den höheren Lagen erklang eine Frau. Wie war das möglich? Das
waren keine bloßen Töne mehr, da sprachen zwei Menschen
aus der Geige, die sich flüsternd unterhielten.

Schon mit den ersten Bogenstrichen hatte sich die Ku-
lisse vor Sophies Augen verändert. Da war keine Bühne
mehr, sondern ein Zimmer mit einem Himmelbett, dessen
Bettzeug zerwühlt war, Kleidung lag überall auf dem Boden
verteilt, ein Tisch mit einer Madeiraflasche und halb gefüllten Gläsern stand in der Ecke, und sie schmeckte eine Mischung aus herber Schokolade, getrockneten Früchten und
Honig auf der Zunge, dabei hatte sie von diesem Wein noch
nie gekostet. Auf dem Waschtisch, neben der Porzellanschüssel, lagen eine silbern bestickte, weiße Weste und ein Frack
aus dunkelblauem Samt mit Knöpfen, die in goldgewirkten
Stoff eingefasst waren. Unvermittelt betrat Antonia Bianchi
das Zimmer.

Erschrocken kehrte Sophie in die Gegenwart zurück und
starrte auf die Bühne, wo Paganini in einem Ausbruch glühender Leidenschaft spielte. Angstlaute, Seufzer, ein entsetz-
liches Schluchzen, Gebrüll – all das entlockte er seiner Geige.
Er hieb mit dem Bogen regelrecht auf die Saiten ein, als wolle
er sie in grimmiger Liebespein züchtigen, dann stimmte er
wieder leisere Töne an, wie perlende Tränen, ein Pas de deux
zweier Liebender, die sich versöhnt hatten.

Unruhe erfasste Sophie. Was war das bloß für ein merk-
würdiger Tagtraum gewesen, den sie da eben gehabt hatte?
Es war so real gewesen, alles hatte so vertraut gewirkt, dabei
wusste sie genau, dass sie noch nie in diesem Zimmer gewesen war.

Paganini hatte sie mit seinem Spiel dorthin entführt,
auf Gedanken fortgetragen an diesen fremden Ort. Es war,

dachte Sophie, als ob sie einen Streit zwischen Paganini und seiner Frau mitangehört hätte.

Auf sein Fußstampfen hin setzte das Orchester ein, erfüllte mit seinen fröhlichen Klängen den Saal, und lächelnd ließ Paganini seine Geige sinken, so als höre er glücklich versonnen dem Lärm spielender Kinder zu und als wisse er genau, dass alle Blicke auf ihn gerichtet waren, dass ein jeder sich fragte, wann er endlich erneut seine Geige ans Kinn heben würde, und das Publikum wurde nicht enttäuscht.

Nach einem kaum enden wollenden Applaus machte sich Paganini wieder an seiner Geige zu schaffen.

Unruhiges Gemurmel erfüllte den Saal. So als ob er dem Publikum eine Antwort liefern wolle, löste er auch noch die vorletzte Saite und begann sein Spiel allein auf der G-Saite, jener vierten Saite, die womöglich aus dem Darm einer Frau stammte, die er ermordet hatte.

Wenn jemand im Publikum glaubte, Paganini hätte nun wirklich all sein Können gezeigt, so wurde er mit dem letzten Stück, das im Programmheft als »Variationen über ›Nel cor più non mi sento‹« angekündigt war, eines Besseren belehrt.

Das Orchester schwieg, als er seinen Solopart begann – nein, es spielte. Allein durch Paganini. Er übernahm den Part des Orchesters auf einer einzigen Saite. Da erklangen ganze vierstimmige Sätze, mithilfe von Flageoletts ließ er den Eindruck entstehen, alle vier Saiten würden gespielt.

Es war unbeschreiblich.

Sophie schloss die Augen. Es hörte sich wahrhaftig so an, als spiele er auf einer vollbesaiteten Geige mit Orchesterbegleitung.

Unglaublich!

Er entfachte buchstäblich ein Feuer auf der Bühne, vor dem ohnehin schon erhitzten Publikum, er brachte den Saal langsam, aber gezielt zum Kochen. Er hatte sein Publikum in der Hand, wirkte auf seine gebannten Zuhörer ein, als seien sie sein Orchester, das er dirigierte.

Erst ertönte ein Raunen, dann Begeisterungsrufe aus verschiedenen Ecken des Saals, so als hätte Paganini mit einem Taktstock einen Einsatz gegeben.

Die derzeit berühmtesten Geiger wie der gewaltige Spohr, der elegante Lafont oder der feurige Lipińsky hätten ihm noch das Wasser reichen können, wenn er lediglich komplizierte Doppelgriffe präsentiert hätte, dachte Sophie, oder kunstvolle Arpeggio-Akkorde, bei denen die einzelnen Töne nicht gleichzeitig, sondern kurz hintereinander erklangen. Angesichts dieser Virtuosität jedoch würden sie sich vor Paganini verneigen müssen. Doppelgriffe waren für ihn ein Kinderspiel, die wählte er, um sich auszuruhen. Die Wiener Geiger hatten hoffentlich schon längst ihren Hut gezogen, und solange Paganini auf seiner Tournee in Wien weilte, brauchten sie kein einziges Konzert zu spielen. Selbst danach war die Frage, ob sie mit den bislang beliebten Konzerten von Tartini, Viotti, Rode oder Kreutzer überhaupt noch einen Zuhörer in den Saal locken konnten. Paganini spielte kein einziges Stück von ihnen – sondern sich selbst, seine eigenen Kompositionen, seine Neuinterpretationen, für die er keine Noten benötigte, weil sie aus seinem Wesen heraus entstanden, und das war ganz anders als alles, was man bislang selbst von großen Geigern zu Ohren bekommen hatte. Seine Harmonik war neu, ein ganzer Hexenkessel gefüllt mit Doppeltrillern, Akkorden, Tremolos und chromatischen Läufen, deren Zauber er heraufbeschwor. Seine Stücke waren für ihn allein geschaffen, in ihnen fand sich alles, was er an Leidenschaft, Zartheit und Raserei in sich trug – und das war das Entscheidende, was sein Genie ausmachte, nicht das Aufgebot seiner technischen Kunstfertigkeit allein.

Er eroberte sein Publikum mit Lust, Hohn, Wahnsinn

und glühendem Schmerz, er berührte die Herzen, bewegte und erschütterte sie. Die Musik war seine Sprache, sein Mittel, sich auszudrücken. Bei manch kratzenden und schabenden Bogenstrichen wollte Sophie sich abwenden, doch da hatte er sie schon wieder mit sanften Tönen eingefangen, einen goldenen Faden um ihre Seele gesponnen, an dem er ziehen konnte, wie es ihm beliebte. Einer triumphalen Melodie folgte ein Schluchzen seiner Geige – seine Zuhörer jubelten und manche im Publikum weinten.

Während der nächsten Variationen wurde aus dem Raunen ein Toben. Alle im Saal erkannten die zugrunde liegende Melodie der österreichischen Nationalhymne. Jetzt hielt es niemanden mehr auf seinem Sitz.

Der Schlusstriller erklang, Paganini schien all seine Kraft auf die Geige zu übertragen, und als er sein Instrument sinken ließ, brach ein wahres Jubeldonnerwetter los. Der Beifallssturm wollte nicht enden.

Paganini verharrte in Bewegungslosigkeit, in absoluter Erschöpfung, sein Blick ging ins Leere, er schien auch geistig völlig verausgabt zu sein. Unfassbar, was er aus der Geige und nicht zuletzt aus sich selbst, aus dem dünnen, fast schon ausgezehrten Körper und aus seiner Seele herausgeholt hatte.

Ein Saaldiener brachte einen Pelzmantel, den er dem Virtuosen wie einen Krönungsmantel um die Schultern legte, ehe er den völlig Entkräfteten von der Bühne geleitete.

⌒ Kapitel 13 ⌒

*W*ie ein Schatten seiner selbst saß Paganini im Empfangssaal nahe der Tür auf einem thronartigen, mit rotem Samt bezogenen Stuhl, vor ihm ein vergoldeter Barockschreibtisch, auf dem seine Guarneri del Gesù im Geigenkoffer ausgestellt war.

Man hatte es wohl gut gemeint, denn zu Beginn des Empfangs war schnell eine Sitzgelegenheit für den erschöpften Virtuosen herbeigeschafft worden, daraus war dann jedoch augenscheinlich die Idee entstanden, den ausgewählten Gästen einen Blick auf das geheimnisvolle Instrument zu ermöglichen. Paganini musste sich wie ein Ausstellungsstück vorkommen, dachte Sophie, auch wenn er sich das nicht anmerken ließ.

Mit ihren Kindern hatte sie einen Stehtisch an der Wand gewählt, denn sie fühlte sich unter den vielen fremden Menschen nicht wohl. Erst recht nicht in ihrem Aufzug, obwohl Katerina ihr auf dem Weg zum Empfangssaal noch schnell die Frisur gerichtet und Kristian ihr versichert hatte, dass die Falten in dem dunkelblauen Stoff kaum auffallen würden.

Florentine und Peter hatten sicherlich mit Absicht einen der mittigen Stehtische gewählt und sich dort elegant unter die Berühmtheiten gemischt. Paganini hatte nicht zu viel versprochen – alles, was Rang und Namen hatte, war zugegen. Florentine unterhielt sich angeregt mit Johann Strauss, und Peter hatte es tatsächlich geschafft, Fürst Metternich in ein

Gespräch zu verwickeln, wobei sich ihr Schwager so positioniert hatte, dass er Paganini im Blick haben konnte. Sophie war sich sicher, sobald er die Gelegenheit witterte, mit dem Virtuosen zu sprechen, würde er den Staatskanzler stehen lassen und zu ihm hinübereilen.

Freundlich nach allen Seiten nickend, empfing Paganini die Schaulustigen, beantwortete mit Zurückhaltung die ihm gestellten Fragen und gab Autogramme auf Eintrittskarten. Nichts deutete mehr darauf hin, dass er der Mann war, der eben noch in teuflischer Manier auf der Bühne gestanden hatte.

Das gefüllte Weinglas vor ihm rührte er nicht an, stattdessen hatte ihm der Bedienstete bestimmt schon drei- oder viermal Wasser nachgefüllt, und Sophie war nicht entgangen, dass Paganini in einem scheinbar unbeobachteten Moment blitzschnell ein kleines braunes Fläschchen an die Lippen gehoben hatte. War das ein Aufputschmittel gewesen? Oder Morphium? Gut möglich, da er sich auffällig oft über die linke Wange rieb. Ob er Zahnschmerzen hatte?

»Alles in Ordnung, Frau Mutter?«, fragte Kristian in ihre Gedanken hinein und legte seine Hand auf ihren gesunden Arm, mit dem sie sich am Stehtisch abstützte. Ganz abgesehen von den Schmerzen im linken Handgelenk fühlte sie sich tatsächlich sehr schwach auf den Beinen, und aus den Hitzewallungen während des Konzerts war ein anhaltendes Frösteln geworden. Ihr war kalt, obwohl in beiden Kaminen im Saal Feuer brannte.

»Ja, natürlich, alles in Ordnung«, versicherte sie schnell. Eine Schwäche wollte sie sich vor den Kindern nicht anmerken lassen, dann würden sich die beiden nur Sorgen machen, und sie sollten doch den Empfang genießen.

»Sie sind auch ganz bleich, Frau Mutter«, sagte Katerina, »… wollen wir nicht lieber gehen?«

»Das ist rührend, wie ihr euch um mich sorgt, aber es ist wirklich alles gut. So einen Empfang erlebt man nicht alle Tage, und ihr beide wollt doch nicht ohne ein Autogramm gehen, oder sehe ich das falsch?«, fragte sie mit einem Augenzwinkern. Ihre Kinder waren kurz davor, Luftsprünge zu machen, aber dann erinnerten sie sich an den feierlichen Rahmen. »Also, kommt, stellen wir uns an.«

Vor ihnen warteten zwei Herren, die jetzt an die Reihe kamen. Der eine war etwas älter und untersetzt, der andere jünger und schlanker, doch im Gesicht sahen sie sich sehr ähnlich, und Sophie vermutete, dass es Vater und Sohn waren.

Wie gut, dass es so schnell voranging, denn die Stütze durch den Tisch fehlte ihr plötzlich ganz gewaltig. Es strengte sie an, sich einfach nur auf den Beinen zu halten, und ihr war leicht schwindlig. Den Weg nach Hause würde sie nur mit einer Kutsche schaffen, überlegte sie. Das musste sie vom Marktgeld abzweigen, aber sicherlich würde Paganini bald bezahlen. Dann könnte sie Mayenhöfer zumindest einen Teil der Schulden zurückzahlen, so dass er hoffentlich erst einmal zufriedengestellt war.

»Meine Verehrung, Signor Paganini.« Der ältere der beiden Herren verbeugte sich tief, während sein vermutlicher Sohn bereits ein Autogramm entgegennahm. »Mit tiefstem Erstaunen habe ich den Tönen gelauscht, die eine Menschenhand einer Geige zu entlocken imstande ist und die nicht von dieser Welt sind. Sie leisten das Unglaubliche, das Übermenschliche, und da ich nicht weiß, wie Sie diese Töne entstehen lassen, für mich das Unmöglichste, das Rätselhafteste, das Erstaunlichste, das Überraschendste, das Wunderbarste, das Überwältigendste, das Berauschendste, das Unerhörteste, das Unerwartetste und das Bezauberndste, was ich jemals gehört habe.«

Paganini fiel auf diesen Redeschwall hin keine Erwiderung ein. Er nickte freundlich und bedankte sich.

»Darf ich fragen, wie Sie dieses furiose Spiel mit Ihrer linken Hand zustande bringen?«, fügte der begeisterte Herr hinzu, während der jüngere noch immer in die Betrachtung der Geige versunken war.

Paganini blickte fragend auf seine Hand, so als könne sie ihm die Antwort liefern. Dann zuckte er mit den Schultern. »Meine Finger sind vielleicht eine bisschen länger als bei eine gewöhnlichen Hand, und sie sind ziemlich beweglich, aber ich glaube nicht, dass das die Ursache ist. Es ist vielmehr so, dass eine … wie sagte man … eine Verbindung zwischen mir und …«

»Vielen Dank für die Auskunft!«, beeilte sich der plötzlich entsetzt dreinblickende ältere Herr zu sagen, weil er wohl fürchtete, Paganini würde das Wort »Teufel« in den Mund nehmen. In seiner Stimme schwang ein Beben mit. Er wich einen Schritt zurück und zog seinen Begleiter dabei am Ärmel. »Komm, Franz, wir gehen.«

»Warte! Ich möchte auch eine Frage stellen!« Unbeeindruckt von der Gegenwart des vermeintlichen Teufels machte er sich los. »Signor Paganini, ich gehe davon aus, dass Sie die besondere Verbindung zwischen Ihnen und Ihrem Instrument meinen?«, fragte er.

»Sí claro!«, entgegnete Paganini, als ob das außer Frage stünde.

Der Jüngere nickte zufrieden und sah dann wieder seine Geige an. »Die Guarneri hat einen neuen Steg und ein neues Griffbrett erhalten«, stellte er fachmännisch fest. »Welche Werkstatt hatte die Ehre?«

»Ich habe Paul von Sawicki den Auftrag gegeben.« Paganini wies mit einem Kopfnicken in Sophies Richtung und lächelte ihr zu. »Die Frau von die Maestro steht hinter Ihnen. Sie kann Ihnen dazu wohl weitere Auskünfte geben.«

Doch dazu kam es nicht, denn irgendwer hatte ein Glöckchen geläutet, und Sophie drehte sich um, um herauszufinden, wer sich die Aufmerksamkeit verschaffte. Es war unverkennbar der Staatskanzler Fürst Clemens von Metternich mit seiner langen Nase und dem schütteren dunklen Haar, der als Außenminister und leitender Minister des Kaisertums Österreich zu einer Rede anheben wollte. Aufgrund seiner feinen Gesichtszüge wirkte er auch von Nahem so jung, wie er auf vielen Gemälden dargestellt wurde, dabei musste er sicher schon fünfzig Lenze auf dem Buckel haben. Wobei sein Rücken unter der Bürde seines Amts, das er schon seit zwanzig Jahren innehatte, tatsächlich ein bisschen krumm geworden war.

»Was ist mir da zu Ohren gekommen?«, fragte eine ihr wohlbekannte Stimme. Es war ihr Schwager, der unvermittelt hinter ihr stand. Der unangenehm herbe Moschusduft seines Parfums stieg ihr in die Nase.

»Was denn?«, fragte sie arglos, wobei sie genau wusste, was er mit angehört hatte und worauf seine Eifersucht abzielte.

Da es still im Saal wurde, redete Peter zum Glück nicht weiter, doch ihr war klar, dass das letzte Wort noch nicht gesprochen war.

»Meine verehrten Damen und Herren, ich möchte kurz um Ihre Aufmerksamkeit bitten, damit ich meine Begeisterung, verbunden mit einem innigsten Dank aussprechen kann. Noch nie hat ein Künstler in unseren Mauern so eine ungeheure Sensation erregt wie dieser Gott der Violine, Signor Paganini. Noch nie hat das Publikum sein Geld so gern in ein Konzert getragen, bis auf die Flure hinaus haben sie gedrängt, und ich kann mich nicht erinnern, dass der Ruf eines Virtuosen vorher selbst bis zu den niedrigsten Klassen des Volkes vorgedrungen wäre, wie es bei diesem unserem werten Signor Paganini der Fall ist.«

»Warum weiß ich nichts von dem Auftrag?«, zischte Peter. »Solche Dinge hätte mein Bruder mir früher immer erzählt. Unterbindest du den Kontakt?«

Was sollte sie darauf entgegnen, solange die Kinder neben ihr standen? Fieberhaft dachte sie nach, während Metternich seine Rede fortsetzte.

»Schon vor dem Konzert war der Name Paganini auf allen Lippen, und es ist, als ob es keine Politik-, Kunst-, Gesellschafts-, und Stadtneuigkeiten mehr gäbe, es gibt nur noch Paganini in Wien. Über alles andere verstummen die Leute, nur Paganini ist in aller Gedanken und Gespräche. Er hat unsere Stadt erobert, wie kein anderer zuvor, und die Wiener haben sich gern erobern lassen.

Kenner und Laien, Gelehrte und Künstler, Beamte und Handwerker erzählen sich von diesem Phänomen, und ich glaube, selbst die Kinder vergessen ihr Spielzeug darüber.

Signor Paganini verdient diese außerordentliche allgemeine Aufmerksamkeit, denn seine Leistung ist das Höchste, was man in der ausübenden musikalischen Kunst derzeit auf Erden hören kann. Ja, es ist Zauberei!«

»Ich glaube«, raunte Peter nahe an ihrem Ohr, »ich werde meinem Bruder morgen mal einen Besuch in der Werkstatt abstatten.«

Alles, bloß das nicht, dachte Sophie alarmiert. Wie konnte sie ihn bloß davon abhalten?

»Unser allseits verehrter Signor Paganini beschwor die Geister der Musik, schuf eine Atmosphäre von Zauber und Unwirklichkeit und faszinierte seine Zuhörer, so dass sie sich selbst vergaßen und einige Damen sogar in Ohnmacht fielen. Noch nie war ein Applaus – nein, so kann ich es nicht nennen, ich muss sagen, ein Beifallssturm gerechter und der Leistung angemessener als bei unserem verehrten Signor Paganini. Und einen solch enthusiastischen Applaus wollen wir ihm jetzt noch einmal zuteilwerden lassen.«

Sophie applaudierte und entschloss sich, Peter zumindest die halbe Wahrheit mitzuteilen. Sie beugte sich nahe an das Ohr ihres Schwagers, damit niemand sonst etwas hören konnte, erst recht nicht ihre Kinder. »Paul geht es schon länger nicht gut«, sagte sie in den tosenden Beifall hinein. »Seit gestern Abend ist er im Krankenhaus. Sein Herz. Er braucht absolute Ruhe und darf keinen Besuch empfangen.«

Peter hob die Augenbrauen. »So langsam wird es interessant. Und wie hat er in diesem Zustand diesen hoch verantwortungsvollen Auftrag erledigen können? Warum hat er mich nicht um Hilfe gebeten?« Sie ahnte, worauf er anspielte. Das war der Hebel, an dem er ansetzen wollte, um weitere Aufträge zu erlangen, denn eine Frau allein durfte nicht an der Werkbank arbeiten, geschweige denn eine Werkstatt führen.

»Weil deine Hilfe nicht notwendig war«, entgegnete sie kurz angebunden.

»Das wird noch ein Nachspiel haben!«, zischte Peter. »Und wehe, du teilst es mir nicht mit, wenn sich der Zustand meines Bruders verschlechtern oder er gar länger ausfallen sollte.« Ohne eine Antwort abzuwarten, ging er zurück zu Florentine. Offenkundig, um seiner Frau brühwarm zu berichten, was er soeben erfahren hatte.

»Was wird ein Nachspiel haben?«, fragte Kristian. Er blickte sie aus großen, grünbraunen Augen an, und über sein Gesicht huschten sorgenvolle Schatten.

»Ach, das musst du nicht ernst nehmen.« Sie legte einen Arm um die Schultern ihres Sohnes, der fast so groß war wie sie, und hinderte ihn mit sanftem Druck daran, seinem Onkel weiter nachzustarren. »Er ist nur erzürnt, weil er nichts von Paganinis Auftrag wusste, aber dein Onkel beruhigt sich schon wieder.« Zumindest hoffte sie das. Sie schickte ein Stoßgebet zum Himmel, dass sich alles in den kommenden Tagen wie durch ein Wunder fügen möge. Dass ihr Ehemann geheilt und geläutert aus dem Narrenturm entlassen würde und lukrative Aufträge eine schnelle Rückzahlung der Schulden ermöglichten. Es konnte ja nicht schaden, darum zu bitten und daran zu glauben, auch wenn das Bauchgefühl ihr sagte, dass diese Sorgen und Nöte bislang nur die ersten Töne einer Moll-Ouvertüre waren, die direkt aus der Hölle erklang.

Vor allem durfte sie nicht krank werden, doch so, wie sie sich fühlte, war das ein frommer Wunsch, und vermutlich zog da mehr als eine bloße Erkältung auf. Ob sie Fieber hatte?

»Hat euch meine Concerto gefallen?«, sprach Paganini jetzt ihre Kinder an, die kein Wort hervorbrachten und bloß ehrfürchtig nickten. »Dann reicht mir mal eure Eintrittskarten.«

Nachdem er unterschrieben hatte, gab er den Kindern die Autogramme zurück.

Katerina knickste, und Kristian verbeugte sich tief. »Vielen Dank«, entgegneten die beiden kaum hörbar.

»Und immer fleißig üben – aber nur so viel, wie ihr wollt«, fügte Paganini mit einem verschmitzten Grinsen hinzu, dann wandte er sich an Sophie. »Darf ich Sie bitten, morgen um zwölf Uhr in die Trattnerhof zu kommen? Ich möchte Sie zu einem Mittagessen einladen, bei dem wir dann die Finanzielle regeln und ich möchte Ihnen zudem noch etwas überreichen. Ich hoffe, Sie haben die Zeit?«

»Selbstverständlich!«, rief sie aus, lauter als beabsichtigt, so überrascht war sie von dieser persönlichen Einladung. Dann besann sie sich. »Das ist sehr freundlich von Ihnen, und ich nehme die Einladung in den Trattnerhof gern an, aber ein Mittagessen wäre doch nicht nötig …«

»Doch, das ist es«, entgegnete Paganini entschieden, so als beendete er mit einem schnellen Bogenstrich einen Takt.

»Dann bedanke ich mich bereits im Voraus für diese Ehre«, sagte sie, innerlich schon voller Aufregung. Zeitgleich rätselte sie, was er ihr noch geben wollte, aber da musste sie sich wohl bis morgen gedulden.

»Und ich freue mich, dass keine Aufmerksamkeit auf die Falten in Ihre Kleid waren.« Er lachte, und da löste sich die Anspannung in ihr, und sie fiel in sein Lachen ein.

»Du amüsierst dich ja prächtig, dafür, dass dein Eheherr im Krankenhaus liegt.«

Sophie fuhr herum. Sie hatte nicht bemerkt, dass Peter erneut näher gekommen war – dieses Mal mit seiner Frau. Sein Blick war mörderisch. Das Lachen blieb ihr im Hals stecken.

»Wenn wir dann auch mal an der Reihe sein dürften, liebste Schwägerin?«, fragte Florentine übertrieben höflich.

»Natürlich«, entgegnete sie steif. »Ich wollte mich sowieso gerade verabschieden.«

Kapitel 14

Warme Sonnenstrahlen trafen ihr Gesicht. Sophie blinzelte, um sich zu orientieren. Es war taghell, sie lag in ihrem Bett in der ehelichen Kammer, wo sie die vergangenen zwei oder drei Tage verbracht hatte – genau wusste sie das nicht.

Ihr fiel wieder ein, dass sie auf dem Heimweg mit der Kutsche überfallartig Schüttelfrost und starke Schluckbeschwerden bekommen hatte. Zu Hause hatte sie sich übergeben müssen und danach gleich ins Bett gelegt, die Kinder waren ganz besorgt um sie gewesen und hatten außerdem nach dem Vater gefragt. Da sie schon so geschwächt gewesen war, hatte sie bloß gemurmelt, dass der Vater ein krankes Herz habe und dass er keinen Besuch im Krankenhaus empfangen dürfe. Das verstanden die Kinder, in gewisser Weise schienen sie sogar erleichtert zu sein, dass sie sich nicht auch noch um ihren Vater kümmern oder ihn gar suchen mussten.

Dunkel erinnerte sich Sophie daran, dass Katerina und Kristian immer wieder bei ihr am Bett gesessen, ihr Lindenblütentee oder Brühe eingeflößt, das durchgeschwitzte Nachthemd gewechselt und die Bettpfanne untergeschoben hatten. Die Augen hatte sie nur kurz aufgemacht, wenn ihr ein kühles Tuch auf die Stirn gelegt worden war.

Sophie hob den Kopf. Das Fieber war offenbar verschwunden, sie konnte wieder klar denken, allerdings fühlte sie sich noch sehr schwach. Mühsam stützte sie sich auf die

Ellenbogen und sah sich im Zimmer um, so als müsse sie ihre Umgebung neu wahrnehmen.

In diesem Moment schoss ihr ein Gedanke durch den Körper wie ein glühender Pfeil. Der Trattnerhof! Sie hatte die Verabredung mit Paganini verpasst. Sie musste ihm unbedingt Bescheid geben!

Ob sie wohl aufstehen konnte? Es kostete sie enorm viel Kraft, sich überhaupt auf die Bettkante zu setzen, sie atmete schwer, und kaum dass ihre Füße den Boden berührten, wurde ihr schwindlig. Mit einem Aufstöhnen ließ sie sich zurück aufs Bett fallen.

Kurz darauf flog die Tür auf. Kristian und Katerina, die in der Kammer nebenan gewesen sein mussten, stürmten herein.

»Frau Mutter!«, rief Katerina voller Besorgnis. Eilig beugte sie sich übers Bett und legte ihr die Hand auf die Stirn.

»Soll ich jetzt einen Arzt holen?«, fragte Kristian aus dem Hintergrund. Er klang ebenfalls sehr besorgt. »Das kann doch nicht so weitergehen!«

»Nein, keinen Arzt«, sagte Sophie matt. Das hatte sie in den Tagen ihrer Krankheit öfter gesagt, diese Erinnerung kam jetzt wieder.

»Warte, ich glaube, unsere Mutter hat kein Fieber mehr«, stellte Katerina mit einer Mischung aus Erstaunen und Freude fest.

»Ja, mir geht es besser …« Unter dem Jubel ihrer Kinder hievte sie sich erneut in eine aufrechte Position. »Ich wollte gerade aufstehen, aber das ging noch nicht, da wurde mir schwindlig.«

Kristian und Katerina warfen sich von beiden Seiten aufs Bett und umarmten sie.

»Kinder! Erdrückt mich nicht!«, rief sie halb scherzhaft, aber sie fühlte sich dem Ansturm tatsächlich noch nicht gewappnet.

Sofort ließen die beiden von ihr ab und blieben auf der Bettkante sitzen.

»Geht es Ihnen wirklich besser, Frau Mutter?«

»Sind Sie wieder gesund?«

»Ganz gesund vielleicht noch nicht«, entgegnete sie und lächelte zaghaft, »aber ich glaube, das Schlimmste ist überstanden.«

»Wir haben wirklich Angst gehabt«, sagte Katerina.

»Wir waren auch nicht in der Schule«, gestand Kristian und schlug die Augen nieder.

Sophie streichelte die Hände ihrer Kinder. »Ihr habt alles richtig gemacht und euch toll um mich gekümmert, vielen Dank, und es tut mir leid, dass ich euch solche Sorgen gemacht habe. Ihr bekommt selbstverständlich eine Entschuldigung von mir. Aber zuerst muss ich unbedingt Signor Paganini schreiben. Katerina, bringst du mir bitte Feder und Papier und vielleicht eine Kleinigkeit zu essen, damit ich wieder zu Kräften komme?«

»Wir haben Hühnerbrühe!«, warf Kristian voller Stolz ein.

»Das Huhn musste verarbeitet werden, das kam uns gerade recht«, fügte Katerina lächelnd hinzu. »Möchten Sie etwas davon, Frau Mutter?«

»Sehr gern! Und irgendetwas Süßes noch, was die Speisekammer hergibt. Vielleicht ein bisschen eingelegtes Obst …«

»Haben wir! Und wir machen noch einen Schokoladenpudding, dafür haben wir alles da!« Katerina war voller Tatendrang und wirkte sehr erleichtert.

Kaum ausgesprochen, liefen die Kinder auch schon los. Kristian brachte ihr noch schnell die Schreibutensilien, und dann verschwand auch er in der Küche.

Als die beiden nach geraumer Zeit zurückkehrten, hatte Sophie unterdessen das Entschuldigungsschreiben an den Klassenlehrer Herrn Lindhorst sowie einige Zeilen an Paganini verfasst, in denen sie erklärte, warum sie sich erst heute meldete und um einen neuen Termin bat.

Kristian trug ein Tablett, auf das die Kinder zusätzlich eine Vase mit Schneeglöckchen gestellt hatten. »Die haben wir schnell noch gepflückt«, sagte Katerina.

»Wir hoffen, das Essen schmeckt Ihnen, Frau Mutter«, fügte Kristian hinzu, als er das Tablett vorsichtig auf ihren Beinen abstellte.

»Das ist ja süß. Ihr seid so lieb!« Sophie blickte gerührt von den Schneeglöckchen auf den Schokoladenpudding, der mit herzförmig angeordneten eingelegten Birnen garniert war, und dann zu der großen Schale mit Hühnersuppe.

»So viel kann ich gar nicht essen«, sagte sie überwältigt. »Den Pudding teilen wir uns.«

»Darauf hatten wir gehofft«, entgegnete Kristian schmunzelnd, und Katerina grinste.

»Ich hole uns schnell noch Löffel und Schälchen aus der Küche«, rief Katerina, und in Rekordgeschwindigkeit war sie wieder zurück.

Daraufhin saßen sie einträchtig auf dem Bett und schmausten wie bei einem Festmahl.

Beim ersten Löffel Pudding schloss Sophie genießerisch die Augen. Der Schokoladengeschmack erfüllte ihren Gaumen, breitete sich in ihrem Mund aus, und sie zögerte das Schlucken so lange wie möglich hinaus. »Hmmm ... Sehr lecker, den habt ihr besser gekocht als ich!«

Ihre Kinder wuchsen vor Stolz, und sie spürte, wie ihre Lebensgeister zurückkehrten, Löffel für Löffel genoss sie die Köstlichkeit. Doch da auch das Essen sie anstrengte, beschloss sie, eine kleine Pause einzulegen.

Erneut nahm sie den Brief an Paganini zur Hand, weil das Datum fehlte. »Welchen Tag haben wir heute?«

»Donnerstag, den dritten April«, sagte Kristian und schob sich noch einen großen Löffel Pudding in den Mund.

Sophie ließ die Feder sinken. »Große Güte, dann habe ich fünf Tage hier gelegen?«

Katerina nickte und stellte ihr leeres Schälchen zurück aufs Tablett. »Wir waren mehrmals drauf und dran, einen Arzt kommen zu lassen, Frau Mutter, aber Sie haben immerzu gesagt, dass Sie keinen wollen.«

Sophie nickte. Aber nicht, weil sie keinen gebraucht hätte, dachte sie, sondern weil sie nicht gewusst hätte, wovon sie den auch noch bezahlen sollte.

Es war so erdrückend, nicht zu wissen, wie es jetzt weitergehen sollte. Sie holte tief Luft und bemühte sich, ihre Gedanken in eine Richtung zu lenken, die sie vorwärtsbrachte.

»Kinder, seid doch bitte so gut, und bringt diesen Brief an die Rezeption vom Trattnerhof, bestellt dem Portier schöne Grüße von Frau von Sawicki, und sagt ihm, er solle Signor Paganini den Umschlag schnellstmöglich aushändigen.«

»Wird erledigt«, sagte Kristian, der inzwischen aufgegessen hatte.

Nachdem die Kinder das Tablett mitgenommen und aus dem Haus gegangen waren, sank Sophie erschöpft in ihr Kissen zurück. Das war doch alles ziemlich anstrengend gewesen, dachte sie noch, und dann schloss sie die Augen.

Sie musste kurz eingenickt sein, ein lautes Klopfen an der Haustür ließ sie hochschrecken. Wenn das schon wieder Mayenhöfer war … Für ihn hatte sie nun wirklich keine Kraft. Am besten, sie ignorierte es einfach.

Wenn das nur so leicht wäre, dachte sie nach einer Weile, denn wer auch immer zu ihr wollte, er ließ nicht locker.

Sie stützte sich auf die Ellenbogen und seufzte. So würde sie keine Ruhe mehr finden. Wer wollte nicht einsehen, dass sie nicht zu Hause war? Wohl nur jemand, der es besser wusste.

Vielleicht hatten die Kinder den Schlüssel vergessen?

Ergeben rappelte sie sich auf. Immerhin, ihr Kreislauf schien jetzt mitzumachen, brachte sie auf die Beine, auch wenn ihre Schritte noch etwas wackelig waren. Was sollte sie auf die Schnelle nur anziehen? Sie entschied sich dafür, ihren Morgenmantel überzuwerfen, denn alles andere war ihr zu anstrengend. Zum Glück musste sie die Treppe erst mal nur hinuntergehen. Wie sie wieder raufkommen sollte, war ihr noch ein Rätsel.

»Wie siehst du denn am helllichten Tag aus?«, fragte ihr Schwager zur Begrüßung und musterte sie von oben bis unten. »Kaum, dass mein Bruder aus dem Haus ist, fängt bei dir das Lotterleben an.«

Sie zog ihren Morgenmantel am Kragen enger. »Ich war krank, sehr sogar«, entgegnete sie ärgerlich. Aber ihr Groll würde an seinem Auftreten ihr gegenüber nichts ändern, Peter konnte sich solche Frechheiten erlauben, denn er wusste aus Erfahrung, dass sein Bruder seine Ehefrau nicht verteidigte. Blut war eben dicker als Wasser.

Ein kühler Wind strich ihr um die Beine, wobei es längst nicht mehr so kalt war wie noch vor ein paar Tagen. Die Sonne hatte an Kraft gewonnen, sie schien ihr ins Gesicht, so dass sie blinzeln musste.

»Was führt dich zu mir?«, fragte sie mit der gebotenen Höflichkeit. Sein aufdringlicher Moschusduft wehte zu ihr herüber, weshalb sie flach atmete. »Wenn es nichts Dringendes ist, dann komm doch bitte ein andermal wieder – ich bin gerade zum ersten Mal nach Tagen wieder aufgestanden und kann mich noch nicht lange auf den Beinen halten. Von deinem Bruder habe ich keine Neuigkeiten, falls du das wissen möchtest.«

»Es *ist* dringend«, sagte Peter, und seine verkniffene Miene machte ihr deutlich, dass sein Anliegen keinen Aufschub duldete.

»Sophie! Wie schön, dich wieder wohlauf zu sehen!«, rief Anna Röhberg von gegenüber, die gerade aus der Tür gekommen war. Auch die Nachbarin hatte sich den frühlingshaften Temperaturen angepasst. Anstelle ihres pelzverbrämten Wintermantels trug sie einen weinroten, ärmellosen Überwurf über ihrem gelben Kleid, das am Saum mit großen Blüten bestickt war, die zur Farbe des Umhangs passten.

Eilig überquerte Anna die schmale Gasse, obwohl sie gesehen haben musste, dass Sophie gerade Besuch hatte. »Ich habe mir ja solche Sorgen um dich gemacht!«

»Es geht mir schon wieder viel besser«, entgegnete Sophie schnell. »Das ist übrigens mein Schwager Peter, ihr kennt euch vielleicht noch vom Hochzeitsfest, wobei das ja schon länger her ist. Anna, woher wusstest du, dass ich krank bin?«

»Nun ja, das war so. Es hing das Geschlossen-Schild an der Werkstatt, da habe ich schon zu meinem Mann gesagt, irgendwas stimmt da nicht. Friedrich meinte zwar, dass Paul so kurz vor Ostern wohl ein paar Tage Urlaub drangehängt hat – aber das ist ja in all den Jahren noch nie vorgekommen! Und prompt standen deine Kinder am Abend bei uns vor der Tür und erzählten ganz aufgeregt, dass ihr Vater im Krankenhaus sei und du hohes Fieber hast. Sie haben mich gefragt, ob ich ein Mittel dagegen hätte und wie man eine Hühnerbrühe kocht. Außerdem habe ich ihnen getrocknete Lindenblüten mitgegeben, damit sie dir einen fiebersenkenden Tee kochen konnten, ihnen erklärt, wie man Essigwadenwickel macht und sie gebeten, mir das Huhn zu bringen, damit ich die Suppe kochen kann. Außerdem habe ich den beiden jeden Mittag etwas Warmes zu essen gebracht und auch am

Abend noch mal nachgesehen, wie es dir geht. Aber davon hast du nichts mitbekommen, so sehr warst du im Fieberwahn. Wenn es heute noch nicht besser gewesen wäre, hätte ich gegen deinen Willen einen Arzt kommen lassen. Aber nun bist du ja sogar schon wieder auf den Beinen!«

»Ich wusste gar nicht, dass du dich so gekümmert hast, tausend Dank!« Da hatten Katerina und Kristian also doch ein bisschen dick aufgetragen mit ihren Kochkünsten, dachte sie im Stillen, wahrscheinlich hatten sie zeigen wollen, wie groß und selbstständig sie schon waren. Dabei war es doch genau richtig gewesen, sich Hilfe zu holen, hingegen töricht, das zu verschweigen, denn die Nachbarin hatte schließlich einen Dank verdient.

»Sind die Damen bald fertig mit ihrem Kaffeekränzchen?«, mischte sich Peter ein. Er faltete die Hände, klopfte die Daumen gegeneinander und blickte gen Himmel, so als sei von dort oben Hilfe zu erwarten.

Anna Röhberg warf ihm einen missbilligenden Blick zu, sagte jedoch nichts.

»Seid mir nicht böse«, hob Sophie an und wandte sich damit auch an ihren Schwager. »Ich muss mich jetzt wieder ins Bett legen.«

»Natürlich, natürlich!«, entgegnete Anna schnell. »Ich wollte nur noch sagen, du bist am Ostersonntag mit deinen Kindern herzlich bei uns eingeladen, es gibt feines Osterlamm, das reicht für uns alle. Du bist doch bestimmt noch nicht genug bei Kräften, um in der Küche zu werkeln, und wenn Paul sowieso im Krankenhaus ist ... Ich will gerade ein paar letzte Besorgungen machen.«

»Krankenhaus!«, warf Peter ein. »Hört jetzt endlich auf mit dem Blödsinn. Mein Bruder ist im Narrenturm!«

Sophie schoss die Röte in die Wangen. Es hatte sich also herumgesprochen.

»Um Gottes willen!«, rief Anna und machte große Augen. »Das kann ich ja gar nicht glauben? Wirklich?«

»Ja, so ist es«, entgegnete Peter, und Sophie wurde von seinem bitterbösen Blick getroffen. »Oder willst du die Wahrheit etwa verleugnen, liebste Schwägerin?«

Sophie schüttelte betreten den Kopf und fühlte sich schlagartig so schwach auf den Beinen, dass sie glaubte, gleich umzufallen.

Eilig verabschiedete sie sich von Anna Röhberg, der das Entsetzen ins Gesicht geschrieben stand, und ging in die Werkstatt, wo sie sich auf den nächstbesten Schemel fallen ließ. Ihr war klar, dass Peter ihr unaufgefordert folgen würde.

»Setz dich«, sagte sie schwer atmend, und deutete auf den zweiten Schemel.

»Nein danke, ich stehe lieber. Darauf kommt es jetzt auch nicht mehr an. Ich will mich auch gar nicht lange aufhalten.«

»Ich weiß, ich bin dir eine Erklärung schuldig. Es ist auch nicht so, dass ich dich anlügen wollte, aber die Kinder hörten mit, da konnte ich die Wahrheit nicht aussprechen – und die vergangenen fünf Tage habe ich im Bett verbracht.« Sie wischte sich über die Stirn und fühlte den kalten Schweiß auf ihrem Handrücken.

»Du wolltest es dir auch gerade eben noch leicht machen und hast mich im Gespräch mit der Nachbarin links liegen lassen, in der Hoffnung, dass ich verschwinde. So, und jetzt will ich die Wahrheit wissen – alles.«

Sie atmete tief durch und sah Peter ins Gesicht, doch es verschwamm hinter Tränen, während sie sprach. »Die Wahrheit ist, dass dein Bruder seit geraumer Zeit zu viel Alkohol trinkt und unser Geld verspielt. Er hat Schulden. Und das alles hat am Ende dazu geführt, dass er im Matschakerhof randaliert hat, weil er glaubte, der Teufel sei hinter ihm her und wolle ihn umbringen. Mehr kann ich dir im Moment auch nicht sagen, weil ich nicht mehr weiß. Ich werde Paul besuchen, sobald ich bei Kräften bin und dir Bericht ...«

»Was bist du nur für ein Weib, dass du meinen Bruder so weit getrieben hast? Pfui!« Er spuckte vor ihr aus.

»Peter!«, fuhr sie auf. »Du hast nicht das Recht ...«

Breitbeinig baute er sich vor ihr auf. Sein Blick war so eiskalt, dass sie fröstelte. »Du willst mich im Haus meines Bruders über meine Rechte aufklären? Du kleine, miese Hexe? Erst meinen Bruder verzaubern und ihn dann sehenden Auges vor die Hunde gehen lassen?«

»Es war der Alkohol! Ich konnte nichts dagegen tun. Ich war machtlos.«

»Das habe ich gemerkt! Frauen taugen zu nichts, und du erst recht nicht. Nur im Bett sind sie zu gebrauchen, aber da war mein Bruder ganz offenkundig auch nicht zufrieden, sonst hätte er abends den Weg dorthin gewählt und wäre nicht ins Gasthaus gegangen.«

Innerlich bebte sie vor Zorn. Das Gespräch strengte sie so sehr an, dass ihr abwechselnd heiß und kalt wurde, so als ob das Fieber zurückkehren wollte.

»Du hättest dein Maul zum richtigen Zeitpunkt aufmachen und mich um Hilfe bitten sollen. Jetzt gilt es zu retten, was noch zu retten ist.«

Sie stutzte. »Was meinst du damit?«

»Bist du auch noch schwer von Begriff?« Ihr Schwager blickte sich in der Werkstatt um und breitete mit einer theatralischen Geste die Arme aus. »Das alles hier muss weiterlaufen.«

Das ist doch der Fall, hätte sie beinahe entgegnet, verkniff es sich aber gerade noch. Ihm wäre zuzutrauen, dass er sie anzeigte, weil sie als Frau unerlaubt die Tätigkeiten eines Meisters ausführte. Das durfte sie nicht auch noch riskieren.

»Und wie stellst du dir das vor?«, fragte sie.

»Ganz einfach, und ganz im Sinne meines Zwillingsbruders.« Er schritt zielstrebig zum Auftragsbuch, klappte es zu und klemmte es unter den Arm. »Ich werde die Kundschaft informieren, dass mein Bruder leider auf längere Sicht aus Krankheitsgründen nicht arbeitsfähig ist und sie mit weiteren Aufträgen gern zu mir kommen können.« Selbstzufrieden tätschelte er das Buch, so als würde er sich nach einem opulenten Mahl den vollen Bauch reiben. »Ich bin gespannt, welche illustren Namen sich in diesem Büchlein tummeln. Morgen ist Karfreitag, aber nach Ostern, am Dienstag, lasse ich alle laufenden Arbeiten bei dir abholen, ich gehe davon aus, dass du bis dahin alle Instrumente transportfähig verpackt hast. Falls nicht …«

»Aber das Geld …«, wandte sie ein, obwohl sie es kaum wagte den Mund aufzumachen. Das hatte Paul ihr gründlich ausgetrieben.

»Was ist damit? Das ist eine Sache zwischen meinem Bruder und mir. Was hat ein Weib mit Geld zu schaffen?«

»Die Kinder und ich müssen doch auch von etwas leben!«

»Dafür hat man Ersparnisse.«

»Paul hat alles verprasst!«

»Das ist dein Problem, nicht meines.«

⤳ Kapitel 15 ⤲

*W*as für ein Alptraum.

Reglos hockte sie auf dem Schemel und starrte auf die Werkbank, unfähig sich zu rühren, so als hätte man sie mit Blei übergossen. Sie war so geschockt, dass sie keinen klaren Gedanken fassen konnte, und je länger dieser Zustand anhielt, desto mehr hatte sie das Gefühl, sich nicht mehr in ihrem Körper zu befinden und stattdessen von oben eine zusammengekauerte, erstarrte Frau zu betrachten, die ihr fremd war und mit deren Leben sie nichts zu tun haben wollte.

Es war, als ob ihre Seele fliehen wollte, fort aus dieser Hölle, doch sie war mit diesem bleischweren Körper verbunden, der ihr nicht mehr gehorchen wollte. Mehrfach gab sie sich innerlich einen Ruck, der jedoch irgendwo in dieser schweren Masse, die sich über ihr ausgebreitet hatte, stecken blieb.

Es mochte etwa eine halbe Stunde vergangen sein, als die Kinder in die Werkstatt kamen.

»Warum starrst du auf die leere Werkbank?«, fragte Kristian.

»Ach, ich habe gerade überlegt, mit welchem Auftrag ich weitermache«, entgegnete sie so leichthin wie nur möglich. Sie drehte sich zu den beiden um.

Katerina zog die Augenbrauen hoch. Der Zweifel stand ihr ins Gesicht geschrieben, sie entgegnete jedoch nichts.

Wie sollte sie den Kindern beibringen, was geschehen war? Überhaupt musste sie ihnen so vieles sagen und erklären – die Frage war nur: Wie viel verkrafteten diese jungen Seelen?

»Wir haben einen Brief mitgebracht«, sagte Kristian und zog einen Umschlag unter seinem Wollumhang hervor. »Von Signor Paganini«, fügte er erstaunlich emotionslos hinzu und überreichte ihr das Kuvert. In dem roten Wachssiegel darauf prangte ein geschwungenes »P«. »Er lag an der Rezeption für dich bereit.«

»Hat der Portier etwas dazu gesagt?«, fragte sie verunsichert.

Die Geschwister warfen sich Blicke zu, schüttelten jedoch die Köpfe.

Die beiden wussten mehr, als sie zugeben wollten, dachte Sophie. »Er hat bestimmt noch etwas zu dem Brief gesagt.«

Die Zwillinge warfen sich erneut Blicke zu, eine weitere Reaktion blieb jedoch aus. Also öffnete Sophie kurzentschlossen den Brief und überflog die Zeilen. Entgegen ihrer Vermutung war die Botschaft jedoch erfreulich – nein, weit mehr. Die Nachricht war Gold wert.

Innerlich jubelte sie, doch schon im nächsten Moment landete sie wieder auf dem Boden der Tatsachen. Was Paganini geschrieben hatte, nutzte ihr gar nichts. In ihrer jetzigen Situation konnte sie das Papier gleich ins Herdfeuer werfen. Als Brennmaterial war es noch von Wert, mehr nicht, dachte sie bitter. Sie las alles noch einmal, aber die Zeilen verschwammen vor den Augen.

»Nicht gut?«, fragte Katerina vorsichtig.

»Doch, doch, im Grunde schon«, entgegnete sie und zwang sich zu einem Lächeln. »Sehr gut sogar. Es ist ein Empfehlungsschreiben.«

»Was für eine Ehre!«, rief Kristian.

»Was schreibt er denn genau?«, fragte Katerina.

Sie räusperte sich und musste sich zusammenreißen, damit ihr beim Vorlesen nicht die Stimme versagte: »*Hiermit bestätigt der Unterzeichner, Niccolò Paganini, daß Herr von Sawicki nicht nur ein außerordentliches Genie in der Herstellung von Violen ist, sondern auch im Restaurieren aller Arten von Musikinstrumenten. Nachdem ich alle seine Instrumente gesehen und genauestens geprüft sowie seine Reparaturen von Instrumenten gesehen habe, kann ich bezeugen, daß der Hochgelobte der herausragendste Künstler der Welt ist, und mehr noch, daß ich ihm meine Violine anvertraut habe, die ich keinem anderen Geigenbauer anvertraut habe.*

Wien, am 30. März 1828. Niccolò Paganini.

Und auf dem zweiten Papier steht, dass er mich am Ostersonntag nach der Kirche um zwölf Uhr in den Trattnerhof bittet und dieses Mal auf mein Erscheinen hofft.«

»Das ist doch großartig!«, rief Kristian aus. »Warum weinen Sie denn, Frau Mutter?«

»Nun ja«, warf Katerina ein, »das ist zwar alles schön, aber richtig wäre ja gewesen, wenn er in dem Empfehlungsschreiben den Namen unserer Frau Mutter genannt hätte. Da wäre ich auch traurig.«

Sophie wischte sich über die Augen und war fast schon dankbar für diese Erklärung. Sie fühlte sich außerstande, ihren Kindern die Wahrheit zu sagen. Der Lohn für die Reparatur der Guarneri würde nicht einmal dafür reichen, die Schulden bei Mayenhöfer zu begleichen, dachte sie im Stillen –, und selbst wenn sie die Einnahmen zum Leben verwendete, wäre das Geld bald aufgebraucht, und es würde kein Verdienst nachkommen. Da der Patenonkel ihrer Kinder am Dienstag nach Ostern die Werkstatt räumen lassen wollte, würden die beiden noch früh genug erfahren, wie schlimm die Lage war. Bis dahin genügte es, wenn *sie* eine schlaflose

Nacht voller Existenzsorgen verbrachte. Überhaupt waren ihre Kinder für solche Ängste, die sie selbst kaum aushielt, doch noch viel zu jung.

Ihre Kinder warfen sich schon wieder Blicke zu, so als ob sie noch etwas sagen wollten, jedoch rückte keiner mit der Sprache raus.

»Sagt mal, was ist los mit euch beiden? Ihr wisst doch, dass ihr immer mit allem zu mir kommen könnt. Ebenso hättet ihr mir übrigens ruhig sagen können, dass nicht ihr die Hühnerbrühe gekocht habt und Anna euch mit Essen versorgt hat. Oder wolltet ihr mir das verschweigen?«

Kristian machte große Augen. »Wir haben doch nie behauptet, dass wir sie gekocht haben, sondern dass wir Hühnerbrühe haben, und das passte, weil das Huhn wegmusste, das Sie gekauft haben.«

»Und wir kamen einfach noch nicht dazu, Ihnen alles genauer zu erzählen«, fügte Katerina hinzu, »aber wir wollten doch nichts verschweigen oder gar lügen!«

»Dann entschuldigt bitte«, sagte sie versöhnlich. »Aber euch beschäftigt etwas, das sehe ich euch doch an.«

Katerina atmete tief durch und sagte: »Als wir den Trattnerhof betraten, war ein Gast vor uns an der Rezeption, dem der Portier einen Ausflug zum Narrenturm wärmstens empfahl, denn der neue Insasse würde toben wie ein wilder Affe, sei kaum zu bändigen, und allein schon deshalb sehenswert …« Katerina schluckte und warf ihrem Bruder einen hilfesuchenden Blick zu.

»Als wir an der Reihe waren und deinen Namen nannten, hat er uns mit großen Augen angesehen und gefragt, ob wir unseren Vater auch schon besichtigt hätten.« Katerina unterbrach sich selbst und schüttelte den Kopf. »Der Portier hat doch bloß einen bösen Scherz mit uns gemacht, weil er Spaß daran hatte, uns zu erschrecken, nicht wahr, Frau Mutter?«

»Unser Herr Vater ist doch im *Allgemeinen Wiener Krankenhaus*, so haben Sie es uns doch gesagt?«, fragte Kristian hoffnungsvoll, aber seine Stimme zitterte, weil er wohl längst ahnte, dass sich der Portier keinen Scherz erlaubt hatte. Ja, dachte Sophie voller Wut, das war die Rache des Portiers an ihr gewesen, die stattdessen mit voller Wucht die Kinder getroffen hatte.

Jetzt gab es kein Zurück mehr, dachte Sophie. »Es stimmt«, sagte sie leise, »euer Vater sitzt im Narrenturm.«

»Aber nur aus Versehen«, sagte Kristian, und das war keine Frage. »Er ist doch nicht verrückt geworden. Er hat Herzprobleme, das haben Sie uns gesagt.«

Hätte sie sich bloß nicht in diese Notlüge geflüchtet, dachte Sophie. Die Kinder hätten es zuerst von ihr erfahren sollen. Dafür war es jetzt zu spät.

»Euer Vater ist nicht herzkrank …«, hob sie an.

»Sie haben uns angelogen?«, fragten die Geschwister wie aus einem Mund. In ihren Gesichtern stand Fassungslosigkeit und Enttäuschung geschrieben, bei Katerina allerdings erkannte sie weit mehr. Als Sophie ihrer Tochter in die Augen sah, war es wie der Blick in einen zerbrochenen Spiegel. Da waren unzählige Risse in ihrer Seele entstanden.

»Es tut mir so leid, Kinder. Ich wollte es euch nicht zwischen Tür und Angel sagen, den richtigen Moment abwarten, und es euch behutsam beibringen – und vor allem wollte ich mir zuerst selbst ein Bild davon machen, wie es eurem Vater geht, aber dann bin ich krank geworden.«

»Warum ist unser Herr Vater im Narrenturm?«, fragte Kristian, der es offenbar immer noch nicht glauben konnte. »Ist er wirklich verrückt geworden?«

»Laut den Ärzten wohl schon«, antwortete sie zögerlich. Sie war sich unsicher, wie viel sie den Kindern zumuten konnte, andererseits war sie überzeugt, dass sie ihr Vertrauen verlieren würde, wenn die beiden den Eindruck gewannen, dass sie weiterhin mit der Wahrheit hinterm Berg hielt.

»Ihr habt mitbekommen, dass euer Vater in letzter Zeit ziemlich viel Alkohol getrunken hat, nicht wahr?«

Kristian nickte beklommen, während Katerina zu keiner Handlung mehr fähig schien und wie erstarrt war.

»Das war nicht zu überhören«, sagte Kristian und senkte den Blick. »Zuletzt hat er in der Schlafkammer randaliert, weil er unbedingt Schnaps haben wollte, aber kein Geld mehr hatte. Warum haben wir eigentlich kein Geld mehr?«

Er fragte das so direkt, dass Sophie für einen Moment die Luft wegblieb. Dann entschloss sie sich zu einer ebenso direkten Antwort.

»Euer Vater hat davon nicht nur Schnaps gekauft, er hat auch reichlich Geld beim Glücksspiel versetzt, und deshalb haben wir jetzt sogar Schulden.«

»Das heißt, wir haben gar kein Geld mehr?«, fragte Kristian ungläubig.

»Nicht mehr viel«, entgegnete sie vage.

»Und das konnten Sie nicht verhindern?«, fragte Kristian in verzweifeltem Ton. Katerina war immer noch zu keinem Wort fähig.

»Nein!«, entgegnete sie ebenso verzweifelt. »Ich habe es versucht, aber es wurde immer schlimmer. Vergangenen Freitag, am Tag vor dem großen Konzert, wollte er, dass ich ihm Schnaps kaufe, und nachdem ich lange nicht zurückgekehrt bin, weil ich euch gesucht habe, ist er losgezogen. Im Matschakerhof hat er ihn bekommen, dann wollte er noch mehr, aber es war schon nahe der Sperrstunde, und Mayenhöfer hat ihn weggeschickt. Da hat euer Vater randaliert und behauptet, dass der Teufel hinter ihm her sei und dieser ihn umbringen wolle.« Sie atmete tief durch. »So, jetzt wisst ihr alles, was auch ich weiß.«

Katerina blickte zu Boden und rührte sich nicht, wenn man davon absah, dass sie an ihrem Rock herumnestelte.

Kristian hingegen schien das Reden zu helfen, und vor allem wollte er noch mehr wissen. »Stimmt es denn, dass die Kranken dort nackt und an Ketten gefesselt auf schmutzigem Stroh liegen müssen?«

»Man erzählt sich vieles«, wich sie nun doch aus, »und da sind auch Gruselgeschichten dabei. Ich verspreche euch, ich werde zum Narrenturm gehen, mit einem Arzt sprechen, nach Möglichkeit auch mit eurem Vater, und alles dafür tun, dass er bald entlassen wird.«

»Das ist gut«, sagte Kristian, und er wirkte etwas erleichtert.

Katerina schwieg weiterhin, deshalb erhob Sophie sich, um ihr Mädchen zu trösten. »Ich weiß, dir geht das sehr zu Herzen. Aber es wird alles gut werden, das verspreche ich dir. Komm her …« Sie streckte die Arme nach ihrer Tochter aus.

»Ich will keine Versprechen!«, schrie Katerina unvermittelt und machte sich energisch los. »Und ich will keine Umarmung. Ich will überhaupt keine Mutter, die mich belügt! Ich will meinen Vater wiederhaben.« Sie brach in Tränen aus, machte kehrt und rannte die Treppe hinauf. Sophie wollte ihrer Tochter nachgehen, doch Kristian bedeutete ihr mit einer Handgeste, dass es besser wäre, wenn er sich um seine Schwester kümmerte.

So blieb sie allein in der Werkstatt zurück.

Kapitel 16

Als Sophie am darauffolgenden Ostersonntag am Mittag aus dem Haus ging, empfing sie frühlingshaft milde Luft. Den Kirchgang hatte sie sich verkniffen, weil sie sich lebhaft vorstellen konnte, wie über die Familie getratscht wurde, und sie wollte auch den Kindern nicht antun, dass mit dem Finger auf sie gezeigt wurde.

Vögel zwitscherten von den Dächern, ein lieblicher Gesang, den sie schon so lange nicht mehr gehört hatte. Es erschien ihr, als ob sie wochenlang weg gewesen wäre, so warm war es mit einem Mal geworden. Vor wenigen Tagen hatte sie noch gefröstelt, und jetzt war der Frühling da. Sie hatte das Gefühl, in einer anderen Welt gelandet zu sein. Kaum zu glauben. Erst recht erschien es ihr unvorstellbar, dass sie kürzlich noch durch den Schnee gestapft war und ihr beinahe die Zehen erfroren wären.

Den Weg zum Trattnerhof konnte sie trotz des schönen Wetters nicht genießen, denn sie war körperlich noch nicht ganz bei Kräften, und ihre Seele schmerzte. Der Streit mit ihrer Tochter hatte ihr sehr zugesetzt, und sie hatte in der Nacht kaum ein Auge zugetan. Katerina hatte am Frühstückstisch eisern geschwiegen, nicht einmal zu der Eierspeise, die es außer der Reihe gegeben hatte, hatte sie etwas gesagt, und sogar Kristian war wortkarg geblieben. Als sie den Kindern versprochen hatte, gleich nach dem Treffen mit Paganini zum Narrenturm zu gehen, hatte immerhin ihr

Sohn reagiert und genickt. Andererseits, was hätten ihre Kinder auch sagen sollen? Ihr fehlten ja selbst die Worte für dieses Unglück, das wie ein Eimer Unrat über ihnen ausgeschüttet worden war.

Die Angst vor einer Begegnung mit ihrem Eheherrn und vor dem, was sie sonst noch im Narrenturm erwartete, saß ihr gehörig in den Knochen.

Das hinderte sie jedoch nicht daran, dem Portier Haberleitner die Meinung zu sagen, als sie im Trattnerhof vor ihm stand. »Wie taktlos von Ihnen, meine Kinder zu fragen, ob sie ihren Vater schon im Narrenturm besucht haben.«

»Warum?«, entgegnete dieser und blickte erstaunt drein. »Das ist doch eine simple Frage – was soll denn daran verwerflich sein?«

»Sie haben keine Kinder, oder?«, fragte sie.

»Nein«, entgegnete der Portier, »aber was hat das denn damit zu tun?«

»Viel. Sehr viel sogar. Dann wüssten Sie, wie empfindsam eine Kinderseele ist.«

»Ah geh, Schmarrn! Die Realität hat noch niemandem geschadet. Ganz im Gegenteil. Nehmen Sie die beiden in den Narrenturm mit, dann wissen sie, was Sache ist.«

»Ganz bestimmt nicht«, sagte sie entschieden, »und ich werde jetzt nicht weiter mit Ihnen diskutieren. Herr Paganini erwartet mich.«

»Bitte, wie Sie meinen …« Mit einem Kopfnicken wies er den Pagen an, sie in den zweiten Stock zu bringen.

»Kommen Sie herein!«, sagte Paganini und machte eine einladende Handbewegung, nachdem er dem Pagen ein Trinkgeld gegeben und sich dieser eilig entfernt hatte.

Anstelle des Konzertfracks trug der Virtuose heute einen Gehrock, der jedoch an den Ärmelaufschlägen ebenfalls fadenscheinig war – und seine Haut war blass wie immer, wobei das bei Tageslicht nicht so gespenstisch wirkte wie auf der Bühne. Der Eindruck, einen vom Teufel Besessenen vor sich zu haben, erschien ihr plötzlich völlig absurd.

Dennoch war Sophie unglaublich nervös, als sie die geräumige Wohnung betrat, die der Virtuose für seinen Wien-Aufenthalt als Quartier und nun als Ort des Treffens gewählt hatte. Ihr war nicht wohl dabei, sich in seinen privaten Räumen aufzuhalten, auch wenn sie zugegebenermaßen neugierig darauf war, wie er wohnte.

»Schauen Sie sich nur um. Ist nicht meine Stil, ich liebe das Einfache, aber meine Frau wollte eine standesgemäße Wohnung, also habe ich ihr diesen Wunsch erfüllt.«

Ihr Blick schweifte über die barocke Einrichtung. Eine üppige Eleganz, die dennoch Gemütlichkeit ausstrahlte. Die rechte Zimmerseite wurde von einer dunkelroten Sitzgruppe eingenommen, bestehend aus einem Kanapee, zwei Sesseln mit mächtigen Polstern und vergoldeten Holzrahmen, davor ein kniehoher Tisch mit geschwungenen Beinen, an den Fenstern dunkelrote Brokatvorhänge mit goldenem Blumenmuster.

»Wie schön, dass Sie gekommen sind«, sagte Paganini.

Schnell wandte sie sich zu ihm um, sie wollte nun wirklich nicht neugierig erscheinen. »Ich danke Ihnen sehr für die erneute Einladung«, entgegnete sie. Ihr Herzklopfen war so stark, dass sie glaubte, er müsse es hören können. »Und vor allem für das Empfehlungsschreiben.« Auch wenn sie damit nichts mehr anfangen konnte, dachte sie im Stillen und presste unwillkürlich die Lippen zusammen, als ihr Peters unrühmlicher Auftritt in der Werkstatt wieder vor Augen kam. Der Ausdruck in seinem Gesicht, als er das Auftragsbuch an sich genommen hatte.

»Es freut mich sehr, dass es Ihnen wieder besser geht.

Nehmen Sie doch bitte Platz ...« Paganini deutete auf einen runden Esstisch auf der gegenüberliegenden Seite und ging voraus, um ihr einen der drei hellgolden bezogenen Stühle zurechtzurücken, damit sie sich setzen konnte.

Auf der massiven, rotbraun glänzenden Tischplatte standen eine Karaffe Wasser, eine Weinflasche und entsprechende Gläser bereit – allerdings nur für zwei Personen.

»Ist Ihre Frau nicht da?«, fragte Sophie. Insgeheim musste sie zugeben, dass sie leicht hoffnungsvoll geklungen hatte. Die Anwesenheit seiner Frau würde nicht gerade zu ihrer Entspannung beitragen.

Paganini blieb neben dem Tisch stehen. »Antonia hat heute – an die Ostersonntag – eine private Termin in die Schneiderei vereinbart, wo sie gleich mehrere Kleider in Auftrag gegeben hat, damit kein anderer Kunde die Anprobe stört und die volle Aufmerksamkeit auf ihr liegt – und ich gebe zu, ich habe diese Zeitpunkt gewählt, damit wir uns ungestört unterhalten können. Antonia ist nicht so gut auf Sie und die Werkstatt zu sprechen.«

Schuldbewusst senkte sie ihren Blick. »Ja, das kann ich mir vorstellen.«

»Nun haben Sie nicht wieder eine schlechte Gewissen!«, wiegelte Paganini sogleich ab. »Momento bitte noch, ich bin gleich wieder bei Ihnen, ich will nur kurz nach meine Sohn sehen, er hält seinen Mittagsschlaf. Er hat sein Bein in eine Gips. Ich will nur sichergehen, dass Achille ruhig liegt. Seine Schmerzen sind endlich besser, das soll so bleiben. Ich habe die letzte Nächte nicht geschlafen, deshalb ich war schon fast froh, dass Sie nicht zu unsere Verabredung erschienen sind.«

Sophie entgegnete nichts und blickte Paganini nach, wie er in dem Zimmer verschwand, in dem sein Sohn schlief. Insgesamt gab es drei Türen, die in weitere Räume führten, vermutlich ein Elternschlafzimmer, ein Kinderzimmer und das Bad.

Ja, dachte sie, zumindest körperlich war alles so weit wieder in Ordnung. So schnell, wie die Krankheit sie in die Knie gezwungen hatte, war Sophie auch wieder gesund geworden. Einige Teller Hühnersuppe hatten ihr Übriges getan, und nun war sie halbwegs wieder auf den Beinen – dafür schmerzte ihre Seele umso mehr unter dem Druck, der auf ihr lastete.

Ihr Blick fiel auf die wuchtige Mahagonikommode neben der Tür zum Kinderzimmer. Da lagen der rote Geigenkoffer mit Paganinis Namen in goldenen Lettern und daneben ein Stapel Zeitungen. Mit Sicherheit überschlugen sich die Blätter in ihren Konzertberichten vor Begeisterung. Auf dem Weg zum Trattnerhof hatte sie die Zeitungsverkäufer in großem Bogen gemieden, wie Regenpfützen, denn sie ahnte, dass dort außerdem über den berühmtesten Geigenbauer Wiens berichtet wurde, den man ab sofort im Narrenturm besichtigen konnte.

Unvermittelt ging die Tür auf, und Paganini kehrte an den Tisch zurück, einen zufriedenen Ausdruck auf dem Gesicht. »So, jetzt bin ich beruhigter. Achille schläft tief und fest.« In der Hand hielt er einen Umschlag, den er ihr überreichte. »Kommen wir gleich zum Geschäftlichen. Ich will Ihnen Ihren Lohn nicht noch länger schuldig bleiben. Bitte sehr. Aber ich möchte noch etwas mit Ihnen besprechen, deshalb habe ich Sie hierhergebeten.«

Vor Aufregung brachte sie keinen Ton heraus, sie nickte nur. Sie starrte auf den Umschlag in ihren Händen. Er hatte von *ihrem* Lohn gesprochen, sie musste ihm also wirklich nichts mehr vormachen. Dankbar ließ sie den Umschlag in ihrer Rocktasche verschwinden.

»Darf ich Ihnen einschenken?« Er nahm die schwarze Flasche zur Hand und präsentierte sie ihr. »Das ist eine Madeira. Meine Lieblingswein. Eine sehr gute Balance zwischen süß und saure. Er schmeckt nach Kaffee, manche sagen nach Schokolade, ein bisschen von Orange und Honig, nach süße, getrocknete Früchte. Möchten Sie kosten?«

Sophie wiegte den Kopf. »Normalerweise trinke ich keinen Alkohol, schon gar nicht zur Mittagszeit, aber das klingt wirklich sehr verlockend. Es ist mir nur so unangenehm, dass Sie mich bedienen wollen. Darf ich das übernehmen?«

»Che cosa! Das kommt überhaupt nicht in die Frage!«, protestierte er. Er erhob sich und schenkte ihr formvollendet ein. Diesem weltberühmten Virtuosen schienen sämtliche Allüren völlig fremd zu sein, alles Teuflische war ihm fern. Er war so zuvorkommend, freundlich und von angenehmer Zurückhaltung, dass sie kaum glauben konnte, dass ihm Mordgerüchte nachhingen.

Er schenkte sich ebenfalls ein und erhob sein Glas. »Auf Ihr Wohl!«

»Auf *Ihr* Wohl«, entgegnete Sophie mit leisem Protest. Sie stießen an. Langsam führte Sophie das Glas an die Lippen. Wenn der Wein nur annähernd so gut schmeckte, wie er roch … Ein Feuerwerk explodierte in ihrem Mund – Paganini hatte nicht zu viel versprochen.

»Der Madeira ist wirklich wunderbar.«

»Es freut mich, dass er Ihnen auch so gut schmeckt wie mir.«

Sie schwiegen, als hätten sie das so verabredet, und genossen den Wein. Es war eine Stille, in der sie sich von einer Sekunde auf die nächste wohlfühlte, und Paganini schien es ähnlich zu gehen. Sein Blick wirkte entspannt, warm und weich, doch es lag auch eine gewisse Melancholie darin. Sophie versank in der Betrachtung seiner markanten Gesichtszüge. Sie wollte sich alles an seinem Ausdruck genau einprägen.

Nach einer Weile hatte sie das Gefühl, wieder etwas sagen zu müssen, besonders da sie die Befürchtung hegte, er könne zu tief in ihre Seele eindringen, ihren Kummer aufspüren und etwas zur Sprache bringen, worüber sie nicht reden wollte.

»Wie viele Konzerte werden Sie denn noch in unserer Stadt geben, und wie lange bleiben Sie?«

Zu ihrer Überraschung zuckte der Virtuose mit den Schultern. »Wie lange, weiß ich noch nicht. Es sind bisher acht Concerti vereinbart, das nächste wäre morgen gewesen, aber ich habe große Schmerzen in meine untere Kiefer, und so kann ich nicht spielen. Deshalb ich habe die Auftritt auf die 13. April verschoben. Ich hoffe, in eine Woche geht es mir besser. Danach spiele ich alle meine vereinbarte Concerti – vermutlich bin ich bis Ende Juli in Wien.«

Noch vier Monate, dachte Sophie erleichtert. Sie freute sich über diese Nachricht, warum genau, wusste sie nicht zu sagen. Obwohl … wenn sie ehrlich zu sich war, wusste sie es. Sie wollte es nur nicht zugeben.

Paganini tastete nach der offenbar schmerzenden Stelle am Unterkiefer in der Nähe seines Kinns: »Ich hoffe, das ist bis dahin besser. So kann ich die Geige nicht anlegen. Diese Schmerzen kann sich niemand vorstellen. Die letzte Concerto hat mich meine ganze Kraft gekostet …« Die Furche zwischen seinen Augenbrauen vertiefte sich, und er warf einen Blick über die Schulter zur Kommode, wo sich die Zeitungen stapelten. »Und wenn ich noch mehr solche böse Unsinn über mich in die Gazetten lesen muss, spiele ich überhaupt keine Concerti mehr in Vienna.«

»Wie bitte?«, fragte Sophie bass erstaunt. »Ich bin davon ausgegangen, dass die Zeitungen sich gegenseitig mit Lobeshymnen übertreffen?«

»Was meine Musica betrifft, schon. Aber die Zeitungen verstehen nicht, wie eine Mensch so spielen kann, und dann reden sie von die Teufel. Was für eine Unsinn!« Er drehte sich um und griff nach einem der Blätter auf der Kommode. »Hier, lesen Sie die Wiener Theaterzeitung! Da steht, ich habe eine Mord begangen und im Gefängnis gesessen. Und die vierte Saite ist die Darm von diese Frau. Dio mio! Die Leute begreifen nicht, dass ich so spielen kann, weil meine Geige für mich ist keine bloße Instrument. Sie ist meine Seele! Ich lebe mit meiner Cannone! Selbst wenn ich sie nicht spiele, sie ist immer in meine Gedanken. Für mich ist sie lebendig. Mit ihr ich teile meine tiefste Gefühle. Angst, Freude, Liebe, Lust, Schmerz. Alles! Was glauben Sie, wie ich mich gefühlt, als ich die Geige bei Ihnen in die Werkstatt abgegeben habe? Als ob ich meine Geliebte in eine Krankenanstalt bringe und nicht weiß, wann und in welchem Zustand ich sie wiedersehe. Ein schreckliches Gefühl! Und trotzdem ich habe das Vertrauen gehabt – so muss es sein. Einmal ich habe bei einer anderen Werkstatt in Italia die Fehler gemacht und habe bei einer Reparatur von meiner Geige zugesehen, bin in die Werkstatt geblieben, als die Korpus geöffnet wurde. Ich habe gezittert. Mir war schlecht. Es hat geschmerzt, so als ob die Geigenbauer würde meine Knochen mit die Feile behandeln. Ich darf nicht daran denken …« Er nahm einen kräftigen Schluck Madeira. »Aber wer versteht das schon?«

»Ich.« Sophie blickte auf. »Ich verstehe, was in Ihnen vorgeht – aber wenn die Zeitungen damit aufhören sollen, solche Sachen über Sie zu schreiben, müssen Sie die Gerüchte entkräften.«

»Das kann ich nicht!«, fuhr Paganini auf. »Ich war ein paar Tage im Gefängnis, das stimmt – aber wegen eine andere Sache, die mit eine Mord nichts zu tun hat!«

Ach herrje, dachte Sophie. Er war tatsächlich im Gefängnis gewesen. War das der Anfang eines Geständnisses? Sträubte er sich noch, den Rest zuzugeben, oder sagte er die

Wahrheit? »Dann könnten Sie doch die richterlichen Akten als Beweis vorbringen?«

»Wenn es so einfach wäre ... Die Akten sind bei eine Brand vernichtet worden.«

»Und was ist mit Zeugen des Prozesses? Dem Richter selbst?«

Paganini blickte in sein Glas und schüttelte den Kopf. »Die gibt es leider auch nicht mehr. Alle tot.«

Das klang ein bisschen seltsam, dachte Sophie unwillkürlich.

»Sie zweifeln auch an mir, ich sehe es in Ihre Augen.«

»Nun ja ...«, entgegnete Sophie zögernd. »Ehrlich gesagt, schon.«

»Ich kann Ihnen erzählen, warum ich im Gefängnis war, wenn Sie die Geschichte hören wollen.«

Da musste sie nicht lang überlegen. Sie nickte. »Ja, das möchte ich. Und vielleicht kann ich am Ende dazu beitragen, die Gerüchte zu zerstreuen.«

»Vielleicht. Vielleicht glauben Sie mir aber auch nicht, wie so viele, die schon gehört haben die Wahrheit. Ich kann also nur hoffen, dass Sie nicht an mir zweifeln. Möchten Sie noch eine Schluck Madeira?«

»Ehrlich gesagt lieber ein Glas Wasser.« Sie griff nach dem Krug, im selben Moment wie Paganini, und ihre Hände berührten sich. Sophie zuckte zusammen und wich zurück. Ihr Herz klopfte, aber sie tat so, als ob diese Berührung nichts in ihr ausgelöst hätte.

Paganini schenkte ihr Wasser nach, sich selbst Madeira, dann sah er auf und hielt ihren Blick fest. »Vorher muss ich Sie aber etwas fragen ...«

»Was denn?« Augenblicklich wurde sie nervös. Sie atmete flach und spürte deutlich ein Flattern in der Magengegend.

»Ihr Mann ...«, hob er an. »Wie geht es ihm?«

Einem ersten Impuls folgend wollte Sophie »Den Umständen entsprechend« murmeln, doch dafür hätte sie seinem Blick ausweichen müssen, was ihr nicht gelang.

Also holte sie tief Luft. Wenn er es nicht schon aus der Zeitung wusste, so würde er es bald ohnehin erfahren – dann lieber direkt von ihr, auch wenn es ihr nicht leichtfiel, darüber zu sprechen. »Die Wahrheit ist …«

Paganini hob die Hand, um sie zu unterbrechen. »Das genügt mir«, sagte er sanft. »Ich wollte nur wissen, ob Sie mit mir darüber sprechen würden. Ich weiß, dass er in diesem Turm ist.«

»Ja, es spricht sich herum …«, entgegnete sie leise und griff nach ihrem Wasserglas. Auf einmal wünschte sie sich, es wäre doch mit Wein gefüllt.

»Und wie geht es Ihnen damit?«

Sophie schossen Tränen in die Augen. Er war der Erste, der sie das fragte. Sie wollte so vieles sagen, was ihr auf dem Herzen lag, und doch hatte sie plötzlich keine Worte mehr. »Ich weiß es nicht …« Sie schluckte und wischte sich über die Augen. »Ich weiß nicht, wie es weitergehen soll.«

»Es geht immer weiter«, sagte Paganini, »Sie sind eine starke Frau. Aber ich habe gefragt, wie es Ihnen geht.«

Sie schüttelte den Kopf und fühlte, wie sich die Tränen Bahn brechen wollten. »Ich bin nicht stark. Ich muss es immer nur sein.« Sie wollte ihm erzählen, dass ihr Schwager das Auftragsbuch mitgenommen hatte, doch dazu kam sie nicht mehr, weil ihre Tränen ihr die Stimme nahmen. »Verzeihung«, brachte sie hervor.

Er reichte ihr ein frisches Taschentuch, noch ehe sie eines in ihrer Rocktasche finden konnte. Sie presste es sich in die Augenwinkel, damit der Tränenstrom endlich versiegte. Sie versuchte sich zu beherrschen, doch ihr ganzer Körper bebte, und sie bekam kaum Luft.

Da spürte sie unvermittelt seine Hände auf ihren Schultern. Sie hatte nicht mitbekommen, dass er aufgestanden war und sich hinter sie gestellt hatte. Vor Schreck über diese unerwartete Berührung erzitterte sie. »Es geht schon wieder, vielen Dank. Verzeihen Sie meinen Ausbruch.«

Paganini setzte sich. »Schämen Sie sich nicht. Tränen sind wichtig, sonst wird die Seele schwarz. Und wenn sich die Schleier hebt, man sieht klarer.«

Sophie blinzelte. Davon konnte noch nicht die Rede sein, aber das Weinen hatte tatsächlich ein bisschen geholfen. Sie tupfte sich noch einmal über die Augen, behielt das Taschentuch aber sicherheitshalber in der Hand. Sie war erleichtert, dass er keine Details wissen wollte. Vielmehr wollte sie wissen, was es mit den Mordgerüchten über ihn auf sich hatte. »Erzählen Sie mir jetzt Ihre Geschichte?«

⌒ Kapitel 17 ⌒

*P*aganini holte seinerseits tief Luft, griff nach seinem Glas und leerte es in einem Zug. Dann erst begann er zu erzählen: »Es war im Herbst vor vierzehn Jahren in meine Vaterstadt Genua. Dort hatte ich mehrere Concerti gegeben und ein junges Mädchen namens Angiolina kennengelernt. Sie war die Tochter des Schneidermeisters, wo ich meine Frack zu die Ausbesserung hingebracht hatte. Damit begann meine Verhängnis. Ich gebe zu, die Mädchen war wirklich noch jung, erst sechzehn Jahre alt, aber schon sehr gut darin, eine Mann zu verführen. Warum, das wusste ich da noch nicht. Jedenfalls hat sie mir die große Liebe vorgespielt, und ich muss sagen, ich war wirklich sehr verliebt. Ich stand kurz vor meine zweiunddreißigste Geburtstag und hätte sie von die Fleck weg heiraten können, was ich ihre Vater auch gesagt habe, aber der war natürlich gegen unsere Liebe und hat mir jede weitere Umgang mit seine unmündige Tochter verboten.«

»Das war ja auch richtig so!«, rief Sophie aus. »Da wäre es doch besser gewesen, Vernunft walten zu lassen.« Es stand ihr nicht zu, so mit ihm zu reden, das wusste sie, doch da sprach die Mutter aus ihr, die an ihre eigene Tochter dachte.

»Das wollte ich«, sagte Paganini schnell. »Ich bin abgereist, um Concerti in andere Städte zu spielen. Ich habe Angiolina versprochen, dass ich keine andere Frau ansehen werde, bis sie älter ist und wir heiraten können. Der Abschied war grauenvoll, sie hat sich an mich geklammert. Ich habe an ihre Vernunft gebeten, aber sie wollte mich nicht gehen lassen, immer hysterischer ist sie geworden. Da bin ich einfach in die Kutsche gestiegen und gefahren.«

Sophie hatte ihm mit offenem Mund zugehört. »Und wie hat sie reagiert?«

»Angiolina ist mir in die zweihundert Kilometer entfernte Parma nachgereist, und ja, ich gebe zu, ich war doch sehr geschmeichelt von diese Geste, und wir haben wundervolle Tage und Nächte miteinander verbracht. Als ich nach eine berauschende Woche wieder Herr von meine Sinne wurde, habe ich ihr gesagt, dass sie wieder nach Hause muss, weil ihr Vater sich bestimmt Sorgen macht. Ich habe eine Kutscher rufen lassen, ich hätte ihn sogar bezahlt.«

»Und sie hat sich wieder geweigert?«

»Und wie! Sie wurde zu eine Furie, hat geschrien, ich hätte ihr die große Liebe vorgespielt, würde sie wegstoßen, im Stich lassen, wie alle Männer.« Paganini holte tief Luft. »Genau wie alle Männer, die nur ihren jungen Körper wollten, und mit denen sie hat geschlafen, für Geld zu verdienen. In diese Moment ich wusste alles über sie, was sie mir verschwiegen hat.«

»Puh, das ist ja grauenhaft. Das war bestimmt wie ein Schlag ins Gesicht.«

»Allerdings«, seufzte Paganini. »so fühlte sich das an, und ich war über mich selbst entsetzt, weil ich mich mit eine Hure eingelassen habe. Ich war verletzt, weil sie mir nicht von Anfang an die Wahrheit hat gesagt – obwohl ich sie heiraten wollte.«

»Haben Sie das dem Mädchen erklärt?«

»Ja, natürlich! Und ich habe Angiolina gesagt, wie enttäuscht ich von ihr bin. Daraufhin ist sie außer Rand und Band geraten, hat mir tausend Schimpfwörter gesagt und ist sogar mit Fäuste auf mich losgegangen. Sie war so in die Rage! Diese kleine, zarte Mädchen … Glauben Sie mir, ich musste unter ihre Fäuste in Deckung gehen.«

»Große Güte! Und was haben Sie dann gemacht?«

»Ich bin geflohen. Ich würde mich niemals gegen eine Frau zur Wehr setzen. Zum Glück ist gerade die Kutsche angekommen, die ich für Angiolina bestellt hatte. Ich habe nach il mio Cannonino gegriffen, alles andere stehen und liegen lassen und war weg.«

»Das ist aber nicht das Ende der Geschichte«, stellte Sophie atemlos fest.

Paganini schüttelte den Kopf und goss sich Madeira nach. »Zuerst dachte ich, dass ich mit eine blaue Auge davongekommen bin, so sagt man, nicht wahr? Aber fast vier Monate später erreichte mich in Bologna, wo ich immer noch Concerti gab, ein Brief von ihre Vater. Darin schrieb er mir, dass seine Tochter ein Kind von mir erwartet, und forderte Geld von mir.«

»Und ich nehme an, Sie haben das abgelehnt, denn woher sollte das Mädchen bei seinem Lebenswandel mit Bestimmtheit sagen können, wer der Vater ihres Kindes war?«

»Genau das habe ich dem Schneider geschrieben, aber ich war eine willkommene Opfer, eine Kuh, die man melken kann, und deshalb ließ er auch nicht locker. Ich erhielt eine Vorladung vom Gericht in Genua wegen Entführung von eine junge Mädchen und Bruch von Heiratsversprechen.«

»Puh!«, gab Sophie erneut von sich. »Das ist ja ein starkes Stück. Da wäre ich an Ihrer Stelle richtig wütend geworden.«

»Ich konnte mich beherrschen. Zumindest bis zu die Zeitpunkt, als ich vor Gericht stand. Ich bin davon ausgegangen, wenn ich eine Geldstrafe an die Schneider bezahle, wie von ihm gefordert, dann ist die Sache erledigt, aber nein, ich wurde wegen die Anklagepunkte in die Gefängnis gesteckt. Acht Tage später, an die vierzehnte Mai, das weiß ich noch wie heute, bin ich gegen eine Zahlung von 1200 Lire auf freie Fuß gekommen. Aber die gesamte Prozess hat mich am Ende 4400 Lire, viele Nerven und fast meine Ruf gekostet, denn die Prozess hat für große Aufsehen gesorgt, aber für Mordgerüchte ich war noch nicht berühmt genug.« Er lachte bitter.

Sophie zog die Augenbrauen hoch. »Was ist überhaupt aus dem Mädchen geworden? Und aus dem Kind? Es müsste doch heute etwa dreizehn Jahre alt sein.«

Paganini trank einen kräftigen Schluck, ehe er antwortete. »Angiolina brachte am 24. Juni ein totes Kind zur Welt.«

»Das ist ja furchtbar!«

»Ja, das ist es. Aber das bedeutet auch, dass das Kind laut Gericht zwischen Mitte September und Mitte Oktober gezeugt wurde. Damit kam ich als Vater zwar in die Frage, aber vor mir noch zahlreiche andere Männer – und nach mir, wenn das Kind eine Frühgeburt war.«

Sophie schwieg einen Moment. »Und was ist aus der Mutter geworden? Sie könnte bezeugen, dass Sie nicht wegen Mordes im Gefängnis saßen.«

»Seit der Totgeburt ist Angiolina spurlos verschwunden.«

»Und was ist mit ihrem Vater, dem Schneider?«

»Er war alt, ist verstorben.«

Das waren ganz schön viele tragische Ereignisse auf einmal, dachte Sophie unwillkürlich. War das noch Zufall?

Paganini hob die Schultern. »Keine Zeuge mehr da. Perfetto für Gerüchte«, fügte er hinzu, so als hätte er wieder ihre Gedanken gelesen. »Finito, das war meine Geschichte, die ganze Wahrheit, und jetzt können Sie sich entscheiden, ob Sie mir glauben, oder nicht.«

»Ich …«, hob Sophie an. Was sollte sie entgegnen? Einerseits hatte sich seine Erzählung sehr glaubhaft angehört, er hatte plausible Gründe für seinen kurzzeitigen Gefängnisaufenthalt, andererseits erschien es ihr doch sehr merkwürdig, dass es absolut keine Zeugen mehr geben sollte. Was, wenn er dafür gesorgt hatte? Was, wenn er die Geschichte doch noch nicht zu Ende erzählt hatte? Was, wenn er in die Wege geleitet hatte, dass sämtliche Zeugen nicht mehr aussagen konnten, er den Brand im Archiv gelegt – oder gar Angiolina eigenhändig ermordet hatte? Was, wenn es doch stimmte, dass er aus dem Darm seiner einstigen Geliebten die vierte Saite seiner Geige erschaffen hatte? Aus dem Körper des Mädchens, das er so sehr geliebt hatte, dass er es hatte heiraten wollen, das ihn so bitter enttäuscht hatte – und dessen Zuneigung ihn fast seine Karriere gekostet hätte?

»Sie zweifeln an meine Geschichte …«, sagte Paganini leise. »Aber ich kann Sie nicht zwingen, mir zu glauben. Ich kann nur hoffen, dass Sie das vielleicht eines Tages tun werden – weil mir das persönlich ist wichtig. Für unsere geschäftliche Zusammenarbeit soll das alles allerdings keine Rolle spielen, nicht wahr?«

Sie nickte.

»Das ist gut. Denn ich möchte Ihnen aus die vollste Herzen eine besondere Auftrag geben.«

Sophie wollte gerade etwas entgegnen, als die Tür aufgerissen wurde. Wie ein Windstoß wirbelte Antonia Bianchi herein, ihr folgte ein abgehetzter Etagendiener mit einem Kofferwagen, auf dem sich prunkvolle Hutschachteln und Verpackungen stapelten. Offenkundig hatte sie es in ihrer Kaufwut zustande gebracht, auch den benachbarten Hutmacher davon zu überzeugen, am heiligen Sonntag zu arbeiten. Ein Kleid ohne passenden Hut war schließlich undenkbar.

»Dahin!« Mit einer knappen Handbewegung wies Antonia Bianchi in die Ecke zwischen Waschtisch und Kleiderschrank.

Dann erst fiel ihr Blick auf den Besuch ihres Mannes. Für einen Moment entglitten ihr die Gesichtszüge, aber sie hatte sich fast augenblicklich wieder im Griff.

Mit zusammengekniffenen Lippen, die Mundwinkel nach unten gezogen, musterte sie den weiblichen Eindringling, ohne ihren Mann zu begrüßen. »Ach, Sie sind doch die Frau von die Geigenbauer.« Diese Erkenntnis klang ziemlich abfällig. »Ich kann mich nicht erinnern, dass wir auf eine Madeira verabredet waren.« Das war keine Frage, sondern eine Feststellung.

»Ich …«, hob Sophie an, doch sie verstummte unter Antonia Bianchis bösen Blicken. Jetzt nur kein falsches Wort, dachte sie alarmiert, obwohl sie sich nichts vorzuwerfen hatte.

Seine Frau schien in dieser Hinsicht allerdings ihre Erfahrungen zu haben, es sei denn, sie gehörte zu den Frauen, die grundsätzlich eifersüchtig waren.

Doch eine Affäre mit Paganini wäre ohnehin undenkbar für sie. Sie war eine verheiratete Frau mit zwei Kindern, zudem war sie sich nach seinem Bericht erst recht unsicher, was sie von den Gerüchten halten sollte, und dass Paganini so viel Charisma hatte und so faszinierend auf sie wirkte, war kein Grund, ihm zu glauben oder gar sich mit ihm einzulassen, selbst wenn er womöglich nicht abgeneigt wäre.

Antonia Bianchi war sichtlich geladen und wirkte, als wäre sie kurz davor, ihrem Ehemann eine Szene zu machen, die man vermutlich durch den ganzen Trattnerhof bis auf die Straße würde hören können. Dabei wäre es schon schlimm genug, wenn der kleine Achille aufwachen würde.

Sophie warf Paganini einen hilfesuchenden Blick zu, und da reagierte er endlich.

»Schön, dass du wieder zurück bist, Antonia. Ich habe

Frau von Sawicki eingeladen und ihr ein Empfehlungsschreiben überreicht, weil die Werkstatt hervorragende Arbeit geleistet hat.«

»Ein Empfehlungsschreiben?«, echote Antonia Bianchi ungläubig. »Für diese Werkstatt?« Ihre Stimme schnellte gefährlich in die Höhe. »Für diese Werkstatt, die mich meine Auftritt gekostet hat?«

»Das ist deine Sichtweise«, entgegnete Paganini beherrscht.

»Wie du meinst«, entgegnete seine Frau spitz und schritt betont langsam auf den Stuhl zu, auf dem Sophie saß und der normalerweise wohl ihr Platz war.

»Wenn ich Sie dann bitten dürfte, zu gehen«, fuhr sie übertrieben höflich fort. »Es ist ja wohl alles gesagt. Ich habe noch etwas mit meine Mann zu besprechen.«

Sophie sprang auf. »Selbstverständlich!« Diese Frau war so furchteinflößend, dass sie gern ohne eine weitere Aufforderung verschwand. »Bitte verzeihen Sie die Störung.«

»Momento!«, rief Paganini, als Sophie sich bereits zur Tür gewandt hatte. »Es ist noch nicht alles gesagt!«

Verwundert drehte sich Sophie um.

»Was denn noch?«, fauchte Antonia Bianchi.

Paganini schenkte seiner Frau keine Beachtung mehr. »Ich wollte noch sagen …« Er wirkte ernst, fast so, als wolle er eine feierliche Ansprache halten, und Sophie überlief eine Gänsehaut, als er tief Luft holte und ihren Blick festhielt. »Hiermit erteile ich die Werkstatt von Sawicki die Auftrag, eine Kopie von meine geliebte Cannonino, meine Guarneri del Gesù, anzufertigen.«

»Du spinnst doch!«, rief Antonia Bianchi. »Das ist eine viel zu große Ehre, die diese Werkstatt nicht verdient hat.« Unvermittelt lachte sie auf. »Ah no, jetzt ich verstehe, das sagst du, um mich zu ärgern.«

»Nein Antonia, mit dir hat das nichts zu tun. Obwohl … doch. Du hast mich gerade unterbrochen, als ich die Auftrag erteilen wollte, weil du wie ein Mistral hereingestürmt bist.«

»Soll ich vielleicht an meine eigene Hotelzimmer anklopfe? Das könnte dir so passen, du Casanova!«

»Antonia, bitte!«, sagte Paganini ungewohnt scharf, und dann fuhr er in ruhigem, aber sehr bestimmtem Ton fort: »Ich entscheide, wer die Ehre hat, eine Nachbau von meine Geige anfertigen zu dürfen – und ich habe entschieden. Puncto.«

Sophie hatte das Gespräch mit offenem Mund verfolgt. Sie wusste nicht, wie ihr geschah. Das war wirklich viel zu viel der Ehre. Zudem beherrschte sie nur den Nachbau einer Stradivari.

Paganini wandte sich von seiner Frau ab und schenkte ihr ein Lächeln. »Jetzt ist alles gesagt. Wobei wir ja noch einige Sache kläre müssen, auch die Entlohnung. Aber das machen wir unter vier Augen. Wegen die Details ich komme in die Werkstatt vorbei, sobald es meine Sohn besser geht und meine Zeit das erlaubt.«

»Selbstverständlich«, brachte Sophie hervor. »Und ich kann für diese Ehre gar nicht genug danken … insbesondere natürlich im Namen meines Mannes.«

»Ehre, wem Ehre gebührt«, entgegnete er. »So sagt man doch, oder?«

Als Sophie das Zimmer verließ, sah sie gerade noch, wie Paganini sich mit einem aufgesetzten Lächeln zu seiner Frau umdrehte. »Was wolltest du mit mir besprechen, liebste Antonia?«

»Nichts!«, schrie sie. »Mit dir rede ich überhaupt nicht mehr!« Es folgte eine Schimpftirade auf Italienisch, und prompt rief Achille aus dem Schlafzimmer nach seinem Vater – nicht nach seiner Mutter, obwohl ihn ihre Stimme geweckt haben musste.

Als Sophie die Tür zuzog, hörte sie gerade noch, wie Paganini sehr ruhig entgegnete: »Dann ist ja gut, Antonia, denn ich muss mich jetzt um unseren Sohn kümmern. Er verlangt nach mir.«

ᴄ⁓ Kapitel 18 ⁓ᴐ

*A*ls sie wieder zu Hause war, öffnete Sophie noch im Flur den Umschlag und zog mehrere gefaltete Bankzettel sowie ein paar Silbermünzen heraus. Die unglaubliche Summe von fünfzig Gulden nahm ihr für einen Moment den Atem. Was für eine Großzügigkeit! Das reichte, um Mayenhöfer dreißig Gulden, also ein Zehntel der Schuldensumme, als Anzahlung anzubieten und mit ihren Kindern einen Monat über die Runden zu kommen, wenn sie sparsam war.

Ehe sie das Geld in das Versteck in der Küche legte, nahm sie zwei silberne Guldenmünzen an sich, mit denen sie den Kutscher bezahlen wollte, der sie gleich zum Narrenturm bringen sollte.

Wenn sie das Paul erzählte – und ihren Kindern erst, verbunden mit der großartigen Nachricht, dass sie die Guarneri del Gesù nachbauen durfte …

Bis zum Narrenturm war es eine halbe Stunde Fußweg, mit dem Fiaker ging das natürlich schneller, für ihren Geschmack jedoch viel zu schnell, denn auf der Fahrt entlang der schnurgeraden Währinger Straße machte sich noch größere Angst in ihr breit, und es gelang ihr nicht, sich sinnvolle Sätze für eine Unterredung mit dem Arzt zurechtzulegen.

Als der Fiaker hielt, stieg sie wie von unsichtbaren Fäden gezogen aus. Der Kutscher nahm sogleich neue Fahrgäste auf, die sich lachend und scherzend über die Kranken unterhielten, die sie soeben im Narrenturm besichtigt hatten.

So wuchtig hatte sie sich das Gebäude nicht vorgestellt, dazu diese entsetzlichen Schreie, die aus den fünf Stockwerken mit den zahlreichen Gitterfenstern drangen. Vor Unwohlsein verkrampfte sich ihr Magen, und am liebsten hätte sie auf der Stelle kehrtgemacht.

Gugelhupf. Wie konnten die Wiener einem so schrecklichen Ort einen so lieblichen Kosenamen verleihen, dachte sie voller Entsetzen. Für viele schien das hier jedoch tatsächlich ein herrlicher Sonntagsausflug bei bestem Frühlingswetter zu sein, denn ununterbrochen wurde sie von Menschen überholt, die auf den Eingang zustrebten – eine Eisentür, die im Vergleich zu dem riesigen Bauwerk verschwindend klein wirkte.

Man erzählte sich vom Kaiser, dass er sich in den Innenhof des Narrenturms einen Holzturm hatte bauen lassen, den nur er besteigen durfte. Ob er sich dabei lediglich an der Aussicht auf den Prachtbau ergötzte, den er in groß angelegter Mildtätigkeit aus seiner Privatschatulle finanziert hatte, oder an den Kranken, die im Innenhof umherliefen, mochte dahingestellt sein. Seitdem das baufällige Holzgerüst vor ein paar Jahren jedoch abgerissen werden musste, war es nicht wieder aufgebaut worden, und diese Art der Besichtigung war vorbei.

Die Schreie waren wirklich schwer zu ertragen, dachte Sophie, daran war kaum noch etwas Menschliches. Und dieses Gebäude sollte sie wirklich betreten?

Ja, das musste sie. Denn falls Paul nicht verrückt geworden war, würde er es da drinnen auf jeden Fall werden. Sie hegte die leise Hoffnung, dass der Arzt ihr mitteilen würde, ihr Ehemann könne gleich nach Ostern mit seiner Entlassung rechnen.

Noch dazu brachte sie gute Nachrichten mit, die Paul bestimmt neue Kraft schöpfen ließen. Vielleicht war er durch diesen Zwangsaufenthalt sogar geläutert und von seiner Sucht kuriert? Dann könnte sich vielleicht bald alles zum Guten wenden.

Durch diese Überlegungen etwas zuversichtlicher gestimmt, reihte sie sich in den Pulk der Besucher ein und näherte sich dem Eingang.

Dort wurden sie von einem Kleinwüchsigen empfangen, der ein Narrenkostüm wie früher bei Hofe trug. Sophie glaubte, nicht recht zu sehen.

»Hereinspaziert, hereinspaziert!«, rief er und drehte seinen kurzen Arm wie einen Windmühlenflügel. Bestimmt war er einmal mit Schaustellern unterwegs gewesen und hatte das Reisen mittlerweile satt, es schien ihn jedoch nach wie vor nicht zu stören, dass er als Attraktion gesehen und ungeniert begafft wurde. »Gleich beginnt die Führung! Sieben Plätze sind noch frei! Kommen Sie näher, meine Herrschaften, treten Sie ein in die Welt der Irren und Wahnwitzigen! Sie werden nicht enttäuscht sein! Der fünfte Stock kostet extra, aber da wird es ja auch besonders spannend, da will ja wohl jeder hin!«

Als die Reihe an ihr war, fragte der Mann: »Wie viele Personen?«

»Ich bin allein«, sagte sie und räusperte sich, weil ihre Kehle so trocken war, als hätte sie seit Tagen nichts getrunken. »Ich möchte auch keine Führung, sondern meinen Eheherrn besuchen, Paul von Sawicki«, setzte sie leise hinzu, so dass die Umstehenden es nicht hörten.

»Sie haben ja Nerven …«, bemerkte der Kleinwüchsige und musterte sie von oben bis unten.

Warum sagte er das ausgerechnet zu ihr?, wunderte sie sich. Er empfing hier doch täglich zahlreiche Besuchergruppen mit einer Selbstverständlichkeit und ohne sich um deren Nervenkostüm zu scheren. Sie wollte gerade nachfragen, da gellte ein Schrei durch die Flure, der ihr die Luft nahm.

Der Kleinwüchsige wartete kurz ab, dann lieferte er ihr selbst die Erklärung für seine Bemerkung. »Erst den eigenen Eheherrn in den Wahnsinn treiben und ihn dann auch noch besuchen kommen. Das hatten wir auch noch nicht. Aber gut, möchten Sie trotzdem an der Führung teilnehmen oder direkt zu ihm?«

»Natürlich gleich zu ihm!«, entgegnete sie aufgebracht. Auf alles andere ging sie gar nicht ein, dafür hatte sie nämlich tatsächlich keine Nerven.

»Wie Sie wünschen.« Er blickte in den langen dunklen Flur. Sie ging davon aus, dass er ihr den Weg weisen wollte, doch stattdessen rief er: »Samuel, ich habe hier die Frau vom Geigenbauer Sawicki, bring die mal zu ihm.«

Prompt war Sophie von Getuschel und Gemurmel umgeben, als ob sie in einen Bienenschwarm geraten sei, und bat innerlich inständig darum, dass dieser Samuel schnell erscheinen und sie erlösen möge.

Der Gerufene schälte sich aus einem Rundbogen an der Wand des Flurs und trat ins Fackellicht. Auch er war ein Kleinwüchsiger und trug ein Narrenkostüm mit gelben und blauen Streifen. Sophie beschlich die leise Ahnung, dass hier niemand sonst arbeiten wollte, diese Menschen sich aber bestimmt kein schlechtes Zubrot verdienten, indem sie sich selbst als Attraktion darstellten.

»Dann kommen Sie mal«, rief Samuel ihr zu, und das ließ sich Sophie nicht zweimal sagen.

Doch als sie auf ihn zugegangen war, setzte er sich nicht etwa in Bewegung, sondern blickte sie stattdessen erwartungsvoll an.

Irritiert hob Sophie die Schultern. »Ich weiß nicht, wo

mein Mann untergebracht ist. Ich dachte, Sie kennen den Weg.« Hilflos drehte sie sich zu dem ersten Aufseher um, der noch damit beschäftigt war, die Teilnehmer seiner Führung abzuzählen und zu kassieren.

Als sie sich wieder zu dem Mann umdrehte, der ihr eigentlich den Weg weisen sollte, hatte sich in dessen erwartungsvolle Miene Ungeduld gemischt, und er hielt ihr die offene Hand entgegen. »Das macht einen Gulden«, setzte er ungeduldig hinzu.

»Wie bitte? So viel?«, entfuhr es ihr. »Überhaupt, ich soll dafür bezahlen, dass ich meinen Mann besuchen darf? So viel, als ob ich eine Wochenration Fleisch auf dem Markt kaufen wollte?«

Der Kleinwüchsige zuckte mit den Schultern. »Sie wollten nicht an der Führung teilnehmen, das wäre günstiger gewesen. Also, was ist nun?«

Widerwillig griff Sophie in ihre Rocktasche und reichte ihm den Gulden.

»Besten Dank.« Samuel stopfte sich die Münze in eine der weiten Taschen seiner ballonartigen Hose, die ihm bis zu den Schuhen reichte. »Dann können wir ja jetzt losgehen.«

Er schloss eine weitere Tür auf, dahinter führte der mit Fackeln ausgeleuchtete Flur in einem Bogen weiter. Ein bestialischer Gestank nach Exkrementen schlug ihr entgegen. Zu ihrer Überraschung waren die Zellen nicht mit Türen versehen. Jeweils zwei Holzpritschen mit strohgefüllten Matratzen standen an den beiden gegenüberliegenden Zellenwänden und ließen kaum einen Durchgang. Weitere Möbelstücke gab es nicht. Seltsamerweise waren keine Kranken zu sehen, aber die Zellen schienen bewohnt zu sein, darauf deuteten zumindest das zerwühlte Bettzeug und nicht zuletzt die mit Exkrementen gefüllten Eimer hin. Persönliche Gegenstände entdeckte sie keine, nicht einmal Kleidung. Immerhin besaß jede Zelle ein Fenster, durch das jedoch kaum Licht hereinfiel und das zudem vergittert war, was den Gefängniseindruck noch verstärkte.

Von dem Gestank war ihr mittlerweile so schlecht, dass sie sich fast übergeben musste. Sie holte tief Luft, was die Sache jedoch noch schlimmer machte.

Unvermittelt wurde neben ihnen eine Seitentür geöffnet, die zu einem Innenhof mit Brunnen hinausführte. Dankbar sog sie die frische Luft ein.

Zwei Männer in sackartigen grauen Gewändern schleppten Holzeimer, die mit Ketten an einem Balken befestigt waren, den sie über den Schultern trugen. So wie sie den Balken hielten, wirkte es, als gingen sie gefesselt zum Galgen.

Der Kleinwüchsige ließ den Männern den Vortritt und rief ihnen hinterher: »Raum hundertsiebzehn im fünften Stock benötigt auch noch eine Hydrotherapie!«

Wie zynisch, von einem Raum zu sprechen, dachte Sophie, aber das mit der Hydrotherapie hörte sich gar nicht so schlecht an. Regelrecht modern sogar, wobei sie sich nichts Konkretes darunter vorstellen konnte, deshalb fragte sie ihren Begleiter danach.

»Hydro bedeutet Wasser«, gab der kurz angebunden zurück.

»Das ist mir schon klar, aber wie genau läuft diese Therapie ab?«

Samuel blickte sie verwundert an und hob die Schultern. »Wie wohl? Der Kranke sitzt nackt und an Ketten angebunden in seinem Raum, und das kalte Wasser wird über ihm ausgeschüttet.«

»Wie grauenvoll!«, rief sie. »Das sind ja mittelalterliche Methoden!«

»Die sich bewährt haben«, ergänzte der Narr ungerührt. »Ebenso wie Aderlässe, Einläufe mit Eiswasser, die Verabreichung von Abführmitteln und Hungerkuren – alles hervorragend geeignet, um die Verschleimung des Geistes zu lösen und die Kranken von schwarzer Galle zu befreien.«

»Aber diese Schreie ... den Patienten geht es doch nicht gut! Merken Sie das nicht?«

Wieder zuckte ihr Begleiter mit den Schultern. »Manie, Phrenitis, Tobsucht, Tollheit und Wahnwitz sind ja auch nicht von heute auf morgen zu kurieren, das sind schwere Gemütskrankheiten, und manch einer stirbt daran. Ganz wie bei den körperlichen Krankheiten, da ist kein Kraut dagegen gewachsen. So ist das eben.«

Ihr fehlten die Worte, voller Entsetzen schüttelte sie den Kopf, mehr brachte sie nicht zustande, während sie um Worte rang.

»Keine Sorge«, fuhr er mit sanfter Stimme fort. »Die Patienten, die Sie gerade gesehen haben, haben eine gute Aussicht auf Genesung, ebenso wie alle, die zu zweit in den achtundzwanzig Räumen im Erdgeschoss untergebracht sind. Sie leiden an minder schweren Fällen der Melancholie, manche von ihnen sind Kriegsheimkehrer, die noch nicht in den Alltag zurückgefunden haben, weil ihre Nerven belastet sind. Diese leisen Patienten sind von den tobenden und unreinen in den oberen Stockwerken zu unterscheiden, die zur Ruhigstellung an Eisenketten festgemacht sind. Überhaupt wird ein Unterschied zwischen bösen und braven Patienten gemacht. Letztere dürfen sich frei bewegen, müssen allerdings bei der Versorgung der Kranken helfen, um sich wieder an Arbeit zu gewöhnen.«

»Arbeit?«, entgegnete sie mit hochgezogenen Augenbrauen. »Das ist eine Schinderei, zwei so große gefüllte Holzeimer in den fünften Stock zu schleppen.«

»Die Bewegung hilft den Patienten, ihre Schwermut zu besiegen, glauben Sie mir. Gut, manche brechen vor Schwäche zusammen, aber die sind dann eben noch nicht so weit, und müssen wieder ein Stockwerk höher an die Kette.«

»Wie viele Patienten sind denn hier untergebracht?«, fragte sie atemlos.

»Die genaue Zahl weiß ich gar nicht. Es kommen ja täglich welche hinzu, und andere sterben weg. Insgesamt haben wir jedenfalls einhundertneunundreißig Räume, die meistens voll belegt sind.

»Ich möchte einen Arzt sprechen«, sagte sie so energisch es ihr nur möglich war.

Der Narr lachte, als habe sie einen Witz gemacht. »Also theoretisch ist seit einiger Zeit ein Doktor für uns zuständig, aber der wird häufig ins *Allgemeine Krankenhaus* beordert – ich glaube, da will er auch lieber sein. Der schaut nur ab und zu hier vorbei, aber das ist in Ordnung so, denn der Zustand der Kranken bessert sich ja nur sehr langsam, die müssen nicht jeden Tag einen Arzt sehen, und wir wissen, wie die Irren und Wahnwitzigen behandelt werden müssen – übrigens, je höher das Stockwerk, desto gravierender die Fälle.«

»Und wohin müssen wir?«, fragte sie und hielt vor Anspannung die Luft an.

»In den fünften.«

Damit wurden ihre schlimmsten Befürchtungen wahr. Verzweifelt klammerte sie sich an die winzige Hoffnung, dass der Narr sich gleich vor Lachen auf die Schenkel klopfen würde, weil er sich einen so makabren Scherz erlaubt hatte.

Doch dem war leider nicht so.

Ganz oben angekommen, waren die Schreie und das Wimmern der Kranken so unerträglich, dass Sophie sich am liebsten die Ohren zugehalten hätte. Sie kämpfte an gegen ihre Übelkeit und den Drang, einfach wegzulaufen. Raus aus dem Narrenturm, weit weg von diesem Wahnsinn.

Ihr Begleiter blieb vor einer winzigen Zelle stehen, in der

ein nackter Mensch auf einem dürftigen Strohlager kauerte, das über und über mit Erbrochenem und anderen Exkrementen beschmutzt war. An Armen und Beinen war er mit Ketten an Bodenringe gefesselt, die ihm kaum einen Meter Bewegungsfreiheit ließen.

»Bitte schön, Ihr Eheherr.«

»Das ist doch nicht …«, hob sie an. Sie weigerte sich zu glauben, dass diese jämmerliche Gestalt am Boden ihr Mann sein sollte – doch er war es.

Paul hatte ihr Eintreffen noch nicht bemerkt, oder er wollte sie nicht sehen. Er hielt den Kopf gesenkt, seine Wangen waren eingefallen, die Haut aschfahl, er zitterte am ganzen Leib, und ihm fehlten büschelweise Haare. Erst dachte sie, die seien ihm vielleicht wegen der martialischen Behandlungsmethoden ausgefallen, doch da griff er sich mit rasselnder Kette in den Schopf und riss sich mit einem Ruck ein Büschel aus, das er vor sich ins Stroh fallen ließ. Dabei murmelte er etwas, was sie nicht verstand.

»Ich gehe dann mal«, sagte Samuel. »Die nächsten Kunden warten sicher schon. Fürs Rumstehen werde ich schließlich nicht bezahlt. Sie können sich so lange bei Ihrem Mann aufhalten, wie Sie möchten. Hinaus finden Sie ja dann allein.«

Das hatte er so dahingesagt, als ob er sie zu einem munteren Patienten in ein gepflegtes Krankenzimmer gebracht hätte, und kaum ausgesprochen, wandte er sich zum Gehen.

»Moment mal!«, schrie sie ihm nach. »Sehen Sie nicht, in welchem Zustand mein Mann ist? Er friert, er braucht Kleidung, frisches Stroh, besser noch eine Matratze und etwas zu essen und …«

»Sind wir hier in einer Nobelherberge?«, fragte der Narr und lachte. »Sie haben ja vielleicht Vorstellungen. Zum Glück sind *Sie* nicht der Arzt. Er muss frieren, das übt positive Reize auf das Gehirn aus, Kleidung würde zudem die

Ausdünstung der Gifte verhindern, die seinen Geist zerfressen, das Stroh wird alle vierundzwanzig Stunden gewechselt. Wenn er es nicht sauber halten kann, ist das nicht unser Problem. Was soll er da mit einer Matratze? Im Übrigen muss ihr Eheherr fasten, damit sich keine neue schwarze Galle ansammeln kann.«

»Aber er braucht doch Wasser, er hat nicht mal was zu trinken!«

»Doch, in der Ecke steht ein Wassereimer, aus dem kann er trinken.«

»Aber er ist doch kein Hund! Und ganz abgesehen davon kommt er mit den kurzen Ketten gar nicht dran. Sehen Sie das denn nicht?« Unbändige Wut stieg in ihr hoch. Am liebsten wäre sie diesem herzlosen Mann an die Gurgel gesprungen. Nur mit Mühe behielt sie sich im Griff.

»Den soll er ja auch nicht selbst erreichen können, am Ende scheißt er da noch rein und trinkt das. So kann er nie gesund werden. Wir geben ihm schon was, wenn wir Zeit haben. Aber wir können nicht überall gleichzeitig sein.«

Sie vernahm einen kläglichen Laut von ihrem Eheherrn.

»So wird er in der Tat nicht gesund!«, schrie sie ihren Begleiter an, und sie war froh, dass er sich abwandte und verschwand, ehe sie sich vergessen würde.

Noch ein Wimmern von Paul. Sein Blick war gebrochen, aber er sah sie jetzt an, seine Lippen bewegten sich. Irgendetwas wollte er sagen.

Schlagartig vergaß Sophie jedes Ekelgefühl. Sie betrat die Zelle, kniete sich vor ihrem Mann nieder, Tränen liefen ihr über die Wangen, und sie musste an sich halten, bei seinem Anblick nicht hemmungslos zu schluchzen. Wie furchtbar man ihn in diesen wenigen Tagen mit diesen martialischen Behandlungsmethoden zugerichtet hatte.

Ihre Unterlippe bebte, als sie sprach. »Paul ...« Erkannte

er sie überhaupt? »Paul, ich bin es, Sophie, deine Frau.« Sie beugte sich zu ihm hin, der beißende Geruch von Urin und Erbrochenem nahm ihr die Luft, dennoch wich sie nicht zurück. Sie nahm ihren Umhang ab und legte ihn um seine Schultern. Dann holte sie den Eimer heran, formte mit der Hand eine Schale, schöpfte Wasser und hielt sie ihm hin. Er schlürfte begierig, so dass sie das Prozedere mehrmals wiederholen musste.

Wie ein Tier, dachte Sophie erschüttert, während er seinen Mund in ihre Handmulde grub, seine Lippen nach dem Wasser schnappten, das aus ihrer Hand auf das ohnehin schon nasse Stroh tropfte.

Irgendwann schien er genug zu haben. Er kauerte sich hin und bewegte den Oberkörper vor und zurück, vor und zurück, vor und zurück.

Wieder murmelte er etwas.

»Paul, ich verstehe dich nicht. Kannst du deutlicher sprechen?«, fragte sie eindringlich.

»Gekreuzigt, gestorben und begraben, hinabgestiegen in das Reich des Todes …«

»Paul … ich hole dich hier raus, das verspreche ich dir.« Das sagte sie nicht einfach nur so dahin. Es kam aus tiefstem Herzen. In ihr regte sich etwas, ganz leise zwar, aber deutlich spürbar. Die Liebe, die sie einst ihrem Mann gegenüber empfunden hatte. Er hatte sie in der Vergangenheit drangsaliert, erniedrigt und wie Dreck behandelt, aber so durfte er nicht enden. Allein schon wegen der Kinder.

»Am dritten Tage auferstanden von den Toten …«

»Paul, hör mir zu … es wird alles besser werden.«

Eine Gruppe, die mit einer Führung unterwegs war, befand sich wohl schon auf der Treppe zum obersten Stock, denn sie hörte die lautstarken Erklärungen des Aufsehers zwischen den Schreien der Patienten.

»Paganini hat mich für die Reparatur seiner Geige fürst-
lich entlohnt.«

»Aufgefahren in den Himmel ...«

»Und ich habe ein Empfehlungsschreiben von ihm erhalten, in dem er deinen Namen nennt und sich mit seiner
Unterschrift voll des Lobes für unsere Werkstatt ausspricht –
was glaubst du, was uns das Aufträge bescheren wird. Und es
kommt noch besser ...« Sie machte eine Pause und suchte
den Blick ihres Mannes, in der Hoffnung, dass er ihr zuhörte
und aufnehmen konnte, was sie sagte. »Ich darf einen Nachbau von Paganinis Guarneri-Geige anfertigen, von seiner geliebten Geige. Hörst du?«

»Er sitzt zur Rechten Gottes, des Allmächtigen Vaters ...«

»Paul? Du weißt, was das für eine Ehre ist, was das für die
Reputation der Werkstatt bedeutet und dann auch noch der
Lohn ... Wir werden uns auf ewig keine Geldsorgen mehr
machen müssen. Aber du musst gesund werden, du musst mir
bei dem Nachbau helfen, und die Kinder vermissen dich.«

»Von dort wird er kommen, zu richten die Lebenden und
die Toten.«

Hatte er irgendetwas von dem verstanden, was sie ihm
gesagt hatte, oder war er gänzlich in seiner eigenen Welt gefangen? Hielt er sich am Glaubensbekenntnis fest, weil er
spürte, dass sein Tod nahte? Da fiel ihr ein, dass heute Ostersonntag war.

Als die Stimmen der Führungsteilnehmer näher kamen,
griff sie nach Pauls Hand. Nicht mehr lang, und der Pulk
würde am vermeintlichen Höhepunkt der Führung angekommen sein.

»Ich muss jetzt gehen«, sagte sie und streichelte zum Abschied Pauls eingefallene Wange, die mit schwarzen Bartstoppeln übersät war. »Aber ich komme wieder, und dann
nehme ich dich mit. Paganini verfügt über gute Beziehungen

zu Metternich und zum Wiener Hof. Ich werde ihn bitten, für dich als Fürsprecher aufzutreten. Das wird er bestimmt tun.«

»Sophie …«

Sie erschrak regelrecht, als ihr Mann so unvermittelt ihren Namen aussprach. Er blickte sich angstvoll um, so als würde er eben erst seine Umgebung wahrnehmen.

Sie drückte seine Hand, streichelte über seinen Handrücken. »Paul, es wird alles gut werden. Hast du verstanden, was ich dir gerade erzählt habe?«

Er nickte schwach, dann blickte er zu ihr auf, ein Flehen lag in seinen Augen, wie sie es noch nie gesehen hatte. »Sophie, hilf mir!«

Das ging ihr durch und durch, eine Welle der Panik durchflutete sie. »Ich verspreche es.«

Gleich würden die Leute vor der Zelle stehen, ihren Mann zusammen mit ihr entdecken und sich auch noch über sie das Maul zerreißen. Sie würden nicht damit aufhören, bis es in der ganzen Stadt bekannt war.

Dann sollten sie das tun, beschloss sie voll Wut auf diese Gaffer. Sie wollte ihren Mann zumindest in diesem einen Moment vor ihnen beschützen.

Kaum zu Ende gedacht, tauchte der Pulk auf, die Leute drängten sich im Türrahmen und stritten darum, wer als Erster in die Zelle schauen durfte.

»Raus hier!«, brüllte sie. »Weg mit euch! Sofort. Niemand gafft meinen Mann an!«

Zu ihrem Erstaunen wichen die Leute zurück.

Übrig blieb der Aufseher, der die Augenbrauen zusammenzog, in der Zornesfalte auf seiner Stirn schien sich seine gesamte Wut zu ballen. »Holla, holla! Ganz schön mutig, sich in meine Führung einzumischen.«

»Das war erst der Anfang«, zischte sie. »Eines sage ich Ihnen: Wenn es nötig ist, werde ich meinen Eheherrn mit

Zähnen und Klauen verteidigen und dafür sorgen, dass er hier nicht länger dahinvegetieren muss. Darauf können Sie Gift nehmen!«

Kapitel 19

*A*uf der Rückfahrt mit der Kutsche weinte Sophie hemmungslos. Wenn sie ihren Eheherrn nur so schnell wie möglich aus dem Narrenturm holen könnte … Es war noch nicht lange her, da hatte sie täglich dafür gebetet, dass Gott Paul zu sich holen möge. Aber so war das doch nicht gemeint gewesen! Sie hatte sich in ihrer Verzweiflung keine andere Lösung mehr vorstellen können. Er sollte einfach nicht mehr da sein, damit sie von ihm befreit wäre. Weiter hatte sie nie gedacht.

Sie wurde den erschütternden Anblick ihres Eheherrn nicht los, immer wieder sah sie ihn vor sich. Da konnte sie doch nicht untätig bleiben, ganz gleich, was Paul ihr bislang angetan hatte.

Doch selbst wenn sie in Paganini einen Fürsprecher für die Entlassung ihres Mannes fände, wie sollte es dann weitergehen? In diesem seelisch zerrütteten Zustand konnte sie Paul nicht zu Hause aufnehmen, die Kinder würden sich ja zu Tode erschrecken. Überhaupt durfte sie den beiden kein Sterbenswörtchen davon erzählen, was sie im Narrenturm erlebt hatte.

Sie musste Paul da herausholen, daran führte kein Weg vorbei. Es wäre die schrecklichste Vorstellung überhaupt, wenn ihr Ehemann und der Vater ihrer Kinder in diesem Moloch zugrunde ginge.

Sophie atmete tief durch und versuchte, mit ihrem Taschentuch den Tränenstrom zu trocknen. Dabei fiel ihr das schwarze gestickte P auf dem weißen Stoff ins Auge, und sie stellte peinlich berührt fest, dass sie sich das Tuch während des Besuchs bei Paganini wohl gewohnheitsmäßig in den Blusenärmel geschoben hatte. Bei nächster Gelegenheit musste sie unbedingt daran denken, es ihm gewaschen und gebügelt zurückzugeben.

Als der Kutscher vor der Geigenwerkstatt hielt, hatte sie sich endlich halbwegs im Griff, auch wenn man ihren verquollenen Augen sicher ansah, dass sie geweint hatte.

Schon als sie die Haustür öffnete, merkte sie, dass etwas anders war, und mit dem nächsten Atemzug wusste sie auch, was. Es war der herbe Moschusduft, der in einer gewaltigen Parfumwolke durch den Flur waberte.

Sie eilte an der Garderobe vorbei, behielt Schuhe und Umhang an, in der Erwartung, ihren Schwager in der Werkstatt anzutreffen, weil die Kinder ihren Onkel arglos eingelassen hatten. Schließlich war Ostern, und die beiden ahnten nichts von seinen Plänen. Leider.

Anstelle von Peter traf sie jedoch auf die Nachbarin Anna Röhberg, die in ihrer roten Festtagskleidung mitten in der Werkstatt stand, die weinenden Kinder im Arm hielt und sie tröstete.

Nach einem schnellen Rundumblick wurde Sophie klar, dass ihr Schwager entgegen seiner Ankündigung schon früher zur Tat geschritten war. Heute. Am heiligen Ostersonntag. Alle Instrumente, alle begonnenen Arbeiten – weg. Wenigstens hatte er ihr das Werkzeug gelassen, weil er das nicht doppelt brauchte, dachte sie bitter. Ein kleiner Lichtblick.

»Sophie, da bist du ja!«, rief Anna aus. Kaum ausgesprochen, lief ihr Sohn auf sie zu und warf sich ihr in die Arme. Katerina blieb stocksteif stehen.

»Dein Schwager war hier …«, hob Anna überflüssigerweise an. »Die Kinder haben ihm nichtsahnend die Tür aufgemacht. Eigentlich bin ich nur rübergekommen, weil ich dich fragen wollte, ob du noch etwas Bohnenkraut für mich hast, da ist er mir vor eurer Haustür vollbepackt in die Arme gelaufen. Er hat behauptet, du wüsstest ...«

»Ja, das stimmt.« Sie senkte den Blick auf ihren weinenden Sohn, den sie fest in den Armen hielt. Wieder hatte sie es versäumt, rechtzeitig mit den Kindern zu sprechen. »Ich sollte die unfertigen Geigen und die angefangenen Holzarbeiten mit Zetteln versehen und alles transportsicher verpacken. Mein Schwager hat mir wohl nicht über den Weg getraut und ist selbst zur Tat geschritten.«

»Sie wussten davon, Frau Mutter?« Ihre Tochter blickte ihr mit tränennassem Gesicht entgegen, immer noch in die Arme der Nachbarin geschmiegt, die wiederum große Augen machte.

Sophie nickte betreten und fügte schnell hinzu: »Ich konnte nicht ahnen, dass er keinen Respekt vor dem heiligen Feiertag hat. Er wollte eigentlich erst übermorgen kommen ...« Schon während sie redete, ahnte sie, dass sich diese Erklärung für Katerina wie ein Schlag ins Gesicht anfühlen musste, und ihre Tochter reagierte entsprechend.

»Warum haben Sie uns nichts gesagt?«, schrie sie. »Uns wenigstens vorgewarnt?«

»Weil euer Onkel erst übermorgen ...« Hilflos brach Sophie ab. Jeder Rechtfertigungsversuch würde es nur noch schlimmer machen.

Katerina ließ sich von der Nachbarin trösten, was Sophie einen Stich versetzte, und sie fühlte sich gezwungen, doch noch etwas zu sagen: »Kinder, es tut mir wirklich sehr, sehr leid, dass euch das so unvorbereitet getroffen hat. Das war nicht meine Absicht. Ganz im Gegenteil. Ich wollte euch nicht mit so vielen Dingen auf einmal belasten ...«

Kristian nickte, Katerina reagierte nicht.

»Es ist nicht rückgängig zu machen«, sagte Anna Röhberg leise und streichelte Katerina über die Wange.

Sophie beobachtete es schmerzerfüllt. Eine so liebevolle Geste hätte Katerina bei ihr wütend abgewehrt.

»Es gibt aber auch gute Nachrichten!«, hob Sophie an, so schwungvoll, wie es ihr unter den Umständen möglich war. »Ich habe von Herrn Paganini den Auftrag erhalten, seine Geige nachzubauen.«

Alle machten große Augen. Selbst Katerinas bitterböse Miene wurde etwas weicher, stellte Sophie erleichtert fest.

»Das kannst du?«, fragte Anna Röhberg bass erstaunt. »Eine so berühmte Geige nachbauen?«

»Ich habe gelernt, wie man eine Stradivari nachbaut, letztlich ist neben der Theorie aber entscheidend, dass man ein Gefühl für das Instrument hat, dass man spürt, woher die Eigenheiten seines Klangs rühren. Man muss schon eine gewisse Beziehung zu der Geige haben, die man kopieren will, wenn es gelingen soll. Zudem erhalte ich den Umriss mit den Originalmaßen, weitere Besonderheiten habe ich im Kopf, sehe sie sogar im Detail vor mir. Von diesem Nachbau darf natürlich niemand wissen, solange die Geige nicht fertig ist!«, beeilte sich Sophie hinzuzufügen. »Das bleibt unser Geheimnis.«

»Selbstverständlich! Meine Güte, jetzt wird mir so einiges klar. Ehrlich gesagt habe ich deinen Mann so manches Mal aus dem Haus wanken und noch schlimmer zurückkommen sehen und mich gefragt, wie er seine Arbeit überhaupt noch verrichten kann. Ich wollte nicht indiskret sein, und dich fragen, was mit ihm los ist und ob du an seiner Stelle in der Werkstatt sitzt. Jetzt mache ich mir Vorwürfe, dass ich nicht schon früher nachgehakt habe.«

»Das hätte nichts geändert«, sagte Sophie, um die Gewissensbisse der Nachbarin zu erleichtern. Fast wäre ihr noch herausgerutscht, dass sie schließlich eine perfekte Lügnerin geworden war, aber wenn Katerina das zu Ohren gekommen wäre, wäre der Teufel los gewesen. Es war ja auch schwer zu begreifen, warum sie so lange vertuscht hatte, wie enorm viel Paul trank. Doch, im Grunde war es recht einfach zu erklären: Es war ihr hilfloser Versuch gewesen, die Fassade davor zu bewahren, dass sie bröckelte. Der hilflose Versuch, ihr Haus vor dem Einsturz zu bewahren. Das war ihr allemal leichter gefallen, als die Mauern mit eigener Hand einzureißen und das Leid der Familie nach außen hin sichtbar zu machen.

»Du darfst wirklich Paganinis Geige nachbauen?«, fragte Kristian. Er war hellerfreut, konnte es aber anscheinend noch nicht fassen.

»Ja, diese Ehre ist mir zuteilgeworden«, entgegnete sie und drückte ihren Sohn an sich, was ihr einen eifersüchtigen Blick von Katerina einbrachte.

»Warum möchte der Virtuose überhaupt, dass seine Geige nachgebaut wird?«, fragte die Nachbarin. »Ich meine, man möchte doch glauben, dass so ein besonderes Instrument ein Einzelstück bleiben soll.«

»Für ihn bleibt sie das auch«, entgegnete Sophie. »Außer ihm wird nie jemand auf seiner Geige spielen. Es ist jedoch üblich, dass berühmte Geiger einem Schüler, den sie besonders fördern möchten, den Nachbau ihres Instruments überlassen.«

»Meint er damit vielleicht einen von uns?«, fragte Katerina, und es war das erste Mal seit Langem, dass sie etwas sagte.

»Das weiß ich nicht«, sagte Sophie wahrheitsgemäß. »Er hat sich dazu noch nicht geäußert. Es muss auch nicht sein, dass er den Nachbau gleich weitergibt. Vielleicht behält er das Instrument erst einmal, weil er sich noch genau überlegen will, wem die Ehre zuteilwerden soll, darauf zu spielen.«

»Das ist jedenfalls unsere finanzielle Rettung«, sagte Kristian, und er klang dabei furchtbar erwachsen.

»Ja …«, sagte Sophie gedankenverloren. »Es wird alles wieder gut werden. Alles.«

»Waren Sie denn bei unserem Herrn Vater?«, fragte Kristian und sprach damit den wunden Punkt an, vor dessen Berührung Sophie sich gefürchtet hatte. Innerlich zuckte sie zurück, nach außen hin zeigte sie sich jedoch gefasst. Diese Fassade musste sie jetzt aufrechterhalten, ihren Kindern zuliebe.

»Ja, ich war bei eurem Vater. Er tobte nicht, und ein wilder Affe ist er schon mal gleich gar nicht. Ich konnte mit ihm sprechen, ich habe ihm auch von den großartigen Neuigkeiten erzählt, und er vermisst euch. Wie lange er noch bleiben muss, kann ich euch im Moment nicht sagen, weil der Arzt nicht zu sprechen war, aber ich bin mir sicher, dass er bald wieder bei uns sein wird.« Sophie horchte ihren eigenen Worten nach. Das hatte doch gut geklungen, dachte sie, und daran war auch nichts gelogen gewesen – wenn man davon absah, dass sie die furchtbaren Details der Wahrheit sorgsam ausgespart hatte.

»Das ist gut zu hören«, sagte Kristian, und es klang ziemlich abgeklärt.

»Wer's glaubt, wird selig!«, brach es aus Katerina hervor, und sie machte sich abrupt von der Nachbarin los. »Ich glaube gar nichts mehr! Auch nicht, dass dieser Nachbau der Guarneri uns retten wird. Alles nur Lug und Trug!«

»Katerina«, mahnte Sophie.

»Ist doch wahr!«, setzte ihre Tochter nach. »Ich will von niemandem mehr was wissen. Weder von einem angeblich barmherzigen Gott, der einen Eimer Pech über uns ausgekippt hat, noch von meiner Frau Mutter – und mir braucht auch niemand mit der Hölle zu drohen, denn da sind wir ohnehin schon angekommen.«

»Katerina, wie redest du denn?«, rief Sophie. »Versündige dich nicht!«

»Dann versündige ich mich eben!«, schrie Katerina.

»Aber heute ist doch Ostersonntag, der Tag der Auferstehung ...«, murmelte die Nachbarin hilflos. »Der Sieg des Lebens über den Tod. Das muss man doch feiern.«

»Ich feiere gar nichts!« Katerina stürmte aus der Werkstatt und rannte die Treppe hinauf.

Mit zusammengepressten Lippen sah Kristian seiner Schwester nach. »Mir ist ehrlich gesagt auch nicht danach, Ostersonntag zu feiern, solange unser Herr Vater nicht wieder hier ist«, sagte er steif. »Ich möchte auch gern in meine Kammer gehen, wenn ich darf.«

Sophie nickte, und kaum dass ihr Sohn aus der Werkstatt verschwunden war, ließ sie sich erschöpft auf den Schemel fallen. »Mir ist ebenfalls nicht nach einem Festessen zumute«, sagte sie mit belegter Stimme in Richtung der Nachbarin, die es ja nur gut meinte. »Ich würde keinen Bissen runterbringen. Sei mir nicht böse, Anna, ich hoffe, du verstehst das.« Wie sollte sie?, setzte Sophie im Stillen hinzu, denn auch Anna konnte sich nicht annähernd vorstellen, welches Elend sie im Narrenturm gesehen hatte.

Die Nachbarin machte ein verzweifeltes Gesicht und hob die Hände zu einer hilflosen Geste. »Aber was wird denn nun aus meinem Osterlamm?«

Ja, dachte Sophie, und ihre Miene geriet in Schieflage. Wenn das nur ihre größte Sorge wäre ...

Kapitel 20

27. Mai 1828

Die vergangenen zwei Monate würde Sophie am liebsten aus ihrem Gedächtnis streichen. Paul war immer noch im Narrenturm, und zu allem Überfluss hatte Paganini seinen Auftrag zum Nachbau der Geige zurückgezogen. Das hatte ihr den Boden unter den Füßen weggerissen, und sie war in ein tiefes Loch gefallen. Natürlich wusste sie, dass Paganinis Frau ihn zu dieser Entscheidung genötigt hatte, ohne dass er es hatte aussprechen müssen. Es hatte ihm sichtlich leidgetan, ihr diesen Umstand beizubringen, vor allem, weil er ihr zugleich mitgeteilt hatte, dass er voraussichtlich aufgrund seiner Schmerzen nicht alle Konzerte spielen und vorzeitig die Stadt verlassen werde.

Auch sonst hatte es nur schlechte Nachrichten gegeben. Fürst Metternich hatte sich trotz Paganinis wiederholter Fürsprache nicht beeindrucken lassen und betont, dass es als Staatskanzler nicht seine Sache sei, sich in die Behandlungsmethoden der Ärzte einzumischen und über die Verweildauer der Kranken im Narrenturm zu entscheiden.

Die Stimmung zu Hause war stetig schlechter geworden, die Kinder gingen nicht zur Schule und wussten bald nicht mehr, womit sie sich nach den erledigten Hausaufgaben beschäftigen sollten. Sophies Gedanken drehten sich ständig darum, wo sie ansetzen sollte, um etwas an ihrer Situation zu ändern. Wenn sie nicht eine vorübergehende Stelle als Hauswirtschafterin bei einer Frau angenommen hätte, die sich nach einer schweren Geburt erholen musste, wären sie wohl längst verhungert. Den letzten Gulden von Paganinis Lohn hatte sie bereits vor vier Wochen ausgegeben.

Verloren blieb Sophie mitten in der Werkstatt stehen und starrte ins Leere, das Regal verschwamm vor ihren Augen, und stattdessen sah sie Paul in seiner Zelle vor sich. Sie dachte an die zahlreichen Besuche bei ihrem Eheherrn und daran, wie sie jedes Mal tränenüberströmt das Gebäude verlassen hatte. Von Woche zu Woche war ihre Verzweiflung gewachsen, weil es Paul schlechter statt besser ging und sie ihm nicht helfen konnte.

Die Gespräche mit dem Arzt verliefen immer gleich. Er hörte ihr scheinbar zu, nickte, doch dann war seine Antwort ein Schulterzucken und die Auskunft, dass die Behandlung ihre Zeit brauche und sie darauf vertrauen solle.

Und tatsächlich – als sie gestern zu Besuch gekommen war, hatte man ihr in Aussicht gestellt, dass Paul vermutlich in der kommenden Woche in den dritten Stock in eine Zweimannzelle verlegt werden könne, und wenn er sich dort gut führte, würde man über eine baldige Verlegung in den Freigang nachdenken. Vor Freude wäre sie dem Arzt beinahe um den Hals gefallen, seine hochgezogenen Augenbrauen hatten sie jedoch im letzten Moment davon abgehalten. Er hatte ihr klargemacht, dass er nicht von einer Tatsache gesprochen hatte, und so war der leuchtende Stern der Hoffnung schnell wieder von der nächsten dunklen Wolke verdeckt worden. Hoffen, beten und abwarten – mehr konnte sie nicht tun.

Mayenhöfer hatte die Anzahlung von dreißig Gulden entgegengenommen – unter der Bedingung, dass sie weiterhin eine monatliche Abzahlung desselben Betrags leistete. Schon am ersten Mai hatte sie ihn auf Juni vertröstet, was ihr immerhin gelungen war, doch in ein paar Tagen würde er wieder vor der Tür stehen, und ihr Lohn von zwanzig Gulden pro Monat würde nicht ausreichen, um ihn erneut zu vertrösten. Das Einkommen durch die neue Arbeitsstelle reichte gerade, um einen Monat zu überleben.

Es klopfte.

Das durfte doch nicht wahr sein. Kaum dass sie an Mayenhöfer dachte, stand er vor der Tür. War das denn die Möglichkeit?

Nicht öffnen, dachte sie.

Aber was, wenn es Paganini war, der ihr kundtun wollte, dass seine Schmerzen keine weiteren Konzerte mehr zuließen und ihn auch sonst nichts mehr in Wien hielt?

Es klopfte erneut.

Ohnehin war Paganini ein Reisender, der nicht aufzuhalten war, er lebte für seine Musik und verdiente mit Konzerten sein Geld. In schwachen Momenten hing sie jedoch der heimlichen Träumerei nach, dass es ihm in Wien so gut gefallen könnte, dass er sesshaft werden würde. Eine Festanstellung am Hof als Kammervirtuose wäre durchaus lukrativ und vor allem angesichts seiner angeschlagenen Gesundheit anstelle der anstrengenden Reisen und ständigen Ortswechsel eine gute Wahl. Vielleicht wollte er ihr das mitteilen?

Das war kein Klopfen mehr, sondern ein nachdrückliches Pochen.

Ihr Instinkt sagte ihr jedoch, dass seine Abreise nahte. Nun sollte ihr auch noch dieses seltsam beruhigende Gefühl genommen werden, ihn in der Stadt zu wissen, selbst wenn sie ihn nicht mehr getroffen hatte.

Sie musste die Tür öffnen. Nicht auszudenken, wenn sie seinen vorzeitigen Abschied verpasste.

»Signor Paganini!« Da stand er, an seiner Hand sein Sohn Achille, der ganz offenkundig wieder auf den Beinen war.

Also doch, dachte sie. Wie sollte es auch anders sein,

wenn es nach den Eimern voller Pech ging, die das Schicksal über sie ergoss. »Sie reisen ab?«

Belustigt zog er die Augenbrauen hoch. »Schon wieder ein neues Gerücht über mich? Ich weiß davon nichts.«

Im ersten Moment glaubte sie, er scherze, doch dann fügte er hinzu: »Ich bin hier, um Ihnen erneut die Auftrag für den Nachbau von meine Cannonino zu erteilen.«

»Aber …?«, brachte sie hervor. »Wie?« Vor Überraschung musste sie sich kurz sammeln. »Ihre Frau hat zugestimmt?«

»*Ich* habe die Entschluss getroffen. Mit alle Konsequenzen.«

»Was meinen Sie damit?«, fragte sie.

Er winkte ab. »Fragen Sie nicht. Ich möchte nur wissen, ist Ihnen recht, wenn ich komme morgen Mittag noch einmal wieder? Ich möchte gern bei die erste Arbeitsschritte dabei sein, und dann ich möchte, dass Sie mir alle zwei Wochen bei eine Mittagsessen in die Trattnerhof über die Fortgang der Arbeiten berichten. Ist das in Ordnung für Sie?«

»Selbstverständlich!«, rief sie aus. Sie konnte ihr Glück kaum fassen. Aber was, wenn er den Entschluss nach einem Streit mit Antonia getroffen hatte und es sich morgen wieder anders überlegte?

»Wir haben bei die letzte Mal noch gar nicht über die Finanzielle gesprochen«, hob Paganini an. »Ich biete Ihnen für die Nachbau eintausend Gulden. Ist auch das in Ordnung?«

So viel Geld, dachte sie. Schon mit achthundert Gulden wäre sie mehr als zufrieden gewesen. »Das ist sehr großzügig«, flüsterte sie. Sie glaubte zu träumen.

»Das ist es mir wert. Sie sind es mir wert.« Er griff in die Innentasche seines Fracks und überreichte ihr ein gefaltetes Papier. »Das ist eine Anzahlung von zwanzig Prozent. Diese 200 Gulden sind eine Garantie, die Sie unter allen Umständen behalten dürfen. Sie haben ja auch Ausgaben für die Material ...«

Und für die Raten von Mayenhöfer und für das Leben überhaupt, dachte sie im Stillen. Mit dem Geld waren die kommenden Monate gesichert.

So viel Glück auf einmal konnte ein Mensch doch gar nicht haben? Vor allen Dingen nicht sie.

❦ Kapitel 21 ❧

Nervös ging sie in der Werkstatt auf und ab. Womit bloß konnte sie sich noch ablenken? Alles war für den Besuch von Paganini vorbereitet, und sie wartete zunehmend angespannt auf sein Klopfen. Dabei hatte sie sich vorgenommen, möglichst gelöst zu wirken, so als sei es eine Selbstverständlichkeit, dass der Virtuose sie in der Geigenwerkstatt aufsuchte, und als trage sie bei der Arbeit stets ihre besten Kleider – in diesem Fall das hellblaue Kleid, das am Saum sowie an den Ärmelaufschlägen und am Ausschnitt mit dunkelblauen Stickereien verziert war und ihr normalerweise als Sonntagskleid diente. Zugegebenermaßen hatte sie heute viel länger als sonst vor dem Spiegel gestanden, auch um ihre Haare zu einem kunstvollen Knoten hochzustecken, der von einem geflochtenen Kranz umrahmt wurde.

Um die Wartezeit zu überbrücken, beschloss sie, noch einmal die Materialvorräte zu prüfen, das war eine sinnvolle Tätigkeit, die sie jederzeit unterbrechen konnte. Geld für den Materialeinkauf hatte sie dank Paganinis großzügigem Vorschuss genug, auch würden sie immer ausreichend zu essen im Haus haben – das war eine wahre Erleichterung und ein Kummer weniger.

Sie griff nach Stift und Papier und betrachtete den Inhalt des Regalschranks, dessen Bretter aus Rotbuchenholz im Verlauf der Jahrzehnte krumm geworden waren und zahlreiche helle Abnutzungsspuren aufwiesen. Die Flaschen, Tiegel und Behältnisse waren mit vergilbten Etiketten versehen und dem Alphabet nach geordnet.

Zum Färben der Lacke waren Alkannawurzel sowie der braune, erstarrte Saft der Aloepflanze in ausreichender Menge vorhanden, allerdings könnte sie Bärlappsamen gebrauchen, um daraus einen Nachschub des gelblichen Pulvers herzustellen, das sich mit Leim verrührt hervorragend zum Ausbessern von Wurmlöchern eignete. Sie schrieb es auf die Liste.

Wobei, würde sie jemals wieder Reparaturen in dieser Werkstatt durchführen? Mit einer energischen Handbewegung unterstrich sie das Wort. Ja, sie strich es nicht durch, sondern betonte es, denn eines nicht allzu fernen Tages würde sie das Material wieder brauchen, daran glaubte sie fest.

Nussbaumbeize in Körnern benötigte sie unbedingt, hergestellt aus fein gemahlener Braunkohle, um das Innere der Guarneri, die Wirbelkästen und die f-Löcher zu behandeln.

Ach, das Catechu, fiel ihr ein, diese kuchenstückförmigen Bruchstücke lagerten der Größe wegen in einer der Schubladen des Apothekerschranks. War davon noch genug da? Skeptisch betrachtete sie die porösen, rotbraunen bis schwärzlichen Stücke, die am Bruch etwas glänzten und ansonsten eine matte Oberfläche hatten. In kochendem Wasser und Weingeist gelöst und mit einigen Tropfen Kalilauge versetzt, war es ein hervorragendes Mittel, um Risse und Sprünge im Lack zu erzeugen und der Geige damit ein gealtertes Aussehen zu verleihen, deshalb benötigte sie das Catechu für den Nachbau von Paganinis Geige unbedingt.

Wobei dieser letzte Arbeitsschritt wohl erst in gut zwei Monaten fällig sein würde, wenn alles nach Plan lief, aber besser, sie hatte das Material im Haus. Ohnehin war die Zeit knapp bemessen, und sie musste sich sputen. Wie gut, dass sie sich seit gestern wieder voller Energie fühlte.

Mit seinem Auftrag sicherte Paganini ihr mehr als das Überleben, und sie hatte außerdem die Garantie, ihn regelmäßig zu treffen, weil er ihren Bericht erwartete. Mit jeder Stunde, die sie in seiner Gegenwart verbrachte, würde sie neue Kraft schöpfen, das wusste Sophie.

Ende Juli, wenn seine Konzertreihe abgeschlossen und der Nachbau vollendet war, würde der Zeitpunkt des Abschieds unweigerlich gekommen sein. Aber daran wollte sie noch nicht denken.

Kaum dass das Mittagsgeläut des Steffls verklungen war, klopfte es.

Ihr Herz antwortete mit einem rasend schnellen Pochen.

»Signor Paganini!« Sie musste Luft holen. »Kommen Sie bitte herein.«

»Sind wir zu früh?«, fragte der Virtuose verunsichert, denn er glaubte wohl angesichts ihrer Atemlosigkeit, dass sie noch nicht auf den Besuch eingestellt gewesen war und eilig diverse Vorkehrungen hatte treffen müssen, ehe sie zur Tür gerannt war.

»Ganz und gar nicht!«, versicherte sie ihm schnell und trat zur Seite, um ihm Einlass zu gewähren. Schließlich sollte er sich unbedingt willkommen fühlen, wenn er sich schon die Ehre gab. Er wirkte ein wenig abgekämpft, was an der fast schon sommerlichen Hitze liegen mochte.

Wieder war er ohne seine Frau gekommen, nur mit seinem Sohn, der einen, wie es schien, nagelneuen Matrosenanzug trug. Den Anzug hatte seine Mutter bestimmt bei einem Streifzug durch die angesagtesten Wiener Modegeschäfte gefunden, denn diese Garderobe setzte sich anstelle einer Kombination aus Kleid und langer Hose, wie der Junge sie bei seinem ersten Besuch in der Werkstatt getragen hatte, mehr und mehr durch.

»Wir sind schon ein bisschen eher aufgebrochen«, erklärte

Paganini, während sie ihm voraus in die Werkstatt ging. »Ich habe den Fiaker am Stephansplatz anhalten lassen, und wir sind den Rest zu Fuß gegangen.«

»Zu Fuß?«, fragte sie erstaunt und drehte sich zu Paganini um. Nicht nur die Tatsache allein verwunderte sie. »Kann Ihr Sohn denn schon wieder so gut laufen?«

Der Virtuose lächelte. »Fragen Sie ihn selbst. Ich glaube, er hat in die zwei Monate, seitdem wir in Vienna sind, besser die Deutsch gelernt als ich. Er ist nur ein bisschen schüchtern.«

Sie kniete sich zu dem Jungen, um mit ihm auf Augenhöhe zu sein.

»Ihr hübsches Kleid wird ganz schmutzig!«, rief Paganini entsetzt, aber selbstverständlich hatte sie den dunklen Dielenboden erst heute Morgen gefegt. Auch wenn das Kleid nicht dafür gedacht war, sich damit hinzuknien, wollte sie nicht von oben herab mit dem Jungen sprechen.

»Ist dein Bein wieder ganz gesund?«

Achille hob wie zum Beweis ein Bein hoch, hüpfte auf dem ehemals gebrochenen, ruderte mit den Armen auf der Suche nach seinem Gleichgewicht und antwortete: »Ja, ich kann damit auch wieder rennen!«

»Ehrlich? Dann zeig mir das mal.«

Das ließ sich der Junge nicht zweimal sagen.

»Achille! Attento! Nicht, dass du dich wieder verletzt!«, rief Paganini besorgt.

»Meine Kinder sind auch immer so durch die Werkstatt gerannt«, entgegnete Sophie lächelnd, während sie sich erhob und ihren Rock abklopfte.

Wann hatte sie sich zuletzt so hübsch gemacht? Nicht mal an den vergangenen Pfingstfeiertagen hatte sie sich so viel Mühe gegeben. Wozu auch? Den Kirchenbesuch hatte sie sich und den Kindern erspart, überhaupt gingen die beiden derzeit nicht zur Schule und lernten zu Hause. Es reichte schon, wenn sie zum Einkaufen gehen musste, der Gang über den Markt glich einem Spießrutenlauf, auf dem man sie mit gehässigen Kommentaren angriff. Seit Wochen lernten die Kinder zu Hause, ein Angebot, das der Lehrer gern angenommen hatte, damit die Klasse endlich wieder zur Ruhe kam. Das war natürlich die Hauptsache, dachte Sophie zynisch. Kein Wort davon, was ihre Kinder sich alles hatten anhören und gefallen lassen müssen.

»Nun ist es aber gut, Achille!«, rief Paganini. Sein Sohn bremste sofort ab und ging zu seinem Vater, der ihn mit offenen Armen empfing. Dann ließ der Virtuose seinen Blick durch die Werkstatt schweifen. »Ich weiß noch, wie es hier bei meinem ersten Besuch aussah – jetzt hängt da keine einzige Geige mehr an der Wand. Ihr Schwager ist übrigens tatsächlich eine sehr unangenehme und aufdringliche Person«, bemerkte er, während er sich seinen Sohn auf die Hüfte setzte. »Er soll bitte nichts von meine Auftrag an Sie erfahren.«

Sophie presste die Lippen zusammen, um sich die bösen Worte über ihren Schwager zu verkneifen. Paganini wusste auch so, was sie sagen wollte, denn sie hatte ihm erzählt, dass Peter alle übrigen laufenden Aufträge an sich gerissen hatte.

Nun gab es jedoch anscheinend einen aktuellen Anlass, der ihn dazu gebracht hatte, so über Peter zu sprechen. Sie blickte ihn fragend an. »Was ist denn vorgefallen?«

»Vor vier Tagen, an die Pfingstsamstag, war doch diese Artikel in die Zeitung, in dem über meine Ernennung zu die … wie heißt das?« Er blickte sie fragend an.

»Kaiserlicher und königlicher Kammervirtuose. Ich gratuliere Ihnen nachträglich zu dieser seltenen Ehre.«

»Vielen Dank. Das hat mir viele zusätzliche Concerti an die Hof eingebracht, aber wohl auch Ihre Schwager auf die Plan gerufen.«

»Was wollte er denn von Ihnen?« In den vergangenen

Wochen hatte Peter sich nicht ein einziges Mal bei ihr blicken lassen, auch nicht, um nach seinem Bruder zu fragen.

»Er hat mich schon nach meine erste Concerto bei die Empfang während meine Autogrammstunde gefragt, ob er meine Guarneri nachbauen darf und nicht locker gelassen …« Paganini ließ seinen Sohn von der Hüfte an seinem Bein hinunter zu Boden gleiten, weil er ihm offenkundig zu schwer wurde.

»Was für ein Affront!«, rief sie aus. »Er weiß doch, dass man einen großen Künstler nicht darauf anspricht, sondern wartet, bis einem diese Ehre zuteilwird. Und jetzt hat er Sie noch einmal gefragt?«

»Gefragt ist gut gesagt. Er hat mich in die Foyer von die Trattnerhof abgepasst, als ich vorhin mit Achille zu die Kutsche gehen und zu Ihnen fahren wollte. Er muss mir dort schon seit dem Morgen aufgelauert haben, und er hat mich bedrängt, hat gemeint, dass es doch auf die Höhepunkt von meine Ruhm an die Zeit sei, einen Nachbau von meine Guarneri zu beauftragen und einen begabten Nachwuchsspieler zu bestimmen, der darauf spielen darf – und es gebe keine bessere Werkstatt als seine. Das hat er mehrfach betont, und er wollte mich nicht aus der Tür lassen, solange ich ihm nicht die Auftrag erteilt habe. Da habe ich mich umgedreht und die Portier gesagt, er soll diese aufdringliche Mann aus die Haus schicken. Ihre Schwager hat die Portier übrigens erzählt, ich hätte ihn bestellt und er solle im Foyer auf mich warten.«

»Das ist eine Dreistigkeit!« Sophie hatte seinen Bericht mit offenem Mund verfolgt. Jetzt kam sie aus dem Kopfschütteln nicht mehr heraus. »Das ist wirklich unverfroren von meinem Schwager, aber genau das passt zu ihm.«

»Er hat mich übrigens auch gefragt, ob ich noch Kontakt zu Ihnen hätte, was mir recht seltsam vorkam, und natürlich habe ich Nein gesagt.«

»Ehrlich gesagt traue ich meinem Schwager einiges zu, wenn es um den Ruhm seiner Werkstatt geht. Seine Frau stachelt ihn dazu an … Aber es ist schon merkwürdig, dass er ausgerechnet jetzt bei Ihnen aufgekreuzt ist, nachdem Sie mir ein zweites Mal den Auftrag erteilt haben.«

»Es kann nicht schaden, in Zukunft vorsichtig zu sein. Deshalb bin ich auch schon an die Stephansplatz ausgestiegen und bin erst in eine andere Straße eingebogen und sogar eine Umweg gegangen, um mir sicher zu sein, dass uns niemand folgt. Ich werde jedenfalls die Kontakt mit Ihre Schwager meiden, wie … wie sagt man? Wie die Teufel die geweihte Wasser.« Über diesen Ausdruck musste Sophie trotz des Ärgers über Peter innerlich schmunzeln.

»Wenn ich bedenke, wie respektlos mein Schwager während des Konzerts von Ihnen gesprochen hat«, sagte sie, »dann ist sein Ansinnen erst recht unverschämt. Meine Werkstatt betritt Peter jedenfalls nicht noch einmal. Das werde ich auch meinen Kindern sagen. Zur Vorsicht nehme ich die Geige über Nacht am besten mit in die Schlafkammer – wer weiß, was er plant.«

Paganini lachte, wohl um die getrübte Stimmung aufzulockern. »Ich habe meine Geige jede Nacht bei mir, das fing schon als Kind an. Nur mein Sohn zeigt leider kein Interesse an die Instrument, aber ich hoffe, das kommt noch.«

»Möchtest du nicht Geige spielen?«, fragte sie Achille, der dem Gespräch still gelauscht hatte. Jedes andere Kind in seinem Alter hätte wohl versucht, die Aufmerksamkeit auf sich zu lenken, doch der kleine Junge schien ein untrügliches Gespür dafür zu haben, wann er besser still war, damit sich zwei Erwachsene in Ruhe unterhalten konnten. Das hatte er wohl auf den vielen Konzertreisen mit seinem Vater gelernt.

Achille schüttelte den Kopf. »Ich male viel lieber. Geige spielen mag ich nicht.«

»Ehrlich gesagt«, hob Paganini an, »wäre ich sehr stolz, wenn mein Sohn eines Tages in meine Fußstapfen tritt, für ihn ist der Nachbau der Geige gedacht, wenn er reif dafür ist, aber ich werde ihn nicht zwingen. Mein Vater wollte unbedingt, dass aus mir eine berühmte Musiker wird. Aber mein Sohn malt wirklich am liebsten, und ich finde, das kann er schon ganz gut, obwohl niemand ihm das hat beigebracht. Er soll seine eigene Weg gehen – und ganz gleich, wie verläuft, ich bin mir sicher, die Geige wird eines Tages die Weg zu eine menschlichen Seele finden, die eine tiefe Verbindung zu die Instrument hat.«

Sophie wandte sich an Achille. »Wenn du gern malst, dann habe ich etwas für dich. Komm mal mit.«

Achille folgte ihr zur zweiten Werkbank, die schon lange nicht mehr benutzt worden war. Sie drehte die Sitzfläche des Schemels ganz nach oben, indem sie ihre Hand schnell auf dem Holzteller kreisen ließ.

Achille lachte, und es wirkte ansteckend.

»Willst du auch mal?«, fragte sie grinsend.

Er nickte übermütig. Wie schön, dass er trotz seines reifen Verhaltens noch Kind war. Seine dunklen Augen, die er eindeutig von seinem Vater geerbt hatte, strahlten. Überhaupt war sein Blick hellwach, seine Miene offen und freundlich, keine Spur von Ablehnung oder Skepsis, wie es bei Kindern in diesem Alter gegenüber Fremden häufig der Fall war. Wobei sie Achilles ersten Besuch in der Werkstatt anders in Erinnerung hatte. In Gegenwart seiner Mutter hatte der Junge viel stiller, um nicht zu sagen, angespannter gewirkt.

»So, dann mal hoch mit dir auf den Thron«, sagte sie und hob Achille auf den Schemel. Von dort aus hatte er nicht nur einen guten Überblick, er konnte in dieser Position auch malen, also reichte sie ihm einen Bogen Papier und einen Rötelstift. »Malst du mir ein schönes Bild, solange ich mich mit deinem Vater unterhalte und ihm die Geige zeige, die ich für ihn baue?«

Der Junge nickte und machte sich umgehend ans Werk.

Als sie sich zu Paganini umwandte, sah sie das Staunen in seinem Gesicht. »Ich muss sagen, ich erkenne meine Sohn nicht wieder – Fremden gegenüber ist er normalerweise sehr zurückhaltend, um es vorsichtig zu sagen. Vor Ihnen hat er überhaupt keine Scheu, er ist so vertraut mit Ihnen, als ob er Sie schon ewig kennen würde.«

Sophie hob die Schultern. »Ich weiß nicht, woran das liegt. Er spürt wohl, dass ich ihn ganz ehrlich mag und mich nicht aus Pflichtgefühl mit ihm beschäftige.«

»Ganz im Gegensatz zu seiner Mutter …«, murmelte Paganini.

»Wie bitte?«, fragte sie, obwohl sie ihn genau verstanden hatte.

»Ach, nichts«, entgegnete er schnell. »Zeigen Sie mir jetzt die Kopie von meine Geige?«

»Natürlich, sehr gern! Deshalb sind Sie ja gekommen.« Sie sagte es, um sich selbst an das Geschäftliche zu erinnern. Wie bei jedem Treffen waren sie auch dieses Mal wieder ins Private abgeglitten, und darüber ärgerte sie sich. Sie wollte auf keinen Fall indiskret wirken.

Paganini folgte ihr an die Werkbank, wo sie bereits alles bereitgelegt hatte.

»Möchten Sie sich setzen?«, fragte sie den Virtuosen, weil sie plötzlich den Eindruck hatte, dass er etwas schwach auf den Beinen war.

»Nein, ich sehe Ihnen lieber über die Schulter zu.«

Kapitel 22

Sie ging zum Werkstattofen, in den sie in Erwartung des Besuchs bereits das massiv gegossene, handtellergroße Eisenstück hineingelegt hatte, das in seiner Rundung der passenden Zargenform nachempfunden war.

»Attento, Achille!«, mahnte Paganini seinen Sohn. »Da kommt jetzt ein sehr heißer Gegenstand, du darfst dich nicht von deinem Platz bewegen.« Der Junge nickte, ohne von seinem Blatt aufzusehen. Er saß tief gebeugt, und seine Zunge hatte er zwischen die Lippen geklemmt, so konzentriert war er.

Mit der Feuerzange hielt Sophie das glühende Biegeeisen fest, ging damit hinüber zur Werkbank und steckte es auf eine Vorrichtung, damit es nicht verrutschen konnte, danach hängte sie die Zange wieder neben den Ofen.

»Und warum liegt die Holzstreifen in die Wassergefäß?«, fragte Paganini, als sie zurückkam. Skeptisch hob er die Augenbrauen und erwartete mit sichtlicher Spannung ihre Antwort. Niemand, der jetzt in die Werkstatt käme, würde vermuten, dass sie nur wenige Minuten zuvor so tief gehende private Worte gewechselt hatten, und doch hatte sich etwas zwischen ihnen verändert. Nachdem auch Paganini die Unmöglichkeit einer Scheidung von seiner Frau angedeutet hatte, waren sie beide entspannter und wesentlich freier im Umgang miteinander, denn sie hatten auf indirekte Art die eigenen Grenzen festgesteckt.

»Den habe ich kurz dahineingelegt, damit sich das Holz leichter biegen lässt, das werden Sie gleich sehen. Zu feucht darf das Holz aber auch nicht sein, sonst splittert es womöglich. So, erst muss ich noch die Temperatur des Biegeeisens prüfen, nicht dass es überhitzt ist und uns die Mittelzarge verbrennt. Das wäre eine Sünde, denn in die Vorbereitung habe ich viel Arbeit gesteckt.« Sie setzte sich auf ihren Schemel und griff nach einem der Reststücke Holz, die sie in einer Kiste neben der Werkbank lagerte. »Dann wollen wir mal sehen …« Sie presste das Stück für einen Moment auf das Biegeeisen und begutachtete es anschließend. »Keine Verbrennungen. Sehr schön. Zu kalt darf das Eisen ebenfalls nicht sein, denn das Holz muss gleichmäßig durchwärmt werden, damit das Biegen gelingt.«

»Das hört sich nach eine schwierige Arbeit an …«, entgegnete der Virtuose ehrfurchtsvoll. Er war mit etwas Abstand zu ihr stehen geblieben. Nun verschränkte er die Hände hinter dem Rücken und beugte sich leicht vor, um besser sehen zu können.

»Übung macht den Meister«, entgegnete sie lächelnd, doch das Sprichwort versetzte ihr einen unerwarteten Stich, und sie kniff die Lippen zusammen. Eine Meisterin würde sie sich nie nennen dürfen, ganz gleich, wie herausragend ihre Kunstfertigkeit war.

»Ich weiß, was Sie denken …«, sagte Paganini und blickte hinüber zu seinem Sohn. »Bis unsere Kinder erwachsen sind, haben sich die Zeiten hoffentlich geändert.«

Sophie fand zu ihrem Lächeln zurück, auch wenn es sie viel Mühe kostete. »Ich hoffe es auch. Vielleicht wird aus Ihrem Sohn eines Tages ein Geigenbauer. Wer gut zeichnen kann, hat ein Gefühl für Formen und Linien und hat jedem anderen das Talent voraus, einer Linie mittels eines scharfen Werkzeugs auf Anhieb die richtige Form zu geben.«

»Er wird seine Weg finden«, entgegnete Paganini. »Da bin ich mir ganz sicher – und ich werde ihn dabei begleiten und immer an seine Seite sein, so lange er mich braucht. Mein Sohn ist für mich das Wichtigste auf der ganzen Welt. Wichtiger als alles andere.«

Sophie musste ihn nicht ansehen, um zu wissen, dass keines seiner Worte nur so dahingesagt war. Sie kamen aus tiefster Seele.

Beide hingen sie ihren Gedanken nach, nur das Knistern des Feuers im Werkstattofen war zu hören. Was gäbe sie darum, wenn ihre Zwillinge so einen Vater haben könnten?

Als sie ihren Blick hob, sah sie Tränen in den dunklen Augen des Virtuosen schimmern. Er betrachtete seinen Sohn und murmelte: »Wissen Sie, seit meine Sohn auf die Welt ist, fühlt es sich so an, als ob meine Herz außerhalb von meine Körper geht. Verstehen Sie, was ich meine?«

Ungläubig schüttelte sie den Kopf, obwohl sie nicken wollte. So erstaunt war sie darüber, dass er genau denselben Vergleich zog, wie sie es auch schon getan hatte.

»Nein? Wie soll ich anders erklären …«

»Doch, ich verstehe, was Sie meinen. Sehr gut sogar! Ich empfinde das ganz genauso.« Weil wir uns sehr ähnlich sind, setzte sie im Stillen hinzu.

Er betrachtete sie nachdenklich. »Wir sind uns sehr ähnlich – kann das sein?«

Wohl wahr, dachte sie, während eine kribbelnde Wärme durch ihren Körper floss, die sich unter den Wangen sammelte und diese zum Glühen brachte.

Ein Kribbeln, das sie nicht unterdrücken konnte, sosehr sie es auch versuchte, denn es gehorchte nicht ihrem Verstand, der ihr unermüdlich befahl, gegen dieses Gefühl anzukämpfen.

Kämpfen … nein, dafür war sie viel zu müde. Ihr fehlte

diesbezüglich jegliche Kraft, erst recht dafür, sich gegen diese wohlige Wärme zu wehren, die ihre Seele wie ein samtenes Tuch umhüllte und vor Angriffen schützte.

»Wir verstehen uns …«, sagte Paganini leise in ihre Gedanken hinein, so als wolle er sie nicht stören. Der Klang seiner Stimme war wie ein liebkosender Windhauch, der ihr eine Gänsehaut bereitete. »Wir wissen beide, wie es ist, wenn die Kraft fehlt. Ich habe Schmerzen, bin krank, seit Jahren anstrengende Reisen, viele Concerti …« Er war mit Blick auf Achille noch leiser geworden. Kaum mehr hörbar fügte er hinzu: »… und eine Ehefrau, die nur Streit sucht. Was mich die meiste Kraft kostet. Manchmal, ich glaube, sie trinkt zu viel. Und sie dreht sich immer um sich selbst und ihre Probleme, darüber vergisst sie auch ihre eigene Sohn – aber was soll ich mache? Wir sind verheiratet, bis die Tod …« Fragend hob er die Augenbrauen. »Wie sagt man?«

»Bis dass der Tod uns scheidet«, entgegnete Sophie mit belegter Stimme. Auch er hatte eine solche Entwicklung bei der Hochzeit bestimmt nicht für möglich gehalten, genauso wenig wie sie. Doch ganz gleich, wie es um ihrer beider Ehen bestellt war, er war schließlich nicht aus privaten Gründen hier. »Wollen wir nicht lieber von dem Nachbau Ihrer Geige sprechen …«, hob sie an. »Sie wollten ja bei einem wichtigen Arbeitsschritt mit dabei sein.«

»Naturalmente!«, rief der Virtuose aus. Auch er schien unangenehm berührt zu sein, dass er so tief hatte blicken lassen.

Kapitel 23

Paganini trat einen Schritt näher, so dass er einen guten Blick auf die Werkbank hatte. Seine Nähe löste unweigerlich ein Flattern in ihr aus, so als ob sie ein blühender Fliederbusch wäre, an den er zu nah herangetreten war und aus dem er mit diesem einen Schritt unzählige Schmetterlinge aufgestöbert hatte.

Sie atmete tief durch und hoffte, dass die Schmetterlinge bald wieder zur Ruhe kamen, doch je mehr sie darüber nachdachte, desto intensiver wurde das Flügelschlagen.

Sie nahm das Zargenbrettchen aus dem Wasser, trocknete es ab und legte an das Biegeeisen. »Zum Biegen lege ich als Hilfe diesen Zinkblechstreifen an das Holz an, damit ich gleichmäßigen Druck ausüben kann.« Das Flattern hatte sich auf ihre Stimme übertragen. Sie räusperte sich, fasste den Blechstreifen an beiden Enden, führte ihn sehr langsam um das Eisen und bog so vorsichtig das Holz. »Zu viel Druck ist auch nicht gut. Mit Gewalt erreicht man gar nichts, erst wenn das Holz gut durchwärmt ist, lässt es sich biegen, vorher nicht. Sehen Sie?«

Gespannt sah Paganini ihrem Tun zu, und es schien, als ob er die Luft anhielt. Jedenfalls gab er keinen Ton von sich.

Das Zwischenergebnis gefiel Sophie schon ganz gut. »Das wird«, sagte sie zu ihrer eigenen Erleichterung. »Das Holz ist nicht dunkel geworden, biegt sich allerdings schön.

Das heißt, wir können es jetzt ohne Gefahr noch mal an das Biegeeisen anlegen, dieses Mal länger. Die Feuchtigkeit muss komplett aus dem Holz heraus, andernfalls bleibt es nach dem Abkühlen nicht in der neuen Form, sondern verzieht sich wieder. Und immer darauf achten, dass das Holz ganz gerade anliegt, sonst wird es windschief.«

»Oh«, sagte Paganini, wobei es mehr ein Flüstern war, weil er sie mit keinem Wort bei der Arbeit stören wollte.

»Nun ja, auch schlecht gebogene Zargen kann man in Form bringen, der Ausgleich ist mit erhitzten Rundstäben auf sanfte Art möglich, aber der Zusammenbau wird natürlich erschwert, und das wollen wir ja nicht. Für die Stelle mit der stärksten Krümmung nehme ich diese Holzform mit der Mulde, die braucht es jetzt, damit kann ich mehr Druck ausüben. Lieber etwas stärker krümmen, denn ein wenig geht die Kurve immer zurück.« Sie prüfte, welche Stellen sie noch nachbiegen musste, dann stand sie auf und hielt Paganini das Ergebnis hin, zugegebenermaßen mit gewissem Stolz.

So problemlos und zügig war ihr noch nie eine solch perfekte Form gelungen, es schien fast, als ob die Schmetterlinge doch nützlich gewesen waren und sie bei der Arbeit geradezu beflügelt hatten.

»Phantastisch!«, rief Paganini aus. »Darf ich?« Er hatte die Frage kaum gestellt, da griff er auch schon nach der Zarge, um diese genauer zu betrachten. Dabei berührten sich ihre Hände.

Sophie hielt den Atem an, auch Paganini rührte sich nicht, und so standen sie für einige Sekunden still, dicht nebeneinander an der Werkbank. Von außen betrachtet mochte dieser Moment unbedeutend erscheinen, aber da passierte etwas zwischen ihnen, was sie nicht beeinflussen konnte. Ein Moment, an den sie sich bis an ihr Lebensende erinnern würde, dessen war sie sich plötzlich sicher. Es waren nur ein paar Sekunden, doch sie würde sie nie mehr vergessen, das spürte Sophie. Was war das zwischen ihnen? Auch sein Blick zeigte Erstaunen, und als müsse er einer unsichtbaren Kraft folgen, neigte er leicht den Kopf und näherte sich mit seinen Lippen ihrem Mund.

»Mein Bild ist fertig!«, rief Achille.

Sophie zuckte zusammen, der Augenblick zerplatzte wie eine Seifenblase, doch sie war dem Jungen dankbar, dass er sie unterbrochen hatte. Wo sollte das bloß hinführen?

»Zeig mir dein Kunstwerk!«, rief sie munter, und sofort kletterte Achille mit dem Papier vom Schemel und lief zu ihr. Doch anstatt ihr sein Bild zu zeigen, blieb er nachdenklich vor ihr stehen.

Erneut kniete sie sich hin, und Achille stellte sich sofort dicht neben sie und präsentierte ihr sein Bild.

»Das ist aber schön geworden!«, rief sie überrascht und meinte es ehrlich. Der Junge hatte sich selbst an der Hand seines Vaters gezeichnet, wie sie einen Weg entlanggingen, an dessen Ende ein Tier mit einem langen Hals und langen Beinen stand.

»Eine Giraffe? Wie kommst du denn darauf? Hast du so ein Tier schon mal gesehen?«

Achille schüttelte den Kopf.

»Ich auch nicht. Ich war zwar schon mit meinen Kindern im kaiserlichen Tiergarten von Schönbrunn, der liegt vor den Toren der Stadt, und da gibt es zum Beispiel indische Elefanten und Eisbären, aber um eine Giraffe zu sehen, musst du schon nach Afrika fahren. Und das ist ein weiter Weg, viel länger als der Weg auf deinem Bild«, fügte sie schmunzelnd hinzu.

»Ich schaue mir eine Giraffe mit meinem Vater an, das hat er mir versprochen.«

Mit hochgezogenen Augenbrauen wandte sie sich zu

Paganini um. »Da haben Sie ja eine Strecke vor sich.« Und mit Blick auf Achille fügte sie hinzu: »Das wird bestimmt ein tolles Abenteuer. Aber deine Frau Mutter fehlt noch auf dem Bild, die soll doch auch mit auf die große Reise.«

Wortlos kletterte Achille zurück auf den Schemel, legte das Bild vor sich und griff erneut nach dem Stift.

»So weit ist das gar nicht«, sagte Paganini unterdessen. »Mit die Kutsche sind wir in zehn Minuten da.« Der Virtuose lachte über ihr erstauntes Gesicht. »Ja, wir müssen tatsächlich nur nach Schönbrunn. Dort wird eine junge Girafenbulle erwartet, wie mir Fürst Metternich gesagt, und er meinte, ich muss unbedingt noch so lange bleiben, bis die wertvolle Geschenk in die Stadt angekommen ist.«

»Wann wird das denn sein?«

»Wohl Anfang die August.« Er ging zu seinem Sohn und sah ihm über die Schultern. »Eigentlich wollte ich schon Ende Juli nach Nizza reisen, um mich von die Konzertstrapazen zu erholen, aber die Fürst und natürlich meine Sohn zuliebe reise ich eben erst Mitte die August ab.«

Erst …, dachte Sophie. Eher: schon. Nicht wegen des Nachbaus der Geige. Bis in rund zwei Monaten war sie damit sicher fertig. Nein, der wunde Punkt war ein anderer.

Paganinis Schritte holten sie aus ihren Gedanken. Nachdem er seinem Sohn kurz beim Malen zugesehen hatte, kehrte er zu ihr zurück.

»Die Frage ist, ob das Tier überhaupt gesund ankommt«, sagte er und verzog den Mund. »Fürst Metternich hat mir von die Transport berichtet. Seit März ist die kleine Girafenbulle unterwegs. Erst hat man sie auf die Rücken von eine Kamel gebunden und so zum Nil gebracht, von dort über Kairo bis Alexandria mit die Schiff, dann weiter über die Mittelmeer bis in die Nähe von Triest. Dort sind sie Ende die April angekommen. Jetzt muss eine, wie sagt man, Quarantäne gehalten werden. Die restliche Strecke soll die Giraffe zu Fuß gehen, wofür sie Schuhe aus Leder bekommen soll. Das sind immerhin noch gut fünfhundert Kilometer.«

»Unfassbar!«, rief Sophie. »Aber wenn die Giraffe in Schönbrunn ankommen sollte, dann wird die ganze Stadt auf den Beinen sein, so viel ist sicher!«

»Jetzt ist mein Bild fertig!«, rief Achille.

Dieses Mal ging Sophie zu dem Jungen, der sie voller Stolz anstrahlte.

Er hatte tatsächlich eine zweite Person neben sich gemalt, so dass er zwischen den beiden Erwachsenen ging, aber seiner Mutter sah diese hochgewachsene, schlanke Gestalt wirklich nicht ähnlich. Da hatte der Junge ihr wohl unbewusst sehr geschmeichelt, allerdings konnte man in seinem Alter nicht erwarten, dass er alles so gut aus dem Kopf malen konnte, wie ihm das beim Rest des Bildes gelungen war.

»Du hast deine Frau Mutter sehr hübsch gemalt, da wird sie sich sehr freuen.«

»Das ist nicht meine Mutter«, protestierte Achille, und dann wurde er richtig laut. »Die soll da nicht mit drauf. Das bist du!«

Vor Überraschung wusste Sophie nicht, wie sie reagieren sollte.

»Ich habe mir so etwas schon gedacht«, entgegnete Paganini ruhig. »Das Verhältnis zwischen meine Frau und Achille ist …« Er sah auf seinen Sohn, suchte sichtlich nach Worten. »… difficile.«

»Meine Mama mag mich nicht«, sagte Achille geradeheraus.

»Doch, bestimmt!«, rief Sophie intuitiv aus, auch wenn sie ahnte, dass der Junge richtiglag.

Das tat ihr im Herzen weh, doch ihr fehlten die tröstenden Worte, so erschrocken war sie darüber, mit welcher

Selbstverständlichkeit Achille das sagte. Er schien es nicht anders zu kennen.

Achille zupfte an ihrem Ärmel. »Gehst du mit uns in den Tiergarten?«

Erneut reagierte sie mit Sprachlosigkeit. Hilfe suchend wandte sie sich an Paganini. Es war am besten, wenn er seinem Sohn erklärte, dass es aufgrund der Berühmtheit seines Vaters nicht möglich war, dass sie sich bei einem Ausflug an seiner Seite zeigte.

Doch da rief Paganini: »Achille, das ist eine gute Vorschlag von dir!«

»Aber …«, wandte Sophie ein. »Ihre Frau … und die Zeitungen …«, stotterte sie.

»Meine Frau hat für solche Ausflüge keine Sinn. Sie mag nur Tiere, wenn sie ihr als Pelz um die Hals hängen. Und die Gazetten schreiben doch sowieso, was sie wollen. Sollen sie doch ihre Schlagzeile haben. Also, sind wir verabredet?«

Sie blieb ihm eine Antwort schuldig.

»Warum zögern Sie?«, fragte Paganini.

Ja, warum zögerte sie? Im Grunde war doch nichts dabei, mit ihm und seinem Sohn den Tiergarten zu besuchen. Ihre Kinder wollten die Giraffe bestimmt auch sehen.

Doch sie wusste genau, warum sie zögerte. Dieser rein private Ausflug würde ihre Beziehung zu Paganini verändern, eine neue, aufregende Ebene würde hinzukommen. Wollte sie das?

Wenn sie ehrlich zu sich war, dann wollte sie genau das, auch wenn sie noch nicht wusste, wohin dieser Weg sie führen würde. Schon jetzt schlug ihr Herz vor Aufregung, wenn sie an einen Spaziergang an seiner Seite dachte. Was würden die Leute sagen? Jene, die glaubten, er sei der Teufel persönlich, ebenso wie die neidischen Frauen, die gern an ihrer Stelle wären. »Wir werden wohl ein bisschen Aufmerksamkeit erregen …«, murmelte sie und richtete ihren Blick in die Ferne.

»Ich hoffe doch mehr als die Giraffe!«, entgegnete Paganini mit gespielter Entrüstung. »Sonst werde ich tödlich beleidigt sein. Und wenn die Gazetten sich fragen, wer meine hübsche Begleitung ist, dann sollen sie das ruhig tun. Damit habe ich keine Problem. Sie etwa? Wir haben uns doch nichts vorzuwerfen, oder?«

Die Röte stieg ihr zu Kopf, was man sicher sehen konnte, und das wiederum war ihr so peinlich, dass ihr erst recht die Hitze in die Wangen schoss.

»Nein, natürlich nicht«, sagte sie schnell. »Es ist ja nur ein Ausflug in den Tiergarten. Dort ist es immer wunderschön. Nicht nur die Tiere … der botanische Garten, die exotischen Pflanzen, das Palmenhaus, unter Palmen wandeln, Strelitzien und Kakteen bestaunen … das ist wirklich ein sehr lohnenswerter Ausflug, den sicher auch meine Kinder genießen werden. Noch dazu wird es sehr lehrreich sein …«

Sie redete sich um Kopf und Kragen, um ihre Verlegenheit zu überspielen, aber es gelang ihr nicht. Darum schob sie einen Zweifel vor: »Mal sehen, ob die Giraffe überhaupt ankommt. Vielen Dank jedenfalls für deine Einladung, lieber Achille«, fügte sie hinzu, und der Junge strahlte übers ganze Gesicht. So fröhlich hatte sie ihn noch nie gesehen.

Achille hüpfte vom Schemel und griff nach der Hand seines Vaters. »Dann gehen wir jetzt die Giraffe anschauen!«

»Mio Piccolino …«, bremste ihn Paganini. »Die Giraffe ist doch noch gar nicht da.«

Das schien Achille nicht hören zu wollen, denn er nahm auch Sophies Hand und rief: »Andiamo!«

In diesem Moment ging die Tür auf und Katerina kam herein.

»Frau Mutter, wir kommen mit den Aufgaben im Rechnen nicht zurecht, wir brauchen …« Angesichts der Dreiergruppe, die bei ihrem Eintreten Hand in Hand erstarrt war, stockte sie. »Oh, ich wusste nicht … Verzeihung«, murmelte Katerina, dann veränderte sich ihr Blick. Aus Erstaunen wurde Entrüstung, und sie machte auf dem Absatz kehrt. »Ich wollte das traute Familienglück nicht stören.«

Kapitel 24

Kann ich dir vielleicht helfen?«

Überrascht drehte Sophie sich an der Werkbank um. Ihr Sohn war in der Tür stehen geblieben. Sie freute sich darüber, dass er im Gegensatz zu seiner Schwester den Kontakt zu ihr suchte. Katerina hatte seit dem Vorfall vor zwei Tagen kein Wort mehr mit ihr gesprochen, auch nicht beim Abendbrot, als sie ihrer Tochter erklärt hatte, wie es dazu gekommen war, dass sie mit Achille und Paganini Hand in Hand dagestanden hatte, was sehr verletzend auf Katerina gewirkt haben musste, weil sie ausgesehen hatten wie eine glückliche Familie. Doch ihre Tochter hatte es nicht hören wollen.

Ihr Blick streifte durch die Werkstatt, über die Werkzeuge, die jedoch alle sauber und ordentlich an ihrem Platz an der Wand hingen. Da gab es nichts zu tun, aber wegschicken wollte sie ihren Sohn auch nicht, wenn er schon ihre Nähe suchte. »Du könntest neuen Leim für mich vorbereiten. Die Tafeln müssen ja mindestens zwölf Stunden einweichen, dann kann ich ihn morgen Vormittag nutzen. Nimm den Tiegel zum Reinigen mit in die Küche.«

Kristian nahm das kleine, verbeulte Kupfereimerchen am Henkel, stutzte und hob den Deckel an. »Da ist doch noch jede Menge drin.«

»Ja, leider habe ich mich vorgestern verschätzt und zu viel gemacht.«

»Das verstehe ich nicht ... Warum soll ich dann neuen machen?«

»Weil der Leim heiß auf die Bindungsflächen aufgetragen werden muss, allerdings geht mit jedem Erhitzen ein Teil seiner Klebekraft verloren.«

»Ach, deshalb soll man immer nur so viel Leim vorbereiten, wie bald verbraucht wird. Verstanden!«

Sophie lächelte. Es freute sie, dass ihr Sohn nachfragte und nicht bloß ausführte, was sie ihm auftrug. Überhaupt war er nicht so impulsiv wie seine Schwester und viel verständiger.

Er maß der Sache mit Paganini überhaupt keine Bedeutung bei, für ihn war nur wichtig, dass er eine Giraffe im Tiergarten besichtigen konnte – dass der Ausflug gemeinsam mit Paganini und seinem Sohn stattfinden würde, spielte für ihn keine Rolle.

Katerina war für kein gutes Wort mehr zugänglich. Schon als Sophie den Kindern bei den Rechenaufgaben helfen wollte, nachdem Paganini gegangen war, war Katerina so gereizt gewesen, dass sie aufgesprungen war, den Stuhl dabei umgeworfen hatte und aus dem Haus gerannt war.

Kristian war ihr hinterhergelaufen, aber er hatte seine Schwester nicht einholen können, und auf dem Stephansplatz war sie aus seinem Blickfeld verschwunden.

Sophie hatte sich die größten Sorgen gemacht, und gerade, als sie losgehen und einen Fiaker mieten wollte, um in der Stadt nach ihrer Tochter zu suchen, war Katerina bestens gelaunt zur Tür hereinspaziert, als ob nichts gewesen wäre.

Da hatte es Sophie die Sprache verschlagen, erst recht als sie erfahren hatte, wo ihre Tochter gewesen war: bei Onkel Peter und Tante Florentine auf ein Stück Kuchen, wie Katerina ihr lapidar erklärt hatte.

Fassungslos hatte sie ihre Tochter aufs Zimmer geschickt. Da räumte Peter ihr die Werkstatt leer, und Katerina fiel nichts Besseres ein, als sich von ihrem Paten einladen zu lassen. Und überhaupt hatte sie die Fröhlichkeit stutzig gemacht, mit der ihre Tochter nach Hause gekommen war.

»Hat Katerina dir eigentlich erzählt, was sie bei Peter und Florentine wollte? Wirklich nur Kuchen essen?«, fragte sie ihren Sohn.

Kristian hob die Schultern. »Mehr hat sie mir auch nicht erzählt. Sie redet ja nicht mehr mit mir, und wenn ich sie etwas frage, dann kann ich gleich in Deckung gehen. So wie vorhin.«

»Was hast du sie denn gefragt?«

»Warum sie den ganzen Morgen schon so unruhig ist und ihre Sachen von der einen Ecke in die andere räumt. Da hat sie mich angeschrien, dass mich das nichts angeht und dass ich verschwinden soll. Das habe ich gemacht und nun bin ich hier.« Ratlos hob er die Arme, die im Verhältnis zu seinem Körper seit dem letzten Wachstumsschub etwas zu lang waren.

»Ich versuche nachher noch mal mit deiner Schwester zu reden. Das geht ja so nicht weiter, wie sie sich dir gegenüber benimmt. Wo bleibt denn da der Respekt? Der lässt leider auch mir gegenüber sehr zu wünschen übrig.« Dann fügte sie leise hinzu: »Andererseits kann ich Katerina ja verstehen … Es ist für alle nicht leicht im Moment … Dennoch werde ich ein ernstes Wort mit ihr reden müssen.«

»Mit Verlaub, Frau Mutter, ich glaube, der Schuss geht nach hinten los. Katerina ist sehr empfindlich geworden, und sie nimmt sich alles doppelt und dreifach zu Herzen. Nachdem Signor Paganini in der Werkstatt war, hat sie sich am Abend in den Schlaf geweint. Sie hat gesagt, dass wir einen neuen Bruder bekommen. Aber das stimmt doch überhaupt nicht, oder?«

»Wie bitte? Nein, natürlich nicht! Wie kommt sie denn darauf? Ich habe ihr doch erklärt, weshalb Achille seinen Vater und mich an die Hand genommen hat. Er wollte sofort mit uns in den Zoo gehen, weil er nicht verstanden hat, dass es noch dauert, bis die Giraffe ankommt.«

Kristian nickte. »Das kann ja auch nicht stimmen. Schließlich ist Signor Paganini verheiratet …«

»Und ich auch«, ergänzte Sophie mit fester Stimme. »Daran gibt es nichts zu rütteln. Bis dass der Tod uns scheidet.« Sie schluckte und gleich darauf noch einmal, um den schalen Geschmack im Mund zu vertreiben. »Ist deine Schwester auch schon mit den Schulaufgaben fertig?«

»Ich gehe davon aus. Sie sortiert gerade ihren Kleiderschrank.«

»Dann ist sie ja immerhin fleißig, das freut mich. Ein bisschen frische Luft könnte ihr aber auch nicht schaden. Wollt ihr beiden bei dem schönen Wetter nicht lieber noch nach draußen gehen?«

»Nein, danke, Katerina ist schon den ganzen Morgen furchtbar gereizt, das ist unerträglich.«

»Dann kannst du doch auch allein gehen?«

»Nein, lieber nicht«, entgegnete er und senkte den Blick. »Erst wenn unser Vater wieder zu Hause ist und wir nicht mehr Stadtgespräch sind.«

»Ach, mein Junge …«, sagte sie bedrückt und ging ihm entgegen, um den Arm um ihn zu legen. »Das wird sicher bald der Fall sein – ich habe euch ja erzählt, dass es eurem Vater schon viel besser geht und der Arzt zuversichtlich ist, dass er bald entlassen werden kann.«

»Das hieß es auch schon um Ostern herum …«

»Ja, ich weiß. Das braucht nur leider alles seine Zeit, bis er wieder gesund ist.«

»Wird er dann auch keinen Alkohol mehr trinken?«

»Ich bin ehrlich, das kann uns wirklich keiner mit Sicherheit sagen, Kristian, so leid mir das tut. Die Wochen ohne Alkohol könnten bewirken, dass dein Vater in Zukunft die Finger von dem Teufelszeug lässt. Ob das der Fall sein wird, weiß allerdings selbst der Arzt nicht. Er meinte nur, dass euer Vater wahrscheinlich in ungefähr acht Wochen stabil genug sei, und man dann über eine Entlassung nachdenken könnte. Schneller geht es leider nicht.«

»Und wird er wieder so gesund sein, dass er arbeiten kann?«

»Das hoffe ich ...«, entgegnete sie. Eine entschiedene Antwort konnte und wollte sie ihm nicht geben, auch wenn ihren Sohn das sichtlich beschäftigte. Keinesfalls wollte sie sich jedoch von ihren Kindern eine weitere Lüge vorwerfen lassen. »Wahrscheinlich braucht euer Vater nach der Entlassung noch ein bisschen Zeit, um ganz gesund zu werden.«

»Und was ist, wenn er mit uns in den Tiergarten gehen möchte?«

Sie runzelte die Stirn. »Was soll dann sein?«

»Nun ja, weil wir doch mit Signor Paganini und seinem Sohn ...«

»Das schließt euren Vater doch nicht aus? Dann gehen wir alle zusammen! Und wer weiß, vielleicht verzichtet euer Vater auch lieber auf den Ausflug, weil ihm der Trubel noch zu viel ist. Es dauert eben, bis eine Seele geheilt ist.«

»Unser Herr Vater wird vielleicht nie mehr ganz gesund«, sagte Kristian, und es war keine Frage, sondern eine Feststellung. Dabei sah er sie mit festem Blick an.

Ihren Kindern konnte man nichts mehr vormachen, dachte Sophie. »Ja, auch das ist möglich. Aber wir hoffen das Beste. So, nun zurück zu deiner Aufgabe. Dort im Schrank sind die Leimtafeln, die ich beim Gerber gekauft habe. Die schlägst du mit dem Hammer klein. Besser, du legst ein Tuch drüber, damit die Stückchen nicht herumfliegen. Danach kommen sie in diese Schüssel, und du gibst kaltes Wasser dazu, so dass die Teile gut bedeckt sind.«

»Wird gemacht! Und danach?«

Sophie schmunzelte. »Danach muss ich mir eine neue Aufgabe für dich überlegen, denn die …«

»Nein, ich meine, danach ist der Leim fertig?«

»Noch lange nicht, ein guter Leim muss ein Vielfaches seines Gewichts an Wasser aufnehmen, und dafür braucht es Zeit. Wenn du willst, kannst du den Leim morgen Vormittag für mich fertigstellen.«

»Was muss ich da tun?«

»Dann kommt die Masse in einen Leimtiegel, der gereinigt sein muss. Das ist wichtig, weil man niemals frischen Leim mit Resten vermischen darf. Der Tiegel kommt ins Wasserbad.«

»Was ist das?«

»Du fragst wirklich viel – aber ich freue mich! Das bedeutet, du stellst den Leimtiegel in ein anderes, etwas größeres Gefäß mit Wasser, das man auf dem Herd zum Kochen bringt. Das zeige ich dir dann. Der Leim wiederum darf niemals kochen, darauf musst du achten, weil sonst der Klebstoff, das Glutin, zersetzt wird. Beim Erhitzen bildet sich eine Haut, die du mit einem Holzstäbchen entfernst. Ob der Leim nicht zu flüssig ist, sondern die richtige Festigkeit hat, erkennst du, indem du einen Tropfen zwischen zwei Fingern zerdrückst und nach einer Weile auseinanderziehst.«

»Das bekomme ich hin!« Kristian war voller Eifer, und passend zu seiner Stimmung brach die Sonne durch die Wolken und tauchte die Werkstatt in helles Licht.

Sophie ging das Herz auf, als schiene die Sonne direkt in sie hinein. Die dunklen Wolken, die ihr auf der Seele lagen, zogen fort. »Ich freue mich, dass du dich für die Vorgänge in der Werkstatt zu interessieren beginnst.«

Ein Schatten huschte über Kristians Miene. »Nun ja, es kann ja nicht schaden …«

Sie stutzte. »Wie meinst du das?«

Sein Lächeln verschwand. »Ich will die Werkstatt nicht meinem Onkel überlassen. Ich mag ihn nicht. Und wenn mein Herr Vater nicht mehr …« Kristian verstummte. Dann setzte er mit entschlossenem Blick von Neuem an. »Ich stelle jetzt den Leim her.«

»Warte bitte«, sagte sie. »Das heißt, du kannst dir vorstellen, eines Tages die Werkstatt zu übernehmen?«

Kristian nickte, wobei er die Schultern hochzog, was seine Unsicherheit verriet.

»Kristian, hör mir zu. Du musst das nicht deinem Vater oder mir zuliebe tun. Das ist ganz wichtig. Diese Entscheidung musst du aus dem Herzen treffen, wenn es an der Zeit ist. Der Geigenbau ist zwar ein Handwerk, das man erlernen kann, aber für diesen Beruf braucht es Leidenschaft. Man muss das Feuer in sich spüren, bei jedem Handgriff. Nur so erhält die Geige ihre zarte Seele, die unter den kundigen Händen eines Virtuosen in ihrer Vollkommenheit zum Leben erwachen kann. Verstehst du, was ich meine?«

Dieses Mal nickte ihr Sohn voller Überzeugung.

Freude durchrieselte sie, auch wenn noch ein paar Bedenken in ihrem Magen zwickten. Die Zeit würde es zeigen, was aus ihrem Sohn und der Werkstatt werden würde. »Gut, dann machen wir uns an die Arbeit.«

Neugierig blickte Kristian auf die Werkbank, wo der Boden der Geige lag. Es war ein Ahornholzbrett, das sie nach der Vorlage des Zargenkranzes in Form geschnitten und in der Nacht im Schweiße ihres Angesichts grob bearbeitet hatte. Sie hatte sogar Blasen an den Händen davongetragen, weil das Holz so hart war und sie es so vehement mit dem Stechbeitel bearbeiten musste.

»Was ist das?«, fragte Kristian und deutete auf eine umlaufende Kerbe, die sie am Morgen mit kleinstem Abstand zum Rand ausgehoben hatte.

»Das ist der Adergraben, sozusagen die Führungslinie für die Randeinlage, eine Intarsie, die aus Holzspänen besteht.« Sie griff nach einem der vorbereiteten Exemplare. »Solche hier. Das sind die Adern, hauchdünn und nur einen Strich breit, siehst du? Davon lege ich drei Stück aufeinander und leime sie zusammen. Die beiden äußeren sind schwarz, aus Ebenholz, die hellere in der Mitte ist aus Ahorn.«

»Das sieht aber schwierig aus.«

»Es braucht viel Fingerspitzengefühl. Allein schon, wenn man mit dem Adergrabenschneider die Linie für die Einlage markiert. Man muss präzise vorgehen, und die großen Meister haben dabei jeweils durchaus unterschiedlich gearbeitet, das muss ich beim Nachbau beachten. Stradivari hat seine Adern zum Beispiel anders verlegt als Guarneri. Der Kenner wird beim Betrachten eines Instruments also stets zuerst die Ader prüfen. Aber das ist das Schöne am Geigenbau. Auf grobe, kräftezehrende Tätigkeiten folgt wieder Feinarbeit und andersherum.«

»Ich hab diese Ader bei meiner Geige noch nie bemerkt«, sagte Kristian verwundert. »Hat meine das auch?«

»Aber ja! Es geht allerdings vielen Musikern so, dass sie der Ader noch nie Beachtung geschenkt haben, weil sie sich so unauffällig an den Rand der Geige anschmiegt. Dennoch wird jeder Geigenbauer, der etwas auf sich hält, hier absolute Sorgfalt walten lassen.«

»Diese Adern sind also für den Klang wichtig?«

»Nein, sie dienen genau wie die Schnecke der Verzierung.«

Kristian machte große Augen. »Und dafür der ganze Aufwand – für ein Detail, das man kaum sieht?«

»Nun ja, ganz zwecklos ist diese Verzierung nicht. Die

Adern sollen Risse aufhalten, falls der Rand beschädigt wird. Man müsste sie sicherlich nicht so hübsch gestalten. Dennoch haben sich die alten Meister hier mit ihrer Handschrift verewigt.«

»Um bis heute jeden Geigenbauer damit zu quälen«, fügte Kristian mit einem schiefen Grinsen hinzu.

»Für mich ist das keine Qual«, entgegnete Sophie. »Da gibt es andere Arbeiten, die ich wirklich anstrengend finde. Wenn ich daran denke, wie ich seit gestern Abend den Geigenboden bearbeite …«

»Das habe ich im Vorbeigehen gesehen, da war die Werkbank über und über voll mit Holzspänen.«

»Ich musste ziemlich viel von der Mitte nach außen hin abnehmen, um die Wölbung der Decke vorzubereiten. Das ist sehr anstrengend, da kommt man sich vor wie ein Holzhacker – nur mit dem Unterschied, dass ich einen Stechbeitel in der Hand halte.«

Kristian lachte. »Das klingt so, als könnte mir das gefallen.«

»Sieh dir mal meine Hand an …«

»Oh, ganz schöne Blasen. Aber die harte Arbeit schreckt mich nicht. Warum nimmt man eigentlich Fichtenholz für die Decke und Ahorn für den Boden?«

»Fichtenholz ist stabil und man kann es sehr dünn ausarbeiten, ohne dass es bricht. Wenn man die Geigendecke ans Ohr hält und darauf klopft, muss ein schönes ›Dong‹, wie bei einer Pauke erklingen. Hört es sich so an, als ob man auf einen Stuhl klopft, ist das Holz noch zu dick. Am liebsten prüfe ich das nachts, wenn es um mich herum ganz still ist.«

»Für mich hat das etwas Magisches, wie man aus Holzbrettern solche tollen Instrumente bauen kann.«

»Das Handwerk ist die Magie. Du musst dein Auge lehren, kleinste Unebenheiten zu erkennen, deine Ohren müssen die Klangqualität eines Klopfens auf Holz beurteilen und deine Finger kleinste Widerstände ertasten können, ebenso musst du mit Fingerspitzengefühl prüfen, ob die steife Decke dennoch genügend Beweglichkeit hat, indem du sie vorsichtig in verschiedene Richtungen biegst.«

»Ob ich das jemals lernen werde?«

»Ganz bestimmt! Wenn du die Leidenschaft dafür hast …«

»Die habe ich!«

»Dann werde ich dir nach und nach alles beibringen. Du kannst mir später helfen, die Wölbung der Geige mit verschiedenen Hobeln auszuarbeiten. Jetzt sieht der Boden noch aus wie ein raues Meer, hernach muss es eine glatte, fließende Wölbung sein. Diese Wölbung ist für die Klangqualität entscheidend, und einmal hergestellt, kann sie nie wieder geändert oder ersetzt werden. Du kannst bei einer Geige im Laufe ihres Lebens die Zargen ersetzen, ein neues Griffbrett anbringen, einen neuen Steg, ja, sogar die Dicke von Decke und Boden kannst du nachträglich ändern – die Wölbung jedoch nicht mehr. Für ein Spitzeninstrument muss sie einmalig perfekt sein. Setz dich, probier es aus!«

Kristian zögerte. »Das traust du mir zu?«

»Jeder hat mal angefangen. Auch ich. Mittlerweile liebe ich das Arbeiten an der Wölbung, das letzte Glätten mit der Ziehklinge. Wann immer möglich, nutze ich die Abend- und Nachtstunden. Nur die Geige und ich … Kerzenschein, der auf das Holz fällt.«

Kristian lachte. »Das klingt ja fast romantisch.«

»Es erfüllt aber auch seinen Zweck. Der Schattenwurf hilft mir, Unebenheiten zu bemerken. Und wenn ich einmal angefangen habe, nachts, allein mit der Wölbung und dem Schatten, dann kann ich erst ins Bett gehen, wenn der Schatten ohne jeglichen Bruch die Wölbung hinunterfließt. Nun also, mein Sohn, ans Werk. Rechter Winkel und Lineal dürfen pausieren.«

»Was ein Glück!«

»Warte es ab. Du wünschst dir den rechten Winkel gleich zurück. Jetzt sind nämlich Finger und Augen deine Messinstrumente, und die müssen erst lernen, kleinste Unebenheiten zu finden, das ist eine sehr sinnliche Arbeit, und die wird immer schwieriger, je länger man voranschreitet. Der Lohn beim geflammten Ahornholz ist der Moment, wenn es anfängt zu ›brennen‹. Wenn du das Holz hin und her bewegst, siehst du die Flammen tanzen.«

»Faszinierend! Und woher weiß ich, wie viel Holz abgestochen werden muss?«

»Wenn es darauf eine Antwort gäbe …«, entgegnete sie nachdenklich. »Es gibt keine Maße, keine Messhilfe. Ich habe eine Schablone von der Wölbungsform, die zeigt dir dann zwar, wie viel Holz du abnehmen musst, aber deshalb fließt die Wölbung noch lange nicht. Das lernst du nur mit Gespür und Feingefühl. So, hier sind die Hobel in verschiedenen Größen.« Aus der Schublade unter der Werkbank holte sie mehrere kleine Schatullen, so zierlich, dass man in ihnen eher Fingerringe vermuten würde.

»Die sind aber klein!«

»Hier drin ist der kleinste Hobel der Welt. Sieh mal, der ist gerade so groß wie deine Fingerkuppe, und du kannst ihn nur mit den Fingerspitzen halten.«

Staunend legte Kristian den Hobel auf seine Handfläche und betrachtete ihn von allen Seiten.

Er wollte gerade etwas sagen, da horchte er auf.

Auch sie hielt inne und lauschte, weil draußen ein Geräusch gewesen war.

»Was war das?«, fragte Kristian.

Da war es wieder.

»Das hört sich so an, als ob jemand Steine gegen ein Fenster wirft.«

»Bei den Nachbarn?«

»Eher gegen eines unserer Fenster im oberen Stock. Katerina hat es wohl auch gehört.« Das schloss sie aus den Schritten auf dem Dielenboden, die im Obergeschoss laut wurden.

»Ich werde mal nachsehen«, sagte sie und ging hinaus.

⌐ Kapitel 25 ⌐

Vor dem Haus hatten sich etwa fünfzehn bis zwanzig Kinder zusammengerottet – Jungen und Mädchen, alle im Alter ihrer Zwillinge, nur einer war deutlich älter, seiner farbigen Mütze nach zu urteilen ein Student, der wohl der große Bruder des Jungen war, der an seiner Seite klebte und zu ihm aufsah.

Die Gruppe war so damit beschäftigt, auf ihren Rädelsführer zu hören, der ihnen in Feldherrenmanier befahl, mehr Steine aus ihren Taschen zu holen, dass sie Sophie noch gar nicht bemerkt hatte.

»Da ist sie!«, rief eines der Mädchen aus der Menge.

Aber damit war nicht Sophie gemeint, denn die Kinder legten die Köpfe in den Nacken und blickten zum Fenster hinauf.

»Wo ist dein Bruder?«, fragte einer der Jungen.

»Egal!«, herrschte ihn der Anführer an. »Der wird das schon hören. Also, los geht's! Auf drei. Eins, zwei, drei!«

»Narrenbrut, in die Glut!

In den heißen Ofen, Gugelhupf,

Da findet der Irre Unterschlupf!«

Sophie machte ein paar energische Schritte auf die Gruppe zu. »Haltet eure Schandmäuler!«, rief sie. »Schert euch fort! Aber zackig!« Sie wedelte mit den Armen, so als wolle sie lästige Fliegen verscheuchen. »Fort mit euch!«

Die Kinder dachten gar nicht daran, im Gegenteil, Sophies Gesten brachte die Gruppe zum Lachen, und sie gerieten noch mehr in Aufruhr.

»In den Gugelhupf,
den Irrenunterschlupf,
da müsst ihr hin,
toben wie die Affen,
wir wollen euch begaffen!«

Sophie sah zum Fenster hinauf, wo ihre Tochter wie versteinert stand und mit entsetzter Miene beobachtete, was sich auf der Gasse abspielte. Wie grausam Kinder sein konnten, dachte sie fassungslos.

»Hört auf!«, rief Katerina, doch es klang hilflos, ja, fast schon lächerlich. Die Gruppe rührte sich nicht von der Stelle, stattdessen skandierten sie lautstark weiter.

Diese Unverfrorenheit nahm Sophie den Atem, keuchend schrie sie: »Haut ab, sonst mache ich euch Beine!«

Wieder ertönte Lachen aus der Gruppe. Das war doch unglaublich. Keiner hatte Respekt vor ihr, am wenigsten der Student. »Noch eine Tobsüchtige. Seht sie euch an! Kostet auch keinen Eintritt. Kommt alle her!«, rief er durch die Gasse in Richtung Stephansplatz.

Unbändige Wut kroch in ihr hoch, doch da war auch ein Kloß in ihrem Hals, an dem kein Vorbeikommen war. Ihre Kehle schmerzte, sie schluckte, sie wollte etwas sagen, stattdessen schossen ihr die Tränen in die Augen.

Gegenüber öffnete sich ein Fenster im oberen Stock, Anna Röhberg schaute heraus, ihr Mann war als Schatten hinter ihr zu erkennen. »Was ist denn da los?«, rief sie.

»Nichts!«, rief Sophie mit erstickter Stimme zurück. Ja, einfach so tun, als ob nichts wäre, dachte sie, um der Nachbarin nicht erklären zu müssen, was doch offensichtlich war. Wenn sie das Geschehen ignorierte, würde es den Kindern hoffentlich langweilig werden.

Abrupt wandte sie sich ab, ging ins Haus, schloss die Tür und atmete tief durch. In der Werkstatt fand sie ihren Sohn, der lautlos weinend auf dem Schemel saß. Sie erkannte es an seinen zuckenden Schultern.

Auch ihr war bloß noch zum Heulen zumute, doch für ihren Sohn musste sie stark sein. Wortlos nahm sie ihn in die Arme, mit dem sanften Druck ihrer Hand lehnte sie seinen Kopf an ihre Schulter und streichelte ihm über die dunklen Haare, die über der Schläfe eine leichte Welle bildeten – wie bei seinem Vater.

»Wann … hört … das … endlich … auf?«, fragte er, wobei er nach jedem Wort schluchzen musste.

Sophie hob den Kopf. Durch die Butzenscheiben konnte sie erahnen, dass sich die Gruppe noch nicht aufgelöst hatte. Leiser waren sie jedoch geworden.

»Ich glaube, sie haben genug und gehen gleich …«

»Nein, ich meine überhaupt!«, schluchzte Kristian. »Wann sind wir keine Zielscheibe mehr?«

»Das wird sich legen«, versprach sie ihrem Sohn, obwohl sie selbst kein Ende sah – zumindest im Moment nicht. »Spätestens, wenn dein Vater wieder zu Hause ist.«

Kristian schniefte und wischte sich mit dem Handrücken über die Nase. Langsam flachte das Beben seiner Schultern ab, ging in ein unregelmäßiges Zucken über, während sie ihn sanft in den Armen wiegte. Er wandte ihr das Gesicht zu, es war tränennass, die Augen rot und verquollen. Ihn so aufgelöst zu sehen, versetzte ihr einen Stich.

»Wissen Sie was, Frau Mutter? Ich möchte gar nicht, dass Vater nach Hause kommt«, sagte er, mit einer Stimme, die zwar traurig, aber entschieden klang.

»Wie bitte?«, fragte sie erschrocken, obwohl sie zugeben musste, dass sie in so mancher schlaflosen Nacht schon ähnliche Gedanken gehabt hatte, von der Befürchtung vereinnahmt, dass alles von vorn beginnen könnte oder sogar noch schlimmer wurde, sobald er wieder bei ihnen war.

»Ich habe Angst davor …«, sagte Kristian.

Ich auch, dachte sie, aber sie sprach es nicht aus. Ihr Magen zwickte von den Sorgen, die sie jeden Tag schluckte und anstelle einer ordentlichen Mahlzeit in sich hineinfraß. Doch ihrem Sohn gegenüber wollte sie sich zuversichtlich zeigen. »Es wird alles gut werden. Daran musst auch du glauben. Dein Vater hat einen starken Willen, das wird ihm helfen – und er liebt euch.«

Kaum ausgesprochen, konnte sie ihre angestauten Tränen nicht mehr aufhalten. Haltlos rannen sie ihr über die Wangen. Sie holte tief Luft, legte den Kopf in den Nacken, über die Augen wischen konnte sie sich nicht, weil sie ihren Sohn nicht loslassen wollte, der ebenfalls wieder zu weinen begonnen hatte.

»Wie nett, dass du wenigstens meinen Bruder tröstest.«

Sophie fuhr herum. Sie hatte ihre Tochter nicht kommen hören.

Katerina stand inmitten der Werkstatt, im dunkelblauen Sonntagskleid, mit mühevoll aufgesteckten Haaren und mit einem schwarzen Köfferchen an ihrer Seite, das einer tragbaren kleinen Truhe glich und seit der Familienreise nach Cremona, in die Stadt der Geigenbauer, seit vielen Jahren in der Abseite geruht hatte.

Natürlich hätte sie ihre Tochter nach dem Vorfall auf der Gasse in die Werkstatt rufen sollen, um sie, genau wie ihren Bruder, zu trösten – da Katerina jedoch seit geraumer Zeit so abweisend war, hatte sie davon abgesehen. Ein Fehler.

»Was hast du denn vor? Warum trägst du dein Sonntagskleid?«

Die Miene ihrer Tochter verfinsterte sich. »Das sieht man doch. Ich gehe. Ich halte das hier nicht mehr aus!« Ihre

Stimme war noch kindlich, überschlug sich fast, und doch wirkte sie in ihrem Kleid so groß, so erwachsen. Aber das war sie doch noch längst nicht!

Sophie ging auf ihre Tochter zu und wollte sie in den Arm nehmen, was Katerina energisch abwehrte.

Hilflos stand Sophie ihrem Mädchen gegenüber und ließ die Arme hängen. Wo war ihre zugängliche Tochter, die immer so lieb gewesen war und ihr nie Schwierigkeiten gemacht hatte? Es war ja nicht so, dass sie sich über den Rückzug wunderte, aber so unnahbar hatte sie Katerina noch nie erlebt. Sie wusste nicht, wie sie damit umgehen sollte.

Sophie suchte nach Worten, die sie, jedes einzelne prüfend, auf die innere Goldwaage legte – jedoch ohne Ergebnis. Irgendetwas musste sie sagen, irgendetwas, womit sie ihre Tochter aufhalten konnte.

»Katerina, ich weiß, das war gerade schlimm, aber das wird …«

»Das ist es nicht allein!«, rief Katerina dazwischen.

»Was ist es denn noch?«, fragte sie verzweifelt.

Katerina schwieg eisern.

»Ist es, weil du mich mit Achille an der Hand gesehen hast? Das darfst du dir nicht so zu Herzen nehmen. Wir wollen doch nur alle zusammen einen Ausflug in den Tiergarten machen, nur darum ging …«

»Ich will keinen Ausflug!«, schrie Katerina. »Ich will mich nicht begaffen lassen! Ich will nicht, dass andere mit dem Finger auf mich zeigen!«

Erst jetzt begriff Sophie. »Das ist doch noch zwei Monate hin, bis dahin kann alles anders sein. Nun beruhige dich bitte, Katerina, zieh deine Schuhe aus, und bring deinen Koffer wieder nach oben. Wir können über alles reden.«

»Ich will aber nicht reden! Und selbst wenn irgendwann alles anders ist, jetzt ist es, wie es ist, und ich halte es zu Hause nicht mehr aus – und am schlimmsten ist, dass ich Ihnen nicht mehr vertraue, Frau Mutter.«

Das saß.

Sophie war unfähig, etwas zu erwidern.

Katerina blieb ebenfalls stumm und griff nach ihrem Koffer.

Jetzt zählten Sekunden, dachte Sophie, in denen sie mit ihrer Tochter im Gespräch bleiben musste, unbedingt, nicht dass Katerina wieder davonlief. Ruhig bleiben, mahnte sie sich.

»Wo willst du denn hin?«, fragte sie mit aufkeimender Panik, die deutlich in ihrer Stimme vibrierte.

»Zu meinen Pateneltern.«

»Aber …« Ihr fehlten die Worte. Daher wehte also der Wind. Das war der Grund für den Besuch bei Peter und Florentine gewesen.

Katerina setzte eine überhebliche Miene auf. »Onkel Peter hat gesagt, ich bin dort immer willkommen, solange ich möchte, und Tante Florentine meinte, sie könne es gut verstehen, dass ich mal eine Weile Abstand von zu Hause brauche.«

Sophie schluckte angesichts der lockeren Art, mit der ihre Tochter ihr das mitteilte. Und nun? Wie reagieren? Sophie wusste nur eines: Es war zwecklos, Katerina aufzuhalten, das würde die Sache nur verschlimmern.

Vielleicht war es tatsächlich gut, überlegte Sophie, wenn Katerina bei Onkel und Tante ein wenig Abstand gewann, im Elternhaus nicht bei jedem Schritt und Tritt an ihren Vater erinnert wurde. Gut möglich, dass Katerina aus dem Bauch heraus den richtigen Weg wählte, um zu verarbeiten, was geschehen war.

Im Grunde, dachte Sophie, würde sie am liebsten ebenfalls weglaufen, an einen anderen Ort gehen, um zur Ruhe zu kommen. Dass ihre Tochter nun unbedingt zu ihren Pateneltern wollte, konnte sie ihr nicht verübeln, denn Katerina hatte sich bei den beiden schon immer wohlgefühlt, und besonders Florentine hatte sich in Ermangelung eigener Kinder als Patentante stets besonders rührend gekümmert – zumindest bis der Kontakt wegen Pauls zunehmend schlechtem Zustand abgebrochen war.

Sophie suchte den Blick ihres Sohnes.

Er nickte, und da wusste sie, dass ihm dieselben Gedanken durch den Kopf gingen.

Sie musste über ihren Schatten springen und ihre Tochter gehen lassen. Doch das war unter diesen Umständen nicht so einfach. Anstatt dass Katerina im Streit davonging, wäre es besser, sie brachte ihre Tochter zu ihren Pateneltern, dachte Sophie, noch besser, sie würde sich aufrechten Hauptes vor ihren Schwager stellen und mit ihm die Dauer des Verwandtschaftsbesuchs besprechen.

»Also gut, Katerina. Ich werde dich begleiten, wir nehmen einen Fiaker und …«

»Nein!«, rief Katerina. »Das sind zehn Minuten zu Fuß. Ich bin kein Kleinkind mehr!« Mit diesen Worten verschwand sie aus der Werkstatt, und kurz darauf knallte die Tür ins Schloss.

»Warte!«

Ihr Sohn hielt sie zurück. »Bitte nicht«, sagte er ruhig und legte ihr die Hand auf den Arm. »Katerina findet allein dorthin. Es ist besser so.«

»Natürlich. Sie findet ihren Weg«, flüsterte Sophie, und dann liefen ihr erneut die Tränen über die Wangen.

Kapitel 26

Fünf Tage später, 4. Juni 1828

Zunächst war Sophie dagegen gewesen, dass Kristian seine Schwester bei Onkel und Tante besuchte, denn Katerina sollte unter keinen Umständen das Gefühl haben, dass sie gezwungen war, wieder nach Hause zu kommen. Kristian hatte jedoch hoch und heilig versprochen, nichts in diese Richtung zu sagen, und nun war sie doch froh, dass er ein wenig Mäuschen spielte und sie erfahren würde, wie es ihrer Tochter ging.

Nachdenklich nahm sie die nach dem Geigenboden nun ebenfalls fertiggestellte Decke des Instruments in die Hände und prüfte mit streichenden Bewegungen zwischen Daumen und Zeigefingern die gleichmäßige Wölbung des Holzes, um sich ein letztes Mal zu versichern, dass sie mit der Ziehklinge sauber gearbeitet hatte. Kristian hatte beim Geigenboden ganz hervorragende Vorarbeit geleistet und wohl auch verstanden, wie anspruchsvoll dieses Handwerk war.

Daumen und Zeigefinger waren für sie wichtiger als ihre Augen, denn mit den Händen konnte sie jede noch so kleine Unebenheit spüren. Das war natürlich nicht immer so gewesen, die Kunst des Geigenbaus erforderte viel Geduld und noch mehr Übung sowie einen einfühlsamen Lehrer, der die Stärken und Schwächen seines Schützlings sah und ihn unermüdlich, aber freundlich, auf Fehler hinwies und aufzeigte, wie man diese vermied. In dieser Hinsicht war sie ihrem Eheherrn dankbar. Er war zu geizig gewesen, einen Lehrling zu beschäftigen und hatte stattdessen sie in die Geheimnisse des Handwerks eingeweiht. Dabei hatte er stets eine Engelsgeduld an den Tag gelegt – bis der Alkohol ins Spiel gekommen war.

Mit einem Blinzeln verscheuchte sie die Bilder – sie durfte sich jetzt nicht mit schlechten Gedanken ablenken, sondern musste sich konzentrieren.

Heute sollte die Geige ihr Gesicht erhalten.

Das Anzeichnen und Aussägen der f-Löcher, die als Schalllöcher der Geige ihre akustische Kraft verliehen, erforderte besonderes Feingefühl, denn für den Fall, dass ihr ein Fehler unterlief, war die Decke ruiniert, und sie müsste eine neue herstellen. Die f-Löcher waren das Fenster zur Seele der Geige. Durch sie strömte der Klang, der den Konzertsaal mit wundervollen Tönen füllte und leidenschaftliche Geschichten erzählte, die nur diejenigen verstehen konnten, die ein offenes Ohr dafür hatte.

Eigentlich hätte sie lieber wieder nachts gearbeitet, da sie für diesen Schritt viel Ruhe brauchte. Sie liebte es, wenn alles um sie herum dunkel war, wenn sie ungestört war und mit dem kostbaren Werkstück zu einer Einheit verschmolz.

Länge und Form der f-Löcher waren neben der Dicke der Rückwand für einen volltönenden Klang entscheidend, und zugleich waren sie die Markierung für die Position des Stegs, der die Saiten trug. Deren Schwingung wiederum übertrug sich auf den Korpus der Geige und war so ebenfalls maßgeblich für den Klang verantwortlich. Genau mittig, zwischen den Schallöffnungen, sollte später der Steg sitzen, so dass die Schwingung der Saiten perfekt war.

Sophie seufzte und nahm den Bleistift aus dem Mund. Alles nicht so einfach. Zudem war es gar nicht so abwegig, dass ihr beim Aussägen der f-Löcher ein Missgeschick passierte, denn die Struktur des Deckenholzes machte das

Aussägen schwierig: Das Sägeblatt suchte stets die Flucht vor den harten Jahresringen, die es nicht ohne Weiteres zu durchtrennen vermochte, und glitt unabsichtlich in die weicheren Strukturen ab.

Den Jahresringen war nur mit beherzten und gezielt gesetzten Schnitten beizukommen, für die sie all ihre Erfahrung einsetzen musste. Erfahrung, die es ihr ermöglichte, die Schnittflächen mit nichts anderem als dem Schnitzer glätten zu können – und nicht wie ein Lehrling mit der Feile ein wenig schummeln und heimlich nachhelfen zu müssen.

Behutsam legte sie die Geigendecke auf die Werkbank, setzte sich auf den niedrigen Schemel und strich mit Daumen und Zeigefinger erneut über das Holz. Sie versank vollkommen in dieser Tätigkeit, es war fast so, als ob sie eins mit der Geige wurde. Sie schloss die Augen, und es erschien ihr, als treibe sie mit einem Floß auf einem ruhigen Fluss davon, getragen von kräftigen Hölzern, alle Sorgen und Nöte ließ sie am Ufer zurück.

Versonnen öffnete sie die Augen, ihr Geist war jetzt hellwach, ihr Blick geschärft für ihr Vorhaben.

Der Wunsch nach Perfektion, nach vollkommener Vollendung ließ sie jedoch zögern. Jetzt nur keinen Fehler machen. In Gedanken zeichnete sie die f-Löcher auf das Holz, während sie den Bleistift zwischen Daumen und Zeigefinger zwirbelte.

Sophie horchte auf. War da jemand an der Tür? Ja, das Klopfen wiederholte sich, allerdings so zaghaft, dass es nicht Mayenhöfer sein konnte, auch wenn sie ihn seit Tagen erwartete. Seine Raten holte er sich normalerweise am Monatsersten persönlich ab. Das war ein Sonntag gewesen, und heute war schon der vierte Juni, morgen war Fronleichnam. Das Hochfest des Leibes und Blutes Jesu Christi. Das gewandelte Brot würde verehrt werden, die Hostie, der Leib

Christi. Sechzig Tage nach Ostern. Seither war Paul im Narrenturm. Wo war dieser angeblich gegenwärtige Jesus Christus – wo, verdammt? Sie schämte sich für diesen sündigen Gedanken und bat augenblicklich um Vergebung, doch die Wut kochte weiter in ihr, weil die Verzweiflung das Feuer in ihr nährte wie ein großes, trocknes Holzscheit.

Wieder klopfte es.

Musste diese Störung jetzt sein? Zu ihrem Sohn könnte das zaghafte Klopfen passen, sofern er den Schlüssel vergessen hatte. Wobei er doch jetzt noch nicht zurück sein konnte?

Sie überlegte, ob sie zur Tür gehen oder einfach so tun sollte, als ob sie nicht da wäre. Vielleicht war es bloß Kundschaft, die das Geschlossen-Schild und den Verweis auf die Werkstatt in der Seitzergasse nicht gesehen hatte oder nicht akzeptieren wollte?

Oder war es am Ende vielleicht Paganini, der ihr einen Überraschungsbesuch abstattete? Augenblicklich schlug ihr Herz schneller. Wie aufregend allein der Gedanke daran war. Nun bereute sie es, heute Morgen wahllos eines ihrer Werkstattkleider aus dem Schrank gezogen zu haben, das in Farbe und Form einem Kartoffelsack glich, zudem ähnelten ihre lieblos hochgesteckten Haare einem Vogelnest.

Es klopfte wieder, dieses Mal etwas nachdrücklicher. Sie atmete tief durch, um ihren Herzschlag zu beruhigen, ging zur Tür und öffnete.

Vor Erstaunen machte sie zwei Schritte rückwärts.

»Paul? Du?«

Kapitel 27

*D*a stand ihr Eheherr. Die Haare abrasiert, die Wangen hohl, das Kinn spitz, und überhaupt war er abgemagert bis auf die Knochen. Er trug ein fadenscheiniges Hemd, das ihm viel zu weit war und eine löchrige schwarze Hose, deren ausgerissener Saum über den Boden schleifte – und mit einem erschrockenen Blick auf seine schmutzigen Füße stellte sie fest, dass er keine Schuhe trug. Nur seine blauen Knopfaugen wirkten vertraut und weckten Erinnerungen an gute Zeiten.

»Du bist entlassen worden?«, fragte sie ungläubig. Da stand er nach zwei Monaten wieder vor ihr, und sie wusste nicht, wie sie reagieren sollte. Er war ihr Eheherr, sie müsste zumindest auf ihn zugehen, doch sie blieb stocksteif stehen. »Warum hat man mir nicht Bescheid gegeben? Beim letzten Gespräch sagte der Arzt etwas von weiteren sechs Wochen.«

»Es kam auch für mich überraschend«, erklärte er leise und voller Zurückhaltung. »Ich glaube, die würfeln dort. Man hat mir gesagt, ich darf gehen, und mir die Kleidung eines Insassen in die Hand gedrückt, der verstorben ist. Halbwegs passende Schuhe hatten sie leider nicht, die waren alle zu klein, da musste ich barfuß gehen.« Er blickte auf seine schmutzigen Zehen und nestelte in seinen Hosentaschen herum. »Ich habe die Entlassungsbestätigung dabei, falls du mir nicht glaubst ...« Er zog das Papier heraus, faltete es auf und hielt es ihr entgegen.

»Doch, natürlich glaube ich dir!«, wiegelte sie schnell ab, war jedoch immer noch nicht in der Lage, einen klaren Gedanken zu fassen.

»Darf ich vielleicht reinkommen?«, fragte er mit einer Schüchternheit, die sie zuletzt an ihm erlebt hatte, als er seine Aufwartung im Hause ihrer Tante gemacht hatte.

»Selbstverständlich!«, entgegnete sie ungelenk, so wie bei ihrer ersten Verabredung, als sie sich noch weniger vertraut gewesen waren. »Es ist dein Haus«, betonte sie, zugleich war sie gerührt von seiner Zurückhaltung.

»Es ist viel passiert …«, sagte er, als er zögernd über die Schwelle trat.

»Ja, es ist viel passiert«, murmelte sie, und dabei merkte sie, dass sie Pauls plötzliches Auftauchen völlig überforderte. Da war einerseits der Mann, in den sie sich als junge Frau verliebt hatte, aber auch der Eheherr, der ihr Gewalt angetan und unermessliches Leid zugefügt hatte, und jetzt stand dieser Mann vor ihr, offenkundig wie verwandelt. Sie wusste nicht, ob sie ihm vertrauen konnte.

Paul suchte ihren Blick. »Ich möchte dich um Verzeihung bitten, und ich hoffe, dass du mir eines Tages vergeben kannst. Ich will alles dafür tun, dir in Zukunft ein guter Eheherr zu sein, und dafür sorgen, dass der Teufel namens Alkohol niemals wieder von mir Besitz ergreift. Und ich hoffe, dass hiermit ein Schritt in ein neues Leben beginnt.«

»Das hoffe ich auch«, entgegnete sie voller widerstreitender Gefühle, die seine Worte ausgelöst hatten. Ja, auch sie hatte Hoffnung, aber da war außerdem Angst. Sehr viel Angst. Sie spürte, dass ihr Herz mit Wunden übersät war, und sie musste sich eingestehen, dass inzwischen ein anderer Mann einen Platz in ihrem Herzen erobert hatte.

Paul warf einen Blick auf die Garderobe. »Sind die Kinder nicht da?«

»Nein, im Moment nicht«, entgegnete sie knapp. Jetzt war nicht der geeignete Zeitpunkt, ihm alles zu erklären.

»Ach, wie schade. Ich hatte mich so auf das Wiedersehen gefreut. Ich will so vieles besser machen ...« Er trat von einem Bein aufs andere und schien nicht so recht zu wissen, wohin mit sich. »Zwischendurch habe ich nicht mehr daran geglaubt, dass ich lebend aus dem Narrenturm rauskomme und jemals wieder mein Haus betrete.«

»Ich habe alles versucht, damit du schneller entlassen wirst, Signor Paganini hat sogar Fürsprache für dich beim Kaiser eingelegt, und trotzdem warst du so lang eingesperrt. Ich denke, es ist gut, dass die Kinder nicht da sind, so kannst du dich erst mal waschen und eigene Kleidung anziehen.« Mehr sagte sie nicht.

Paul schien jedoch zu verstehen, worauf sie hinauswollte: »Ich hoffe, dass die Kinder keine Angst vor mir haben?« Er wischte sich die Hände an der Hose ab. »Ich bin ganz nervös, weil ich alles richtig machen will. Ich habe so vieles wiedergutzumachen ... Und ich will gleich heute damit anfangen. Ich muss nur noch ein wenig zu Kräften kommen, um wieder richtig arbeiten zu können, aber ich könnte dir in der Werkstatt bei leichteren Arbeiten zur Hand gehen und die Schulaufgaben der Kinder kontrollieren.«

»Langsam, langsam«, sagte sie. Das ging ihr alles zu schnell. »Wie gesagt, es ist viel passiert. Du kannst nicht wie ein Wirbelwind hier reinkommen, du musst auf uns Rücksicht nehmen.«

»Oh.« Es war ihm anzusehen, dass das Gesagte ihn getroffen hatte. Ihre Worte arbeiteten in ihm. Erst nach einer Weile fügte er hinzu: »Ich verstehe. Ich dachte, ich würde zurückkehren, und wir würden dort weitermachen, wo die guten Zeiten aufgehört haben. Aber so einfach ist das wohl nicht ...«

»Nein, so einfach ist das nicht«, betonte sie. »Und wir werden reden müssen«, fügte sie hinzu.

»Natürlich! Dazu bin ich bereit … jetzt gleich.«

»Nein, nicht jetzt«, gab sie zurück, und so vage, wie das klang, war ihr auch zumute. Denn im Grunde wusste sie überhaupt nicht, wo sie anfangen sollte, was sie zur Sprache bringen, lieber vergessen und worüber sie schweigen wollte. »Paul, bitte. Eines nach dem anderen. Wir stehen ja noch im Flur. Vielleicht willst du dich erst mal frisch machen und etwas essen. Ich habe Rindfleischsuppe auf dem Herd.«

»Ja, Hunger habe ich.«

»Ich warte in der Küche auf dich.«

Eigentlich hatte sie gehofft, ein wenig Zeit zu gewinnen, um die plötzliche Heimkehr ihres Eheherrn zu verdauen und ihre Gedanken zu sortieren, doch nach kurzer Zeit betrat Paul frisch gewaschen, rasiert und in seiner Ausgehkleidung den Raum. Der schicke Anzug schlotterte an ihm, was seine abgemagerte Gestalt ungünstig betonte. Zudem waren da keine Bartstoppeln mehr, die seine eingefallenen Wangen kaschiert hatten, und er wirkte noch bleicher, als er ohnehin schon war.

Unschlüssig blieb er vor dem Esstisch am Fenster stehen, den sie mit zwei Tellern gedeckt hatte.

»Wo willst du hin?«, fragte sie überrascht.

»Nirgendwo«, entgegnete er ebenso erstaunt, aber dann verstand er, woher die Frage rührte. »Das ist die einzige Kleidung, die mir halbwegs passt. Wieder passt. Erkennst du die Sachen?«

»Ach Gott!«, rief sie. »Das ist ja dein Hochzeitsanzug.«

»Richtig«, entgegnete er versonnen und setzte sich auf seinen angestammten Platz auf der Eckbank an der Stirnseite des Tisches, dort, wo das Regal war, auf dem die Hochzeitsbecher aus Zinn standen. »Und weißt du noch, wie wir uns auf der Donau beim Schlittschuhlaufen kennengelernt haben? Wie lange ist das jetzt her? Fünfzehn Jahre?«

»Mhm«, machte sie, obwohl sie sich natürlich erinnerte, allerdings war ihr jetzt nicht danach, in nostalgischen Erinnerungen zu schwelgen. Sie zog sich den Stuhl heran, auf dem sie immer saß, weil sie von diesem Platz schnell aufstehen und noch etwas holen konnte, was bei Tisch fehlte. Katerina saß normalerweise ihr gegenüber auf der langen Seite der Eckbank, Kristian seinem Vater gegenüber. Dieses Bild, wie sie alle vier einträchtig um den Tisch mit der blau-weißen Suppenschüssel saßen, hatte es schon lange nicht mehr gegeben. Ob es jemals wieder vorkommen würde?

»Damals war ich ein schlanker junger Mann …«, sagte Paul und ersetzte unweigerlich das Bild vor ihren Augen durch einen Wintertag im Januar.

Unwillkürlich lächelte sie vor sich hin. »Dem ich direkt in die Arme gefahren bin …«

»Den du umgefahren hast«, korrigierte er, und in seinen Augenwinkeln blitzte ein Lächeln auf. »Wir wollen doch bei der Wahrheit bleiben.«

»Ja, das wollen wir«, entgegnete sie ernst und griff nach der Suppenkelle, um seinen Teller zu füllen, wobei sie sich bemühte, möglichst viel Fleisch zu erwischen. Ja, damals hatte er ihr nach dem Sturz aufgeholfen, sie hatten sich angesehen und gewusst, dass sie zusammengehörten. Für immer und ewig. In guten wie in schlechten Zeiten.

Sie legte die Kelle beiseite, ohne dass sie sich selbst etwas aufgetan hatte. »Paul, ich kann nicht so tun, als ob die Welt wieder in Ordnung ist, nur weil du wieder da bist.«

»Das erwarte ich auch gar nicht!«, rief er und zog die Augenbrauen hoch. »Ich bin wie gesagt bereit, über alles mit dir zu reden. Und natürlich auch mit unseren Kindern. Sie haben meinetwegen viel mitmachen und erleiden müssen.«

»Das stimmt. Wir alle mussten das, aber die Kinder haben besonders gelitten, und ich weiß nicht, wie sie auf dich reagieren. Katerina und Kristian gehen nicht mehr zur Schule, seitdem du in den Narrenturm gekommen bist. Die Anfeindungen waren so furchtbar, zuletzt tauchten sogar Kinder vor unserem Haus auf und grölten Schmährufe. Du musst damit rechnen, dass die Kinder vielleicht erst mal sehr zurückhaltend sind. Auch die beiden brauchen Zeit.«

Paul nahm den Löffel in die Hand. »Das ist mir klar, und die Zeit gebe ich ihnen auch, das ist doch gar keine Frage! Trotzdem freue ich mich sehr auf das Wiedersehen, wenn die beiden nachher nach Hause kommen. Das darf ich doch, oder?«

Sie atmete tief durch. »Natürlich darfst du das. Aber du weißt vieles noch nicht. Es ist nämlich so, dass Katerina momentan bei deinem Bruder wohnt. Kristian besucht sie gerade. Und ich …« Sie wollte sagen, dass sie sich mitschuldig fühlte, dass Katerina gegangen war, aber Paul unterbrach sie.

»Du hast hier unter den widrigsten Umständen die Stellung gehalten und bist an den Rand deiner Kräfte gegangen …«

Obwohl sie darauf überhaupt nicht hinauswollte, war sie tief berührt davon, dass er diese Einsicht gewonnen hatte, aber sie konnte und wollte es nicht zeigen. »So könnte man das zusammenfassen«, entgegnete sie nüchtern. »Wobei ich sagen muss, ohne Herrn Paganini hätte ich das nicht geschafft.« Sie ließ das so im Raum stehen, weil sie unsicher war, wie viel sie noch dazu sagen sollte. Eines nach dem anderen. Die Angst vor Pauls Gewaltausbrüchen saß tief. Zu deutlich klang ihr noch in den Ohren, wie er gesagt hatte, dass man mit dem Teufel keine Geschäfte machte.

Außerdem, überlegte sie weiter, hatte sie sich im Grunde nichts vorzuwerfen und musste ihrem Eheherrn auch nichts beichten. Oder war es bereits eine Sünde, dass sie den Virtuosen in ihr Herz gelassen hatte?

»Sag mir …«, hob Paul an und legte den Löffel beiseite, obwohl er die Suppe noch nicht angerührt hatte.

Ach herrje, dachte sie von Panik erfüllt. Er ahnte etwas.

»War das eine meiner vielen Halluzinationen, dass du auf meinem erbärmlichen Lager im Narrenturm neben mir gekniet und mir gesagt hast, dass Paganini dich mit dem Nachbau seiner Geige beauftragt hat?«

Ach so, dachte sie halbwegs erleichtert, das wollte er wissen. »Das stimmt wirklich.«

»Das ist ja großartig«, entgegnete er und nahm den Löffel wieder in die Hand. »Das Beste, was uns passieren konnte. Was für eine Ehre! Und das wird uns finanziell retten – alles wird gut werden. Wie wunderbar! Möchtest du dir nicht auch Suppe nehmen, damit wir essen können?«

Nein, dachte sie, diese ganze Situation lag ihr zu schwer im Magen, als dass sie etwas essen könnte. Andererseits wollte sie ihm nicht die erste gemeinsame Mahlzeit verweigern, nachdem er sich so freundlich und verändert zeigte.

»Nur so wenig?«, fragte er mit Blick auf ihren Teller. »Gibt es nicht genug Suppe?«

»Doch, es ist reichlich da«, entgegnete sie. »Guten Appetit.«

Paul zögerte noch kurz, dann begann er zu essen. »Sehr lecker!« Nach einigen Löffeln Suppe sah er fragend von seinem Teller auf. »Ist wirklich genug Geld im Haus, damit du einkaufen kannst? Du hast mit mir über Paganini gesprochen, daran kann ich mich halbwegs erinnern, du hast von einem hohen Lohn erzählt, und dass es uns in Zukunft gut gehen wird, weil der Nachbau der Geige immens viel für die Reputation der Werkstatt bedeutet. Das ist doch alles richtig, oder?

»Und es gibt das Empfehlungsschreiben, von dem ich dir erzählt habe«, ergänzte sie.

Paul runzelte die Stirn und schüttelte den kahl geschorenen Kopf. »Daran erinnere ich mich nicht.« Gierig aß er weiter.

In ihr stiegen Bilder auf, wie er auf dem Strohlager gekauert und von den martialischen Behandlungsmethoden halb weggetreten das Glaubensbekenntnis gemurmelt hatte. Ein Wunder, dass er überhaupt so viel von dem mitbekommen hatte, was sie ihm erzählt hatte.

»Paganini hat das Empfehlungsschreiben auf deinen Namen ausgestellt, weil er mit der Reparatur seiner Geige so zufrieden war. Allein das ist schon Gold wert.«

»Allerdings!« Vor Erstaunen vergaß Paul zu kauen. »Aber weiß er denn, dass du die Reparatur gemacht hast?«

Was sollte sie darauf antworten? Noch bis vor Kurzem hätte sie es nicht gewagt, ihm die Wahrheit zu sagen, denn er hätte womöglich aggressiv darauf reagiert, wenn sie sein Licht unter den Scheffel stellte. Aber diese Zeiten waren nun hoffentlich vorbei. Dennoch kostete es sie Überwindung, als sie zugab: »Paganini hat es ziemlich bald geahnt, ja, und den Auftrag zum Nachbau der Geige hat er mir direkt erteilt.« Mit gesenktem Blick widmete sie sich nun auch ihrer Suppe und tat so, als hätte sie nichts von Bedeutung gesagt, doch innerlich wartete sie angespannt auf seine Reaktion.

»Das ist wirklich eine große Ehre – und sie gebührt dir allein.« Er sah ihr geradewegs in die Augen, sein Blick wirkte offen und ehrlich.

Hatte er das wirklich gerade gesagt? Das konnte doch nur ein Traum sein, dachte Sophie. Oder hatte der Narrenturm tatsächlich eine solche Verwandlung in ihrem Eheherrn bewirkt? Irgendwie konnte sie sich das kaum vorstellen. Denn selbst wenn die erzwungene Abstinenz dazu geführt hatte, dass er momentan dem Alkohol abschwor, so hatte sie doch mit eigenen Augen gesehen, dass er im Narrenturm wie ein Tier gehalten worden war, all die entsetzlichen Erlebnisse, die er dort gehabt haben musste, all die Gräuel, die sie nur erahnen konnte – das alles konnte doch nicht spurlos an ihm vorübergegangen sein. Er hingegen machte eher den Eindruck, als sei er von einer schönen Reise heimgekehrt, schon wieder in Aufbruchstimmung und bereit, mit ihr die höchsten Berge zu erklimmen. Das konnte doch nicht echt sein? Sie traute dem Frieden nicht. Sie befürchtete, dass sich hinter dem sonnenbeschienenen und scheinbar aussichtsreichen Gipfel ein Gewitter zusammenbraute.

⌒ Kapitel 28 ⌒

*D*arf ich bitte noch einen Teller Suppe haben?«, fragte Paul und holte sie damit aus ihren Gedanken.

Hatte ihr Eheherr wirklich *bitte* gesagt? Überrascht blickte sie von ihrem Teller auf. Was waren das für neue Töne, dachte sie fast schon erschrocken, während sie den Deckel von der blau bemalten Porzellanschüssel nahm und zur Kelle griff.

Früher hätte er wortlos den Teller in Richtung Suppenschüssel geschoben und ihr einen strafenden Blick zugeworfen, weil sie nicht rechtzeitig bemerkt hatte, dass er Nachschlag wünschte. Wobei, wenn sie an früher dachte, dann hatte sie ausschließlich die schreckliche Zeit vor Augen, in der er dem Alkohol verfallen gewesen war, weil diese Zeit die schönen Erinnerungen, die sie an den Beginn ihrer Ehe hatte, verdrängt hatte – die Erinnerungen an damals, als Paul ihr noch zugewandt gewesen war, so wie jetzt wieder.

»Vielen Dank«, sagte er und stellte den gefüllten Teller andächtig vor sich, so als betrachte er ein Wunder. »Das ist wirklich ein Festmahl.«

»Das ist doch nur eine einfache Rindfleischsuppe«, gab sie zurück, dennoch war ihr klar, dass man ihm über Monate hinweg einen Fraß vorgesetzt haben musste, den man nicht einmal mehr den Schweinen vorwerfen würde. »Ich werde gleich nachher auf den Markt gehen.«

Er ließ den Löffel sinken. »Wie viel Geld hast du denn

noch? Ich weiß, dass ich all unsere Ersparnisse verprasst habe«, fügte er kleinlaut hinzu.

Sie verzog den Mund, so als hätte sie sich an der Suppe verbrannt. Die Summe würde sie ihm nicht nennen und für das Geld gleich nachher in einem unbeobachteten Moment ein gutes Versteck suchen, beschloss sie. Zur Sicherheit. Auf etwas anderes wollte sie jetzt jedoch dringend zu sprechen kommen.

»Weißt du auch, dass du ganz erhebliche Schulden bei Mayenhöfer hast?«

Paul nickte und senkte den Blick. »Vor allem Spielschulden, ja. Fünfzig Gulden. Ich verspreche dir, ich werde ihm alles zurückzahlen.«

»Du weißt nicht mehr, dass du im Matschakerhof randaliert hast, nicht wahr?«, fragte sie und kniff die Lippen zusammen.

»Was habe ich?« Er ließ den Löffel fallen, so dass die Suppe über den Tellerrand spritze und heiße Nadelstiche ihren Arm trafen. »Himmel hilf, daran habe ich keine Erinnerung mehr. Das ist doch nicht wahr!«

»Doch, du hast …« Sie holte tief Luft, weil es sie Kraft kostete, darüber zu sprechen, diese verdrängte Erinnerung aus den Tiefen ihrer Seele hervorzuholen. »Du wolltest, dass ich dir Schnaps besorge, und als ich mich geweigert habe, hast du gedroht, mich umzubringen, wenn ich nicht sofort …«

»Sophie!«, rief Paul entsetzt. »Das habe ich getan? Um Gottes willen!«

»Ja, das hast du«, betonte sie, und mit der Erinnerung stieg Übelkeit in ihr auf. »Und ganz ehrlich, ich will nicht wissen, was passiert wäre, wenn ich nicht aus dem Haus geflohen wäre. Daraufhin bist du zum Matschakerhof gegangen, hast dort getrunken und zur Sperrstunde das Mobiliar zerlegt. Mayenhöfer hat mir alles vorgerechnet. 300 Gulden insgesamt. Er hat mich bedrängt, deine Schulden sofort zu begleichen. Immerhin konnte ich ihn zu einer Ratenzahlung an jedem Monatsersten überreden. Diesen Monat war er noch nicht da. Ich warte täglich auf ihn.«

»Sophie! Ich zahle dir alles zurück, du hast mein Ehrenwort. Das ist ja entsetzlich, was ich alles angerichtet habe. Wenn ich das höre ... Was kommt denn da noch, von dem ich nichts mehr weiß? Das macht mir Angst. Ich habe vor mir selbst Angst. Ich erkenne mich nicht wieder. Und wie muss das erst für dich gewesen sein – und für die Kinder?« Er verbarg das Gesicht in den Händen und schüttelte den Kopf. »Guter Gott, was habe ich nur angerichtet?«

Sie betrachtete die zusammengesunkene Gestalt am Esstisch, diesen gebrochenen Mann, der jetzt hörbar weinte und nichts mehr mit dem gewalttätigen Eheherrn zu tun hatte, der auf diesem Stuhl gethront und durchs Haus gepoltert war, dass es ihr kalt den Rücken hinuntergelaufen war. Eigentlich müsste sie Mitleid haben, aber so richtig wollte dieses Gefühl nicht in ihr aufkommen. Vielmehr wirkte sein Weinen beklemmend auf sie. Wie mechanisch legte sie ihm die Hand auf die Schulter.

Er hob den Kopf und blickte sie mit tränennassem Gesicht an. Seinetwegen hatte sie schon so oft Tränen vergossen, doch ihn hatte sie noch nie weinen sehen. Da rührte sich etwas in ihr. Sie hatte das Bedürfnis, ihn zu trösten. »Es wird alles gut werden«, sagte sie, eher weil sie ihm gut zureden wollte, nicht, weil sie sich dessen sicher war.

Paul suchte in seiner Hosentasche vergeblich nach einem Taschentuch, also reichte sie ihm ihr frisches aus der Rocktasche. Er wischte sich die Wangen trocken und putzte sich die Nase. Anschließend sah er sie mit glasigem Blick an, weil sich seine Augen erneut mit Tränen füllten. »Wollen wir vielleicht noch einmal ganz von vorn angefangen?«, fragte er mit belegter Stimme.

Was sollte sie darauf antworten, überlegte sie und zog die Hand von seiner Schulter. Wie stellte er sich das vor? Einfach die Uhr zurückdrehen und so tun, als ob nichts gewesen wäre? Schön wäre das, wenn es so leicht ginge.

Das war jedoch *sein* Wunschtraum, und im Grunde schien Paul es sich damit doch recht einfach machen zu wollen – zumindest erwartete er wohl von ihr, dass sie den vorangegangenen Alptraum schnell vergaß. Er hatte sich ja schließlich geändert, und darauf sollte sie vertrauen.

»Weißt du nicht mehr, wie verliebt wir waren, als wir uns kennenlernten?«, fragte er in ihre Gedanken hinein. Behutsam legte er seine knochige Hand auf ihre, die neben dem Suppenteller ruhte. Keinen weiteren Löffel würde sie mehr hinunterbringen. Ihr Magen war wie zugeschnürt.

»Doch, das weiß ich noch ...«, entgegnete sie leise. »Aber das reicht nicht, um einfach so weiterzumachen.« Es war so verdammt viel passiert, dachte sie im Stillen. Und es ging auch nicht nur um die Verletzungen, die Paul ihr zugefügt hatte. Paganini war in ihr Leben getreten, ihr Seelenverwandter. Dieser Mensch war ihr so nah, wie es Paul nie gewesen war. Erst jetzt ahnte sie, was Liebe wirklich bedeutete. Es war, als ob Paganini immer bei ihr wäre, auch jetzt fühlte es sich so an, als ob er neben ihr am Tisch säße. Das war doch verrückt. Sie wollte es nicht, doch sie hatte ihre Gefühle nicht mehr unter Kontrolle. Wie sollte unter diesen Vorzeichen ein Neuanfang mit Paul möglich sein?

»Das ist richtig«, bemerkte er, und sie erschrak, weil sie für einen Moment geglaubt hatte, er könne wie Paganini ihre Gedanken lesen, dann wurde ihr jedoch klar, dass er sich auf ihre letzte Bemerkung bezogen hatte. »So einfach geht das nicht, das habe ich verstanden, aber wir könnten es versuchen. Sophie, wir haben nur dieses eine Leben und unsere Ehe. In guten wie in schlechten Zeiten, bis dass der Tod uns scheidet. Und jetzt wollen wir die schlechten Zeiten hinter uns lassen – oder etwa nicht?«

»Doch, natürlich!«, sagte sie, wie, um sich selbst davon zu überzeugen. In ihr bebte es. Mit Wucht hatte er sie an das Eheversprechen erinnert und ihr dadurch einmal mehr bewusst gemacht, dass sie gar keine andere Wahl hatte, als das Leben mit Paul weiterzuführen. Aber wer entschied, ob die Zukunft gut oder schlecht werden würde?

»Ich verspreche dir«, fuhr Paul fort, »dass ich dir in Zukunft der beste Eheherr sein werde, den du dir nur vorstellen kannst. Ach je, ich dachte eigentlich, dass ich das Taschentuch nicht mehr brauche, aber jetzt kommen mir schon wieder die Tränen.«

Es war schon rührend, wie wichtig ihm eine gute Ehe zu sein schien. Allerdings war sie mittlerweile geläutert, denn sie hatte den Passus mit den schlechten Zeiten nicht so ernstgenommen, da sie nicht die geringste Vorstellung davon gehabt hatte, wie grausam das Leben in einer Ehe sein konnte.

»Paul, warum nur bist du dem Alkohol und dem Glücksspiel verfallen?«, fragte sie eindringlich. »Hast du eine Erklärung dafür, wie es so weit kommen konnte?«

»Ja, die habe ich …«, sagte er nachdenklich. »Aber das spielt jetzt keine Rolle mehr. Die Zeiten sind vorbei. Essen wir lieber weiter. Die Suppe wird kalt.«

»Ich bin satt«, entgegnete sie. Da stimmte doch etwas nicht. Oder war sie zu empfindlich? Wollte er einfach nicht mehr an diesem Thema rühren? Ihr Bauchgefühl schlug Alarm. »Deine Erklärung würde mich schon sehr interessieren.«

Paul verharrte mit dem Löffel über dem Teller. »Ich könnte dir den Grund nennen, weshalb ich zum Alkohol gegriffen habe, aber ich denke, es ist besser, wenn du ihn nicht erfährst.«

»Wie bitte?«, fuhr sie auf. »Du verschweigst mir bewusst etwas – und das soll ein vertrauensvoller Neuanfang sein? Wie soll ich das verstehen?«

»Versteh es so, dass ich ehrlich zu dir sein will, es jedoch besser ist, wenn ich schweige, ganz im Sinne eines guten Neuanfangs. Und ich verspreche dir bei allem, was mir heilig ist, dass es den Grund nicht mehr gibt, aus dem ich zur Flasche gegriffen habe. Ich schwöre auf die Bibel! Es ist ja auch alles längst vorbei.«

»Wenn du mich nicht sofort ins Bild setzt, dann …« Sie brach ab, denn eine Befürchtung stieg in ihr hoch, von der sie glaubte, dass sie wahr sein könnte. Das hörte sich fast so an, als ob eine andere Frau im Spiel gewesen war. »Paul … Hast du Ehebruch begangen?«

Paul ließ den gefüllten Löffel in den Teller sinken. »Ja.«

»Wie bitte?«, fragte sie überflüssigerweise.

»Ja, das habe ich«, betonte er.

Ihr wurde heiß und kalt zugleich. Sein schlichtes Geständnis erwischte sie wie ein Gewitterregen nach einem gewaltigen Donnerschlag. Plötzlich fror sie. Sie überkreuzte die Arme, hielt sich an sich selbst fest und spürte, wie sie zitterte.

»Kenne ich sie?«, brachte sie hervor.

»Ja«, entgegnete er zu allem Unglück und riss damit die Wunde weiter auf. »Es war Florentine«, fügte er freiwillig hinzu.

Sprachlos starrte sie Paul an und versuchte zu begreifen. »Meine Schwägerin? Die Frau deines Bruders? Bist du von allen guten Geistern verlassen? Wenn er das erfährt!«

»Er weiß es«, entgegnete Paul schlicht.

»Ihr drei wusstet es, nur ich nicht?« Ihre Stimme kippte.

Dieser Verrat war noch schmerzhafter als jeder Schlag, den sie von ihm ertragen hatte. Ausgerechnet Florentine. Dieses hintertriebene Weibsstück. Am liebsten wäre sie aufgesprungen, zu ihrer Schwägerin gerannt, um ihr die Wut, all ihren Hass und Zorn ins Gesicht zu schreien.

»Wie lange geht das schon?«, fragte sie außer Atem, so als ob sie tatsächlich zu Florentine und wieder zurück gerannt sei. Auf ihren Eheherrn war sie jedoch seltsamerweise nicht wütend. Sie spürte nichts mehr, als sie ihn ansah. Einfach gar nichts mehr. Da war nichts als eine große, unendliche Leere.

»Es ist doch längst vorbei!«, rief Paul, als ob das irgendetwas besser machte. Und mit jeder Sekunde, in der sie das Ausmaß dieses Ehebruchs begriff, wurde ihr übler.

Paul berührte sie am Arm.

»Fass mich nicht an«, zischte sie, und er zog seine Hand zurück, als hätte er sich verbrannt.

»Warum nur?«, fragte sie kopfschüttelnd und starrte auf ihren Teller. »Warum?« Sie fragte es nicht, weil sie eine Antwort darauf haben wollte, sondern aus Entsetzen.

»Weil ich ihr ein Kind machen sollte.«

Sie starrte Paul mit offenem Mund an und brachte kein Wort heraus. Das wurde ja immer entsetzlicher.

Dass sie nichts erwiderte, verleitete Paul offenkundig dazu, sich weiter zu erklären. »Mein Bruder hat mich inständig darum gebeten. Florentine wünschte sich nichts sehnlicher als ein Kind, und mein Bruder meinte, es liege an ihm, weil er als Kind Mumps gehabt hatte und deshalb seine Zeugungsfähigkeit gelitten habe. Dass ich Kinder zeugen konnte, hatte ich ja bereits unter Beweis gestellt, also sollte ich … Florentine war einverstanden. Wir haben es etwa ein Jahr versucht, immer wieder, aber es klappte nicht, und schon währenddessen merkte ich, dass ich das nicht mit meinem Gewissen vereinbaren konnte. Andererseits wollte ich meinem Bruder helfen. Wir sind Zwillinge. Es wäre wohl nie jemandem aufgefallen, dass es nicht sein Kind ist.«

»Hör auf!«, schrie sie. »Kein Wort mehr!«

Am liebsten wollte sie davonlaufen, egal wohin, bloß weg. Sie war jedoch wie gelähmt.

»Sophie, bitte. Ich bitte dich, um alles in der Welt – bleib ruhig. Du musst mir das verzeihen. Ich habe einen großen Fehler gemacht! Das habe ich schon währenddessen gemerkt und mein schlechtes Gewissen im Alkohol ertränkt. Und weil ich alles wiedergutmachen wollte, dir etwas zurückgeben wollte, bin ich der Spielsucht verfallen.«

»Hör auf!«, rief sie noch einmal. »Aufhören.« Obwohl sie es nicht wollte, rannen ihr die Tränen haltlos über die Wangen. Was tun, was tun, was tun? Die Frage kreiste in ihr, ohne dass sie zu irgendeiner Handlung fähig war.

Paul wollte ihre Hand nehmen, doch sie wehrte ihn erneut ab.

»Nimm wenigstens dein Taschentuch …« sagte er mit hörbarer Hilflosigkeit und schob es ihr hin. Sie ließ es achtlos liegen. Nichts mehr wollte sie von ihm annehmen. Gar nichts mehr.

Er hatte Ehebruch begangen. Ehebruch. Ehebruch. Ein Scheidungsgrund. Theoretisch. Ihre Gedanken rasten. Kein Richter dieser Welt würde die Ehe für nichtig erklären, wenn Paul nicht einverstanden war, stattdessen würde man im Gerichtssaal mit einem Lächeln über den erklärbaren und letztlich gut gemeinten Fehltritt hinwegsehen, auf sie herabblicken und sie ermahnen, ihrem Eheherrn in Zukunft ein besseres Weib zu sein, damit er nicht mehr auf Abwege gerate.

Heiße Wut loderte in ihr auf angesichts dieser schreienden Ungerechtigkeit, und sie spürte einen Schmerz, als ob sie innerlich verbrenne. Ihre Tränen verdampften in dieser

Hitze, ihre Kehle war wie ausgedörrt, und sie hatte das Gefühl, keine Luft mehr zu bekommen.

»Nimm doch dein Taschentuch ...« bat Paul eindringlich. »Huch?«, bemerkte er gleich darauf. »Was ist denn da für ein Monogramm drauf?«

Er wollte das Taschentuch genauer betrachten, da riss sie es ihm aus der Hand. »Gib es her. Es gehört Paganini.«

»Aber wie ...?«, hob Paul erstaunt an.

»Ich habe geweint. Deinetwegen!«, schleuderte sie ihm entgegen. »Und er hat mich getröstet.«

»Aha?« Fragend hob Paul die Augenbrauen.

»Indem er mir sein Taschentuch gereicht hat!«, schrie sie. »Was denkst du denn?«

»Entschuldige ...«, flüsterte Paul.

Da hörte sie, wie die Haustür geöffnet wurde und gleich darauf die Stimmen ihrer Zwillinge. »Wir sind wieder da!«

Sie konnte es kaum glauben. Katerina war zurück? Wie hatte Kristian das angestellt?

Ihre verloren gegangene Kraft kehrte mit Wucht zurück, so als ob eine Sturmböe die Flügel einer Windmühle erfasst hätte. Sie sprang auf und lief ihren Kindern entgegen, die in diesem Moment auch schon die Küche betraten.

»Bei Tante Florentine und Onkel Peter war es ganz schrecklich!«, rief Katerina, dann erblickte sie ihren Vater und erstarrte. Auch Kristian blieb wie vom Donner gerührt stehen.

»Kinder! Wie schön, euch zu sehen! Ja, ich bin wieder da, und mir geht es gut, auch wenn mein ausgezehrter Körper nicht danach aussieht. Aber das wird wieder – jetzt wird alles wieder gut. Wir haben uns, wir sind eine Familie, und wir halten zusammen. Uns kann nichts mehr trennen!« Pauls Euphorie wuchs mit seiner Verzweiflung, weil seine Kinder nicht reagierten. »Ich habe dem Alkohol abgeschworen!

Glaubt mir! Kristian, Katerina, kommt her, habt doch bitte keine Angst vor mir!«

Da war ein kurzer Moment des Zögerns, in dem sich die Zwillinge ansahen. Sophie wollte gerade einschreiten und die beiden in Schutz nehmen, damit er nicht zu viel von ihnen verlangte, da liefen sie zu ihrem Vater und warfen sich ihm in die Arme, so ungestüm, als ob sie wieder kleine Kinder wären.

Sophie blieb im Hintergrund, allein neben diesem Bild dreier glücklicher Menschen, allein mit ihren Tränen.

Kapitel 29

3. Juli 1828

ch bin so froh, dass unser Herr Vater wieder zu Hause ist.«

Diesen Satz hörte sie seit vier Wochen täglich von ihren Kindern, die nicht müde wurden, zu betonen, wie sehr sie ihn vermisst hatten. An diesem Nachmittag war es Katerina, die mit dieser Bemerkung, begleitet von einem erleichterten Seufzer, in die Werkstatt gekommen war.

Es versetzte Sophie jedes Mal einen Stich, denn sie wurde die Vorstellung nicht los, dass es nur eine Frage der Zeit war, bis Paul wieder zur Flasche griff und die Kinder erneut litten.

»Störe ich?«, fragte Katerina.

»Nein, ganz und gar nicht!«, versicherte sie schnell, denn dieses Gefühl sollte Katerina unter keinen Umständen haben. Zum Glück suchte ihre Tochter neuerdings immer wieder ihre Nähe, das erleichterte Sophie, und sie spürte, dass Katerina reden wollte. Es gab so vieles, was unausgesprochen war, zudem musste bei Florentine und Peter irgendetwas vorgefallen sein, was ihre Tochter dazu bewogen hatte, Hals über Kopf heimzukehren – oder war es allein das Heimweh gewesen?

Jedenfalls hatte die gleichzeitige Rückkehr ihres Vaters dazu beigetragen, dass Katerina sich sofort wieder zu Hause wohlfühlte. Anscheinend sehnte sie sich nach nichts mehr als nach einer Familie.

Das gab Sophie den zweiten Stich. Familie. Sosehr sie

sich dieses starke Zusammengehörigkeitsgefühl für ihre Kinder wünschte, so wenig stand es in ihrer Macht, was Paul aus diesem Neuanfang machte, und noch weniger wusste sie, ob es ihr gelingen würde, Paul eines Tages wieder unbefangen und voller Liebe anzusehen – und nicht mehr bei jedem Blickkontakt ein Bild davon vor Augen zu haben, wie er mit Florentine im Bett gelegen hatte.

»Frau Mutter?«, fragte Katerina.

Sie fuhr hoch, und gleichzeitig fragte sie sich, was passieren würde, wenn Katerina von dem Ehebruch ihres Vaters erfahren würde – oder wusste sie schon davon, weil sie bei Onkel und Tante etwas davon aufgeschnappt hatte? Nein, dann hätte sie sich ihrem Vater nicht so unbefangen in die Arme geworfen.

»Entschuldige, Katerina, mir geht gerade so viel durch den Kopf. Ich freue mich, dass du mich bei der Arbeit besuchst.«

»Ich bin ausquartiert worden, weil Kristian sein Referat noch einmal in Ruhe üben will, bevor er es gleich unserem Herrn Vater aufsagen soll.«

Ausquartiert. Wie schade, dass sie nur deshalb den Besuch in der Werkstatt machte, dachte sie, doch sie sah mit einem Lächeln darüber hinweg, denn immerhin hätte sich ihre Tochter auch in die Küche setzen können, aber sie suchte stattdessen ihre Nähe.

»Wollte sich euer Vater nicht hinlegen?« Paul hielt seit einer Weile täglich einen ausgiebigen Mittagsschlaf, was nicht verwunderlich war, denn er war noch immer nicht bei Kräften. Das hatte er nicht wahrhaben wollen, hatte es überspielt, aber nun musste er es so langsam einsehen.

»Doch, er hat geschlafen, aber Kristian sollte ihn wecken, wenn er um drei Uhr nicht von selbst von der Kirchenglocke aufwacht, denn er möchte das Referat unbedingt hören und

Kristian vielleicht wichtige Hinweise geben, die er dann noch einarbeiten kann.«

Paul hielt sein Versprechen, dachte Sophie. Er kümmerte sich wirklich rührend um seine Kinder. Wie schön. Tränen stiegen ihr in die Augen. Eigentlich müsste sie sich freuen und glücklich sein.

Den Kindern zuliebe.

Ihrer Familie zuliebe.

Sie schluckte an dem Kloß in ihrem Hals vorbei und wischte sich unauffällig über die Augen. Familie. Glück. Zufriedenheit. Verdammt, wohin mit ihren Tränen? Seitdem Paul ihr sein Fremdgehen gebeichtet hatte, dachte sie so oft an Paganini. Mit geballter Willenskfraft kämpfte sie dagegen an, sich eine Zukunft mit ihm auszumalen. Diese Zukunft gab es nicht. Sobald er Wien verließ, musste sie ihn vergessen.

Für die Kinder. Familie. Glück. Zufriedenheit.

Nicht mehr lang, und der Tag des Abschieds würde kommen.

»Frau Mutter?« fragte Katerina erneut.

»Ach herrje, ich schweife heute immer wieder ab«, sagte sie und fühlte sich ertappt. Schnell versuchte sie, sich auf andere Gedanken zu bringen. »Das Wetter ist so schön draußen. Da möchte man am liebsten einen Ausflug machen.«

»In der Schule sagen sie, dass die Giraffe in ungefähr vier Wochen ankommen soll.«

»Ja, so steht es auch in der Zeitung.«

»Gehen wir dann in den Tiergarten?«, fragte Katerina und Sophie ahnte, worauf ihre Tochter hinauswollte.

»Das machen wir auf jeden Fall – ist es in Ordnung für dich, wenn wir das in Begleitung von Signor Paganini und Achille tun?«

Katerina sah zu Boden und Sophie rechnete schon damit,

dass ihre Tochter den Kopf schütteln würde, doch dann hob sie den Blick und nickte. »Aber unser Herr Vater soll auch mitkommen.«

Sophie schluckte. »Ich weiß nicht, ob er das möchte«, gab sie zu bedenken, und ob das so ein guter Plan ist, setzte sie im Stillen hinzu. Seit Wochen freute sie sich darauf, die Stunden an der Seite von Paganini zu verbringen, es gab jedoch auch noch andere Gründe, weshalb sie ihrer Tochter den Wunsch ausreden sollte. »Das wird einen Menschenauflauf geben. Das ist deinem Vater bestimmt noch zu viel …« Und was, dachte sie weiter, wenn Paul aus der Masse heraus mit Schmährufen beleidigt wurde? Die Gemüter hatten sich zwar wieder beruhigt, aber da musste nur einer sein, mit dem die Pferde durchgingen … Nein, das war wirklich kein guter Plan.

»Doch, mein Herr Vater möchte auch die Giraffe sehen, unbedingt, ich habe ihn gefragt.«

»Ach, das ist ja schön!«, hörte sie sich sagen. »Dann bespreche ich das nachher mit ihm«, fügte sie hinzu. Vielleicht, dachte sie, ließ er von dem Vorhaben ab, wenn sie ihm ihre Bedenken mitteilte. Wobei, so wie sie ihn in den vergangenen Tagen erlebt hatte, würde er sich davon nicht ins Bockshorn jagen lassen. Dann fände der Ausflug also mit ihrem Eheherrn statt – und das war aller Vernunft nach auch besser, als sich allein mit Paganini in der Öffentlichkeit zu zeigen.

»Was überlegst du?«, fragte Katerina.

»Ach nichts«, wiegelte sie ab. »Das wird bestimmt ein sehr schöner und vor allen Dingen spannender Besuch im Tiergarten.«

»Allerdings!«, rief Katerina. »Meine Schulkameraden sind auch schon richtig aufgeregt.«

»Ganz Wien ist in Aufruhr. Ich war heute auf dem Markt und dachte, ich sehe nicht recht. Der Marmorkuchen wird plötzlich als Gâteau à la Giraffe feilgeboten, es gibt Stoffe, Handschuhe, Taschen und Hüte im entsprechenden Muster. Trinkhaferl, Tabaksbeutel, was man sich nur so vorstellen kann. Unglaublich!«

»Da wird Signor Paganini aber nicht erfreut sein, wenn ihm eine Giraffe das Wasser abgräbt«, bemerkte Katerina lachend. Sophie war erleichtert, dass ihre Tochter das Bild, das sich ihr in der Werkstatt geboten hatte, mittlerweile offenkundig anders einordnete und unbefangen über ihn sprechen konnte.

»Derzeit nimmt er es noch mit Humor«, entgegnete sie. »Und ich glaube, letztlich ist er froh, dass die Zeitungsspalten von der Giraffe gefüllt sind und kein Platz mehr dafür ist, so viel Schund über ihn zu schreiben.«

Katerina schien über etwas nachzudenken. »Sind Sie der Meinung, dass dieser Ausflug vielleicht doch zu viel für unseren Herrn Vater ist? Irgendwie habe ich auch den Eindruck, dass es ihm schon mal besser ging …«

Sophie hob die Schultern, unsicher, was sie antworten sollte. Dass Paul seit ein paar Tagen deutlich in sich gekehrter war, war ihr auch schon aufgefallen – aber seine Hochstimmung war ja auch extrem gewesen und konnte nicht ewig anhalten. »Wie gesagt, ich werde mit ihm reden. So, dann widmen wir uns mal wieder der Arbeit, die Schnecke muss fertig werden.«

»Darf ich Ihnen vielleicht helfen oder nur zusehen?«, fragte Katerina.

»Du darfst mir gern helfen. Die Schnecke ist ja nicht für den Klang verantwortlich, sondern bloß ein Zierstück. Wobei *bloß* das falsche Wort ist.«

»Ich finde, die Schnecke ist das schönste Teil an einer Geige!«, warf Katerina begeistert ein.

»Nun ja, meistens. Es sei denn, der Geigenbauer hatte

nach all den kräftezehrenden Arbeiten am Geigenkorpus keine Lust mehr auf die Gestaltung der Schnecke.« Sie lächelte verschmitzt. »Diese Unlust ist manchmal schon deutlich erkennbar, zum Beispiel bei den Schnecken von Maggini oder von den Brescianer Geigenbauern, da fehlt gern mal jede Eleganz, manchmal erkennt man sogar noch Werkzeugspuren, sie sind oft sehr grob gearbeitet.«

»Ja, so als ob das Holz wie ein Teig ausgewellt und dann aufgerollt wurde.«

»Das ist ein sehr guter Vergleich! Wenn es nur so einfach wäre … allein das Aussägen aus dem Holzblock ist schon ein ziemlicher Kraftakt.«

Katerina betrachtete die begonnene Arbeit auf der Werkbank. »Aus diesem groben Stück Holz wird die Schnecke ausgesägt?«, fragte sie und deutete auf den länglichen gehobelten Block, der so breit war wie ihre Hand.

»Ja, genau, das mache ich gerade. Sieh mal, hier habe ich mit einer Schablone die Außenform der Schnecke aufgezeichnet. Gleich ist der Umriss fertig, dann muss die Schnecke Runde für Runde ausgesägt werden, und mit dem Stechbeitel folgt dann die Feinarbeit, das kannst du auch lernen.«

»Warum nicht mit diesen Fingerhobeln wie bei Decke und Boden? Mit denen arbeite ich so gern!«

»Die sind leider nicht klein genug für die Windungen der Schnecke, da hilft nur der Stechbeitel, mit dem man Stück für Stück das Holz absticht. Und danach kommt noch die Ziehklinge.«

»Und woher weiß ich, wie viel zu viel ist?«

Sie lachte auf. »Das ist wie beim Schneider. Dreimal abgeschnitten und immer noch zu kurz! Da sind Augenmaß und Stilempfinden gefragt, Ausgewogenheit und Symmetrie sind wichtig, fließende Rundungen, bloß keine Kanten.«

»Das hört sich gar nicht einfach an, ich weiß nicht, ob ich das kann.«

»Du sollst es ja auch nicht gleich können, sondern erst lernen. Probier es aus. Kleine Fehler können wir leicht ausmerzen und zur Not eine neue Schnecke ausschneiden. Geigenbauschüler arbeiten eigentlich ganz gern an der Schnecke, weil es eine ruhige und nicht so anstrengende Arbeit ist und man nicht ganz so genau arbeiten muss – ausnahmsweise mal nur auf eine Strichbreite genau.«

»*Nur* auf eine Strichbreite genau?«, fragte Katerina. »Sie machen Scherze, Frau Mutter!«

»Nein, das ist mein Ernst. Für einen Geigenbauer bedeutet das schon grobes Arbeiten.«

»Sie machen mir ja Hoffnung, Frau Mutter!«

»Das ist alles erlernbar, wenn man nur will und die Leidenschaft dafür hat.«

»Und als Frau in dem Beruf eine Zukunft hat …«, fügte Katerina missmutig hinzu. »Wenn, dann will ich mal nicht im Verborgenen arbeiten müssen.«

»Das kann ich gut verstehen«, seufzte sie. »Hoffen wir, dass sich die Zeiten ändern.«

Einige Atemzüge lang entgegnete Katerina nichts, dann schien ihr ein Gedanke zu kommen, der Traurigkeit in ihren Blick legte.

»Was bedrückt dich, Katerina?

»Was ist eigentlich, wenn unser Herr Vater wieder anfängt, Alkohol zu trinken …?«

»Mach dir keine Sorgen«, wiegelte sie intuitiv ab, denn mit solch schweren Gedanken sollte sich ihre Tochter ganz gewiss nicht schon wieder belasten. »Ich bin zuversichtlich, dass er davon kuriert ist. So, dann will ich mal die Form vollends aussägen, damit du ans Werk gehen kannst.«

Während sie sich mit der Säge auf ihr Tun konzentrierte,

dachte sie darüber nach, dass sie längst nicht so zuversichtlich war, wie sie sich ihrer Tochter gegenüber gab. Eigentlich müsste sie Paul im Alltag mehr Vertrauen entgegenbringen, das wollte sie grundsätzlich auch, allerdings ertappte sie sich immer wieder dabei, dass sie ihr Geldversteck überprüfte. Von Zeit zu Zeit wechselte sie es sogar, kontrollierte, ob seine typischen Flaschenverstecke leer waren, und zweifelte stets an, ob er ihr die Wahrheit sagte. In den ersten Tagen war sie ihm sogar heimlich nachgegangen, wenn er das Haus verlassen hatte. Er war jedoch jedes Mal wie besprochen zu seinem Bruder gegangen und zur verabredeten Uhrzeit wieder zurückgekehrt.

Während seiner Abwesenheit ging jedes Mal die Phantasie mit ihr durch. Nicht zuletzt schmerzte es sie, dass er seinen Bruder schon so oft besucht hatte. Paul beteuerte, dass er mit ihm über die Rückabwicklung der Aufträge sprechen müsse und Peter keine Zeit habe, seine Werkstatt zu verlassen – und Paul hatte ihr sogar angeboten, mitzukommen.

Was für ein Hohn! Er glaubte wirklich, dass sie über den Fehltritt einfach hinwegsehen konnte, weil es doch sozusagen für den guten Zweck gewesen war.

Unter keinen Umständen würde sie jemals wieder das Haus betreten, in dem die beiden wohnten. Dass Peter ihr die Aufträge abgenommen hatte, war eine Sache, aber dass Florentine ihr seither bei jedem Treffen ins Gesicht gelacht hatte, und auch Peter so getan hatte, als ob nichts gewesen wäre, tat entsetzlich weh und machte es ihr unmöglich, einem der beiden zu begegnen. Sie setzte einen letzten energischen Schnitt mit der Säge ins Holz.

»So, fertig«, sagte sie und hielt ihrer Tochter den Rohling hin. »Frisch ans Werk, ich leite dich an. Nimm die kleine Säge da.«

Katerina zögerte. »Ich trau mich nicht so recht.«

»Versuch es! Es ist noch kein Meister vom Himmel gefallen. Und du wirst sehen, es geht dir bald leicht von der Hand. Trau dich nur. Die Schnecke ist wirklich ein Vergnügen. Für mich ist sie wie das Sahnehäubchen auf dem Apfelstrudel, den ich mir nach harter Arbeit redlich verdient habe.«

»Na wunderbar, jetzt habe ich Hunger!«, beschwerte sich Katerina lachend.

»Ach, da trifft es sich ja gut, dass ich welchen vorbereitet habe. Er muss nur noch ins Ofenrohr, wenn ich hier fertig bin. Für Anna Röhberg und ihren Mann habe ich auch einen vorbereitet.«

»Den kann ich zur Nachbarin bringen, wenn Sie wünschen, Frau Mutter. Ich habe mich übrigens längst bei ihr bedankt, dass sie uns damals geholfen hat, als Sie so krank gewesen sind – und wir wollten das vor Ihnen auch wirklich nicht verschweigen, Frau Mutter.«

»Schon gut, das glaube ich euch ja auch. Wir haben uns missverstanden. Ich schätze, in letzter Zeit lagen bei uns allen die Nerven blank.«

Katerina nickte dankbar, doch in ihrer Miene spiegelte sich noch eine Frage, die sie sichtlich beschäftigte.

»Wenn es noch etwas gibt …«, hob Sophie an, um ihrer Tochter eine Brücke zu bauen.

»Es hat nichts mit der Nachbarin zu tun …«, druckste Katerina herum.

»Raus mit der Sprache! Du kannst mit mir über alles reden, ich hoffe, das weißt du – auch wenn es in vielen Elternhäusern anders zugeht und es zwischen uns auch nicht immer einfach war.«

»Das ist genau der Punkt …« Katerina zögerte. »Sind Sie mir noch böse, weil ich zu Onkel und Tante abgehauen bin?«

»Böse?« Sie sah ihre Tochter mit hochgezogenen Augenbrauen an. »Ich war dir nie böse – ich war nur sehr traurig.

Aber ich konnte verstehen, dass der Abstand wichtig für dich war, und jetzt bist du ja wieder da.«

»Ja, darüber bin ich auch sehr froh …«

Erst wollte Sophie ihre Tochter spontan in den Arm nehmen, dann jedoch zögerte sie. Schließlich war Katerina kein Kleinkind mehr, und unter ihren Klassenkameraden waren ihre Zwillinge bestimmt die Einzigen, die überhaupt mal zu Hause umarmt wurden. »Darf ich?«

Anstelle einer Antwort legte Katerina den Kopf an die Schulter ihrer Mutter, schmiegte sich an die Beuge zwischen Hals und Schulter, und Sophie neigte sich zu ihr. So verharrten sie eine ganze Weile, während Sophie den Geruch ihrer Tochter mit tiefen Atemzügen in sich aufnahm. Er erinnerte sie an süßlich-würzigen Kuchenduft mit Honig und Zimt.

Als sie Schritte auf der Treppe hörten, lösten sie sich widerwillig aus dieser Innigkeit. Sophie fühlte sich schlaftrunken, so als ob sie nach einem tiefen Traum in die Realität zurückkehren musste. Eine Frage wollte sie jedoch unbedingt noch stellen, bevor sie gleich nicht mehr allein waren. »Wolltest du eigentlich zurück nach Hause, oder durftest du nicht länger bleiben?«

»Ich hätte noch bleiben können, aber ich wollte zurück.« An ihrer Stimmlage erkannte Sophie, dass die Beweggründe dafür ernst waren.

»Hattest du Heimweh?«

Katerina kaute auf der Unterlippe herum. »Auch wenn Sie das nicht hören möchten, Frau Mutter, aber das war es nicht.«

»Was dann?«

»Das möchten Sie, mit Verlaub, auch nicht hören.«

»Warum nicht?«

»Weil … weil Sie sich dann Sorgen machen würden.«

»Katerina, was redest du denn da? Raus damit, so kannst du mich nicht stehen lassen.«

»Es ist … es war so … ich habe ein Gespräch gehört – zufällig, wirklich, ich habe nicht gelauscht …«

Vor Ungeduld presste Sophie die Lippen zusammen und blickte in Richtung Tür. Es konnte nicht mehr lang dauern, bis Paul hereinkam, um ihr von Kristians Referat zu berichten und sich den Fortschritt der Arbeiten in der Werkstatt anzusehen.

Katerina senkte ihre Stimme zu einem Flüstern. »Tante Florentine hat zu Onkel Peter gesagt, dass er sich etwas einfallen lassen soll, dass seine Werkstatt den Ruhm für den Nachbau von Paganinis Geige einheimst.«

Sie lachte auf. »Na, wenn es nur das ist. Das kann ich mir lebhaft vorstellen, und es ist ja nun auch kein Geheimnis, dass Florentine ihren Ehemann anstachelt, seinem Bruder, deinem Vater, den Erfolg nicht zu gönnen. Aber deshalb hast du doch nicht deine Sachen gepackt?«

»Nein, deswegen noch nicht. Aber dann hat Onkel Peter gesagt …« Katerina sprach jetzt so leise, dass sie kaum mehr zu verstehen war. »Er hat gesagt, dass er euch beide umbringen will. Vater und Sie.«

»Ach, Unsinn!«, rief sie aus. »Dein Onkel reißt doch bloß das Maul auf, um seine Frau zu besänftigen. Er würde niemals jemanden umbringen, schon gar nicht seinen eigenen Bruder. Gegen den würde er nicht Hand anlegen – Konkurrenz hin oder her. Wahrscheinlich hat dein Onkel so etwas gesagt wie: ›Man müsste die beiden umbringen‹, um Florentine klarzumachen, wie unmöglich ihre Forderung war.«

»Ich weiß nicht …«, entgegnete Katerina. »Erst wollte ich Ihnen auch nichts davon sagen, weil Onkel Peter wirklich gern mal Sprüche klopft, es kann auch sein, dass er etwas getrunken hatte. Nur, je länger ich darüber nachdenke, desto mehr habe ich das Gefühl, dass er es ernst gemeint hat.«

»Angst war schon immer ein schlechter Ratgeber«, entgegnete sie, und da ging auch schon die Tür auf, und ihr Sohn kam herein.

»Kristian? Du? Musst du nicht noch üben? War dein Herr Vater so zufrieden mit dir? Kommt er auch gleich runter? Dann schiebe ich den Apfelstrudel ins Backfach.«

»Ich weiß es nicht. Er liegt im Bett.«

»Wie, dein Herr Vater liegt im Bett?«, hakte sie ungläubig nach. »Hat er sich wieder hingelegt?«

»Er ist gar nicht aufgestanden.«

»Schläft er so tief und fest?«

»Nein, er war wach, als ich ihn wecken wollte. Mir schien, dass er gar nicht geschlafen hat, und während ich mit ihm gesprochen habe, hat er bloß an die Decke gestarrt und mir knappe Antworten gegeben.«

»Was hat er gesagt?«

»Dass er noch liegen bleiben will und mich heute Abend abfragt.«

»Hm«, machte sie. »Heute Abend ist zu spät, wenn du noch etwas am Referat ändern sollst, denn du musst ja die Seiten neu schreiben, damit das ordentlich aussieht. Und wer weiß, wie viel er zu kritisieren hat.«

»Das habe ich ihm auch gesagt, aber es hat ihn nicht interessiert. Er meinte nur, ich solle gehen.«

»Das hört sich nicht gut an«, warf Katerina ein.

»Ehrlich gesagt bin ich auch erschrocken«, fügte Kristian hinzu. »Ich bin zurück in meine Kammer und habe mir das Referat noch einmal selbst vorgesagt. Aber so richtig konzentrieren konnte ich mich nicht, weil er so abweisend war.«

»Dein Vater ist erschöpft. Die letzten Wochen, in denen er sich wirklich alle Mühe gegeben hat, waren anstrengend für ihn. Er muss erst wieder zu Kräften kommen, er hat ja immer noch kaum was auf den Rippen. Wir müssen ihm Zeit geben.«

Die Zwillinge nickten. Doch in ihren Augen standen Zweifel, von denen Sophie sofort abzulenken versuchte. »Also Kristian: Katerina und ich hören uns jetzt dein Referat an.«

»Mit Verlaub, Frau Mutter, wissen Sie denn etwas über den Doppelkaiser?«, fragte ihr Sohn mit zweifelnder Miene.

»Ich war auch mal in der Schule!«, entgegnete sie spielerisch empört. »Geschichte ist zwar nicht mein Steckenpferd, aber es ist ja schließlich noch nicht so lange her, dass unser Kaiser Franz diesen Titel getragen hat. Als Einziger in der Weltgeschichte, zwei Jahre lang. Ihr seid noch nicht geboren gewesen, aber ich war dabei, als er von 1804–1806 der erste Kaiser Österreichs und zugleich der letzte Kaiser des Heiligen Römischen Reiches gewesen ist. Also, wohlan. Ich höre dir zu.«

Kristian begann seinen Vortrag, doch schon bei den ersten Sätzen schweifte Sophie ab und dachte darüber nach, ob Katerina Peters Drohung vielleicht doch richtig verstanden hatte.

⌒ Kapitel 30 ⌒

28. Juli 1828

ir geht es heute leider nicht so gut«, sagte Paganini zur Begrüßung, nachdem er sie nicht wie üblich im Foyer empfangen hatte, um mit ihr im nebenan liegenden Restaurant des Trattnerhofs das Mittagsdiner einzunehmen und sich dabei den Werkstattbericht geben zu lassen, sondern in seinen privaten Räumen, wie er es im Frühjahr schon einmal getan hatte.

Doch nicht allein deshalb stutzte Sophie. Seine Kleidung war ungewohnt elegant. Er trug eine silbern bestickte, weiße Weste und einen Frack aus dunkelblauem Samt mit Knöpfen, die mit goldgewirktem Stoff eingefasst waren.

Und noch etwas irritierte sie an seinem Anblick, wobei sie nicht wusste, was es war. Sonst bemerkte sie an seiner Erscheinung nicht Ungewöhnliches. Seine schwarzen Locken fielen ihm wie immer wild auf die Schultern, auch seine Blässe wirkte nicht mehr erschreckend auf sie. Allerdings fehlte der Glanz in seinen Augen, und daran erkannte sie, dass es ihm tatsächlich nicht gut ging.

»Wir hätten unser Treffen doch verschieben können«, bemerkte sie.

Er schüttelte entschieden den Kopf. »Absagen wollte ich nicht. Ich hoffe, es ist für Sie in Ordnung, wenn wir das Mittagessen auf dem Zimmer einnehmen?«

»Selbstverständlich!«, entgegnete sie, und das sagte sie nicht nur aus Höflichkeit, sondern weil sie sich tatsächlich

damit wohlfühlte. Als er sie zum ersten Mal in seine Wohn-
räume gebeten hatte, war sie deutlich nervöser gewesen. Nur
eine Sache beschäftigte sie: »Ihre Frau ist nicht da?«

Er wollte antworten, doch da wurde er von einem Klopfen an der Tür unterbrochen. »Zimmerservice!«

»Ach, da kommt ja schon das Essen.« Er erhob sich und
öffnete dem jungen Pagen die Tür, der einen Servierwagen
hereinschob und im Gegensatz zu ihr sichtlich nervös war.

Im Grunde hätte sie sich die Frage nach Antonia Bianchi
sparen können, dachte sie, während sie den Pagen beobachtete, wie er den Servierwagen unbeholfen zum Tisch schob.
Bislang hatte Paganini jedes Treffen so arrangiert, dass es
grundsätzlich zu einer Zeit stattfand, zu der seine Frau einen
Termin beim Schneider oder beim Friseur hatte oder einen
Vortrag zum Thema Schönheit besuchte – selbst wenn die
Verabredung wie üblich im Restaurant des Trattnerhofs stattfand, wollte Paganini unter allen Umständen weitere Eifer-
suchtsszenen vermeiden. Das wusste Sophie, weil er mit ihr
ganz offen darüber gesprochen hatte. Ihm hänge das Gerücht nach, dass er in Bezug auf Frauen kein Kostverächter
sei, hatte er noch hinzugefügt, doch das war eben bloß ein
Gerücht, was seine Ehe jedoch nicht einfacher machte.

Im Grunde sprachen sie viel zu oft über solche privaten
Dinge, dachte Sophie, während sie schweigend dem Pagen
zusah, der sich um ein dezentes Auftreten bemühte, fast wie
ein Geist. Er stellte die beiden Teller mit den silbernen Hau-
ben auf den Tisch, dann begann er, die Gläser samt Besteck
und Servietten akkurat an der Tischkante auszurichten.

Beim letzten Treffen vor zwei Wochen hatte sie dem Virtuosen zunächst ganz professionell und lebhaft vom Fortgang der Arbeiten am Nachbau seiner Geige berichtet. Wie
sie den Bassbalken von innen an die Decke angepasst hatte,
indem sie Kreide auf die Fläche aufgetragen hatte, auf der

später der Bassbalken sitzen sollte, dann mit dem finger-dicken Holzstück, das fast die gesamte Länge der Decke einnahm, hin und her gerieben hatte und die so markierten, überschüssigen Stellen anschließend mit Stechbeitel, Schnitzer und dem kleinen Hobel entfernt hatte. Nachdem sie den Bassbalken mit Knochenleim mit der Decke verbunden und zum Trocknen beiseitegestellt hatte, hatte sie den Zargenkranz aus dem Formbrett befreit und Paganini beschrieben, wie sie den Zargenkranz auch auf der Innenseite säuberlichst mit der Ziehklinge geputzt hatte.

Daraufhin hatte er gelacht und gefragt, weshalb sie so einen Aufwand betreibe. Die Innenseite könne man doch bei der geschlossenen Geige nicht sehen.

Da hatte sie ihm erklärt, dass, falls die Geige in hundert Jahren vielleicht einmal für eine Reparatur geöffnet würde, niemand behaupten solle, sie hätte nicht ordentlich gearbeitet.

Er hatte noch mehr gelacht, und unter normalen Umständen hätte sie mit eingestimmt, da sie das durchaus ebenfalls lustig fand, aber ihr war einfach nicht zum Lachen zumute gewesen – und das bezog sich nicht nur auf den Augenblick.

Im Gegenteil, ihre Stimme war immer wieder gekippt, als sie ihm davon erzählt hatte, wie sie Decke und Boden an die Zargen geleimt und den Korpus geschlossen hatte. Allerdings war sie nicht nur den Tränen nahe gewesen, weil das so ein emotionaler Moment gewesen war, und das hatte Paganini längst bemerkt.

Er hatte ihr auf den Kopf zugesagt, dass sie sich nicht verstellen solle und sie mit ihm über alles sprechen könne, was sie bedrückte.

Da war der Damm gebrochen, im wahrsten Sinne des Wortes. Eine ganze Weile lang hatte sie kein Wort herausgebracht, nur geweint, und er hatte sie festgehalten und in seinen Armen gewiegt. Seine Berühmtheit spielte keine Rolle mehr, kein Standesdünkel und Eheversprechen hielten ihn davon ab, sie zu trösten. Er war einfach er selbst und sie waren sich ganz nah gewesen, verschmolzen und unzertrennbar, so wie die Sonne zum Himmel gehörte, die mal schien und mal hinter Wolken versteckt war.

Bei diesem letzten Treffen hatte nicht mehr viel gefehlt, und sie hätte ihr Eheversprechen und alle Moral vergessen. Nur ein kleiner Schritt von ihrer Seite hätte genügt, eine winzige Geste, der Hauch einer Berührung, und ihr Geliebter hätte seine erzwungene Zurückhaltung über Bord geworfen.

Ja, ihr Geliebter. Das war er. Das musste sie sich eingestehen – und sie waren sich so nah. Noch näher konnten sich zwei Menschen einander doch gar nicht fühlen?

Eine Nähe, die jetzt schon viel zu weit ging, nicht sein durfte, sich von der Vernunft jedoch kaum noch im Zaum halten ließ. Heute musste ihr das gelingen, denn diese Liebe durfte es nicht geben.

Der nervöse Page hatte inzwischen fertig eingedeckt und schenkte nun mit zitternder Hand den Madeira-Wein ein. Dabei schien er regelrecht die Luft anzuhalten und wirkte sehr erleichtert, als ihm sein Werk unfallfrei gelungen war.

»Ich darf servieren …«, kündigte er mit bebender Stimme an, während er zeitgleich die silbernen Tellerhauben abhob. »Zarte Ochsenbäckchen an … an einem Rotweinjus mit Herzoginkartoffeln und sau… und sautiertem Wurzelgemüse.«

»Vielen Dank«, entgegnete Paganini lächelnd und steckte dem Pagen einen Schein zu, den der junge Bursche mit einer tiefen Verbeugung entgegennahm.

Dabei stieß der Page prompt gegen den Servierwagen und dieser polterte gegen den Tisch, so dass ein Glas ins Wanken geriet und der Wein überschwappte.

»Ach herrje!«, rief der Bursche aus und drehte sich auf der Suche nach einem Tuch um seine eigene Achse, dabei hatte er sich dieses zum Servieren über den Unterarm gehängt.

Paganini blieb die Ruhe selbst, nahm ihm das Tuch mit einer geschickten Bewegung ab und sagte: »Ich mache das schon. Sie dürfen gehen.«

»Aber …«, hob der Page flüsternd an, weil er den Widerspruch kaum wagte.

»Ich bin gegen den Tisch gestoßen, als Sie schon zur Tür gegangen sind. So war es doch, oder?«, fügte Paganini mit einem Augenzwinkern hinzu. »Und nun würden wir gern essen, ehe es kalt wird.«

»Selbstverständlich! Habe die Ehre!«, entgegnete der Page mit einer erneuten Verbeugung und entfernte sich eilig rückwärts, wobei er gegen den Türrahmen stieß.

»Der arme Junge …«, sagte Sophie, als er die Tür zugezogen hat. »Da hatte er wirklich Glück, dass Sie so nett reagiert haben. Jeder andere Gast hätte wohl eine Beschwerde eingereicht.«

»Warum sind die Menschen in meine Gegenwart eigentlich immer so nervös?«, fragte Paganini kopfschüttelnd, während er ihren Stuhl zurückzog, damit sie Platz nehmen konnte.

Sie lachte, weil er sich diese Frage wirklich ernsthaft zu stellen schien. »Darüber wundern Sie sich?«

Er setzte sich ihr gegenüber. »Ich weiß, man hält mich für die Teufel persönlich, aber das Dämonische wohnt doch nur in die Köpfe von die Menschen, wo Verstand und Vernunft nicht wohnen. So ist das doch, oder? Nun ja, lassen wir uns die Essen schmecken. Buon appetito.«

»Das sieht wirklich sehr köstlich aus. Ihnen auch einen guten Appetit, und vielen Dank für die Einladung.« Sie griff zum Besteck, ihr Messer glitt durch das butterzarte Stück

Fleisch. Ein herrlicher Geschmack entfaltete sich an ihrem Gaumen, das Fleisch zerfiel wie von selbst im Mund.

Was für ein Genuss!

Eine Weile lang war es still zwischen ihnen. Sophie versank in der Betrachtung ihres Geliebten und fragte sich erneut, was sie an seinem Aussehen heute so irritierte. Es war nicht nur sein ungewöhnlicher Frack und auch nicht die Tatsache, dass er darin verkleidet wirkte.

Offenkundig war ihr ihre Frage deutlich anzusehen, denn in Paganinis Mundwinkeln zuckte ein Lächeln, während er kaute und schluckte. Gleich darauf sagte er: »Ich weiß, ich sehe heute etwas anders aus. Meine Frau hat diese Robe für mich gekauft, weil sie der Meinung ist, dass ich mich in die Öffentlichkeit eleganter präsentieren muss. Was halten Sie davon? Ich habe die Frack extra angezogen, weil ich Ihre Meinung hören möchte.«

»Ich …« Sie stockte. Sie wusste nicht, wie sie ihm beibringen sollte, dass er darin wie ein Zirkusdirektor wirkte, und während sie nach Worten suchte, wurde ihr plötzlich siedend heiß bewusst, warum sie vom ersten Moment an so irritiert gewesen war. Sie hatte diesen Frack schon einmal gesehen.

»Kein Antwort ist auch Antwort«, sagte Paganini lachend. »Ich fühle mich sehr verkleidet, und Ihre Reaktion ist die Beweis für mich, dass ich mich nachher gleich umziehen und diese Kostüm nie wieder tragen werde. Meine Frau wird schimpfen, aber dann soll sie.«

In ihrem Tagtraum, während Paganinis Konzert, hatte sie genau diesen Frack vor sich gesehen, dachte sie erschrocken. Sie verharrte mit dem Besteck in Händen und dachte nicht mehr ans Essen. Jetzt erinnerte sie sich wieder genau, Bilder stiegen vor ihrem inneren Auge auf. Der Frack hatte auf einem Waschtisch neben einer Porzellanschüssel gelegen, in einem Zimmer mit Himmelbett, dessen Bettzeug zerwühlt gewesen war, Kleidung hatte auf dem Boden verteilt gelegen, da war ein Tisch mit einer Madeiraflasche und halb gefüllten Gläsern gewesen, und dann war Antonia Bianchi ins Zimmer gekommen.

»Meine Frau ist mit Achille zu die Schneider gefahren«, bemerkte Paganini in die Stille hinein, so als ob er schon wieder ihren Gedanken gefolgt sei. »Sie will ihm unbedingt eine Giraffenkostüm anfertigen lassen. Nun ja, Achille wird seine Freude daran haben, wenn er es bei unserem Ausflug in die Tiergarten trägt.«

Sie musste sich zwingen, nicht mehr über diesen seltsamen Tagtraum nachzudenken. Wie konnte es angehen, dass sie genau diesen Frack vor ihrem inneren Auge gesehen hatte? Das war unheimlich. War das eine Art Vorsehung gewesen? Nein, das war unmöglich. So etwas gab es nicht.

»Warum schütteln Sie die Kopf?«, fragte Paganini, und sie merkte, wie ihr die Röte in die Wangen schoss. »Mein Sohn kann doch zu diese Anlass eine Giraffenkostüm tragen, oder finden Sie das nicht gut?«

»Doch, doch!«, versicherte sie schnell. »Ich habe gerade nur darüber nachgedacht, wo ich diesen Frack schon einmal gesehen habe.« Das kam der Wahrheit jedenfalls recht nah.

»Ach, der ist doch gerade so in die Mode, dass ihn jede Schneider von die Stange verkauft. Nichts Besonderes und schon gar keine Einzelstück. Eine Schneider wäre mir auch nicht ins Haus gekommen. Ich hasse es, wenn fremde Menschen mir zu nahe kommen. Schneider, Frisöre oder Ärzte. Den Kontakt zu diese Leute meide ich, so wie ... wie die Teufel die Kirche – oder wie sagt man?«

»Wie der Teufel das Weihwasser«, korrigierte sie mit einem Lächeln und war erleichtert, dass sie eine Erklärung gefunden hatte, wie sich ausgerechnet dieser Frack in ihren

Tagtraum gemischt haben könnte. Sie musste dieses Kleidungsstück in einem Schaufenster gesehen und deshalb verarbeitet haben. Dafür beschäftigte sie jetzt noch etwas anderes. »Und Ihre Frau möchte wirklich nicht in den Tiergarten mitkommen?«

»Nein, sie macht sich wie gesagt nichts aus die Tiere und sie hasst so viele Menschen auf eine Haufen, wenn sie nicht auf die Bühne steht. Überhaupt ist sie nervlich sehr angekratzt, und es vergeht wirklich keine Tag, an dem wir nicht streiten. Ihr passt auch nicht, dass ich sie nicht als Sängerin bei meine Concerto auftreten lasse. Bei keinem einzigen, seitdem wir in Vienna sind. Ich bin wegen meine Schmerzen selbst nicht auf die Höhe, muss viel Medizin nehmen, da kann ich die Hysterie von meine Frau nicht gebrauchen, was Antonia noch mehr in die Rage bringt.« Er legte das Besteck beiseite. Sein Essen hatte er bislang kaum angerührt. »Ach, das dreht sich alles in die Kreis. Eine Teufelskreis. In diese Fall kann man wirklich von Teufel sprechen. Es ist nicht zum Aushalten … Wenn ich mir vorstelle, dass das ewig so weitergehen soll …« Er schüttelte den Kopf. »Man muss aufpassen, wen man heiratet. Wie heißt diese Spruch richtig auf Deutsch?«

»Drum prüfe, wer sich ewig bindet …«, entgegnete Sophie gedankenverloren. Ja, es war ein Kreuz mit diesen unglücklichen Ehen, die nicht geschieden werden durften.

»Am liebsten würde ich allein mit Achille nach Nizza reisen, mich dort erholen, zur Ruhe kommen und nachdenken. Ich liebe diese wunderschöne, hübsche französische Stadt am Mittelmeer. Kennen Sie Nizza?«

Sophie schüttelte den Kopf. »Bis Cremona sind wir mal gereist, aber nicht bis an die Küste.«

»Cremona ist auch sehr schön! Aber sehr heiß. In Nizza weht immer eine frische Wind.«

»Ihre Heimatstadt Genua liegt doch auch am Meer und

ganz in der Nähe von Nizza? Warum ausgerechnet diese Stadt?«

»Ich habe mich in die Stadt verliebt, besitze dort auch eine Wohnung. Es stimmt, Nizza ist nur zwei bis drei Tagesreisen mit die Kutsche von Genua entfernt, immer an der Küste entlang, und trotzdem ganz anders als meine dreckige und heruntergekommene Heimatstadt. Ach, wenn ich nur dort sein könnte. In Nizza möchte ich sterben.«

»Das klingt so, als ob das morgen wäre«, entgegnete sie munter. »Dabei sind Sie doch nicht alt und der Tod bestimmt noch weit entfernt.«

Paganini griff nach der Serviette. »Mein Gefühl sagt mir, dass ich nicht mehr lange zu leben habe. Irgendetwas ist da in mir, was mich krank macht, das spüre ich.«

Erschrocken schüttelte sie den Kopf. »Sie müssten vielleicht einfach ein bisschen mehr Pause zwischen den Konzerten machen. Und überhaupt, vielleicht haben Sie das Spielen zu früh wieder aufgenommen?«

Er hob die Schultern. »Ich bin nicht zum Vergnügen in Vienna, ich muss Geld verdienen.«

»Ihre Konzerte waren doch alle ausverkauft, oder nicht? Könnten Sie es sich da nicht erlauben, ein paar Auftritte ausfallen zu lassen?«

»Ja, ich habe allein in die letzte Wochen 20 000 Gulden verdient.«

Angesichts der Summe hielt sie die Luft an. Damit konnte er sich eine stattliche Villa an der Donau kaufen. Es war ihr unangenehm, dass er so offen über seinen Verdienst sprach. Er hingegen schien sich darüber keine Gedanken zu machen.

»Mein nächstes Concerto fällt sowieso aus. Wegen die Giraffe!« Paganini lachte aus voller Kehle. »Das passiert eine Künstler auch nicht jede Tag! Aua!« Mit schmerzverzerrtem Gesicht fasste er sich an den linken Unterkiefer.

»So schlimm?«, fragte sie.

Er nickte. »Die Arzt sagt, ich bin kerngesund, das ist eine … wie hat er gesagt? Eine Reizung von die Nerven, eine Überarbeitung, und ich muss für ein paar Wochen solche heiße und kalte Bäder in die Wechsel machen. Was für eine Schwachsinn bei diese Schmerzen – das habe ich ihm auch gesagt und dass ich mich ernsthaft krank fühle.«

»Und was meinte der Arzt dazu?«

»Er hat mich nach meine genaue Alter gefragt. Sechsundvierzig ist noch keine Alter, meinte er, aber da kommen eben die erste – wie war die Wort? Zipperché?«

»Zipperlein.« Mit Blick auf die diversen Medizinfläschchen, die sich auf der Konsole aufreihten, hob sie die Augenbrauen und entgegnete: »Es sieht ganz so aus, als ob Ihnen die Wechselbäder allein nicht helfen.«

»Das sehen Sie richtig. Ich habe große Schmerzen, ausgerechnet jetzt, wenn alle Welt verlangt nach mir und will mich spielen hören. Aber was soll ich machen? Ich bin eine Feuerseele, wie eine Stimmstock, eingeschlossen in eine Geige. Verstehen Sie?«

»Ich glaube, ich verstehe. Man sagt ja, der Stimmstock ist die Seele der Geige.«

»Genau. Und bei mir ist diese Stimmstock intakt, die Resonanzkasten hat nur leider eine dünne Wand. Die Saiten sind vollständig, vibrieren aber ungenau – oder anders gesagt: Da ist etwas in mir, was mich sehr krank macht, da bin ich mir sicher. Das ist nicht bloß eine Reizung von die Nerven, daran glaube ich nicht. An manche Tage ich habe die Schmerzen ganz gut im Griff, aber heute ist leider eine schlechte Tag.«

»Soll ich nicht doch lieber gehen?«, fragte sie alarmiert und legte ebenfalls ihr Besteck beiseite. Der Hunger war ihr ohnehin längst vergangen, was bedauerlich war, weil das Essen wirklich sehr gut schmeckte.

»Nein, nein«, wehrte er sofort ab. »Aber wir reden die ganze Zeit nur von mir. Was haben Sie zu erzählen?«

»Tatsächlich leider nicht so viel. Ich habe den Bassbalken an die Decke angepasst, den Zargenkranz geschliffen und zusammen mit meiner Tochter die Schnecke gestochen. Die ist wunderschön gelungen.«

Paganini zog die Augenbrauen zusammen. »Irgendetwas bedrückt Sie doch. Das merke ich Ihnen an. Geht es Ihre Eheherr schlechter? Trinkt er wieder?«

Sie schüttelte den Kopf. »Nein, das ist es nicht. Er hat sich zwar merklich zurückgezogen und schläft viel, aber ich hoffe, dass ist bloß die Erschöpfung, die jetzt durchkommt.«

»Dann hat es mit Ihrer Tochter zu tun …«

»Nein, aber sie hat mir etwas erzählt …« Diese Andeutung rutschte ihr heraus, obwohl sie noch unentschieden war, ob sie Peters Ausspruch überhaupt so ernst nehmen sollte, dass sie mit Paganini darüber reden musste. Wobei ihr das bestimmt half, die Sache einzuordnen. »Sie hat gehört, wie Peter mit Florentine über den Nachbau der Geige gesprochen hat, und seine Frau hat auf ihn eingeredet, dass er dafür sorgen muss, dass der Ruhm auf seine Werkstatt übergeht.«

Paganini horchte auf. »Wie stellt er sich das vor?«

»Paul und ich sollen sterben. Er will uns umbringen«, erklärte sie nüchtern. »So hat es Katerina zumindest verstanden.«

»Das ist nicht sein Ernst!«, rief Paganini aus.

»Das habe ich meiner Tochter auch entgegnet. Ruhm hin oder her, dazu wäre mein Schwager nicht in der Lage.«

»So wollte ich das nicht sagen. Ich bin sehr besorgt. Ihre Schwager ist mir nicht geheuer. Wobei, ob er wirklich über Leichen geht?«

»Ich gebe zu, mir macht das Angst, aber im Grunde traue

ich ihm das nicht zu. Erst recht nicht, dass er seinen eigenen Bruder umbringt.«

»Außerdem weiß er ganz genau, dass nur Sie die Geige erschaffen können, sein Nachbau würde seelenlos werden, weil er die Seele von meine geliebte Geige nicht erfühlen kann. Aber wer hätte gedacht, dass solche Ausmaße passiert. Ich will nicht, dass Sie Angst um Ihr Leben haben müssen, und schon gar nicht, dass er seine Drohung wahrmacht. Lieber ich ziehe meine Auftrag zurück, so gerne ich eine Nachbau hätte, und gebe Ihnen trotzdem die Geld.«

»Darüber denken wir nicht nach«, wiegelte sie ab. »Es ist nämlich auch gut möglich, dass meine Tochter ihren Onkel falsch verstanden hat und er gesagt hat, dass seine Werkstatt den Ruhm nur bekäme, wenn er uns umbringen *würde* – damit wollte er Florentine klarmachen, wie aussichtslos ihre Forderung war.«

»Möglich …«, entgegnete er nachdenklich. »Aber seien Sie trotzdem auf die Hut. Könnte ich mir das niemals verzeihen, wenn Sie meinetwegen …«

»Reden wir nicht mehr davon«, unterbrach sie ihn und griff demonstrativ wieder zu ihrem Besteck. Die Herzoginkartoffeln waren unterdessen ausgekühlt, mit dem Rotweinjus zusammen schmeckten sie jedoch trotzdem vorzüglich.

»Wir haben ja noch gar nicht angestoßen!«, rief Paganini unvermittelt aus und griff zu seinem Glas. »Auf Ihr Wohl!«

»Auf Ihr Wohl!«, entgegnete sie und hielt ihr Glas in die Höhe, doch er zog seines abrupt zurück.

»Nein, auf Ihr Wohl«, beharrte er. »Und auf Ihre Gesundheit. Bitte passen Sie auf sich auf«, mahnte er erneut. »Wenn Ihr Bauchgefühl sich meldet … wenn Sie irgendeine merkwürdige Beobachtungen machen, auch nur die kleinste Vorkommnis – Sie sagen mir sofort Bescheid. Versprochen?« Er hielt ihr sein Glas wieder hin.

»Versprochen«, gab sie zurück, und sie stießen an. Wobei sie sich eigentlich nicht vorstellen konnte, dachte Sophie, während sie einen Schluck von dem Madeira-Wein trank, dass Peter wirklich darauf aus war, sie umzubringen. Sie hätte nichts sagen sollen, so machte sich Paganini nur unnötig Sorgen.

»Bitte wirklich Bescheid sagen ...«, setzte Paganini nach, weil er ihre Mimik genau beobachtet hatte. »Ihr Leben ist mir viel wert – viel mehr als mein eigenes.«

»Nicht doch!«, rief sie entrüstet. Eigentlich hatte sie aufessen wollen, bevor alles kalt war, nun musste sie sich jedoch deutlich widersetzen. »Wie reden Sie denn? Sie haben doch auch noch ein Kind!«

»Trotzdem. So empfinde ich das«, entgegnete er ruhig. »Und kaum, dass Sie in meine Gegenwart sind, geht es mir besser. Sie sind meine Muse.«

»Das ist nun wirklich zu viel der Ehre«, wehrte sie ab.

Er schüttelte den Kopf. »Es ist nicht zu viel der Ehre. Es ist die Wahrheit. Sie sind die Muse des Teufelsgeigers.«

Zum Zeichen, dass er keinen weiteren Widerspruch dulde, erhob er sich und ging zu seinem Geigenkoffer.

Voller Zärtlichkeit hob er seine Guarneri del Gesù heraus, so als nähme er einen Säugling aus der Wiege, und drehte sich zu ihr um.

Trotz seiner Schmerzen hob er die Geige ans Kinn, schenkte ihr einen innigen Blick und wiederholte: »Sie sind die Muse des Teufelsgeigers«, ehe er den Bogen ansetzte.

Was tat er denn? Er spielte doch niemals außerhalb eines Konzerts? Und nun für sie allein? Ihr Herz schlug schneller. Gänsehaut.

Mit geschlossenen Augen stimmte er voller Hingabe die ersten Molltöne einer traurigen Melodie an, denen fröhliche, fast übermütige Stakkatotöne folgten, die ihr ein Lächeln entlockten. Es war eine eingängige Tonfolge, die ihr sofort mitten ins Herz ging. Vor ihrem inneren Auge sah sie zwei Liebende ausgelassen miteinander tanzen. Doch kaum dass sie sich in diesem Bild verloren hatte, mischte sich wieder etwas Trauriges in sein Spiel, eine Tonfolge, die jede Faser ihres Körpers durchdrang. Sie wusste, dass sie diese Melodie nicht mehr vergessen würde, obwohl sie sie noch nie zuvor gehört hatte. Dieses Stück war ihr so vertraut, als ob sie es komponiert hätte.

Während er die letzten Takte spielte, liefen ihr die Tränen über die Wangen. Mit jedem Bogenstrich berührte er ihr Innerstes, streichelte ihre Seele.

Er spielte die letzte Note, einem tiefen, lang gezogenen Seufzer ähnlich, suchte dabei ihren Blick und hielt ihn fest. Dann ließ er Bogen und Geige sinken. Er wirkte sehr erschöpft, jetzt schlug er die Augen nieder und starrte eine ganze Weile lang zu Boden, während sie sich die Tränen aus den Augen wischte.

Die Musik bebte in ihr nach, die traurige Melodie, die nach einem Abschied klang, darin eingebettet ein Tanz zweier Liebender. Ihr letzter Tanz. Ein letztes Mal vereint.

Paganini blickte auf. Er atmete tief durch und schien jetzt auf eine gewisse Art erleichtert zu sein.

»Hat Ihnen die Melodie gefallen?«, fragte er hoffnungsvoll.

»Sie … sie war so traurig …«, sagte sie mit kehliger Stimme. Sie räusperte sich. »Aber wunderschön. Damit werden Sie Ihre Zuhörer zum Weinen bringen.«

»Ich werde die Melodie nie in eine Concerto spielen, sie gehört nur uns beiden, sie trägt unsere Namen, ich habe sie gerade für uns zum Abschied komponiert.«

»Ein Abschiedslied?«, fragte sie mit erstickter Stimme.

»Das Leben ist endlich«, entgegnete er. »Die Abschied

kommt. Wann, das liegt oft nicht in unsere Macht. Aber wenn er da ist und die Melodie erklingt, werden unsere Seelen wieder vereint sein. So wünsche ich mir das.«

⌒ Kapitel 31 ⌒

4. August 1828

*J*n der Stille der Nacht, im Kerzenschein, betrachtete
Sophie den Nachbau der Geige.
Es war so weit. Die Geige sollte ihre Lackierung erhalten, ihr
glänzendes, rotgolden schimmerndes Kleid, das den weißen
Holzkörper in ein Instrument voller Glanz und Schönheit
verwandelte.

Jeder Pinselstrich musste sitzen. Doch es ging nicht um
das Aussehen allein. Der Lack war eine Komponente auf
dem Weg zum perfekten Klang, einem Weg, den sie mit dem
sorgfältigen Ausarbeiten der Wölbung des Korpus begonnen
hatte und an dessen Ende das Setzen des Stimmstocks stand,
das Erschaffen der Geigenseele.

Mit Bedacht filtrierte sie die am Vortag angerührte Lack-
flüssigkeit und füllte sie in eine vierkantige, dickwandige
Porzellanschale, dann mischte sie das bereits gefilterte Drachenblut darunter. Jeder Geigenbauer hatte sein eigenes Rezept, schwor auf eine bestimmte Zusammensetzung. Die na-
türlichen Zutaten verhielten sich jedoch nie gleich, deshalb
konnte sie nicht strikt nach Rezept vorgehen. Die Kunst war
das richtige Mischverhältnis. Als Basis diente ihr Körnerlack,
ein recht hartes Harz, das sie für die erste Lackschicht benötigte. Dem Lack für die weiteren Schichten musste sie das
gummiartige Elemi zumischen, das für die Elastizität sorgte,
und am Ende war die Zugabe von Lavendelöl für die Geschmeidigkeit entscheidend.

Prüfend ließ sie den Lack über die weiße Gefäßwand fließen. Vielleicht noch etwas mehr Farbsättigung? Oder genügte die Verflüchtigung des Alkohols, um den intensiven Glanz der Farben hervorzuzaubern?

Der kastanienbraune Farbton gefiel ihr gut, in Verbindung mit dem Holz könnte der Hauch eines wunderschönen Goldrots entstehen. Wobei es ja nicht auf die Farbe allein ankam.

Ihre Hände zitterten vor Nervosität, als sie einen Pinsel aus dem Behälter wählte. Sie prüfte die Befestigung des Haarbüschels sowie mit einer geübten Bewegung des Daumens dessen Federkraft und fächerte mehrfach die Pinselhaare auf, um Schädlinge oder Staubkörner aufzuspüren. Schon ein einziger Fremdkörper würde die Lackierung zunichtemachen.

Wenn sie sich nur besser konzentrieren könnte. Da hatte sie schon bewusst die Nacht gewählt, damit sie mit der Geige allein sein und alle ihre Sinne auf das Instrument richten konnte, das sie zum Leben erwecken wollte, und trotzdem schlich sich Paganini immer wieder in ihre Gedanken. Ganz gleich, wie sehr sie versuchte, nicht an ihn zu denken, die Melodie, die er für sie komponiert hatte, erklang immer wieder aufs Neue in ihr.

Behutsam tauchte sie die Pinselspitze in den Lack ein, und der Probestrich auf dem bereitliegenden Holzbrettchen zeigte ihr, dass sie die richtige Menge Alkohol zur Verdünnung gewählt hatte, andernfalls hätte sich die Farbe schnell verflüchtigt, ohne Harzteilchen zu hinterlassen. Zudem war eine gewisse Festigkeit des Lacks für die Stabilität und den Schutz wichtig, und gleichzeitig durfte die Schicht nicht zu fest sein, weil dadurch die Schwingung des Holzes beeinträchtigt werden konnte.

Eigentlich hatte sie damit gerechnet, dass Paul spätestens zum Abendessen wach sein und dann die ganze Nacht keine

Ruhe geben würde, doch es war anders gekommen. Zwar hatte er sich auf ihr Rufen hin zu ihnen an den Tisch gesellt, allerdings hatte er nur einsilbige Antworten gegeben und lustlos gegessen.

Die Zwillinge schoben das auf seine Müdigkeit, und Katerina genügte sein schlichtes »Ja« vollkommen, als sie ihren Vater fragte, ob er wirklich in den Tiergarten mitkommen wolle, obwohl dort so viel los sein werde. Ihr kam gar nicht in den Sinn, dass er das nur gesagt haben könnte, um sie nicht zu enttäuschen, und bestimmt wollte er sein Versprechen auch selbst gern halten. Allerdings sah Sophie ihren Eheherrn eher im Bett liegen, wenn sich sein Zustand in den kommenden Tagen nicht schlagartig besserte.

Sophie schüttelte den Kopf, als sie daran zurückdachte, wie teilnahmslos er am Tisch gesessen hatte. Erschreckend. Wo sollte das noch hinführen? Er wollte schlafen, schlafen, schlafen. Dabei hätte sie gern mit ihm darüber gesprochen, wie er seinen Bruder einschätzte. Die Besuche dort hatte Paul allerdings ebenfalls eingestellt, worüber sie einerseits erleichtert war, andererseits schloss sie daraus, dass Peter die Rückabwicklung der Aufträge noch hinauszögern wollte. Was angesichts von Pauls kraftlosem Zustand eine nachvollziehbare Entscheidung war.

Sie zündete den Lack an, und in dem Augenblick, in dem sich die ersten Luftbläschen an der Oberfläche zeigten, deckte sie die Flamme mit einer Glasplatte ab, denn der Lack besaß nun die richtige Konsistenz. Jetzt musste er nur noch abkühlen.

Als Anna Röhberg während des Abendessens geklopft hatte, um sich einen Liter Milch zu borgen, weil ihr Rest sauer geworden war, war sie von Katerina bestürmt worden, die sie vor lauter Freude darüber, dass ihr Vater in den Tiergarten mitkommen wollte, kaum zu Wort kommen ließ. Weder die Nachbarin noch Katerina hatten einen Blick dafür gehabt, wie Paul weiterhin teilnahmslos am Tisch gesessen und sich ein Lächeln abgerungen hatte.

Die Nachbarin hatte sich mit den Kindern gefreut und ihnen viel Spaß gewünscht. Sie allerdings wolle sich diese Menschenmassen nicht antun und sich lieber mit ihrem Mann zu Hause einen ruhigen Tag gönnen. In die Schusterei würde ohnehin keiner kommen, wenn die ganze Stadt auf den Beinen war, fügte sie hinzu, als sie schon wieder im Hinausgehen war, und im Nebensatz versprach sie, ein Auge auf die Geigenwerkstatt zu haben.

Sophie hatte ohnehin vor, die Geige in die Obhut der Nachbarin zu geben, solange sie alle außer Haus waren, aber das wollte sie noch in Ruhe mit Anna Röhberg besprechen, nicht zwischen Tür und Angel.

Zum wiederholten Male vergewisserte sie sich, dass kein Staubkörnchen auf der Werkbank war. Sie hegte Zweifel, ob genügend Wärme im Raum herrschte, damit sich zwischen Holz und Lack kein Niederschlag bilden konnte und die Geige nicht mit Feuchtigkeit durchsetzt würde.

Doch, die Raumtemperatur war in Ordnung, wie immer. Hatte sie das Instrument durch das Abschleifen mit Rüböl und Bimssteinpulver wirklich gründlich von der Ölschicht befreit? Natürlich hatte sie das getan. Dreimal hatte sie sich dessen versichert. Dennoch befürchtete Sophie Fehler im Lack, die ihr Werk ruinieren würden.

Solch zerstörerische Gedanken gingen ihr durch den Kopf, während sie mit den Vorbereitungen fortfuhr. Neben der Werkbank entzündete sie drei zusätzliche dicke Kerzen und richtete die massiven Standfüße so aus, dass der Lichtschein genau auf die nackte Geigendecke fiel. Sie tränkte den Pinsel mit Lack und strich das Haarbüschel sorgfältig am Schalenrand ab, um zu verhindern, dass sich Tropfen bildeten.

Wollte sie so den Rest der Nacht dasitzen? Zögernd, zaudernd, ängstlich? Untätig? Irgendwann musste sie anfangen, und wann, wenn nicht jetzt?

Entschlossen und mit leichtem Druck setzte sie den Pinsel am Fuß des Geigenhalses an und führte ihn die Zargenfläche entlang. Jeder Strich eine Gratwanderung, es quälte sie die Frage, ob sie zu viel oder zu wenig Lack aufgenommen hatte, nirgendwo durfte ein Farbrinnsal entstehen. Der Spirituslack trocknete sofort, zum Verstreichen blieb keine Zeit, nur bei Öllack hätte sie noch kleine Korrekturen machen können. Öllack war wesentlich dankbarer. Nur acht anstelle von zwanzig Schichten mussten aufgetragen werden, bis der Korpus geschützt war.

Zwanzig Schichten. Dennoch hatte sie sich für den Spirituslack entschieden, denn die Vielzahl der Schichten brachte den großen Vorteil mit sich, dass sie sich langsamer an deren Festigkeit heranarbeiten konnte. Bei jeder Schicht musste sie den Lack durch Zugaben verändern, denn die erste Schicht diente vor allem der Versiegelung und Versteifung, was einen klanglichen Gewinn brachte, deshalb enthielt diese Lackportion noch kein Lavendelöl und Elemi, weil sie den Lack weicher machten, was erst bei der nächsten Schicht gefragt war. Zu früh aufgetragen, würde der weiche Lack das Holz träge machen.

Sophie zwang sich zur Ruhe, konzentrierte sich auf die rötliche Farbe, die nach jeder ihrer Handbewegungen das Holz färbte, von den Zargen zum Boden und zur Decke übergehend, wo sie befreiter arbeitete und mit großzügig gefülltem Pinsel über die Flächen strich. Was für eine Augenweide! Voller Euphorie betrachtete sie ihr Werk, und sehnte den Moment herbei, in dem das Holz bei jedem Pinselstrich regelrecht in Flammen aufzugehen schien – das wäre bei einer der nächsten Schichten der Fall –, doch dann zwang sie sich wieder, einen prüfenden Blick walten zu lassen. Benötigte der Lack für die nächste Schicht mehr Rot oder Braun? Fehlte es an Farbtiefe oder wirkte das Rot am Ende zu intensiv, musste sie das ausgleichen?

Achtsam fuhr sie um die f-Löcher herum, danach wählte sie einen schmaleren Pinsel und setzte ihn an der Schnecke an, die Härchen glitten in die Windungen wie in einen Strudel.

Die Schnecke war wunderschön geworden, ohne Ecken und Kanten, dem harmonischen Schwung folgend. Dazu hatte Katerina einen sehr wichtigen Beitrag geleistet. Sie hatte sich wirklich geschickt angestellt. Vielleicht wurde eines Tages doch auch eine Geigenbauerin aus ihr? Mit ihrem Zwillingsbruder gemeinsam die Werkstatt des Vaters weiterführen, das war eine sichere Zukunftsperspektive, die sie den Kindern nicht nehmen und durch Eskapaden ihrerseits aufs Spiel setzen durfte. Einen Fehltritt mit Paganini würde Paul ihr niemals verzeihen. Dann würde er die Scheidung verlangen, ihr womöglich noch die Kinder wegnehmen … nein, das war undenkbar. So weit durfte es nicht kommen. Das durfte sie unter keinen Umständen riskieren, ganz gleich, was Paul ihr angetan hatte und wie wenig sie noch an ein glückliches Wiederaufleben ihrer Ehe glaubte.

Energisch fuhr sie mit der Lackierung fort, bis die Holzporen genügend Lack aufgesaugt hatten und die Geigendecke herrlich schimmerte. Erst wenn sie mit der Farbe zufrieden war, sollte die Geige ihren abschließenden Überlack erhalten, den sie mit reichlich Gummi Elemi und Lavendelöl mischen musste, damit die Schwingung nicht am Ende doch noch auf der Strecke blieb – was einer Katastrophe gleichen würde.

Am Ende musste sie die Stellen ausfindig machen, an denen sie dem Lack ein älteres Erscheinungsbild verleihen wollte, um die Geige an das Aussehen des Originals anzugleichen. Das waren besonders die Stellen, an denen die Geige mit Kinn und Händen in Kontakt kam. Und da Paganini ohne Kinnhalter zu spielen pflegte, musste sie an dieser Stelle die obersten Lackschichten mit einem in Spiritus getränkten Lappen wieder abwischen. Nicht zu viel und nicht zu wenig – bis hoffentlich ein goldener Schimmer zum Vorschein käme, der ihr einen Freudenschrei entlocken würde, wenn sie alles richtig gemacht hatte.

Doch nach einem Schritt wie diesem, der ein Prickeln in ihr auslöste, nach dem sie fast schon süchtig war, folgte beim Geigenbau stets eine eintönige Arbeit, so als sei das eine Gesetzmäßigkeit, damit ein Geigenbauer in seiner Euphorie nicht abhob und Fehler machte.

Wenn sie das geschafft hatte, konnte sie der Vollendung des Instruments entgegenfiebern. Es fehlte nach der Trocknungszeit noch die aufwendige Schlusspolitur.

Das leichte Abschleifen mit Trippel, einem gängigen Schleifpulver, das sie mit Wasser zu einem Brei anrührte, war eine sehr langwierige und am Ende auch unangenehme Arbeit, weil die Paste nicht nur den Lack, sondern auch die Haut an den Fingern anschliff.

Zum Polieren verwendete sie eine Mischung aus Wiener Kalk, Wasser und Polieröl, die sich am besten dafür eignete, die Haut leider jedoch noch stärker strapazierte. Doch Sophie liebte das Polieren. Kein Schmerz war ihr zu viel, denn als Belohnung kam unter dem Polierpulver der glänzende Lack zum Vorschein, wie bei einer frisch geschälten Kastanie.

Danach folgten das Einpassen der Wirbel, das Setzen von Steg und Stimmstock und schließlich das Saitenaufziehen – und dann, nach rund zweihundertfünfzig reinen Arbeitsstunden – von den Wartezeiten ganz abgesehen –, das Anspielen der Geige, ihr Lebendigwerden, die Vollendung.

Einerseits sehnte sie diesen Moment herbei – doch damit würde auch der Abschied unweigerlich kommen. Von der Geige, von Paganini und von ihren Träumen.

An Pauls Seite würde sie nicht mehr glücklich werden, dessen war sie sich inzwischen sicher. An seiner Seite würde sie jedoch den Rest ihres Lebens verbringen müssen, das war ebenfalls klar. Aber das Schicksal hatte ihr schon so viele Knüppel zwischen die Beine geworfen, wäre es da nicht auch mal Zeit für eine glückliche Fügung?

Schon wieder erlag sie der Hoffnung auf eine freudige Zukunft, auf wundervolle Jahre an der Seite ihres Seelenverwandten.

Da waren Schritte im Flur. Mit einem Wimpernschlag waren ihre Träumereien weggewischt, und sie hielt die Luft an.

War das Paul, der nicht schlafen konnte und in der Küche etwas zu essen suchte? Eines ihrer Kinder, das auf war, weil es Durst hatte? War sie so konzentriert gewesen, dass sie die knarzende Treppe nicht gehört hatte?

Oder ... Ihr Hals wurde eng. Machte Peter seine Drohung wahr? Hatte sie ihn unterschätzt? Hatte Paul seinem Bruder den Zweitschlüssel doch nicht abgenommen?

Und jetzt? Sie war in der Werkstatt gefangen, es gab keinen zweiten Ausgang. Wie erstarrt saß sie da, und ihr Blick irrte umher, auf der Suche nach einem Gegenstand, mit dem sie sich verteidigen könnte.

Die Tür wurde aufgedrückt.

Mit Bedacht.

Leise.

Vorsichtig.

Kerzenschein zuckte über den Boden.

»Sophie?«

Sie ließ die angestaute Luft hörbar entweichen. »Paul! Hast du mich erschreckt!«

Wie ein Gespenst stand er da. Sein Nachthemd, das zuletzt über seinem Bauch gespannt hatte, hing an ihm herunter, wie ein Bettlaken, das er sich übergeworfen hatte. Ein Gespenst, vor dem sie jedoch keine Angst mehr hatte.

»Genau das wollte ich nicht – das tut mir leid. Ich dachte, du bist an der Werkbank eingeschlafen, weil es so still war, und ich wollte dich nicht wecken.« Er ließ den Kopf hängen, und seine knochigen Schultern folgten der gebeugten Haltung.

»Was suchst du hier unten?«, fragte sie atemlos. »Ich dachte schon, dein Bruder würde mich heimsuchen.«

»Bitte? Wie kommst du denn darauf?«

»So ganz abwegig ist das vielleicht nicht …«, hob sie an und deutete mit einer Kopfbewegung auf die Geige, die im Kerzenschein ihrer Vollendung entgegensah.

»Du meinst …« Paul sah auf, machte große Augen und schien zu begreifen. »Auf den Gedanken bin ich noch gar nicht gekommen, dass er auf unlautere Weise zu Ruhm kommen will, aber jetzt macht sein Verhalten für mich Sinn. Er wollte mir den Zweitschlüssel nicht zurückgeben. Er hat sich geweigert, mit der schlichten Begründung, dass meine Werkstatt derzeit *seine* Werkstatt ist. Da half auch kein Argumentieren, Bitten oder Betteln. Er blieb stur, und mir fehlte die Kraft, mich gegen ihn aufzulehnen. Am Ende habe ich mir nichts weiter dabei gedacht, aber jetzt kommen mir Zweifel.«

»Zu Recht. Florentine will unter allen Umständen, dass der Ruhm für den Nachbau der Geige am Ende deinem Bruder gehört – das hat Katerina mit angehört. Du musst Peter den Schlüssel abnehmen!«

»Ist gut, ich gehe morgen noch einmal hin und rede mit ihm.«

»Nicht nur reden«, bekräftigte sie. »Du kommst mit dem Schlüssel zurück. Andernfalls gehe ich zu Peter und werde deutlich …«

»Das solltest du nicht tun …«

»Doch, das muss ich. Erst recht nach diesem Schreck gerade eben. Bisher habe ich mir eingeredet, dass die Bedrohung nicht so groß ist.«

»Welche Bedrohung denn?«

»Paul, hör zu. Dein Bruder ist womöglich bereit, über Leichen zu gehen. Über deine und meine Leiche. Das hat Katerina gehört.«

»Niemals!«, rief Paul aus. »Nicht mein Bruder. Er tut vieles für seinen Ruhm, aber nicht das!«

»Und was macht dich da so sicher?«

»Ich kenne meinen Bruder!«

»Ich dachte auch, dass ich dich kennen würde«, entfuhr es ihr.

Paul erstarrte, so als hätte sie ihn mit eiskaltem Wasser übergossen. Er rang nach Luft, nach Worten, und erst nach einer Weile sagte er leise. »Ich verstehe. Du kannst mir die Sache mit Florentine nicht verzeihen.«

»Die *Sache*«, erwiderte sie und suchte den Blickkontakt zu ihrem Eheherrn. »Die Sache«, wiederholte sie und holte danach tief Luft, damit überhaupt ein Laut durch ihre Kehle drang, »die kann dir nur Gott als eine deiner Sünden vergeben. Ob ich dir verzeihen kann, spielt keine Rolle für unser Ehegelübde.«

»Mir ist das aber wichtig«, murmelte Paul. Er senkte den Kopf, auf dem die ersten mit Grau durchsetzten dunklen Haare sprießten.

»Wir werden schon einen Weg finden«, hörte sie sich sagen. »Finden müssen.«

Er schüttelte langsam, kaum merklich den Kopf. Dabei warf die Kerze in seiner Hand bizarre Schatten auf sein Gesicht. »Ich kann mir ja selbst nicht verzeihen.«

Was sollte sie darauf entgegnen? Sie war viel zu erschöpft,

um ein sinnvolles Gespräch zu führen. »Geh wieder schlafen, Paul. Wir sprechen morgen darüber.«

»Ich kann nicht schlafen.«

»Kein Wunder, du warst ja den ganzen Tag im Bett. Leg dich trotzdem wieder hin. Ich muss noch arbeiten.«

»Ich mache seit Tagen kein Auge zu. Ich bin todmüde, kann aber nicht einschlafen. Und wenn doch, dann schrecke ich gleich wieder hoch, weil ich einen Alptraum habe. Immer denselben. Ich bin im Narrenturm, eingeschlafen auf meinem Strohlager, und dann höre ich Schreie. Ich reagiere nicht, weil das die anderen Gefangenen sind. Plötzlich ist es heiß um mich herum, ich reiße die Augen auf. Es brennt. Ich bin gefangen. Muss verbrennen. Ich liege da, mit weit aufgerissenen Augen, nass geschwitzt, und dann denke ich jedes Mal, dass das mein verdienter Tod wäre.«

»Jetzt hör auf, so zu reden!«, sagte sie ärgerlich.

»Doch, das denke ich. Und ich glaube, letztlich wäre mein Tod für uns alle eine Erleichterung.«

»Paul, bitte …«

»Es ist so«, sagte er mit ungewohnter Bestimmtheit. »Ich habe dir hoch und heilig versprochen, dass ich keinen Alkohol mehr trinken werde, habe es mir selbst versprochen, aber ich spüre, dass dieser Dämon in mir nur schläft und nicht etwa fort ist. Ich glaube, er erwacht wieder, macht mich unruhig und weckt andere Geister, die mich mit schrecklichen Erinnerungen aus dem Narrenturm quälen, die ich einfach nicht vergessen kann.«

»Du brauchst Zeit …«, entgegnete sie behutsam. »Das wird besser. Du musst durchhalten. Tu es den Kindern zuliebe.«

Er machte einen Schritt auf sie zu, blieb dann jedoch wieder stehen, so als ob ihn eine unsichtbare Hand zurückgehalten hätte.

»Sophie, ich habe furchtbare Angst, dass mir auf dem Weg die Kraft ausgeht, dass ich es nicht mehr schaffe, dem Dämon zu widerstehen, weil er mir die Hand entgegenstreckt, denn ich habe gelernt, dass mir der Alkohol dabei helfen würde, alles zu vergessen.«

»Du bist stark. Hab keine Angst. Denk an die Kinder. Du musst wieder zu Kräften kommen und schlafen.«

»Haben wir irgendwo noch Schlafmittel? Deshalb bin ich eigentlich nach unten gekommen.«

»Ein kleiner Rest Laudanum steht noch im obersten Regal in der Küche, hinter dem Glasgefäß mit den getrockneten Kamillenblüten.«

Er blickte sie fragend an, und sie ahnte, dass er mit dieser Beschreibung nichts anfangen konnte. Das kannte sie schon von ihm, neu war jedoch diese Hilflosigkeit in seinem Blick, fast wirkte es, als ob er das Gesagte überhaupt nicht verarbeiten konnte, wie ein kleines Kind, das mit den Informationen überfordert war.

»Kannst du mir das Mittel bitte holen?«, fragte er.

Sie nickte und erhob sich vom Schemel. »Ich besorge dir morgen Vormittag auch gleich Nachschub aus der Reichsapfel-Apotheke, da bekommt man das Laudanum günstiger.«

»Woher weißt du das?«

»Weil es von Würth in der Wiener Zeitung angekündigt hat.«

»Seit wann annonciert ein Apotheker? Das ist mir neu.«

»Das ist auch neu. Finde ich aber gut. Warum sollten Kunden nicht erfahren, wo es etwas günstig zu kaufen gibt?«

»Ja, die Dinge verändern sich«, entgegnete Paul gedankenverloren. »Die Welt dreht sich weiter, aber irgendwie ohne mich. Ich fühle mich wie unter einer Käseglocke.«

»Das wird wieder. Du musst mehr Geduld haben. Nach

allem, was war, kannst du nicht erwarten, dass alles sofort wieder gut ist.«

»Aber was ist, wenn nichts mehr so wird wie früher? Wenn ich … wenn wir …?«, fragte er.

»Du musst nach vorn blicken. Die alten Zeiten sind ohnehin Vergangenheit – sie kommen nie wieder. Nichts bleibt, wie es war. Das Leben ist Veränderung. Wir gehen mit der Zeit und die Zeit mit uns.«

»Sophie?«, fragte er, als sie an ihm vorbei in die Küche gehen wollte.

»Ja?«, fragte sie über die Schulter hinweg und hielt in der Bewegung inne.

»Selbst wenn deine Liebe zu mir erloschen ist, ich werde dich immer lieben. Dich und die Kinder. Bis in alle Ewigkeit.«

⌒ Kapitel 32 ⌒

S eid ihr bereit?«, fragte Sophie, und eilte durch den Flur, an den Kindern vorbei, in die Küche. Endlich war der große Tag da, die Ankunft der Giraffe.

»Immer noch, ja, Frau Mutter!«, rief ihr Sohn lachend, weil sie das bestimmt schon zum dritten Mal gefragt hatte – kein Wunder bei ihrer Aufregung. Hatte sie an alles gedacht? War der Werkstattofen aus? Das Herdfeuer gelöscht? Hatte sie alle Kerzen ausgeblasen?

Ja, auch beim dritten Kontrollgang blieb es dabei: alles in Ordnung. Der Proviant war ebenfalls vorbereitet, die Geige hatte sie schon heute Vormittag zur Nachbarin gebracht, und Anna Röhberg hatte ihnen allen viel Vergnügen bei ihrem Ausflug gewünscht.

Einen Wermutstropfen gab es jedoch: In der vergangenen Nacht hatte sie es nicht geschafft, die Geige fertigzustellen. Sie hatte sich schlecht konzentrieren können, weil Paul sehr unruhig gewesen und die halbe Nacht in der Schlafkammer auf und ab gegangen war. Immer, wenn sie oben nachgesehen hatte, um zu fragen, ob es ihm wirklich gut gehe und er tatsächlich keinen Schlaftee wolle, hatte er Letzteres verneint und seine Unruhe beharrlich mit dem bevorstehenden Ausflug in den Tiergarten erklärt.

So richtig geglaubt hatte sie ihm das nicht, aber was sollte sie dazu sagen? Da Paul sie auf Trab gehalten hatte, fehlten leider im Morgengrauen ein paar letzte Handgriffe zur

Vollendung der Geige: das Aufstellen des Stegs, das Aufziehen der Saiten und das Anspielen. Der magische Moment, in dem die Geige zum Leben erwachen sollte. Dieser Augenblick musste allerdings noch warten, so leid ihr das tat. Andererseits wäre die Übergabe der Geige sonst zwischen Tür und Angel geschehen, und sie sollte doch wenigstens in einem kleinen feierlichen Rahmen stattfinden. Dafür hatte sie extra einen Geigenkoffer aus dunkelbraunem Leder ausgewählt, so dunkel wie die Farbe von Paganinis Augen.

Es sollte wohl nicht sein, dass sie den Nachbau fertigstellen konnte, dachte sie, aber immerhin war die Geige im Haus der Nachbarin vor Peter sicher.

Obwohl es erst nach dem Mittagsgeläut losgehen sollte, war ihre Tochter bereits um sieben Uhr am Frühstückstisch erschienen, zum Ausflug bereit in ihrem gelben Kleid, zu dem sie eine braune Schürze und ein schmales Halstuch in derselben Farbe gewählt hatte. Ihre blonden Haare hatte sie zu einem langen Zopf geflochten und mit einer ebenfalls braunen Schleife festgesteckt.

Etwas übertrieben fand Sophie das ja schon, sie selbst hatte darauf verzichtet, ihre Kleiderwahl an das Aussehen einer Giraffe anzulehnen, aber Katerina meinte, das würden alle Mädchen aus ihrer Schule machen – und letztlich sah sie damit tatsächlich nicht verkleidet, sondern einfach nur hübsch aus.

Katerina hatte ihren Bruder zu einer braunen Kniebundhose mit gelbem Hemd überredet – obwohl er sich trotz aller Euphorie eigentlich nicht in Giraffenfarben hatte kleiden wollen –, und das war ihr auch nur gelungen, weil es seine Lieblingshose war und sein einziges Hemd aus dünnem Leinenstoff, das die Hitze erträglicher machte. Denn der siebte August versprach der bislang heißeste Tag des Jahres zu werden.

Nur ihr Eheherr ließ noch auf sich warten. Als sie Paul

heute Morgen geweckt und ihm sein Frühstück ans Bett gebracht hatte, hatte er mehrfach betont, dass er unbedingt mitkommen wolle, womit sie schon gar nicht mehr gerechnet hatte, denn er hatte das Bett in der vergangenen Woche bis auf einen kurzen Spaziergang und die gestrige unruhige Nacht nicht verlassen.

Am Morgen hatte er darum gebeten, noch etwas ruhen zu dürfen. Vor einer Stunde hatte sie noch einmal nach ihm geschaut, und da war er bereits angezogen gewesen.

Und nun? Hatte er sich noch einmal hingelegt und war eingeschlafen?

Als er auf ihr Rufen nicht reagierte, stieg sie die Treppe hinauf und öffnete die Tür zur ehelichen Schlafkammer.

Sie blickte ins Halbdunkel. Nach dem kräftigen Durchlüften in den frühen Morgenstunden hatte sie die Fensterläden wieder geschlossen, weil die Hitze anders nicht auszuhalten war. Im Zwielicht, das durch die Lamellen fiel, erkannte sie ihren Eheherrn, der ausgehfertig im Bett lag.

»Wir wollen los«, sagte sie und blieb im Türrahmen stehen, weil er bis auf ein Brummen nicht reagierte. Kein Wunder, dass er nach der vergangenen Nacht so müde war. Auch sie hätte sich am liebsten ins Bett gelegt.

»Paul, du musst aufstehen. Es ist Zeit. Paganini kommt gleich mit der Kutsche.«

Er bewegte den Kopf langsam von rechts nach links und starrte an die Decke.

»Nein? Das heißt, du willst hierbleiben?«

Ein Nicken. Mehr nicht.

Schon gestern, als er plötzlich angezogen in der Werkstatt erschienen war und gesagt hatte, er wolle einen kurzen Spaziergang zum Donauufer machen, um sich für den Ausflug in den Tiergarten zu kräftigen und jegliche Begleitung abgelehnt hatte, hatte Sophie ein ungutes Gefühl beschlichen, doch sie hatte es sich damit schöngeredet, dass ihm seine körperliche Schwäche peinlich war und er deshalb lieber allein seine Runde drehen wollte.

»Aber Paul, heute Morgen hast du doch noch …«, hob sie an, doch er unterbrach sie mit einem Kopfschütteln, dieses Mal nachdrücklicher.

So abweisend, wie er sich verhielt, sollte sie das eigentlich zum Zeichen nehmen, dass er seine Ruhe haben wollte. Sicher war er traurig darüber, dass er den Kindern ihren Wunsch nun doch nicht erfüllen konnte.

Mit diesem schlechten Gefühl wollte sie ihn nicht zurücklassen, also setzte sie sich zu ihm auf die Bettkante. Seinen Kräutertee hatte er nicht angerührt, obwohl er ihn sonst so gern mochte. Sie hielt ihm den Becher hin. »Hier, trink was.«

Kopfschütteln.

Ratlos stellte sie den Becher auf den Nachtkasten zurück. »Möchtest du etwas anderes haben? Ein Glas Milch vielleicht?«

Kopfschütteln.

Die Glocken des Steffls stimmten das Mittagsgeläut an. Sophie blickte zum Fenster, hörte der immergleichen Abfolge von hohen und tiefen Tönen zu, und vor ihrem inneren Auge sah sie, wie Paganini die Kutsche bestieg, die der Trattnerhof für ihn reserviert hatte. Ohne Rang oder Namen war es heute unmöglich, eine Kutsche zu ergattern, und sie war sehr dankbar für Paganinis Angebot, sie auf dem Weg in den Tiergarten abzuholen, andernfalls hätten sie bei der Hitze die acht Kilometer zu Fuß gehen müssen.

Sie sah zurück zu ihrem Eheherrn und fragte sich, ob sie einfach aufstehen und gehen sollte, doch eine unsichtbare Hand hielt sie zurück. Es schien ihm etwas auf dem Herzen zu liegen, was er jedoch nicht aussprechen konnte.

»Möchtest du mir etwas sagen?«

Er nickte.

»Was denn?«, fragte sie aufmunternd.

Jetzt schüttelte er wieder den Kopf und verzog dabei das Gesicht.

»Hast du Schmerzen?«, fragte sie alarmiert.

Als keine Antwort kam, beugte sie sich über ihn, weil sie glaubte, dass ihn das Sprechen womöglich anstrengte.

Dabei stieg ihr ein Geruch in die Nase, von dem sie gehofft hatte, ihn nie mehr wahrnehmen zu müssen. Ein Geruch, der ihr Herzrasen verursachte.

»Paul?«, fragte sie, um ihre Fassung ringend. Ihr war, als ob sich das Zimmer um sie herum auflöse, Mauern stürzten nieder, Steine fielen herunter, schlugen dicht neben ihr ein, und sie saß da, voller Angst, wie gelähmt, allein mit Paul, mitten in den Trümmern ihres Lebens, das sie sich neu aufbauen wollte – und plötzlich wurde ihr klar: Sie hatte nicht die Kraft, auch nur einen dieser Steine wieder an seinen Platz zu schleppen.

Sie suchte Pauls Blick, doch er wich ihr aus. Warum, zum Teufel, sagte er nichts? Keine Erklärung, keine Entschuldigung. Nicht ein Wort. Nichts.

Sie hörte, wie die Kinder nach ihr riefen.

Aufstehen und gehen, dachte sie. Aufstehen und gehen.

Sie brachte es nicht fertig.

Die Hoffnung hielt sie zurück. Die Hoffnung darauf, dass sich alles als Irrtum herausstellen würde. Dass er sich bloß wegen Kopfschmerzen die Stirn mit Melissengeist eingerieben hatte, zum Beispiel. Irgendeine harmlose Erklärung für diesen Geruch.

»Paul?«, fragte sie fast flehend.

Jetzt sah er sie an. Zu ihrer Überraschung jedoch ohne jegliches Gefühl. Sein Blick war leer, keine Trauer, kein Schmerz, da war einfach nichts.

»Ihr müsst gehen«, sagte er mit Nachdruck, und sie erschrak. Nicht nur, weil er so plötzlich mit ihr sprach, vielmehr zuckte sie bei seinen Worten zusammen.

Erst wollte sie etwas entgegnen, irgendwas, weil sie das Gefühl hatte, etwas sagen zu müssen, weil sie ihrer Wut, ihrer Verzweiflung, ihrer Enttäuschung Luft machen wollte, doch dann begriff sie, dass er dieses »*Ihr müsst gehen*« nicht nur in Bezug auf den Moment gemeint hatte.

Sein Blick ließ keinen Zweifel daran. Für ihn war alles gesagt.

Er machte sich alles immer so leicht, so verdammt leicht. In ihr kreisten tausend Fragen, auf die er ihr jedoch keine Antwort geben würde, erst recht nicht jetzt.

Die Kinder riefen erneut nach ihr.

»Ich komme!«, rief sie zurück. Eilig erhob sie sich, und im Hinausgehen warf sie einen letzten Blick auf Paul, auf das gemeinsame Leben, das er mit dem erneuten Griff zur Flasche und einem schlichten Satz zur Vergangenheit erklärt hatte.

Ihr müsst gehen.

Die Worte hallten in ihr nach, als sie Schritt für Schritt die Treppe hinunterging. Warum nicht er, dachte sie voller Wut. Warum konnte *er* nicht verschwinden? Fort aus ihrem Leben. Am besten für immer.

Wenn da nur nicht die Kinder wären … Die blickten ihr im Flur erwartungsvoll entgegen. Vorfreude glänzte in Katerinas grünbraunen Augen, umkränzt von dunklen Wimpern, die im vergangenen halben Jahr noch dichter und länger geworden waren.

»Kommt unser Herr Vater nicht mit?«, fragte Kristian, allerdings so verhalten, als ob er die Antwort schon kannte.

»Wir gehen ohne ihn.« Was wirklich hinter ihrer Aussage stand, erschloss sich den Kindern natürlich nicht, mehr brachte sie jedoch nicht über die Lippen.

»Ach, wie schade!«, rief Katerina. Ihre Enttäuschung war offensichtlich, doch schon im nächsten Moment fügte sie hinzu: »Unser Herr Vater ist wohl so geschwächt, da ist das sicher die richtige Entscheidung.«

»Hm …«, gab Sophie gedankenverloren von sich. Wie sollte sie den Kindern beibringen, dass ihr Vater wieder trank? Jetzt am besten noch gar nicht, dachte sie, denn sie wollte ihnen die Freude am Ausflug nicht verderben. Die beiden würden es noch früh genug erfahren.

»Frau Mutter?«, fragte Kristian vorsichtig. »Unserem Herrn Vater geht es überhaupt nicht gut, oder?«

Sie kniff die Lippen zusammen und nickte.

»Er trinkt wieder, nicht wahr?«, fragte Katerina.

Die Frage traf Sophie wie ein Schlag in die Magengrube. Sie nickte. »Ja, er trinkt wieder.«

»Und jetzt?«, fragte Kristian. Sein Blick war voller Sorge. Viel zu viel Sorge, die ein Kind in seinem Alter nicht haben sollte.

»Jetzt? Jetzt ist es passiert«, entgegnete sie so gefasst wie möglich. »Und ganz ehrlich, ich weiß im Moment leider auch noch nicht weiter. Ich hatte so große Hoffnung – und nun … Es tut mir schrecklich leid, Kinder …«

»Das muss Ihnen doch nicht leidtun«, protestierte Kristian.

»Was sagt unser Herr Vater dazu?«, fragte Katerina. »Hat er sich entschuldigt? Will er wieder damit aufhören?«

Sie hob die Schultern. »Er hat kaum mit mir gesprochen. Er hat nur gesagt, dass wir gehen müssen.« Sie zögerte kurz, unsicher, ob sie ihre Vermutung hinzufügen sollte, dann entschied sie sich dafür: »Und ich glaube, damit meinte er nicht nur den Ausflug …«

»Wir sollen gehen?«, fragte Kristian. »Aber wohin denn? Hier ist doch unser Zuhause, die Werkstatt …«

»Eigentlich …«, hob Katerina an und unterbrach damit ihren Bruder. Die beiden sahen sich an, als ob sie stumm Zwiesprache hielten.

»Eigentlich müsste unser Herr Vater gehen«, sagten sie dann wie aus einem Mund.

»Das ist alles nicht so einfach«, entgegnete Sophie. Pauls Zustand machte es unmöglich, dass er sich allein eine neue Existenz aufbaute. Und dass sie gehen sollten, hatte er wahrscheinlich nur gesagt, weil er sich in dem Moment nicht mit seinen eigenen Problemen konfrontieren wollte. Ja, richtig, dachte sie. Es waren seine Probleme, die er zu ihren machte. Daran musste sie sich immer wieder erinnern, weil sie sich so verdammt verantwortlich für ihn fühlte. Er hatte das alles durch seinen Fehltritt mit Florentine heraufbeschworen. Er hätte die Wahl gehabt, und hätte er richtig entschieden, dann wären sie heute noch eine glückliche Familie.

»Müsste Signor Paganini nicht längst hier sein?«, fragte Katerina. Sie schien beschlossen zu haben, das Problem erst einmal zu verdrängen.

»Wollte er nicht zur Mittagsstunde hier sein?« Auch Kristian schien um Ablenkung bemüht.

»Er kommt bestimmt jeden Augenblick.« Sie setzte ein Lächeln auf. »Haben wir alles? Nichts vergessen?«

»Ja«, riefen die zwei und lachten, weil sie sich in gespielter Panik um die eigene Achse drehte, nur um ihre Kinder aufzumuntern.

Das Lachen klang wie Musik in ihren Ohren, und Sophie war sehr erleichtert, wieder Vorfreude in den Augen ihrer Kinder leuchten zu sehen. Katerina schien sogar die Eifersucht auf Paganini vergessen zu haben.

Doch mit jeder Minute, die sie im Flur warteten, wuchs Katerinas Unruhe. Sie nestelte an ihrer Schürze herum und fragte schließlich. »Und was, wenn Signor Paganini nicht kommt? Selbst wenn wir jetzt loslaufen, wären wir niemals rechtzeitig im Tiergarten, und wir verpassen den festlichen Einzug der Giraffe!«

Mehr noch, dachte Sophie. Viel mehr. Angesichts der fortgeschrittenen Uhrzeit wurde sie ebenfalls nervös, denn der Weg vom Trattnerhof zur Werkstatt war wirklich nicht weit. »Es ist sicher kein Durchkommen in der Stadt, weil alle gleichzeitig nach Schönbrunn hinauswollen.«

»Soll ich vielleicht vor zum Stephansplatz laufen und mal nachsehen, wie da die Lage ist?«, bot ihr Sohn an.

Sie überlegte. »Ja, lauf los!« Kaum ausgesprochen, war Kristian auch schon hinaus, und sommerliche Hitze strömte herein, so dass sie schnell die Tür schloss.

Ein Bauchgefühl sagte ihr, dass Kristian gleich mit schlechten Nachrichten zurückkehren würde. Kein Durchkommen, ein Kutschenunfall oder, oder, oder … Hatte das Schicksal wieder seine Keule geschwungen? Ein passender Moment wäre das ja, nachdem sie sich so lange auf diesen Ausflug gefreut hatte.

Da hörte sie Kristian von draußen rufen: »Die Kutsche! Schnell! Er kommt!«

Sophie konnte ihr Glück kaum fassen.

⌒ Kapitel 33 ⌒

Kurz darauf saßen sie in der Kutsche, der Virtuose ihnen gegenüber, Achille im Giraffenkostüm auf seinem Schoß.

»Ihr Eheherr kommt nicht mit?«, fragte er mit Blick auf die geschlossene Haustür.

»Nein, er ist leider unpässlich. Diese Hitze … wie gut, dass wir mit Ihnen fahren dürfen, vielen Dank, Signor Paganini! Nicht auszudenken, wenn wir bis Schönbrunn laufen müssten.«

»Bitte entschuldigen Sie die Verspätung«, entgegnete er, so als sei er ein Lohnkutscher, der seine Kundschaft hatte warten lassen.

»Aber nicht doch!«, wehrte sie ab. »Ich kann mir vorstellen, was in der Stadt los ist.« Nachdem sie losgefahren waren, sagte sie mit einem gewissen Stolz in der Stimme: »Der Nachbau der Geige ist fast abgeschlossen, es fehlen nur noch wenige Stunden Arbeit. Erst habe ich mich geärgert, dass ich heute Nacht nicht fertig geworden bin, aber in diesem Tumult hätte ich es gar nicht bis zum Trattnerhof geschafft. Morgen ist es so weit …«

»Darauf freue ich mich sehr, und Sie sind hiermit zum Mittagsdiner eingeladen. Die Übergabe feiern wir anschließend bei einem Gläschen Champagner.«

Ein Gefühl der Erleichterung, ja, der Befreiung stieg in ihr hoch. Mit jeder Umdrehung der Kutschenräder, mit jedem Meter, den sie Abstand zur Werkstatt gewannen, wuchs ihre innere Distanz, und sie nahm sich vor, in den kommenden Stunden nicht an die Probleme zu denken, die zu Hause auf sie warteten.

Ihr müsst gehen.

Nein, nicht daran denken. Sich nichts von ihren Sorgen anmerken lassen, erst recht nicht vor den Kindern, die hochrote Wangen und beide ein Grinsen im Gesicht hatten.

Auch Achille rutschte aufgeregt auf dem Schoß seines Vaters herum und reckte den Hals, um draußen ja nichts zu verpassen – schon gar nicht die Giraffe. Wobei auf dem Stephansplatz zwischen den Kutschen so viele verkleidete Menschen unterwegs waren, viele davon auf Stelzen, dass man die echte Giraffe in dieser gemusterten Herde wohl erst auf den zweiten Blick ausmachen würde.

»Dass die halbe Stadt auf den Beinen ist, ist nicht der Grund für meine Verspätung …«, hob Paganini an, doch da wurde er von seinem Sohn unterbrochen.

»Wann sind wir da? Wie lange dauert das noch?« Achille hatte wirklich sehr gut Deutsch gelernt, und – so dachte Sophie mit einem Lächeln – er war heute so ungeduldig wie jedes kleine Kind es wäre, sehr herzerfrischend. Kein Vergleich zu ihrer ersten steifen Begegnung, als seine Mutter dabei gewesen war.

»Bis Weihnachten dauert die Reise«, entgegnete sie so ernsthaft wie möglich, und Achille starrte sie mit großen Augen an.

»So lange?«, fragte er entsetzt.

»Mindestens …«, bemerkte sein Vater amüsiert und zwinkerte ihr zu. »Vielleicht kommen wir auch erst an deinem Geburtstag im Tiergarten an.«

»Dann möchte ich aber mit der Giraffe zusammen feiern. Mit einer Torte!«, rief Achille, und alle in der Kutsche lachten. »Ich teile auch meine Geschenke mit ihr. Wirklich! Bitte, feiern wir meinen Geburtstag im Tiergarten, mit der Giraffe zusammen?«

»Du hattest doch erst vor zwei Wochen Geburtstag …«, entgegnete Paganini mit einem amüsierten Blick auf seinen Sohn, »und du willst doch nicht ein ganzes Jahr warten. Musst du auch nicht. Wir sind schneller da, viel schneller als du denkst.«

»Meine Güte, hier ist was los!«, bemerkte Sophie, als sie zum wiederholten Male anhalten mussten. Sie überquerten den Stephansplatz im Schritttempo. Hier herrschte stets reger Betrieb, so überfüllt hatte sie den Platz allerdings noch nie erlebt. Da war es doch kein Wunder, dass Paganini sich verspätet hatte, auch wenn er dafür andere Gründe verantwortlich machte. Sie blickte ihn fragend an, und er wusste sofort, wohin sie gedanklich zurückgekehrt war.

»Ich saß noch über eine Vertrag, den ich dringend unterschreiben musste«, erklärte er.

»Sie wollen noch mehr Konzerte geben?« Kopfschüttelnd verlieh sie ihrer Verwunderung Ausdruck.

Der Virtuose wollte antworten, wurde jedoch erneut von seinem Sohn unterbrochen.

»Da, da, da!« Achille klopfte so aufgeregt gegen die Scheibe, dass alle in der Kutsche dachten, die Giraffe sei mitten in der Stadt aufgetaucht. Doch es waren zwei Gaukler auf Stelzen, die gemeinsam unter einem Giraffenkostüm steckten. Verbunden waren sie über eine Stange, die sich am schmalen Rücken der Giraffe abzeichnete. Der Vordermann hielt an einer weiteren Stange Hals und Kopf der Giraffe in die Höhe, die mit Fell täuschend echt nachgebildet waren.

Ihnen voran ging ein Mann in blau-goldener Uniform und mit schwarzkrempiger Mütze, der einen Papagei auf der Schulter hatte und der Giraffe einen Weg zwischen Kutschen und durch Menschenmengen bahnte. Vermutlich ein Bediensteter des Tiergartens, denn er rief ohne Unterlass: »Kommt und staunt! Die Giraffe! Um ein Uhr! Im kaiserlichen Tiergarten. Kommt und staunt!« Seine Lautstärke glich der eines Marktschreiers, und sein Auftrag schien es zu ein, die Ankunft der Giraffe auch noch bis in den letzten Winkel der Stadt bekannt zu machen.

Der Papagei kreischte zur Unterstützung: »Gi-affe – Gi-affe!«, was Achille sofort nachahmte.

Und so fuhren sie unter Achilles Rufen am Naschmarkt vorbei, ließen den Lärm der Stadt hinter sich und erreichten schließlich den Vorläufer des Tiergartens: das kaiserliche Jagdgebiet, in dem es Rehe und Wildschweine gab. Der Kutscher wartete, bis er sich an der Kreuzung in die scheinbar endlos lange Reihe der Kutschen einfädeln konnte, um dann der schnurgeraden Allee bis zum Eingangstor zu folgen. Die Bäume spendeten Schatten und machten die Fahrt angenehmer, durch das geöffnete Schiebefenster strömte sogar kühle Luft herein.

Das änderte sich schlagartig, als sie vor dem großen, schmiedeeisernen Tor von einem rot uniformierten Wärter zum Aussteigen aufgefordert wurden. Hier zählte auch sein Name nichts, als Paganini insistierte.

»Wann's zum Logenhaus fahren wolln, müssen's die Kutsche selbst ziehn«, bemerkte der Wärter trocken im breitesten Wienerisch. »Pferde san im Tiergart'n grundsätzlich nicht erlaubt, weil's wegen der wilden Tiere scheuen könnten, und heuer erst recht nicht. Da reicht a durchgehendes Pferdl fir a Katastrophen.«

Hinter ihnen machten die Kutscher ihrem Unmut Luft, und Paganini musste zähneknirschend einsehen, dass ihnen keine andere Wahl blieb, als zu Fuß weiterzugehen.

»Da drübn ist der Wartebereich für die Fiaker«, sagte der

Wärter und deutete auf ein Gewimmel von Kutschen auf einem Wiesenstück mit zahlreichen schattenspendenden Obstbäumen.

»Wie sollen wir denn dort unsere Kutsche jemals wiederfinden?«, rief Paganini.

»Indem's suchen«, erklärte der Wärter lapidar.

Das konnte ja heiter werden, dachte Sophie.

Paganini wirkte sehr angespannt, als er die Menschenmenge betrachtete, die sich durch das gusseiserne Tor mit den goldenen Spitzen schob und weiter auf einem schmalen Weg, der auf den unübersehbaren kaiserlichen Pavillon zuführte.

Ein prachtvoller Rundbau bildete den Mittelpunkt des Tiergartens, um den herum sich Häuser für die Tiere reihten, wie auch das Logenhaus, in das die Giraffe gleich umjubelt und unter festlichen Klängen einziehen sollte.

Noch ging alles gesittet zu. Noch. Aber wenn …

Paganini schienen ähnliche Szenarien durch den Kopf zu gehen, doch dann gab er sich einen Ruck, denn umzukehren war für ihn wohl undenkbar.

»Andiamo!«, rief er entschlossen, hob seinen Sohn hoch und setzte ihn sich in einer gekonnten Bewegung auf die Schultern. »Mal sehen, wie wir hier durchkommen. Das bin ich nicht gewöhnt, dass die Leute keine Spalier bilden. Man nimmt nicht mal Notiz von mir, unglaublich! Die Giraffe läuft mir tatsächlich die Rang ab!«

»Ich bahne Ihnen den Weg«, sagte Kristian entschlossen, was Sophie ihrem Sohn durchaus zutraute. Allein in den vergangenen Monaten war er so gewachsen, dass er sie von der Größe her eingeholt hatte, und sein Körperbau schien mit jedem Tag kräftiger zu werden.

»Warte auf mich!« Katerina eilte ihrem Bruder nach.

»Und auf uns!«, rief Sophie ihren Kindern hinterher, denn

die beiden waren in ihrem Eifer fast schon in der Menge verschwunden. Sie lachte, obwohl ihr gar nicht danach zumute war. Irgendwie hatte sie sich diesen Ausflug geruhsamer vorgestellt. Natürlich hatte sie geahnt, dass viel los sein würde, aber diese Menschenmenge zerrte ganz schön an ihren Nerven und passte nicht zu ihrem Traumbild, in dem sie mit Paganini an ihrer Seite durch den Tiergarten wandelte, mit ihm plauderte und die Giraffe bestaunte.

Es war ja fast unmöglich, überhaupt ein paar Sätze miteinander zu wechseln, und nun mussten sie auch noch darauf achten, sich im Gedränge nicht zu verlieren.

»Hüa, Pferdchen, hüa!«, rief Achille und hopste wie ein Reiter auf den Schultern seines Vaters herum, während sie sich durch das Tor drängten.

»Achille! Attenzione!«, rief Paganini mit gequältem Gesichtsausdruck. »Hör auf!« Sein Sohn schien ihn nicht zu hören, das war aber auch eine Geräuschkulisse – irgendwo im Tiergarten spielten Trommeln, was wie eine Herde galoppierender Giraffen klang.

»Dein Vater hat Schmerzen!«, rief Paganini. »So habe ich mir das nicht vorgestellt.« Er griff nach den Oberschenkeln seines Sohnes, damit dieser still hielt. »Und diese Hitze. Das ist ja schlimmer als in Italia! Mir ist ganz schwindlig.«

»Sollen wir zum Fiaker zurückgehen?«, fragte Sophie alarmiert.

»Wie denn?«, rief Paganini und drehte sich nach dem gewaltigen Menschenstrom um, gegen den sie nicht ankommen würden.

»Sollen wir uns setzen?« Da waren zwar keine Bänke, und zwischen den exotischen bunten Blühpflanzen nur kleine Rasenflächen, die man nicht betreten durfte, aber …

»Nein, das geht schon. Ich kann meine Sohn jetzt nicht die Freude verderben.«

»Sie sind aber wirklich sehr blass«, entgegnete Sophie besorgt. Nicht auszudenken, wenn er in dieser Menschenmenge ohnmächtig würde. Kurzentschlossen hakte sie sich bei ihm unter.

Erstaunt blickte er auf ihren Arm, dann breiteten sich Lachfältchen um seine Augen aus. »Glauben Sie, dass Sie mich halten könnten? So eine zarte Person, wie Sie sind?«

»Ich würde es zumindest versuchen«, gab sie zurück. »Ich kann auch stark sein.«

»Das weiß ich«, sagte Paganini, und sah ihr dabei in die Augen. »Sie sind die stärkste Frau, die ich kenne.«

Das Kompliment schmerzte sie, denn sie wollte so sehr, dass sie nicht immer stark sein musste.

»Siehst du irgendwo eine freie Parkbank?«, rief sie ihrem Sohn zu, während sie sich von der Menge weiterschieben ließen.

Das gelb gestrichene Logenhaus kam in Sicht, mit den hohen schwarzen Sprossenfenstern und seinem geschotterten Außenbereich, in dem ein kleiner Teich lag. Als sie mit den Kindern zuletzt im Tiergarten gewesen war, waren hier noch die Schwimm- und Stelzvögel untergebracht gewesen. Die Zeitung hatte von dem umfassenden Umbau berichtet – eigens für die Giraffe hatte man einen Kuhstall angebaut, um die stete Versorgung des Jungtiers mit frischer Milch zu gewährleisten. Zudem sollte es die Giraffe im Winter angenehm warm haben, wofür eine neuartige Luftheizung in einem weiteren Nebenraum sorgte.

Das Gedränge vor dem Logenhaus war derart groß, dass Sophie sich fragte, wie der festliche Einzug überhaupt erfolgen sollte. Das konnte doch nicht gut ausgehen …

»Dort vorne!«, rief Kristian über die Schulter, »eine Bank, sogar im Schatten.« Er deutete in Richtung des Kastanienbaums auf einen kleinen Hügel, von wo aus sie zwar etwas weiter entfernt sein, aber dennoch gute Sicht auf die Giraffenloge haben würden. Diesen kleinen Aussichtspunkt hatten auch schon andere Besucher entdeckt, aber die Bank unter der Kastanie war frei, weil sich niemand setzen wollte, aus Angst, etwas zu verpassen.

»Gott sei Dank!«, rief sie aus, als sie den Schattenplatz erreichten. »Setzen Sie sich, bitte«, sagte sie zu Paganini, und auf der Suche nach einem Verkaufsstand mit Getränken blickte sie in alle Richtungen, doch in der Nähe befanden sich nur Tische mit allerlei Devotionalien rund um die Giraffe, die an diesen Tag erinnern sollten. Der scheinbar einzige Stand, an dem Wein, Bier und Wasser verkauft wurden, befand sich genau auf der anderen Seite der Giraffenloge, wohin kein Durchkommen war.

»Setzen Sie sich doch bitte«, sagte sie zu Paganini, weil er dahingehend keine Anstalten machte.

»Impossibile«, widersprach er. »Dann sieht Achille nichts.« Er hielt seinen Blick weiter auf das Logenhaus gerichtet, genau wie ihre Kinder.

»Noch ist die Giraffe nicht da. Sie sollten sich wirklich ausruhen. Jetzt und überhaupt.«

»Jetzt nicht! Ab morgen dann«, erwiderte Paganini, und sein Lachen verlor sich in einem gequälten Gesichtsausdruck.

»Ab morgen, wenn Sie noch mehr Konzerte spielen?« Ihr rutschte diese kleine Provokation heraus, weil sie so besorgt um ihn war und ihre Nerven ohnehin angekratzt waren.

»Sie meinen wegen die Vertrag? Ich habe keine Zusatzkonzerte unterschrieben. Ich habe meine Frau unsere Sohn abgekauft.«

»Wie bitte?« Sie glaubte, nicht richtig gehört zu haben. Oder er hatte sich falsch ausgedrückt. »Abgekauft?«

»Ja«, entgegnete Paganini schlicht. »Ich habe mich an die

28. Juli, vor zehn Tagen, von meine Frau getrennt, weil sie ist wie eine bösartige Tier, und ich will sie nie wieder sehen. Damit sie Achille nicht mitnimmt, musste ich ihr Geld bieten. Sie wusste, ich würde zahlen, denn würde ich meine Sohn verlieren, wäre ich selbst verloren.«

Sophie brachte vor Überraschung kein Wort heraus. Sie musste das alles erst mal begreifen. Paganini hatte sich von seiner Frau getrennt. Am 28. Juli. Das war der Tag, an dem sie ihn besucht hatte, der Tag, an dem er sie hatte sehen wollen, obwohl es ihm so schlecht gegangen war.

»Ich habe ihr unsere Sohn für zweitausend Scudi abgekauft, der Vertrag liegt jetzt bei die Wiener Magistrat, damit er besiegelt wird.«

Zweitausend Scudi? Er sprach von der italienischen Währung, von deren Wert sie keine Ahnung hatte. Doch ganz gleich, wie viel Geld das war – und es war sicherlich nicht wenig – blieb die Tatsache, dass diese Frau ihren Sohn verkauft hatte. Niemals könnte sie sich vorstellen, ihre Kinder zu verkaufen. Für kein Geld der Welt!

Für Paganini waren die Geldgier seiner Frau und die nicht vorhandene Beziehung zu ihrem eigenen Sohn jedoch letztlich ein großes Glück, und für Achille war es der richtige Weg, wenn es auch ein absolut ungewöhnlicher war.

»Das ist ja ...«, hob sie an und suchte nach Worten.

»Ja, das ist ein kleines Vermögen«, sagte Paganini, der ihren Einwurf anders verstanden hatte. »Davon kann sich Antonia ein schönes Häuschen an die italienische Küste kaufen.«

Sie nickte abwesend. Seine Frau würde ein entspanntes Leben im Luxus führen und die Trennung schon bald vergessen haben – und ihren Sohn wahrscheinlich auch. Dieser Frau ging der Reichtum wirklich über alles. Kannte Antonia Bianchi tatsächlich keine Skrupel? Gab es solche Mütter, denen ihre Kinder nichts bedeuteten? Für sie unvorstellbar.

Ihr müsst gehen.

Jetzt könnte sie gehen. Mit Paganini. Der Weg war frei. Zumindest auf den ersten Blick. Das war unfassbar. Mehr, als sie sich je erhofft hatte – mehr als ihr zustand? Mit diesem Gedanken kam die Angst. Das war alles zu schön, um wahr zu sein.

Das Trommeln brach schlagartig ab, jetzt waren nur das Kreischen der Affen und vereinzelte Vogelschreie zu hören. Als ob kein Mensch mehr im Tiergarten wäre.

Aus dem Logenhaus trat eine Gruppe von Männern in Uniform, die im Außenbereich ein Spalier bildeten. Einer aus der Gruppe rief: »Das Volk! Seht her! Das Habsburgerreich präsentiert die diplomatische Gabe von Muhammad Ali Pascha, dem Gouverneur der osmanischen Provinz Ägypten: ein Giraffenbulle! Weltweit erstmals in einem Tiergarten ausgestellt. Für das Volk. Seht her!«

»Kannst du etwas sehen, mio Piccolino?«, fragte Paganini.

»Ja, da ist sie! Da ist sie!«

Der junge Giraffenbulle trat unsicheren Schrittes aus dem Logenhaus, geführt von einem Mann in einem knöchellangem weißen Hemdkleid, dem das Tier offenkundig zu folgen gewohnt war.

»Ach Gott, die ist ja süß«, rief Katerina aus. »Aber die ist ja viel kleiner, als ich dachte!«

»Das ist ein Er«, erwiderte Kristian. »Ein junger Giraffenbulle, hast du das nicht mitbekommen?«

»Doch, das weiß ich. Mit *sie* meinte ich die Giraffe. Aber was hat sie, ich meine *er*, was hat er denn an seinem Hinterbein? Ist er verletzt? Er humpelt ja!«

»Stimmt …«, murmelte Sophie und stellte sich auf die Zehenspitzen. »Eine Wunde sehe ich nicht. Ich hoffe, er erholt sich. Kräftig zunehmen muss er auch noch.«

»Hat er überhaupt einen Namen?«, fragte Katerina.

»Nicht dass ich wüsste«, antwortete Kristian.

»Der ist ja so süß!«, wiederholte Katerina. »Am liebsten würde ich ihn mit nach Hause nehmen.«

»Au ja«, rief Achille von den Schultern seines Vaters. »Ich will auch eine Giraffe haben! Kaufst du mir die?«

Zuerst dachte Sophie, er meinte damit eine der Giraffen aus Holz, die der Händler nebenan feilbot und denen man auf eine helle Stelle am Hals die Jahreszahl 1828 eingebrannt hatte. Eine schöne Erinnerung, die sie schon für ihre Kinder im Blick hatte, doch Achille zeigte auf die echte Giraffe.

»Bitte, kaufst du mir die?«

»Und dann?«, fragte Paganini und hob die Augenbrauen. »Soll sie mit uns auf Konzertreise gehen?«

»Ja!«, rief Achille voller Begeisterung. »Und meine neue Mutter geht auch mit.«

Erschrocken sah Sophie zu ihren Kindern, doch die waren in den Austausch ihrer Beobachtungen vertieft und hatten es nicht gehört. Es rührte sie, dass Achille sie als neue Mutter bezeichnete, aber so weit waren sie doch noch gar nicht …

»Das geht nicht, mio Piccolino«, sagte Paganini behutsam und dennoch eindringlich. »Die Giraffe wohnt jetzt hier, und wenn wir weiterziehen, bleibt Sophie mit ihrer Familie in Wien. Sie kann nicht deine neue Mutter sein.«

Achille schob die Unterlippe vor und warf ihr einen traurigen Blick zu, der ihr die Tränen in die Augen trieb.

Abrupt wandte sie sich ab. »Ich bin gleich wieder da!«, sagte sie und lief auf den Stand mit den Holzgiraffen zu, wo sie drei kleine Exemplare kaufte.

Ihr müsst gehen.

Wenn Paganini wüsste.

Sie atmete tief durch, ging zurück zu ihren Kindern und gab ihnen die Giraffen, über die sie sich sehr freuten. Gerade als sie Achille sein kleines Geschenk überreichen wollte, rief jemand irgendwo in der Menge: »Feuer! In der Stadt brennt es!«

Ach herrje, dachte sie. Ausgerechnet jetzt, da kaum einer zu Hause geblieben war. Wie sollte man unter diesen Umständen eine wirkungsvolle Löschkette bilden?

»Wo denn?«, schrie einer zurück.

Und dann rief jemand: »In der Domgasse, beim Geigenbauer Sawicki!«

Kapitel 34

*E*s ist so furchtbar!«, schluchzte Anna Röhberg.

Sie lief ihr bereits entgegen, als Sophie mit zitternden Knien aus dem Fiaker stieg. Es war die erstbeste Kutsche gewesen, die sie hatte ergattern können, nachdem sie Paganini und Achille hatte stehen lassen und mit ihren Kindern an der Hand kopflos aus dem Tiergarten gerannt war.

Zu spät. Das Haus, die Werkstatt.

Sie hielt die Zwillinge fest an der Hand. Nahm wahr, dass die Nachbarin sie zu umarmen versuchte.

Sie starrte über deren Schulter auf den qualmenden Trümmerhaufen.

»Paul!«, schrie sie den Männern zu, die mit Eimern löschten, was nicht mehr zu retten war. »Mein Eheherr! Er war zu Hause!« War er im Schlaf vom Feuer überrascht worden? Oder hatte er sich rechtzeitig retten können?

»Vater!«, schrien ihre Kinder zeitgleich.

»Ihr wartet«, sagte sie bestimmt. Sie ließ ihre Kinder in der Obhut der Nachbarin, und war drauf und dran, in die Trümmer zu steigen, doch im letzten Moment hielt sie ein älterer Mann zurück.

Hinter dem feuchten Tuch, das er sich über Mund und Nase gebunden hatte, erkannte sie Annas Mann Friedrich, den Schuhmacher. Der Brustkorb des kleinen Mannes bebte, Strähnen seiner schütteren Haare klebten ihm auf der Stirn, er stellte seinen Eimer ab, zog sie ein Stück zur Seite, weg von den Trümmern und den Kindern. Seine Augen waren voller Schmerz, als er sprach.

Sie verstand nichts. Wollte er sie bloß von der Suche abhalten? Sie riss sich ein Stück Stoff aus dem Kleid und tunkte den Fetzen in den Löscheimer des Nachbarn. »Ich muss Paul suchen!«

Friedrich griff erneut nach ihr, brüllte sie an. »Paul ist tot!«

»Was?« Die Nachricht traf sie mit einer solchen Wucht, dass sie nach hinten taumelte und gefallen wäre, wenn er sie nicht gehalten hätte.

Entweder hatten Katerina und Kristian ihn ebenfalls gehört, oder sie erahnten wegen ihrer Reaktion, was passiert war, jedenfalls kamen sie zu ihr und warfen sich ihr in die Arme.

In das bitterliche Weinen ihrer Kinder hinein hörte sie Friedrich Röhberg sagen: »Wir haben ihn gefunden. Es kam jede Hilfe zu spät. Der Leichenwagen war gerade … Wir dachten, Paul sei mit euch in den Tiergarten gefahren! Er wollte doch unbedingt mit.«

Sophie schüttelte den Kopf. Zu mehr war sie nicht in der Lage. Ein seltsames Kribbeln überfiel sie, ihre Knie wurden weich, und ein Rauschen legte sich auf ihre Ohren.

»Wie konnte das nur passieren?«, murmelte sie, und bemerkte, wie ihr die Sinne schwanden.

»Das frage ich mich auch«, hörte sie Anna Röhberg wie aus weiter Ferne sagen. »Ich habe das Feuer entdeckt. Saß am Fenster, habe gehäkelt und dabei Spatzen beobachtet, die sich auf eurem Dach sonnten. Auf einmal stieg Rauch auf! Ich bin aufgesprungen und habe einen Mann mit tief ins Gesicht gezogenem Hut aus dem Haus kommen sehen. Dachte zuerst, das sei Paul. Und da brannte es auch schon lichterloh. Das ging alles so schnell!«

Sophie versuchte zu verarbeiten, was die Nachbarin gesagt hatte. Tief durchatmen, mahnte sie sich, nicht ohnmächtig werden. Sie zitterte, keuchte, brachte kaum einen klaren Gedanken zustande. Weshalb hatte sie gedacht, Paul sei aus dem Haus gegangen? Wen hatte sie stattdessen gesehen? Peter!, schoss es ihr durch den Kopf.

»Wo sollen wir jetzt hin?«, schluchzte Katerina und klammerte sich an sie.

»Ihr kommt zu uns«, sagte Anna Röhberg entschieden, doch Sophie hörte es wie durch Watte. »Wir haben zwar keine Betten für euch, aber ein Lager werden wir schon herrichten können.«

»Was für ein Unglück!«, rief eine Frauenstimme wie aus weiter Ferne. Sophie war plötzlich schwarz vor Augen. Florentine, dachte sie alarmiert. Dann konnte Peter nicht weit sein.

»Ihr kommt natürlich zu uns«, hörte sie prompt seine Stimme. Alles andere, was er sagte, war undeutlich, verwaschen, bruchstückhaft. »In unserer bescheidenen Hütte … Platz. Meine ärmste Schwägerin … Schicksal … bedauern. Die Geige … Alles verloren.«

Die Geige?, bei ihrer Erwähnung bäumte sich etwas in ihr mit letzter Kraft auf. Da hatte er die Rechnung ohne sie gemacht. Die Geige war in Sicherheit. Ihr Eheherr, sein Zwillingsbruder, tot.

Peter sagte noch etwas, was sie schon nicht mehr verstand. Ihre Beine gaben nach.

Kapitel 35

ndlich«, hörte sie eine vertraute männliche Stimme sagen. »Wird aber auch Zeit, dass du wach wirst.«

Paul!

Sie blinzelte, bemerkte, dass sie in ihrem Kleid im Bett lag und blickte suchend in die Richtung, aus der seine Stimme gekommen war. Gleichzeitig versuchte sie, sich zu erinnern. Das Feuer. Ohnmacht. Danach wusste sie nichts mehr. Doch. Jemand hatte sie getragen. Die Treppe hoch. Ins Bett gelegt. Keine Kraft, die Augen aufzumachen. Ihr Körper wollte, dass sie schlief, und sie hatte sich nicht dagegen gewehrt. In Morpheus' Armen hatte sie sich geborgen gefühlt, er hatte den Schleier des Vergessens über ihre Seele gelegt.

Paul. Er saß an ihrem Bett und hielt ihre Hand.

Hatte sie das alles nur geträumt? Wie lange hatte sie geschlafen? Draußen war es hell. Immer noch, oder schon wieder? Paul war nicht tot ... Er sah wieder aus wie früher!

Erschrocken wollte sie hochfahren, doch es gelang ihr lediglich, den Kopf ein wenig zu heben. Ihr Körper war bleischwer, und sie sank kraftlos in das Kissen zurück.

Ein wolkenweiches, dickes Kissen.

Das war nicht ihr Bett.

Nicht ihr Zuhause.

Sie blinzelte.

Nicht Paul.

Peter saß an ihrem Bett.

Sie hatte keinen schlechten Traum gehabt. Dieser Alptraum war Realität.

Paul war tot. Ihr Hab und Gut in Flammen aufgegangen. Das Geld, das sie versteckt hatte – alles verbrannt. Nur die Geige gerettet.

Mit einem Ruck entzog sie ihrem Schwager die Hand, und atmete tief durch, um Kraft zu sammeln.

»Wo sind meine Kinder?«, krächzte sie. Ihr Hals war rau, wahrscheinlich von dem Rauch, den sie eingeatmet hatte, und ihre Zunge klebte am Gaumen.

»Bei ihrer Patentante. Ein Stockwerk tiefer«, entgegnete er reserviert.

»Ich will meine Kinder sehen! Ich …« Ein Hustenanfall unterbrach sie. Auf dem Nachtkasten standen eine Karaffe mit Wasser und ein Glas bereit, doch sie war nicht in der Lage, danach zu greifen.

»Soll ich dir etwas einschenken?«, fragte Peter auf viel zu fürsorgliche Art und erwartete zu allem Überfluss auch noch, dass sie ihn darum bat. Ja, er schien sich regelrecht an ihrer Not zu weiden.

»Bitte«, brachte sie hervor, von Husten geschüttelt.

Gnädig reichte er ihr das gefüllte Glas, das sie wie eine Verdurstende an sich riss und leertrank.

»Meine Kinder!«, rief sie, kaum dass sie ihre Stimme wieder gefunden hatte.

»Natürlich, sofort«, entgegnete Peter, doch er machte keine Anstalten, sich von seinem Stuhl zu erheben. »Allerdings habe ich vorher noch etwas mit dir zu besprechen. Keine Sorge, Florentine kümmert sich rührend um sie. Die beiden haben ja schließlich gerade ihren Vater verloren.«

»Du!«, stieß sie hervor.

Er verzog den Mund zu einem Grinsen. »Was ich?«

»Du!« Vor Zorn bebend stützte sie sich auf die Ellenbogen, um wenigstens halbwegs mit Peter auf Augenhöhe zu sein. »Du hast deinen Bruder umgebracht.«

Ihr Schwager machte ein entsetztes Gesicht und wich mit dem Oberkörper zurück. »Was unterstellst du mir? Ich habe ihn nicht umgebracht!«, entgegnete er entrüstet. Er zog seine dunklen Augenbrauen zusammen, und eine dicke Falte quoll dazwischen hervor. »Ich. Habe. Ihn. Nicht. Umgebracht«, wiederholte er.

Die Vehemenz, mit der er ihren Vorwurf leugnete, brachte sie ins Schleudern. Eigentlich hätte sie ihm das auch nicht zugetraut. Eigentlich … Aber da waren Katerinas Aussage und die der Nachbarin.

Es war zwar nur eine Vermutung, aber Sophie ließ es darauf angekommen. Sie wollte wissen, wie er reagierte. »Du lügst. Du bist im Haus gewesen und hast das Feuer gelegt!« Bei ihren letzten Worten war sie immer lauter geworden.

Sie hatte erwartet, dass ihr Schwager seine Unschuld ebenfalls lautstark verteidigen würde, doch er lehnte sich auf dem Stuhl zurück, überschlug die Beine und legte demonstrativ gelassen die Hände in den Schoß. »Ach, und hast du dafür Beweise?«

»Die Nachbarin hat gesehen, wie du das Haus verlassen hast!«

Ungerührt hob er die Schultern und ließ diese dann von einem Seufzer begleitet fallen, so als ob sie ihm eine schwere Last aufgebürdet hätte. »Ja, ich habe meinen Bruder besucht, das leugne ich auch gar nicht. Es war so abgemacht. Nicht mehr, und nicht weniger.«

»Warum? Was wolltest du von ihm?«

»Ich von ihm? Wie kommst du darauf? Er hatte mich zum Mittag einbestellt.«

»Ausgerechnet dann, wenn wir nicht da sind? Was gab es denn für ein Geheimnis zu besprechen?«

»Ein Geheimnis. Du bist auf der richtigen Spur. Viel zu reden gab es allerdings nicht. Ich sollte ihm nur ein paar Flaschen mitbringen.«

»Du hast ihm Alkohol besorgt? Wie konntest du nur?«

Wieder hob er die Schultern. »Warum nicht? Wenn er ihn doch haben wollte? Er ist ein erwachsener Mensch, der seine Entscheidungen selbst treffen kann.«

»Treffen konnte!«, schrie sie. »Paul war krank, und du hast ihn auf dem Gewissen!«

Peter lachte auf. »Du spinnst doch. Komm erst mal wieder richtig zu dir, und hör auf, mir so etwas zu unterstellen. Krank ist man, wenn man Fieber hat, nicht, wenn man Alkohol trinkt. Zudem hat mein Bruder selbst damit angefangen, ich habe ihn zu nichts gezwungen. Er hätte sich was anderes bestellen können, als wir uns gestern im Matschakerhof getroffen haben.«

»Wie bitte? Du hast dich mit ihm dort getroffen? Das war doch Vorsatz!«

»Was du mir die ganze Zeit unterstellst … Wir haben uns zufällig getroffen. Florentine und ich haben ein paar Besorgungen gemacht, da ist er uns über den Weg gelaufen. Hat wohl einen Spaziergang gemacht und war ziemlich durstig, es war ja auch warm. Geld hatte er keines dabei, also haben wir ihn in den Matschakerhof eingeladen, und dann haben die Dinge ihren Lauf genommen. Aber das ist doch kein Verbrechen? Übrigens ist mein Bruder schon recht bald wieder aufgebrochen, nach dem dritten Bier oder so. Nur falls du mir gleich vorwerfen willst, ich hätte ihn abgefüllt. Allerdings habe ich ihn wohl ein bisschen genervt, das kann gut sein, weil wir uns einfach nicht darüber einig wurden, ob er mir seine Werkstatt überschreibt oder nicht. Im Gehen meinte er noch, dass wir morgen, also heute Mittag weiterreden, und ich solle ein paar Flaschen mitbringen. Florentine und ich hatten trotzdem noch einen sehr netten Abend im Gasthaus.« Er lachte auf. »Heute Morgen wussten wir nicht einmal mehr, wie wir nach Hause gekommen sind, aber am Mittag habe ich mich trotzdem pflichtschuldigst zu meinem Bruder begeben.«

»Und dann?«, fragte sie lauernd.

Ihr Schwager nahm die Hände aus dem Schoß und hob sie zu einer ratlosen Geste. »Was und dann? Alles, was danach geschehen ist, ist ein großes Unglück.«

»Ein Unglück?« Sie rang um Fassung. »Du hast meinen Kindern den Vater genommen. Und meine Existenz in Flammen aufgehen lassen!«

»Für meinen Bruder war es eine Erlösung. Siehst du das nicht auch so?«

Sie starrte Peter an. Ihr fehlten die Worte. Tief im Inneren musste sie sich jedoch eingestehen, dass ihr dieser Gedanke zeitweise auch schon gekommen war, aber das gab Peter lange nicht das Recht, so zu reden, geschweige denn, seinen Bruder umzubringen. Ja, er war ein Mörder. Dabei blieb sie.

»Ach, Sophie. Du siehst wirklich hinreißend aus, wenn du so zornig bist«, sagte Peter in ihre Gedanken hinein. »Ein richtiges Rasseweib. Allerdings solltest du dein Temperament zügeln.« Seine Stimme bekam einen bedrohlichen Unterton. »Du kannst mir nichts anlasten und erst recht nichts beweisen. Was besagt es schon, dass ich im Haus war? Ich habe meinen Bruder besucht, wir haben eine Flasche Wein getrunken – wobei ich nur ein Glas hatte –, und weil die Fensterläden bei der Hitze geschlossen waren, haben wir eine Kerze angezündet, damit er die Papiere lesen und unterschreiben konnte.«

»Was für Papiere?«

»Die, mit denen er mir die Werkstatt überschrieben hat, natürlich. Weshalb sollte ich anschließend das Haus niederbrennen?« Wieder gab er sich nachdenklich und runzelte die Stirn. »Das ergibt doch gar keinen Sinn, oder? Es wird wohl eher so gewesen sein, dass meinem Bruder der Alkohol und die Hitze zugesetzt haben und er eingeschlafen ist. Dabei hat er wohl die Kerze vergessen oder sogar versehentlich umgestoßen. Keiner weiß, was genau passiert ist, nur, dass es mit Sicherheit ein Unglück war.«

»Doch, ich weiß es«, zischte sie. »Dieser Vertrag ist eine Farce. Den brauchtest du als Alibi! Dir ging es doch nie um die Werkstatt. Du hast doch sowieso schon alle Aufträge. Nur der Ruhm fehlt dir.«

Ihr Schwager runzelte die Stirn. Immer noch scheinbar nachdenklich. »Da könnte etwas dran sein. Du bist ein schlaues Weib, wer hätte das gedacht. Aber jetzt lässt du diese Anschuldigungen mal schön sein. Es war ein Unglück. Dabei bleiben wir. Alles andere wäre sehr unklug von dir.«

»Unterschätz mich nicht!«, raunte sie, während sie sich aufrappelte. Solange sie hier im Bett lag, zeigte sie ihm gegenüber Schwäche. Obwohl ihr leicht schwindlig war, setzte sie sich auf.

»Spar dir deine leeren Drohungen! Gegen mich lehnst du dich nicht auf, nicht gegen mich, deinen liebenswürdigen Schwager, der dich und deine Kinder nach dem Brand in sein Haus aufgenommen hat, der sich aufopfernd kümmert, von dem ihr Essen und neue Kleidung erhaltet, und der dafür sorgt, dass es euch an nichts fehlt.« Er machte eine kunstvolle Pause, in der er sie bedeutungsvoll ansah. »Und der selbstverständlich dafür sorgt, dass du in seiner Werkstatt die Geige für Herrn Paganini nachbauen kannst. Du musst ja leider noch einmal von vorn beginnen, aber dieses Mal werde ich jeden Arbeitsschritt dokumentieren.«

»Wozu?«, fragte sie, um Zeit zu gewinnen. Denn ihr war klar, was er vorhatte. Doch sie musste sich gut überlegen, wie sie darauf reagierte. Er glaubte, dass die Geige mit all ihrem Hab und Gut verbrannt war, wie es sein Plan gewesen war. Er hatte jedoch versäumt, sich davon zu überzeugen, dass der Nachbau in der Werkstatt lag, da er zu sehr mit seinem Bruder beschäftigt gewesen war – und weil er sich zu sicher gefühlt hatte. Dieses Gefühl musste sie ihm auch weiterhin geben, sie musste ihren Schwager in Sicherheit wiegen, damit sie im Hintergrund agieren konnte.

»Deine Frage muss ich dir nicht beantworten«, sagte Peter und erhob sich vom Stuhl. Nicht nur zum Zeichen, dass das Gespräch für ihn beendet war, sondern um seine Dominanz zu unterstreichen, denn er sah jetzt auf sie herab. »Und wenn du darüber nachdenkst, wie du dich mir widersetzen könntest – lass es bleiben. Du wirst schön brav ...«

»Meinetwegen ...«, unterbrach sie ihn. »Meinetwegen sitze ich jeden Tag in deiner Werkstatt und baue die Geige nach, ganz so, wie du es von mir verlangst, denn mir ist mein Leben lieb. Aber ich werde nicht mit den Kindern bei dir wohnen bleiben.«

»O doch, das wirst du. Ich will dich im Blick behalten.«

»Ich bin nicht deine Gefangene! Ich kann nicht mit euch unter einem Dach leben, erst recht nicht mit Florentine.« Sie machte eine kurze Pause, in der sie tief Luft holte. »Paul hat mir alles erzählt.«

Peter schwieg und wich ihrem Blick aus. Das war also sein wunder Punkt. Etwas in seinem Leben, auf das er keinen Einfluss hatte. Ein Mann, der nicht für Nachkommen sorgen, seiner Frau ihren größten Wunsch nicht erfüllen konnte.

»Ich weiß ...«, hob sie an. »dass du deinen Bruder niemals umgebracht hättest. Florentine ist die treibende Kraft. Wenn sie schon keine Kinder haben kann, dann wenigstens Ruhm und Reichtum – und den musst du ihr bieten, um jeden Preis.«

»Mag sein«, entgegnete Peter schlicht von oben herab.

Das genügte, um sie anzustacheln. Sie erhob sich, auch wenn sie sich noch ziemlich wacklig auf den Beinen fühlte, aber sie stand und nahm ihren Schwager fest in den Blick.

»Du brauchst mich für den Nachbau der Geige, das sehe ich ein. Mir liegt nichts an Ruhm und Reichtum, aber an meiner Freiheit ist mir gelegen. Du wirst mich nicht einsperren. Ich komme jeden Tag zu dir in die Werkstatt, mehr nicht.« Was sie tatsächlich plante, stand auf einem anderen Blatt. Mit dem feuchtfröhlichen Abend im Matschakerhof hatte er ihr einen Anhaltspunkt gegeben, einen unfreiwilligen Hinweis darauf, wo sie sich nach Zeugen umhören könnte. Gut möglich, dass ihm der Alkohol die Zunge gelockert und er Dinge geäußert hatte, die sie gegen ihn verwenden konnte, um zu beweisen, dass er seinen Bruder umgebracht hatte. Noch heute Abend würde sie in den Matschakerhof gehen und sich dort umhören – aber zuvor würde sie zu Anna Röhberg gehen, die Geige holen und den Nachbau fertigstellen. Sobald sie hier raus war. Ein Schnitzmesser und ein Rötelstift waren alles, was sie dazu noch benötige, und diese Werkzeuge hatte Annas Mann Friedrich mit Sicherheit in seiner Schusterwerkstatt. »Darauf wirst du eingehen müssen, Peter, andernfalls hast du am Ende gar nichts. Du hast nichts davon, wenn du mich umbringst – und jetzt will ich meine Kinder sehen. Ohne dass ich Florentine unter die Augen treten muss.«

Kapitel 36

Nachdem ihr Schwager das Zimmer verlassen hatte, war sie innerlich unter Spannung, ihre Nerven waren wie die Saiten einer Geige, ihr zittriger Atem wie Bogenstriche, deren Vibration sie im ganzen Körper spürte und nicht unter Kontrolle zu bringen vermochte.

Ihren Kindern gegenüber musste sie Stärke zeigen.

Es dauerte nicht lange, bis die beiden hereinstürmten, sich ihr in die Arme warfen und weinten.

Ganz gleich, welche beruhigenden Worte sie wählte, wie oft sie ihnen über den Rücken streichelte, ganz gleich, wie fest sie ihre Kinder hielt, sie weinten und weinten, und irgendwann weinte sie mit.

Da sie sich jedoch kaum mehr auf den Beinen halten konnte, zog sie ihre Kinder mit sich zum Bett, wo sie sich zwischen die beiden setzte und sie weiterhin fest in den Armen hielt.

Sie hatte jegliches Zeitgefühl verloren. So saßen sie da, bis Sophie glaubte, keine Tränen mehr zu haben. Ihren Kindern schien es ähnlich zu ergehen, denn sie kramten ihre Taschentücher hervor und putzten sich die Nasen. Dennoch kullerte ihnen immer wieder eine Träne aus den verquollenen Augen über die Wangen.

»Wir haben nichts mehr«, brachte Katerina hervor.

»Nichts und niemanden mehr«, ergänzte Kristian.

»Schscht«, machte sie und drückte ihre weinenden Zwillinge fester an sich. »Wir haben uns. Das dürft ihr nicht vergessen – und euer Vater hätte nicht gewollt, dass wir jetzt aufgeben. Zusammen sind wir stark.«

Katerina löste sich von ihr, sank in sich zusammen und schüttelte dabei den Kopf. »Ich fühle mich überhaupt nicht stark. Ganz und gar nicht. Aber vielleicht …« Sie stockte. »Vielleicht war das für unseren Herrn Vater … Ich meine …« Sie suchte sichtlich nach Worten, während sie auf ihre gefalteten Hände blickte, die sie in ihrem Schoß knetete.

»Ich weiß, was du sagen willst …« Ihr Bruder holte tief Luft und griff nach der Hand seiner Schwester. »Ich glaube fest daran, dass es für unseren Herrn Vater eine Erlösung war.«

Jetzt brach Sophie wieder in Tränen aus, und sie weinten miteinander, bis Katerina sagte: »Ich möchte nicht bei Onkel und Tante bleiben …«

»Ich auch nicht …« Kristian sah sie aus traurigen Augen an, sein Blick war fast flehend. »Tante Florentine ist so merkwürdig geworden, so kalt, so … früher war sie ganz anders zu uns. Da hätte sie mit uns geweint. Vorhin hat sie uns angeherrscht, wir sollen mit der Flennerei aufhören, davon würde unser Vater auch nicht wieder lebendig werden.«

Am liebsten wäre Sophie aufgesprungen, um sich Florentine vorzuknöpfen – doch das würde zu nichts führen. Gegen Florentine und Peter musste sie anders vorgehen. Überlegt und zielführend, denn am Ende sollten die beiden nicht ohne Strafe davonkommen. Wie, das wusste sie noch nicht.

»Wir gehen zu Anna Röhberg. Die Nachbarin hat mir angeboten, dass wir erst mal bei ihr unterkommen können. Da ist zwar kaum Platz …«

»Aber besser, als hier zu bleiben«, bekräftigte Kristian. »Ich habe nämlich das schlechte Gefühl … irgendwie denke ich, dass Onkel und Tante etwas mit dem Feuer und mit dem Tod …«

»Schscht«, machte sie und blickte zur Tür. »Darüber reden wir jetzt nicht. Aber ich verspreche euch, ich werde nicht eher ruhen, bis ich herausgefunden habe, wie es zu dem Brand kommen konnte. Es gibt da Hinweise … Und noch etwas ist wichtig …« Sie senkte ihre Stimme zu einem Flüstern. »Kein Sterbenswörtchen zu Onkel und Tante darüber, dass der Nachbau der Geige nicht in Flammen aufgegangen ist. Ich werde die Geige heute noch vollenden und gleichzeitig so tun, als ob ich für euren Onkel eine neue baue.«

»Und was machen wir dann?«, fragte Kristian. »Wenn Sie Herrn Paganini den Nachbau der Geige überreicht haben, Frau Mutter. Wir haben kein Geld, um das Haus wieder aufzubauen und die Werkstatt neu einzurichten.«

»Nein, das haben wir nicht«, entgegnete sie leise.

»Signor Paganini ist reich …«, hob Katerina an.

»Wo denkst du hin? So viel Geld würde ich niemals von ihm annehmen. Ganz abgesehen davon hat er gerade ein Vermögen an seine Frau abgetreten, weil er sich von ihr getrennt und ihr Achille abgekauft hat.«

Katerina und Kristian machten große Augen. »So etwas ist möglich?«

Sie hob die Schultern. »Der Wiener Magistrat wird den Vertrag bestätigen. Zuvor habe ich allerdings auch noch nie von so einem Fall gehört.«

»Wirst du dann jetzt Paganinis Frau?«, fragte Katerina geradeheraus, so dass es Sophie die Sprache verschlug. Und überhaupt, was sollte sie darauf antworten?

»Ich …«, hob sie an. »Das ist doch überhaupt nicht spruchreif und auch alles … alles nicht so einfach.«

»Genau!«, warf ihr Sohn ein. »Paganini ist nämlich ein Reisender. Dann müssten wir mit ihm durch die Lande ziehen.«

Ihre Tochter schüttelte den Kopf und griff nach dem Arm

ihrer Mutter. »Ich möchte aber nicht aus Wien weg! Bitte, Frau Mutter. Ich habe Angst vor der Fremde. Und wenn Vater hier beerdigt wird …«

»Wir wollen nicht aus Wien fort«, sagte Kristian und warf ihr einen bittenden Blick zu. »Wir möchten wieder ein Zuhause haben.«

Erneut trieb es ihr die Tränen in die Augen. Ihre Kinder konnte sie nur allzu gut verstehen, und niemals würde sie es übers Herz bringen, die beiden zu entwurzeln, erst recht nicht, nachdem gerade ein solcher Sturm über sie hereingebrochen war. Auf der anderen Seite bedeutete das, dass sie Paganini gehen lassen musste – und auch wenn sie allein dieser Gedanke schon schmerzte, war es wohl besser so.

Er war ein Reisender.

Ein Abenteurer, eine ruhelose Seele, ein Getriebener, immer auf der Suche nach dem nächsten Erfolg. Ein Seelenverwandter, das auch, ja, aber einer, der ein ganz anderes Leben führte als sie. Ein Mensch, dem das Bodenständige ein Graus war, der nie Wurzeln schlagen würde, der frei sein musste wie ein Vogel. Ein Mann, den sie ziehen lassen musste. Ein Geliebter, der immer in ihrem Herzen wohnen, jedoch nie ein Leben an ihrer Seite verbringen würde.

Ein Leben, das sie ihren Kindern und dem Wiederaufbau des Hauses widmen musste. Ein Leben in Vernunft, Ruhe und Bescheidenheit. Ein Leben in Zufriedenheit. Eines Tages würden sie alle wieder glücklich sein – falls das Schicksal nicht wieder andere Pläne hatte.

Aber womöglich, wer wusste das schon, lag das Glück gar nicht allzu fern, und das alles hatte seine himmlischen Gründe: dass Paul sterben musste und Paganini sich von seiner Frau getrennt hatte.

Vielleicht war Paganini angesichts seiner angeschlagenen Gesundheit des Reisens müde und entschied sich, in Wien zu bleiben? Wer wusste das schon? Der Kaiser würde ihn mit Kusshand und hohen Gratifikationen am Hofe aufnehmen.

Vielleicht wartete das Glück gleich um die Ecke. Vielleicht war es zum Greifen nah.

Ganz gleich, wie sich die kommenden Tage entwickeln würden: Die Hoffnung starb zuletzt.

Kapitel 37

Sophie zog die Vorhänge zu.

Den Blick nach draußen ertrug sie nicht.

Ihre Kinder lagen, vom Weinen erschöpft, auf dem notdürftigen Lager aus Strohmatratzen, das Anna Röhberg und ihr Mann in Windeseile mithilfe gestopfter Leintüchern zusammengestellt hatten. Am helllichten Tag waren die Kinder eingeschlafen. Die Nachbarin hatte schnell noch das Tischchen am Fenster frei geräumt, das zum Zuschneiden und zur Ablage ihrer begonnenen Handarbeiten diente.

Zögerlich blieb Sophie vor dem Tischchen stehen, auf dem jetzt die Geige lag, zu deren Vollendung nicht mehr viel fehlte.

Hier hatte Anna Röhberg gesessen, als sie das Feuer entdeckt hatte.

Nicht den Vorhang öffnen, nicht nach draußen sehen, mahnte sich Sophie. Dennoch hatte sie das bis auf die Grundmauern niedergebrannte Haus vor Augen, dieses Bild hatte sich auf ewig in ihre Seele eingebrannt.

Sophie zündete eine Kerze an.

Ein mulmiges Gefühl stieg in ihr auf.

Sie blies die Kerze wieder aus. Zog den Vorhang zur Seite. Licht brauchte sie unweigerlich zum Arbeiten – und die Arbeit brauchte sie, damit sie vor Kummer und Sorge nicht verrückt wurde. Ihre Hände mussten etwas Sinnvolles tun, etwas haben, woran sie sich festhalten konnte.

Sie setzte sich, und da fuhr ihr ein dumpfer Stich in die Leiste. Was war nun los? Sie legte eine Hand auf die Stelle und spürte einen harten Gegenstand. Ach, das war die kleine Giraffe, die sie Achille nicht mehr hatte geben können.

Sie holte die kleine Holzfigur aus der Rocktasche und stellte sie auf das Fensterbrett, damit sie ihren Blick von der Katastrophe ablenkte.

Sobald die Geige fertig war, würde auch Achille sein Geschenk bekommen.

Ihre schlafenden Kinder hielten ihre Holzgiraffen in den Händen, die Finger fest darum geschlossen, so als wollten sie den letzten glücklichen Moment in ihrem Leben festhalten.

Tränen schossen ihr in die Augen. Nichts würde mehr so sein wie früher. Nichts.

Ihr Verstand hatte das längst begriffen, dennoch konnte sie es nicht glauben. Oder besser: Sie wollte es nicht wahrhaben. War das nicht doch bloß ein Alptraum, aus dem sie gleich erwachte? Sie wusste es besser. Das war die Realität. Wie viel Leid konnte ein Mensch eigentlich ertragen? Immer wenn sie dachte, dass es nicht schlimmer kommen konnte, packte das Schicksal noch eine Schippe drauf. War das immer noch nicht genug? Kam jetzt noch mehr?

Eine Hoffnung hatte sie noch. Wenn alles gut ging, hielt sie gleich eine spielbereite Geige in Händen, die sie sofort zu Paganini bringen würde.

Doch diese letzten Handgriffe, erforderten noch einmal all ihre Konzentration. Der Steg musste mit seinen beiden Füßchen so auf der Geigendecke stehen, dass er gleichsam mit dieser verschmolz, dass es so aussah, als ob die Füßchen wie Wurzeln aus der Geige wuchsen.

Um das zu erreichen, musste sie sich mit einem Schnitzmesser ganz vorsichtig voranarbeiten, bis sich die Füßchen perfekt an die Wölbung der Decke anschmiegten. Ein unachtsamer Schnitt konnte alles ruinieren, und sie würde einen neuen Steg herstellen müssen, was wiederum aufwendig war, denn auch hier entschieden ein paar Gramm Holz mehr oder weniger über den Klang der Geige.

Als Paul noch ihr Lehrmeister gewesen war, hatte sie einmal drei Tage lang erfolglos versucht, einen Steg anzupassen. Am Ende hatte sie weinend vor der Geige gesessen und er hatte sie damit getröstet, dass es allen Lehrlingen so ergehe.

Mittlerweile arbeitete sie gern am Steg, weil es das letzte Mosaiksteinchen war, das zur Fertigstellung nach all der Mühe fehlte. Wobei im Moment das Gegenteil der Fall war. Jede Bewegung kostete sie Kraft, ihre Arme fühlten sich bleischwer an, als sie nach dem vorbereiteten Steg griff. Dennoch war da dieser ungebrochene Wille in ihr, die Geige zu vollenden.

Sie setzte den Steg auf die markierte Stelle an der Geige, legte den angewinkelten Unterarm auf die Tischplatte und den geneigten Kopf darauf, um mit ihrem Blick auf Höhe der Füßchen zu sein und jede noch so winzige Lücke erspähen zu können.

Entschlossen griff sie zu dem kleinen Schnitzmesser, das Friedrich ihr aus seiner Schusterwerkstatt geholt hatte. Damit sollte sie zurechtkommen. Es war nicht viel anders als das, mit dem sie sonst arbeitete.

Mit einem Schnitt machte sie die erste Korrektur. Jetzt nur die Nerven behalten. Als sie seinerzeit ihren ersten Steg angepasst hatte, war sie nach drei Tagen sehr nahe an einem Nervenzusammenbruch gewesen. Wie konnte ein kleines Teil nur so viel Arbeit machen und so viel Zeit kosten? Mittlerweile war die Zeit nicht mehr der Rede wert, doch das auch nur, wenn sie jetzt konzentriert blieb.

Sobald sie bei Paganini gewesen war, überlegte sie, würde

sie in den Matschakerhof gehen. Am späten Abend traf sie dort mit Sicherheit auf Stammgäste, die zur gleichen Zeit wie Peter und Florentine da gewesen waren. Ob sie vielleicht etwas mitbekommen hatten? Irgendein Wort, eine Ankündigung, eine Äußerung, unbedacht im Alkoholrausch herausposaunt, die Peters Schuld beweisen könnte? Sie hoffte so sehr darauf.

Konzentriert bleiben. Was zu viel an Holz entfernt war, konnte nicht mehr rückgängig gemacht werden. Doch nicht nur die Passgenauigkeit der Füßchen, auch die Steghöhe war entscheidend für den Klang. Die Saiten mussten später über dem Griffbrett genug Raum zum Schwingen haben und zugleich bequem zu greifen sein. Da auch hier wieder Augenmaß gefragt war, war die Gefahr groß, sich zu verschätzen und zu viel von der Steghöhe abzunehmen.

Noch passte der Steg nicht. Ein weiterer kleiner Schnitt. Noch ein Schnitt.

Unvorstellbar, erneut eine Geige für Peter zu bauen. Sie bekam jetzt schon Bauchschmerzen bei dem Gedanken, morgen in seiner Werkstatt erscheinen zu müssen. Irgendwie musste es ihr gelingen, die Wahrheit ans Licht zu bringen, damit ihr Schwager und seine Frau ihre gerechte Strafe erhielten.

Endlich. Die Füße des Stegs verschmolzen mit der Geigendecke. Jetzt die Höhe anpassen, und dann ging es nur noch um die Frage, wie groß sie die Öffnungen des Stegs wählte, die ein Laie bloß für Verzierungen hielt.

Irgendetwas musste ihr einfallen, damit sie das umgehen konnte und Peter sich trotzdem in Sicherheit wog.

Diese letzten Arbeitsschritte waren von entscheidender Bedeutung für den Klang, mindestens ebenso wichtig wie die Wölbung der Geige und die Position des Stimmstocks.

Sie legte das Instrument so hin, dass der Geigenhals zu ihr zeigte, kniff die Augen zusammen und peilte über das

Griffbrett, um mit Augenmaß die perfekte Höhe des Stegs zu bestimmen, den sie mit einer Hand in seiner späteren Position hielt. Ihre Anspannung übertrug sich als Zittern auf den geliehenen Rötelstift, während sie die Markierung anzeichnete und anschließend das Schnitzmesser führte.

Wenn das mal gut ging ... Falls sie noch einmal von vorn beginnen musste, würde sie heute nicht mehr fertig werden, denn wo sollte sie auf die Schnelle ein Stück Ahornholz auftreiben?

Alles war verbrannt. Ihr gesamtes Leben.

Dafür musste Peter büßen. Alles würde sie daransetzen.

Noch ein Schnitt.

War das zu viel gewesen? Hatte sie in der Höhe zu viel abgenommen? Hoffentlich nicht ... Gleich würde es sich herausstellen. Sie betrachtete die Öffnungen des Stegs, die sie bereits als hübsche Rundungen, ähnlich kleiner Blüten, eingekerbt hatte. Dort sollte sie für ihr Gefühl noch etwas Holz abnehmen. Aber wirklich nur ein bisschen. Schon ein einziger Holzsplitter mehr oder weniger veränderte den Klang maßgeblich.

Im Grunde war es ohnehin verrückt, den Klang von Paganinis Guarneri, den sie im Ohr hatte, wie keinen anderen, der ihr in Fleisch und Blut übergegangen war, vorherzusagen. Allerdings war genau das die Kunst des Geigenbaus, der Zauber des Handwerks, das sie so sehr liebte.

Dieses Wissen konnte ihr niemand nehmen, diese Leidenschaft, die sie in sich spürte, und das Glücksgefühl, wenn die Geige vollendet war.

Jetzt noch die Saiten aufziehen – wie gut, dass sie diese zur Aufbewahrung auf die Wirbel gerollt hatte –, dabei den Steg aufstellen, der durch die Spannung der Saiten gehalten wurde, und dann war der große Moment gekommen, für den sie so lange gearbeitet, für den sie alles gegeben hatte.

Ihre Neugierde darauf, wie die Geige klang, war übermächtig, doch würde sie nicht ihre Kinder wecken, wenn sie sie spielte?

Dennoch wollte sie nicht länger warten. Kein Risiko mehr eingehen. Ihrem Schwager keine Gelegenheit mehr bieten, die Vollendung des Instruments und dessen Übergabe an Paganini doch noch zu verhindern.

Es war so weit. Die Geige lag in all ihrer Schönheit vor ihr, das Sonnenlicht entlockte dem Lack einen bezaubernden Farbton. Gleich durfte sie das Instrument zum Leben erwecken.

Mit zitternden Knien stand sie auf, ehrfürchtig legte sie die Geige an und hob den Bogen.

Mit Blick auf ihre Kinder spielte sie die erste Note.

Ein wundervoller Klang erfüllte den Raum.

Der Geigenkorpus vibrierte, die Schwingungen übertrugen sich auf ihren Körper, sie fühlte sich als Resonanzkörper der Geige, es war, als ob das Instrument lebendig wurde.

Eine Gänsehaut lief ihr über die Arme und den Rücken hinunter, wie ein Kälteschauer, dem gleich darauf eine wohlige Wärme folgte.

Der Klang war perfekt, perfekt, perfekt! Und vor allem unverwechselbar.

Kristian und Katerina schliefen tief und fest, während sie weiterspielte, sie konnte einfach nicht aufhören, und wie von selbst spielte sie die Melodie, die Paganini für sie komponiert hatte.

Molltöne, denen fröhliche, fast übermütige Stakkatotöne folgten. Die beiden Liebenden, die ausgelassen miteinander tanzten. Dann erneut Molltöne, voller Trauer, und nach dem letzten Ton liefen ihr wieder die Tränen über die Wangen.

Es war, als ob alle angestauten Gefühle, die sie in den letzten Tagen und Stunden durchlebt und durchlitten hatte, in einem reißenden Strom aus ihr herauswollten.

»Sophie?«, flüsterte eine weibliche Stimme.

Erschrocken sah sie in Richtung Tür. Sie hatte gar nicht gehört, dass Anna Röhberg hereingekommen war.

Ihren Kindern war Geigenklang im Haus vertraut, sie schliefen ruhig weiter.

»Du hast es geschafft«, flüsterte Anna Röhberg erleichtert, doch im nächsten Moment stutzte sie. »Warum weinst du denn? Ist der Klang nicht perfekt?«

»Doch …«, entgegnete sie mit erstickter Stimme. »Die Geige lebt. Sie ist perfekt. Die perfekte Kopie von Paganinis geliebter Geige, ganz so, wie er sich das Instrument gewünscht hat.«

»Wie wunderbar! Ich gratuliere dir! Da wird sich Signor Paganini aber freuen, wenn du ihm morgen die Geige überreichst.«

Wie gern hätte sie dem zugestimmt, wie liebend gern hätte sie in den kommenden Nachtstunden die Geige noch an ihrer Seite gehabt. Eine Geige zu vollenden bedeutete immer, zugleich auch Abschied zu nehmen, von einem Instrument, das man gerade erst zum Leben erweckt hatte. Dennoch stand ihr Entschluss fest. Paganinis Freude über den gelungenen Nachbau würde ihren Schmerz lindern.

»Ich werde nicht länger warten. Das Risiko ist mir zu hoch.«

»Du hast recht, es ist an der Zeit. Ich passe auf deine Kinder auf und schicke meinen Mann zum Stephansplatz, damit er einen Fiaker holt, schließlich musst du die Geige sicher zum Trattnerhof bringen.«

Sie nickte. Ja, die Zeit des Abschieds war gekommen.

Kapitel 38

Wie oft hatte sie in den vergangenen Monaten den Trattnerhof betreten? Haberleitner hatte jedenfalls bis zum heutigen Tag kein Lächeln für sie übrig. Schmallippig wie immer begrüßte er sie in blauer Uniform hinter dem mit Intarsien verzierten Tresen.

Sie presste den Geigenkoffer aus dunkelbraunem Leder an sich, der noch mit keinem Namen versehen war.

Nun musste sie an diesem Wachhund vorbeikommen, der das Betreten seines Reviers, den Eindringling, duldete, sie jedoch keinen Schritt weiterlassen wollte. Haberleitners Blick glich einer Drohfixierung, womit er unterstrich, dass an ihm kein Vorbeikommen war.

»Habe die Ehre, Gnädige Frau.« Keine Spur von Freundlichkeit, er klang wie ein Offizier, vor dem man die Hacken zusammenschlagen und salutieren mochte.

»Guten Abend, Herr Haberleitner«, grüßte sie freundlich. Sie lächelte und gab sich wie immer alle Mühe, seine Feindseligkeit zu ignorieren. »Ich möchte gern zu Signor Paganini.« Wohin auch sonst, fügte sie im Stillen hinzu.

»Herr Paganini ist nicht geneigt, jetzt noch Besuch zu empfangen. Und mir ist nicht bekannt … Mir ist nicht bekannt, dass Sie einen Termin haben.«

»Den habe ich heute auch nicht. Es ist dringend.«

Der Portier lachte auf. »Dringend, ja, ja. Das kenne ich schon, aber dieses Mal kommen Sie nicht so einfach an mir vorbei. Es ist bereits nach neun Uhr, und um diese Uhrzeit wünscht Herr Paganini nicht mehr gestört zu werden. Und überhaupt – schämen Sie sich nicht?«

»Wie bitte?«, fragte sie irritiert.

Abschätzig sah er sie von oben bis unten an. »Die ganze Stadt weiß, dass Sie Ihren Mann bei dem Brand verloren haben, und Sie halten es nicht für notwendig, Trauerkleidung zu tragen?«

»Ich habe erst vor wenigen Stunden meinen Eheherrn verloren, meine Kleidung ist mit dem Haus verbrannt, also, selbst, wenn ich wollte … und überhaupt, was geht *Sie* das an?«

»Sehr viel, denn im Gegensatz zu Ihnen weiß ich, was Sitte und Anstand bedeuten. Es geht ja noch um viel mehr als die fehlende Trauerkleidung. Sie haben Herrn Paganini seit Monaten bezirzt, es fertiggebracht, dass er sich von seinem Weib getrennt hat, und nun besitzen Sie tatsächlich die Unverfrorenheit, ihn zu später Stunde zu besuchen, obwohl Ihr Eheherr noch nicht mal unter der Erde ist. Und als dämliches Alibi bringen Sie einen Geigenkoffer mit.«

»Wissen Sie was?«, entgegnete sie nach außen hin gelassen. »Ich würde gerne mal für einen Tag mit Ihnen tauschen.«

»Wie bitte?« Nun war es an Herrn Haberleitner, irritiert zu sein. »Warum?«

»Damit Sie spüren, wie es ist, einem Menschen, der ohnehin schon keine Kraft mehr hat, einer Frau, die in der Tat frisch zur Witwe geworden ist und darüber hinaus ihr Haus mitsamt ihren Habseligkeiten verloren hat, die nicht mehr weiß, wie es in Zukunft weitergehen soll, die zuletzt daran denkt, sich Trauerkleidung zu kaufen, weil sie nicht weiß, wie sie auf ihrem Lebensweg überhaupt noch einen Fuß vor den anderen setzen soll …« Sie holte tief Luft. »Damit Sie wissen, wie es ist, einer solchen Frau auch noch Vorwürfe wegen ihrer Kleiderwahl zu machen – und ihr zu unterstellen, dass sie sich Signor Paganini an den Hals wirft. Sie sollten sich schämen! Ich habe ganz andere Gründe, weshalb ich hier bin – aber das geht Sie nichts an. Und nun lassen Sie mich bitte zu Signor Paganini.«

»Das werde ich nicht tun. Ich habe meine Regeln und Prinzipien«, entgegnete er steif.

Sie zwang sich, ruhig zu bleiben, sich nicht von diesem gefühlskalten Wachhund provozieren zu lassen. »Das mag sein. Regeln und Prinzipien sind auch wichtig, werter Herr Haberleitner. Ich bin mir jedoch sicher, dass selbst Sie ein Gewissen haben. Und ich glaube, eigentlich steckt in Ihnen ein ganz netter Mensch. Hunde, die bellen, beißen nicht.«

Mit diesen Worten ließ sie ihn einfach stehen. Sie ging an der Rezeption vorbei in Richtung Treppe, wo der verdutzte Page wartete. Dort drehte sie sich zum Portier um, der völlig verdattert und zu keinem Widerspruch in der Lage war. Vielleicht hatte sie tatsächlich etwas in ihm bewegt. »Ich finde den Weg allein, nicht wahr, Herr Haberleitner? Und keine Sorge um die Moral in Ihrem Hause, ich bleibe gewiss nicht über Nacht, ich muss gleich noch in den Matschakerhof – und bevor sie jetzt erneut an meinem Verhalten als Witwe zweifeln, ich habe triftige Gründe, dorthin zu gehen. Wenn Sie mich jetzt bitte entschuldigen würden.«

War Paganini schon zu Bett gegangen? Auch auf ihr drittes, nachdrückliches Klopfen hin öffnete er nicht. Enttäuscht schlang sie die Arme um den Geigenkoffer. So hatte sie sich das nicht vorgestellt. Vor allem wollte sie die Geige nicht noch länger zu Hause hüten müssen. Nein, nicht zu Hause. Ein Zuhause gab es nicht mehr.

War Paganini gar nicht auf seinem Zimmer? Oder wollte er wirklich nicht gestört werden?

Sie klopfte noch einmal, wartete ab.

Gerade als sie sich abwenden wollte, hörte sie Schritte im Zimmer.

Endlich, die Tür ging auf.

»Sophie, du?«

Er hatte sie geduzt. Vor Aufregung bekam sie eine Gänsehaut. Wie sollte sie darauf reagieren? Sie brachte es nicht über die Lippen, ihn mit seinem Vornamen anzusprechen.

Paganini trug einen seiner fadenscheinigen Fräcke und wirkte sehr müde.

»Störe ich?«, fragte sie, denn plötzlich war es ihr unangenehm, nicht darüber nachgedacht zu haben, ob ihm ein spontaner Besuch zu so später Stunde wirklich noch recht war.

»Nein, ganz im Gegenteil. Ich freue mich! Aber was ist los? Warum um diese Uhrzeit?« Erst jetzt fiel sein Blick auf den Geigenkoffer. »Sag bloß … Wann hast du …?«

Sie wollte antworten, doch sie war so irritiert von seinem selbstverständlichen Du, dass sie kein Wort herausbrachte.

»Du hast alles verloren und denkst an meine Geige? Meine Güte, das hätte ich niemals erwartet. Meine herzliche Beileid zum Tod von deine Mann. Wie geht es deine Kinder?«

Sie schlug den Blick nieder. »Sie weinen viel und …« Als sie an die beiden dachte, kamen ihr ebenfalls die Tränen. »Und ich auch.« Schnell holte sie sich ein Taschentuch hervor und wischte sich damit über die Augen. Dabei fiel ihr ein, dass sie ihm sein Taschentuch immer noch nicht zurückgegeben hatte, obwohl sie es immer bei sich trug. Und sie hatte noch etwas vergessen: die Giraffe für Achille. Die stand noch auf der Fensterbank. Doch es würde sich bestimmt bald eine Gelegenheit ergeben, ihm das Geschenk zu überreichen.

Allerdings war das jetzt alles nebensächlich, denn sie war aus einem viel wichtigeren Grund hier.

Der feierliche Moment war gekommen – der Augenblick,

auf den sie so lange hingearbeitet hatte. Mit Erleichterung, einem gewissen Stolz und noch immer mit Tränen in den Augen überreichte sie ihm den dunkelbraunen Geigenkoffer.

Der Virtuose nahm ihn entgegen, machte jedoch keine Anstalten, ihn zu öffnen.

»In den vergangenen Stunden habe ich die Geige vollendet, und nun möchte ich sie in Ihre Hände legen«, sagte sie fest. Ihr Verstand hatte entschieden, ihn weiterhin zu siezen – dieser Abstand musste sein, auch wenn ihr Herz etwas anderes wollte.

»Das ist gut«, murmelte Paganini und legte den Geigenkoffer sorgsam auf die Kommode zu seinem geliebten Instrument.

»Gut?«, fragte sie doppelt irritiert, weil er sich den Nachbau nicht einmal anschauen wollte. »Sie meinen, wegen meinem Schwager? Ich wollte die Geige nicht länger als notwendig bei mir behalten.«

»Nein, ich meine, es ist gut, dass du hier bist ...« Und ehe sie reagieren konnte, zog er sie in seine Arme.

»Bitte nicht«, flüsterte Sophie. Die Witwe sprach aus ihr, dabei wünschte sie sich doch nichts sehnlicher, als seine Nähe zu spüren, zu fühlen, wie er ihr Halt gab. Sie befreite sich aus seiner Umarmung. »Freuen Sie sich denn gar nicht über die Geige? Möchten Sie nicht darauf spielen? Wissen, wie sie klingt?«

»Ich weiß, wie sie klingt. Perfekt. Wie il mio Cannonino. Denn du hast sie gebaut. Nur du kennst die Seele meiner Geige, weil du in meine Seele blicken kannst.«

Dessen war sie sich gerade gar nicht mehr sicher, dachte sie beklommen. Obwohl er sie in den Arm genommen hatte, verwehrte er ihr den Blick in sein Innerstes, das spürte sie deutlich. Und sie? War es ihrer Enttäuschung geschuldet, dass sie sich ihm gerade weniger nah fühlte? Sie hatte erwartet, dass er ganz anders reagieren würde. Immerhin hatte sie viel Herzblut in die Geige gesteckt, und wenn dieser Auftrag nicht gewesen wäre, hätte ihr Haus nicht gebrannt und ihr Eheherr würde noch leben.

Doch am meisten beschäftigte sie gerade eine Sache: »Warum duzen Sie mich auf einmal?«

»Scusi! Ich habe darüber gar nicht nachgedacht. Es kam aus meine Herzen, fühlte sich richtig an. Wenn du nicht willst ...«

»Ich weiß nicht ... doch schon, aber ich ... ich kann das nicht. Für mich sind Sie Signor Paganini.«

»Das ist schade, aber vielleicht denkt Ihre Herz irgendwann anders.«

»Vielleicht«, entgegnete sie gedankenverloren und horchte in sich hinein. Da war noch etwas anderes, was sie beschäftigte. »Darf ich Sie noch etwas fragen? Was haben Sie mit der Geige vor? Haben Sie sich schon einen Schüler ausgesucht, der darauf spielen soll? Es wäre doch eine Sünde, wenn diese Geige nicht leben dürfte – nach allem, was passiert ist.«

»Ursprünglich hatte ich sogar zwei Schüler im Blick – es sollten deine Kinder sein, und das Instrument sollte bei dir verbleiben, aber ...«

Diese Ehre machte sie für einen Moment sprachlos, allerdings war ihr klar, was der Virtuose noch hinzufügen wollte.

»Aber das geht nicht mehr, das stimmt. Mein Schwager wird mir das Leben zur Hölle machen, wenn er erfährt, dass ich ihn hintergangen habe und bereits ein Nachbau der Geige existiert.« In einem Anflug von Hoffnung fügte sie hinzu: »Du könntest doch in Wien bleiben – mit der Geige. Dann könnten meine Kinder zu dir kommen und darauf spielen und ich ...« Sie verstummte, weil ihr bewusst wurde, dass sie ihn nun auch geduzt hatte. Doch es fühlte sich richtig an.

Sehr sogar. »Und ich …«, hob sie erneut an, um ihrem Traum von einer gemeinsamen Zukunft mit vorsichtiger Stimme Gehör zu verleihen. »Ich könnte dich auch besuchen. Mich um Achille kümmern, mit ihm Bilder malen, während du Hofkonzerte spielst – der Kaiser wird dich doch mit Handkuss …«

»Sophie …«, unterbrach er sie. »Dann würde dein Schwager erst recht keine Ruhe geben. Nein, ich werde dir ein Schreiben ausstellen, dass ich auf den Nachbau verzichtet habe, nachdem die Geigenwerkstatt niedergebrannt ist, weil ich Wien verlassen habe.«

»Du willst wirklich nicht bleiben? Dein Entschluss steht fest?«

»Ja, ich werde abreisen.«

Sie schluckte schwer. »Und wann?«

»Bald«, entgegnete er knapp und wandte sich dem ledernen Arztkoffer zu, der auf dem Mahagonischränkchen stand. Seine Medikamente hatte er offenkundig bereits hineingeräumt. Er öffnete die goldenen Schließen und holte einen Umschlag heraus.

»Das ist für dich. Für den Nachbau der Geige – und überhaupt. Es ist eine Schreiben, mit dem du zur Bank gehen kannst. Gleich bei die Stephansdom bei die neue Bankhaus Spängler. Dort ist Geld für dich hinterlegt. Es wird nicht für den Wiederaufbau von deine Haus reichen, aber dafür, um dir in Wien ein ordentliches Zuhause zu suchen und dir dein Leben mit deine Kindern neu einzurichten.«

»Das ist mehr als großzügig von dir. Das kann ich doch gar nicht annehmen.« Sie spürte an dem schmerzhaften Ziehen in ihrem Herzen, dass sie sich zudem etwas anderes wünschte: »Bleib doch bitte in Wien.«

»Das geht nicht.«

»Warum nicht? Wenn ich beweisen kann, dass mein

Schwager das Haus angezündet und seinen Bruder umgebracht hat, dann sitzt er den Rest seines Lebens hinter Gittern, und Florentine wird ihm als Anstifterin eine ganze Weile Gesellschaft leisten.«

»Selbst wenn … Ich kann nicht in Wien bleiben. Ich bin krank. Und zum Sterben will ich nach Nizza fahren.«

»Wer sagt denn, dass du stirbst?«

»Der Arzt. Nachdem meine Schmerzen schlimmer wurden, hat er mich gestern untersucht und mir gesagt, dass ich bald sterben werde.«

»Was heißt denn bald? Außerdem kann der Arzt sich doch täuschen! Woher will er das so genau wissen?«

»Meine Kieferschmerzen rührten nicht von der Überlastung her, wie er zuerst gedacht hat. Da ist ein Geschwür, das mich umbringen wird.«

Sophies Magen verknotete sich schmerzhaft. Doch sofort war da ein Hoffnungsschimmer.

»Der Arzt hat sich schon einmal getäuscht, dann ist seine Diagnose jetzt vielleicht auch nicht richtig!«, rief sie.

»Sie stimmt«, entgegnete Paganini leise. »Ich habe das von Anfang an gespürt.«

Was sollte sie dazu sagen? Sie wusste, er würde sich nicht aufhalten lassen.

»Wann willst du denn abreisen? Ich will mich doch wenigstens noch von dir verabschieden.«

»Sophie …« Er sah sie eindringlich an, und sie verlor sich in seinen dunklen Augen. »Ich hasse Abschiede – und du weißt warum. Ich habe dir die Geschichte erzählt …«

»Zwischen uns ist das doch etwas anderes …«

»Ja, das stimmt. Es ist anders. Es ist noch schmerzhafter. Und genau deshalb will ich nicht, dass du zusiehst, wie ich dahinsieche und sterbe. Du hast schon genug erlitten.«

»Und was ist mit Achille? Wer kümmert sich um ihn?«

»Das habe ich alles geregelt. Sein Pate, mein Freund Graf di Cessole, ist eine sehr gute Mensch, er wird sich um meine Sohn kümmern. Ich kenne ihn schon mein halbes Leben lang. Und ich habe noch etwas verfügt. Nach meine Tod sollen deine Kinder den Nachbau von meine geliebte Geige von mir erben … Meine Cannone werde ich meine Heimatstadt vermachen. Auf ihr soll nie wieder gespielt werden.«

Ihr steigen die Tränen in die Augen bei dem Gedanken daran, dass ihren Kindern wenigstens die Geige bleiben würde. »Das ist eine große Ehre«, hauchte sie.

»Es ist das Mindeste«, entgegnete Paganini. Er machte noch einen Schritt auf sie zu und nahm ihre Hand. »Glaub mir, ich wäre gern geblieben und hätte mein Leben mit dir verbracht.«

»Warum tust du das dann nicht?«, sagte sie mit zitternder Stimme. Es schmerzte. Es schmerzte so sehr. Sie wollte ihre Hand wegziehen. Nein, er musste sie festhalten. Nur er konnte diesen Schmerz lindern. Sie ergriff auch noch seine andere Hand. »Ich will nicht, dass du gehst.«

»Glaub mir, es ist besser so. Du sollst mich so in Erinnerung behalten, wie ich jetzt bin. Nicht als Sterbenden. Sondern so, wie ich deine Hände gehalten und dich geküsst habe.«

Kapitel 39

Sie spürte seinen Kuss noch auf den Lippen, als sie die schwere Eingangstür zum Matschakerhof aufzog, wild entschlossen, einen Zeugen zu finden, der ihren Schwager belasten würde.

Kaum dass sie das Gasthaus betreten hatte, hörte sie eine männliche Stimme vom Tisch nebenan. »Guten Abend, Frau von Sawicki. Mir dünkt, ich sehe nicht recht. Was machen Sie denn hier?«

Sie fuhr herum und erkannte den Klassenlehrer ihrer Kinder. Ein asketischer, hochgewachsener Mann mit Kaiserbart und stechend blauen Augen hinter einer runden Brille, die ihm von der Nase zu fallen drohte, während er sie kritisch beäugte. »Ziemt sich das, nachdem sie erst heute ihren Mann verloren haben? Ich denke nicht.«

Als sie nicht reagierte, weil es ihr die Sprache verschlagen hatte, fügte Herr Lindhorst hinzu: »Dennoch, mein Beileid.« Sein Anstand und Mitgefühl reichten jedoch nicht dazu aus, sich zu erheben und ihr die Hand zu reichen.

Seine Begleitung, der Herr Schuldirektor Berger, war vom Aussehen her das genaue Gegenteil des Lehrers, allein schon seine Körperform erinnerte an ein Fass. Dazu ein kurzer, bis auf den Stiernacken kaum erkennbarer Hals und ein teigiges Mondgesicht. Ein Wunder, dass er so eine hübsche Tochter hatte, in die sich Kristian ein wenig verguckt hatte, zumindest schloss sie das aus der Art, wie er von ihr erzählte.

Danach fragen wollte sie nicht, denn es war ja noch lange hin, doch tatsächlich könnte sie sich dieses nette und kluge Mädchen später gut als Frau ihres Sohnes vorstellen. Aber ein solcher Schwiegervater? Besser nicht.

Der Herr Direktor erhob sich von seinem Stuhl, deutete eine Verbeugung an, reichte ihr die Hand und sprach ihr sein Beileid aus.

»Herzlichen Dank«, entgegnete sie steif. »Und glauben Sie mir, die Herren, ich habe triftige Gründe, weshalb ich hier bin. Allerdings frage ich Sie doch auch nicht, warum Sie, werter Herr Lehrer Lindhorst, zu später Stunde im Matschakerhof zechen, wenn morgen Schule ist. Aber wo wir uns gerade treffen, kann ich Ihnen auf diesem Wege Bescheid geben, dass meine Kinder bis auf Weiteres nicht mehr zum Unterricht kommen werden.«

Der Klassenlehrer hob die Augenbrauen, dabei rutschte seine Brille noch tiefer. Sie wurde jetzt nur noch von seinen ausladenden Nasenflügeln gehalten, die so wirkten, als hätte er als Kind zu viel in der Nase gebohrt. »Sind Ihre Kinder denn krank?«

»Ähm … was?«, fragte sie bass erstaunt.

Lehrer Lindhorst machte ein pikiertes Gesicht. »Das heißt nicht *was*, sondern *wie bitte*.«

Es war, als ob er mit der Fußspitze einen Stein angestoßen hätte, der eine ganze Lawine ins Rollen brachte.

»Das ist nicht Ihr Ernst, oder?«, fragte sie. »Sie halten sich an solchen Belehrungen auf? Wir haben unser Haus verloren. Die Kinder ihren Vater! Reicht das nicht? Die beiden können sich überhaupt nicht konzentrieren, weinen ständig …«

»Umso besser wäre Ablenkung. Schule ist wichtig – und wenn sie nicht krank sind, dann verlange ich, dass Ihre Kinder am Unterricht teilnehmen.«

»Ach?« Sie hob die Augenbrauen. »Jetzt auf einmal? Als mein Mann im Narrenturm war, da wehte Ihr Fähnlein aus einer anderen Richtung. Da durften die Kinder nicht zur Schule kommen …«

»Weil das zu viel Aufruhr verursacht hätte, aber nun …«

»Nun trauern meine Kinder«, fiel sie ihm ins Wort. »Und die beiden bleiben so lange der Schule fern, wie ich das für richtig halte. Sie brauchen Zeit.«

Lehrer Lindhorst schob seine Brille mit einem Fingerhieb zurück auf die richtige Position. »Unter diesen Umständen muss ich wohl leider mit dem Herrn Direktor sprechen, ob die Kinder von der Schule suspendiert werden sollen. Das ist doch kein Verhalten!« Er wandte sich von ihr ab und dem Schuldirektor zu.

Sie rang mit sich und suchte nach halbwegs höflichen Worten, da sie mittlerweile zahlreiche Mithörer an den Nebentischen hatten. »Ich glaube, *ich* sollte lieber mit dem Herrn Direktor sprechen. Über Sie, werter Herr Lindhorst.«

Der Klassenlehrer nahm einen großen Schluck Bier, offenkundig um Zeit zu gewinnen, suchte Blickkontakt zu seinem Vorgesetzten.

»Herr Direktor«, hob sie an, um dem Lehrer zuvorzukommen.

In dem Moment stellte Lindhorst seinen Bierkrug lautstark auf dem Tisch ab. »Der Herr Direktor pflegt nicht mit Weibsbildern zu sprechen. Und da Sie keinen Eheherrn mehr haben, der für Sie die Konversation übernehmen kann …«

»Das lasse ich mir nicht gefallen«, rief sie.

»Sie machen jetzt einen Punkt und halten ihr vorlautes Maul!«, schrie der Lehrer Lindhorst über die lärmenden Gasthausbesucher hinweg, wodurch sie rundum noch mehr Aufmerksamkeit auf sich zogen.

Das war dem Herrn Schuldirektor wiederum sichtlich

unangenehm. »Herr Lindhorst, Sie sollten einen Punkt machen«, mahnte er den Lehrer. »Das besprechen wir nicht in aller Öffentlichkeit.«

»Die Kinder müssen zur Schule!«, beharrte Lehrer Lindhorst und sprang sogar auf. »Was reißen da sonst für Sitten ein?«

»Setzen Sie sich«, raunte das wandelnde Fass, das Sophie jedoch zunehmend sympathischer wurde. »Ansonsten überlege ich mir das noch einmal mit Ihrer Beförderung, auf die wir hier gerade anstoßen.«

Der Lehrer kam der Aufforderung augenblicklich nach und setzte sich, so als sei ein eingeschüchterter Schuljunge aus ihm geworden. Er starrte den Direktor an. »Aber …«

»Nichts aber. Ihnen ist wohl der Alkohol zu Kopfe gestiegen. So spricht man nicht mit einer Witwe, die zudem Haus und Hof verloren hat. Frau von Sawicki, Ihre Kinder bleiben selbstverständlich so lange der Schule fern, wie Sie das für richtig halten, und wenn es irgendetwas gibt, was ich noch für Sie tun kann …«

So, wie er das sagte, war es wohl als Floskel gemeint, und mehr erwartete sie auch nicht. Doch da kam ihr etwas anderes in den Sinn. »Sie waren nicht zufällig gestern Abend auch hier?«, fragte sie in der Hoffnung, dass er im Hinblick auf ihren Schwager ein erster Zeuge sein könnte.

»Nein, warum?«, entgegnete der Direktor irritiert.

»Schon gut, das war nur so ein Gedanke, weil ich eine Auskunft von jemandem benötige, der gestern hier war.«

»Ah so, leider nein. Aber mein Hilfsangebot war durchaus ernst gemeint. Haben Sie mit den Kindern eine Unterkunft gefunden, und sind Sie mit dem Notwendigsten versorgt?«, hakte der Direktor nach.

»Im Moment ja. Unsere Nachbarin hat uns aufgenommen, dort ist für drei Personen allerdings kaum Platz. Wir werden nicht lange bleiben können und wissen nicht, wie es weitergeht. Vielleicht müssen wir die Stadt verlassen, was die Kinder natürlich nicht wollen.«

»Haben Sie denn niemanden, der Ihnen beim Wiederaufbau des Hauses hilft?«

Sie hob die Schultern. »Ich wüsste nicht, wer – zudem ist das Geld mit dem Haus verbrannt.«

»Wie ist es überhaupt zu dem Brand gekommen?«

»Das weiß man noch nicht. Es könnte allerdings Brandstiftung gewesen sein.«

»Wie bitte?«, fragte der Direktor ungläubig.

»Ja, leider«, entgegnete sie. »Es gibt noch keine handfesten Beweise, wobei ich die kleine, fast schon winzige Hoffnung hege, diese hier zu finden.«

»Große Güte! Was ist das bloß für ein Schicksal. Ihnen muss doch geholfen werden! Und ganz gleich, ob ein möglicher Brandstifter dingfest gemacht werden kann, Ihr Haus muss wieder aufgebaut werden. Herr Lindhorst, was sagen Sie dazu?«

Der Angesprochene nickte beflissen. »Natürlich, da haben Sie ganz recht, Herr Direktor.«

»Nun also, worauf warten Sie? Das Gasthaus ist voll mit tatkräftigen Männern! Machen Sie einen Aufruf!«

»Ich soll – was?«

»Das heißt *wie bitte*«, entgegnete der Direktor. »So, und nun möchte ich etwas hören, aber nicht zu zaghaft. Alle sollen den Aufruf vernehmen.«

Der Klassenlehrer wand sich sichtlich, und Sophie befürchtete bereits, dass er kneifen würde, doch dem kam der Herr Direktor zuvor, indem er seinen mächtigen Schlüsselbund lautstark gegen den Bierkrug klimpern ließ.

Es dauerte eine Weile, bis auch in den hinteren Ecken alle die Köpfe zu ihnen umgewandt hatten – doch dann wurde es still im Gasthaus. Der Herr Direktor rief: »Meine Damen und Herren, ich bitte um Ihre geschätzte Aufmerksamkeit! Ich erteile Lehrer Lindhorst das Wort.«

»Ja, ich … ähm …«

»Nun stehen Sie schon auf, und reden Sie«, fauchte der Herr Direktor, und auf seiner breiten Stirn schwoll eine Ader an.

Gelächter ertönte. »Der Lehrer Lindhorst will einen Heiratsantrag machen!«, grölte einer. »Seine Braut steht da schon.«

Am liebsten wäre Sophie im Erdboden versunken.

»Wird's nun bald?«, forderte der Direktor. »Laut und deutlich. Oder können Sie das als Lehrer nicht? Sie würden mich schwer enttäuschen – und das wollen Sie doch nicht, oder?«

Jetzt kam Bewegung in Herrn Lindhorst. Er sprang auf, straffte seine Haltung und rief, so dass es wirklich jeder hören konnte: »Meine Damen und Herren, zu Ihnen spricht Lehrer Lindhorst. Bestimmt haben Sie davon gehört, dass das Haus von Paul von Sawicki niedergebrannt ist und der Geigenbauer dabei ums Leben gekommen ist. Ja, und was soll ich sagen? Er hat zwei halbwüchsige Kinder hinterlassen …«

»Lauter«, zischte der Herr Direktor, »und mit etwas mehr Mitgefühl, wenn ich bitten darf.«

»Ja, nun also, die beiden Kinder, die ich als fleißige Schüler sehr zu schätzen weiß, haben auf tragische Weise ihren Vater verloren. Hier steht die Mutter und Witwe, für die ich hiermit um Hilfe bitte. Da die Familie wirklich alles verloren hat, wird um Sachspenden gebeten, die in der Schule abgegeben werden können. Wer sich in der Lage sieht, Geld zu spenden, möge dieses bitte beim Herrn Direktor persönlich abgeben …«

»Und weiter«, grummelte der Herr Direktor. »Das Haus …«

»Ja, was wir auch noch benötigen, ist tatkräftige Hilfe beim Wiederaufbau des Hauses. Wer sich also einbringen möchte, der ...«

Weiter kam er nicht, denn er wurde durch unzählige Rufe unterbrochen.

»Hier!«

»Ich!«

Sophie sah so viele Hände, dass ihr schwindlig wurde. Abgesehen von wenigen Älteren, die nicht mehr zupacken konnten, gab es wohl keinen Mann im Gastraum, der sich nicht meldete.

Vor Rührung schossen ihr die Tränen in die Augen. »Vielen Dank«, sagte sie mit erstickter Stimme an die Gäste gewandt, wobei man sie wahrscheinlich nur zwei Tische weit hörte. »Vielen Dank Ihnen allen«, wiederholte sie so laut wie möglich. »Auch im Namen meiner Kinder. Und auch Ihnen, Herr Direktor und Herr Lindhorst – danke ich von ganzem Herzen.«

Der Direktor nickte ihr freundlich zu, und Herr Lindhorst wischte sich mit einer scheinbar zufälligen Bewegung den Schweiß von der Stirn und setzte sich. »Habe ich das gut gemacht?«, fragte er den Direktor sichtlich nervös.

»Ich bin zufrieden«, entgegnete dieser lächelnd, griff nach seinem Bierkrug und lehnte sich zurück.

Da wurde es im Gastraum unruhig, Stühle wurden gerückt, denn die Männer liefen dort zusammen, wo die Tanzfläche war, sie riefen lautstark ihre verschiedenen Gewerke, um sich in Gruppen zusammenzufinden und den morgigen Arbeitstag zu planen.

»Was bringen Sie denn für einen Tumult hier rein?«, fragte unvermittelt ein Mann hinter ihrem Rücken. »Sie sind ja bald so schlimm, wie Ihr Eheherr – Gott hab ihn selig.«

Ruckartig drehte sie sich um.

Mayenhöfer betrachtete sie missbilligend. Wobei missbilligend angesichts seiner Zornesröte nicht der richtige Ausdruck war. »Was fällt Ihnen eigentlich ein?«, fuhr er sie an, und das Haar an seinem Muttermal bebte.

»Mir? Gar nichts!«, gab sie erschrocken zurück, während sie spürte, wie nach dem ersten Schreck ebenfalls Wut in ihr hochkochte. Sie musste sich zusammenreißen, auf keinen Fall durfte sie aufbrausend werden, denn sie benötigte eine Auskunft von ihm – deshalb war sie ja überhaupt hier.

»Nichts?«, fragte er, und dabei schnellte seine Stimme in die Höhe. Mit einer theatralischen Geste breitete er die Arme aus und sah sich dabei nach seinen Gästen um. »Das nennen Sie nichts? Sie halten meine Gäste vom Trinken ab – Sie schaden meinem Umsatz!«

Ihr blieb für einen Moment die Luft weg. Von Mayenhöfer war sie ja einiges gewohnt, aber das schlug doch dem Fass den Boden aus. Dagegen war der Klassenlehrer ja der Inbegriff von Mitgefühl gewesen.

Sie holte tief Luft. Ruhig bleiben, mahnte sie sich. »Ich bin hier, weil ich Sie etwas fragen muss.«

»Sie haben Nerven!«, staunte Mayenhöfer. »Wenn es um einen Zahlungsaufschub geht, gehen Sie mir am besten ohne ein weiteres Wort aus den Augen.«

»Ganz im Gegenteil, ich werde Ihnen gleich morgen den Rest der Schulden auf einen Schlag zurückzahlen. Ja, da staunen Sie, wozu eine Frau mit einem solchen Schicksal noch in der Lage ist. Aber ich lasse mich nicht unterkriegen, und genau deshalb bin ich hier und will mit Ihnen reden.«

»Dann raus mit der Sprache, meine Zeit ist knapp bemessen. Ich muss mich um meine Gäste kümmern, damit sie schnellstmöglich den Weg an die Tische zurückfinden.«

»Gestern Abend«, hob sie so ruhig wie möglich an, obwohl sie innerlich zitterte, »waren Peter von Sawicki und seine Frau hier ...«

Mayenhöfer stutze. Er schien sichtlich überrascht, woher sie diese Information hatte. »Ja?«, entgegnete er zögerlich.

»Ich wüsste gern, ob einer der beiden im Verlauf des Abends über die Geigenwerkstatt meines Eheherrn, Gott hab ihn selig, eine Bemerkung gemacht hat ...«

»Ich verstehe nicht?« Er hob eine Augenbraue und bedachte sie mit einem grimmigen Blick.

»Ich meine, eine Aussage, etwas, was auf eine geplante Tat oder eine Brandstiftung hindeuten könnte. Also, vielleicht indirekt, als Andeutung, was man im Nachhinein ...« Sie geriet ins Schlingern, weil sich Mayenhöfers Augen zu Schlitzen verengt hatten, doch davon wollte sie sich nicht einschüchtern lassen. »Zudem wüsste ich gern, mit wem mein Schwager und meine Schwägerin gezecht haben, damit ich diese Leute befragen kann.«

Er lachte auf, und wieder erzitterte das Haar, das aus seinem Muttermal sprießte. »Sind Sie von der Zivilwache?«

»Mir ist nicht nach Scherzen zumute.«

»Mir auch nicht. Die beiden saßen allein am Tisch und später ohne direkte Gesellschaft am Tresen.«

»Sie wollen mir erzählen, dass sie sich mit niemandem unterhalten haben?« Das war schon sehr verwunderlich, dachte Sophie. Die beiden brauchten schließlich stets ihr Publikum, vor allem Florentine. »Auch nicht mit Ihnen?«, hakte sie nach.

»Ich sage Ihnen jetzt was ...«, raunte Mayenhöfer, und er beugte sich vor, dicht an ihr Ohr. »Was am Tresen gesprochen wird, bleibt am Tresen. Alte Zechregel.«

»Über meinen Eheherrn konnten Sie auch tratschen wie ein Marktweib!«, entfuhr es ihr.

»Sie vergleichen Äpfel mit Birnen«, entgegnete Mayenhöfer und spannte seine schmalen Lippen zu einem niederträchtigen Lächeln auf. »Seien Sie froh, dass Ihr Haus wieder aufgebaut wird – und jetzt verschwinden Sie.«

»Sie wissen doch mehr, als sie zugeben wollen! Warum sagen Sie mir nichts?«

Mayenhöfer machte einen Schritt auf sie zu, so dass er sie mit seinem Bierbauch berührte und rückwärts schob. »Raus hier, habe ich gesagt. Oder soll ich die Wache rufen?«

»Nicht nötig!«, entgegnete sie und machte auf dem Absatz kehrt. Er roch so widerlich nach Alkohol und Zigarren, dass ihr schlecht wurde. Das war es jedoch nicht allein, was ihr Übelkeit verursachte.

»Mein herzliches Beileid«, sagte sie über die Schulter und fing Mayenhöfers irritierten Blick auf.

»Warum sagen Sie das zu mir?«

»Weil Sie ein armseliger Mensch sind. Mich wundert, dass Sie morgens überhaupt noch in den Spiegel schauen können, wo ihr Gewissen doch einer Mördergrube gleicht.«

»Verschwinden Sie«, zischte Mayenhöfer, »ehe ich mich vergesse.«

Abrupt wandte sie sich ab und prallte mit einem Mann zusammen, der eine königsblaue Uniform trug.

»Herr Haberleitner?« Nun verstand sie die Welt nicht mehr. Er hatte doch bestimmt noch keinen Dienstschluss, erst recht nicht, wenn er hier in voller Montur erschien.

»Gut, dass ich Sie treffe.«

Nicht gut, dachte sie, da war sie wohl vorhin doch ein wenig zu forsch gewesen, denn auch im Hinausgehen hatte sie den Portier keines Blickes gewürdigt.

Aber das war doch kein Grund, ihr in den Matschakerhof zu folgen?

»Was gibt es denn?«, fragte sie reserviert.

»Könnten wir das vielleicht vor der Tür besprechen?«, raunte er. »Ich möchte hier kein Aufsehen erregen, und Sie wollten doch sowieso gerade gehen? Kommen Sie bitte, es ist sehr wichtig.«

Mit einem mulmigen Gefühl folgte sie ihm nach draußen.

»Ich dachte mir, Sie sollten eines wissen«, hob er an, kaum dass sie unter den Laternen vor der Tür standen, die den Eingang erhellten. »Signor Paganini hat nach einer Reisekutsche verlangt, die ihn und seinen Sohn nach Nizza bringen soll.«

»Vielen Dank für die Information, aber ich kenne seine Pläne und hoffe, ihn noch umstimmen zu können.«

»Dann sollten Sie sich damit beeilen. Ich habe mich wohl nicht deutlich genug ausgedrückt. Er hat *sofort* nach einer Kutsche verlangt und ist in Abreise begriffen. Er hatte wohl schon alles gepackt, als Sie bei ihm waren.«

»Das habe ich nicht geahnt!«, rief sie.

»Das dachte ich mir. Und Sie hatten recht, ich bin zwar ein Wachhund, aber ich habe auch ein Gewissen. Ich war selten nett zu Ihnen, weil ich Antonia Bianchi geglaubt habe, dass Sie sich dem berühmten Virtuosen an den Hals werfen wollen. Erst vorhin haben Sie mir klargemacht, wer Sie wirklich sind – und so habe ich alles stehen und liegen lassen, als ich von seiner plötzlichen Abreise erfuhr.«

»Ich muss zum Trattnerhof!«, rief sie aus.

»Der Page verlädt gerade das Gepäck. Wobei der Virtuose seit der Abreise seiner Frau nur eine kleine Reisetruhe, einen Hutkoffer, eine Ledertasche und zwei Geigenkoffer mit sich führt. Letztere trägt er selbst. Ich habe den Pagen angewiesen, so langsam zu arbeiten, wie er nur kann.« Haberleitner lachte auf. »Der hat mich angeglotzt, als sei ich von allen guten Geistern verlassen worden – aber das genaue Gegenteil ist der Fall. Wohlan, laufen wir los!«

Sophie schickte ein Stoßgebet zum Himmel, dass sie auf dem Kopfsteinpflaster nicht stolpern und Paganini rechtzeitig erreichen möge. Sie warf dem Portier einen dankbaren Blick zu, der nicht nur über seinen Schatten gesprungen war, sondern auch noch für sie seinen Posten verlassen hatte und deshalb damit rechnen musste, Ärger zu bekommen.

Haberleitner keuchte und lächelte ihr zu, so als wolle er ihr gut zusprechen, ihr versichern, dass alles gut werden würde.

Der Trattnerhof kam in Sicht und gleich darauf die geschlossene, schwarze Reisekutsche mit den kräftigen Warmblütern davor. Vom Pagen war nichts zu sehen.

Dafür verließ Paganini genau in diesem Moment das Gebäude. Er trug Achille auf dem Arm, der den Kopf an die Schulter seines Vaters gelehnt hatte.

»Niccolò!«, schrie sie, doch er schien sie nicht zu hören. Oder wollte er sie nicht hören?

Sie rannte jetzt. »Niccolò! Achille!«

Jetzt hob der Junge den Kopf, erkannte sie und winkte.

Paganini blieb stehen, blickte zu ihr, zögerte.

Dann bestieg er die Kutsche, und gerade als sie endlich nah genug war, zogen die Pferde an.

Sie stand da, keuchend, und blickte der davonfahrenden Reisekutsche wie erstarrt nach. »Ich wollte Achille doch noch seine Giraffe geben«, murmelte sie, so als ob das jetzt das Wichtigste wäre.

»Wollen Sie ihm nachfahren?«, fragte Haberleitner eifrig, und wandte sich schon zum Eingang des Trattnerhofs, um dem Pagen Anweisung zu geben, als sie ihn zurückhielt.

»Nein …«, sagte sie leise. »Nicht«, setzte sie entschieden nach. »Nicht nachfahren. Paganini hat es so gewollt.«

Sie presste sich das Taschentuch auf die Augen. Das Taschentuch mit dem Monogramm ihres Geliebten. Was für eine Ironie. Sollte das wirklich alles sein, was ihr von ihm blieb? »Ihnen jedenfalls vielen Dank für alles. Ich hoffe, Sie haben meinetwegen nicht Ihre Stelle riskiert.«

»Das war schließlich ein Notfall«, sagte der Portier. »Und ich hätte mir auf ewig Vorwürfe gemacht, wenn ich nicht reagiert hätte. Nur war es leider nicht von Erfolg gekrönt.«

»Es sollte so sein«, entgegnete sie schwach. »Ich hoffe, das war kein endgültiger Abschied, und wir sehen uns noch mal wieder. Dann, wenn es das Schicksal will. Das Leben hat schon so viele Wendungen für mich bereitgehalten, da könnte auch mal eine schöne Überraschung dabei sein. So, ich muss zurück zu meinen Kindern. Ich habe sie schon lange genug allein gelassen.«

»Unser Kutscher vom Trattnerhof fährt Sie selbstverständlich auf Kosten des Hauses bis vor die Tür. Ich wünsche Ihnen alles Gute für die Zukunft. Und sollten Sie noch einmal meine Hilfe benötigen, in welcher Form auch immer, dann wissen Sie, wo Sie mich finden.«

»Ich wusste, dass Sie ein feiner Mensch sind«, entgegnete sie mit kehliger Stimme und verabschiedete sich.

Von der Fahrt in die Domgasse bekam sie nicht viel mit, immer wieder hatte sie unter Tränen das Bild vor Augen, wie Paganini mit Achille auf dem Arm in die Kutsche einstieg, der Junge zu ihr blickte und winkte.

Er hatte seinem Vater bestimmt gesagt, dass sie da gewesen war, doch ihr Geliebter hatte sie nicht mehr sehen wollen. Er hatte auf seine Weise Abschied genommen und ihr den Schmerz gelassen. Er war gegangen, hatte sie zurückgelassen. Es war, als ob er jetzt schon gestorben sei.

»Frau von Sawicki?« Sie fuhr zusammen, als eine fremde Stimme in der Dunkelheit erklang. »Zu Ihnen wollten wir gerade.«

Sie war dem Herzstillstand nahe. Das waren zwei Herren von der Zivilwache, mit blaugrauer Uniform, weißer Schärpe und Waffe am Bund. Nicht noch mehr schlechte Nachrichten, dachte sie. Bitte nicht. Was mochte geschehen sein? War

Peter etwa ins Haus der Röhbergs eingedrungen? Nicht weiterdenken, befahl sie sich. Atmen.

»Ja, bitte?«, brachte sie hervor.

»Sie müssten bitte einmal mit uns kommen.«

»Aber ich habe doch nichts verbrochen!«, rief sie. »Mein Schwager …«, hob sie an. Wenn er die Dreistigkeit besessen hatte, sie eines Verbrechens zu bezichtigen, für das sie nun verhaftet werden sollte …

»Wir benötigen Ihre Aussage. Auf einen Hinweis von Herrn Mayenhöfer hin haben wir Ihren Schwager und seine Frau soeben in Gewahrsam genommen, und wenn Sie etwas zu deren Entlastung …«

»Ganz im Gegenteil!«, rief sie aus und versuchte zu erfassen, was der Wachmann da gerade gesagt hatte. Mayenhöfer … Der Gasthausbesitzer hatte es sich tatsächlich anders überlegt. Sein Wissen zur Anzeige gebracht, er hatte doch ein Herz, genau wie Haberleitner. Wer hätte das gedacht. Wenn Mayenhöfer jetzt vor ihr stünde, würde sie ihm um den Hals fallen.

»Wir müssen Ihre Aussage zu Protokoll nehmen, werte Frau von Sawicki, und noch weitere Zeugen befragen, die uns Herr Mayenhöfer genannt hat. Aber so wie es aussieht, waren das die letzten Schritte Ihres Schwagers nebst Gattin in Freiheit.«

»Für mich sind es die ersten Schritte«, murmelte sie.

»Wie bitte?«, fragte der größere der beiden Wachmänner.

»Ach, das habe ich nur so dahingesagt«, antwortete sie und war froh, dass keine Nachfrage kam. Denn sie erkannte, dass dieser Moment allein ihr gehörte.

Das hier war der erste Schritt in ihr neues Leben. Nun musste sie nur noch einen Fuß vor den anderen setzten, bis sie sagen konnte: Hier bin ich glücklich. Jetzt bin ich angekommen.

Kapitel 40

Zwölf Jahre später, am 13. Mai 1840

in Brief aus Nizza.« Der Briefträger machte ein freudiges Gesicht und überreichte Sophie den Umschlag wie eine kostbare Besonderheit. »Da fängt die Woche aber gut an. So was bekommt man nicht alle Tage.«

Überrascht nahm Sophie den Umschlag entgegen.

Seit zwölf Jahren hatte sie nichts mehr von Paganini gehört, all ihre Briefe, die sie ihm nach Nizza geschickt hatte, waren unbeantwortet geblieben. An der Frage nach dem »Warum« war sie fast verzweifelt. Es konnte doch nicht wahr sein, hatte sie immer wieder gedacht, dass er sich einfach nicht mehr bei ihr meldete. Er liebte sie doch auch, das wusste sie!

Zunächst hatte sie geglaubt, ihm müsse etwas zugestoßen sein, etwas anderes konnte nicht der Grund sein, also hatte sie Haberleitner um Hilfe gebeten, schließlich hatte sie bei dem Portier noch etwas gut. Prompt wusste Haberleitner einen Rat und schrieb Paganini unter dem Vorwand, dass man bei Reinigungsarbeiten einen Rubinring in einer unzugänglichen Ecke des unter anderem von ihm bewohnten Appartements gefunden habe und nun nach dem Besitzer gesucht werde. Nahezu postwendend erhielt er einen Brief zurück, von Paganini höchstselbst, in dem er erklärte, einen solchen Ring nie besessen oder seiner Frau geschenkt zu haben, weil diese nur nach Diamanten verlangt hatte.

Er lebte! Und meldete sich nicht bei ihr? Sie war Witwe,

er hatte sich von seiner Frau getrennt. Es stand ihnen doch praktisch nichts mehr im Weg? Warum zog er sich zurück? Warum fügte er ihr diesen Schmerz zu? Diese Fragen hatten sie damals monatelang gequält. Mehrmals war sie kurz davor gewesen, nach Nizza zu reisen, um ihn zur Rede zu stellen – und hatte den Gedanken dann doch wieder verworfen, weil sie sich nicht lächerlich machen und zu einer zweiten Angiolina werden wollte.

Also hatte sie weiter stumme Zwiegespräche geführt, sich die Antworten ihres Geliebten vorgestellt – und eines Tages war sie darauf gekommen, dass dieses Traumbild von einer gemeinsamen Zukunft lediglich in ihr lebendig gewesen war.

Er hatte ihr nie Hoffnungen gemacht, weder auf einen Abschied noch auf einen Brief und schon gar nicht auf ein gemeinsames Leben. Ganz im Gegenteil. Zuletzt hatte er ihr in aller Deutlichkeit gesagt, dass er sehr krank war. Er wollte nicht, dass sie mit ansehen musste, wie er litt. Seinetwegen sollte sie nicht ihr Leben in Wien aufgeben, wo ihre Kinder bleiben wollten, wenn er doch zum Sterben verurteilt war.

Darüber waren zwölf Jahre vergangen. Zwölf Jahre, in denen einer von ihnen dem Schicksal eine Wendung hätte geben können. Doch leider hatte auch sie sich mehr und mehr zurückgezogen und den Schmerz verdrängt, um weiterzuleben.

Jetzt war er zurück – mit voller Wucht.

Sie wollte den Brief öffnen, doch als sie Achilles Namen als Absender las, hielt sie schlagartig inne. Bitte nicht, dachte sie.

Was, wenn Paganini, die Liebe ihres Lebens, verstorben war, ohne dass sie sich von ihm hatte verabschieden können?

Wie alt war Achille jetzt? Damals war er gerade drei Jahre alt geworden. Im Juli hatte er Geburtstag. Dann wurde er in zwei Monaten schon fünfzehn. Erst. Viel zu jung, um seinen Vater zu verlieren. Wobei das noch nicht gesagt war. Es könnte ja auch sein, dass Achille aus anderen Gründen den Kontakt zu ihr suchte. Oder?

»Wohlan, was hat der Postbote Schönes gebracht?«, fragte Kristian, ohne aufzusehen, als sie die Werkstatt betrat. Er war damit beschäftigt, ein f-Loch auszufeilen. »Noch einen Auftrag? Ich weiß bald nicht mehr, wie wir das alles noch schaffen sollen.« Er lachte. Ihm war es zu verdanken, dass die Geigenbauwerkstatt Sawicki florierte wie in alten Zeiten – nein, mehr noch, sie stand in neuer Blüte, seitdem er in Cremona gelernt und dort seinen Meister gemacht hatte. Inzwischen war er Vater einer süßen zweijährigen Tochter, doch traurigerweise war seine Frau Clara, die Tochter des ehemaligen Herrn Direktors, im Wochenbett an hohem Fieber gestorben. Katerina, seine Schwester, war ledig geblieben, arbeitete in der Werkstatt und kümmerte sich seitdem um die Kleine, als ob es ihr eigenes Kind wäre. Gerade war sie mit Anna-Frederika auf einem kurzen Spaziergang in der Maisonne unterwegs, der zugleich dazu diente, die Geige auszuliefern, auf der der fünfzehnjährige Sohn von Johann Strauss künftig spielen sollte.

»Ein Brief aus Nizza«, sagte sie tonlos. »Von Achille.«

Kristian ließ die Feile sinken und sah nun doch von seiner Arbeit auf. »Das bedeutet nichts Gutes …«

Sie blieb mitten im Raum stehen und schüttelte kaum merklich den Kopf, dann nickte sie. »Ich befürchte es auch. Sie hielt ihrem Sohn den Umschlag hin. »Mach du bitte auf«, sagte sie mit erstickter Stimme. »Ich traue mich nicht.«

Kristian tat ihr den Gefallen, und beim Lesen der Zeilen blieb ihm der Mund offen stehen. Schon bereute sie es, den Brief nicht selbst geöffnet zu haben.

»Gute oder schlechte Nachrichten? Sag schon, was schreibt er?«

Kristian holte tief Luft. »Achille bittet dich, umgehend nach Nizza zu kommen. Sein Vater habe sich an der Riviera eine Linderung seiner Beschwerden erhofft, aber seit November, seit über einem halben Jahr, kann er das Bett nicht mehr verlassen. Alle Behandlungen blieben ohne Erfolg. Seine Kräfte schwinden zusehends, beinahe täglich kommen verschiedene Ärzte, schreibt er, die seinen Vater seit Beginn des Monats jedes Mal mit der Gewissheit verlassen, ihn nicht mehr lebend wiederzusehen. Aber der Körper seines Vaters ist zäh, meint Achille. Die Ärzte sind sich uneinig, woran sein Vater genau erkrankt sei. Die einen sagen, er leide als qualvolle Folge einer Lungentuberkulose nun an einer Kehlkopftuberkulose, die ihm nahezu die Stimme geraubt habe, die anderen reden von Geschwüren. Auch zum Schreiben sei er mittlerweile zu schwach. Für Achille ist es ein Wunder, dass sein Vater überhaupt so lange mit der Krankheit gelebt hat. Seit über zehn Jahren kämpft er, meint Achille, und er ist sich sicher, dass der Tod eine Erlösung für seinen Vater sein wird, obwohl er ja erst achtundfünfzig Jahre alt ist.« Kristian stockte und räusperte sich. Mit belegter Stimme fuhr er fort: »Achille ist Tag und Nacht bei ihm, außer den Ärzten lässt sein Vater niemanden an sich heran, und Achille schreibt …« Kristian musste erneut tief Luft holen. »Er schreibt, dass sein Vater einen letzten Wunsch habe. Er möchte sich von dir verabschieden.«

»Von mir?«, fragte sie. Wehmut zog schmerzhaft durch ihren Körper. Dann, ohne noch länger darüber nachzudenken, rief sie aus: »Ich fahre! Lauf du zum Stephansdom und komm mit einem Fiaker wieder. Ich packe so lange meine Sachen.«

»Soll ich dich nicht begleiten?«

»Das sind über tausend Kilometer! Ich werde gut vierzehn Tage brauchen, bis ich dort bin – und vielleicht schaffe ich es nicht mal rechtzeitig, bevor …« Sie verstummte, da sie die Befürchtung nicht aussprechen wollte. »Ich werde frühestens in einem Monat zurück sein, so lange kannst du Katerina mit der Werkstatt nicht allein lassen.« Sie blickte zu Boden, und die Dielen verschwammen hinter einem Tränenschleier. »Nein, diesen Weg muss ich allein gehen.«

ᗒ Kapitel 41 ᗕ

Nizza, am 27. Mai 1840

*A*lle Erschöpfung war verflogen, als sie endlich in Nizza ankam. Sie blickte dem Kutscher nach, der durch die schnurgerade Rue du Gouvernement auf die Kathedrale von Nizza zufuhr, deren weißer, schlanker Glockenturm wie ein Wegweiser und Wächter am Ende der Straße neben dem Sakralbau stand.

Es war abgemacht, dass der Kutscher die Pferde auf dem großen Platz vor der Kathedrale mit frischem Wasser versorgen sowie Erkundigungen nach einem Nachtquartier einholen und dort warten würde, bis sie nachkam.

Vierzehn Tage waren sie unterwegs gewesen, zwölf verschiedene Quartiere hatten sie gesehen, die vom Strohlager bis zum bequemen Gasthausbett reichten, in Venedig hatten sie auf der Hälfte der Strecke die Pferde gewechselt, die sie auf dem Rückweg wieder abholen würden, und bei Genua, zwei Tagesreisen vom Ziel entfernt, war ein Kutschenrad gebrochen, und sie hatten es ersetzen lassen müssen.

Und mit jeder Stunde, die vergangen war, hatte sie sich gefragt, ob der Mann, den sie wie keinen anderen liebte, noch am Leben war oder ob sie zu spät kam.

Sophie blickte an der gelben, vierstöckigen Fassade empor, an der sich übereinander zwei schmucklose Eisenbalkone befanden. Die weißen Fensterläden im zweiten Stock waren geschlossen. Das konnte alles und nichts bedeuten, beruhigte sie sich selbst, denn die Nachmittagssonne schien direkt aufs Haus, und es war so warm, dass Sophie in ihrem dunkelblauen Kleid schwitzte.

Trauerkleidung hatte sie ebenfalls im Gepäck. denn gleich würde sie von Achille erfahren, ob sie wenigstens noch rechtzeitig gekommen war, dass sie der Beisetzung beiwohnen und am Grab von Paganini Abschied nehmen konnte.

Die schwere Eichentür war nur angelehnt, und Sophie betrat mit Herzklopfen das dunkle, kühle Treppenhaus. Jetzt fröstelte sie. Hatte sich in der feuchten, modrigen Luft ein süßlicher Leichengeruch verfangen, oder täuschte sie sich?

Durch einen vergitterten Schacht in der Hauswand im ersten Stock drang gerade so viel Licht ins Treppenhaus, dass sie sich an den Türschildern orientieren konnte. Im dritten Stock wurde sie fündig.

Paganini.

Nun zögerte sie aus Angst vor der Gewissheit. Sie horchte, ob sie von drinnen einen Laut vernahm, doch in der Wohnung war es still, nur von draußen drangen Vogelgezwitscher, bunte Stimmen und Hufgeklapper herein.

Als sie in sich hineinhorchte, glaubte sie zu spüren, dass ihr Geliebter noch lebte. Denn das Band zwischen ihren Seelen war zwar durch die Entfernung stark gedehnt, doch es würde erst mit Paganinis Tod reißen – zumindest bildete sie sich das ein, und sie glaubte, dass sie es gespürt hätte, wenn seine Seele bereits in den Himmel aufgestiegen wäre.

Sie hob die Hand, um anzuklopfen und fuhr vor Schreck zusammen, als die nahe Kirchturmuhr schlug. Das dumpfe Dröhnen brachte die Hausmauern scheinbar zum Beben.

Es war drei Uhr. Sie wartete das Geläut ab und klopfte an.

Da öffnete ihr auch schon Achille, so als ob er hinter der Tür gestanden hätte. Der kleine Achille, den sie seit zwölf Jahren nicht mehr gesehen hatte und der in einem Monat fünfzehn wurde. Er war mindestens so groß wie sein Vater geworden, ebenso hager und hatte schwarze, schulterlange Haare, mit Locken, die jedoch nicht ganz so wild waren wie die ihres Geliebten.

»Sophie! Endlich!«

Endlich, dachte Sophie, während ihr die Tränen in die Augen schossen. Das klang nach Hoffnung.

»Der Priester ist gerade bei ihm«, flüsterte Achille. »Du kommst gerade noch rechtzeitig. Ich habe Caffarelli rufen lassen, damit er meinem Vater die letzte Beichte abnimmt. Der Priester hat darauf bestanden, mit dem Todgeweihten allein zu sein, obwohl mein Vater kaum mehr ein Wort herausbringt. Eigentlich bin ich schon seit einem Jahr sein Sprachrohr. Erst ging es noch über Papier, wobei nur ich noch seine Schrift entziffern konnte, mittlerweile ist er auch zu schwach zum Schreiben, und wir verständigen uns über Blicke und kleine Gesten, was hervorragend klappt, es ist, als ob mein Vater mit mir redet.«

»Ihr hattet schon immer eine enge Bindung zueinander«, entgegnete sie gerührt. Sie konnte nicht anders, sie musste Achille, diesen jungen Mann, geradeheraus ansehen. Eben war er doch noch ein kleines Kind gewesen! Vor ihrem geistigen Auge sah sie, wie er in Wien durch die Werkstatt rannte und anschließend das Bild für sie malte. Diese Erinnerung war so lebendig, als ob es gestern gewesen wäre. »Dein Vater hat schon vor zwölf Jahren zu mir gesagt, dass er bald sterben würde«, hob sie an.

»Jetzt ist es wirklich so weit. Sein Körper ist von den zahlreichen Quecksilberkuren zerfressen, er schläft kaum, das Opium wirkt nicht mehr gegen seinen Krampfhusten, er hat Fieberschübe, sein Unterkiefer und der Kehlkopf sind verwuchert. Die Ärzte sprechen von unheilbaren Geschwüren.«

»Wie furchtbar! Und du kümmerst dich ganz allein um ihn? Oder hast du Unterstützung?«

»Ein Freund meines Vaters, Graf di Cessole, wird mir zur Seite stehen, sobald es um Formalitäten und die Beerdigung gehen wird. Ansonsten komme ich zurecht.«

»Was ist denn mit deiner Mutter? Lebt sie noch?«

»Ja«, gab er einsilbig zurück.

»Dann müsste sie dir doch zur Seite stehen. Du bist immerhin ihr leiblicher Sohn.«

»Das sieht sie anders, seitdem mein Vater mich ihr abgekauft hat. Für sie existiere ich nicht mehr. Ich kann mich ohnehin kaum mehr an sie erinnern. Als sich meine Eltern in Wien getrennt haben, bin ich doch gerade erst drei geworden.« Nachdenklich fügte er hinzu: »In dem Sommer und noch eine Zeit danach habe ich übrigens gehofft, dass du meine neue Mutter wirst, aber es sollte nicht sein.«

Voller Schmerz umarmte sie den Jungen, den sie damals schon so liebgewonnen hatte. »Nein, es sollte nicht sein«, entgegnete sie mit belegter Stimme.

Achille rang sich ein Lächeln ab und wandte sich zu der Tür, hinter der wohl sein Vater lag. »Ich hoffe, du kannst gleich zu ihm. Bis gestern hat er jeden Tag auf den Nachbau seiner Geige gedeutet, und da wusste ich, dass er wissen will, wann du endlich ankommst. Ich habe ihn damit getröstet, dass ich dir geschrieben habe und du bestimmt unterwegs bist, aber ich wusste ja nicht, wie lange das alles dauert. Mein Vater hat schon jegliches Zeitgefühl verloren, allein heute Vormittag hat er mehrfach auf die Standuhr gedeutet, und ich habe ihm die Uhrzeit genannt und ihm gesagt, dass heute Mittwoch, der 27. Mai ist. Er hat zum ersten Mal nicht auf seine Geige gezeigt, sondern nur auf die Uhr. Da beschlich mich ein ganz ungutes Gefühl, und ich habe ihn gefragt, ob ich einen Priester rufen solle. Er hat das mit einem schwachen Nicken bestätigt. Die Augen hat er schon gar nicht mehr geöffnet.«

Atemlos hatte Sophie zugehört, und nun musste sie erst mal Luft holen und sich besinnen. »Wie lange ist der Priester schon bei ihm?«

»Etwa eine halbe Stunde, schätze ich, und ich muss sagen, so langsam werde ich etwas unruhig.«

»Warum braucht er denn so lange, wenn dein Vater doch gar nicht mehr reden kann?«

»Das ist es ja. Erst bin ich mit ihm ins Zimmer und nachdem er meinen Vater erblickt hat, hat Caffarelli so ein paar merkwürdige Äußerungen gemacht. Er meinte, der Satan habe bereits nach der Gurgel des Todgeweihten gegriffen, und da man die Gerüchte kenne, die sich seit Jahrzehnten um meinen Vater ranken, wolle er als Priester dem wartenden Satan unbedingt zuvorkommen, so waren seine Worte. Er wolle die verstockte Seele für die Kirche retten, aber jetzt sei Eile geboten, und damit schob er mich aus dem Zimmer.«

»Das klingt in der Tat merkwürdig. Und was machen wir jetzt? Sollen wir da hinein?«

»Ich schätze, wir warten lieber ab. Einem Priester sollte man nicht ins Handwerk pfuschen. Da müssen wir Laien uns heraushalten. Ich will ja, dass mein Vater in den Himmel kommt.«

»Das klingt vernünftig«, entgegnete sie, doch sie war sich nicht sicher, ob es auch wirklich vernünftig war. Letztlich war das jedoch Achilles Entscheidung.

»Kann ich dir etwas zu trinken anbieten?«, fragte Achille. »Du hast eine lange Reise hinter dir. Wir können uns in die Küche setzen und dort warten.«

Sophie wollte gerade etwas entgegnen, vor allem, wie sehr sie es schätzte, dass sich Achille trotz aller Umstände um ihr Wohl sorgte, da flog die Tür auf und der Priester stürmte regelrecht aus dem Zimmer. So kopflos, dass er fast gegen sie gerannt wäre.

Mit bebendem Brustkorb blieb Caffarelli stehen und bekreuzigte sich. »Ihr Herr Vater hat mir eben gestanden, mit dem Teufel im Bunde zu sein.«

»Wie bitte?«, rief Achille, und vor Entsetzen fiel ihm keine weitere Entgegnung ein.

»Das ist doch vollkommener Irrsinn, mit Verlaub«, mischte sich Sophie ein. »Wir sind doch nicht mehr im Mittelalter.«

»Mein Vater kann nicht mehr reden, das kann überhaupt nicht sein!«, rief Achille außer sich.

Sophie versuchte, ruhig zu bleiben. Mit der barocken Frömmigkeit der Katholiken hatte sie schon immer auf Kriegsfuß gestanden, aber das hier ging eindeutig zu weit. Das konnte sie so nicht stehenlassen. Sich mit dem Priester ein Wortgefecht zu liefern, würde allerdings auch zu nichts führen. Sie musste besonnen und freundlich mit ihm reden, wenn sie etwas erreichen wollte. »Wie erklären Sie uns das?«

»Nun, es war so«, entgegnete der Priester mit einer gewissen Überheblichkeit. »Ich habe den Dahindämmernden ohne Umschweife gefragt, ob der Teufel sich seiner Seele bemächtigt habe, aber er gab mir keine Antwort.«

»Natürlich nicht! Weil mein Vater nicht mehr reden kann!«, echauffierte sich Achille.

Der Priester warf Achille einen abschätzigen Blick zu und sprach weiter: »Ich habe ihn wieder und wieder eindringlich befragt, eine halbe Stunde lang, und ihn gebeten, er möge mir dringend eine Antwort geben, weil davon ein Begräbnis in geweihter Erde abhänge, da ist er plötzlich aufgefahren, hat auf seine Geige gezeigt und gerufen: ›In ihr steckt der Teufel, und sie ist meine Seele!‹«

»Das glaube ich nicht!«, schrie Achille. »Kein Wort glaube ich Ihnen! Mein Vater ist ein frommer Mann, das würde er nie sagen.«

»Ach?« Der Priester hob seine schmalen Augenbrauen, die dadurch eine kantige Form annahmen. »Wenn er doch so fromm ist, weshalb hat man ihn denn in den vergangenen fünf Monaten, seitdem er in Nizza ist, nicht einmal in der Kirche gesehen?«

»Weil er seit seiner Ankunft in der Stadt bettlägerig war und das Haus nicht mehr verlassen konnte!«

»Das behaupten Sie. Ich hingegen habe soeben mit eigenen Ohren gehört, dass ihr Vater das Teufelsbündnis zugegeben hat, und damit hat er den Verdacht bestätigt, den es seit Jahrzehnten gibt.«

Achille warf einen hilfesuchenden Blick zu Sophie. »Das hätten wir doch gehört. Wir standen direkt vor der Tür. Diese Frau ist meine Zeugin!«

»Wollen Sie mich etwa der Lüge bezichtigen? Mich, den Priester Caffarelli?« Der Priester kniff die Augen zusammen. »Wagen Sie es nicht. Ich werde Bischof Galvano umgehend Bericht erstatten, dass ein christliches Begräbnis dieses Teufelsbündlers nicht möglich ist und die Totenglocke nach dessen Ableben nicht geläutet werden darf!« Mit diesen Worten lief der Priester aus der Wohnung, und Sophie blickte ihm ungläubig nach.

Achille löste sich aus seiner Erstarrung. Er eilte zu seinem Vater ins Zimmer und bedeutete Sophie, ihm zu folgen.

⌒ Kapitel 42 ⌒

*P*aganini lag ruhig da, hielt die Augen geschlossen, die Hände waren auf der Bettdecke gefaltet. Hatte sie ihn bereits verloren? Ein Schauer durchrieselte sie.

Seine Wangen waren eingefallen, das Kinn stand spitz hervor, und überhaupt war sein Gesicht erschreckend schmal geworden und die Haut aschfahl, nicht kalkweiß wie damals, als man von Leichenblässe gesprochen hatte. Wenn sie sich doch wenigstens noch von ihm verabschieden könnte …

Sein Brustkorb – ganz leicht hob und senkte er sich. Es war doch noch Leben in ihm!

»So…i.«

Hatte er versucht, ihren Namen zu sagen? Spürte er, dass sie hier war?

Fragend blickte sie zu Achille, und als er nickte, ging sie zaghaft zum Bett, darum bemüht, jede schnelle Bewegung oder ein lautes Geräusch zu vermeiden.

»Ich bin hier«, sagte sie leise.

Paganini schlug die Augen auf, wobei er nicht in ihre Richtung sah, sein Blick ging zur Decke, und seine Miene blieb ausdruckslos.

Sie beugte sich über ihn, damit er sie besser sehen, vielleicht überhaupt erst erkennen konnte. Womöglich war ihre Verbindung doch nicht mehr so stark, wie sie sich das erhofft hatte. »Ich bin es, Sophie.«

Er nickte kaum merklich und schloss die Augen wieder.

»Setz dich«, sagte Achille aus dem Hintergrund. »Ich lasse euch allein.«

Sophie schüttelte den Kopf. »Bitte bleib.« Sosehr sie sich diesen Moment der Zweisamkeit für den Abschied wünschte, so wenig wollte sie, dass Niccolò sich anstrengen musste, wenn sie ihn nicht verstand. Achille würde ihr eine Hilfe sein. Und wenn sein Vater starb, sollte er in diesem Moment ebenfalls bei ihm sein. Achille nickte, blieb jedoch in der Ecke des Raumes neben der Tür stehen.

Die Bettdecke raschelte, und Sophie bemerkte, dass Niccolò seine gefalteten Hände gelöst und die Finger seiner linken Hand leicht angezogen hatte.

Sie rückte sich den bereitstehenden Stuhl zurecht und schob ihre Hand unter seine. Er entspannte seine Finger mit einem Seufzer – und da war sie wieder, die Verbindung zwischen ihnen.

Auf der Reise nach Nizza hatte sie über so vieles nachgedacht, über seinen plötzlichen Abschied, den Schmerz, die Frage, warum er auf keinen ihrer Briefe geantwortet hatte, warum sie sich nie wiedergesehen hatten. Da war so vieles, was sie ihm noch sagen wollte, und jetzt war alles wie vom Wind fortgetragen. Alles unwichtig, belanglos geworden. Nur dieser Augenblick zählte.

Worte konnten nicht ausdrücken, was sie empfand. Erinnerungen tauchten vor ihrem geistigen Auge auf, schwere und glückliche Zeiten, die sie miteinander erlebt hatten. Es waren nur ein paar Monate gewesen, die jedoch so intensiv gewesen waren, dass sie sich wie ein ganzes Leben anfühlten.

Tränen stiegen in ihr auf und mit den nächsten Bildern, die vor ihrem inneren Auge Gestalt annahmen und lebendig wurden, begann sie zu weinen. Noch einmal sah sie vor sich, wie Paganini in der Dunkelheit den Trattnerhof verließ, wie Achille auf seinem Arm ihr zuwinkte, sie die Kutsche bestiegen und davonfuhren. Sie blinzelte, Tränen rollten über ihre Wangen, und sie zog ihre Hand unter seiner hervor und griff zu dem Taschentuch, das sie immer im Ausschnitt trug, nahe bei ihrem Herzen.

Sie trocknete sich die nassen Wangen, lächelte voller Wehmut. Nach einem tiefen Atemzug steckte sie das Taschentuch unter seine Hand. Sie hätte es ihm längst zurückgeben müssen.

Entschieden drehte er den Kopf von rechts nach links, und sie erschrak über die unerwartete und für seinen Zustand verhältnismäßig intensive Bewegung.

»Nein?«, fragte sie.

Er legte seine Hand wieder auf ihre.

»Ich soll das Tuch wieder nehmen?«

Er nickte, und da begriff sie, was er von ihr wollte.

»Ich soll es behalten? Als Erinnerung?«

Wieder nickte er, dann streckte er den Zeigefinger, und Sophie folgte ihm mit dem Blick. Er deutete auf die Kommode am Fenster, auf der sein roter, abgewetzter Geigenkoffer lag.

Hilfe suchend drehte sie sich zu Achille um, der nun näherkam und sich neben sie ans Bett stellte. »Soll ich ihm seine Geige bringen?« Im Grunde war ihr klar, dass er das wollte – aber warum?

»Ich denke, er will sich auch von seiner Geige verabschieden«, sagte Achille mit belegter Stimme. »Er hat verfügt, dass seine geliebte Geige der Stadt Genua vermacht wird, wo sie im Palazzo Doria Tursi ausgestellt werden soll, aber es darf nie wieder jemand auf ihr spielen. Den Nachbau der Geige sollst du erhalten, denn du hast ihn erschaffen, und du darfst frei entscheiden, wer in Zukunft darauf spielen soll, wann dieser Zeitpunkt gekommen ist und wann das der Öffentlichkeit mitgeteilt werden soll. Er würde sich freuen, wenn es deine Kinder sind, denn für sie war die Geige immer gedacht. Er wünscht sich auf jeden Fall, dass sie im Familienbesitz bleibt und niemals veräußert wird. Das alles steht in seinem Testament. Von diesen Bestimmungen abgesehen, hat er mich zum Alleinerben gemacht, und ich erhalte sein Vermögen, sobald ich volljährig bin.«

Sophie erhob sich und brachte dem Sterbenden seine geliebte Geige. »Deine Seele, sie ist hier.«

Ein Lächeln huschte über sein Gesicht, und er bewegte seine Finger, so als ob er auf die Bettdecke klopfen wollte. Sie ahnte, dass er seine Geige unmittelbar bei sich haben wollte, wenn er starb.

Sachte legte sie den Geigenkoffer auf seinem zerbrechlichen Körper ab. Paganini seufzte und streckte seine Finger nach einer der goldenen Schnallen aus.

Sie öffnete den Koffer, und als er wiederum hineindeutete, holte sie seine Geige hervor. Ein Kloß breitete sich in ihrem Hals aus. Zwölf Jahre war es her, dass sie diese Geige in Händen gehalten hatte, und jetzt legte sie sein geliebtes Instrument in seine, dort, wo es hingehörte.

Er hielt die Augen noch immer geschlossen, doch jetzt breitete sich ein seliges Lächeln auf seinem Gesicht aus, das nicht mehr weichen wollte.

So sah wohl ein Mensch aus, von dem man sagte, dass er friedlich eingeschlafen war, dachte Sophie.

Da jedoch rührte sich Paganini wieder, und sein Finger zeigte erneut in den Geigenkasten.

Achille nahm den Bogen heraus und wollte ihn neben die Geige betten, da schüttelte sein Vater den Kopf. So vehement, dass Sophie zurückzuckte.

Auch Achille war irritiert, doch dann erhellte sich seine Miene sofort wieder. »Ah, jetzt verstehe ich! Du möchtest, dass Sophie den Geigenbogen an sich nimmt, nicht wahr?

Er soll nicht zusammen mit deiner geliebten Geige ins Museum, richtig?«

Paganini nickte.

»Dann überreiche ich Sophie jetzt den Bogen?«

Wieder ein Nicken.

Überwältigt nahm Sophie das Geschenk an sich, fühlte den Bogen in ihren Händen, und die Tränen liefen. »Niccolò, ich verspreche dir, ich werde ihn hüten wie meinen Augapfel, und es wird nie mehr jemand damit auf deiner Geige spielen.«

Er bewegte den Kopf zu einem Nein.

»Nein?«, fragte sie und blickte Achille ratlos an.

»Ich glaube, er möchte, dass du noch einmal auf der Geige spielst.«

Wieder ein schwaches Kopfschütteln.

»Nein?« Achille hob voller Verwunderung die Augenbrauen. »Dann weiß ich auch nicht. Bislang habe ich immer verstanden, was er wollte, und ich war mir auch jetzt ziemlich sicher. Aber offenkundig liege ich falsch. Ach Vater, wenn du doch nur sprechen könntest!«

»Ich glaube«, murmelte Sophie, »ich soll noch einmal auf seiner Geige spielen, aber nicht jetzt. Erst wenn …« Ihre Stimme brach.

»Vater, du möchtest, dass Sophie bei deiner Beerdigung ein letztes Mal auf deiner Geige spielt?« Achille sprach tapfer aus, was sie nicht über die Lippen brachte. »Danach soll das Instrument dem Museum übereignet und der Bogen in Sophies Obhut bleiben?«

Keine Reaktion.

»Vater, möchtest du das? Hörst du mich?«

Hilfe suchend warf Achille ihr einen Blick zu.

Kaum merklich schüttelte sie den Kopf, weil sie es noch nicht glauben wollte. Doch es war zu spät. Sie würden nicht mehr erfahren, ob das wirklich sein letzter Wunsch gewesen war.

Sie legte ihre Hand auf die ihres Geliebten, und so ruhten ihrer beider Hände auf seiner Geige.

Unvermittelt seufzte er, ein Laut entfuhr seiner Kehle, so als wolle er etwas sagen.

»Hörst du mich?«, fragte sie eindringlich. »Möchtest du, dass ich bei deiner Beerdigung auf deiner Geige spiele? Ist das dein letzter Wunsch?«

Paganini bewegte den Kopf. Er nickte! Und dann öffnete er unvermittelt die Augen. Dieses Mal suchte er nicht lange, sondern sah sie direkt an.

Wie bei ihrer ersten Begegnung verständigten sie sich nur mit Blicken. Diese Blicke sagten alles. Sie erzählten von einer Liebe, die geheim sein musste, die es nie geben durfte und für die es jetzt zu spät war, und trotzdem wussten sie beide: Diese Liebe würde für immer bleiben.

Ein letzter, sanfter Händedruck, ein letzter Blick, ein letzter Atemzug, dann ging ihre große Liebe für immer von dieser Welt.

Sie schloss ihm mit einer zärtlichen Geste die Augen.

Die Totenglocke blieb an diesem Nachmittag stumm.

ᴄᴏ Epilog ᴏᴄ

Fünfzig Jahre nach Paganinis Ankunft in Wien

*D*ie Welt erschien Josephine so viel bunter und aufregender, seitdem sie vorige Woche zwölf geworden war. Das Größte überhaupt war und blieb jedoch der Apfelstrudel mit Vanillesoße von Urgroßmutter Sophie. Den durfte sie jeden Freitag nach der Schule in der Geigenwerkstatt auf der breiten Fensterbank sitzend verspeisen, während sie ihrem Großvater Kristian bei der Arbeit zusah. Sobald sie aufgegessen hatte, würde sie ihm wie immer das Werkzeug anreichen und ihn mit tausend Fragen löchern, damit er vergaß, sich nach ihren Hausaufgaben zu erkundigen. Ihre Mutter würde zwar sauer sein, wenn sie sie am späten Nachmittag abholte, aber die Kraft zum Schimpfen würde ihr fehlen, weil sie im Anschluss an die anstrengenden Proben im Hoforchester, wo sie die erste Geige spielte, noch viele faule Geigenschüler unterrichtet hatte.

Heute schien jedoch irgendetwas anders zu sein. Ihr Großvater wirkte ungewohnt bedrückt, und auf die Frage, ob sie denn keinen Apfelstrudel bekomme, schüttelte er nur traurig den Kopf und sagte, dass seine Mutter, ihre Urgroßmutter, schon seit einer Woche zu schwach sei, um das Bett zu verlassen. Er und seine Schwester Katerina kümmerten sich abwechselnd Tag und Nacht um Sophie. Gerade habe Katerina ihr die geliebte Hühnersuppe und einen Schokoladenpudding nach oben in die Kammer gebracht, doch er rechne nicht damit, dass sie mehr als einen Löffel davon essen würde.

Da ahnte Josephine, dass die Welt heute kein buntes Gewand trug.

Unvermittelt klopfte es.

Großvater Kristian legte den Fingerhobel beiseite und ging zur Werkstatttür.

»Achille! Wie gut, dass du so schnell nach Wien kommen konntest.«

Ein etwa fünfzigjähriger Mann mit schwarzer Lockenmähne und Vollbart betrat die Werkstatt und umarmte den Großvater. Die beiden Männer schienen sich zu kennen, doch Josephine konnte sich keinen Reim darauf machen, wer der Fremde mit diesem seltsamen Namen war.

»Das ist der Sohn von Niccolò Paganini«, erklärte Großvater Kristian in ihre Richtung, während er dem Herrn den schneebedeckten Mantel abnahm.

»Paganini?« Josephine horchte auf. Den Namen hatte sie schon einmal gehört. »Der hatte doch was mit dem Teufel zu tun.«

Ihr Großvater seufzte ergeben. »Nein, das hatte er nicht. Er hat Hunderte Konzerte in ganz Europa gegeben, keiner spielte so wie er, bis heute ist er unerreicht, und er war so viel mehr als die Gerüchte, die ihn verfolgt haben und unter denen er so sehr gelitten hat.«

»Woher willst du das wissen, Großvater?«, fragte sie.

»Weil ich ihn gekannt habe – sehr gut sogar. Er war in Wien, als ich so alt war wie du und deine Urgroßmutter noch eine junge Frau. Aber nun komm her, und sag dem netten Herrn guten Tag. Und dann lauf in die Küche und bring ihm Brot, Wurst und ein Glas Wein. Achille hat eine lange Reise hinter sich. Er kommt aus Italien.«

Der Fremde betrachtete sie aufmerksam, und sie fragte sich, ob er ihre Sprache überhaupt verstand. Seine braunen Augen blickten freundlich drein, doch sein wildes Aussehen und das Unbezähmbare in seinem Blick verunsicherten sie, deshalb zog sie sich schnell in die Küche zurück.

»Wie geht es Sophie?«, hörte sie den Gast in erstaunlich akzentfreiem Deutsch fragen, und sie wusste, dass seine Antwort nicht für ihre Ohren bestimmt war.

Als sie mit der gewünschten Stärkung zurückkehrte, sagte ihr Großvater: »Achille möchte doch erst zu deiner Urgroßmutter und sehen, wie es ihr geht. Warte du hier so lange auf uns. Du darfst dir auch etwas von der Wurst abschneiden – und sie ohne Brot essen.«

Josephine ging zur Sitzecke mit dem Werkstattofen, der dieser Tage immer gut eingeheizt war, und stellte das Tablett auf den Eichentisch. »Warum darf ich nicht mit?«

»Weil es deiner Urgroßmutter nicht gut geht ...«

Nicht gut – das war ja wohl nicht der richtige Ausdruck, so wie sie das mittlerweile einschätzte. »Du meinst, sie muss sterben?«

Ihr Großvater schwieg eisern.

Warum wollte er ihr nicht die Wahrheit sagen? Wenn doch dieser Achille extra aus Italien gekommen war. Wobei sie immer noch nicht verstand, was er mit ihrer Urgroßmutter zu tun hatte. Der Name Paganini war ihr noch nie über die Lippen gekommen. Andererseits war ihre Urgroßmutter im vergangenen Jahr nach Genua gereist, wo sie früher lange Zeit gelebt hatte. Ob das etwas damit zu tun hatte?

»Großvater, du kannst mir ruhig die Wahrheit sagen, ich bin doch kein kleines Kind mehr! Und ich will mich auch von meiner Urgroßmutter verabschieden dürfen, schließlich habe ich sie sehr lieb.«

Ihr Großvater nickte. »Du hast recht, entschuldige. Ich bin

schon wie meine Mutter, die hat auch immer mit der Wahrheit hinterm Berg gehalten, um mich zu schützen. Dabei wäre mir die Wahrheit immer lieber gewesen – also, komm mit.«

Seitdem die Urgroßmutter aus Genua in ihre Heimatstadt zurückgekehrt war, lebte sie mit Großvater Kristian und dessen Schwester Katerina in dem Haus in der Nähe des Stephansdoms, das vor fünfzig Jahren nach einem Brand mit der tatkräftigen Mithilfe von Wiener Bürgern neu aufgebaut worden war, so hatte man es ihr erzählt.

Weshalb die Urgroßmutter einst nach Genua gegangen war und dann ihr halbes Leben dort verbracht hatte, darüber schwieg sie, sie wich aus und sagte nur, dass sie dort in einem Museum gearbeitet habe und nun zurückgekehrt sei, weil sie krank war und die Ärzte ihr nicht mehr lange zu leben gaben. Auch aus Kristian und Katerina war kein weiteres Wort herauszubekommen. Josephine spürte, dass das ein wunder Punkt der Familie war. Es kam ihr vor, als sei da ein Schmerz, den sie mit einem Tuch des Schweigens verhüllt hatten, damit er erträglich blieb. Dabei hätte sie so gern gewusst, was da los gewesen war, die Geschichte ihrer Urgroßmutter so gern gehört, die zudem so fesselnd erzählen konnte, dass der Nachmittag im Nu vergangen wäre.

Vom ersten Tag an, seitdem ihre Urgroßmutter zurück in Wien war, liebte sie es, bei ihr in der Kammer im Ohrensessel zu sitzen und ihr zuzuhören, wie sie Abenteuergeschichten aus Italien erzählte. Sie hatte sich immer gewünscht, eine Großmutter zu haben, doch die Frau von Großvater Kristian war schon früh verstorben, so dass Josephine sie nie kennengelernt hatte. Ihr Großvater hatte ihr erzählt, dass es die Tochter seines ehemaligen Schuldirektors gewesen war, seine erste und einzige große Liebe.

»Da seid ihr ja …«, flüsterte Urgroßmutter Sophie, als sie die Kammer betraten, die gemütlich eingerichtet war. Der

Ohrensessel am Fenster, davor ein Schreibtisch, an dem Sophie oft saß und vermutlich Tagebuch schrieb. Ein schmaler Kleiderschrank aus Kirschbaumholz mit bunt verglasten Türen, eine dazu passende Kommode und ein gemütliches Bett mit Federdecke und einem dicken Kissen, von dem die Urgroßmutter ihren Kopf augenscheinlich nicht mehr aus eigener Kraft heben konnte. Ihre Haut hatte nahezu die Farbe ihrer grauweißen langen Haare angenommen, die zu einem Zopf geflochten waren. »Achille, du bist ja auch da. Wie wunderbar! Wo ist Anna-Frederika?«

»Meine Mutter gibt noch Geigenunterricht«, antwortete Josephine, als sie sich an die Stirnseite des Bettes stellte. An den ungewöhnlichen Vornamen ihrer Mutter würde sie sich wohl nie gewöhnen, doch diese war glücklich darüber, dass ihr Vater die beiden Vornamen der mittlerweile verstorbenen Nachbarn Anna und Friedrich Röhberg als Reminiszenz gewählt hatte, bei denen er als Kind nach dem Brand Unterschlupf gefunden hatte und denen er überhaupt so viel zu verdanken hatte.

»Kommt näher, meine Lieben. Ich habe leider nicht mehr so viel Kraft in der Stimme, und ich muss euch ehrlich sagen, ich spüre, dass meine Zeit gekommen ist – und das ist gut so. Ich hatte ein langes und erfülltes Leben, habe zwei wundervolle Kinder, eine Enkelin und meine liebste Urenkelin. Natürlich hätte ich gern noch mehr Zeit mit euch verbracht, aber was ist der Mensch, dass er darüber bestimmen dürfte? Ich habe keine Angst vor dem Tod und hatte lange Zeit, mich auf meinen Abschied von diesem irdischen Dasein vorzubereiten – länger, als mir von den Ärzten zugedacht war. Ich habe Schmerzen, aber das Morphium macht es erträglich.« Sie versuchte tief durchzuatmen, was ihr jedoch nicht gelang. Es war, als ob ihr der Atem auf dem Weg in den Brustkorb stecken bliebe. Sie hustete schwach.

»Aber ich möchte nicht gehen, ohne euch zum Abschied ein paar Geschenke gemacht zu haben. Ich will keine Trauer in euren Gesichtern sehen, sondern Freude. Damit auch ich mit einem Lächeln von dieser Welt gehen kann. Weinen könnt ihr an meinem Grab. Kristian, geh bitte zum Schrank. Im oberen Fach, hinter meiner Kleidung, liegt etwas versteckt.«

Großvater Kristian fand nach kurzem Suchen einen Geigenkoffer aus dunkelbraunem Leder ohne Inschrift und kehrte damit stirnrunzelnd zum Bett zurück.

»Öffne ihn zusammen mit deiner Schwester.«

Jeder machte sich an einer Schnalle zu schaffen und gemeinsam hoben sie den Deckel an.

Katerina fand als Erste ihre Sprache wieder: »Wie kann das sein? Das ist doch unverkennbar der Nachbau von Paganinis geliebter Geige?«

»Ich dachte, den gäbe es gar nicht …«, setzte Kristian ebenso erstaunt hinzu.

»Das sollte die Welt auch glauben. Zur Untermauerung dieses Gerüchts hat Paganini fünf Jahre später einen Nachbau bei Vuillaume in Paris in Auftrag gegeben. Doch ich habe Paganini vor seiner Abreise aus Wien das kostbare Stück überreicht, den Moment habt ihr verschlafen – und er hat die Geige durch sein Testament zurück in meine Hände gelegt. Sein Wunsch ist es, dass ihr darauf spielt und sie immer in Familienbesitz bleibt.«

»Ich weiß gar nicht, was ich sagen soll«, entgegnete Katerina und strich gerührt über den schimmernden Korpus.

»Ich glaube, wir hätten uns angesichts dieser Ehre mehr dem Geigenspiel und weniger der Werkstatt widmen sollen«, bemerkte Kristian und schenkte seiner Mutter ein Lächeln, das ihn wie einen Schuljungen wirken ließ.

»Dein Talent hast du zwar brach liegen lassen, aber eindeutig weitervererbt«, hob seine Mutter an.

»Bei Anna-Frederika wäre die Geige wirklich besser aufgehoben«, ergänzte Katerina.

Sophie nickte. »Paganini kannte nur euch beide, wusste von eurem Talent. Meine Enkelin war schon geboren, aber er hat Anna-Frederika nie kennengelernt. Doch ich bin mir sicher, wenn er sie spielen gehört hätte, hätte er ihr den Nachbau zugeeignet. Allerdings soll Anna-Frederika erst in der Öffentlichkeit darauf spielen, wenn Peter und Florentine ebenfalls unter der Erde sind.«

Kristian hob die Augenbrauen und neigte den Kopf. »Ehrlich gesagt bin ich der Meinung, dass Onkel Peter und Tante Florentine geistig derart umnachtet sind, dass sie nichts mehr mitbekommen. Onkel Peter lebt doch nur noch in seiner eigenen Welt, seitdem er aus dem Gefängnis entlassen wurde, und seine Frau scheint ihm seit geraumer Zeit in diese Welt gefolgt zu sein. Das ist zumindest mein Eindruck, wenn ich die beiden besuche. Peter glaubt, dass er ein Jagdschloss besitzt, und Florentine hält sich für die Kronprinzessin. Das bestätigt mir auch die Haushälterin. Immerhin kann ich guten Gewissens sagen, dass die beiden ihr Testament gemacht haben, als sie noch bei bester geistiger Gesundheit waren.«

Die Urgroßmutter nickte schwach. »Du wirst wissen, wann es an der Zeit ist, deiner Tochter die Geige zu überreichen.« Wieder versuchte sie, tief durchzuatmen, was ihr nicht gelang und stattdessen in einem Hustenanfall endete. Sophie streckte ihre Finger aus, und ihre Kinder griffen nach den Händen ihrer Mutter und hielten sie fest. »Es ist Peters Art der Wiedergutmachung, euch seine Werkstatt zu überschreiben. In Zukunft wird es wieder zwei Geigenbauer Sawicki mit eigener Werkstatt geben – allerdings zwei, die einander zuarbeiten, sich gegenseitig zur Blüte verhelfen und sich nicht mit Füßen treten.«

Katerina lächelte, obwohl ihr die Tränen in den Augen standen. »Meine eigene Werkstatt … Da wird ein Traum wahr. Darauf musste ich lange warten, aber wenn ich kein Rheuma in den Händen bekomme und mein Augenlicht nicht nachlässt, kann und will ich bis zu meinem Lebensende in meiner eigenen Werkstatt arbeiten. Du hast immer daran geglaubt, nicht wahr, Mutter? Und wir werden uns schon vertragen, oder nicht, mein Bruderherz?«

Kristian lachte. »Haben wir uns jemals gestritten? Ich bin auf das Gesicht meiner Tochter gespannt, wenn sie erfährt, auf was für einer wertvollen Geige sie in Zukunft spielen darf …«

Das klang ja alles sehr spannend, dachte Josephine, doch so ganz verstand sie die Zusammenhänge nicht. Sie blickte ratlos in die Runde. »Mag mir vielleicht jemand erklären, was es mit diesem Nachbau auf sich hat?«

»Das kann ich wohl am besten …«, hob ihre Urgroßmutter an. »Es ist allerdings eine lange Geschichte.«

»Ich möchte alles hören! Ich liebe deine Geschichten, du kannst so toll erzählen. Aber bist du nicht zu schwach dafür?«

»Das ist wahr, meine liebste Urenkelin, und darum habe ich etwas für dich.« Mit Mühe drehte sie sich zum Nachtkasten um, auf dem das unangetastete Mittagessen stand, zog die Schublade auf und holte ein Buch mit einem wunderschön marmorierten Einband hervor. »Ich hoffe, du kannst meine Schrift lesen. Es ist meine Geschichte und somit auch deine.«

Erstaunt nahm Josephine das Buch in die Hand, klappte es auf und hatte das Gefühl, dadurch den grauen Schleier beiseite zu schieben, der sich über diesen Tag gelegt hatte. Die bunten Farben kehrten zurück, und sie lächelte. Sie konnte es kaum abwarten, mehr zu erfahren. »Darf ich gleich anfangen, darin zu lesen?«

»Nur zu, meine Liebe. Dort im Sessel, in dem du am

liebsten sitzt. Auch er soll dir gehören. Und für dich, Achille, habe ich ebenfalls noch etwas. Ein halbes Leben lang habe ich das Geschenk für dich verwahrt, das ich dir schon geben wollte, als du noch ein kleines Kind warst – und nie ist es dazu gekommen. Heute ist es endlich so weit, ich bin so froh, dass du es rechtzeitig hierhergeschafft hast, und ich hoffe, dass du dich immer noch darüber freust.« Mühsam drehte sie sich erneut zum Nachtkasten, holte einen kleinen Gegenstand heraus, der in ein weißes Tuch gewickelt war.

»Das ist ja das Taschentuch meines Vaters!«, rief Achille aus.

»Er hatte es mir einst in Wien geliehen, aber ich durfte es ihm auf dem Sterbebett nicht zurückgeben. Jetzt sollst du es haben.«

»Ich …«, hob Achille an und betrachtete das Tuch in seiner Hand wie ein kleines Wunder.

»Sieh nach, was drin ist.«

Achille faltete es behutsam auf. »Die Giraffe«, sagte er atemlos. »Was für eine Erinnerung! Du hast mir damals tatsächlich eine gekauft, nicht nur deinen Kindern?«

»Auch dir …«

Nach einem Moment des Schweigens sagte Achille im Flüsterton: »Ich habe mir so sehr gewünscht, dass du meine Mutter wirst.«

Mit einem traurigen Lächeln ließ Sophie sich in die Kissen zurücksinken. Sie wirkte sehr erschöpft, und man musste schon genau hinhören, wenn man sie noch verstehen wollte. »Genau heute vor fünfzig Jahren hat dein Vater zum ersten Mal meine Werkstatt betreten, mit dir an der Hand, und mir seine Geige zur Reparatur gebracht. Fast ein halbes Jahr lang hat er in Wien seine ausverkauften Konzerte gegeben und die ganze Stadt mit seinem Spiel verzaubert.«

»Und dich auch …«, mischte sich Katerina leise ein.

Der Blick der Urgroßmutter verklärte sich und ging in die Ferne. »Ja, das stimmt. Ich war die Muse des Teufelsgeigers, und ich habe diesen Mann geliebt. Mein Leben lang. Über seinen Tod hinaus.« Ihre Stimme wurde noch schwächer. Der Besuch ihrer Liebsten schien sie doch mehr anzustrengen als gedacht. »Ich habe noch einen letzten Wunsch …« Mit einer langsamen Bewegung griff sie unter die Bettdecke und holte einen Geigenbogen hervor. »Er gehört zu Paganinis Geige. Ich habe ihm am Sterbebett versprochen, ihn wie meinen Augapfel zu hüten, damit niemand mehr auf seiner Geige spielen kann, nachdem ich sie ein letztes Mal auf seiner Beerdigung gespielt habe. Nun bitte ich euch, mir diesen Bogen mit in den Sarg zu legen. Ich hoffe ja, dass ich nicht erst in sechsunddreißig Jahre unter die Erde komme. Andernfalls werft mich in die Donau. Ich kann zwar nicht schwimmen, der Sarg aber schon. Also keine Sorge …«

Lachen erfüllte den Raum.

»Wie schön, dass ich jetzt Freude in euren Gesichtern sehe, so habe ich mir das gewünscht. Es ist wichtig, glücklich zu sein, auch in traurigen Momenten. Wisst ihr, ich habe mir so vieles im Leben gewünscht, und oft wollte es das Schicksal anders. Ich hätte so gern mein Leben mit Paganini geteilt. Doch selbst wenn wir nie ein Paar wurden, kein gemeinsames Leben hatten, unsere Seelen waren verbunden. Vom ersten Tag an bis in alle Ewigkeit.« Ihre Lippen bewegten sich, kein Ton kam mehr heraus, sie hustete, und mit einem letzten Aufbäumen flüsterte sie: »Und ich werde ihn immer lieben. Bis zu meinem letzten Atemzug. Gleich werde ich bei ihm sein. Dann bin ich angekommen.«

Nachwort

Dieses Nachwort soll dazu dienen, die wahren historischen Begebenheiten einzuordnen und aufzuzeigen, an welchen Stellen im Roman ich nahe an der Historie geblieben bin und wo ich mir als Autorin Freiheiten genommen habe.

Es ist eine historische Tatsache, dass der Virtuose Niccolò Paganini am 16. März 1828 in Wien ankam, um dort eine Reihe Konzerte zu spielen, und dass er dem Wiener Geigenbauer Sawicki den Auftrag zum Nachbau seiner geliebten Geige erteilt hat.

Sawicki wagte sich an eine Kopie von Paganinis Guarneri del Gesù, was bemerkenswert ist, da er bislang nach Stradivari gelernt und gearbeitet hatte. Vielleicht hat ihm jemand dabei geholfen, wer weiß. Hier habe ich mir erlaubt, meine Erklärung in den Roman einzuflechten. Sophie von Sawicki hat jedoch nur in meiner Phantasie gelebt und unter ihrem Eheherrn Paul gelitten.

Da es den Geigenbauer namens Sawicki tatsächlich gab, habe ich »meinen« Geigenbauer »Paul« von Sawicki genannt, um zu verdeutlichen, dass ich mir bei seinem Charakter Freiheiten erlaubt habe, schließlich musste der Eheherr von Sophie ja im Narrentum, im Volksmund Gugelhupf genannt, dahinvegetieren.

Der Narrenturm ist traurige historische Realität, auch die Zustände dort sind uns durch zeitgenössische Berichte überliefert. In einem Reisebericht aus dem Jahr 1848 von Therese von Bacheracht heißt es in einer mehrseitigen Beschreibung des Narrenturms: »Ich meine die öffentliche Irrenanstalt, deren Lokalität so furchtbar schlecht, so durchaus auf die Entwicklung und Förderung des Wahnsinns berechnet scheint, dass endlich an bessere, wohltuendere Räume gedacht werden muss. Schon liegt ein Plan zur Unterschrift des Kaisers vor, der den Unglücklichen wenigstens die Möglichkeit des Gesundwerdens eröffnen wird. Es handelt sich um ein Kapital von achthunderttausend Gulden [nach heutigem Wert rund achtzehn Millionen Euro] zur Aufführung eines Gebäudes, das den unseligen Narrenturm, diesen schrecklichen Irrtum des vorigen Jahrhunderts, infolge dessen die Irren unschädlich gemacht, aber nicht geheilt werden konnten, in eine andere, praktischere, menschenfreundlichere Form bringen soll.«

Der Narrenturm wurde 1784 im Auftrag von Kaiser Joseph II. errichtet, ein fünfgeschossiger Rundbau, der heute das Pathologische Museum Wiens beherbergt und seinerzeit einhundertneununddreißig Einzelzellen à dreizehn Quadratmeter für die »Irren und Wahnwitzigen« aufwies, die dort mit den uns überlieferten brachialen Methoden behandelt wurden.

Nachweislich hat Sawicki kurz vor dem Wiener Konzert am 29. März 1828 das Griffbrett ausgetauscht, das Paganini bis zu seinem Tod auf der Geige belassen hat. Da Sawicki das Griffbrett an der Unterseite signiert hatte, ist eine eindeutige Zuordnung möglich. Die Aufträge, die Paganini der Werkstatt gab, entsprechen der historischen Realität, und da der Virtuose seine »Cannone« nur äußerst ungern aus der Hand gab, hat er die Werkstatt mit Bedacht ausgewählt. Auch Paganinis Empfehlungsschreiben, in dem er die Geigenbauwerkstatt Sawicki in den höchsten Tönen lobt, gibt es tatsächlich, und deshalb habe ich es in deutscher Übersetzung im Roman aufgegriffen.

Laut der einschlägigen Fachliteratur war es Jean-Baptiste Vuillaume, der als Erster eine Kopie von Paganinis »Cannone« gebaut hat. Es war jedoch der Geigenbauer Karl Nik(c) olaus (von) Sawicki, der bereits fünf Jahre zuvor eine Kopie anfertigte, allerdings war dies lange nicht bekannt, da seine Werkstatt zwar über Renommee, nicht jedoch über den Bekanntheitsgrad der großen, international ausgerichteten Pariser Werkstatt von Vuillaume verfügte. Sawickis Name hatte in der Fachliteratur lange nicht den Stellenwert, der ihm heute zuerkannt wird, wobei er bereits 1835 auf der ersten *Gewerbsprodukten-Ausstellung* in Wien sechs seiner Geigen einer Jury vorstellte und für die Kopie von Paganinis Geige die Silbermedaille erhielt, die mit 1829 datiert ist. Das Instrument befindet sich heute in Privatbesitz in Amerika.

Über die Lebensumstände des historischen Geigenbauers Karl Nik(c)olaus (von) Sawicki, geboren am 8. Dezember 1792/93 in Stanislau/Galizien, gestorben am 13. Oktober 1850 in Wien ist wenig bekannt. Er entstammte einer adeligen Gutsbesitzerfamilie, und während meiner Recherchen habe ich in der *Allgemeinen Wiener Musik-Zeitung* von 1843 einen Hinweis gefunden, dass er in Lemberg das Gymnasium besuchte und bei einem dort wohnhaften Geigenbauer Kost und Logis erhielt. So kam er mit dem Handwerk in Berührung und entschied sich nach dem Schulabschluss zu einer Lehre in Wien bei Franz Werner und Franz Geissenhof, der als erster Wiener Meister konsequent nach Stradivari arbeitete. Sawickis Arbeiten sind echte Stradivari-Kopien, da alle Details bis hin zur Lackschattierung von ihm originalgetreu nachgearbeitet wurden.

Seine Befugnis, als Geigenbauer zu arbeiten, erhielt Sawicki 1823. Innerhalb kürzester Zeit erarbeitete er sich einen sehr guten Ruf, nicht nur als Geigenbauer, sondern auch als Reparateur. Bis heute hat sich das Handwerk des Geigenbaus kaum verändert. Würde man Sawicki in eine Werkstatt des 21. Jahrhunderts setzen, hätte er keine Probleme, mit dem vorhandenen Werkzeug zu arbeiten, er würde bloß das Sandpapier nicht kennen und stattdessen zur Ziehklinge greifen, mit der auch heute noch gearbeitet wird. Besonders beim Bau von hochwertigen Instrumenten ist die Ziehklinge aus der Hand des Geigenbauers nicht wegzudenken. Zudem würde er sich über elektronische Vermessungen wundern, mit denen man eine Formel für den perfekten Klang einer Geige zu finden versucht. Ihm würde außerdem auffallen, dass fertige Teile wie Griffbrett, Schnecke, Saitenhalter oder Steg zugekauft werden können, die er früher in Handarbeit hergestellt hat – wobei auch nicht jeder Geigenbauer und nicht in allen Teilen darauf zurückgreift. Besonders für die Herstellung der Schnecke hat sich jedoch mittlerweile die bequeme Bandsäge anstelle der Bügel- oder Spannsäge durchgesetzt – der einzige Arbeitsschritt, bei dem in den vergangenen dreihundert Jahren die Moderne Einzug gehalten hat. Viele Geigenbauer schreiben sich noch immer auf die Fahnen, eine Geige in allen Teilen selbst herzustellen, und die Kundschaft dankt es ihnen.

Zu Sawickis berühmter Kundschaft gehörten namhafte Geiger wie Henri Vieuxtemps, Heinrich Wilhelm Ernst, Ole Bull – und natürlich Niccolò Paganini.

Paganinis Ruf als »Teufelsgeiger« eilte ihm nach Wien voraus, noch bevor er dort ein einziges Konzert gegeben hatte, und man empfing ihn dort wie einen Superstar – es entstand ein regelrechter »Hype« um ihn, wie man heute sagen würde, der natürlich auch kommerziell durch allerlei Devotionalien von Händlern und Kaufleuten ausgenutzt wurde. Sein Porträt erschien in allen Größen, und wo keine Abbildung seines Konterfeis möglich war, musste eben allein sein Name herhalten, um den Verkauf zu fördern. Es gab Paganini-Bonbons, Paganini-Brot, Paganini-Zuckerstangen, Knöpfe, Zigarrenbüchsen, Medaillen, Hüte und vieles mehr.

In der 1830 erschienenen Paganini-Biographie von Julius Max Schottky ist die Rede davon, dass Paganinis Porträt allein während seines Aufenthalts in Deutschland mehrere Hunderttausend Mal verkauft worden sei.

Zugleich erhitzten Gerüchte um seine Person die Gemüter. Von »Hexenmeister«, »Satansspross«, »Teufelsbündler« und ähnlichen Titulierungen war öffentlich die Rede. Gleiches galt für das Gerücht, er habe seine Geliebte ermordet, deshalb im Gefängnis gesessen, und aus ihrem Darm stamme die berühmte G-Saite seiner Geige, auf der er nur deshalb in einer nie dagewesenen Kunstfertigkeit spielen könne, weil er ein Bündnis mit dem Teufel eingegangen sei. Sogar die Wiener Theaterzeitung spielte in ihrer Ausgabe vom 5. April 1828 auf dieses Gerücht an, was Paganini am 10. April zu einer Gegendarstellung in der Zeitung veranlasste. Im Roman erzählt er Sophie die uns überlieferte Geschichte, wie es zu seiner kurzzeitigen Verhaftung gekommen ist, aus seiner Perspektive.

Sophie besucht Paganini stets im Trattnerhof, wo er tatsächlich während seines Aufenthalts in Wien gewohnt hat. Zu jener Zeit galt der Trattnerhof als bauliches Wunderwerk, in dem bis zu sechshundert Menschen Platz fanden. Die im Roman aufgegriffene Skandalgeschichte um den Raubmörder Severin von Jaroszynski hat sich tatsächlich am 13. Februar 1827, rund ein Jahr bevor sich Paganini im Trattnerhof einmietete, dort zugetragen und sorgte für Blätterrauschen in den Wiener Zeitungen. Auch Wolfgang Amadeus Mozart wohnte laut Absenderangabe auf einem Brief an seinen Vater »im Trattnerischen Hause, zweite Stiege, im dritten Stock« zur Miete, wo 1784 sein Sohn (C)Karl Thomas geboren wurde. Der alte Trattnerhof wurde 1912 durch den Neubau zweier Gebäudeteile ersetzt. Im Gebäude mit der Hausnummer 2 gibt es einen Paternoster, der mit seinem Baujahr 1912 nur knapp den Titel »ältester Paternoster Wiens« verfehlt und mittlerweile leider nicht mehr von der Öffentlichkeit befahren werden darf.

Niccolò Paganini erblickte am 27. Oktober 1782 in Genua in der *Passo di Gattamora* Nummer 38 das Licht der Welt. Sein Geburtshaus, das an der Fassade einen prächtigen katholischen Bildstock und später eine Erinnerungstafel an Niccolò Paganini trug, wurde 1971 abgerissen, der gesamte Bereich überplant und mit mehrstöckigen Neubauten zugepflastert, doch als ich während meiner Recherchereise auf den Spuren des Virtuosen in dieser engen Gasse stand, von der ein kleines Stück erhalten geblieben ist, fühlte ich mich angesichts der alten Häuser in die Zeit zurückversetzt, in der Paganini dort aufgewachsen ist.

Einem Reisebericht aus dem Jahr 1905 konnte ich ein Foto des Geburtshauses entnehmen und dem Reisebericht von Charles Dickens aus dem Jahr 1844 Eindrücke der damals heruntergekommenen Hafenstadt, denn der Schriftsteller war entsetzt: »Noch nie in meinem Leben war ich so bestürzt! Diese neuen Eindrücke, die fremdartigen Gerüche, der unbeschreibliche Dreck, das wilde Durcheinander der verwahrlosten Häuser, wo sich ein Dach über das andere schiebt, die Straßen noch dreckiger und enger sind als im alten Paris [...] der bedrückende Schmutz, der trostlose Verfall, all das verwirrte mich völlig.«

Seit seinem sechsten Lebensjahr spielte Niccolò Paganini Geige, die Grundlagen lernte er von seinem Vater, der Hafenarbeiter und Gitarrenspieler war. Sein Vater erkannte schnell das Talent des Jungen »und zwang mich, nicht von seiner Seite zu weichen, so daß ich vom Morgen bis zum Abend die Violine in der Hand behalten musste. Man kann sich nicht leicht einen strengeren Vater als ihn denken; schien ich ihm nicht fleißig genug, so zwang er mich durch Hunger zur Verdopplung meiner Kräfte, so daß ich körperlich viel auszustehen hatte und die Gesundheit zu leiden begann.«

Dennoch, Paganini erhielt bald fachkundigen Unterricht bei Giovanni Servetto und Giacomo Costa, als der Vater ihm nichts mehr beibringen konnte. Je älter der Junge wurde, desto mehr widersetzte er sich dem Druck und schwänzte auch mal den Unterricht, den der Vater trotzdem bezahlen musste. Der Erfolg stellte sich dennoch ein. Nach zahlreichen Auftritten in der Kirche spielte Paganini mit dreizehn Jahren sein erstes öffentliches Solokonzert im ausverkauften Teatro di Sant'Agostino. Danach gab es kein Halten mehr. Mit fünfzehn Jahren ging er in Italien auf Tournee und fand großen Gefallen am Herumreisen, verbunden mit Geld und Ruhm.

Obwohl der Virtuose zeitweise dem Glücksspiel verfallen war und kostspielige Beziehungen zu Frauen unterhielt, verfügte er am Ende seines Lebens, in dem ihm die große Liebe verwehrt blieb, über ein Vermögen von zweieinhalb Millionen Franc, was einem heutigen Wert von sechs Millionen Euro entspricht. In seinem Testament setzte er seinen Sohn Achille zum Alleinerben ein, darüber hinaus erhielten seine beiden Schwestern nach heutigem Wert 180 000 Euro und 120 000 Euro. Seine geschiedene Frau bedachte er sogar noch mit einer lebenslangen Rente von rund dreitausend Euro jährlich, obwohl er kein gutes Wort mehr für sie übrig hatte.

Viele Zeitgenossen notierten ihre persönlichen Eindrücke, die sie von Paganini und seinen Konzerten hatten, in denen er durch seine außergewöhnliche und brillante Spieltechnik, nicht zuletzt allein auf der G-Saite, alles bislang Dagewesene in den Schatten stellte. Die zeitgenössischen Quellen waren für mich ein wertvoller Fundus bei der Recherche für diesen Roman.

Franz Liszt schrieb 1840 in seinem Nekrolog auf Paganini die aus damaliger Perspektive prophetischen Worte: »Ich sage es ohne zu zögern, kein zweiter Paganini wird uns erstehen. Das wunderbare Zusammentreffen eines gewaltigen Talents mit den zu einer glänzenden Apotheose geeigneten äußeren Umständen wird in der Kunstgeschichte ein Einzelfall bleiben.«

In der knappen Zeitspanne zwischen Mai 1831 und März 1832 gab Paganini trotz seiner zunehmend schlechten gesundheitlichen Verfassung einhundertfünfzig Konzerte in verschiedenen europäischen Städten. Das allein ist schon beachtlich, doch wenn man sich die zurückgelegte Strecke vor Augen führt, muss ihn das mit der Kutsche sehr viel Zeit gekostet haben, noch dazu gleichen die kreuz und quer über die Karte verlaufenden Linien einem Kindergekritzel – von einer ordentlichen Tourplanung kann nicht die Rede sein.

Viele berühmte Zeitgenossen kamen zu Paganinis Konzerten, darunter Fanny Hensel (geb. Mendelssohn Bartholdy), Heinrich Heine, Johann Wolfgang von Goethe und viele mehr. Durch ihre Berichte konnte ich mir ein umfassendes Bild von den Konzerteindrücken machen und diese im Roman wiedergeben. Hector Berlioz, ein französischer Komponist und Musikkritiker bringt es als Konzertbesucher auf den Punkt: »Paganini kündigte das Unmögliche an – und verwirklichte es dann.« Franz Schubert ist sich nach dem Wiener Konzert, das er im Mai 1828 besuchte, sicher: »Ich habe einen Engel in Paganinis Adagio singen hören«, und der junge Robert Schumann ist tief beeindruckt: »Als ich Paganini zuerst hörte, meinte ich, er würde mit einem nie da gewesenen Tone anfangen. [...] Paganini ist der Wendepunkt der Virtuosität.«

Mary Shelley (1797–1851), die als Schriftstellerin mit ihrem Roman »Frankenstein« berühmt wurde, schrieb 1832 nach ihrem Konzerterlebnis: »Paganini hat bei mir einen hysterischen Anfall ausgelöst. Sein Ungestüm, seine vergeistigte Gestalt, sein verzückter Blick und die Töne, die er auf seiner Violine hervorbringt – alles ist nicht von dieser Welt.«

Frédéric Chopin notiert 1829, nachdem er jedem der zehn Konzerte Paganinis in Warschau beigewohnt hatte: »Paganini ist die Vollkommenheit«, und in Verneigung vor dem Virtuosen schrieb er sein großes Werk »Souvenir de Paganini«.

Heinrich Heine besuchte 1830 ein Konzert in Hamburg und berichtet: »Auf der Bühne kam eine Gestalt zum Vorschein, die der Unterwelt entstiegen zu sein schien. Das war Paganini in seiner schwarzen Gala. Der schwarze Frack und die schwarze Weste von einem entsetzlichen Zuschnitt. [...] Ist das ein Lebender, der im Verscheiden begriffen ist und der das Publikum in der Kunstarena, ein sterbender Fechter, mit seinen Zuckungen ergötzen soll? Oder ist es ein Toter, der aus dem Graben gestiegen, ein Vampir mit der Violine, der uns, wo nicht das Blut aus dem Herzen, doch auf jeden Fall das Geld aus der Tasche saugt?«

Eduard Bauernfeind, ein zeitgenössischer Wiener Lustspieldichter, der beim Volk mit seinen Bühnenstücken sehr beliebt war, notiert 1828 in seinem Tagebuch über Paganinis Auftritte in Wien: »Nach dem achten Konzert hatte er bereits zwanzigtausend Gulden verdient.« Das entspricht der heutigen Kaufkraft von rund 525 000 Euro. Und weiter schreibt er:

»Nur ein Konzert musste er verlegen, weil im Tiergarten zu Schönbrunn zum erstenmal [sic!] eine Giraffe zu sehen war, die ganz Wien auf die Beine brachte. Denn eine Giraffe ging den Wienern doch noch über Paganini. Die fünf Gulden, die der Konzert-Korsar verlangte, waren mir unerschwinglich.« Mit diesen Worten mochte er für so manchen Wiener sprechen, denn nach heutiger Kaufkraft entsprach der Eintritt dem Wert von rund einhundertdreißig Euro. Bezeichnend ist, dass der Fünf-Gulden-Schein während Paganinis Zeit in Wien allgemein als »Paganinerl« bezeichnet wurde.

Insgesamt gab Paganini in Wien vierzehn Konzerte und verließ die Stadt mit 27 500 Gulden, was dem heutigen Wert von rund 720 000 Euro entspricht.

Die Giraffe war ein diplomatisches Geschenk an das Königshaus vom Gouverneur der osmanischen Provinz Ägypten und musste dementsprechend einen langen Weg zurücklegen. Die Reise dauerte vier Monate, zunächst zu Fuß, mit ledernen Schnürschuhen und dann mit einem umgebauten, pferdegezogenen Wagen, in dem neben der Giraffe zwei Wächter Platz fanden.

Auch um die Giraffe gab es einen »Hype«, als sie am 7. August 1828 Wien erreichte und das umgebaute Logenhaus im kaiserlichen Tiergarten Schönbrunn bezog, wie im Roman beschrieben. Vom Kleidungsstück bis zur Torte, alles war der Optik des Tieres nachempfunden, und selbstverständlich gab es auch kleine Giraffen zu kaufen.

Achille Paganini wurde am 23. Juli 1825 geboren, und ab diesen Tag gab es für Paganini nichts Wichtigeres im Leben als seinen Sohn. So wie im Roman, brach sich Achille als kleines Kind das Bein und hatte große Schmerzen. Acht Tage und Nächte wachte Paganini am Bett seines Sohnes, um ihn zu trösten und ruhig zu halten, damit seine Knochen zusammenwachsen konnten. Am Ende dieser Woche brach Paganini vor Erschöpfung zusammen.

Am 28. Juli 1828 kam es in Wien zur Trennung von Achilles Mutter, Antonia Bianchi, und Paganini kaufte ihr den gemeinsamen Sohn tatsächlich für 2000 Scudi [historische italienische Währung] ab, was heute einem Wert von rund 50 000 Euro entspricht. Ein Jahr nach der Trennung schreibt Paganini seinem Freund in Mailand: »Als ich sie [Antonia Bianchi] kennenlernte, war sie eine kleine unbedeutende Sängerin, ich machte sie fähig, in Konzerten aufzutreten. Sie hatte kaum ein Hemd anzuziehen, jetzt besitzt sie eine prächtige Garderobe, Juwelen und Kapitalien. Sie verbitterte mein Leben, solange sie mit mir zusammen war, und jetzt, wo ich sie los bin, hat sie, wie ich weiß, nur *ein* Bestreben, mich schlechtzumachen.« Und in einem weiteren Brief schreibt er: »Wie ich Dir eben sage, ist die Bianchi immer gemeiner geworden, sie hat mir Streiche in allen Tonarten gespielt. Sie wurde lächerlich anmaßend, aus Habgier nach 2000 Talern ließ sie mich keinen Augenblick in Frieden, und eines Abends hat sie mich und ihren Sohn im Stich gelassen und ist nach Mailand zurückgekehrt, mit den Brillanten, die ich ihr gekauft habe, und allem Geld. Wenn Ihr sie zufällig seht und reden hört, so glaubt nichts von ihrem Geschimpfe über mich. Achille ist lieb und hübsch, ich habe ihn immer bei mir, und er ist es, der mich am Leben erhält.«

Achille begleitete seinen Vater fortan auf allen Reisen und wurde zu dessen Sprachrohr, als Paganini in der letzten Zeit seines Lebens nicht mehr sprechen konnte und zu schwach zum Schreiben war, denn die beiden verstanden sich, wie im Roman, mit Blicken.

Paganini starb am 27. Mai 1840 um 17 Uhr in der Rue de la Préfecture Nummer 23 in Nizza, in dem gelben Haus, das heute noch steht und zu dem uns Sophie im Roman führt, zu einer Zeit, als die Straße noch Rue du Gouvernement hieß. Ursprünglich hatte Paganini sich zur Erholung dorthin begeben, er schreibt seinem Freund Hector Berlioz: »Ich hoffe, dass sich mein Zustand hier bessern wird. Diese Hoffnung ist die letzte, welche mir noch übrig bleibt.« Und Hector Berlioz berichtet nach dem Besuch: »Infolge der Erkrankung des Kehlkopfes, an der er starb, hatte er damals schon gänzlich die Stimme verloren, und, wenn er sich nicht an einem von jedem Geräusch freien Orte befand, so konnte nur der Sohn seine Worte hören oder vielmehr ahnen.«

Woran Paganini schlussendlich starb, ist unklar. In Zeitzeugenberichten ist von Syphilis und Kehlkopftuberkulose die Rede. Erst im Jahr 2007 wurde diese Frage näher erforscht, als die direkten Nachfahren, Stefano und Andrea Paganini, das jahrhundertelange Schweigen der Familie zu den Todesumständen ihres Vorfahren anlässlich seines 225-jährigen Geburtstags lüften wollten. Sie stellten den Göttinger Forschern im Rahmen der Filmdokumentation »Paganinis Geheimnis« eine Haarprobe von Paganini zur Verfügung sowie einen verschollen geglaubten Abguss der rechten Hand der Mumie und eine eigene Blutprobe, um bei der Gelegenheit auch zu klären, ob Paganini am Marfan-Syndrom litt.

In medizinischen Fachkreisen wurde diese Vermutung laut, da Paganini überdurchschnittlich groß war, seine Hände und Füße schmal waren und seine Gliedmaßen auffällig verlängert erschienen, was auf eine so genannte Spinnengliedrigkeit hindeutet, die aufgrund einer Bindegewebsschwäche in den Gelenkkapseln mit überdurchschnittlicher Beweglichkeit einhergeht. Diese ist typisch für das Marfan-Syndrom

und könnte eine Erklärung für seine ungewöhnliche Griff-
weite sein, die niemand vor ihm zustande gebracht hat. Doch
dieser Verdacht bleibt auch nach den genetischen Unter-
suchungen der Nachfahren weiterhin umstritten. Denkbar
wäre auch das Ehlers-Danlos-Syndrom, eine angeborene
Bindegewebsschwäche, wozu auch Paganinis vielfältige Un-
terbauchbeschwerden in Blase und Darm passen würden.

Nachgewiesenermaßen fand sich in Paganinis Haarprobe
eine signifikante Schwermetallbelastung, was ein Hinweis
auf vermehrte Quecksilbereinnahme ist, mit der die Syphilis
behandelt wurde.

Woran auch immer Paganini im Alter von nur achtundfünfzig Jahren starb, die Tatsache allein war furchtbar genug für
seinen damals knapp fünfzehnjährigen Sohn, doch dann
wurde seinem Vater auch noch das christliche Begräbnis verweigert – für die kommenden sechsunddreißig Jahre. So etwas kann man sich für einen Roman nicht ausdenken. Die
Odyssee des Sargs, von der Sophie im Roman erzählt, ist eine
ebenso unglaubliche wie wahre historische Begebenheit.

Nachdem der Priester Caffarelli dem Sterbenden die
letzte Beichte abgenommen hatte, behauptete er, Paganini
habe sich zu einem Bündnis mit dem Teufel bekannt. Alle
sachlichen Widerlegungen fruchteten nicht. Die Totenglocke blieb still. Da es dem Priester nach eigener Aussage in
einem Akt göttlicher Gnade gelungen sei, im letzten Moment den Satan, der sich vor allen anderen Zeugen geschickt verborgen habe, zum Sprechen zu bringen, durfte mit
Paganinis Leiche kein geweihter Boden beschmutzt werden.
Sogar auf privatem Grund wurde ein Begräbnis verweigert.
Der Fall ging bis zum Papst, der diesen mit der Bitte um
Prüfung an den Erzbischof von Turin weiterleitete, der daraufhin mit den kirchlichen Würdenträgern aus Nizza und

Genua zusammengekommen war und sämtliche Zeugen anhörte. Es blieb bei dem kirchlichen Urteil: Kein christliches Begräbnis für einen Satansspross.

Die Konsequenz: Achille musste von seinem vierzehnten Lebensjahr an mit einem Sarg an seiner Seite leben, darin die konservierte Leiche seines Vaters – und damit nicht genug. Eine Odyssee begann.

Graf di Cessole, ein langjähriger Vertrauter des Virtuosen, nahm auf dessen Wunsch hin das Kind zu sich, so wie es geplant war. Dass auch ein Sarg mit ins Haus ziehen würde, hatte sich der Graf wohl nicht vorgestellt. Doch er hatte schnell einen Plan: Er ließ den Arzt Jean Gannal kommen, der dem Toten eine »chlorsaure Zinklösung« (Zinkchlorid) in Venen und Arterien spritzte, damit die Leiche nicht verweste. Danach kündigte Cessole in der Zeitung die Zurschaustellung von Paganinis Leiche gegen Entgelt an, und prompt regte sich erster Protest dagegen, wie vom Grafen beabsichtigt, um Druck auf die Kirche auszuüben.

Doch der Graf hatte die Rechnung ohne den Erzbischof gemacht, denn dieser verbot den Zeitungen kurzerhand jegliche Berichterstattung über den skandalösen Fall, und so gingen im Haus des Grafen zwei Monate lang die Schaulustigen aus und ein, bis ihn die Stadt im Rahmen des Seuchenschutzes zwang, die öffentliche Darbietung der Leiche zu beenden. So ließ der Graf die Mumie in einen Zinksarg betten und lagerte sie im Keller seiner Villa. Prompt meldete sich daraufhin ein Engländer bei ihm, der den toten Virtuosen als Ausstellungsstück mieten und mit ihm auf Europatournee gehen wollte.

Das lehnte Graf di Cessole natürlich ab, aber nachdem ein Gnadengesuch beim Bischof von Nizza gescheitert war und selbst eine persönliche Erklärung beim Bischof – immerhin in seiner Eigenschaft als Präsident des Senats von Nizza –, in der der Graf bestätigte, dass Paganini in einer tiefgläubigen Familie aufgewachsen sei, nie eine kirchenfeindliche Äußerung getan und seinen Sohn religiös erzogen habe, nicht gefruchtet hatte, verzweifelte er so langsam.

Vor allem kamen nun auch noch Gerüchte hinzu, dass man rund um die Villa des Grafen Cessole bereits Irrlichter als Gehilfen des Satans gesehen habe und nachts grässliche Geräusche zu hören seien, weil die unerlöste Seele mit dem Satan ringe.

Dem Grafen wurde klar: Die Leiche musste schnellstmöglich verschwinden, am besten ganz aus der Stadt, bis der Papst eine Entscheidung getroffen hatte, wie und wo man Paganini beerdigen könnte. Ein christliches Begräbnis sollte es sein, doch die Überlegungen gingen sogar so weit, den Toten in ungeweihter Erde zu bestatten – zu jener Zeit eigentlich unvorstellbar –, damit Achille nicht länger mit dem Sarg im Hause leben musste. So entschied man sich für Paganinis privates Grundstück in Parma als letzte Ruhestätte, doch selbst das erwies sich als Problem, da die Behörden einer Überführung dorthin nicht zustimmten.

So beschloss der Graf, den Sarg in einer Nachtaktion mit einem Boot auf seine eigene, unbewohnte Felseninsel Saint-Fereol zu bringen und dort in einer Höhle zu verstecken. Ob dies der Wahrheit entspricht oder nur eine Finte des Grafen war, um die Schaulustigen auf eine falsche Fährte zu locken, kann heute nicht mehr nachvollzogen werden.

Vier Jahre später jedenfalls, im Frühjahr 1844 erteilte die Stadt auf Veranlassung des Königs von Sardinien, wozu Nizza gehörte, endlich die Erlaubnis, den Leichnam nach Genua zu überführen, wo der inzwischen neunzehnjährige Achille mit seiner Frau und einem Neugeborenen lebte. Am 22. April nahem er eine unscheinbare weiße Holzkiste in Empfang, in der sich ein Sarg aus Nussbaumholz und darin wiederum der verschlossene Zinksarg befanden. Von nun an lebte die junge Familie mit einem Sarg im Keller, bis das Haus belagert wurde und Achille Drohbriefe erhielt, mit der Aufforderung die Satansleiche verschwinden zu lassen, andernfalls werde man sein Haus anzünden.

Was muss das für ein schreckliches Gefühl für Achille gewesen sein – das er Jahrzehnte ertragen musste, während er den Sarg an immer neue Orte bringen musste und zahlreiche Eingaben bei der Kirche machte. Alle vergeblich.

Anlässlich seines fünfzigsten Geburtstags unternahm er einen letzten verzweifelten Versuch und fragte bei der Kirche an, ob es nach sechsunddreißig Jahren der Irrfahrt nicht genug sei und sein Vater nun endlich seine letzte Ruhe finden dürfe, und die Antwort kam so schnell wie überraschend: Rom könne das Urteil aufheben, allerdings nur, wenn ein eindeutiges Zeichen der Reue des Verstorbenen vorgelegt werden könne. Natürlich sei man sich der damit verbundenen Schwierigkeit durchaus bewusst, so die Kirche, und deshalb würde man es als ein Zeichen werten, wenn die gesamten Honorare, die sich der Teufelsgeiger nachweislich mit Hilfe des Satans erspielt hatte, an die Kirche gespendet werden würden.

Was sollte man dazu sagen. Mit Sicherheit blieb auch Achille die Luft weg, doch nach Jahrzehnten mürbe geworden, überwies er das verbliebene Vermögen an die Kirchenkasse, nach heutigem Wert rund eine Million Euro. Daraufhin dauerte es trotzdem noch einmal ein Jahr, bis er den Bescheid erhielt, dass sein Vater nun beerdigt werden dürfe, sogar mit dem kirchlichen Segen nach katholischem Ritus, aber doch bitte mit Rücksicht auf die Gläubigen im kleinsten Kreis und in aller Stille, was selbstredend am besten nachts zu geschehen habe – und so kam es. 1876 wurde Paganini auf dem Friedhof von Parma beerdigt.

Doch wer jetzt glaubt, Paganini habe endlich seine letzte Ruhe gefunden, der irrt. Siebzehn Jahre später wurde der Leichnam exhumiert. Am Kopfende des Sargs befand sich eine Glasscheibe, durch die man den Leichnam sehen konnte, und der damals anwesende tschechische Geiger František Ondriček, berichtet: »Das Gesicht des toten Virtuosen ist gut konserviert. Es sieht so aus, als ob es aus Gips wäre. Die schwarzen langen Locken fallen an beiden Seiten über die Schläfen und umrahmen das bleiche Antlitz. Der Tote ist mit einem schwarzen Frack bekleidet, an dem alle Orden, die er in seinem Leben erhalten hat, befestigt sind.«

Wer meint, das müsse es jetzt endgültig gewesen sein, der irrt abermals. Im August 1896 wurde Paganinis letzte Ruhe erneut gestört, dieses Mal, um ihn auf den neuen Friedhof von Parma umzubetten, wo ihm ein pompöses Grabdenkmal errichtet wurde, so dass Außenstehende glauben mussten, eine jahrzehntelange Odyssee des Sarges und den Kampf um ein christliches Begräbnis hätte es nie gegeben. Diese ehrenvolle Grabstätte hat Achille nicht mehr zu Gesicht bekommen. Er starb ein halbes Jahr zuvor, am 15. Dezember 1895.

Paganini vermachte seine geliebte Geige, die Guarneri del Gesù, testamentarisch seiner Heimatstadt Genua und verfügte, dass sie dort zu seinem ewigen Gedächtnis ausgestellt werden solle und niemand mehr darauf spielen dürfe, so wie im Roman. Um seinen letzten Willen zu unterstreichen, gab er seine Geige ohne den Bogen an das Museum.

Leider wurde bereits seit 1937 von seinem Willen abgewichen, als der Geigenbauer Cesare Candi aus Cremona die Geige erstmals restaurierte – in den 1960ern erfolgte sogar eine Restaurierung mit dem Ziel, das historische Instrument den modernen Erkenntnissen des Geigenbaus anzupassen.

Die Gewinner des internationalen Preises »Premio

Paganini«, der zwischen 1954 und 2018 für junge Geigentalente ausgelobt wurde, durften zudem auf der Geige spielen, außerdem spielte der Kurator der Geige, Mario Trabucco, seit 1972 regelmäßig auf der Guarneri del Gesù.

Immerhin, im Jahr 2004 besann man sich und versetzte die Cannone in ihren ursprünglichen Zustand, indem man wieder Darmsaiten aufzog und Kopien von den historischen Teilen (Griffbrett, Saitenhalter, Steg und Wirbel) anfertigte. Seither soll die Geige möglichst geschont werden, damit sie der Nachwelt noch lange erhalten bleibt. Fast so, wie es Paganinis letzter Wille war. Fast.

Danksagung

Den Federn, die Flügel verleihen …

Ich danke:

Stephanie Werk, Programmleiterin beim Aufbau Verlag, dass sie diesem Roman eine Heimat gegeben hat, damit »Die Muse des Teufelsgeigers«, in ein wunderschönes Gewand gekleidet und getragen von der verlagsinternen Unterstützung, in die Welt hinausgehen konnte.

Rachel von Münchow, für die umsichtige Redaktion und die hervorragende Zusammenarbeit. Angesichts ihrer Fachkenntnis habe ich so viele Hüte vor ihr gezogen, dass ich jetzt eine ganze Sammlung davon besitze – obwohl ich keine Hüte trage. Aber vermutlich überzeugt sie mich davon auch noch, denn sie hat immer die besten Argumente parat. Zum Glück war sie begeistert von der Geschichte zwischen Paganini und Sophie, so dass wir dort kein neues Styling vornehmen, sondern nur hier und da ein bisschen zupfen mussten.

Barbara Gschaider, Dipl.-Geigenbauerin aus Bonn, die dort zusammen mit ihrem Mann Georg seit 1999 eine Geigenbauwerkstatt mit Atelier betreibt. Erst hat sie mich mit ihrem Buch »Geheimnisse aus der Geigenbau-Werkstatt« mit atmosphärischen Fotos und verständlichen Beschreibungen an die Hand genommen und mir die faszinierende Welt der Geigenbaukunst gezeigt. Bei einem Besuch ihrer Werkstatt durfte ich ihr dann über die Schulter schauen und mein Wissen und Können überprüfen. Nicht zuletzt hat sie das Manuskript sachkundig auf Fehler geprüft (ich war mir ja zwischendurch nicht so sicher, ob ich nicht vielleicht aus Versehen eine Gitarre baue), aber sie war sehr zufrieden mit mir als Geigenbauschülerin und hat mich, natürlich mit einem Augenzwinkern, gefragt, ob ich bei ihr in der Werkstatt anfangen möchte. Aber man soll ja bei seinen Leisten bleiben, drum sitze ich weiterhin an meinem Schreibtisch, und selbstverständlich nehme ich möglicherweise noch vorhandene Fehler oder Ungenauigkeiten im Buch auf meine Kappe. Womit wir wieder beim Hut sind. Auch vor Barbara Gschaider muss ich mich tief verneigen, als Dank für ihre kostbare Zeit, die sie mir geschenkt hat und die selbstlose Weitergabe ihres Wissens. Schauen Sie doch mal virtuell in der Werkstatt vorbei: www.atelier-gschaider.de.

Dem Geigenbaumuseum Mittenwald, dessen Besuch ich jedem Interessierten nur ans Herz legen kann, denn hier lernt man das traditionelle Handwerk auf zwei Etagen mit fast allen Sinnen kennen. Historische Filme ansehen, verschiedene Materialien befühlen, die Zutaten des Geigenlacks beschnuppern, den Experten zuhören und den unterschiedlichen Klängen der Geigen lauschen, von denen rund zweihundert zur Ausstellung zählen – Geigenbau hautnah! Besonders spannend ist ein Besuch der Schauwerkstatt, die jeden Freitag ihre Pforten öffnet. Alle meine Fragen (und das waren nicht wenige) wurden ausführlich und anschaulich beantwortet. Ich hätte am liebsten mein Bett dort aufgebaut. Einen virtuellen Rundgang gibt es unter www.geigenbaumuseum-mittenwald.de.

Anna Mechler, meiner Literaturagentin, kurz Agent A genannt, die mit ganz viel Herzblut dafür sorgt, dass meine Romane den richtigen Verlag finden. Und das ist angesichts meiner unterschiedlichen Ideen manchmal gar nicht so

einfach. Lustiger Urlaubsroman, hinterlistiger Krimi, Reise-
führer und nun (wieder) historischer Roman – aber alles kein
Problem für die weltbeste Agentin, die immer ein offenes
Ohr für mich hat. Wahrscheinlich würde sie auch nachts ans
Telefon gehen, sich meinen neuesten Plot anhören, sich dann
sofort auf den Weg zum Verlag machen und James Bond zi-
tieren: »Ich war nie weg.« Aber ich probiere es lieber nicht
aus. Sonst werde ich am Ende geschüttelt.

Dr. Marco Fiorini-Hamilton, einen Arzt, der rund um
die Welt unterwegs und trotzdem immer zur Stelle ist, wenn
ich ihn brauche. Für meine Manuskripte. Die seziert er nämlich liebend gern und legt stets treffsicher seinen Finger in
die Wunde. Dieses Mal wurde er beim Anblick des Patienten jedoch zum ersten Mal unruhig: »Knapp 500 Seiten und
so ein komplexes Thema? Gib mir mindestens vier Wochen
Zeit für die Behandlung.« Nach einer Woche hat er das Manuskript, ohne notwendige größere Operationen und nur
mit ein paar Pflastern versehen, sehr zufrieden an mich zu-
rückgeschickt. Ohne Rechnung. Was für ein Glück, ihn als
Freund zu haben!

Thommy und Sarah, die gefühlt schon mein ganzes
Leben lang zu meinen Freunden zählen und bislang jedes
meiner Manuskripte unter ihren Fittichen hatten. Mit Ver-
gnügen, denn Thommy freut sich diebisch, wenn er einen
Logikfehler findet, und Sarah geigt mir gern mal die Mei-
nung, wenn ihr etwas nicht gefällt. Ungefiltert und ehrlich.
Deshalb sind die beiden für mich die besten Testleser und
Freunde der Welt!

Meiner Mutter, die sich vor bald zwanzig Jahren nicht
beirren ließ und über mein erstes Manuskript sagte: »Das ist
super. Das findet einen Verlag.« Und während ich nicht daran
geglaubt habe, hat sie recht behalten. Nun ja, ich hätte es wissen müssen. Mütter haben immer recht. Deshalb ist es seither

auch ihr Job, mich zu korrigieren. Manchmal sehe ich zwar bloß noch rot, aber das kommt eben davon, wenn man eine Mutter als Erstkorrektorin hat, an der eine Lektorin verloren gegangen ist. Mit Lob ist sie sparsam, denn als Schwäbin lebt sie ganz nach dem Grundsatz: Net g'scholten isch g'nug g'lobt. Und da der Apfel nicht weit vom Stamm fällt, muss ich es an dieser Stelle auch mal wieder ausdrücklich betonen: Sie ist die beste Mutter der Welt!

Knud, für seine Liebe, immerwährende Unterstützung und sein gutes Nervenkostüm, als er mich sicher durch den pulsierenden Stadtverkehr von Genua und Nizza gefahren hat. Zitat: »Diese enge Straße werde ich nie vergessen, wenn es denn überhaupt eine war.« Dank ihm konnte ich auf Sophies Wegen durch Paganinis Heimatstadt wandeln und mit Herzklopfen vor dessen geliebter Geige, die im Museum des Palazzo Doria Tursi ausgestellt ist, verweilen. In Nizza hat Knud lange im Regen mit mir vor Paganinis Sterbehaus gestanden, und wir haben über die verbrieften historischen Szenen, die sich dort abgespielt haben, traurig den Kopf geschüttelt. Auch nach Hamburg hat er mich begleitet und geduldig abgewartet, bis ich die gesamte Staatsbibliothek auf der Suche nach Dokumenten über Paganini einmal umgegraben hatte. Dieser Mann ist Gold wert – darum ist es auch meiner :-)

Meinen Lesern, die mich seit Jahren treu durch alle Genres begleiten, und all jenen, die zum ersten Mal ein Buch von mir gelesen haben und es bis zu diesem Satz immer noch in der Hand halten. Es sei denn, Sie haben die Angewohnheit, das Ende zuerst zu lesen, dann heiße ich Sie an dieser Stelle herzlich willkommen.